Michelle Raven

BRISANTER AUFTRAG

Roman

LYX
EGMONT

Dieses Buch ist ein fiktives Werk. Namen, Figuren, Unternehmen, Organisationen, Orte, Begebenheiten und Ereignisse werden fiktiv verwendet. Ähnlichkeit mit tatsächlichen Personen, realen Handlungen und Schauplätzen sind rein zufällig und nicht beabsichtigt.

Originalausgabe Mai 2015 bei LYX
verlegt durch EGMONT Verlagsgesellschaften mbH,
Gertrudenstr. 30–36, 50667 Köln

1. Auflage
Lektorat: Sonja Fehling
Satz: Greiner & Reichel, Köln
Printed in Germany (670421)
ISBN 978-3-8025-9650-6

www.egmont-lyx.de

MIX
Papier
FSC FSC® C083411

Glossar

ANA	Afghanische Nationalarmee
Black Hawk	Helikopter, der gern vom Militär benutzt wird, weil er besonders leise und schnell ist
BND	Bundesnachrichtendienst – Deutscher Geheimdienst
Burka	Kleidungsstück zur vollständigen Verschleierung des Körpers, Verbindung eines Körperschleiers mit einem Gesichtsschleier
CO	Commanding Officer – ommandierender Offizier
ETA	Estimated Time of Arrival – voraussichtliche Ankunftszeit
Fastroping	schnelles Abseilen aus einem Hubschrauber während des Flugs
Flashbang	Blendgranate oder Schockgranate
HQ	Headquarter – Hauptquartier

IED	Improvised Explosive Device – unkonventionelle Spreng- oder Brandvorrichtung, Sprengfalle
ISAF	International Security Assistance Force – internationale Sicherheits- und Wiederaufbaumission in Afghanistan seit 2001
KSK	Kommando Spezialkräfte – Spezialeinheit der Bundeswehr
Kufiya	Kopftuch, das in der arabischen Welt von Männern getragen wird
LC	Lieutenant Commander
MO	Modus Operandi – bezeichnet die Verhaltensweisen eines Täters
NGA	National Geospatial-Intelligence Agency – Nationale Agentur für Geographische Aufklärung, US-Behörde für militärische, geheimdienstliche und kommerzielle kartografische Auswertungen und Aufklärung
Night Stalkers	Spitzname der Sondereinheit *160th Special Operations Aviation Regiment* (Hubschrauberregiment) der U. S. Army
Project Stargate	Projekt der U. S. Defense Intelligence Agency, das sich mit übersinnlichen

	Phänomenen und deren möglicher militärischer Nutzung beschäftigt hat (1970–1995)
SAS	Secret Air Service – britische Spezialkräfte
SEAL	Sea, Air, Land – Spezialeinheit der U.S. Navy
Tango – T	Terrorist
TURT/LE	Terrorism Undercover Reconaissance Team/Ladies Elite
XO	Executive Officer – Ausführender Offizier, Zweiter in der Befehlsfolge nach dem CO

Prolog

Nordafghanistan

Der Schuss ertönte so unerwartet, dass Hauptfeldwebel Henning Mahler im ersten Moment dachte, es handele sich um eine Fehlzündung bei einem Fahrzeug. Auf einem Militärstützpunkt in einem Krisengebiet wie Afghanistan gab es immer eine Menge Lärm, selbst der Klang von Schüssen war völlig normal. Nicht weit entfernt befand sich ein Schießstand, auf dem die ISAF-Soldaten ihre afghanischen Schützlinge trainierten. Doch dann war wieder ein Knall zu hören, dicht gefolgt von weiteren Schüssen und viel zu nah an den Gebäuden, um vom Schießstand zu kommen. *Ein Angriff!*

Instinktiv duckte Henning sich, um nicht von einer Kugel getroffen zu werden, und lief auf das Gebäude zu, aus dem die Schüsse zu kommen schienen. Mit der Waffe im Anschlag arbeitete er sich langsam vor und versuchte, die Schreie zu ignorieren, die sich nun unter den Lärm der Schüsse mischten. Adrenalin strömte durch seinen Körper, während er automatisch in den Kampfmodus wechselte. Als Soldat der Elite-Truppe *Kommando Spezialkräfte* der Bundeswehr war er dafür ausgebildet, im Bruchteil einer Sekunde auf eine Bedrohung zu reagieren. Allerdings hatte er hier nicht mit einem Anschlag gerechnet. Der Stützpunkt war schwer bewacht, um eben genau so etwas zu verhindern. Und heute war die Sicherheitsstufe besonders hoch, weil eine Gruppe hochrangiger Offiziere ein Treffen abhielt.

Das war auch der Grund, warum er selbst sich hier aufhielt. Oberst Koller, der Kommandant des deutschen Camps, in dem auch Hennings Team stationiert war, wenn sie sich in Afghanistan aufhielten, hatte ihn gebeten, ihn zu begleiten, um etwas zur Bedrohungslage zu sagen. Er hatte sich nicht gerade darum gerissen, aber da der Oberst einen guten Kontakt zu seiner Einheit hatte und häufig auch unkonventionelle Entscheidungen traf, die seinem Team halfen oder es schützten, hatte Henning nicht Nein sagen wollen. Besonders die Ereignisse vor fast zwei Jahren hatten Koller den Respekt vieler Spezialkräfte gesichert, nachdem er Hennings Team die Erlaubnis erteilt hatte, die SEALs bei der Ergreifung des Terroristenführers Khalawihiri zu unterstützen.

Was war dagegen schon ein langweiliger Tag auf einem ISAF-Stützpunkt. Tatsächlich war es sogar ziemlich interessant für Henning gewesen, vor allem der Erfahrungsaustausch mit anderen Soldaten war wertvoll für seine Arbeit. Hier hatte er auch Colin wiedergetroffen, der für den britischen Secret Air Service arbeitete und dem er bereits vor Monaten bei einem Training begegnet war. Zusammen mit den amerikanischen SEALs war die Spezialeinheit der British Army, die häufig im Bereich militärischer Aufklärung und bei Antiterrormissionen eingesetzt wurde, heimliches Vorbild vieler KSK-Soldaten. Genauso wie Henning begleitete auch Colin einen Vorgesetzten und war darüber nicht gerade glücklich.

Henning fragte sich, wo Colin wohl gerade war. Vermutlich ebenfalls in Deckung und auf dem Weg in den Kampf. Noch immer waren Schüsse zu hören, und Henning folgte ihnen bis zu ihrem Ursprung, einem großen Raum im hinteren Teil des lang gestreckten Gebäudes. Nach einem tiefen Atemzug und einer letzten Überprüfung seiner Waffe sprang er vorwärts und tauchte durch die Türöffnung in den Raum. Während er sich hinter die einzige Deckung, einen umgestürzten Tisch, warf, überprüfte er die Situation. Menschen lagen am Boden, viele mit schwersten Verletzungen, es roch nach Schießpulver und Blut. Einige hatten ihre Pistolen gezogen und leisteten Gegenwehr, aber der Täter hatte sich verschanzt. Und er mähte jeden, der sich ihm in den Weg stellte, mit einem leichten Maschinengewehr nieder. Wo hatte er das her? Normalerweise durften innerhalb der Gebäude nur Pistolen mitgeführt werden.

Wie so viele hier auf dem Stützpunkt, der vorrangig der Ausbildung junger Soldaten diente, trug der Attentäter die Uniform der afghanischen Armee. Er sagte nichts, sondern hielt nur das Gewehr in den Raum gerichtet und schoss auf alles, was sich bewegte – als würde es ihm überhaupt nichts ausmachen, diejenigen zu töten, die eigentlich hier waren, um Menschen wie ihm zu helfen. Plötzlich nahm er Henning ins Visier, der versuchte, sich hinter der Tischplatte so klein wie möglich zu machen. Mit einem unheilverkündenden Geräusch schlugen die Kugeln in das Metall ein, und Henning war sehr froh, dass die Platte dick genug war, um sie aufzuhalten.

Als für einen kurzen Moment Stille einkehrte, wagte er einen Blick über die Kante. Der Afghane war nicht zu sehen, vermutlich war er in Deckung gegangen, während er das Magazin an seinem Gewehr wechselte. Henning sah sich nach einem anderen, besseren Standort um, aber es war hoffnungslos. Sobald er sich bewegte, würde der Attentäter erneut auf ihn feuern, und da Henning heute seine Ausgehuniform trug, hatte er keine schusssichere Weste an. Was gäbe er darum, jetzt sein Team an der Seite zu haben. Zusammen hätten sie den Mann in die Zange genommen und ausgeschaltet.

Ein Stöhnen ertönte, gefolgt von einem Rascheln, als würde sich jemand bewegen. Sofort setzten die Schüsse wieder ein, ein hoher Schrei erklang und verstummte dann abrupt. Der

Raum musste inzwischen umstellt sein, doch das würde den hier Eingeschlossenen auch nicht helfen. Dafür war die Position des Schützen zu gut. Hinter ihm befand sich eine Wand, vor ihm die Säule, und in der Ecke gab es kein Fenster, durch das er hätte ausgeschaltet werden können. Er hatte sich den am besten zu verteidigenden Platz im gesamten Raum ausgesucht. Anscheinend hat er durchaus etwas in seiner Ausbildung durch die ISAF-Truppen gelernt, dachte Henning bitter.

Ein afghanischer Soldat bewegte sich mit angelegtem Gewehr in den Raum hinein. Henning öffnete den Mund, um ihn zu warnen, doch es war schon zu spät. Schüsse erklangen, und der Mann wurde von der Wucht zurückgeschleudert. Regungslos blieb er im Korridor liegen. Hilflose Wut erfasste Henning, wie immer, wenn Menschen sinnlos starben. Besonders wütend machte es ihn aber, wenn sie von angeblichen Verbündeten angegriffen wurden. Männer, denen sie selbst die Waffen gegeben hatten, die diese jetzt gegen sie einsetzten.

Ein Klirren ertönte, etwas flog durch den Raum. Blitzschnell drehte Henning sich weg, schloss die Augen und hielt sich die Ohren zu. Der Flashbang explodierte nur wenige Meter von ihm entfernt mit einem lauten Knall und Lichtblitzen, deshalb fühlte er sich für einen kurzen Moment orientierungslos und ihm klingelten die Ohren. Trotzdem schob er den Kopf hinter dem Tisch hervor und blickte zur Säule. Vom Attentäter konnte er nur einen Stiefel und ein Stück seines Beines sehen, aber das reichte ihm. Offenbar war der Angreifer von der Blendgranate betäubt, das musste Henning ausnutzen.

Er rollte sich aus der Deckung und zielte auf den Mann. Der richtete sich gerade auf und schüttelte den Kopf, als versuchte er, das Klingeln in seinen Ohren abzuschütteln. Blut lief ihm aus einem Nasenloch. Trotz dieser Beeinträchtigungen hielt er jedoch noch das Maschinengewehr in der Hand. Als er Henning dicht vor sich erblickte, riss er es mit einem Fluch hoch. Damit ließ er ihm keine Wahl: Henning betätigte den Abzug. Weil er nicht wusste, ob der Mann eine schusssichere Weste trug, zielte er auf den Kopf. Auf diese Entfernung konnte er ihn gar nicht verfehlen. Mit einem dumpfen Geräusch schlug die Kugel ein, und der Afghane kippte nach hinten um. Das Gewehr rutschte ihm aus der Hand und landete scheppernd auf dem Boden.

Für einen Augenblick herrschte totale Stille, dann setzten die Geräusche wieder ein. Stöhnen, Rufe, rennende Schritte, Türen, die mit einem lauten Knall gegen die Wände schlugen. Vermutlich wurde erst einmal der gesamte Stützpunkt nach weiteren Attentätern abgesucht. Langsam richtete Henning sich auf und ging zu dem Mann. In dessen Stirn war ein kleines Loch, seine Augen blickten starr an die Decke. Er war eindeutig tot. Trotzdem beugte Henning sich über ihn und fühlte nach einem Puls. Nichts. Anschließend tastete er den Mann ab, um sicherzustellen, dass er keine Bombe am Körper trug, die nach seinem Tod explodieren würde.

Erst als Henning Gewissheit hatte, dass der Attentäter niemandem mehr gefährlich werden konnte, ließ er sich zurücksinken und atmete tief durch. Dann stand er auf und betrachtete den Raum. Der Anblick verursachte ihm Übelkeit. Für einige der Anwesenden würde jede Hilfe zu spät kommen, andere mussten so schnell wie möglich behandelt werden. Henning steckte seine Pistole ein und drehte sich zur Tür um. Die Hände hielt er gut sichtbar in Höhe seiner Schultern, damit ihn niemand versehentlich erschoss.

»Alles klar, Raum gesichert! Täter tot.«

Es dauerte einen Moment, bis sich im Gang etwas rührte. Dann überrollte eine Welle von bis an die Zähne bewaffneten Soldaten den Raum. »Alles runter, niemand rührt sich.«

Um die Sache nicht noch zu verzögern, tat Henning, was ihm befohlen wurde, und legte sich mit über dem Kopf gefalteten Händen auf den Boden. Der Soldat in ihm verstand, dass jede Vorsichtsmaßnahme berechtigt war, um zu verhindern, dass noch mehr Menschen in Gefahr gerieten. Doch in diesem Moment, in dem das Adrenalin noch durch seinen Körper strömte und er in einem Raum voller verletzter und sterbender Kameraden lag, erschien ihm jede Sekunde zu lang.

»Sind Sie verletzt, Sir?«

Die Frage erklang auf Englisch über ihm, und er hob den Kopf. »Nein. Kann ich jetzt aufstehen?«

»Ja, es ist alles gesichert.« Der junge Soldat reichte ihm sogar eine Hand, um ihm aufzuhelfen.

Da Henning durch die Auswirkungen des Flashbangs immer noch ein wenig wacklig auf den Beinen war, nahm er die Hilfe dankbar an. Leicht schwankend blieb er stehen und blickte in den Raum, der nun von Menschen wimmelte. Sanitäter kümmerten sich um die Verletzten, Tragen wurden hereingebracht. Andere hielten ihre Gewehre in der Hand und sicherten – viel zu spät – den Raum.

»Kann ich helfen?«

»Das ist nicht nötig, Sir, wir haben …«

Henning unterbrach den Soldaten: »Ich habe eine Sanitätsausbildung.«

»In dem Fall, gerne.« Der Soldat machte eine Handbewegung zu den Verletzten hin.

Mit einem Nicken wandte Henning sich ab und ging durch den Raum. Ein Blick auf die Uniformen offenbarte, dass unter den Opfern Soldaten etlicher Länder waren. Viele waren auch Rekruten der afghanischen Armee, was die Sache besonders unverständlich machte. Wenn der Attentäter ein afghanischer Soldat war, hatte er mit diesen Männern zusammen gedient, kannte vielleicht sogar einige davon näher. Henning würde nie verstehen, wie man sich gegen sein eigenes Volk, seine Kameraden wenden konnte. Menschen, mit denen man vielleicht jahrelang gelebt und gekämpft hatte.

Mit einem flauen Gefühl im Magen hockte Henning sich neben einen Verletzten. Seiner Uniform und den Abzeichen nach zu urteilen, war er ein amerikanischer Lieutenant. Blut bedeckte eines seiner Hosenbeine, am Kopf hatte er eine Platzwunde. Aber er war wach und versuchte sich aufzusetzen.

Sanft drückte Henning ihn mit einer Hand auf der Brust zurück. »Bleiben Sie ruhig liegen, es wird sich gleich jemand um Sie kümmern.«

»Aber ich muss den General in Sicherheit bringen.«

»Der Attentäter ist tot, die Gefahr ist vorüber.«

Suchend blickte der Soldat sich um und wurde noch blasser, als er es ohnehin schon war. »Oh Gott!«

Henning folgte seinem Blick und unterdrückte gerade noch einen Fluch. Für den General kam jede Hilfe zu spät, ein Schuss hatte ihn in den Hals getroffen, ein anderer direkt in die Brust. Das Schlimmste aber war, dass Henning den Mann kannte. Er war ebenfalls bei der Gruppe gewesen, die sich hier getroffen hatte. Und das bedeutete, dass Koller auch in diesem Raum sein konnte. Eine Hand schloss sich fest um Hennings Handgelenk.

Bittend sah der Lieutenant ihn an. »Prüfen Sie, ob der General noch lebt.«

Obwohl er wusste, dass es vergebens war, ging Henning zu ihm hinüber und presste die Finger an seine Halsschlagader. Wie erwartet war der General tot. Mit der anderen Hand schloss Henning ihm die Augen. Dann kehrte er zu dem Soldaten zurück. »Tut mir leid, er ist tot.«

»Verdammt.« Wieder versuchte der Verletzte, sich aufzurichten. »Ich hätte ihn schützen müssen, aber ich war zu weit entfernt, als die Schießerei losging. Wenn ich vor ihm gestanden hätte …«

»Dann wären Sie jetzt tot.«

Schweigend blickte der Lieutenant ihn einen Moment lang an. »Und?«

Henning verstand ihn vollkommen. Wäre es um Oberst Koller gegangen, hätte er sich instinktiv sofort vor ihn gestellt. Dafür war er ausgebildet worden: andere zu schützen und den Angreifer unschädlich machen. Mit einer Hand winkte Henning zwei Soldaten mit einer Trage heran.

»Sie werden auf die Krankenstation gebracht, ich muss mich um andere kümmern. Wissen Sie zufällig, ob Oberst Koller aus Deutschland auch hier im Raum war?«

»Nein, tut mir leid, das kann ich nicht genau sagen.«

Henning legte ihm eine Hand auf die Schulter. »Freuen Sie sich, dass Sie noch leben und die Verletzungen nicht allzu schlimm sind, viele andere hier hatten nicht das Glück.«

Der Lieutenant nickte, die Lippen fest zusammengepresst.

Als der Amerikaner sicher auf der Trage lag, wandte Henning sich um und blickte in das Durcheinander. Stimmengewirr überdeckte das Stöhnen der Verletzten, doch es war unmöglich, mehr als die Menschen in unmittelbarer Nähe zu sehen. Eine beigefarbene Uniform stach Henning ins Auge, und er hielt automatisch darauf zu. Seine Kehle zog sich zusammen, als er Colin erkannte. Es sah aus, als wäre er von mehreren Kugeln in den Oberkörper getroffen worden. Auch auf seiner Hose hatten sich Blutflecken ausgebreitet. Das Barett mit den Insignien des SAS war ihm vom Kopf gerutscht.

Henning kniete sich neben ihn, wusste aber schon vorher, dass es zu spät war. Seine Hand zitterte, als er das Barett nahm und Colin auf die Brust legte.

»Er hat mir das Leben gerettet.«

Erschrocken sah Henning auf, er hatte gar nicht bemerkt, dass sich ihm jemand genähert hatte. Sein Blick traf den des britischen Generals, den Colin begleitet hatte. Er hatte eine Schussverletzung am Arm. »Wie das?«

»Der Attentäter war nur wenige Meter von uns entfernt, als er plötzlich anfing zu schießen. Er hätte mich gar nicht verfehlen können, vor allem, da mein Reaktionsvermögen nicht mehr so gut ist wie vor zwanzig Jahren.« Der General schluckte hart. »Colin hätte sich fallen lassen und den Schüssen entgehen können, doch er ist einfach stehen geblieben und hat die Kugeln mit seinem Körper abgefangen.« Trauer lag in seinen Augen. »Colin war ein guter Soldat, einer der besten. Sein Tod ist ein großer Verlust für den SAS und sein Land.«

Dem konnte Henning nur zustimmen. »Es tut mir leid.«

Der General nickte ihm zu. »Danke.«

»Wissen Sie, ob Oberst Koller sich auch hier im Raum befand?« Hoffentlich war er gerade woanders gewesen, irgendwo, nur nicht hier.

»Ja, ich hatte gerade ein paar Minuten vorher noch mit ihm geredet. Ich glaube, er ist danach in diese Richtung gegangen.« Er deutete zu den Fenstern. »Ich hoffe, es geht ihm gut.«

»Danke, General.« Schwerfällig erhob Henning sich und bewegte sich in die angegebene Richtung. Kaum jemand, der sich während des Attentats im Raum befunden hatte, schien unverletzt zu sein. Einige konnten immerhin auf eigenen Füßen zur Sanitätsstation gehen, doch die meisten mussten hinausgetragen werden. Manche erhielten auch vor Ort bereits die ersten Bluttransfusionen, bevor sie transportiert werden konnten.

Als er schon fast dachte, Oberst Koller wäre vielleicht doch nicht im Raum gewesen, fand Henning ihn schließlich. Zwei Sanitäter knieten neben ihm und versuchten, ihn am Leben zu halten. Die Schusswunde in der Brust blutete stark, Kollers Haut war bleich.

Henning hockte sich ebenfalls neben ihn. »Oberst Koller?« Vorsichtig berührte er dessen Schulter.

Langsam öffnete der Oberst die Augen. »Mahler. Sind Sie … unverletzt?«

»Ja, ich hätte bei Ihnen bleiben sollen.«

Koller blickte ihn scharf an. »Ich habe … gesehen, was Sie … getan haben. Besser so.«

»Sir, reden Sie jetzt nicht.« Einer der Sanitäter versuchte, ihn streng anzusehen.

»Wann dann?« Ein keuchendes Husten schüttelte ihn. »Wenn ich … tot bin?«

Henning sprang ein. »Sie werden leben, dafür werde ich sorgen.«

Koller schnitt eine Grimasse. »Fühlt sich … nicht so an.« Er hob die Hand, und Henning ergriff sie. Der Oberst hatte einen erstaunlich festen Griff. »Bevor er anfing zu … schießen, rief er etwas, das für mich … so klang, als wäre er nur ein … Teil einer größeren Aktion, die die … Ungläubigen ein für alle … Mal aus dem Land vertreiben soll.« Keuchend hielt er inne. »Sorgen Sie dafür, dass so etwas … nicht noch einmal passiert, Mahler.«

»Das werde ich.« Zwar wusste er noch nicht, wie er das bewerkstelligen sollte, aber er würde sein Bestes geben.

Kollers Lider senkten sich, seine Hand wurde schlaff. Aber er atmete noch, was Henning sehr erleichterte. »Schnell, bringen Sie ihn weg.«

Die Sanitäter befestigten den provisorischen Verband und hoben die Trage hoch. Um sicherzustellen, dass Koller lebend bei den Ärzten ankam, folgte Henning ihnen. Noch immer quälte ihn das schlechte Gewissen. Warum war er nicht bei dem Oberst geblieben? Er hatte genug von den stickigen Räumen gehabt und ein wenig Luft schnappen wollen, aber wenn das nun Koller das Leben kostete … Schweigend folgte er der Trage bis zur Krankenstation und machte dann kehrt, nachdem ihm zugesichert worden war, dass er sofort informiert würde, wenn sich etwas am Zustand des Patienten ändern sollte.

Scheinbar stundenlang kümmerte er sich um Verletzte und half schließlich dabei, die Toten zu bergen und abzutransportieren. Der Anschlag war aus Sicht des Täters äußerst erfolgreich gewesen: Es gab sechs Tote, darunter einen amerikanischen General, und dreiundzwanzig Verletzte. Vor allem aber war es dem Attentäter gelungen, ein wichtiges Treffen zu sabotieren und große Unsicherheit zu schaffen. Wem konnte man noch trauen? Wie sicher waren die ISAF-Soldaten noch, wenn die afghanische Armee von Terroristen infiltriert war? Nach 2012 waren die Anschläge zurückgegangen, doch offensichtlich hatte man nur abgewartet, bis wieder Ruhe eingekehrt war, um dann erneut zuzuschlagen.

Wenn wirklich etwas Größeres im Gange war, musste dem sofort ein Riegel vorgeschoben werden. Allerdings hatte Henning noch zu wenige Informationen, zuerst musste geklärt werden, wer der Attentäter war, bevor man versuchen konnte, dessen Verbindungen nachzuverfolgen. Aber Henning würde nicht lockerlassen, bis er etwas gefunden hatte, das war er Koller, aber auch Colin und all den anderen schuldig. Auch wenn ihn das den Job kosten konnte.

1

Coronado, Kalifornien, einige Stunden später

Mit scharfem Blick beobachtete Lieutenant Commander Chase »Devil« Devlin die Zusammenarbeit seines Teams. In den letzten Jahren waren einige neue SEALs dazugekommen – unter anderem auch er selbst –, und er hatte dafür zu sorgen, dass sie stets einsatzbereit waren. Vor allem aber mussten sie gut zusammenarbeiten, sich wortlos verstehen. Und daran haperte es an manchen Stellen noch. Es waren nur minimale Fehler, aber die konnten im Ernstfall über Erfolg und Misserfolg, Leben und Tod entscheiden. Vielleicht war er auch zu kritisch, aber seiner Erfahrung nach zahlte es sich immer aus, gründlich zu sein.

Besonders genau beobachtete er Cole Hanson, der als Ersatzmann für den verletzten Computerexperten I-Mac zu einem permanenten Mitglied von Team 11 geworden war. Gimmick, so sein Spitzname, machte sich bisher sehr gut. Er kam mit jedem zurecht und erledigte jede ihm aufgetragene Aufgabe. Ansonsten war er recht still, was Devil aber nicht weiter störte, da er selbst auch nicht unbedingt zu denen gehörte, die aus sich herausgingen.

Innerlich schnitt Devil eine Grimasse. Genau genommen ließ er niemanden an sich heran, etwas, das er schon in sehr jungen Jahren gelernt hatte. Sein Team hatte sich inzwischen anscheinend daran gewöhnt, aber anfangs war es nicht einfach gewesen, weil sein Vorgänger Matt Colter viel offener und zugänglicher gewesen war und außerdem sehr beliebt. Es hatte ein wenig gedauert, bis die Männer nicht mehr bei jeder Entscheidung überlegt hatten, was Matt wohl in der Situation getan hätte. Jetzt wussten sie, dass sie sich auf Devil verlassen konnten, genauso wie er umgekehrt seinem Team vertraute.

Auf jeden Fall schien die Stimmung im Team in letzter Zeit etwas gelöster zu sein, was aber auch daran liegen konnte, dass sie seit einiger Zeit niemanden mehr verloren hatten – sei es durch Tod, eine Verletzung oder das Alter. Hoffentlich blieb es noch länger so, zumindest bis das Team eine völlig homogene Einheit war.

Ein lauter Knall ertönte und erinnerte Devil daran, dass er eigentlich beobachten wollte, wie sein Team eine Hausattrappe stürmte. Der modifizierte Sprengstoff ihres Experten Joe Quaide, genannt »Q«, schien eine durchschlagende Wirkung zu haben. Ein Wunder, dass nicht das ganze Gebäude einstürzte. Die anschließenden Flashbangs waren dazu gedacht, die Hausbewohner zu irritieren und handlungsunfähig zu machen, während das Team hineinstürmte und sie ganz außer Gefecht setzte.

Diese oft geübten Abläufe beherrschte jeder SEAL im Schlaf, trotzdem war es wichtig, sie in einem veränderten Team so lange zu trainieren, bis es keine Unsicherheit mehr gab. Um durch den Rauch besser sehen zu können, kniff Devil die Augen zusammen. Nächstes Mal … Seine Sinne schlugen Alarm, und er drehte sich schnell um. Der ehemalige deutsche BND-Agent Christoph Nevia kam von den Baracken her auf ihn zu. Sein Gesichtsausdruck war neutral, dennoch schien er aufgewühlt.

Aus der Nähe war es noch deutlicher zu sehen: Seine Schultern waren angespannt, die Falten neben seinen blauen Augen tiefer als gewöhnlich. Das Lächeln, das ihm sonst kaum aus dem Gesicht wich, seit er mit der TURT/LE-Agentin Kyla zusammen war, fehlte. Chris stellte sich neben Devil und schob die Hände in die Hosentaschen seiner Jeans. Den Blick hatte er auf die SEALs gerichtet, die gerade mit Dummys wieder aus dem Gebäude auftauchten. Gefangene, die den Angriff überlebt hatten. Oft waren die SEALs gezwungen, ihre Gegner zu töten, weil die Kämpfer sich nur selten ergaben und so lange auf sie anlegten, bis niemand mehr einsatzfähig war.

Ungeduldig wartete Devil darauf, dass Chris ihm sagte, was ihm auf dem Herzen lag. Je länger er schwieg, desto schlimmer wurde die Sache in Devils Vorstellung, und er hatte ein sehr, sehr blutiges Vorstellungsvermögen. Er war immer gut darin gewesen, andere nur durch einen Blick zum Reden zu bringen, doch bei Chris funktionierte das nicht.

Schließlich hielt Devil es nicht mehr aus. »Was ist passiert?«

»Es gab einen Anschlag auf einen Stützpunkt in Nordafghanistan. Sechs Menschen waren sofort tot, viele weitere sind schwer verletzt worden. Unter den Toten ist ein US-General. Auch unter den Verletzten sind einige höherrangige ISAF-Soldaten, sie wissen noch nicht, ob alle durchkommen.«

Devil glaubte, ein leises Zittern in Chris' Stimme zu hören. »Verdammt! Jemand, den du kennst?«

Der Deutsche blickte ihn kurz an, bevor er sich wieder abwandte. »Oberst Koller, der Kommandant des KSK-Stützpunktes, war dort zu einem Treffen. Er wurde angeschossen, es ist noch nicht klar, ob er überlebt.«

»Das tut mir leid.« Devil und sein Team hatten selbst schon eng mit Koller zusammengearbeitet, um zwei in Afghanistan entführte Agentinnen zu befreien. Dabei hatten sie den Oberst als sehr vernünftigen und am Wohlergehen seiner Männer interessierten Offizier erlebt. Sein Tod wäre ein großer Verlust.

Chris nickte. »Henning Mahler war ebenfalls dort. Erinnerst du dich an ihn?«

Devil schnaubte. »Wie könnte ich den vergessen? Schließlich hat er uns beiden den Arsch gerettet.« Henning hatte erfahren, dass SEAL Team 11 direkt in die Falle des Terroristenführers Khalawihiri laufen würde, und Oberst Koller davon überzeugt, sein KSK-Team zur Rettung loszuschicken – gerade noch rechtzeitig, um den Verbrecher niederzustrecken.

Ein schwaches Lächeln huschte über Chris' Gesicht. »Wenn ich mich recht erinnere, hast *du* mir das Leben gerettet, indem du dich zwischen Khalawihiris Kugel und mich geworfen hast.«

Unbehaglich zuckte Devil mit den Schultern. »Ohne Henning und seine Männer wären wir beide dort gestorben.«

»Das stimmt allerdings.« Chris rieb sich über die kurzen Haare. »Henning hat Oberst Koller zu dem Treffen begleitet, worum es genau ging, hat er nicht gesagt. Jedenfalls war er wohl gerade nicht im Raum, als ein afghanischer Soldat das Feuer eröffnet hat. Der Mistkerl stand einfach mit einem Maschinengewehr da und hat mehrere Magazine auf die Menschen abgefeuert.« Abscheu war in seiner sonst so ruhigen Stimme zu hören. »Es wird noch untersucht, ob der Mann wirklich ein regulärer Soldat der ANA war oder sich dort nur eingeschlichen hat. Henning scheint zu glauben, dass er in Verbindung mit anderen Terroristen stand und eventuell noch weitere Anschläge geplant sind, aber bisher gibt es dazu noch keine Informationen.«

Ein warnendes Prickeln entstand in Devils Nacken, wie immer, wenn sein sechster Sinn ihm sagte, dass etwas Schlimmes passieren würde. Allerdings wusste er diesmal nicht, worauf es sich bezog – weitere Anschläge, die mehr als wahrscheinlich waren, oder etwas, das sein Team direkt betraf –, und diese Ungewissheit machte ihn verdammt nervös.

Doch Devil schüttelte den Gedanken ab und konzentrierte sich auf das, was Chris gesagt hatte. »Wie kommt Henning auf die Verbindung zu anderen Attentätern?«

»Der Mörder hat wohl etwas in der Art geschrien, bevor er zu schießen anfing. Jedenfalls hat Oberst Koller das Henning erzählt.«

Devil wiegte den Kopf. »Kann sein, kann aber auch nicht sein. Die Frage ist, warum die Terroristen ausgerechnet jetzt wieder damit anfangen sollten, wenn die ausländischen Streitkräfte sich zum Ende des Jahres aus dem Land zurückziehen und bald nur noch ein paar Leute für die Ausbildung der afghanischen Armee und Nationalpolizei da sind. Es wäre nicht in ihrem Sinne, dass ein neuer Konflikt entfacht wird und wir länger im Land bleiben.«

Chris hob die Schultern. »Sollte man annehmen. Aber seit wann denken die Terroristen dort logisch?«

Auch wieder wahr. Genau das machte den Kampf gegen sie so schwierig. Devil rieb sich über den Nacken. »Was hat Henning vor?«

Erstaunt blickte Chris ihn an. »Wie kommst du darauf?«

»So, wie ich ihn kennengelernt habe, wird er sich nicht damit zufriedengeben, wenn bei der offiziellen Untersuchung herauskommt, dass es nur ein Einzeltäter ohne Verbindung zu den Taliban oder anderen terroristischen Gruppen war.«

Chris seufzte. »Ich weiß es nicht. Die Sache scheint ihn sehr mitgenommen zu haben. Wenn Koller stirbt …« Er schüttelte den Kopf. »Henning hält sehr viel von dem Oberst, und ich glaube, er macht sich Vorwürfe, weil er nicht an seiner Seite war.«

Das konnte Devil durchaus nachvollziehen, wahrscheinlich würde es ihnen allen in der Situation so gehen. »Behalt ihn besser im Auge, damit er nichts Dummes macht.«

Das brachte ihm Chris' volle Aufmerksamkeit. Forschend blickte der ehemalige Agent ihn an. »Ich habe deine Instinkte schon in Aktion gesehen und vertraue ihnen. Wenn du denkst, dass Henning in Gefahr sein könnte …«

Rasch unterbrach Devil ihn. »Das weiß ich nicht. Aber meiner Meinung nach wäre es ratsam, sehr vorsichtig zu agieren. Wenn wirklich eine ganze Gruppe dahintersteckt oder die Fäden von noch höherer Stelle gezogen werden, sieht man es sicher nicht gern, wenn jemand dort herumstochert.«

Chris nickte zustimmend. »Ich werde ihm sagen, dass er in Kontakt bleiben soll.«

Devil hatte nie danach gefragt, aber er hatte immer den Eindruck gehabt, dass Henning und Chris sehr eng befreundet waren. Selbst jetzt noch, nachdem Chris in die USA gezogen war und Henning weiterhin in Deutschland lebte, wenn er nicht gerade mit seinem Team Afghanistan oder andere Krisengebiete unsicher – oder vielmehr sicherer – machte. Hätte Chris sich nicht in Kyla verliebt und sich deshalb für einen Jobwechsel zu den TURTs und einen Umzug um die halbe Welt entschieden, würden er und Henning sich garantiert öfter abends auf ein Bier treffen, da war Devil sicher. Und er selbst hätte Lust, sich dazuzusetzen.

Innerlich schüttelte er den Kopf. Was war heute mit ihm los? Normalerweise dachte er nie über solche Dinge wie das Privatleben seiner Kollegen nach. Oder zumindest nur, sofern es deren Leistung beim Training oder im Einsatz beeinträchtigen könnte. »Wenn Henning irgendwelche Hilfe bei der Recherche oder Ähnlichem braucht, soll er sich an I-Mac wenden.«

Chris grinste schief. »Du hast also auch gemerkt, dass unser Computergenie sich etwas unterfordert fühlt.«

»Das war schon immer so, aber früher hatte er mit dem Training genug zu tun. Jetzt …« Devil hob die Schultern. Für einen SEAL gab es vermutlich nichts Schlimmeres, als körperlich nicht mehr mithalten zu können. I-Macs durch eine Explosion verursachte Rückenverletzung erlaubte es ihm nicht mehr, in den Einsatz zu gehen, aber immerhin konnte er inzwischen wieder ohne Hilfsmittel laufen.

»Man sollte meinen, dass er mit der Arbeit für die SEALs und die TURTs genug zu tun hat. Trotzdem erscheint er mir in letzter Zeit irgendwie … unzufrieden.« Nachdenklich zupfte Chris an seinem Ohr. »Nein, das stimmt nicht. Eher …«

»Unsicher. Mit den Gedanken woanders, als würde ihn etwas beschäftigen und er wüsste keine Lösung dafür.«

»Ja, genau das.«

Devil konnte sich schon vorstellen, was oder vielmehr *wer* der Grund dafür war, doch er hielt den Mund. Das ging ihn nun wirklich nichts an. Die Wahrscheinlichkeit, dass I-Mac in dieser Angelegenheit gerade ihn um Rat fragen würde, war auch eher gering, daher hielt er sich am besten aus der Sache heraus.

Chris schien das genauso zu sehen, denn er blickte zu den Baracken. »Ich muss wieder zurück.«

»Grüß Kyla von mir.« Das war ihm nur so herausgerutscht, aber der Anblick, wie der harte Ex-Agent errötete, war göttlich.

»Mache ich.« Die Röte verschwand beinahe so schnell, wie sie erschienen war. »Sie mag Henning sehr, ich hoffe wirklich, er macht nichts Blödes.« Damit wandte Chris sich ab und strebte auf die Gebäude zu.

Erneut spürte Devil ein Prickeln im Nacken, das er mühsam ignorierte. Im Moment konnte er sowieso nichts dagegen tun. Er konnte nur dafür sorgen, dass sein Team im Ernstfall bestmöglich funktionierte. Aus den Augenwinkeln sah er, wie jemand auf ihn zu joggte, und drehte sich um.

Cat kam einen Meter vor ihm zum Stehen. »Wie war das,

LC?« Lieutenant T.C. Jordan, wie er mit richtigem Namen hieß, hatte das Kommando über das Team, wenn Devil, so wie jetzt, nicht mittrainierte. Schweiß und Dreck hatten helle Spuren auf Cats dunkler Haut hinterlassen.

»Ich war gerade abgelenkt, fangt noch mal von vorne an. Diesmal aber ohne Fehler.«

Cats Augenbrauen hoben sich. »Ist das dein Ernst?« Devil blickte ihn nur an, aber das reichte schon. Sofort ruderte Cat zurück. »Aye, Sir!«

Devil wusste, dass er sich damit bei seinem Team nicht gerade beliebter machte, aber es war wichtig, dass sie die Standardsituationen im Schlaf beherrschten, um sofort reagieren zu können, wenn etwas Unvorhergesehenes passierte. Das war seinen Männern auch klar, deshalb grummelten sie nur und machten einige eindeutige Gesten in seine Richtung, bevor sie die Übung wiederholten. Grinsend sah Devil dabei zu. Dass sie sich das bei ihm trauten, zeigte, wie sehr er ein Teil des Teams geworden war. Noch vor einem Jahr wären sie nicht auf die Idee gekommen.

Diesmal ließ Devil sich von nichts ablenken und bemerkte zufrieden, dass die Fehler vom letzten Versuch nicht wiederholt wurden. Die Übung lief fast schon zu perfekt, anscheinend musste er sich etwas Schwierigeres für sein Team ausdenken. Das war kein Problem, er hatte noch viele Ideen, wie er seinen Leuten das Leben schwer machen konnte, aber für heute war es genug. Nach dem letzten Durchgang hatten sie sich eine Belohnung verdient.

Devil ging zu der malträtierten Attrappe hinüber. Als seine Leute ihn kommen sahen, verstummten die Scherze und das Gemurre, alle Augen waren auf ihn gerichtet. Absichtlich hielt Devil seine Miene ausdruckslos. »Bericht, Cat.«

»Stürmung des Hauses und Gefangennahme der Tangos erfolgreich abgeschlossen, Sir. Keine Verletzten auf unserer Seite. Zwei Angreifer getötet, drei gefangen genommen, darunter der Anführer.« Cat deutete auf einen Dummy mit Superman-Emblem auf der Brust.

Mit Mühe hielt Devil das Lachen zurück. Welcher Scherzkeks war dafür verantwortlich? Hätte er raten müssen, hätte er auf Jackie getippt. Der blickte betont harmlos, aber in seinen dunklen Augen konnte Devil den Schalk sehen. »Denkst du, die Aktion ist gut gelaufen, Cat?« Die Meinung seines XO interessierte ihn wirklich. Er war vor Ort gewesen und hatte mehr gesehen als Devil von außen.

Cat dachte einen Moment nach, dann nickte er langsam. »Ja, es gab keinerlei Probleme, jeder war an seinem Platz und hat seine Aufgabe perfekt erledigt.«

»Das denke ich auch. Für heute reicht es mit dem Training. Gute Arbeit.«

»Hooyah!« Der Schlachtruf der SEALs hallte über das Gelände und machte Devil wieder bewusst, dass er genau dort war, wo er hingehörte. Und das war ein verdammt gutes Gefühl.

Langsam folgte er seinem Team zu den Baracken, immer noch mit dem beschäftigt, was er von Chris erfahren hatte. Seine Erfahrung sagte ihm, dass es gut wäre, so viele Informationen wie möglich über das Attentat, den Täter und die Opfer zu sammeln. Es zahlte sich immer aus, vorbereitet zu sein. Deshalb schwenkte er vor den Gebäuden nach links und ging zu der relativ neuen TURT-Baracke, in der auch I-Mac seinen Schreibtisch hatte. Er hätte auch im Bürogebäude des Stützpunktes sitzen können, doch er hatte es vorgezogen bei seinen Freunden Matt und Rock unterzukommen. Das wurde nicht überall mit Freude aufgenommen, aber da I-Mac unersetzlich war, konnte er mehr oder weniger machen, was er wollte.

Niemand wollte ihn an die freie Wirtschaft verlieren, wo er als Computerexperte ein Vielfaches verdienen würde.

Die TURT/LEs – Terrorism Undercover Reconnaissance Team/Ladies Elite – waren vor ein paar Jahren zur Informationsbeschaffung für die Terrorismusbekämpfung gegründet worden und zusammen mit den SEALs auf dem Stützpunkt in Coronado stationiert. Eigentlich hieß es nur TURT, da es in diesem Team sowohl Männer als auch Frauen gab, doch es hatte sich sehr schnell die Untergruppe *Ladies Elite* gebildet, in der die besten Frauen aus allen Zweigen des Militärs, des FBI, der NSA, CIA und weiteren Regierungsdiensten zusammengefasst waren.

Devil durchquerte die Baracke und klopfte an den Rahmen, bevor er den Kopf durch die offene Tür steckte. »Hallo, hast du kurz Zeit?«

Blinzelnd hob I-Mac, alias John MacPhearson, den Kopf. Die roten Haare standen ihm nach allen Seiten hin ab, als wäre er unzählige Male mit den Händen hindurchgefahren. Seine Augen waren gerötet, Falten zerfurchten seine Stirn. Schließlich nahm er die Hände von der Tastatur und lehnte sich in seinem Schreibtischstuhl zurück. »Ja, was gibt's?«

»Hast du gehört, dass es einen Anschlag auf einen ISAF-Stützpunkt in Afghanistan gegeben hat? Mehrere Tote.«

»Ja, Chris war vor Kurzem hier. Schlimme Sache. Ich habe schon erste Informationen dazu im Netz gefunden. Die Medien stürzen sich darauf, besonders wegen des Generals.«

Devil verzog den Mund. Das konnte er sich vorstellen. Kein Soldat der Spezialkräfte mochte Journalisten und die einseitige Berichterstattung über Einsätze in Krisengebieten. Bestenfalls nervte es, schlimmstenfalls konnte es ihnen sogar gefährlich werden. Deshalb hielten sie sich von Medienvertretern immer so fern wie möglich. »Sagst du mir Bescheid, wenn du irgendetwas findest, was darauf hindeutet, dass eine Gruppe hinter diesem Anschlag steckt oder die Situation wieder aufflammt?«

»Wird gemacht.«

»Danke. Hast du schon eine Liste mit den Namen der Opfer?«

Wortlos reichte I-Mac ihm ein Blatt Papier. Darauf waren zwei Spalten, eine für getötet, eine für verletzt. Bei einigen Namen stand noch »kritisch« dahinter. »Ohne Anspruch auf Vollständigkeit. Anscheinend herrscht dort momentan Chaos. Der Stützpunkt ist abgeriegelt, niemand kommt rein oder raus – außer die Hubschrauber mit den Verletzten.«

Devil überflog die Liste und atmete erleichtert auf, als er außer Oberst Koller nur unbekannte Namen fand. Irgendjemand würde jedoch bald die schlechte Nachricht erhalten, dass ein geliebter Mensch gestorben oder verletzt worden war. Devil wusste genau, wie sich das anfühlte, und er war froh, dass es niemanden in seinem Leben gab, der das durchmachen musste, sollte ihm irgendwann etwas passieren.

»Kennst du jemanden?«

I-Macs Stimme drang in seine Gedanken, und Devil blickte rasch auf. »Außer Oberst Koller, nein. Du?«

»Glücklicherweise nicht.« Prüfend sah I-Mac ihn an. »Alles in Ordnung?«

Offenbar war er doch nicht so erfolgreich darin, seine Gesichtszüge neutral zu halten, wie er gedacht hatte. Schnell löschte er jedes Gefühl aus seiner Miene. »Natürlich. Wir haben gerade draußen eine Übung zur Hausstürmung absolviert.«

Nervös tippte I-Mac mit einem Finger auf die Tischplatte. »Wie macht sich Gimmick?«

»Sehr gut, auch wenn ich immer noch der Meinung bin, dass dich niemand ersetzen kann.«

I-Macs Wangen färbten sich rot, und er sah zur Seite. »Entschuldige, das hätte ich nicht fragen sollen. Ich weiß, dass Cole gut ist. Es ist nur …« In seine Augen trat ein sehnsüchtiger Ausdruck.

Devil räusperte sich. »Das verstehe ich. Frag ruhig, so oft du willst. Du hast lange mit dem Team gearbeitet, es ist völlig normal, dass du dich dafür interessierst, wie es läuft. Ich denke, Gimmick ist ein guter Mann.«

I-Mac seufzte. »Ich bin offenbar müder als gedacht.« Er strich sich durch die Haare in dem Versuch, sie zu ordnen, was die Sache aber eher noch schlimmer machte. »So was passiert, wenn man die ganze Nacht wach ist, weil ein Kind zahnt.« Während er das sagte, wurde sein Gesichtsausdruck weicher, und er wirkte, als würde ihm der entgangene Schlaf kein bisschen leidtun.

Seit seiner Verletzung lebte I-Mac mit der Afghanin Nurja zusammen, die er in der Festung des Warlords Mogadir vor einer Explosion gerettet hatte und die sich seitdem um ihn kümmerte. Wegen ihrer Rolle als Informantin war Nurja mit ihren fünf Kindern in den USA Asyl gewährt worden. Devil wusste nicht, wie ihre Beziehung genau aussah, aber da I-Mac bei der Erwähnung von Nurja den gleichen Gesichtsausdruck bekam wie jetzt, handelte es sich wohl um tiefere Gefühle.

»Dann hoffe ich, dass du diese Nacht mehr Schlaf bekommst.«

I-Mac grinste. »Das wäre gut, ich glaube, ich bin schon ein paarmal über dem PC eingeschlafen.«

Devil verabschiedete sich und machte sich auf den Weg zur SEAL-Baracke. Dabei ignorierte er geflissentlich das hohle Gefühl in seiner Brust bei dem Gedanken, dass er heute Abend zu seiner leeren Wohnung zurückkehren würde.

2

Die Dunkelheit war Amy Castillos Freund, genauso wie die Körper und Gesicht verhüllende Burka, die sie im Haus des reichen Kaufmanns Bashir Khan tragen musste. Tatsächlich hatte sie es hier besser als in vielen anderen Häusern in Afghanistan, denn Bashir, das Ziel ihrer Überwachung als TURT/LE-Agentin, behandelte seine Hausangestellten gut, niemand wurde geschlagen oder anderweitig bestraft. Zumindest, sofern man sich nichts Schwerwiegendes zuschulden kommen ließ. In einem Land, wo Frauen immer noch häufig wie Menschen zweiter Klasse behandelt wurden, kam es selten vor, dass ein so einflussreicher Mann wie Bashir seine weiblichen Angestellten zuvorkommend behandelte. Dementsprechend waren ihm auch sämtliche Bediensteten ergeben. Bis auf Amy oder vielmehr Malalai, wie sie sich hier nannte.

Zusammen mit zwei anderen Hausmädchen schlief sie in einem für afghanische Verhältnisse recht luxuriösen Zimmer im Obergeschoss. Was einerseits praktisch war, weil sie sich keine Sorgen darüber machen musste, dass sich einer der Männer überlegte, sie nachts zu »besuchen«. Andererseits wurde es ihr dadurch aber auch erschwert, ihren Vorgesetzten zu kontaktieren, wenn sie etwas Wichtiges erfuhr oder in Schwierigkeiten steckte. Auch für das tägliche Signal, dass alles in Ordnung war, hatte sie sich einen geeigneten Ort suchen müssen. Wenn jemand das winzige Funkgerät bei ihr entdeckte, mit dem sie ein »Ping« senden konnte, würde sie in ernste Schwierigkeiten geraten.

Doch bisher war alles gut gegangen, und Amy würde dafür sorgen, dass es auch so blieb. Dies war ihre erste große Mission für die TURT/LEs und sie wollte Hawk beweisen, dass seine Entscheidung, sie von der NSA abzuwerben, richtig gewesen war. Einige kleinere interessante Informationen hatte sie ihm schon liefern können, aber ein wirklich großes Ding war noch nicht dabei gewesen. Und genau darauf hatte sie es abgesehen. So charmant und zuvorkommend Bashir auch war, er stand im Verdacht, Geschäfte mit Terroristen zu machen. Treffen oder Telefonate fanden jedoch nie im Beisein der Angestellten statt, oder zumindest nicht in Amys.

Sie verzog den Mund, während sie vorsichtig den Flur entlanghuschte und schließlich vor einer Tür stehen blieb. Ein letztes Mal blickte sie sich um, dann schlüpfte sie in den Raum. Es handelte sich um einen alten Lagerraum, der offensichtlich schon seit ewigen Zeiten nicht mehr genutzt wurde. Dort hatte sie einen Zugang zu einem schmalen Kriechgang gefunden, der die ganze Seite des Gebäudes entlangführte. Er war so niedrig, dass Amy sich nur auf Händen und Knien vorwärtsbewegen konnte. Im Inneren waren zudem noch die Rohre der Klimaanlage verlegt, die den Platz weiter einschränkten. Kein Wunder, dass außer ihr niemand hierherkam. Und genau deshalb war es ein ideales Versteck für ihr Funkgerät. Hier konnte sie das tägliche Signal abgeben, aber auch im Notfall einen Funkspruch absetzen.

Amy schlüpfte aus ihrer Burka und schob sie ordentlich zusammengefaltet in ein Versteck. Es barg zwar die Gefahr, dass jemand sie in ihrer eng anliegenden schwarzen Trainingshose und dem farblich dazu passenden Langarmshirt sehen würde, aber mit der voluminösen Burka konnte sie sich nicht in dem Kriechgang fortbewegen. Ganz davon zu schweigen, dass es dort nicht gerade sauber war und sie sich den teuren Stoff ruinieren würde. Bashir legte sehr viel Wert darauf, dass seine Bediensteten gut gekleidet waren, besonders wenn er Gäste bewirtete.

Amy schob einige Gegenstände zur Seite und öffnete die kleine Metalltür, die den Gang verdeckte. Mit einer Grimasse griff sie hinein und tastete nach der kleinen Taschenlampe, die sie dort versteckt hielt. Es war stockdunkel in dem Verschlag, ohne das schwache Licht hätte Amy nicht einmal die Hand vor Augen sehen können. Erleichtert atmete sie auf, als ihre Finger sich um den Griff der Taschenlampe schlossen. Zur Not hätte sie es auch ohne Licht versuchen können, aber so war es wesentlich angenehmer und ging vor allem auch schneller. Ihre Zimmergenossinnen dachten, sie wäre im Bad, und würden sich wundern, wenn sie allzu lange brauchte.

Amy knipste die Taschenlampe an und schob sich ganz in den engen Raum. Es war zwar Platz genug, dass jemand die Rohre der Klimaanlage reparieren konnte, aber wirklich bequem war es nicht. Besonders das Ungeziefer machte die Sache sehr unangenehm. Obwohl Amy versuchte, den Insekten und Nagern aus dem Weg zu gehen, berührte ihre Handfläche mehr als einmal deren Kadaver. Mit dem Knie landete sie genau auf dem Chitinpanzer eines großen Insekts, der mit einem lauten Knacken zerbrach. Sofort erstarrte Amy und lauschte. Laut klangen ihre Atemzüge durch die abendliche Stille. Sonst rührte sich nichts.

Erst als sie sicher war, dass niemand sie gehört hatte, setzte sie ihren Weg fort. Glücklicherweise ließ Bashir die Klimaanlage nachts ausschalten, weil es draußen dann kalt genug war, sonst hätte Amy sich ein anderes Versteck suchen müssen. Lief die Anlage, gab sie ein lautes Brummen von sich und der gesamte Boden vibrierte. Zwar hätte Amy dann noch ihr Signal geben können, aber Gespräche wären unmöglich gewesen.

So kam sie jedoch seit Monaten abends hierher. Es waren die einzigen Momente des Tages, in denen sie wirklich allein war, und sie genoss die Freiheit, endlich wieder sie selbst sein zu können: TURT/LE-Agentin Amy Castillo, nicht das Dienstmädchen Malalai. Außerdem beruhigte es sie, zu wissen, dass ihre Kollegen nur einen Knopfdruck entfernt waren.

Amy stoppte und versuchte, die Spinnenfäden zu entfernen, die an ihrem Gesicht und in ihren Haaren klebten. Genau genommen saßen die anderen TURTs eine ganze Welt entfernt in Kalifornien. Sollte Amy wirklich einmal in Schwierigkeiten geraten, würden sie niemals schnell genug eingreifen können. Sie kannte das Risiko, war aber trotzdem hierhergekommen, weil sie wusste, dass ihre Arbeit wichtig war. Ihr Talent in der Informationsbeschaffung war bei der NSA nur zu einem geringen Prozentsatz ausgeschöpft worden, deshalb war sie froh gewesen, als Hawk sie von ihrem Bürojob dort befreit und sie zu den TURTs geholt hatte.

Auch wenn das körperliche Training für sie die Hölle gewesen war, hatte sie es durchgestanden und war für eine Außenmission vorgeschlagen worden. Hawk war erst skeptisch gewesen, hatte aber schließlich einsehen müssen, dass sie die bestgeeignete Agentin für den Job war. Was sicher auch daran lag, dass sie fließend Paschtu und Dari sprach und mit den schwarzen Haaren und ihrem eher dunklen Teint ohne Probleme als Afghanin durchgehen konnte. Nur ihre blauen Augen passten nicht ganz ins Bild. Sie hatte überlegt, dunkle Kontaktlinsen zu tragen, sich dann aber dagegen entschieden. Einerseits, weil das zu Fragen hätte führen können, zum anderen hatte sie vermutet, dass jemand wie Bashir vom Ungewöhnlichen angezogen wurde. Und sie hatte recht damit behalten. Er hatte ihr in die Augen gesehen, ein paar Worte mit ihr gewechselt und sie dann in den Haushalt aufgenommen. Zum ersten Mal in ihrem Leben war Amy dankbar für ihr Aussehen gewesen.

Endlich war sie an der Stelle angekommen, wo sie das Funkgerät versteckt hatte. Sie griff hinter das Rohr und zog es heraus. Für einen kurzen Moment schloss sie beide Hände darum, dann schaltete sie es an und sandte das Signal aus. Als Bestätigung, dass es angekommen war, erhielt sie ein kurzes Vibrieren. Ein Lächeln hob ihre Mundwinkel, als sie sich vorstellte, dass Hawk oder einer der anderen TURTs am anderen Ende war und gerade an sie dachte. Wie so oft musste sie die Versuchung niederringen, die Leitung zu öffnen und mit jemandem zu sprechen. Es fiel ihr unerwartet schwer, von allem abgeschnitten zu sein, das sie kannte. Eigentlich hatte sie erwartet, durch ihr einsames, isoliertes Leben in den USA gut darauf vorbereitet zu sein, doch anscheinend hatte selbst das nicht ausgereicht.

Kopfschüttelnd legte Amy das Funkgerät zurück ins Versteck und drehte sich mühsam in dem engen Gang um. Dabei stieß sie mit dem Ellbogen gegen das Rohr und erstarrte. Geräusche trugen in dem Haus sehr weit, deshalb war sie immer besonders vorsichtig. Über sich selbst verärgert, weil sie sich durch ihre Gedanken von ihrem Job hatte ablenken lassen, verharrte sie auf der Stelle, bis sie sicher war, dass niemand sie gehört hatte. Als sie erneut loskriechen wollte, hörte sie ein leises Murmeln. Sofort hielt sie in der Bewegung inne und lauschte. Es schien nicht vom Abstellraum her zu kommen, sondern aus der anderen Richtung. Unentschlossen blieb Amy noch einen Moment in ihrer Position, dann entschied sie sich dafür, die Sache zu erkunden.

Diesmal drehte sie sich völlig lautlos um, dann bewegte sie sich, so schnell es ging, den Gang entlang. So weit war sie noch nie gekommen, weil sie es immer eilig gehabt hatte, doch jetzt stellte sie fest, dass der Gang ein Stück weiter um die Ecke bog. Mit einem schlechten Gefühl folgte sie dem Geräusch von Stimmen, bis sie zu einem Gitter kam, das als Sichtschutz vor dem Rohr der Klimaanlage befestigt war. An der Seite war ein kleines Stück frei, durch das Licht drang. Sofort löschte Amy ihre Taschenlampe, damit niemand im Raum ihre Anwesenheit bemerkte.

Sie beugte sich über das Rohr, presste ihr Gesicht an das Gitter und blickte mit angehaltenem Atem in den Raum unter sich. Es war ein Arbeitszimmer, das sie bisher noch nie betreten hatte. Wenn Bashir Gäste empfing, tat er das normalerweise in seinem großzügigen Wohnbereich, wo er mit seinem Reichtum beeindrucken konnte – nicht, dass das Büro mit dem gewaltigen Schreibtisch aus Tropenholz und den die Wände bedeckenden Regalen ärmlich gewirkt hätte. Bashir stand neben seinem Schreibtisch und sprach mit einem Mann, der Amy den Rücken zudrehte und dessen Kopf von einer traditionellen Kullah bedeckt wurde. Amy konnte es nicht genau sagen, glaubte aber nicht, ihn hier schon einmal gesehen zu haben.

Zum ersten Mal seit Amy Bashir kennengelernt hatte, wirkte er unsicher, beinahe unterwürfig. Das war ungewöhnlich. Selbst wenn er wichtige Politiker oder ausländische Gäste empfing, gab er den erfolgreichen Geschäftsmann, der sich seines Standes bewusst war. Diesmal konnte Amy jedoch Angst bei ihm spüren, so deutlich, dass es sie fast körperlich lähmte. Innerlich verfluchte Amy ihre sensible Gabe, die sie die Gefühle anderer nachempfinden ließ, als wären es ihre eigenen. Das hatte zwar durchaus Vorteile, aber momentan erschwerte es ihre Undercovertätigkeit eher. Sie schloss die Augen und versuchte, die Emotionen auszublenden.

»Ich halte es für keine gute Idee …«

Der andere Mann unterbrach Bashir. »Hast du vergessen, wer dich unterstützt und vor allem geschützt hat, als unsere Feinde das ganze Land in Schutt und Asche gelegt haben? Als die Politiker Leuten wie dir alles wegnehmen wollten? Der deine Transporte gegen die Überfälle der Warlords gesichert hat? Der dir neue Geschäftsmöglichkeiten eröffnet hat?«

»Nein, natürlich nicht. Aber es geht uns jetzt gut und …«

Der Mann ließ ein geringschätziges Lachen ertönen, das Amy Gänsehaut bereitete. Es wunderte sie, dass sie von ihm keinerlei Gefühle empfangen konnte, doch das passierte manchmal, besonders bei Menschen, denen sie nie begegnet war. »Wach endlich auf. Dir mag es gut gehen, aber das ist völlig unerheblich. Nur die Sache ist wichtig, und du hast dich bereit erklärt, sie als Gegenleistung für meine Hilfe zu unterstützen. Jetzt ist die Zeit gekommen.«

Selbst aus der Entfernung konnte Amy sehen, wie Bashir blasser wurde und sich Schweißperlen auf seiner Stirn bildeten. Seine Furcht verstärkte sich noch. »Ich weiß. Aber das, was du vorschlägst, würde zum Tod und Elend von Tausenden Menschen führen. Sogar Leuten, die deine Sache unterstützen. Das kannst du nicht tun.«

»Ich kann, und ich werde. Hier geht es nicht um das Wohl Einzelner, sondern um etwas Höheres. Unsere Anhänger werden in den Gärten des Paradieses belohnt werden.« Er trat auf Bashir zu und beugte sich vor. »Wage es nicht, jetzt einen Rückzieher zu machen. Du wusstest von Anfang an, was unsere Hilfe dich kosten würde, jetzt musst du zahlen.« Er hatte seine Stimme gesenkt, doch seine Worte waren immer noch deutlich zu verstehen.

Ein Zittern lief durch Amys Körper. Bashir sah aus, als wäre er am liebsten weggelaufen, doch es gab keinen Ausweg für ihn. Schließlich neigte er den Kopf. »Ich verstehe.«

»Gut. Ich würde es sehr bedauern, dich und deine Familie töten zu müssen.«

Obwohl das kaum noch möglich schien, wurde Bashir noch blasser. »Halt meine Familie da raus!«

»Das liegt ganz in deiner Hand, mein Freund. Wenn wir uns das nächste Mal sehen, erwarte ich, dass du deinen Teil der Abmachung erfüllst.« Mit dieser Drohung ging er zur Tür und verließ den Raum, ohne dass Amy sein Gesicht zu sehen bekam. *Verdammt!*

Bashir ließ sich schwerfällig in seinen Schreibtischstuhl fallen und rieb sich mit beiden Händen über das Gesicht. Seine Angst wurde von einer Mischung aus Schuld und Ratlosigkeit verdrängt. Einen Moment lang beobachtete Amy ihn noch. Als jedoch klar wurde, dass er sich nicht bewegen würde, kroch sie langsam wieder zurück. Die ganze Aktion hatte schon viel zu lange gedauert, die anderen würden sich fragen, was sie so lange im Bad machte. Da sie es sich nicht leisten konnte, Verdacht zu erregen, verließ sie den Kriechgang, zog die Burka über ihr staubiges Zeug und schlich zur Tür. Nachdem sie sichergestellt hatte, dass sich niemand auf dem Flur aufhielt, verließ sie den Raum und zog die Tür leise hinter sich zu. Dann lief sie zum Bad, schloss die Tür auf und schlüpfte hinein. Erst als sie hinter sich abgeschlossen hatte, wagte sie es, erleichtert aufzuatmen.

Sie hatte gewusst, dass das Sammeln von Informationen vor Ort nervenaufreibend und auch gefährlich sein würde, aber irgendwie hatte es in ihrer Vorstellung vor allem aufregend geklungen. In Wahrheit war es eher beängstigend, und sie merkte, was diese Art zu leben ihr abverlangte. Doch sie hatte sich dafür entschieden, und sie würde es durchziehen. Ihr bisheriges Leben war schließlich auch kein Zuckerschlecken gewesen. Wenn sie mit ihrer Arbeit Menschenleben retten konnte, war das genug, um sie weitermachen zu lassen.

Schnell zog Amy sich aus und stieg in das Wasser, das sie sich bereits vorher in die Badewanne eingelassen hatte, während ihre Gedanken weiter um das Gehörte kreisten.

Offenbar hatte Bashir, wie angenommen, Kontakte zu irgendwelchen Aufständischen, seien es Taliban oder irgendeine der anderen Splittergruppen islamischer Extremisten, die ihm bisher bei seinen Geschäften gedient hatten. Jetzt wollten sie, dass er etwas für sie tat, und würden auch vor Mord nicht zurückschrecken, wenn er nicht gehorchte. Das Ganze schien in Zusammenhang mit einem größeren Anschlag zu stehen, wenn Amy die mehrere Tausend Toten, die Bashir befürchtete, als Indiz nahm. Ihr Magen zog sich zusammen, ihr Herz klopfte schneller. Genau auf diesen Moment hatte sie monatelang gewartet, dafür war sie hier.

Sie musste unbedingt mehr darüber herausfinden und auch in Erfahrung bringen, wer der Mann war, der Bashir bedroht hatte. Bei seinem nächsten Treffen würde sie ihn hoffentlich von vorne sehen, damit sie ihn wenigstens beschreiben konnte. Noch besser wäre es natürlich, wenn sie seinen Namen herausfinden würde. Aber wie? Vielleicht konnte sie sich unauffällig unter den anderen Bediensteten umhören, wer der nächtliche Besucher gewesen war. Die meisten waren schon wesentlich länger hier angestellt und würden es sicher wissen.

Außerdem würde sie heute Nacht ein Aufnahmegerät am Gitter zu Bashirs Büro platzieren, um mögliche weitere Gespräche über Anschläge auf Band zu haben. Zufrieden mit ihrem Plan stieg Amy aus der Wanne, trocknete sich ab und zog sich die Burka über das Nachthemd. Mit ihrer schmutzigen Kleidung in einem Handtuch zusammengerollt verließ sie das Bad und kehrte in ihr Zimmer zurück. Ihre beiden Mitbewohnerinnen blickten sie seltsam an, sagten aber nichts zu ihr. Das war sie schon gewohnt. Bisher hatte sie noch nicht herausgefunden, ob es daran lag, dass sie ihre Andersartigkeit spürten, oder ob sie einfach kein Interesse an ihr hatten. Letzteres wäre ihr sogar lieber, dann bestand wenigstens keine Gefahr, dass sie ihrem Arbeitgeber von den allabendlichen langen Badbesuchen berichteten.

Amy zog die Burka aus und kroch ins Bett. Ihr Rücken protestierte wegen der harten Matratze, aber da sie es nicht ändern konnte, schob sie den Schmerz beiseite. Sie schloss die Augen und befahl ihrem Körper, sich zu entspannen. Morgen würde wieder ein langer, anstrengender Tag sein, an dem sie von morgens bis abends putzen, waschen und die Familienmitglieder Bashirs bedienen musste. Nicht, dass sie harte Arbeit scheute, aber gleichzeitig auch noch Informationen beschaffen zu müssen war ziemlich kraftraubend.

Kurz bevor sie einschlief, tauchte ein grünbraunes Augenpaar vor ihr auf. Es blickte sie direkt an, zwinkerte und löste sich dann in Nebel auf. Sofort war Amy wieder hellwach. Warum konnte dieser verdammte Teufel sie nicht endlich in Ruhe lassen? Es war so viele Jahre her, zu viele, als dass sie sich jetzt noch daran erinnern sollte. Aber sie konnte es einfach nicht abschütteln, genauso wenig wie das Gefühl der Einsamkeit und des Verlustes. Warum tauchte es gerade jetzt wieder auf? Die Entfernung zwischen ihnen war so groß, dass sie ihn gar nicht spüren konnte. Oder war er auch in Afghanistan?

Amy ballte die Hände zu Fäusten, um dem Impuls zu widerstehen, die Decke zur Seite zu schieben und aufzuspringen. Ihre Zimmergenossinnen würden es sicher nicht lustig finden, wenn sie deren Nachtruhe störte. Stattdessen atmete sie gleichmäßig ein und aus und bemühte sich, ihre Ruhe wiederzufinden. Nach einigen Minuten gelang es ihr, wenn auch nur unter großer Anstrengung. Nein, er war nicht hier, es fühlte sich nicht so an.

Als Hawk damals mehr oder weniger freiwillig die NSA verlassen hatte, um die Stelle als Co-Leiter der TURTs anzunehmen, hatte er sie gefragt, ob sie mitkommen wollte. Zuerst hatte sie abgelehnt, aus Angst vor Veränderungen. Nach einigen Monaten war die Arbeit als Analystin allerdings so unerträglich geworden, dass sie schließlich doch den Umzug nach San Diego auf sich genommen hatte. Hätte sie geahnt, dass sie auf dem Navy Stützpunkt stationiert und von SEALs trainiert werden würde, hätte sie es sich vermutlich anders überlegt. Besonders wenn sie gewusst hätte, wen sie dort treffen würde. Auch ohne seinen Namen zu hören, hatte sie ihn wiedererkannt. Nur an seinen Augen, die noch immer ihre Träume heimsuchten …

Es dauerte lange, bis Amy schließlich in einen unruhigen Schlaf fiel.

3

Nach einem wunderbaren Mittagessen, das Nurja ihm zubereitet hatte, trat I-Mac auf den Flur und zog sich die Jacke an. Wie immer zögerte er seinen Aufbruch so lange hinaus wie möglich, in der Hoffnung, dass Nurja ihn verabschiedete. Als er ihre leisen Schritte hinter sich hörte, hoben sich seine Mundwinkel. Alles in ihm drängte danach, Nurja endlich in seine Arme zu schließen. Aber das konnte er nicht tun, solange er immer noch keine Ahnung hatte, ob sie mehr in ihm sah, als nur ihren Retter oder jemanden, der ihr und ihren Kindern ein Dach über dem Kopf gab und dessen Verletzungen sie gepflegt hatte. Beinahe wünschte er sich die Zeit zurück, als er sich kaum hatte bewegen können und Nurja ihn mit sanften Fingern berührt hatte. I-Mac schnitt eine Grimasse. Natürlich wollte er diese Hölle nicht noch einmal durchleben, die Schmerzen, die Hilflosigkeit, weil er nichts hatte selbstständig machen können, die Angst davor, dass es nicht besser werden und er den Rest seines Lebens im Bett oder im Rollstuhl verbringen würde, die Wut, seinen Job nicht mehr erledigen zu können.

Aber es war auch die einzige Zeit gewesen, in der Nurja mehr als nur seine Hand oder seine Schulter berührt hatte. Jetzt schien sie sich immer mehr zurückzuziehen, und das machte ihn wahnsinnig. Bei jeder anderen Frau hätte er seinen Wunsch nach Nähe wesentlich deutlicher zum Ausdruck gebracht. Doch Nurja waren in dem Gefängnis des Warlords Mogadir furchtbare Dinge angetan worden, über die sie nie sprach, und man hatte ihren Mann vor ihren Augen ermordet.

Deshalb hielt I-Mac sich zurück und wartete stattdessen auf ein Zeichen von ihr, das jedoch nie kam. Wie oft war er nachts von ihren Schreien aufgewacht, wenn sie wieder Albträume hatte? Die ersten Male war er noch zu ihr gelaufen und hatte versucht, sie zu beruhigen, aber seitdem er wusste, dass sie das nicht wollte, lag er nur noch hellwach in seinem Bett und starrte an die Decke, während ihre Schreie und die unterdrückten Schluchzer ihn innerlich zerrissen. *Hilflos. Nutzlos.*

Mit Gewalt riss I-Mac sich aus seinen Gedanken und steckte den Wohnungsschlüssel in die Hosentasche. Erst dann drehte er sich um und stand Nurja gegenüber. Sein Herz machte einen Satz, während sich gleichzeitig sein ganzer Körper verspannte. Gewohnt schüchtern lächelte Nurja ihn an und streckte die Hand aus, um ihm seine Arbeitstasche zu reichen. Auch das konnte er ihr einfach nicht ausreden.

Masochist, der er war, betrachtete er sie eingehend. Über ihr von Natur aus leicht gebräuntes Gesicht zogen sich blasse Narben, eine Erinnerung an die Folter, die sie durchlitten hatte. Doch I-Mac nahm das kaum noch wahr. Stattdessen konzentrierte er sich ganz auf Nurjas samtige Haut. Eine lange, gerade Nase saß über vollen Lippen und einem spitzen Kinn. Am meisten faszinierten ihn ihre Augen: leicht schräg gestellt und so dunkelbraun, dass er die Iris kaum von der Pupille unterscheiden konnte. Trotzdem spiegelten sie immer Nurjas Gefühle wider: Freude, Leid, Trauer, Humor … Er konnte darin lesen wie in einem Buch. Nur nicht, wenn es um ihre Gefühle für ihn ging.

I-Mac räusperte sich. »Ich muss jetzt los. Danke für das leckere Essen.«

»Sehr gerne. Bis heute Abend, John.«

Sie war die Einzige, die ihn nie mit seinem Spitznamen ansprach – er selbst eingeschlossen – und das gefiel ihm. Genauso wie die Tatsache, dass sie schon seit einiger Zeit keine Burka mehr trug, sondern dazu übergegangen war, nur noch ihre Haare mit einem Tuch zu bedecken. Ihre Kleidung war immer hochgeschlossen und in den meisten Fällen figurverhüllend, aber meilenweit von den wallenden Tuniken der afghanischen Frauen entfernt. Mehr Haut als die an Gesicht und Händen hatte er bei ihr noch nicht gesehen, doch das war auch gar nicht notwendig, um zu wissen, dass er ihr völlig verfallen war. Ihrer stillen Kraft und Anmut, dem melancholischen Lächeln. Und der Liebe zu ihren Kindern, für die sie in einem Land lebte, das so anders war als ihre Heimat.

I-Mac traute sich nicht zu fragen, ob sie hier glücklich war. Was, wenn sie ihn für immer verließ? Vor ihrem Einzug war er damit zufrieden gewesen, allein zu leben, jetzt würden ihn die Stille und Einsamkeit erdrücken. Doch auch das konnte er ihr nicht sagen, denn er wollte nicht, dass sie nur aus Mitleid oder dem Gefühl, ihm etwas schuldig zu sein, bei ihm blieb. Ja, er wollte sie, aber nicht um jeden Preis.

»John?« Ihr Lächeln war einem unsicheren Gesichtsausdruck gewichen, was vermutlich daran lag, dass I-Mac seit einer Weile stumm vor ihr stand und sie nur anstarrte.

Unter ihrem Kopftuch lugte eine schwarze Haarsträhne hervor, und I-Mac hob, ohne nachzudenken, die Hand, um sie zu berühren. Nurja erstarrte, ihre Augen weiteten sich alarmiert. I-Mac wollte seinen Arm schon wieder sinken lassen, entschied dann aber, seinem Impuls diesmal nachzugeben. Während seine Hand sich ihr näherte, versuchte er, so harmlos wie möglich zu wirken. Ein wenig ärgerte es ihn, dass sie denken könnte, er würde ihr jemals in irgendeiner Form wehtun. Eher würde er sich die Hand abhacken. Vorsichtig schob er die Locke unter das Kopftuch zurück.

Nurjas Lippen zitterten, ihre Augen wurden feucht. »John …«

»Ja?« Er hielt den Atem an. Vielleicht würde er jetzt endlich erfahren, ob sie auch etwas für ihn empfand.

Ihr Mund öffnete sich, aber es kam kein Laut heraus. Vielleicht wurde der aber auch nur von dem Geschrei übertönt, das sich in diesem Moment hinter ihm erhob. Bevor I-Mac sich umdrehen konnte, hingen zwei Kinder an seinen Beinen, während zwei andere sich an seine Arme klammerten. Da er nicht darauf vorbereitet war, brachten sie ihn aus dem Gleichgewicht, und er hatte Mühe, stehen zu bleiben.

»*Wadrega!*« Nurjas Stimme hatte einen scharfen Klang angenommen, den sie sonst nur sehr selten benutzte.

Sogar I-Mac verstand den Befehl zum Aufhören, obwohl er immer noch nicht sonderlich gut in Paschtu war. Glücklicherweise hatten Nurja und die Kinder sehr schnell Englisch gelernt. Die Kinder erstaunten ihn immer wieder, besonders die jüngeren schienen inzwischen beinahe so akzentfrei zu sprechen, als wären sie hier zur Welt gekommen. Sofort ließen die Kinder ihn los, und I-Mac erlangte sein Gleichgewicht zurück.

Nurja sagte noch ein paar Worte auf Paschtu, die er nicht verstand, bevor sie ins Englische wechselte. »Ihr wisst, dass ihr John nicht so überfallen sollt. Entschuldigt euch. Sofort.« *Gott, er liebte ihren weichen Akzent.*

Mit schuldbewussten Mienen blickten ihn die Kinder an. Der Älteste sprach schließlich. »Tut uns wirklich leid, I-Mac.«

Wahrscheinlich sollte er strenger sein, aber er schaffte es einfach nicht, wenn sie ihn so ansahen. »Nichts passiert. Nächstes Mal warnt mich einfach vor, okay?«

Die vier nickten eifrig, bevor sie ihre Mutter besorgt ansahen.

Nurja ermahnte sie noch einmal und schickte sie dann zurück in die Küche. Erst als sie wieder allein waren, sah sie I-Mac an. »Geht es dir gut?«

Einerseits gefiel ihm ihre Besorgnis, andererseits wollte er aber auch nicht den Rest seines Lebens wie ein Invalide behandelt werden. Vor allem nicht von einer Frau, die ihn ganz anders wahrnehmen sollte. »Ja. Ich bin nicht so zerbrechlich, wie du zu denken scheinst, Nurja.«

In ihrem Gesicht breitete sich erneut Unsicherheit aus. »Ich mache mir Sorgen …«

I-Mac unterbrach sie. »Wenn mir irgendetwas wehtut oder ich etwas nicht tun kann, sage ich das schon.«

Verletzt trat sie einen Schritt zurück. »Aber du kannst nicht …«

Wieder ließ er sie nicht ausreden. »Ich bin ein SEAL, Nurja, es gibt nur wenig, was ich nicht kann. Meine Verletzungen sind so gut verheilt, wie es möglich ist, und ich muss damit leben. Ein paar spielende Kinder werden mich nicht umbringen.«

Nurja zuckte zusammen, als hätte er sie geschlagen. I-Mac streckte eine Hand nach ihr aus, doch sie reagierte nicht so, wie er es erwartet hatte. Stattdessen stieß sie ein Wort aus, das er nicht kannte, welches aber eindeutig nach einer Beleidigung klang. Überrascht starrte er sie an. »Was?«

»Auch SEALs können sterben! Ich will nicht, dass du uns verlässt.« Röte war in ihre Wangen gekrochen, ihre Augen glitzerten.

Eine Frau zu verstehen war nie leicht, aber Nurja blieb ihm sehr oft ein totales Rätsel. Er wusste einfach nicht, was in ihrem Kopf vor sich ging. Nie sprach sie darüber, wie sie sich fühlte oder wie sie über bestimmte Dinge dachte. Einiges hatte er mit der Zeit herausgefunden, zum Beispiel ihre Abneigung gegen stark riechendes Aftershave. Wie ihr Leben in Afghanistan ausgesehen hatte, erfuhr er von den Kindern, die hin und wieder davon erzählten. Nurja schwieg zu dem Thema, und wenn sie mitbekam, dass ihre Kinder darüber redeten, schickte sie sie nach draußen.

Manchmal fragte I-Mac sich, ob er nur wegen ihrer geheimnisvollen Art so fasziniert von ihr war. Doch dann tat oder sagte sie etwas, das ihn tief im Innern traf und ihm klarmachte, dass es weit mehr als nur Faszination war. Wie das eine Mal, als er eine Komödie im Fernsehen angeschaut und plötzlich hinter sich ein unterdrücktes Lachen gehört hatte. Er hatte sich nicht umgedreht, weil er Nurja die Freude nicht hatte nehmen wollen, aber in dem Moment hatte er beschlossen, sich viel öfter Komödien anzusehen. Einige Zeit später hatte Nurja sich zum ersten Mal in einen Sessel gesetzt und einen Film mit ihm zusammen geschaut.

Vorsichtig trat er auf sie zu und legte ihr die Hände auf die Schultern. Er bemerkte, dass sie zitterte, aber er brauchte diese körperliche Verbindung einfach, um ihr zu vermitteln, dass er ganz und gar lebendig war. »Ich werde nicht sterben, Nurja. Du weißt, dass ich nicht mehr auf Missionen gehe, sondern im Büro sitze.« Und das tat mehr weh, als er je für möglich gehalten hätte. »Ich schneide mich höchstens mal an Papier.«

»Und was war in Washington, als du beinahe erschossen wurdest?«

Innerlich schnitt I-Mac eine Grimasse. Natürlich erinnerte Nurja sich noch daran, schließlich war sie dabei gewesen. Und sie hatte ihm das Leben gerettet, indem sie den Angreifer ihrerseits erschossen hatte. Noch jetzt konnte er spüren, wie fest sie sich danach an ihn geklammert hatte. »Da warst du bei mir, ich konnte gar nicht sterben.«

Eine Träne lief ihr über die Wange. »Doch, und dann wäre ich allein.«

Mit jeder Faser seines Körpers wünschte er sich, er könnte Nurja in seine Arme ziehen und ihr versichern, dass ihm nie etwas passieren würde, doch das wäre gelogen. »Ich bin aber noch hier.«

»Wie lange? Rose hat ihren Mann Ramon auch verloren …«

Wieder konnte er nichts dagegen sagen. Ramon – von seinen Teamkollegen Ghost genannt – war tatsächlich während einer Mission an einer Schusswunde gestorben. »Ramon war bewusst, was er tat. Er kannte das Risiko, und er hat trotzdem seinen Job gemacht, um Karen aus den Händen der Terroristen zu retten.« Lustigerweise hatte sich einige Jahre später ihr damaliger CO Clint Hunter in Karen verliebt, und sie sich auch in ihn. Inzwischen hatten sie sogar schon eine vierjährige Tochter. Es hatte sich also eindeutig gelohnt, sie zu retten.

»Und das macht es besser? Rose wäre es sicher lieber gewesen, selbst zu sterben und nicht einen geliebten Menschen zu verlieren.«

Für I-Mac war das gar keine Frage, aber diesen Drang hatte wahrscheinlich jeder, der jemanden liebte. Erst recht ein voll ausgebildeter SEAL. Dann kam ihm ein Gedanke, der ihn erstarren ließ. »Wünschst du dir, du wärst anstelle deines Mannes gestorben?« Die Frage war heraus, bevor ihm bewusst wurde, dass sie absolut falsch war.

Nurja blickte ihm direkt in die Augen, etwas, das sie nur sehr selten tat, und wenn, dann auch nur kurz. Diesmal aber hielt sie seinem Blick stand, während ihr die Tränen über die Wangen liefen. »Nein. Die Kinder brauchen mich …« Sie stockte. »Es tut mir weh, dass er so sterben musste, aber es war seine Entscheidung, sich Mogadir anzuschließen.« Als sie sich wegdrehen wollte, hielt I-Mac sie weiterhin fest. Schließlich atmete sie zitternd aus. »Meinetwegen hat der Warlord ihn gefoltert und getötet. Hätte ich nicht Informationen an Kyla und Jade weitergegeben, wäre das alles nicht passiert.«

I-Macs Herz zog sich zusammen. Auch wenn sie nie darüber gesprochen hatte, war ihm klar gewesen, dass sie sich noch immer schuldig fühlte. Aber er hatte nie etwas gesagt, weil er sie nicht an diese furchtbare Zeit erinnern wollte. Als könnte sie das jemals vergessen … »Es ist nicht deine Schuld, Nurja, sondern allein Mogadirs. Nur dank deiner Hilfe konnten wir den geplanten Anschlag auf die Wolesi Jirga verhindern und damit den Tod Hunderter Menschen. Oder sogar Tausender, denn das Ganze hätte sicher zu Aufständen und weiterem Blutvergießen geführt.« Langsam hob er die Hand und wischte Nurja die Tränen weg. »Es tut mir sehr leid, dass du so viel verloren hast. Ich wünschte, ich könnte es dir zurückgeben.«

Ein zaghaftes Lächeln hob ihre Mundwinkel. »Das tust du, jeden Tag.«

I-Macs Herz schlug schneller, bis er fast sicher war, dass es im ganzen Raum zu hören war. »Das ist gut.« Zwar dachte er immer noch, dass er Nurja mehr brauchte als sie ihn, aber das sagte er nicht laut. Widerstrebend trat er schließlich einen Schritt zurück und ließ die Hand sinken. »Ich muss jetzt leider los. Gib den Kindern einen Kuss von mir.«

Für einen winzigen Moment glaubte er, Enttäuschung in Nurjas Augen zu erkennen, dann senkte sie den Blick und nickte. »Es ist ein Wunder, dass sie so lange still waren.«

Vermutlich hatten sie an der Tür gelauscht, aber auch das verschwieg I-Mac besser. »Das macht meine gute Erziehung.«

Zu seiner Freude lachte Nurja hell auf, schlug sich jedoch sofort die Hand vor den Mund. Viel zu schnell wurde sie wieder ernst. »Du verwöhnst sie viel zu sehr, John. Es ist nicht gut, wenn sie sich daran gewöhnen.«

»Warum nicht? Ich tue es gern.«

Sie legte ihm die Hand auf den Unterarm, eine Berührung, die seinen gesamten Körper elektrisierte, weil sie so selten war. »Weil du irgendwann nicht mehr da sein wirst.«

Verständnislos blickte er sie an. »Warum nicht? Ich dachte, wir wären uns einig, dass ich nicht sterben werde.«

»Wir können dir nicht ewig zur Last fallen, John. Du hast selbst gesagt, dass du körperlich wiederhergestellt bist. Du brauchst meine Hilfe nicht mehr.«

Genau das hatte I-Mac befürchtet. Ein enges Band legte sich um seinen Brustkorb. »Willst du denn gehen?«

Ihr Griff an seinem Arm wurde fester. »Nein! Aber irgendwann wirst du deine Ruhe haben wollen. Du hast dir dein Leben bestimmt anders vorgestellt als mit einer fremden Frau und fünf Kindern …«

I-Mac stellte sich so vor sie, dass sie ihm direkt in die Augen blicken musste. »Ich sage das nur einmal, und ich hoffe, dass du dann nie wieder daran zweifelst: Ich freue mich, dass ihr hier seid. Ich genieße jeden Moment mit euch. Ich könnte mir ein Leben ohne dich und die Kinder nicht mehr vorstellen.«

In Nurjas Augen leuchtete ein Funken Hoffnung auf. »Wirklich?«

»Wirklich.«

Das brachte ihm ein kleines Lächeln ein. »Danke. Wenn sich das jemals ändert, sagst du mir dann Bescheid?«

Dass sie immer noch Zweifel hatte, war nach ihrem bisherigen Leben wohl natürlich, und I-Mac nahm es ihr nicht übel. Stattdessen ergriff er ihre Hand und legte sie an sein Herz. Nurja zuckte kurz zusammen, ließ ihre Finger aber, wo sie waren. »Ich verspreche es. Wenn du mir versprichst, nicht mehr darüber nachzugrübeln. Und wenn du irgendwelche Sorgen hast, rede mit mir darüber. Ich kann nicht in deinen Kopf sehen.« *Leider*.

»Okay.« Ihr ernsthafter Gesichtsausdruck gepaart mit ihrem Akzent, der das typisch amerikanische Wort exotisch klingen ließ, traf I-Mac mitten ins Herz. »Das ist ungewohnt für mich, aber ich werde mich bemühen.«

»Danke.«

Nurja strich ihm sanft mit den Fingerspitzen über die Brust, bevor sie die Hand wegzog. »Komm bald nach Hause.«

Am liebsten wäre I-Mac hiergeblieben und hätte noch weiter mit ihr geredet. Aber er konnte es nicht länger hinauszögern, seine Arbeit wartete auf ihn. Eigentlich hätte er heute Mittag gar nicht nach Hause kommen dürfen, besonders nicht nach dem neuesten Anschlag, aber er hatte einfach nicht widerstehen können, Nurja noch einmal zu sehen. Ja, mit ihr hatte sich sein Leben wirklich zum Besseren gewandt. Abgesehen von der Tatsache, dass er nicht mehr den Job ausüben konnte, den er liebte …

Herauszufinden, wer der Attentäter war, war nicht allzu schwierig gewesen. Dessen kommandierender Offizier der Afghanischen Armee hatte ihn mühelos identifiziert. Allerdings war die Information nur für die höchsten Kreise der ISAF bestimmt und schloss Henning damit aus. Dank seiner Kontakte hatte es ihn jedoch nur wenig Zeit gekostet, an den Namen und andere wichtige Daten zu kommen. Eigentlich hatte er den Befehl, zu seinem Team im Süden des Landes zurückzukehren, doch das konnte er nicht, solange er nicht sicher war, dass es sich um einen Einzeltäter handelte, wie die Offiziellen behaupteten. Kollers Worte ließen ihm keine Ruhe. Was, wenn es wirklich der erste einer ganzen Reihe von Anschlägen war? Irgendjemand musste herausfinden, ob die Drohung des Täters der Wahrheit entsprach.

Nach jetzigem Stand würde keine offizielle Untersuchung durch die ISAF, die SEALs oder auch das KSK gestartet werden. Trotzdem erschien es Henning sinnvoll, der Sache nachzugehen, bevor es noch mehr Anschläge gab. Sollte Abdul Fashir Mitglied einer Terrorgruppe gewesen sein und den Auftrag für die Morde bekommen haben, hatten sie ein viel größeres

Problem als »nur« ein paar tote Militärangehörige. Das Töten würde weitergehen, solange sich noch ein ausländischer Soldat auf afghanischem Boden befand – und darüber hinaus. Wenn die Armeen das Land verlassen hatten, würden die Extremisten sicher ein neues Feindbild finden, seien es Andersgläubige, Frauen oder einfach die Teile der Bevölkerung, die endlich Frieden wollten. Das alles war ein solcher Irrsinn …

Kopfschüttelnd ging Henning den Gang entlang, der ihn aus der Baracke führen würde. Er hatte schon zu viel Zeit auf dem Stützpunkt vergeudet, er musste sich dringend woanders umsehen. Am liebsten wäre er zur Familie des Attentäters gefahren und hätte sie befragt, aber er wusste selbst, dass das nicht besonders klug wäre. Selbst wenn die Verwandten nichts von dem Anschlag wussten und ihn missbilligten, würden sie nie mit einem ausländischen Soldaten darüber reden.

»Warten Sie.« In den Worten war ein starker Akzent zu hören.

Leicht beunruhigt umfasste Henning den Griff seiner Pistole, bevor er sich umdrehte. Ein Soldat der ANA stand vor ihm. Seiner Miene war deutlich anzusehen, dass er sich nicht wohlfühlte. Nervös blickte er sich um, bevor er seine Aufmerksamkeit wieder auf Henning konzentrierte.

»Ja?« Henning konnte nicht ändern, dass er kurz angebunden klang. Nach den heutigen Ereignissen war er nicht in der Stimmung für ein Gespräch.

»Ich habe gehört, dass Sie sich für Abdul Fashir interessieren.«

Scharf blickte Henning ihn an. »Und wenn es so wäre?«

Der Soldat straffte den Rücken und hob das Kinn. »Dann könnte ich Ihnen damit vielleicht helfen.«

»Was haben Sie für ein Interesse daran?«

Wut schwelte in den Augen des Mannes. »Fashir hat heute einige meiner Freunde und Kameraden getötet und dazu noch unsere Situation hier verschlechtert. Ich denke, ich habe genauso viel Interesse daran wie Sie, wenn nicht sogar noch mehr.«

Henning neigte den Kopf. Es war ihm peinlich, dass er nicht darüber nachgedacht hatte, was der Anschlag für die anderen ANA-Soldaten bedeuten musste. »Das stimmt. Tut mir leid. Was wissen Sie?«

»Ich möchte Ihre Zusicherung, dass Sie niemandem sagen, woher Sie die Information haben.«

»Kein Problem.« Vor allem, da er den Soldaten überhaupt nicht kannte.

Erneut sah der Mann sich um, bevor er sich ein Stück vorbeugte und die Stimme noch mehr senkte. »Fashir hatte zusätzlich zu seinem Zimmer hier auf dem Stützpunkt eine Wohnung in der Stadt. Ich kann Ihnen die Adresse geben, wenn Sie daran interessiert sind.«

»Auf jeden Fall.« Henning notierte sich die Adresse, die ihm der Soldat diktierte. »Danke.« Der Mann nickte ihm zu und wollte gehen, doch Henning hielt ihn auf. »Warum helfen Sie mir?«

Die Lippen des Mannes wurden schmaler. »Ich habe Familie, und ich möchte nicht, dass sie wegen einiger Extremisten weiter leiden müssen, die nur Chaos stiften wollen und denen es egal ist, wen sie damit treffen.« Seine Augen schimmerten feucht. »Eigentlich sollte ich heute in dem Raum sein, aber ich habe den Dienst mit meinem Freund Ahmed getauscht. Er ist gestorben.«

Hennings Kehle zog sich zusammen. »Das tut mir leid.«

»Fashir ist tot und jenseits meiner Rache. Aber wenn er irgendwelche Helfer oder Hintermänner hatte, will ich sicherstellen, dass sie ihre Strafe bekommen.« Er holte tief Atem.

»Ich würde mich auch selbst darum kümmern, aber ich gehe davon aus, dass Sie bessere Kontakte und damit Erfolgschancen haben.«

Damit hatte er vermutlich recht. »Ich werde mich darum kümmern.«

Der Soldat nickte ihm zu. »Gut.« Ohne ein weiteres Wort drehte er sich um und eilte den Gang entlang.

Henning sah ihm einen Moment lang nach, dann setzte er seinen Weg zum Ausgang fort. Endlich hatte er ein Ziel. Er würde sich die Wohnung des Attentäters ansehen, bevor jemand anders auf die Idee kam oder mögliche Beweise vernichtet wurden.

4

Ein heftiger Krampf durchzuckte seinen Oberschenkel, aber Henning hatte gelernt, sich nicht zu rühren, wenn er in feindlichem Gebiet war und nicht wusste, ob er beobachtet wurde. Zwar wirkte alles friedlich, doch das konnte täuschen, wie er schon öfter am eigenen Leib erfahren hatte. Mitten in der Nacht war die Stadt still, nur wenige Menschen waren unterwegs. Genau genommen hatte er schon seit einer halben Stunde keinerlei Bewegung mehr registriert. Genau solche Aufklärungsmissionen hatte er bereits Dutzende Male erledigt, das war eine der Aufgaben des KSK in Afghanistan. Heute war er jedoch zum ersten Mal ohne seine Männer unterwegs, und das machte ihn nervös. Zwar konnte er sich allein unauffälliger anpirschen, doch er hatte dann auch niemanden als Rückendeckung.

Damit nichts über diese Aktion nach außen sickerte, hatte Henning niemandem gesagt, was er vorhatte. Seinem Team hätte er vertraut, oder auch Chris Nevia, I-Mac oder SEAL Team 11, doch die waren alle zu weit entfernt, und Henning wusste nicht, ob Telefonate, Funkgespräche oder E-Mails abgefangen wurden. Zu deutlich war noch die Erinnerung daran, wie Khalawihiri sämtliche Funkgespräche des deutschen Lagers abgehört und deshalb gewusst hatte, dass das SEAL-Team ihn angreifen wollte. Wahrscheinlich hatten die Terroristen inzwischen sogar eine noch viel ausgereiftere Technik.

Nachdem Henning sicher war, dass sich niemand in der Nähe aufhielt, schob er sich langsam vor. Vorsichtig richtete er sich auf und trat aus dem Schatten des Hauses, hinter dem er sich versteckt hatte. Die Gegend war dunkel und wirkte heruntergekommen, es gab keine Straßenlaternen. Dank seiner dunklen Kleidung würde er in der mondlosen Nacht kaum zu entdecken sein, aber er wollte trotzdem kein übermäßiges Risiko eingehen. Deshalb hielt er sich möglichst dort auf, wo wirklich kein Lichtstrahl hineindrang. Schweiß lief ihm trotz der kühlen Luft über den Rücken und sickerte in seine Kleidung.

Da die Zeit drängte, arbeitete er sich zum Eingang des Gebäudes vor. Hinter den Fenstern brannte kein Licht, es gab keine Gardinen oder Vorhänge. Nur dunkle Höhlen schienen ihn anzustarren, während er die letzten Meter zur Haustür zurücklegte und sich mit dem Rücken an die steinerne Einfassung lehnte. Adrenalin pumpte durch seine Adern, und er griff automatisch die Waffe fester. Nach einigen tiefen Atemzügen legte er seine Hand auf die Klinke und drückte sie hinunter. Mit einem leisen Knarren öffnete sich die Tür. Instinktiv hielt Henning den Atem an. Als keine Schüsse erklangen und er auch sonst kein Geräusch hörte, schob er die Tür weiter auf und trat in den Hausflur.

Die Dunkelheit war vollkommen, man konnte nicht einmal die Hand vor Augen sehen. Henning holte eine kleine Taschenlampe heraus und verschaffte sich einen kurzen Überblick, bevor er sie wieder ausschaltete. Dann bewegte er sich mit der Hand an der Wand entlang, bis er zur ersten Wohnungstür kam. Die kleinen Schuhe an der Schwelle deuteten darauf hin, dass hier eine Familie mit mehreren Kindern lebte. Also nicht die Wohnung, die er suchte. Lautlos schlich er weiter. Da auch die zweite Wohnung im Erdgeschoss nicht die gesuchte war, nahm Henning die Treppe ins Obergeschoss. Ganz konnte er das Quietschen der Holzstufen nicht vermeiden, deshalb hielt er alle paar Sekunden inne und lauschte. Erst als er sicher war, dass sich im Hausflur nichts regte, ging er weiter.

Oben angekommen legte er seine Hand um den Kopf der Taschenlampe, damit niemand den Lichtschein bemerkte, während er nach Hinweisen auf die jeweiligen Bewohner der oberen Wohnungen suchte. An einer Tür war ein Namensschild angebracht, die andere war gänzlich anonym. Das nahm er als Zeichen, sich zuerst dort umzuschauen. Welcher Terrorist würde groß annoncieren, wo er lebte? Natürlich konnte Henning sich auch irren, aber das würde er erst merken, wenn er in die Wohnung eingedrungen war. Er rieb sich über den Nacken und wünschte sich erneut, sein Team wäre bei ihm.

In ein Haus oder eine Wohnung einzudringen war äußerst heikel, besonders ohne jede Rückendeckung. Und wer wusste schon, ob der Attentäter seine Wohnung nicht so hinterlassen hatte, dass sie in die Luft flog, sobald jemand sie betrat. Henning schnitt eine Grimasse. Wunderbar, jetzt war er noch nervöser als vorher. Aber das ließ sich nicht ändern, er musste überprüfen, ob Fashir hier wichtige Informationen hinterlassen hatte. Und zwar bevor jemand anders kam und sie beseitigte.

Entschlossen nahm Henning sein Werkzeug heraus und brach die Tür mit einem leisen Knirschen auf. Noch einmal hielt er inne, dann schob er sie auf und richtete seine Pistole in das Innere. Als sich nichts rührte und er auch nicht das Gefühl hatte, dass außer ihm jemand in der Wohnung war, schloss er die Tür leise hinter sich. Da sie keine Scheiben hatte, wagte er es, die Taschenlampe wieder anzumachen. Der winzige Flur war leer, zwei Türen gingen davon ab. Eine führte zu einem noch kleineren Bad, in dem es nur eine Toilette und ein Waschbecken gab. Dort konnte sich niemand verstecken, deshalb schlich Henning weiter zur zweiten Tür. Oder vielmehr Öffnung, denn hier war keine Tür eingehängt.

Der Dachgeschossraum war klein und schlauchförmig, das

Dach flach. Die Raumhöhe war so gering, dass Henning das Gefühl hatte, sich bücken zu müssen, um nicht an die Decke zu stoßen. Die Gefahr bestand nicht, allerdings bekam er bei den gefühlten zwei Metern Höhe eindeutig Platzangst. Auch sonst war der Raum alles andere als gemütlich, wenn Henning das im schwachen Schein seiner Lampe richtig sah. Das Zimmer war mit Kisten vollgestellt, dreckiges Geschirr übersäte den Tisch und die Spüle, eine Matratze lag auf dem Boden, eine Decke, Kissen und Kleidung waren wild darauf verstreut.

Vorsichtig betrat Henning den Raum, immer auf der Suche nach einer möglichen Sprengfalle. Hatte der Tote geglaubt, dass niemand sein Versteck finden würde? Oder war das Aufräumkommando nur noch nicht hier angekommen? Besser, er verschwendete keine Zeit, falls doch noch jemand kam. Da die kleinen Fenster mit dicken Vorhängen zugezogen waren, wagte Henning es, seine Taschenlampe etwas zu heben und sich genauer umzusehen. Auch auf den zweiten Blick machte die Wohnung nicht mehr her, um nicht zu sagen: Sie war ein richtiges Drecksloch. Es sah nicht so aus, als hätte Fashir hier jemals aufgeräumt oder geputzt. Warum auch, wenn er die Wohnung nur zur Planung seines Anschlags genutzt hatte.

Henning presste die Lippen zusammen und begann damit, sich durch den Unrat zu wühlen. Die Zeit rann ihm durch die Finger, und er war schon fast so weit aufzugeben, als er in den Falten der Decke einen harten Gegenstand ertastete: ein Notebook. Aufregung breitete sich in Henning aus. Er schob eine Ecke des Tisches frei und setzte sich auf den einzigen Stuhl. Seine Waffe behielt er weiter in der Hand, während er das Gerät mit einer Hand aufklappte und auf den Startknopf drückte. Mit einem leisen Surren fuhr das Notebook hoch, und Henning atmete erleichtert auf, als keine Aufforderung kam, ein Passwort einzugeben.

Glücklicherweise konnte er die üblichen Windows-Symbole erkennen, die arabischen Schriftzeichen hätten ihm nicht wirklich weitergeholfen. Zuerst sah er sich die Ordner an, die einige wenige Dateien enthielten. Da er sie nicht entschlüsseln konnte, schloss Henning sie wieder und wandte sich dem E-Mail-Programm zu. Dort waren etliche Mails angezeigt, die er allerdings auch nicht lesen konnte. Aber er konnte sie an jemanden weiterleiten, der sie verstehen würde. Chris hatte ihm gesagt, dass er sich an I-Mac wenden sollte, wenn es um Informationen oder Computerfragen ging, und genau das würde er jetzt tun.

Henning zog sein Handy heraus und suchte in seinen Kontakten nach der Nummer des Ex-SEALs. Er konnte nur hoffen, dass wirklich niemand die Anrufe abhörte oder das Gespräch auf andere Weise belauschte, doch letztendlich war es wichtiger, dass die E-Mails und Texte so schnell wie möglich übersetzt wurden. Und zwar ohne langwierige Überlegungen, ob das rechtens war. Deshalb ging Henning auch nicht den offiziellen Weg über Deutschland, sondern tippte stattdessen auf I-Macs Nummer und hielt sich das Handy ans Ohr.

»Ja?«

Henning zuckte erschrocken zusammen, als I-Mac sich bereits nach einem Freizeichen meldete. »I-Mac? Hier ist Henning.« Absichtlich ließ er jegliche weitere Namen und Bezeichnungen weg.

»Ah, hallo. Chris sagte schon, dass du eventuell anrufst. Was kann ich für dich tun?«

»Ich habe hier ein Notebook gefunden und bräuchte jemanden, der mir E-Mails und Texte übersetzt.« Henning hielt seine Stimme so leise, dass ihn auf dem Hausflur und in der Wohnung darunter niemand hören konnte.

»Ich nehme mal an, Dari oder Ähnliches?«

»Ja.«

»Das kann ich zwar nicht selbst, aber ich finde jemanden. Kannst du mir die Texte schicken?«

Henning klickte auf das Symbol für die Internetverbindung. »Keine Verbindung hier.«

»Versuch es über dein Handy. Du kannst es als Hotspot einrichten und mit dem Notebook verbinden.«

»Gute Idee. Ich versuche das gleich mal. An welche Adresse kann ich es dir schicken?«

I-Mac nannte ihm eine E-Mail-Adresse. »Je nachdem, wie schnell deine Verbindung und wie groß die Datenmenge ist, kann das einige Zeit dauern. Bist du da in Sicherheit?«

Unruhig blickte Henning sich um. »Kommt darauf an, wie du das definierst. Jedenfalls scheint sich momentan noch niemand für mich zu interessieren. Ich probiere es mal aus und melde mich dann wieder.« Henning beendete die Verbindung und richtete sein Handy als Hotspot ein. Erleichtert atmete er auf, als er das Notebook damit verbinden konnte. Schnell schrieb er eine E-Mail an I-Mac und hängte sämtliche Dokumente daran, die er fand. Anschließend markierte er die E-Mails auf dem Notebook und verschickte sie ebenfalls als Anhänge. Hoffentlich gingen dadurch keine wichtigen Daten verloren und I-Mac konnte auch alle öffnen.

Fashir hatte offenbar noch nie etwas davon gehört, dass man den Papierkorb leeren konnte, und dadurch auch noch eine Menge gelöschter Mails hinterlassen. Als Henning sicher war, keine weiteren Informationen mehr extrahieren zu können, rief er I-Mac erneut an.

»Ich habe dir jetzt alles geschickt. Ist das so in Ordnung?«

»Ja. Da haben wir wohl einiges zu tun.«

Henning fuhr das Notebook herunter. »Danke. Ich weiß, dass es viel verlangt ist, aber könnt ihr gleich damit anfangen?

Ich habe ein wirklich schlechtes Gefühl. Wenn der Attentäter kein Einzeltäter war, sondern einer Gruppe angehörte …«

I-Mac unterbrach ihn. »Das ist mir klar. Ich setze mich sofort dran.«

Erleichtert atmete Henning auf. »Gut. Ich …« Er brach ab, als er ein Geräusch hörte. »Später.« Damit legte er auf und steckte das Handy in seine Innentasche zurück.

Lautlos erhob er sich und ging zur Tür. Auf der Treppe waren deutliche Schritte zu hören. Verdammt! So viel zu seiner Hoffnung, einfach ungesehen verschwinden zu können. Schnell zog er sich zum Fenster zurück und öffnete es. Mit dem Notebook in der Hand kletterte er hinaus und warf das Gerät nach oben auf das Flachdach, bevor er sich selbst hinaufschwang. Es war egal, ob das Notebook dabei kaputtging, Hauptsache, es fiel nicht in andere Hände. Außerdem würde I-Mac sicher die Daten von der Festplatte retten können, selbst wenn das Gehäuse zerstört würde. Bäuchlings lag Henning auf dem Dach und lauschte auf Geräusche aus der Wohnung.

Wenigstens schien ihn niemand bei seiner Flucht bemerkt zu haben, sonst hätte er hier sicher keine Ruhe mehr. Durch das offene Fenster hörte er mehrere Stimmen, die sich auf Dari unterhielten. Währenddessen beobachtete er die Straße unter sich. Wenn er sich nicht täuschte, stand dort unten nun ein Wagen, der vorher nicht da gewesen war. In der Dunkelheit konnte Henning nicht viel davon erkennen, aber er hatte das Gefühl, dass jemand am Steuer saß und zum Haus herüberblickte. Okay, das machte die Sache noch ein wenig schwieriger. Er würde warten müssen, bis die Typen wieder weg waren, bevor er zurück ins Haus klettern konnte.

Jetzt hörte er keine Stimmen mehr, dafür ein seltsames Rauschen. Was taten die Kerle da? Am liebsten hätte er durch das Fenster geblickt, aber das konnte er nicht tun, solange jemand das Haus beobachtete. Unvermittelt erklang ein dumpfer Knall, der das Flachdach unter seinem Körper erzittern ließ. Gleichzeitig sah er die Männer aus dem Haus rennen. Was zum Teufel …? Rauch drang aus dem geöffneten Fenster, und plötzlich verstand Henning, was geschehen war. Offenbar hatten die Mistkerle in der Wohnung einen Brandsatz gezündet, um mögliche Beweise zu verbrennen. Dass sie dabei auch die anderen Bewohner des Hauses gefährdeten, war ihnen offenbar völlig egal.

Hitze drang durch das Dach, und Henning erhob sich, sobald die Brandstifter in das Auto gesprungen und losgefahren waren. Er musste sich einen anderen Weg vom Dach suchen. Durch die Wohnung konnte er nicht mehr, wie die Flammen bewiesen, die bereits aus dem Fenster schlugen. Glücklicherweise war das Haus nicht allzu hoch, sodass er zur Not auch hinunterspringen konnte, mit einer guten Chance zu überleben. Allerdings würde er einen etwas langsameren Weg vorziehen, bei dem die Verletzungsgefahr deutlich geringer war.

Schnell bewegte Henning sich zur anderen Seite des Gebäudes, die vom Feuer noch relativ unbeschadet schien. Hoffentlich waren die Familien aufgewacht und konnten aus dem Haus fliehen! Hilflose Wut breitete sich in ihm aus. Der Anschlag auf den Stützpunkt war schon schlimm genug, aber auch noch das Leben unschuldiger Kinder aufs Spiel zu setzen war für ihn unverzeihlich. Egal wie, diesen Terroristen musste das Handwerk gelegt werden, bevor sie noch mehr Unheil anrichteten.

Inzwischen war die Umgebung vom Schein des Feuers hell erleuchtet, in den Nachbarhäusern gingen Lichter an, Schreie gellten durch die Nacht. Die Aufmerksamkeit der Leute konnte auch für Henning gefährlich werden. So sehr er den Bewohnern helfen wollte, wenn ihn hier jemand entdeckte, würde man ihn für den Brandstifter halten und zumindest für einige

Zeit festhalten, bevor er die Vorwürfe entkräften könnte. Das durfte er nicht zulassen, dafür war es zu wichtig, mögliche Hintermänner zu finden.

Henning schob das Notebook unter seinen Pullover und steckte diesen in seine Hose, um die Hände frei zu haben. Dankbar für seine dunkle Kleidung, die ihn in Rauch und Flammen hoffentlich beinahe unsichtbar machen würde, nahm er Anlauf und sprang auf das Dach des Nachbargebäudes, das einen halben Meter niedriger war. Von dort aus kletterte er an hervorstehenden Lehmziegeln die Hauswand hinunter. Auch hier war der Rauch schon so dicht, dass er kaum Luft bekam. Ein Strommast hatte einige Meter von ihm entfernt Feuer gefangen und fiel in einem Funkenregen um.

Instinktiv duckte Henning sich, um nicht von den Stromleitungen getroffen zu werden, und wich zur Seite aus. Hinter dem Gebäude befand sich ein Gewirr aus schmalen Wegen und anderen Gebäuden, die ähnlich heruntergekommen waren wie das des Attentäters. So gut wie möglich ging Henning anderen Leuten aus dem Weg und schaffte es schließlich, in einen menschenleeren Hinterhof zu kommen, den sich mehrere Gebäude teilten. Erleichtert atmete er auf und erlaubte es sich, einen Moment stehen zu bleiben und die nicht mehr ganz so rauchgeschwängerte Luft tief einzuatmen. Sofort begann er zu husten. Verdammt, das war knapp gewesen. Und er war noch nicht ganz außer Gefahr. Bevor er sich halbwegs sicher fühlen konnte, musste er erst das Gebiet verlassen.

Nach einem letzten Rundblick machte er sich wieder auf den Weg. Mit etwas Glück würde er noch in der Nacht zum Stützpunkt zurückkommen und I-Mac das Notebook zuschicken können. Da es einige Tage dauern würde, bis es ankam, konnte er nur hoffen, dass der SEAL etwas in den Mails oder Dokumenten fand, die er ihm geschickt hatte. Wenn nicht …

Nein, Henning mochte nicht darüber nachdenken, dass es vielleicht keine Möglichkeit gab, eine Vernetzung der Attentäter nachzuweisen und mögliche weitere Anschläge zu verhindern. Es musste ihm einfach gelingen. Für Oberst Koller und die anderen Verletzten und Toten.

5

Amy wusste, wie gefährlich es war, nachts im Haus herumzulaufen, aber das mitgehörte Gespräch ließ ihr keine Ruhe. Sollte dieser Fremde noch einmal kommen, wollte sie vorbereitet sein. Deshalb musste sie heute Nacht noch Meldung machen und das Aufnahmegerät am Gitter der Klimaanlage vor Bashirs Büro befestigen. Die Gespräche würden auf einen winzigen Kopfhörer in ihrem Ohr übertragen werden, sobald jemand etwas sagte. Da sie ständig die Burka trug, würde es niemand bemerken. Falls doch, hätte sie allerdings ein großes Problem.

Nachdem sie sicher war, dass ihre Zimmergenossinnen fest schliefen, schlüpfte sie aus dem Bett und zog sich die Burka über. Von Kopf bis Fuß bedeckt öffnete sie die Tür zum Gang einen Spaltbreit und blickte hinaus. Es war niemand zu sehen. Ihr Herz klopfte schneller, als sie die Tür weiter öffnete und auf den Flur trat. Ihre weichen Sohlen verursachten kein Geräusch auf den Fliesen, während sie den Gang entlangeilte.

Kurze Zeit später kroch Amy im Schein ihrer Taschenlampe durch den engen Korridor der Klimaanlage. Erleichtert atmete sie auf, als sie das Funkgerät aus dem Versteck nahm. Sie stellte die richtige Frequenz ein, die das verschlüsselte Signal an einen Verstärker irgendwo in Pakistan sendete, von wo aus sie mit den USA verbunden wurde, genauer gesagt, mit der TURT-Basis in Coronado. Sie konnte nur hoffen, dass dort am anderen Ende jemand war, um mit ihr zu reden.

Amy drückte den Knopf und hielt das Gerät dicht an die

Lippen, damit sie nicht so laut sprechen musste. »Hier ist Alpha Charlie, bitte kommen.« Alpha und Charlie standen für die Anfangsbuchstaben ihres Namens. Nicht sonderlich originell, aber darüber würde niemand herausfinden können, wer sie war.

»Hier ist Homebase, wir hören dich.«

Unerwartet traten Tränen in Amys Augen, als Hawks Stimme durch den Lautsprecher drang. Es tat so gut, mit jemandem zu sprechen, der sie wirklich kannte und den sie nicht belügen musste. Mühsam riss sie sich zusammen. »Ich habe heute Abend ein Gespräch belauscht, das unseren Verdacht erhärtet. Es wurden keine Details genannt, aber offenbar ist Bravo in irgendwelche Tango-Aktivitäten verstrickt. Er sprach von Tausenden Toten.«

Hawk fluchte leise, doch seine Stimme klang so ruhig wie immer, als er ihr antwortete. »Mit wem hat er gesprochen?«

»Das weiß ich nicht, ich habe den Mann nur von hinten gesehen, glaube aber nicht, dass er schon mal im Haus war. Jedenfalls nicht in meiner Gegenwart. Er hat Bravo bedroht und seine Familie auch. Anscheinend hat der Besucher Bravo jahrelang unterstützt und erwartet jetzt eine Gegenleistung.«

»Was genau passieren soll, wurde nicht gesagt?«

»Nein, leider nicht. Ich bin aber auch erst später dazugekommen. Es wäre zu auffällig, wenn ich längere Zeit einfach verschwinde. Deshalb platziere ich gleich ein Aufnahmegerät.«

Hawk schwieg einen Moment. »Bringt dich das in Gefahr?«

»Noch mehr als sowieso schon, meinst du?« Seine Sorge um sie tat ihr gut, aber er musste auch endlich verstehen, dass sie Agentin war und die Gefahr nun einmal zu ihrem Job gehörte.

Ein tiefer Seufzer drang durch die Leitung. »Ich weiß. Seit Jade ...« Hawk stockte und setzte dann neu an. »Ich möchte nicht, dass du ein zu großes Risiko eingehst.«

»Das werde ich nicht.« Zumindest hoffte sie das. »Aber ich denke, dass hier etwas Wichtiges passiert, und ich muss herausfinden, worum es genau geht.«

»Hast du etwas gespürt?« Hawk war einer der wenigen, der von ihrem Talent wusste und es einfach akzeptierte. *Sie* akzeptierte.

»Ich denke, dass irgendetwas Bravo eine Heidenangst macht, und er neigt nicht gerade dazu, ängstlich zu sein. Das ist etwas Großes, Monströses.« Sie schluckte die aufkommende Furcht hinunter.

Hawk räusperte sich. »Sei bitte vorsichtig, okay?«

Ein Druck entstand hinter ihren Augen. »Ich bemühe mich. Wenn ich mehr in Erfahrung gebracht habe, melde ich mich wieder.«

»Alles klar. Schlaf gut.« Hawks Stimme klang rau.

»Danke. Auch dafür, dass ihr immer für mich da seid. Wie machst du das eigentlich? Trägst du das Teil ständig mit dir rum?«

Hawk lachte leise. »Entweder das oder Jade setzt sich davor, wenn ich unabkömmlich bin. Du bist niemals allein, Alpha Charlie, vergiss das nie. Solltest du Hilfe brauchen, werden wir so schnell Unterstützung schicken, wie es irgend möglich ist.«

»Ich hoffe, das wird nie nötig sein, aber es ist gut zu wissen. Ende.« Am liebsten hätte sie viel länger mit Hawk gesprochen, einfach nur, um seine Stimme zu hören, aber sie musste wieder zurück.

Amy versteckte das Funkgerät, platzierte das Aufnahmegerät am Lüftungsgitter über dem Büro und kroch dann eilig wieder zum Ausgang zurück. Dort verstaute sie die Taschenlampe und schwang sich in den dunklen Raum. Einen Moment verharrte sie dort und lauschte. Erst als sie niemanden in der Nähe spürte, bewegte sie sich wieder. Rasch klopfte sie ihr Nachthemd ab und zog dann die Burka wieder über. Nach einem letzten beruhigenden Atemzug öffnete Amy die Tür und kehrte leise zu ihrem Zimmer zurück.

Sie hatte ihr Ziel fast erreicht, als sie plötzlich eine Anwesenheit spürte. Ihr Puls schoss in die Höhe, und sie sah sich hektisch nach einem Platz um, wo sie sich verstecken konnte. Doch da war nichts, nicht einmal ein Erker, in den sie sich hätte pressen können. Nur Türen zu anderen Räumen, bei denen Amy nicht wusste, was sie darin vorfinden würde. Waren es Schlafräume, würde sie vom Regen in die Traufe stolpern. Zurück konnte sie auch nicht mehr, dafür war die Person schon zu nah.

Verzweiflung kam in Amy auf. Wenn sie hier entdeckt würde, hätte sie Mühe zu erklären, was sie mitten in der Nacht in dieser Ecke des Gebäudes tat. Und selbst wenn sie es schaffte, sich herauszureden, danach wäre das Misstrauen Bashirs geweckt und ihre Mission gefährdet. Das konnte sie auf keinen Fall zulassen, besonders nicht, nachdem sie kurz davor war, herauszufinden, ob Bashir in terroristische Aktivitäten verstrickt war. Bis ein anderer Agent ihm so nahe kommen würde, konnte es schon zu spät sein, um das zu verhindern, was der Unbekannte geplant hatte.

Mit einem Sprung war Amy bei der nächstgelegenen Tür und drückte die Klinke hinunter. Zu ihrer Erleichterung ließ sie sich öffnen. Lautlos schlüpfte sie in den Raum und schloss die Tür hinter sich. Mit wild klopfendem Herzen stand sie in dem stockdunklen Zimmer und wartete darauf, dass die Schritte sich wieder entfernten. Amy hielt so lange den Atem an, bis ihr vom Sauerstoffmangel schwindlig wurde. Schnell holte sie Luft, während sie sich gleichzeitig darüber ärgerte, dass sie diese Dinge nicht besser beherrschte. Als Agentin sollte sie jederzeit Herrin der Lage sein und nicht nur ihren Körper, sondern vor allem auch ihren Kopf unter Kontrolle haben.

Wütend presste Amy die Lippen zusammen und zwang sich, ihre Angst in den Griff zu kriegen. Ein falscher Schritt konnte sie das Leben kosten. Vor allem stand sie mehr oder weniger rund um die Uhr unter Beobachtung und durfte sich keinen Fehler leisten. Der Gedanke half jedoch auch nicht gerade dabei, sie zu beruhigen. Die Stirn an das Holz gelegt lauschte sie angestrengt, konnte aber nichts mehr auf dem Gang hören. Entweder war derjenige weitergegangen, der dort unterwegs gewesen war, oder er stand vor der Tür und wartete auf sie. Unendlich langsam kroch die Zeit vorwärts, bis Amy entschied, dass sie nicht länger warten konnte. Ihre Zimmergenossinnen konnten jederzeit aufwachen und Alarm geben, wenn sie nicht in ihrem Bett war. Oder zumindest Bashir informieren, dass eines seiner Dienstmädchen sich nicht angemessen verhielt.

Amys Hand zitterte, als sie vorsichtig wieder die Tür öffnete. Angespannt spähte sie durch den Spalt, konnte aber niemanden entdecken. Gerade als sie das Zimmer verlassen wollte, schloss sich eine Hand um ihren Arm.

»Wo willst du denn hin?« Die raue Frage auf Paschtu bescherte Amy beinahe einen Herzinfarkt. Warum hatte sie nicht gefühlt, dass sich ihr jemand genähert hatte? Sie hasste es, wenn das passierte. Da der Mann sie nun allerdings berührte, war es kein Problem mehr, dessen Gefühle zu spüren. Irritation, dicht gefolgt von Erregung.

Automatisch senkte Amy den Kopf und ging ein wenig in die Knie, damit sie kleiner erschien. Zwar war es immer noch dunkel, aber sie wollte möglichst nicht erkannt werden. Deshalb veränderte sie auch ihre Stimme, als sie antwortete. »Tut mir leid, ich habe mich im Zimmer geirrt.«

Der Griff wurde fester, der Mann rückte näher. »Ach ja? Zu wem wolltest du denn?«

»Ins Badezimmer. Ich habe gerade …«

Mehr brauchte sie nicht zu sagen, der Mann ließ sie so schnell los, als hätte er sich an ihr die Finger verbrannt. Afghanische Männer wollten nichts mit den Leiden zu tun haben, die ihre Frauen regelmäßig überfielen. Es reichte schon eine Andeutung, um sie jegliches Interesse verlieren zu lassen.

»Geh!«

Das ließ Amy sich nicht zweimal sagen. Eilig schlüpfte sie auf den Gang und zog die Tür fest hinter sich zu. Schweiß ließ das Nachthemd an ihrem Körper kleben, noch immer klopfte ihr Herz viel zu schnell. Sie bezweifelte, dass sie schlafen können würde, aber das war ein geringer Preis für ihre sichere Rückkehr. Die Sache hätte wesentlich schlechter für sie ausgehen können, das war ihr bewusst. Doch noch war sie nicht in Sicherheit. Zuerst musste sie in ihr Zimmer zurückkommen, ohne dass jemand sie dabei beobachtete. Erst wenn sie wieder im Bett lag, konnte sie durchatmen und versuchen, ihren Puls zu senken.

Selbst dann konnte sie allerdings nicht sicher sein, dass ihr kleiner Ausflug unbemerkt geblieben war. Was, wenn der Mann sie doch erkannt hatte und Bashir davon erzählte? Oder wenn derjenige, der die Schritte auf dem Gang verursacht hatte, sie gesehen hatte und nun Nachforschungen anstellte? Aber mit diesen Ängsten lebte sie nun schon seit Monaten, und mit der Zeit gewöhnte man sich an die ständige Anspannung. Amy wusste schon gar nicht mehr, wie es war, nicht jeden Augenblick auf der Hut sein zu müssen. Einfach etwas tun oder sagen zu können, ohne vorher lange darüber nachdenken zu müssen, ob das in irgendeiner Weise zu ihrer Enttarnung führen könnte.

Obwohl Amy es gewohnt war, ihre Geheimnisse immer für sich zu behalten und sich möglichst unauffällig zu benehmen, war es doch etwas anderes, wenn auf eine Entdeckung große

Qualen und der sichere Tod folgen konnten. Zumindest davor hatte Amy in den USA keine Angst haben müssen. Dort war es eher um ihre Freiheit gegangen, die Möglichkeit, selbst zu entscheiden, was sie tun und lassen wollte. Doch das war lange her, und es half ihr nicht, sich gerade jetzt wieder daran zu erinnern. Sie hatte ihre Kindheit lange hinter sich gelassen – jedenfalls hatte sie das bisher gedacht.

Amy betrat lautlos ihr Zimmer, zog sich die Burka über den Kopf und hängte sie ordentlich über einen Stuhl, bevor sie sich so leise wie möglich auf ihre quietschende Matratze legte. Auf der anderen Seite des Raumes erklang ein leises Schnarchen, und eine Last fiel von ihr ab. Vielleicht würde doch alles gut ausgehen. Mit einem tonlosen Seufzer ließ sie sich in das Kissen zurücksinken und schloss die Augen. Unerwartet setzte eine Müdigkeit ein, die Amy in ihrer Heftigkeit überraschte. Es war beinahe so, als forderte ihr Körper jetzt sein Recht ein, nachdem er in den letzten Stunden so viel Aufregung erfahren hatte.

Sekunden später sank Amy in einen tiefen Schlaf, der sie in die Vergangenheit zog.

Vorfreude ließ sie beinahe hüpfen, als sie den Plattenweg zum Garten hinunterlief. Die ganze Woche hatte sie sich darauf gefreut, ihn endlich treffen zu können, doch immer war etwas dazwischengekommen. Heute würde es klappen, er hatte es ihr versprochen. Ihr Herz begann zu flattern, ihr Magen fühlte sich seltsam an. Ob er wusste, wie oft sie an ihn dachte, wie häufig sie nachts von ihm träumte? Seit sie vor vier Jahren völlig verängstigt hier angekommen war, war er der einzige Mensch, der ihr die Sache etwas erträglicher machte. Der einzige, auf den sie sich verlassen konnte.

Vermutlich hielt er sie immer noch für ein Kind oder, noch schlimmer, für eine kleine Schwester. Sie verzog das Gesicht. Es mochte so angefangen haben, als er sie unter seine Fittiche genommen hatte, um ihr die Eingewöhnung in den Alltag der Forschungseinrichtung zu erleichtern. Nach dem Verlust ihrer Eltern, die bei einem Verkehrsunfall gestorben waren und sie als Waise zurückgelassen hatten, war sie nicht in der Lage gewesen, zu begreifen, was mit ihr geschah. Und warum sie jetzt hier war.

Project Stargate sollte ungewöhnliche mentale Fähigkeiten erforschen und zum Einsatz bringen. Das Projekt existierte unter diversen Namen bereits seit etlichen Jahren mit dem Ziel, eine Anwendung für den militärischen und zivilen Sektor zu finden. Zuerst war das nur bei Erwachsenen versucht worden, doch dann hatte sich jemand überlegt, dass Kinder und Jugendliche viel besser zu formen waren und ihre Fähigkeiten sogar noch verstärkt werden konnten.

Genau deshalb war sie nicht in ein Waisenhaus gekommen, sondern hier aufgenommen worden. Als Kleinkind hatte sie es als normal empfunden, die Gefühle ihrer Mitmenschen zu spüren, sie war gar nicht auf die Idee gekommen, dass andere Menschen das nicht konnten. Erst als sie in die Schule gekommen war, hatte sie gemerkt, dass sie keineswegs normal war, und die anderen Mitschüler hatten begonnen, sie wie eine Aussätzige zu behandeln. Ihre Eltern waren zunächst ebenfalls unsicher gewesen, hatten sie dann aber so akzeptiert und geliebt, wie sie war. Damit waren sie die Einzigen gewesen, bis sie auf ihren Beschützer getroffen war.

Er hatte sie nicht wie die Erwachsenen angelogen und im Dunkeln gelassen, sondern hatte sich mit ihr hingesetzt und ihr erklärt, wo sie jetzt war und was von ihr erwartet wurde. Als sie weinte, hatte er sie in den Arm genommen und so lange gehalten, bis sie sich wieder beruhigt hatte.

Zu dem Zeitpunkt war er gerade mal dreizehn Jahre alt gewesen und sie selbst neun. Sie war ein Kind gewesen, verwirrt, einsam und auf der Suche nach jemandem, der ihr Halt gab. Doch jetzt war sie dreizehn, und ihre Gefühle für ihn hatten sich mit der Zeit gewandelt. Von einem brüderlichen Vertrauten zu … Sie konnte es gar nicht benennen, aber es war, als schiene die Sonne immer ein wenig heller, wenn sie ihn sah. Gott, wenn er das hörte, würde er sie für verrückt erklären. Nein, das stimmte nicht. Er würde ihr den Kopf tätscheln und ihr sagen, dass sie sich einfach nur freute, ihn zu sehen. Das stimmte, aber es war nur ein Teil der Wahrheit. Auch wenn die ganze Sache sie verwirrte und sie wünschte, ihre Mutter wäre hier und würde ihr sagen, was sie machen sollte, wusste sie doch, dass ihre Gefühle für ihn tiefer gingen.

Röte stieg ihr in die Wangen, als sie sich daran erinnerte, wie sie ihn vor ein paar Tagen gesehen hatte, als er nur in Trainingshose irgendwelche Sportübungen absolviert hatte. Bis dahin hatte sie nur geahnt, dass sich unter seinen lockeren T-Shirts richtige Muskeln verbargen, jetzt wusste sie es genau. Zwar hatte er noch den schlanken Körperbau eines Jugendlichen, aber sie konnte sich vorstellen, wie er in ein paar Jahren aussehen würde. Und sie freute sich schon darauf, denn dann würde sie auch alt genug sein, und er würde ihre Gefühle ernst nehmen müssen. In ihren heimlichen Träumen kam er mit seinem seltenen Lächeln auf sie zu und sagte ihr, wie schön er sie finde und dass er sich in sie verliebt habe.

Gut, das mit der Schönheit war vermutlich übertrieben, es war jetzt schon absehbar, dass sie nie so aussehen würde wie ihre Mutter. Aber es reichte ihr, wenn er sie einfach nur so liebte wie sie ihn und ihr sagte, dass er mit ihr zusammen sein wolle. Sie konnte sich nichts Schöneres vorstellen, als ihn jeden Tag um sich zu haben. Mit ihm zu reden, zu lachen oder ihn einfach nur anzusehen. Ihr größter Traum war jedoch, dass er sie an der Hand nehmen und für immer aus diesem Käfig herausholen würde. Um auf eine normale Schule zu gehen, wie andere Kinder. Freunde zu finden, gemeinsam Schulaufgaben zu machen oder zu spielen. Ins Kino zu gehen oder auch mal zu einer Party, wenn sie älter war.

Schon häufiger hatten sie darüber geredet, und sie wusste, dass er plante, die Einrichtung zu verlassen, sobald er volljährig war. Bis dahin war es nicht einmal mehr ein Jahr, und sie hoffte, dass er sie mitnehmen würde. Ein Leben ohne ihn konnte sie sich nicht mehr vorstellen. Sie wusste nicht, wie er das hinkriegen würde, aber sie glaubte an ihn. Allein der Gedanke an ihre Freiheit ließ das vor ihr liegende Jahr erträglich erscheinen. All die Tests, die endlosen Gespräche, die eher Verhören glichen, die missbilligenden Mienen, wenn sie nicht das sagte, was man von ihr hören wollte. Ein Schauder kroch ihr über den Rücken, und sie schüttelte die düsteren Gedanken schnell ab.

Je näher sie dem kleinen Pavillon kam, der fast vergessen im hinteren Teil des Grundstücks stand, desto langsamer wurde sie. Ihr Herz klopfte schneller, und ihre Handflächen wurden feucht. Schnell wischte sie sie an ihrer Hose ab. Wie von selbst verzog sich ihr Gesicht wieder zu einem Lächeln, und die letzten Meter rannte sie. Mit einem Seufzer stellte sie fest, dass der Pavillon leer war und sie noch etwas warten musste. Aber er würde kommen, das hatte er versprochen, als sie sich gestern kurz gesehen hatten. Und bisher hatte er seine Versprechen immer gehalten.

Unendlich langsam schien die Zeit dahinzukriechen, während sie auf der hölzernen Bank saß und auf ihren Freund wartete. Nach und nach wurde ihr Hochgefühl von Sorge abgelöst. Noch nie war er so spät zu einem ihrer Treffen gekommen. Vielleicht war er krank oder hatte sich verletzt? Oder hatten die Aufseher – so nannten sie die Mitarbeiter der Einrichtung –

ihm verboten, sich mit ihr zu treffen? Unruhig stand sie wieder auf und lief so lange im Kreis, bis sie es nicht mehr aushielt. Sie musste einfach wissen, was mit ihm passiert war.

Entschlossen straffte sie die Schultern und marschierte los. Es wurde nicht gern gesehen, wenn man sich in einem Schlafgebäude aufhielt, in dem man nicht untergebracht war, aber das war ihr in diesem Fall gleichgültig. Sie musste zu ihm, egal, welche Konsequenzen das haben würde. Was sollten sie ihr schon groß antun? Noch unwohler konnte sie sich hier überhaupt nicht fühlen. Im Grunde war sie eine Gefangene, und das mit Billigung der Regierung, doch im Moment war nur wichtig, dass sie ihn endlich fand.

Sie betrat das Gebäude, als würde sie dort hingehören, eilte den Gang entlang und die Treppe hoch. Zwar war sie noch nie hier gewesen, aber er hatte ihr genau beschrieben, wo sein Zimmer war, falls sie ihn jemals brauchen sollte. Jetzt war dieser Moment gekommen. Außer Atem kam sie schließlich im zweiten Stock an und fand sich in einem weiteren Gang wieder. Glücklicherweise waren an den Türen Nummern angebracht, sodass sie kein Problem damit hatte, das richtige Zimmer zu finden.

Leise klopfte sie an die Tür, ihr Herz hämmerte wild in ihrer Brust. Ob vor Angst oder aus einem ganz anderen Grund, konnte sie nicht sagen. Komm schon, mach auf! *Doch es rührte sich nichts. Ihre Sorge nahm immer mehr zu. Noch einmal klopfte sie an, diesmal wesentlich lauter. Wieder passierte nichts. Vielleicht war er zu einem Test gerufen worden, aber normalerweise hätte er ihr dann Bescheid gegeben. Oder wollte er sich nicht mehr mit ihr treffen? Auch wenn sie wusste, dass er es ihr dann direkt ins Gesicht gesagt hätte, wurde der Schmerz in ihrem Innern noch stärker. Nein, es musste etwas anderes sein.*

Zögernd legte sie die Hand auf die Klinke und öffnete die Tür. Bis auf die Möbel war der Raum leer. Nichts lag herum, keine Kleidung, keine Schreibsachen, nicht einmal die Hanteln, mit denen er trainierte. Als wäre seine ganze Existenz ausgelöscht worden oder als hätte sie ihn sich nur eingebildet. Tränen schossen ihr in die Augen, und sie blinzelte heftig dagegen an. Nein, er war keine Einbildung. Irgendetwas ging hier vor, und sie würde herausfinden, was es war.

»Was machst du hier?«

Die harsche Frage ließ sie herumwirbeln. Vor ihr stand einer der Wissenschaftler und blickte sie streng an. Sie faltete die Hände hinter dem Rücken und hob das Kinn. »Wissen Sie, wo er sich aufhält?« Normalerweise hätte sie nie gewagt, ihn das zu fragen, aber sie musste einfach wissen, was passiert war.

Der Doktor presste die Lippen zusammen. »Er ist weg.«

»Weg? Wie kann das sein? Ich habe gestern noch von ihm gehört! Und wo ist er hin?«

Röte stieg ihm ins Gesicht, und er beugte sich zu ihr herunter. »Das geht dich nichts an, Kleine. Jetzt geh.«

Sie nahm all ihren Mut zusammen und blickte ihn flehentlich an. »Bitte Dr. Ingram, er ist mein Freund. Wann kommt er zurück?«

Einen kurzen Moment war so etwas wie Befriedigung in den Augen des Wissenschaftlers zu sehen, bevor er eine unbeteiligte Miene aufsetzte. »Anscheinend hat er sich nicht von dir verabschiedet. Er kommt nicht zurück, sein Aufenthalt hier ist vorbei. Und ich für meinen Teil bin froh, wenn ich nie wieder etwas von ihm höre. Er hat uns schon zu viel wertvolle Zeit gekostet.«

Er würde nie zurückkommen? Und hatte sie einfach hier zurückgelassen? Sie achtete nicht mehr darauf, was der Wissenschaftler noch sagte, sondern rannte, so schnell sie konnte, aus dem Gebäude. Tränen liefen ihr über die Wangen, doch sie bemerkte sie kaum. Der Schmerz saß so tief, dass sie keine Luft bekam. Ihre Kehle war wie zugeschnürt, ihre Beine trugen kaum ihr Gewicht. Erst als sie die ersten Büsche im leicht verwilderten Garten des Instituts hinter sich gelassen hatte, blieb sie stehen. Dort, wo niemand sie sehen konnte, brach sie zusammen.

Das Gesicht in den Händen vergraben ließ sie ihrem Kummer und Schmerz freien Lauf. Der einzige Mensch, dem sie nach dem Tod ihrer Eltern noch vertraute, hatte sie im Stich gelassen. Wie hatte er das tun können? Anscheinend hatte sie sich in ihm getäuscht. Aber das würde ihr nie wieder passieren, das schwor sie sich. Ab sofort würde sie niemanden mehr so nah an sich heranlassen, dass er sie verletzen konnte.

6

Mit vor der Brust verschränkten Armen lehnte Devil an der Wand und beobachtete die Dynamik im Raum. SEAL Team 11, I-Mac, Hawk, Matt und Chris von den TURTs sowie einige Offiziere der Navy waren unerwartet zusammengerufen worden. Das konnte nur bedeuten, dass es irgendwo eine Entwicklung gab, die einen Einsatz des Teams wahrscheinlich machte. Angespannt sah er zu, wie Admiral Kirby mit einem Teil seines Stabs den Raum betrat. Irgendetwas war im Busch, das konnte er bis in die Magengrube fühlen, noch bevor er die ernsten Mienen genauer betrachtete.

Admiral Kirby baute sich vor den Männern auf und räusperte sich. »Danke, dass Sie alle gekommen sind.« Er verschränkte die Hände hinter dem Rücken. »Was ich jetzt sage, darf den Raum nicht verlassen.«

Einige nickten, die meisten sahen ihn nur aufmerksam an.

»Vor einigen Stunden haben wir Hinweise darauf erhalten, dass ein großer Anschlag in Afghanistan geplant ist. Es wurde nicht gesagt, was genau geschehen soll, nur, dass es viele Tote geben und man das Land ins Chaos stürzen werde.«

Einer der Offiziere richtete sich auf. »Wie konkret waren diese Hinweise? Es gehen ständig irgendwelche Gerüchte über Anschläge um.«

Damit hatte er sicher recht, aber Devil war klar, dass der Admiral sie nie zusammengerufen hätte, wenn er die Sache nicht ernst nähme.

Kirby nickte. »Das stimmt, aber diesmal hat eine unserer

TURT-Agentinnen ein Gespräch zwischen einem einflussreichen Geschäftsmann und einem mutmaßlichen Terroristen belauscht, das von unseren Analysten als ernstzunehmend eingestuft wird.«

»Und wenn es eine Falle ist?«

Grimmig blickte Kirby Cat an, der die Frage gestellt hatte. »Nach derzeitigem Kenntnisstand ist alles möglich. Genau deshalb habe ich das Team auch noch nicht losgeschickt, sondern versetze Sie hiermit in Bereitschaft. Erst wenn wir gesicherte Informationen haben, werde ich den Einsatzbefehl geben.« Als keine weiteren Fragen kamen, fuhr Kirby fort: »Deshalb habe ich die TURTs und Petty Officer MacPhearson dazugeholt. Ich möchte, dass alle Ressourcen genutzt werden, um so schnell wie möglich herauszufinden, was an der Sache dran ist. Wir können uns keinen weiteren Anschlag leisten, besonders nicht so kurz nach dem verheerenden Attentat auf den Stützpunkt.«

Chris meldete sich zu Wort. »Glauben Sie, dass es einen Zusammenhang geben könnte?«

»Möglich ist alles. Aber wenn es einen gibt, will ich das wissen, bevor ich jemanden dort reinschicke.«

Devil blickte Chris scharf an, doch der nickte nur und erwähnte Henning und dessen Verdacht, dass es kein Einzeltäter gewesen war, nicht. Irgendetwas war da los, und Devil hatte vor, nach der Besprechung herauszufinden, was das war.

»Das Problem ist, dass wir ein mögliches Attentat nur dann verhindern können, wenn wir wissen, worum es überhaupt geht. Weitere Anschläge auf Stützpunkte? Bomben auf belebten Plätzen? Überfälle auf diplomatische Vertretungen? Es gibt tausend Möglichkeiten, was ein krankes Hirn, dem Menschenleben egal sind, sich ausgedacht haben könnte. Deshalb möchte ich, dass Sie …«, dabei blickte er zu I-Mac, »… nach möglichen

Hinweisen im Internet suchen. Tragen Sie alle Informationen zusammen, und berichten Sie mir dann direkt.«

»Aye, Sir. Ich beobachte die Situation im Internet schon eine Weile und habe den Eindruck, dass sich da etwas zusammenbraut, kann aber nicht sagen, was genau. Nur kleine Andeutungen, nichts Konkretes. Und es ist auffällig, dass bis auf den Anschlag auf dem Stützpunkt in letzter Zeit kaum etwas passiert ist. Als würden alle auf etwas warten, ein Signal. Es könnte auch sein, dass nicht ein großer Anschlag geplant ist, sondern viele kleine, in einem bestimmten Zeitraum durchgeführt.«

Kirby verzog das Gesicht. »Die wir nie stoppen könnten, weil wir nicht überall zugleich sein können. Verdammt!« Sofort hatte er sich wieder unter Kontrolle. »Okay, beobachten Sie weiter. Ich werde meine Männer nicht in eine ungewisse Situation schicken.« Wieder räusperte er sich. »Ich erwarte auch noch eine Meldung von unserem CIA-Kontakt und hoffe, dass uns das weiterbringt. Lieutenant Commander Devlin, halten Sie Team 11 in ständiger Bereitschaft. Sowie wir eine Bestätigung unseres Ziels haben, sitzen Sie im Flugzeug.«

Devil stieß sich von der Wand ab. »Verstanden, Sir.«

»Gut. Wegtreten.« Der Admiral verließ mit seinen Leuten und den Navy-Offizieren das Besprechungszimmer und ließ die SEALs und TURTs zurück.

Einen Moment lang sahen sie sich schweigend an. In den Gesichtern der Männer vermischten sich Aufregung und Anspannung. Devil versuchte, nichts von dem zu zeigen, was in ihm vorging. Es würde nicht helfen, seine Leute mit seinem schlechten Gefühl nervös zu machen. Noch immer konnte er nicht genau sagen, worauf es sich bezog, nur, dass es etwas mit der gegenwärtigen Situation zu tun hatte.

Er wandte sich an Chris. »Hast du was von Henning gehört?«

Stumm schüttelte der Deutsche den Kopf. »Kein Wort. Er

hatte versprochen, sich regelmäßig zu melden, aber seitdem kam nichts mehr.« Die Falten um seine Augen wirkten tiefer. »Henning sagte nur, dass er einer Spur nachgehen wollte.«

I-Mac räusperte sich. »Dabei kann ich wohl helfen. Henning hat sich vorhin bei mir gemeldet. Offenbar hat er das Notebook des Attentäters in die Hände bekommen, und er hat mir E-Mails und einige Dateien weitergeleitet. Ich bin gerade dabei, die Sachen zu übersetzen.«

»Henning ist also in Sicherheit?«

Entschuldigend hob I-Mac die Schultern. »Ich weiß es nicht. Er hat das Gespräch ziemlich hastig abgebrochen, und seitdem habe ich nichts mehr von ihm gehört.«

»Verdammt.« Aufgebracht hieb Chris mit der Handfläche gegen die Wand. »Der Idiot ist vermutlich wegen seines Alleingangs in Gefahr.«

Unbehagen kroch über I-Macs Gesicht. »Alleingang? Wo ist denn sein Team?«

»Die sind irgendwo im Süden. Henning hat die Sache mit dem Anschlag wegen Oberst Koller sehr persönlich genommen. Er wollte herausfinden, ob es der Anschlag eines Einzeltäters war oder jemand anders dahintersteckte. Oder ob vielleicht noch mehr Anschläge geplant sind.«

»Shit, das wusste ich nicht.« I-Mac schnitt eine Grimasse. »Ich dachte, es ginge nur um Informationen und einen späteren Einsatz seines Teams.«

»Nicht deine Schuld.« Die Angst um seinen Freund war Chris deutlich anzusehen. Dennoch legte er I-Mac beruhigend eine Hand auf die Schulter. »Sagst du mir Bescheid, wenn er sich bei dir meldet oder du etwas in den E-Mails oder Dateien findest?«

»Natürlich.«

Devil blickte I-Mac nach, der mit langsamen Schritten zur

Tür ging. Dass er überhaupt laufen konnte, war nach seinen schweren Rückenverletzungen ein Wunder, aber es hatte nichts mehr mit dem sportlichen Gang zu tun, den er vor der Explosion besessen hatte. Wie so oft fragte Devil sich, ob er das irgendwie hätte verhindern können. Wenn er weniger darauf fixiert gewesen wäre, Mogadir zu schnappen, und mehr auf seine Männer geachtet hätte … Aber es war zu spät, um darüber nachzugrübeln.

Rasch konzentrierte er sich wieder auf Chris. »Glaubst du wirklich, dass Henning die Sache alleine durchzieht?«

»Ich hoffe es nicht, aber ich befürchte es. In letzter Zeit war er oft frustriert, weil es so schien, als würden sie in Afghanistan keinen Unterschied machen. Egal wie viele Terroristen bereits gefangen genommen oder getötet wurden, es kommen immer neue nach.« Chris verzog den Mund. »Henning ist jemand, der Ergebnisse sehen will. So ein andauernder Kampf ohne einen konkreten Endpunkt ist für ihn wie eine Niederlage.«

Vermutlich fühlten viele Soldaten ähnlich. Sie kämpften alle für eine Sache, die sie nie erreichen konnten: eine Welt ohne Terror. Das konnte man besonders gut an der Entwicklung im Irak und in Syrien sehen. Nur, dass die Terrorgruppe dort noch wesentlich besser organisiert, ausgerüstet und zahlenmäßig stärker war als die versprengten Gruppen in Afghanistan. Sollten diese sich jemals zusammentun, würde das nicht gut ausgehen. Man konnte nur hoffen, dass sie weiterhin untereinander zerstritten blieben und damit ausreichend beschäftigt waren.

»Ich verstehe seinen Frust, aber er muss doch wissen, dass er alleine und ohne Auftrag nichts ausrichten kann. Ich bezweifle auch, dass das deutsche Oberkommando begeistert davon sein wird.«

»Damit hast du völlig recht. Sie würden ihn vermutlich nach Deutschland zurückschicken und ihn dort vor Gericht stellen, wenn sie davon Wind bekämen.« Beschwörend blickte er Devil an. »Deshalb müssen wir es auch für uns behalten, bis wir wissen, was los ist. Vielleicht ist er nur untergetaucht und geht einer Spur nach.«

Devil war klar, dass Chris nicht wirklich daran glaubte, aber er nickte nur. »Was wirst du jetzt tun?«

Frustriert fuhr Chris sich durch die Haare. »Ich weiß es nicht. Vielleicht kontaktiere ich sein Team und gebe ihnen den Tipp, dass sie sich um Henning kümmern sollen. Sie werden vermutlich auch sauer sein, dass er sie nicht informiert hat. Die Männer des KSK sind in den Teams ähnlich eng verbandelt wie die SEALs.«

»Sie sollen nur verdammt vorsichtig sein, wir wollen keinen Zwischenfall heraufbeschwören.«

Ein tiefer Seufzer löste sich aus Chris' Brust. »Keine Angst, das Team ist gut. Ich hoffe nur, dass Henning keine Dummheiten gemacht hat …« Er brach ab und schloss kurz die Augen. »Wenn er sich töten lässt, werde ich ihn umbringen.«

Trotz der ernsten Situation musste Devil grinsen. »Schwierig, aber für dich sicher machbar.«

Ein Lächeln huschte über Chris' Gesicht. »Ganz genau.«

»Informierst du mich, wenn du etwas hörst? Ich muss jetzt los, das Team auf Vordermann bringen, damit wir einsatzbereit sind.«

»Natürlich. Und was dein Team angeht – das, was ich die letzten Tage gesehen habe, war wirklich gut. Schinde sie nicht zu Tode.«

Devil warf einen Blick auf seine Männer, die sich am anderen Ende des Raums versammelt hatten und auf ihn warteten. »Das müssen sie abkönnen.« Er drehte sich zu Hawk um, der aufmerksam zugehört hatte. »Zeigst du mir, wo deine Agentin genau ist?«

»Natürlich.« Hawk ging zu der Karte von Afghanistan, die an der Pinnwand hing. Mit dem Zeigefinger tippte er auf eine der größeren Städte im Norden Afghanistans. »Hier ist die Residenz von Bashir Khan. Der Kerl schwimmt im Geld, es ist fast ein Palast, mit Scharen von Bediensteten. Amy ist dort Hausmädchen.«

Devil versuchte, ein Gesicht zu dem Namen zu finden, aber es gelang ihm nicht. »Amy. Ist sie neu bei den TURT/LEs?«

Hawk blickte ihn seltsam an. »Sie ist seit fast einem Jahr dabei, sie hat auch das Training durchlaufen. Sag nicht, du hast sie nie bemerkt?«

»Anscheinend nicht. Ist sie gut?«

Hawk richtete sich zu seiner vollen Größe von zwei Metern auf. »Alle unsere Agentinnen sind gut! Glaubst du wirklich, ich würde jemanden nach Afghanistan schicken, der nicht dafür geeignet ist?«

Sofort ruderte Devil zurück. »Natürlich nicht. Es irritiert mich nur, dass ich mich nicht an sie erinnern kann.«

»Anscheinend hast du was an den Augen. Allerdings neigt sie tatsächlich dazu, sich eher im Hintergrund zu halten. Ich habe sie von der NSA abgeworben, sie weiß also, wie man Informationen erhält und analysiert, keine Angst.«

Das beruhigte Devil ein wenig, aber es erklärte immer noch nicht, warum dort, wo diese Amy in seinem Gehirn abgespeichert sein sollte, nur Leere herrschte. An alle anderen TURT-Agenten konnte er sich zumindest vage erinnern.

Hawk rieb sich übers Kinn. »Ich denke, ich werde Amy warnen. Eigentlich hatte ich mir von ihrem Einsatz Informationen zu dem Geflecht zwischen Wirtschaft und Terrorgruppen versprochen, aber jetzt sieht es aus, als wäre Bashir in ein richtig großes Ding verwickelt. Sollte irgendwas schieflaufen, ist Amy dort in großer Gefahr.«

»Und ich werde Hennings Team alarmieren. Wenn er dort wirklich mittendrin ist …« Chris drehte sich um und strebte auf die Tür zu, noch bevor er zu Ende gesprochen hatte.

Mit einem Nicken zu Devil folgte Hawk ihm. Die Sorge um seine Agentin stand ihm deutlich ins Gesicht geschrieben. Kein Wunder, nachdem er zwei Jahre zuvor beinahe die Agentinnen Kyla und Jade verloren hätte. Damals war es noch mehr oder weniger gut ausgegangen – wenn man von den Qualen, die Jade als Geisel erlitten hatte, einmal absah –, diesmal konnte es jedoch in einer Katastrophe enden. Devil war sich ziemlich sicher, dass der Terrorist kurzen Prozess mit Amy machen würde, wenn er sie entdeckte.

Sein sechster Sinn schlug noch lauter Alarm als vorher. Irgendetwas Schlimmes würde passieren, er konnte es in seinen Knochen fühlen. Nur wusste er leider immer noch nicht, auf wen sich das Gefühl genau bezog. Und was er dagegen tun konnte. Er wandte sich zu seinem Team um. In den Mienen der Männer war jetzt Unbehagen zu erkennen, genauso wie Entschlossenheit.

Devil holte tief Luft. »Okay, gehen wir es an. Ich möchte alle verfügbaren Informationen über das mögliche Einsatzgebiet: Terrain, Bevölkerung, Bebauung, Straßen, sonstige Infrastruktur. Ich will dort keine Überraschungen erleben, dafür ist die Gegend zu dicht besiedelt. Wenn wir zugreifen, sollten wir das möglichst unbemerkt tun und so, dass wir dem Tango keine Gelegenheit geben, zu reagieren.«

»Wird gemacht, Devil.« Die SEALs verließen den Raum, und Devil blieb allein zurück.

Bei allen Missionen konnte jederzeit etwas schiefgehen. Von dieser hing allerdings unter Umständen das Leben Tausender Unschuldiger ab. Der Druck auf Devils Brustkorb wuchs, und er fragte sich, ob jetzt das passieren würde, was er schon seit einiger Zeit ahnte. Er konnte nur hoffen, dass er den Rest seines Teams nicht mit in den Abgrund reißen würde.

Einige Stunden später blickte Devil ernst in die erwartungsvollen Gesichter seiner Männer. Normalerweise verspürte er in solchen Momenten eine gewisse Anspannung, gepaart mit dem positiven Gefühl, endlich das tun zu können, wofür er ausgebildet worden war und jahrelang trainiert hatte. Diesmal überwog allerdings eine gewisse Unruhe, und das war nach seiner Erfahrung überhaupt kein gutes Zeichen für eine Mission. Jemand räusperte sich, und Devil erkannte, dass er etwas sagen musste, bevor seine Männer ihn für verrückt hielten.

»Ich habe den Einsatzbefehl bekommen. Wir brechen heute noch nach Afghanistan auf.«

Cat runzelte die Stirn. »Gibt es neue Beweise?«

»Nein, bisher nicht. Wir sollen auch noch nicht angreifen, es geht dem Oberkommando nur darum, dass wir vor Ort sind und im Ernstfall sofort handeln können. Das kann Tage dauern oder auch Wochen. Vielleicht wird die Mission auch abgebrochen, bevor es zum Einsatz kommt.« Sein Gefühl sagte ihm allerdings etwas anderes.

Es war den anderen SEALs anzusehen, dass sie solche schwammigen Aufträge genauso wenig mochten wie er selbst. Schließlich stieß sich Q von der Wand ab, an der er gelehnt hatte. »Okay, packen wir zusammen. Abflug in einer Stunde.«

Im ersten Moment blickten ihn alle erstaunt an, dann folgten sie seinem Befehl. Als Q an ihm vorbeikam, zwinkerte er Devil zu. Offenbar hatte er sich überraschend schnell in seine Rolle als Senior Chief eingefunden. Q, alias Joe Quaide, war der zweite Neuzugang im Team und ersetzte als Sprengstoffexperte den bereits vor einiger Zeit zu den TURTs gewechselten Roderic Basilone, auch Rock genannt. Es war nicht leicht gewesen, einen passenden Nachfolger für ihn zu finden, jemanden, der nicht nur alles in die Luft jagen konnte, was ihnen im Weg stand, sondern auch noch den richtigen Draht zu den anderen Teammitgliedern hatte.

Devils Meinung nach war Quaide ein exzellenter Sprengstoffexperte, aber nicht nur das: Er entwickelte auch gerne Eigenkreationen, weshalb sein Spitzname »Q« perfekt zu ihm passte. Der größte Unterschied zu Rock war seine gute Laune, die er kaum jemals zu verlieren schien. Selbst wenn er ernst war, schienen seine blauen Augen weiterhin zu lächeln. Devil war froh, dass Q sich so gut ins Team eingefügt hatte. Sollten sie wirklich einen Zugriffsbefehl bekommen, musste das Team reibungslos funktionieren. Während die anderen ihre Ausrüstung einpackten, verließ Devil das Gebäude und ging zur TURT-Baracke hinüber. Auch wenn er dem Oberkommando weitestgehend vertraute, zahlte es sich immer aus, sich doppelt abzusichern.

Um sich nicht erst an den Schreibtischen der TURTs vorbeizwängen zu müssen, ging er direkt durch die hintere Tür zu dem Büro, das Hawk und Matt Colter, die Leiter des TURT/LE-Programms, sich teilten. Er klopfte kurz an und trat dann ein. Passenderweise waren auch Chris und I-Mac anwesend, das ersparte ihm einen zusätzlichen Gang. Als sie seinen Gesichtsausdruck sahen, brachen sie sofort ihr Gespräch ab. Eigentlich hatte Devil angenommen, er trüge seine übliche neutrale Miene zur Schau, aber offensichtlich irrte er sich. Oder die Anwesenden kannten ihn einfach zu gut, was auch nicht gerade dazu beitrug, dass er sich wohler fühlte.

»Rückt ihr aus?« Matts Frage kam nicht überraschend.

»Ja. Erstmal nur Wartestellung vor Ort.«

Hawk verzog den Mund. »Mir gefällt das nicht.«

Damit war er nicht der Einzige. Auch Devil war es lieber,

wenn die Missionen genauestens durchgeplant wurden. Das hier kam einem Himmelfahrtskommando gleich, denn es war gut möglich, dass sie vor Ort ohne die nötigen Informationen dastehen würden. »Hat sich deine Agentin schon gemeldet?«

»Nein. Sie hat das Aufnahmegerät letzte Nacht platziert, wir müssen abwarten, ob jemand etwas Interessantes sagt.«

Devil rieb sich über den Nacken, der wieder kribbelte. »Hoffentlich passiert das, während wir im Flugzeug sitzen, damit wir vor Ort gleich den Zugriff planen können und nicht noch tagelang rumsitzen müssen.« Er holte tief Luft. »Kannst du mich dann informieren, sobald du etwas erfährst?«

»Natürlich.«

»Danke.« Sein Blick fiel auf den Computerexperten, der unglücklich wirkte. »I-Mac, kannst du auch weiter im Internet nach neuen Informationen suchen und sie an uns weiterleiten, wenn du was Passendes findest?«

»Kein Problem. Ich kriege es bisher noch nicht richtig zu fassen, aber es brodelt gerade gewaltig. Und nicht nur in Afghanistan.« Sehnsüchtig blickte er aus dem Fenster. »Du glaubst nicht, wie gerne ich mitkommen würde.«

»Das kann ich mir vorstellen. Ich hätte dich auch gerne dabei.«

I-Macs Wangen färbten sich leicht rötlich, und er schüttelte den Kopf. »Gimmick ist ein guter Ersatz, er wird euch nicht im Stich lassen.«

»Das weiß ich, sonst hätte ich ihn nicht ausgesucht.« Devil verdrängte sein schlechtes Gefühl und nickte den anderen zu. »Bis bald.«

»Ich komme mit.«

Erstaunt blickten alle zu Chris, der bis jetzt geschwiegen hatte. Devil räusperte sich. »Nach draußen?«

»Nach Afghanistan.« Seiner Miene war keine Regung anzusehen, fast wie damals, als sie sich das erste Mal getroffen hatten.

Entgegen seiner Art versuchte Devil einen Scherz. »Ich sage es nur ungern, aber du bist kein SEAL, Chris.«

Über das Gesicht des ehemaligen BND-Agenten huschte ein Lächeln. »Das ist mir völlig bewusst.« Er schob die Hände in die Hosentaschen. »Es gefällt mir nicht, dass Henning da alleine herumläuft. Ich werde ihn unterstützen.«

»Weißt du denn überhaupt, wo er ist?«

Chris nickte Devil zu. »Er hat sich vor Kurzem gemeldet. Offenbar musste er schnell verschwinden und hatte danach kein Netz für sein Handy. Er konnte erst anrufen, als er wieder auf dem Stützpunkt war.«

Erleichtert atmete Devil auf. Wenigstens eine Sorge weniger. »Dann sag ihm, dass er jetzt dort bleiben soll.«

Das brachte ihm ein Schnauben ein. »Glaubst du wirklich, er hört auf mich? Deshalb muss ich mitkommen und dafür sorgen, dass er keine Dummheiten macht.«

»Und du glaubst, du kannst ihn daran hindern, weiter nach einer möglichen Verbindung zu suchen?«

»Nein, vermutlich nicht. Aber dann braucht er mich erst recht.«

Matt mischte sich ein. »Bist du sicher, dass das eine gute Idee ist? Du kannst nicht einfach da herumspazieren und Fragen stellen.«

Chris hob eine Augenbraue. »Nur zu deiner Erinnerung: Ich habe mich in eine afghanische Terrorgruppe eingeschleust. Hätte es Kyla damals nicht gegeben und hätte ich nicht eine Warnung an das KSK geschickt, wäre ich nie enttarnt worden. Ich glaube, das qualifiziert mich für eine kleine, unauffällige Erkundung.«

Matt nickte. »Was sagt Kyla dazu?« Keine schlechte Taktik, doch es war deutlich zu sehen, dass Chris fest entschlossen war.

»Noch nichts. Ich könnte mir vorstellen, dass sie nicht sehr erfreut sein wird. Aber sie wird es verstehen.«

Devil war sich da nicht so sicher, doch er hielt sich lieber raus. »Wenn du mitwillst, musst du in einer Stunde fertig sein und das vorher noch mit dem Oberkommando klären. Vermutlich wirst du auch nicht auf der Militärbasis übernachten können, die wir nutzen werden.«

»Das ist kein Problem, ich finde eine Unterkunft.«

»Und ich kümmere mich um die Erlaubnis vom Oberkommando.« Matt ging zum Telefon und nahm den Hörer in die Hand. »Klär das lieber jetzt mit Kyla, nicht dass wir alles in Bewegung setzen und du bleibst doch hier.«

Ein Muskel zuckte in Chris' Wange. »Das wird nicht passieren.« Trotz seiner überzeugt klingenden Worte verließ er eilig das Büro.

Hawk blickte ihm zweifelnd hinterher. »Ich weiß nicht, ob das so eine gute Idee ist.«

»Ich auch nicht. Aber es ist seine Entscheidung. Was würdest du tun, wenn dein Freund möglicherweise in Gefahr wäre?«

Hawks Antwort bestand aus einem Seufzer. »Vielleicht kann er bei der Gelegenheit mal nach Amy sehen, ich mache mir Sorgen um sie. Es könnte sein, dass sie auf einem Pulverfass sitzt.«

Wenn Bashir mit den Terroristen einen großen Anschlag plante, konnte Hawks Sorge durchaus begründet sein. »Sollte Bashir drinhängen, holen wir sie raus.«

»Danke.« Hawk nickte ihm zu und setzte sich wieder an seinen Schreibtisch. »Ich werde alle Infos, die ich von ihr erhalte, immer sofort an I-Mac weitergeben.«

»Und ich schicke die Infopakete – auch mit den Sachen, die

ich finde – dann an Gimmick.« I-Mac schien sich wieder gefangen zu haben, auch wenn Devil ihm immer noch die Trauer darüber anmerken konnte, nicht mehr auf Mission gehen zu können.

Es musste schwer für ihn sein, zuzusehen, wie sein Team in den Einsatz flog und er hier zurückblieb. Er selbst würde sich in der Situation wahrscheinlich einen anderen Job suchen, weit weg, um nicht immer daran erinnert zu werden, was er verloren hatte. So gesehen war I-Mac anscheinend sehr viel stärker als er. Eine Erinnerung, die er normalerweise tief in sich verschlossen hielt, kam in ihm hoch. Er war schon einmal geflüchtet und hatte etwas zurückgelassen, das ihm sehr viel bedeutet hatte. Oder vielmehr: jemanden. Große Augen voller Vertrauen und Liebe. Mit einem stummen Fluch schob er die Gedanken beiseite. Es war lange her, und er durfte sich jetzt von nichts ablenken lassen. Die Mission war alles, was zählte.

7

Amy erwachte mit einem Ruck und blickte sich orientierungslos um. Als sie sich daran erinnerte, wo sie war, ließ sie sich mit einem stillen Seufzer ins Kissen zurücksinken. Die Erinnerung an ihren Traum kam zurück und schnürte ihr die Kehle zu. Wie konnte etwas, das vor zwanzig Jahren geschehen war, noch so wehtun? Ihr Herz fühlte sich an, als hätte es jemand mit einem Hammer zertrümmert. Sie presste die Hand darauf und war erstaunt, dass es noch regelmäßig schlug. An ihrer Wange kitzelte etwas, und sie wischte darüber. Feuchtigkeit drang an ihre Finger. Wütend nahm Amy einen Zipfel der Bettdecke und entfernte den Beweis für ihre Tränen. Wenn sie wach war, konnte sie den Schmerz zurückdrängen, doch während sie schlief, hatte sie keine Kontrolle darüber.

Eigentlich hatte sie geglaubt, die Sache überwunden zu haben, doch dann war sie zu den TURT/LEs gegangen, und mit nur einem Blick auf den Mistkerl war alles wieder aufgebrochen, was sie so lange erfolgreich in ihrem Innern vergraben hatte. Zwar hatte sie versucht, ihm so weit wie möglich aus dem Weg zu gehen – und das hatte erstaunlich gut geklappt –, aber sie hatte immer seine Nähe gefühlt. Ein konstantes Pulsieren in ihrer Brust, das sie einfach nicht abschalten konnte. Deshalb war sie froh gewesen, diese Mission antreten zu können und endlich weit genug von ihm weg zu sein. Und tatsächlich hatte sie nicht mehr an ihn gedacht. Bis gestern. Wieso musste das ausgerechnet jetzt passieren?

Da Amy keine befriedigende Antwort auf diese Frage fand,

beschloss sie, aufzustehen und den Tag zu beginnen. Schlafen konnte sie sowieso nicht mehr, das wusste sie aus langer Erfahrung. Ihre Zimmergenossinnen regten sich nun auch, deshalb schlüpfte Amy rasch in frische Kleidung und zog dann ihre Burka über. Sie verließ das Zimmer und ging ins Bad. Dort legte sie den Schleier wieder ab und stützte sich mit beiden Händen auf das Waschbecken, während sie sich im Spiegel betrachtete. Das Weiße ihrer Augen war gerötet, und auch ihrem Gesicht konnte man ansehen, dass sie geweint hatte. Zum ersten Mal war sie froh, sich unter der Burka verstecken zu können.

Mit kaltem Wasser schrubbte sie sich so lange, bis ihre gesamte Haut gerötet und die Tränenspuren nicht mehr zu sehen waren. Er hatte es überhaupt nicht verdient, dass sie ihm nach all den Jahren immer noch nachtrauerte. Offenbar war er ja zufrieden mit seinem Leben und hatte ohne einen Blick zurück alles andere hinter sich gelassen. Hatte er überhaupt noch einmal an sie gedacht, oder war sie ihm so unwichtig gewesen, dass er sie vergessen hatte, sobald er das Tor des Instituts durchquert hatte? Noch immer hatte sie Schwierigkeiten damit, sich das vorzustellen. Vier Jahre lang war er ihr Fels gewesen, und sie hatte immer gedacht, er würde sie sehr mögen. Wie konnte sich das innerhalb von einem Tag geändert haben?

Doch es brachte nichts, weiter darüber nachzudenken, deshalb schob Amy die Erinnerungen beiseite und konzentrierte sich auf den bevorstehenden Tag. Es war lebenswichtig, dass sie keinen Fehler machte. Bashir durfte auf keinen Fall merken, dass sie sich mehr als üblich für seine Aktivitäten interessierte. Und dafür musste ihr Kopf im Hier und Jetzt sein und nicht irgendwo in der Vergangenheit. Die ließ sich sowieso nicht mehr ändern, egal, wie sehr Amy sich das wünschte.

Nach einem tiefen Atemzug fühlte sie sich deutlich gefestigter und machte sich fertig für den Tag. Ihre langen Haare band sie zu einem geflochtenen Zopf zusammen, die einzige Möglichkeit, sie daran zu hindern, sich im Laufe des Tages unter dem Schleier der Burka herauszuarbeiten. Die Sehnsucht danach, den Wind in ihren offenen Haaren zu fühlen, drängte Amy sofort zurück. Das musste warten, bis sie wieder in den USA war, und das konnte noch einige Zeit dauern, es sei denn, die Sache, die Bashir und der Fremde besprochen hatten, erwies sich als so heiß, dass etwas dagegen unternommen wurde und sie nach Hause zurückkehren konnte.

Nach Hause … Sie konnte nicht unbedingt sagen, dass San Diego diese Bezeichnung verdiente, aber die Stadt war immerhin besser als einige andere Orte, an denen sie gelebt hatte. Die Nähe des Ozeans beruhigte sie irgendwie, sie konnte stundenlang am Strand sitzen und den Wellen zusehen, ohne dass ihr langweilig wurde oder die Unruhe sie überkam. Hier war sie so weit weg vom Meer und der Freiheit, dass die Erinnerung daran langsam verblasste. Viel mehr als die Häuser und den Weg zum Marktplatz hatte sie hier noch nicht gesehen. So etwas wie Urlaub gab es für die Bediensteten nicht, und was hätte sie allein auch schon unternehmen sollen? Vor allem aber konnte sie nicht riskieren, dass gerade dann etwas geschah, wenn sie nicht vor Ort war. Also würde sie hier ausharren, bis sie ihren Auftrag erledigt hatte.

Tatsächlich hatte Amy gehofft, Bashir wäre so rechtschaffen und großzügig, wie er sich gab. Wenn sie ehrlich war, mochte sie ihn und seine Familie sogar, besonders seine Tochter Sahar. Sollte man Bashir aus dem Verkehr ziehen, würden außerdem alle Angestellten ihren Arbeitsplatz verlieren, und das waren nicht wenige. Neben den Bediensteten im Haus gab es auch noch etliche in seinen Läden und anderen Unternehmen. Für die Stadt wäre es ein harter Schlag, ihren Wohltäter zu verlieren. Wenn Bashir allerdings wirklich mit Terroristen in Verbindung stand, war es letztlich besser für die Region, wenn er verhaftet wurde.

Doch das war Zukunftsmusik, erst musste Amy den Beweis erbringen, dass überhaupt etwas vorging. Die Vorstellung, dass vielleicht Tausende Menschenleben davon abhingen, dass sie die richtigen Schlüsse zog und rechtzeitig an das TURT-Hauptquartier sandte, war überwältigend. Es war deutlich leichter gewesen, bei der NSA in einem klimatisierten Büro zu sitzen und Informationen zu analysieren, weil sie dort nicht mit echten Menschen in Berührung kam, die von dem Fallout betroffen sein würden. Andererseits wusste sie so auch genau, für wen sie es tat.

Amy widmete sich ihrer Arbeit und versuchte dabei, Bashir so nah wie möglich zu sein, ohne aufzufallen. Sollte er noch einmal in Kontakt zu dem Terroristen stehen, wollte sie es sofort mitkriegen. Vor allem war es wichtig, dass sie seinen Namen erfuhr und sein Gesicht sah. Wenn dabei allerdings etwas schiefginge … Amy schüttelte den Kopf. Niemand ahnte, dass sie kein normales Hausmädchen war. Solange sie sich nicht verdächtig verhielt, würde auch niemand sie enttarnen.

I-Mac saß vor seinem Monitor und raufte sich die Haare – wie so oft in den letzten Stunden –, als hinter ihm die Tür aufging. Er bemerkte es kaum, zu sehr war er damit beschäftigt, zu entschlüsseln, wovon in den Mails und Texten, die Henning ihm geschickt hatte, die Rede war. Seit Nurja und die Kinder bei ihm lebten, hatte er seine persischen Sprachkenntnisse aufpolieren können, aber sie reichten bei Weitem nicht aus, um alle Details zu verstehen.

Eine leichte Berührung an seiner Schulter ließ ihn hochschrecken. Irritiert fuhr er herum. Niemand hier fasste ihn auf diese Weise an, auch nicht die TURT/LE-Agentinnen. Seine

Augen weiteten sich, als er Nurja vor sich stehen sah. Obwohl sie in der Öffentlichkeit war, trug sie nicht ihre Burka, sondern nur ein Tuch über ihren Haaren, sonst hätte man sie vermutlich auch nicht auf das Gelände gelassen. I-Mac hatte sie als seinen Notfallkontakt angegeben, und ihr Bild war in der Datenbank gespeichert. Bisher war sie aber nur ein- oder zweimal hier gewesen, und da auch nur in seiner oder Roses Begleitung. Sie fühlte sich nicht wohl zwischen all den testosteronstrotzenden Männern – und das konnte er durchaus nachvollziehen nach dem, was sie in Mogadirs Gefangenschaft erlebt hatte.

Als I-Mac klar wurde, dass irgendetwas passiert sein musste, damit Nurja von sich aus hierherkam – erst recht um diese späte Uhrzeit –, stand er hastig auf und trat einen Schritt auf sie zu. »Nurja, ist etwas mit den Kindern? Ich kann …«

Abwehrend hob sie die Hand. »Es geht ihnen gut. Sie schlafen, und Rose passt auf sie auf.«

Ein Gefühl der Erleichterung setzte bei I-Mac ein, während gleichzeitig seine Verwirrung zunahm. »Brauchst du bei irgendetwas meine Hilfe?«

Nurja schüttelte den Kopf. »Nein. Es ist so spät geworden. Ich wollte dich nur sehen und …«

Als sie nicht weitersprach, blickte er sie neugierig an. »Was?«

Unsicher biss sie sich auf die Lippe, ihre Hände presste sie seitlich an die Oberschenkel. »Vielleicht sollte ich lieber gehen.«

Schnell griff I-Mac nach ihrer Hand und hinderte sie sanft daran, zu flüchten. »Nurja, ich freue mich, dich zu sehen. Du kannst mich gerne jederzeit hier besuchen.«

Ihre Antwort wurde von einem zittrigen Lächeln begleitet. »Danke.«

»Ich habe zu danken. Du bereicherst mein Leben.« Als ihm klar wurde, wie schmalzig sich das anhörte, stieg ihm Hitze in die Wangen. Wie gut, dass ihn keiner seiner Kollegen gehört hatte, auch wenn es der Wahrheit entsprach.

Nurja errötete ebenfalls, aber ihr Lächeln war um einiges breiter als vorher. »Das ist gut.« Als wäre sie selbst schockiert, dass sie es gewagt hatte, so offen mit ihm zu sprechen, irrte ihr Blick zur Seite und landete auf dem Monitor hinter ihm. Sofort verschwand jeder Ausdruck von Freude aus ihrem Gesicht. Stattdessen breitete sich Blässe auf ihren Wangen aus, und ein ängstlicher Ausdruck trat in ihre Augen. »Was ist das?« Sie flüsterte beinahe, als fürchtete sie, dass jemand sie hören könnte.

I-Mac wollte die Datei schon schließen, war aber zu frustriert und verzweifelt, um nicht die Möglichkeit zu nutzen, die sich ihm unverhofft bot. »Ich suche in diesen Mails nach Hinweisen auf weitere Anschläge. Der Attentäter auf den ISAF-Stützpunkt in Afghanistan hat sie erhalten und verschickt.« Vermutlich unterlag das der Geheimhaltung, aber er vertraute Nurja bedingungslos. Nie würde sie ihn verraten oder etwas tun, das ihn oder das Team in Gefahr brachte. »Allerdings ist das nicht so einfach.«

Unverwandt starrte Nurja auf den Bildschirm. »Warum?«

»Weil meine Sprachkenntnisse leicht eingeschränkt sind, wie du ja weißt. Und es dauert einfach zu lange, immer zu warten, bis einer der Spezialisten es mir übersetzt hat. Das kann sich Tage hinziehen, und so viel Zeit haben wir nicht.«

»Ist ein Einsatz geplant?« Sie riss den Blick los und sah ihn entsetzt an. »Musst du dann mit?«

Die Trauer darüber, dass seine Zeit als aktiver SEAL vorbei war, mischte sich mit der befriedigenden Erkenntnis, dass Nurja ihn nicht verlieren wollte. Ein sehr seltsames Gefühl, das ihn verwirrt zurückließ. »Sie sind schon weg, und nein, du weißt doch, dass ich auf keine Mission mehr gehe.«

In ihren Augen lag Verständnis. »Dein Team? Es tut mir leid, John.«

Unbehaglich zuckte er mit den Schultern. »Ich muss damit leben. Das hier ist für einen Freund, der den Anschlag überlebt hat, aber einige Leute, die er kannte, sind dabei gestorben.«

Nurja straffte die Schultern und zog sich dann einen der Besucherstühle heran. »Sag mir, was du übersetzt haben möchtest.«

»Du musst nicht …«

»Ihr habt mich damals befreit. Wenn ich helfen kann, ist das meine Pflicht. Setz dich, John. Ich dachte, du hast es eilig.«

Ein kluger Mann widersprach nie, wenn eine Frau in diesem Ton mit ihm redete. Besonders, wenn sie genau das tat, was er sich insgeheim erhofft hatte, auch wenn er sie nie dazu überredet hätte. Das Angebot musste von ihr kommen. I-Mac klappte den Mund zu und setzte sich auf seinen Schreibtischstuhl. Dann deutete er auf die Stelle, die ihm solche Schwierigkeiten bereitet hatte. »Reden sie wirklich davon, wie teuer das Getreide gerade ist?«

Der Scherz brachte ihm ein schwaches Lächeln ein, und I-Mac fühlte sich, als hätte er den Jackpot gewonnen. Verdammt, ihm war wirklich nicht mehr zu helfen!

Nurjas Gesichtsausdruck war ernst, als sie ihm den Absatz vorlas. Zwar war der Inhalt verklausuliert – die Terroristen waren leider nicht so dumm zu glauben, dass sie von den Geheimdiensten nicht genau beobachtet wurden –, aber es war eindeutig ein Hinweis darauf, dass etwas Großes geplant war. Von einem Führungsstab war die Rede, aber wer das genau war und wo er zu finden war, wurde nicht erwähnt. So konnten sie weiterhin nur raten. Auf jeden Fall schien es mit dem übereinzustimmen, was die TURT/LE-Agentin gehört hatte.

Aufregung und Mordlust waren praktisch zwischen den Zeilen greifbar.

Wenn I-Mac selbst schon einen schlechten Geschmack im Mund hatte und das dringende Gefühl, sich waschen zu müssen, dann konnte er nur ahnen, wie es Nurja jetzt gehen musste. Ihr ganzes Leben hatte sie in solch einer Gesellschaft gelebt, in der Frauen wenig mehr als Arbeitstiere waren. Und in der Menschen im Namen ihres Gottes unaussprechliche Taten begingen. Sie selbst hatte das am eigenen Leibe erfahren. Dass sie überhaupt hier sitzen und für ihn übersetzen konnte, zeigte, wie stark sie wirklich war.

Nurja brach mitten im Satz ab und blickte ihn fragend an. »Ist etwas?«

Mühsam versuchte er, sich wieder unter Kontrolle zu bringen. »Nein. Ich dachte nur gerade, wie bemerkenswert du bist.«

Verlegen senkte sie die Augen, Röte stieg erneut in ihre Wangen. »Ich bin nur eine einfache Frau vom Land.«

Diesmal ließ I-Mac ihr das nicht durchgehen. Er legte ihr einen Finger unters Kinn und zwang sie, ihn anzusehen. »Du bist eine wunderbare, starke und intelligente Frau, Nurja. Lass dir niemals etwas anderes einreden, denn es ist die Wahrheit.«

Unsicher blickte sie ihn an. »John …«

»Ich weiß, dass es dir nicht leichtfällt, dich unserer Kultur anzupassen. Aber du versuchst es und behältst gleichzeitig deine eigene Identität. Das finde ich bewundernswert.« Er nahm seinen Finger weg und hielt sie nur mit den Augen gefangen. »Du solltest aber inzwischen gemerkt haben, dass wir in den USA starke Frauen mögen, die ihren Wert kennen. Sei stolz auf dich, denn das kannst du sein. Ich bin es jedenfalls.«

Erst sah es so aus, als wollte sie ihm widersprechen, doch dann lächelte sie nur. »Danke.« Fast unmerklich strafften sich ihre Schultern, und sie reckte das Kinn.

Fasziniert von dieser nur durch ein paar Worte verursachten Verwandlung starrte I-Mac sie an. Schließlich gab er sich einen Ruck. »Bitte.«

Nurja wandte sich wieder dem Monitor zu und fuhr mit der Übersetzung fort. I-Mac notierte sich, was sie ihm diktierte, und nutzte die restliche Zeit, sie einfach zu beobachten. Das war eine seiner liebsten Tätigkeiten, wenn er ehrlich war. So bemerkte er es auch sofort, als sich ihr ganzer Körper versteifte und dann zu zittern begann. Schnell legte er ihr eine Hand auf den Arm.

»Was steht da?«

Nurjas Augen waren riesig, als sie ihn anblickte. »Es geht um einen Bombenanschlag auf eine Schule. Es ist auch das Datum genannt. Am 3. Juni, morgens.« Ihr Blick glitt zu der Weltzeituhr, die er immer auf seinem Bildschirm laufen hatte, und sie schlug sich die Hand vor den Mund. »Das ist jetzt!«

»Verdammt!« I-Mac griff nach seinem Handy und rief Henning an. Nachdem er ihm die wichtigsten Details genannt hatte, informierte er auch Matt und Hawk, die wiederum versprachen, sofort in die Wege zu leiten, dass die zuständigen Stellen informiert wurden. Falls dieser Anschlag wirklich stattfinden würde, musste die Schule sofort evakuiert werden.

In der Zwischenzeit hatte Nurja sich wieder den anderen Mails zugewandt und selbst Notizen dazu gemacht.

I-Mac legte seine Hand auf ihre. »Du brauchst nicht weiterlesen, Nurja. Ich kann das jemand anderen übersetzen lassen.«

Ihre Augen brannten, als sie ihn ansah. »Du hast gesagt, das dauert zu lange. Was ist, wenn noch ein Anschlag geplant ist, den wir verhindern könnten?«

Dem konnte er nicht widersprechen. Stattdessen nahm er ihr den Stift aus der Hand und ließ sich wieder von ihr die Texte diktieren. Nachdem Nurja alles übersetzt hatte, lehnte

I-Mac sich im Stuhl zurück und verschränkte die Hände über dem flachen Bauch. »Glücklicherweise scheint das der einzige Anschlag gewesen zu sein. Alle anderen Informationen werde ich auswerten und dann weiterleiten. Ich schätze, das wird noch eine lange Nacht. Danke für deine Hilfe.«

Die Erleichterung war Nurja deutlich anzusehen. »Dann fahre ich jetzt zu deinem Haus zurück und sehe nach den Kindern.«

I-Mac stieß einen tiefen Seufzer aus. »Nach Hause.«

»Wie bitte?«

»Wir haben schon so oft darüber gesprochen: Es ist nicht mein Haus, es ist unser Zuhause. Meins, deins und das deiner Kinder.«

Nurja erhob sich. »Für mich ist das ungewohnt. Mein Mann …« Sie brach ab, und ein undefinierbarer Ausdruck huschte über ihr Gesicht. »Er sagte immer ›mein Haus‹, es gehörte nicht uns, sondern ihm. Genau wie alles andere. Wie ich.«

Es kostete I-Mac seine ganze Beherrschung, ihr nicht zu sagen, was er von ihrem Mann hielt. Und sie nicht in seine Arme zu ziehen und ihr klarzumachen, dass sie nicht weiter nach einem Zuhause suchen musste. Aber er wusste, dass sie es jetzt nicht annehmen würde. Sie musste von selbst den Widerstand aufgeben, er konnte es nicht erzwingen.

I-Mac nahm Nurjas Hände in seine. »Denk in Ruhe darüber nach. Ich möchte, dass ihr euch hier zu Hause fühlt.«

Sie drückte seine Finger. »Das werde ich.« Schnell überprüfte Nurja, ob ihr Tuch noch die Haare verdeckte, bevor sie den Raum verließ und die Tür sanft hinter sich schloss.

I-Mac starrte das Holz an, als könnte er hindurchsehen und Nurjas Weg durch die Baracke verfolgen. Alles, was er zu ihr gesagt hatte, entsprach der Wahrheit, aber manchmal fragte er sich, ob sie es jemals akzeptieren und sich ihm öffnen würde.

Oder ob er sie zu etwas drängte, das nicht ihrem Wunsch entsprach. Am schlimmsten wäre es für ihn, wenn sie hinterher nur bei ihm blieb, weil sie dachte, sie wäre es ihm schuldig, oder weil sie nicht wusste, wo sie sonst hingehen sollte.

Ein kurzes Klopfen ertönte – oder vielmehr ein Hämmern, das fast die Tür aus den Angeln hob –, dann steckte Rock den Kopf herein. Als er I-Macs Miene sah, schnitt er eine Grimasse. »Soll ich später wiederkommen?«

Rasch brachte I-Mac seinen Gesichtsausdruck unter Kontrolle, etwas, das er in seinen Jahren als SEAL perfektioniert hatte. »Nein, komm rein. Hast du was vom Team gehört?«

Rock trat in den Raum und lehnte sich an die Wand. »Nein, noch nichts.« Dabei sah er genauso aus, wie I-Mac sich fühlte, vermutlich, weil er sich auch noch nicht daran gewöhnt hatte, aus Altersgründen nicht mehr zu den aktiven SEALs zu gehören. »Rose hat mir erzählt, dass Nurja hierherkommen wollte, deshalb dachte ich, ich schaue mal nach, ob sie zu dir gefunden hat.«

»Hat sie.« I-Mac wedelte mit seinen Notizen. »Und sie hat mir auch bei der Übersetzung geholfen. Es ist sehr praktisch, jemanden zur Hand zu haben, der das innerhalb kürzester Zeit schafft.«

Nachdenklich rieb Rock sich über das Kinn. »Vielleicht sollten die TURTs sie dafür anstellen. Es ist immer gut, Muttersprachler im Team zu haben.«

I-Macs erster Impuls war, die Sache abzulehnen, weil er nicht wollte, dass Nurja mit solchen Dingen in Berührung kam, aber nach kurzem Nachdenken stellte er fest, dass es eigentlich eine gute Idee war. Es würde nicht nur ihnen helfen, sondern auch Nurja. Wenn sie ihr eigenes Geld verdiente, würde sie nicht mehr das Gefühl haben, ihm etwas schuldig zu sein. Und vielleicht würde es ihr sogar dabei helfen, die früheren Geschehnisse und das Gefühl von Hilflosigkeit zu überwinden.

Schließlich nickte er. »Ich werde mit Hawk und Matt darüber reden.« Um sich auf andere Gedanken zu bringen, wechselte er das Thema. »Wie geht es Rose? Wird ihr das nicht zu viel mit den Kindern?«

Wie immer, wenn das Gespräch auf seine Lebensgefährtin kam, leuchteten Rocks Augen auf. »Es geht ihr den Umständen entsprechend gut. Das mit den Kindern ist kein Problem, ihre Mutter ist bei ihr, und Rose freut sich, etwas zu tun zu haben. Es macht sie wahnsinnig, so untätig sein zu müssen, da kommt jede Abwechslung recht. Außerdem sieht sie es als Übung an.«

»Wie lange hat sie noch?«

Rocks Miene war eine Mischung aus Ungeduld, Glück und Sorge. »Zwei Wochen. Die Ärztin sagte aber, es kann auch schneller gehen, weil sie so klein ist.«

I-Mac lächelte ihn an. »Ich wünsche euch auf jeden Fall das Beste.«

»Danke.« Rock räusperte sich. »Und wie sieht es bei dir und Nurja aus?«

»Kein Nachwuchs in Aussicht.«

Geduldig blickte Rock ihn an. »Du weißt, was ich meine. Mir kam es so vor, als wäre Nurja in letzter Zeit etwas offener, weniger ängstlich.«

»Ich versuche, sie langsam aus ihrem Schneckenhaus herauszulocken, aber so richtig erfolgreich war ich damit bisher noch nicht. Allerdings kann ich sie auch nicht zwingen, sie muss es selbst wollen. Dabei ist sie so eine starke, wunderbare Frau. Ich wünschte, sie könnte das selbst sehen, wenn sie in den Spiegel blickt.«

Rocks Mund verzog sich zu einem Grinsen. »Es hat dich erwischt.«

Um seine Verlegenheit zu überspielen, hob I-Mac eine Augenbraue. »Und das fällt dir jetzt erst auf? Du wirst langsam alt.«

Rock setzte seinen düstersten Gesichtsausdruck auf, der früher jeden zum Zittern gebracht hatte. Jetzt wirkte es allerdings nur komisch, weil es dem Glück in seinen Augen völlig widersprach. Drohend trat er einen Schritt auf I-Mac zu. »Willst du damit andeuten …«

I-Mac unterbrach ihn. »Ich deute nichts an, ich sage es, wie es ist. *Daddy*.«

Sofort verwandelte sich Rocks Miene. Ein Anflug von Panik stand nun darin. »Oh Gott, wie soll ich ein guter Vater werden? Ich weiß überhaupt nichts darüber.« Er streckte die Arme aus. »Und guck dir diese Hände an, ich habe Angst, das Kind zu zerbrechen, wenn ich es anfasse.«

Jetzt tat es I-Mac beinahe leid, dass er Rock geneckt hatte. »Du wirst das hinkriegen, keine Sorge. Ich hatte auch nie viel mit Kindern zu tun, bevor Nurja zu mir gezogen ist. Trau einfach deinem Instinkt, und es wird klappen. Außerdem wird Rose es dir schon sagen, wenn du irgendwas falsch machst.«

Rock lehnte sich an die Wand zurück. »Ich hoffe es. Sie wirkt immer so ruhig und gelassen.« Er senkte die Stimme. »Sie wollte schon damals mit Ghost ein Kind, doch dann ist er gestorben. Sie hat so lange gebraucht, darüber hinwegzukommen. Wenn jetzt etwas mit dem Baby wäre … Ich weiß nicht, ob sie jemals wieder glücklich werden würde.«

Diese Angst konnte I-Mac absolut verstehen. »Es wird alles gut gehen. So schlimm das auch ist, man kann sich einfach nicht gegen alles absichern, selbst wenn man noch so vorsichtig ist. Also versuch, das zu vergessen und dich auf das Positive zu konzentrieren. Verschwende keine Zeit mit Grübeleien, sondern genieße jeden Augenblick.« Er sagte nicht dazu, dass

Rock mehr Glück hatte als viele andere, er selbst eingeschlossen.

Rock stieß langsam den Atem aus. »Du hast recht. Ich bin wohl nur nervös.«

»Das ist verständlich. Ich würde völlig neben mir stehen.« Er schüttelte den Kopf. »Deshalb ist es gut, dass ich nicht in diese Situation kommen werde.«

Betroffen blickte Rock ihn an. »Kannst du nicht …«

I-Mac verdrehte die Augen. »Ich denke nicht, dass ich über so was mit dir sprechen möchte. Aber nein, ich kann durchaus, allerdings fehlt mir dazu die Frau.«

»Nurja …«

Wieder ließ I-Mac ihn nicht ausreden. »Mal davon abgesehen, dass nicht bewiesen ist, ob sie mich überhaupt als Mann sieht, sie hat bereits fünf Kinder. Glaubst du wirklich, sie legt Wert auf noch mehr?«

Rock zuckte mit den Schultern. »Weiß man nie. Frag sie doch einfach.«

»Ganz tolle Idee, Senior Chief. Das kommt sicher gut an.«

Beschwichtigend hob Rock die Hände. »Okay, schon gut. Aber trotzdem finde ich, dass ihr sehr gut zusammenpasst. Jetzt muss ich aber gehen, sonst fragt sich Matt, wo ich abgeblieben bin.« In der Tür drehte er sich noch einmal um. »Sagst du mir Bescheid, wenn du etwas findest oder vom Team hörst?«

»Natürlich. Grüß Rose von mir.«

Rock grinste ihn an. »Mache ich, *John*.«

I-Mac machte eine eindeutige Geste. »Und sag mir Bescheid, wenn es so weit ist. Zu sehen, wie du in Ohnmacht fällst, möchte ich nicht verpassen.«

Deutlich blasser als vorher schnitt Rock eine Grimasse. »Erinnere mich nicht daran. Aber ich bin ein SEAL, das werde ich doch wohl noch aushalten.«

Diesmal musste I-Mac lachen. »Wie du meinst. Bis später.«

Rock winkte knapp und verließ dann den Raum. Vermutlich, um sich gleich das Telefon zu schnappen und zu Hause anzurufen. So lustig die Vorstellung auch war, sie löste in I-Mac trotzdem beinahe so etwas wie Eifersucht aus. Was würde er darum geben, eine Frau zu haben, deren Liebe so sicher war. Der er ansehen konnte, dass sie sich sofort besser fühlte, wenn er in der Nähe war. Der er hundertprozentig vertraute und die immer für ihn da war.

Bei Nurja gab es für ihn keinerlei Gewissheit. Warum zum Teufel hatte er sich nicht einfach in eine amerikanische Frau verlieben können? In dem Moment, in dem ihm die Frage durch den Kopf schoss, kannte er auch schon die Antwort: Weil die nicht Nurja wäre. Nur mühsam widerstand I-Mac dem Drang, mit dem Kopf auf die Tischplatte zu schlagen. Warum einfach, wenn es auch kompliziert ging?

Mit einem tiefen Seufzer drehte er sich wieder zum Schreibtisch um und begann, die von Nurja übersetzten Informationen einzutippen.

8

Während Henning in überhöhtem Tempo durch die Straßen raste, konnte er nur daran denken, was passieren würde, wenn die Schule nicht rechtzeitig geräumt wurde. Wie konnte überhaupt jemand planen, Kindern so etwas anzutun? Damit trafen die Terroristen genau diejenigen, die an der ganzen Misere im Land völlig unschuldig waren, und vermutlich ging es ihnen nur darum, den größtmöglichen Abschreckungseffekt zu erzielen. Noch immer wurde es von vielen nicht gern gesehen, dass Mädchen zur Schule gingen und etwas lernten. Mit einem solchen Anschlag konnte man sicher erreichen, dass noch weniger Eltern ihre Kinder zur Schule schickten.

Hennings Hände krampften sich um das Lenkrad des Jeeps, den er sich auf dem Stützpunkt ausgeliehen hatte. Im letzten Moment lenkte er ihn um eine scharfe Kurve und musste darum kämpfen, auf der Straße zu bleiben. *Shit*. Wenn er so weitermachte, würde er sich noch umbringen, und das würde niemandem helfen. Widerwillig nahm er den Fuß etwas vom Gas und passte die Geschwindigkeit damit den engen Straßen an. Mit jeder verstrichenen Sekunde wurde er unruhiger. Das Attentat konnte jeden Moment stattfinden, es gab keine genaue Uhrzeit, nur die eher vage Angabe, dass am heutigen Morgen eine Bombe explodieren würde.

Hoffentlich hatten die Behörden seinen Hinweis ernst genommen und die Schule bereits evakuiert. Falls nicht … Henning mochte sich nicht vorstellen, welchen Schaden eine Bombe an Kinderkörpern anrichten konnte.

Es kam ihm wie eine Ewigkeit vor, bis er endlich bei der Schule ankam. Die Straße war weiträumig abgesperrt, überall liefen Polizisten und Soldaten herum, es schien völliges Chaos zu herrschen. Hinter den Absperrungen riefen verzweifelte Eltern nach ihren Kindern und trugen damit noch zu dem ohnehin gewaltigen Lärmpegel bei. Henning parkte am Straßenrand und sprang aus dem Jeep. Dann bahnte er sich einen Weg durch das Gedränge und duckte sich unter der Absperrung durch. Ein Polizist wollte ihn aufhalten, wurde aber von etwas anderem abgelenkt, sodass Henning an ihm vorbeischlüpfen konnte. Zielstrebig bewegte er sich auf das mehrstöckige Gebäude zu, aus dem in diesem Moment unzählige Schüler strömten. Einige Lehrer waren dabei, die versuchten, die Flucht in geregelte Bahnen zu lenken, aber sie hatten keine Chance.

Als die Eltern ihre Kinder sahen, stürmten auch sie die Absperrungen und verursachten damit noch mehr Chaos. Henning hatte Mühe, sich auf den Beinen zu halten, als um ihn herum Eltern und Kinder aufeinandertrafen. Die Soldaten und Polizisten wirkten hilflos, sie waren der Lage offenkundig nicht gewachsen. Schließlich beschränkten sie sich darauf, alle in eine Richtung zu drängen, weg vom Gebäude.

Mühsam kämpfte Henning sich zu einem uniformierten Mann durch, der aussah, als hätte er das Kommando. Henning identifizierte sich und fragte den Soldaten, ob das Gebäude geräumt war.

Der nickte knapp. »Wir haben durchgesagt, dass sich alle aus dem Gebäude entfernen sollen. Die Lehrer haben die Schüler versammelt und herausgebracht.«

Erleichtert atmete Henning auf. »Gut. Wurde noch ein Rundgang gemacht, um zu sehen, ob auch wirklich alle dem Befehl gefolgt sind?«

Der Soldat deutete auf das Durcheinander. »Sie sehen doch,

wie es hier aussieht. Wir brauchen alle Kräfte, um die Leute vom Gebäude fernzuhalten. Das Bombenkommando wird auch bald hier sein, die machen dann noch einen Rundgang.«

Henning bedankte sich für die Auskunft und trat dann zur Seite. Den Blick auf das Gebäude gerichtet zog er sein Handy heraus und rief I-Mac an. Es dauerte nur Sekunden, bis der SEAL sich meldete.

»I-Mac, hier ist Henning. Ich bin jetzt bei der Schule. Sie wurde gerade evakuiert.«

»Gott sei Dank! Haben sie eine Bombe gefunden?«

»Das Bombenteam ist wohl noch nicht da. Die Frage ist auch, ob eine Bombe platziert wurde oder ob ein Selbstmordattentäter in das Gebäude eindringen und sich dort in die Luft sprengen wollte. Gut möglich, dass er von der Polizei- und Militärpräsenz abgeschreckt wird und sich zurückzieht. Oder sich ein anderes Ziel sucht.«

I-Mac fluchte unterdrückt. »Hoffentlich nicht! Weitere Hinweise auf ihn werden wir wohl nicht finden.«

»Ich werde mich hier weiter umsehen, vielleicht entdecke ich ja jemanden, der sich verdächtig benimmt.« Obwohl es ihm in diesem Chaos sehr unwahrscheinlich schien.

»Sei bloß vorsichtig.«

»Das bin ich immer. Ich werde …« Henning brach ab, als er glaubte, hinter einem der Fenster im Gebäude eine Bewegung zu sehen. Angestrengt starrte er auf die Stelle.

»Was ist?« I-Macs Stimme drang wie von weit her an sein Ohr.

»Ich dachte, ich hätte etwas im Gebäude gesehen.«

»Den Täter?«

»Ich weiß es nicht. Es schien …« Erneut zögerte er, als die Bewegung wiederkehrte. Schließlich sah er einen Kopf auf Höhe der Fensterbank auftauchen. »Oh, verdammt!«

»Was?«

»Da ist noch ein Kind im Gebäude! Ich muss es rausholen.«

»Überlass das den Hilfskräften vor Ort, Henning! Hinterher erschießen sie dich noch, weil sie dich für den Attentäter halten.«

»Würdest du ein Kind im Stich lassen?« Während er sprach, bewegte er sich schon auf das Gebäude zu.

Erneut drang ein Fluch aus dem Handy. »Nein, natürlich nicht. Sei vorsichtig, okay?«

»Ich melde mich, wenn ich wieder draußen bin.« Damit beendete er das Gespräch und steckte das Handy weg.

Ohne weiter zu zögern, setzte Henning sich in Bewegung. Er wusste selbst, wie viel er damit riskierte, aber er konnte auch nicht einfach zusehen, wie ein Kind Opfer eines Anschlags wurde. Das Herz hämmerte in seiner Brust, während er auf das Gebäude zulief. Niemand versuchte, ihn daran zu hindern, als er über die Absperrung sprang und auf die Eingangstür zuhielt. Wahrscheinlich dachten sie, dass der verrückte Ausländer selbst schuld war, wenn er dabei zu Tode kam.

Als Henning in die Eingangshalle trat, schob er alle Gedanken beiseite und konzentrierte sich darauf, das Fenster zu finden, an dem er das Kind gesehen hatte. Immer zwei Stufen auf einmal nehmend, rannte er die Treppe hinauf. Es war beinahe gespenstisch still im Gebäude, besonders im Gegensatz zum Lärm und Geschrei draußen. Als er zu dem Gang kam, in dem er das Kind am Fenster gesehen hatte, war dieser leer. Verdammt! Er hatte keine Zeit, die gesamte Schule abzusuchen, jede Sekunde länger im Gebäude war eine näher am Tod. Aber er konnte das Kind auch nicht hierlassen. Mehrere Türen gingen von dem Gang ab, hinter jeder konnte sich das Mädchen verborgen haben. Oder auch der Attentäter.

Hennings Nacken prickelte, während er sich langsam der

ersten Tür näherte. Die Pistole im Anschlag öffnete er sie und blickte in den Raum. Er war leer, die Tische verwaist. Überall lagen Hefte und Stifte verstreut, als wären alle in größter Eile aufgebrochen. Auch Kleidungsstücke hingen noch über den Stuhllehnen. Schnell verließ Henning den Raum wieder und strebte zum nächsten. Auch dort fand er das gleiche Bild vor. Schweiß lief ihm über den Rücken, während er kehrtmachte. Die Zeit lief ihm davon. Am liebsten hätte er nach dem Kind gerufen, aber er wollte es nicht verschrecken oder den Attentäter auf sich aufmerksam machen, falls der in der Nähe sein sollte.

Deshalb blieb er stumm, und lief lautlos weiter den Gang entlang. Im dritten Raum sah er schließlich eine Bewegung im hinteren Bereich. Sofort ging er hinter dem Türrahmen in Deckung. Als nichts passierte, schob er den Kopf vorsichtig vor. Es war nichts zu sehen. Hatte er sich getäuscht? Dann hörte er ein Wimmern, beinahe so wie das eines verängstigten Tieres. Vorsichtig trat Henning in den Raum. Sein Herz zog sich zusammen, als er ein kleines Mädchen entdeckte, das hinter den letzten Tischen kauerte. Um es nicht noch mehr zu verängstigen, steckte er die Pistole weg und hielt der Kleinen die Hand hin.

»Bia.« *Komm*. Er wollte ihr versichern, dass er ihr nichts tun und alles gut werden würde, aber dafür reichten seine Sprachkenntnisse nicht. Und er bezweifelte, dass sie Englisch verstand. Vielleicht reichte es ja auch schon, wenn sie seinen Tonfall hörte. Einen Versuch war es zumindest wert, deshalb sprach Henning das Mädchen sanft auf Deutsch an. Nach kurzem Zögern ergriff die Kleine tatsächlich seine Hand, während sie mit der anderen ihre Schultasche fest umklammert hielt. Anscheinend war die ihr so wichtig, dass sie sie nicht zurücklassen wollte, deshalb ließ Henning sie ihr.

Mit großen dunklen Augen blickte sie zu ihm herauf. Ihre langen Haare waren zerzaust, das Kopftuch heruntergerutscht.

An ihrer Wange war ein Schmutzstreifen zu sehen, und etwas, das wie ein beginnender Bluterguss aussah. Wahrscheinlich war das in der hektischen Flucht passiert. War sie gefallen und hier zurückgelassen worden? Tränen bildeten sich in ihren Augen, und Henning unterdrückte den Impuls, sie in die Arme zu ziehen. Er wollte sie nicht ängstigen, und außerdem hatten sie keine Zeit zu verlieren. Also drückte er nur beruhigend ihre Hand und lief los. Das Mädchen schien zu erkennen, dass er ihr helfen wollte, denn es lief bereitwillig mit.

Gerade als sie die ersten Stufen nach unten genommen hatten, sah Henning jemanden heraufkommen. Zuerst dachte er, es wäre einer der Soldaten, aber dann erkannte er seinen Irrtum. Der Mann trug militärisch anmutende Kleidung, doch er bewegte sich nicht wie ein Soldat. Vor allem aber hatte er sich eine Weste umgeschnallt, aus der Drähte ragten. Automatisch hob Henning die Waffe und schob gleichzeitig das Kind hinter sich. Als der Attentäter ihn entdeckte, schrie er etwas, das Henning nicht verstehen konnte. Aber er spürte, wie das Mädchen sich verängstigt an ihn klammerte.

Der Mann hielt etwas in die Höhe, und Henning erkannte, dass es ein Auslösemechanismus war. Solange der gedrückt wurde, würde die Bombe nicht explodieren. Wenn Henning den Mann also erschoss, würden sie alle in die Luft fliegen. Es gab nur eine Möglichkeit: Sie mussten so schnell wie möglich aus dem Gebäude hinaus. Dummerweise blockierte der Terrorist ihren Weg nach unten, deshalb wirbelte Henning herum, hob das Mädchen hoch und sprintete die Treppe wieder hinauf. Er musste einen anderen Weg nach draußen finden.

Das Mädchen klammerte sich an ihn, was die Sache erleichterte. So brauchte Henning zumindest nicht zu befürchten, dass die Kleine sich gegen ihn wehrte. Wieder rannte er den Gang entlang, hinter sich konnte er die Schritte und Flüche des Terroristen hören. Ihm blieben nur wenige Sekunden, das Mädchen und sich selbst zu retten. Für die Schule konnte er nichts tun, Menschenleben gingen vor. Er erinnerte sich daran, dass es einige Meter unter den Fenstern einen Vorbau mit Flachdach gab, und entschied, dass das reichen musste. Eine bessere Gelegenheit würde er in der kurzen Zeit nicht bekommen, und er wollte auf keinen Fall noch im Gebäude sein, wenn es in die Luft flog.

Henning öffnete das Fenster in der Mitte und blickte hinaus. Etwa zwei Meter unter ihm lag das Flachdach des Vorbaus, eine Distanz, die er leicht überwinden konnte. Zuerst musste er allerdings dafür sorgen, dass die Kleine dort hinunterkam. Sanft löste er ihre Finger von seiner Kleidung und blickte ihr ins Gesicht. Ihre Augen waren weit aufgerissen, die Angst darin deutlich sichtbar.

»Ich weiß, dass du mich nicht verstehst, aber wir müssen dort hinunter.« Er deutete auf das Flachdach. »Ich werde dich halten, und das letzte Stück musst du springen. Okay?«

Verwirrt blickte sie ihn an. Offenbar verstand sie wirklich kein Englisch, aber darauf konnte er jetzt keine Rücksicht nehmen. Henning packte die Kleine an den Handgelenken und schwang sie aus dem Fenster. Ein erschrockener Laut entfuhr ihr, Panik stand in ihren Augen. Schnell beugte er sich vor, damit sie dichter am Boden war, und ließ sie fallen. In der Menge ertönte ein spitzer Schrei, doch Henning kümmerte sich nicht darum. Er sprang aus dem Fenster und landete leichtfüßig neben dem Mädchen. Jetzt mussten sie nur noch die letzten Meter bis zum Boden schaffen, dann war ihre Überlebenschance deutlich größer.

Weinend kauerte die Kleine auf dem Flachdach. Henning stand auf und griff nach ihr, bevor sie wusste, was er vorhatte. Ihr Zusammenzucken schmerzte ihn, aber er hoffte, dass sie hinterher verstehen würde, warum er es getan hatte. Er trat an den Rand des Daches und suchte nach einem Weg, wie er die letzten drei Meter überwinden konnte. Einige Soldaten liefen auf sie zu, die Pistolen erhoben. Verzweifelt gab Henning ihnen Zeichen, bis sie schließlich zu verstehen schienen, was er von ihnen wollte. Sie stellten sich in die Nähe des Vordachs, sodass er das Mädchen zu ihnen herunterlassen konnte. Ohne Probleme fingen sie es auf und liefen los, um es in Sicherheit zu bringen.

Erleichtert atmete Henning auf, bevor er sich zum Sprung bereit machte. Wenn er versuchte, nicht auf der Treppe zu landen, konnte er vielleicht unverletzt davonkommen. Gerade als er abhob, ertönte ein lauter Knall, und er wurde unkontrolliert nach vorne geschleudert. Hart landete er auf dem Boden, bevor Glas und Steine auf ihn niederprasselten. Henning schlang die Arme um den Kopf und zog die Beine an, um sich bestmöglich zu schützen, doch er hatte keine Chance. Schmerzen breiteten sich in seinem Körper aus. Ob das Mädchen in Sicherheit war? Er hoffte es. Dann verschwammen seine Gedanken, und es wurde dunkel um ihn.

9

Amy zuckte erschrocken zusammen, als plötzlich eine Stimme erklang. Automatisch wandte sie sich um, doch da war niemand. Logisch, die Geräusche drangen ja auch aus dem winzigen Kopfhörer, den sie in ihrem Ohr trug. Glücklicherweise war sie gerade dabei, die Wäsche im Innenhof des Gebäudes aufzuhängen, eine Tätigkeit, die keine große Aufmerksamkeit erforderte. Niemand würde bemerken, dass sie gleichzeitig dem Gespräch lauschte, das Bashir gerade in seinem Büro führte.

Sie hatte das Gerät so laut wie möglich gedreht, damit sie alles mitbekam, selbst wenn jemand leise redete. Deshalb drang Bashirs Stimme deutlich an ihr Ohr. Leider war sie zu weit entfernt, um seine Gefühle spüren zu können, deshalb musste sie sich ganz auf das verlassen, was sie hörte.

»Was machst du schon wieder hier? Ich hatte dir doch gesagt …«

Jemand unterbrach ihn rüde. »*Ich* habe *dir* gesagt, was passieren wird, wenn du dich nicht an unsere Abmachung hältst. Ich denke nicht, dass es da einen Spielraum für Interpretationen gab. Es ist ganz einfach: Entweder du machst mit, oder du und deine Familie sterben.« Amy erkannte deutlich die Stimme des Unbekannten, den sie in Bashirs Büro gesehen hatte.

»Trotzdem ist es zu gefährlich, wenn du hier auftauchst, noch dazu mitten am Tag! Wenn mein Haus beobachtet werden sollte …«

»Ich weiß, wie ich ungesehen hinein- und auch wieder hinauskomme, keine Angst. Wie sieht deine Entscheidung aus,

Khan? Soll ich deine süße Tochter töten? Denk nicht, dass ich davor zurückschrecken würde. Unser Krieg ist zu wichtig, um etwas dem Zufall zu überlassen.«

Amys Herz zog sich zusammen, als sie an Sahar dachte. Selten hatte sie es mit einem lieberen Mädchen zu tun gehabt. Wie jemand überhaupt darüber nachdenken konnte, ihr etwas zu tun, war ihr völlig unverständlich. Aber sie konnte auch nicht nachvollziehen, wie jemand Anschläge verüben konnte, die nur Leid, Kummer und Zerstörung verursachten. Der Unbekannte hatte damit offenbar kein Problem.

»Rühr Sahar nicht an!« Deutlich waren Bashir seine Angst und hilflose Wut anzuhören.

Der Terrorist lachte nur. »Das liegt ganz bei dir. Du musst überhaupt nicht viel tun. Nur ein wenig deine Kontakte spielen lassen und uns einige Dinge erleichtern. Denk auch daran, was es für dich bedeuten würde, wenn jemand erfährt, dass du dich jahrelang von uns hast finanzieren und unterstützen lassen. Deine Freunde in der Regierung werden sich schneller von dir abwenden, als du gucken kannst. Du wirst alles verlieren. Willst du das?«

»Nein, natürlich nicht.« Bashirs Stimme klang brüchig.

»Dann tu, was ich dir sage, und niemand wird jemals etwas erfahren. In ein paar Tagen kannst du dein Leben in Ruhe fortsetzen, keiner wird wissen, was du getan hast.«

Ein rauer Laut erklang. »Doch, ich.«

Der Unbekannte schnaubte verächtlich. »Du wusstest es schon die ganze Zeit, Khan. Bisher ist es dir doch gut gelungen, nur an deinen Verdienst zu denken. Mach einfach genauso weiter.« Ungeduld klang in seiner Stimme mit. »Und jetzt Schluss mit dem Gejammer. Ich gehe davon aus, dass du dabei bist.«

»Warum willst du das unbedingt tun? Der Anschlag auf den Stützpunkt war doch sehr erfolgreich. Und damit treffen wir nicht unsere Leute, sondern nur diejenigen, die in unser Land eingedrungen sind oder mit ihnen zusammenarbeiten.«

Amy hielt den Atem an. Bashir hatte von dem Anschlag gewusst, bei dem so viele Soldaten verletzt und getötet worden waren? Bisher hatte sie gedacht, er hätte sich vor Jahren mit den falschen Leuten eingelassen und nichts mit dem zu tun, was die Terroristen trieben. Doch offenbar wusste er genau Bescheid und hatte nichts dagegen unternommen. Obwohl es dumm war, breitete sich Enttäuschung in Amy aus. Sie hatte gehofft, dass Bashir und seine Familie irgendwie unbeschadet aus der Sache herauskommen würden, aber das war jetzt unmöglich. Seiner Frau und seiner Tochter würde es das Herz brechen, wenn er verhaftet würde.

»Bisher war das genug, aber jetzt gibt es neue, ehrgeizigere Ziele. Und um die zu erreichen, müssen härtere Maßnahmen ergriffen werden.«

»Was für Ziele?« Bashir klang genauso unbehaglich, wie Amy sich fühlte.

»Das wirst du dann zu gegebener Zeit erfahren. Wir haben neue Verbündete, die unserer Sache frischen Schwung geben werden. Und wenn alles gut geht, werden wir bald die Herrscher der islamischen Welt sein. Niemand wird uns mehr aufhalten können. Schon gar nicht die Ungläubigen, die so tun, als wären sie uns überlegen, und dann unsere Familien töten.« Heiße Wut und auch ein Hauch von Schmerz lagen in den Worten. »Ich werde nicht zulassen, dass sie ungeschoren davonkommen. Sie müssen für das bezahlen, was sie getan haben.«

Oh, verdammt, das klang überhaupt nicht gut. Offenbar hatte der Terrorist ganz persönliche Gründe für seine Taten. Das machte ihn umso gefährlicher, besonders wenn er für seine Vorhaben einflussreiche Verbündete gefunden hatte. Amy musste die Aufnahme so schnell wie möglich an Hawk weiterleiten. Irgendwie mussten sie diese Wahnsinnigen aufhalten, bevor die ihre Pläne in die Tat umsetzten. Amy wünschte nur, der Fremde hätte erwähnt, worum es genau ging, doch die einzigen Hinweise waren, dass es anscheinend auch die einheimische Bevölkerung treffen und in wenigen Tagen stattfinden würde.

»Malalai?«

Eine Hand auf ihr wild klopfendes Herz gepresst drehte Amy sich rasch um. Vor ihr stand Sahar und blickte sie mit großen Augen an, in denen sich langsam Tränen bildeten. »Ja?«

»Ich habe einen Knopf im Garten verloren, hilfst du mir suchen?«

Froh darüber, dass es nichts Schlimmeres war, lächelte Amy das Mädchen an. »Natürlich. Ich hänge nur noch schnell die letzten zwei Teile auf, dann helfe ich dir.«

Es dauerte eine geschlagene halbe Stunde, bis sie endlich den Knopf fanden, der zwischen den Steinen des um einen Brunnen angelegten Weges lag. Erleichtert machte Amy sich mit Sahar auf den Rückweg zum Haus. Das Mädchen hatte vertrauensvoll ihre Hand ergriffen. Amy versetzte es einen schmerzhaften Stich, als sie daran dachte, dass Sahars Leben bald nicht mehr so idyllisch sein würde wie bisher. Sicher würde die Familie das Haus verlieren und alles andere, was sie bisher als selbstverständlich betrachtet hatte. Am schlimmsten aber würde Sahar der Verlust ihres Vaters treffen, den sie über alle Maßen vergötterte.

Automatisch schlossen sich Amys Finger fester um Sahars Hand. Die Kleine schaute zu ihr auf und lächelte sie an. Schon jetzt war ihr anzusehen, dass sie eine Schönheit werden würde, so wie ihre Mutter. Es war eine Schande, dass sie ihr Gesicht bald hinter einem Schleier würde verstecken müssen. Dieser

Gedanke brachte Amy wieder zurück zu ihrem Auftrag. Wenn es ihnen gelang, die Terroristen und Extremisten zu stoppen und endlich wieder Frieden in das Land zu bringen, könnten Mädchen wie Sahar vielleicht endlich das tun, was sie wollten. Keine Burka tragen, allein hinausgehen, einen Beruf erlernen. Allerdings war Amy nicht blauäugig genug, um zu glauben, dass das über Nacht passieren würde. Oder dass es nicht immer wieder Radikale geben würde, die Frauen unterdrücken wollten.

Im Haus angekommen gab Amy Sahar bei ihrem Kindermädchen ab, das sie schon verzweifelt gesucht hatte, und ging dann unter dem Vorwand nach oben, sich die Hände waschen zu müssen. So schnell wie möglich lief sie zu dem Abstellraum, zog die Burka aus und kroch in den Gang. Das Gespräch zwischen Bashir und dem Fremden war inzwischen beendet, allerdings hatte sie am Ende nicht mehr viel mitbekommen, weil Sahar ihre ganze Aufmerksamkeit gefordert hatte. Ihr blieb nur sehr wenig Zeit, deshalb holte sie schnell das Aufnahmegerät und legte es neben das Funkgerät.

»Hier Alpha Charlie, bitte kommen.«

»Wir hören.« Hawks Stimme drang deutlich zu ihr.

»Ich habe gerade ein Gespräch mitgehört. Es war wieder derselbe Besucher. Ich muss schnell zurück, aber ich stelle das Aufnahmegerät neben das Funkgerät, okay?«

Im Hintergrund erklangen Geräusche, die Amy nicht deuten konnte. Hawk sagte etwas, aber es war zu gedämpft, um es zu verstehen. Dann wurde seine Stimme wieder lauter. »Alles klar. Ich nehme es hier auf, dann können wir es in Ruhe analysieren.«

»Wenn du bereit bist, starte ich die Wiedergabe.«

»Sei bitte vorsichtig, Alpha Charlie. Ich habe dabei ein ganz übles Gefühl.«

Amy auch, aber das hätte sie nie zugegeben. »Fertig?«

»Ja. Melde dich heute Abend wieder.«

»Mache ich. Ende.«

Amy drückte auf den Wiedergabeknopf, legte die beiden Geräte aufeinander und kroch dann schnell wieder zum Ausgang zurück. Es war ungünstig, dass sie das Aufnahmegerät nicht gleich wieder am Gitter befestigen konnte, falls Bashir noch einmal Besuch erhielt, aber das würde einfach zu lange dauern. Wahrscheinlich fragte sich schon jetzt jemand, wo sie abgeblieben war. Sie musste später noch einmal zurückkommen. Hastig zog Amy sich wieder die Burka über und schlich zur Tür. Nach einem vorsichtigen Blick auf den Flur schlüpfte sie hindurch und zog die Tür sanft hinter sich zu. So unauffällig wie möglich eilte sie zum Esszimmer, wo sie heute eingeteilt war.

»Malalai!« Diesmal war es nicht Sahars Stimme, sondern die eines Mannes.

Wie ein Klumpen saß die Angst in Amys Magen, als sie sich zu ihm umdrehte. Es war der oberste Hausdiener, der die Befehle von Bashir entgegennahm und an die anderen Bediensteten weitergab. Auch wenn sie versucht war, in seinem Gesichtsausdruck zu lesen, richtete Amy den Blick auf den Boden. »Ja?«

»Wo warst du denn? Ich suche dich schon die ganze Zeit.«

»Es tut mir leid, ich habe Sahar geholfen und musste dann meine Hände waschen, bevor ich den Dienst wieder aufnehmen konnte.« Die Hände versteckte sie dabei in den Falten der Burka, sie war sich ziemlich sicher, dass sie nach ihrem Ausflug noch dreckig waren.

Ungeduldig gab der Hausdiener ihr ein Zeichen. »Also gut. Komm mit, der Herr möchte dich sprechen.« Er schüttelte den Kopf. »Ich weiß nicht, was du getan hast, aber es scheint sehr dringend zu sein.«

Oh Gott, Bashir wusste, dass sie ihn ausspionierte! Unauffällig suchte Amy nach einem Fluchtweg, doch es gab keinen. Es dauerte einen Moment, bis sie wieder klar genug denken konnte, um sich zu beruhigen. Hätte Bashir wirklich gewusst, dass sie ihn belauscht hatte, hätte er seine Wachen geschickt. Nicht einen ältlichen Diener, den sie körperlich leicht besiegen konnte. Aber was wollte er dann von ihr? Sie dafür bestrafen, dass sie nicht an ihrem Platz gewesen war? Möglich wäre es, auch wenn sie es in diesem Haus bisher noch nie erlebt hatte, dass jemand für ein so geringes Vergehen bestraft wurde.

Amys Nervosität steigerte sich, als sie erkannte, dass der Hausdiener sie zu Bashirs Büro führte. Dort war sie noch nie gewesen, das war kein gutes Zeichen. Erneut dachte sie daran, zu fliehen, aber dann wäre Bashir gewarnt. Außerdem musste sie vor Ort bleiben, um noch weitere Informationen zu sammeln. Mit ihrem Verschwinden würde sie ihre Tarnung auffliegen lassen, und es würde sehr schwer werden, noch einmal einen neuen Agenten einzuschleusen. Wenn nicht gar unmöglich.

Ihr Herz klopfte wild, als sie vor einer schweren Holztür stehen blieben und ihr Begleiter anklopfte. Dann öffnete er die Tür und trat vor ihr hindurch. »Malalai, wie gewünscht, *Khan*.« Am Anfang war es etwas verwirrend gewesen, dass die respektvolle Anrede in Dari genauso lautete wie der Name des Hausherrn, aber inzwischen hatte sie sich daran gewöhnt.

Bashir saß an seinem Schreibtisch und blickte nun auf. »Danke, Said, das war alles.«

Mit einer kleinen Verbeugung zog der Diener sich zurück und schloss lautlos die Tür hinter sich. Damit ließ er Amy allein mit ihrem Arbeitgeber, und das war höchst ungewöhnlich. Normalerweise waren immer mehrere Personen anwesend. Bashir warf seinen Stift auf die Tischplatte und blickte Amy durchdringend an. Unmerklich wischte sie sich die feuchten Hände an der Burka ab. Gut, dass er hinter dem Schleier nicht ihren Gesichtsausdruck erkennen konnte, sonst hätte er ihr bestimmt angesehen, dass sie etwas verbarg.

»Sie wollten mich sprechen?«

»Ja.« Bashir verschränkte die Finger auf der Tischplatte und beugte sich ein wenig vor. »Komm näher, dann muss ich nicht so schreien.«

Langsam ging Amy einige Schritte vor. Noch immer konnte sie sich nicht erklären, was Bashir von ihr wollte. Er wirkte ernst, aber nicht wütend oder so, als würde er ihr in den nächsten Minuten die Hand abhacken.

»Gut. Weißt du, warum ich dich habe rufen lassen?«

»Nein, *Khan*.« Und sie konnte es auch nicht seinen Gefühlen entnehmen. Es schien, als hätte er sich völlig abgeschottet. Nur ganz am Rande ihres Bewusstseins konnte sie seine Angst und ein Gefühl von Schuld wahrnehmen.

Bashir lehnte sich in seinem Stuhl zurück. »Sahar hat mir von eurem kleinen Abenteuer erzählt. Wie du ihr dabei geholfen hast, ihren Knopf wiederzufinden.« Er lächelte schief. »Was übrigens völlig überflüssig war, ich hätte ihr einfach ein neues Kleid gekauft.«

Es ging um das Mädchen? Erleichterung strömte durch Amys Körper, ihre Knie drohten, nachzugeben. Mühsam hielt sie sich aufrecht. »Es ist ihr Lieblingskleid.«

Diesmal lächelte er tatsächlich. »Ja, das hat sie mir auch lang und breit erzählt. Du hast ihr das Leben gerettet – ihre Worte, nicht meine. Dafür möchte ich dir danken.« Seine Liebe für Sahar war jetzt deutlich zu spüren.

»Ich bin froh, dass ich in der Nähe war und ihr helfen konnte.« Doch sie verstand immer noch nicht, weshalb er sie hierherzitiert hatte.

Seine Miene wurde wieder ernst. »Genau darüber möchte ich mit dir sprechen. Du bist schon einige Zeit bei uns, und die Berichte des Oberdieners sagen, dass du deine Arbeit gut machst.«

Bescheiden senkte sie die Augen. »Ich gebe mir Mühe, *Khan*.«

»Ich möchte dich von deinen Arbeiten abziehen.«

Amy hob überrascht den Kopf. »Was? Aber …« Schnell brachte sie sich wieder unter Kontrolle. »Ich verstehe. Es tut mir leid, dass ich nicht hierbleiben kann.«

»Wovon redest du? Du kannst deine übrigen Tätigkeiten nicht mehr machen, weil ich möchte, dass du dich um Sahar kümmerst. Sie mag dich sehr – ganz im Gegensatz zum bisherigen Kindermädchen, dem sie ständig davonläuft –, und ich denke, du magst sie auch.«

Ein Gefühl von Wärme erfüllte Amy. »Sie ist ein ganz besonderes kleines Mädchen.«

»Und ich glaube tatsächlich, dass du das nicht nur sagst, weil sie meine Tochter ist.«

Eher *obwohl* sie deine Tochter ist, dachte Amy, doch sie nickte nur.

»Dann wirst du ab sofort dafür zuständig sein, dass es Sahar an nichts fehlt. Hol deine Sachen aus deinem Zimmer, du wirst einen eigenen Raum neben Sahars Schlafzimmer bekommen. Es kann sein, dass du zu anderen Arbeiten herangezogen wirst, wenn Sahar schläft oder unterrichtet wird, aber die restliche Zeit möchte ich, dass du ständig an ihrer Seite bist. Pass gut auf meinen Sonnenschein auf.« Bashir räusperte sich. Die Liebe für seine Tochter vermischte sich mit Furcht.

»Das werde ich.« Zwar hatte die neue Position den Nachteil, dass Amy länger bis zu dem Abstellraum brauchen würde, aber sie würde auch mehr Freiheiten haben und vor allem näher an

Bashir dran sein. Vielleicht konnte sie so auch einen Blick auf den Fremden erhaschen.

»Gut. Du kannst jetzt gehen.«

Amy neigte den Kopf und verließ schnell das Büro. Vor der Tür presste sie eine Hand auf ihr Herz und versuchte, ihre Atmung zu normalisieren. Nach so langer Zeit hatte sie endlich ihr Ziel erreicht. Die Frage war nur, ob sie sich damit nicht ihr eigenes Grab schaufelte.

10

Einen Moment lang saßen sie schweigend da, als die letzten Worte verklungen waren. Schließlich fasste Matt das zusammen, was alle dachten: »Shit.«

Hawk legte den Zettel zur Seite, auf dem die Übersetzung stand, und rieb sich zum wiederholten Male über die Haare. »Ich denke, wir können das Oberkommando informieren. Das ist zumindest genügend Material, um einen Einsatz zu befürworten. Anscheinend soll der Anschlag in den nächsten Tagen stattfinden, uns bleibt keine Zeit. Ich wünschte nur, wir wüssten, wer der andere Mann war. Amy hat immer noch keinen Blick auf ihn werfen können.«

I-Mac mischte sich ein. »Wie wäre es mit einer Stimmenanalyse? Vielleicht haben wir ihn schon irgendwo in der Datenbank.« Auch bei ihm machte sich die Müdigkeit langsam bemerkbar, während es immer später wurde.

»Gute Idee. Kannst du das in Angriff nehmen?«

Er hob eine Augenbraue. »Natürlich, sonst hätte ich es nicht vorgeschlagen.« Bevor jemand anderes etwas sagen konnte, sprach I-Mac weiter. »Ich denke, wir sollten das Team benachrichtigen und ihnen die neuesten Erkenntnisse zukommen lassen. Chris wird es sicher auch interessieren, dass dieser Terrorist etwas mit dem Anschlag auf den Stützpunkt zu tun hatte. Henning hatte also die ganze Zeit recht mit seiner Annahme, dass der Attentäter zu einer Gruppe gehörte, die weitere Anschläge plant.« Er runzelte die Stirn. »Ich habe übrigens noch nichts wieder von Henning gehört, das macht mir wirklich Sorgen. Sein Handy ist tot, und im Internet steht, dass die Schule explodiert ist. Ich habe Chris Bescheid gesagt, er wird gleich dorthin fahren.«

Hawks Miene hatte sich mit jedem Wort verfinstert. »Verdammt! Ich hoffe, Henning ist nichts passiert. Gib sofort Bescheid, wenn du etwas erfährst.« I-Mac nickte. »Okay, sitzen wir hier nicht so rum. Ich benachrichtige das Oberkommando, Matt, du sagst Devil Bescheid, und I-Mac kümmert sich um die Stimmenanalyse.« Hawks Miene war ernst. »Hoffen wir, dass die Sache gut geht, ich habe dabei ein wirklich schlechtes Gefühl.«

Damit war er nicht der Einzige. Während die anderen beiden Männer zu ihren Telefonen griffen, nickte I-Mac knapp und verließ den Raum. Da sein Büro sich nur zwei Türen weiter befand, saß er innerhalb von Sekunden vor seinem PC und öffnete die Datei mit der Aufnahme des Gesprächs. Durch die Übertragung per Funk war die Qualität nicht gerade hervorragend, aber doch gut genug, um einen Treffer zu landen, sollte der Terrorist bereits aktenkundig sein. I-Mac isolierte zwei prägnante Sätze aus dem Gespräch und ließ sie durch die Stimmenanalyse laufen. Das würde einige Zeit in Anspruch nehmen, deshalb machte er sich daran, die Informationen für Team 11 zusammenzufassen.

Gleichzeitig versuchte er erneut, etwas über Henning herauszubekommen, fand jedoch keine weiteren Informationen dazu. Hoffentlich war Chris bald vor Ort und konnte persönlich nach Henning suchen. Wenn sie das den zuständigen Behörden überließen, würde es ewig dauern. Zuerst kümmerte man sich natürlich um die eigenen Leute, ein verrückter Deutscher rangierte da ziemlich weit hinten auf der Prioritätenliste.

Eine Weile später ertönte ein Piepsen, das die Beendigung der Stimmenanalyse ankündigte. Überrascht, dass es nicht länger gedauert hatte, öffnete I-Mac das Fenster, das sich auf dem Bildschirm geöffnet hatte. Es zeigte einen Treffer an. Als er den Namen las, klappte ihm der Kiefer herunter. »Oh, verdammt!«

Rasch klickte er auf »Ausdrucken« und wartete ungeduldig darauf, dass das Papier aus dem Drucker kam, während er sich gleichzeitig die Sprachprobe als Vergleich anhörte. Es war eindeutig derselbe Mann. I-Mac riss den Zettel heraus und sprang auf. Sein Rücken protestierte gegen die abrupte Bewegung, aber er ignorierte den Schmerz. Es gab Dinge, die wichtiger waren als die eigene Gesundheit. So schnell wie möglich ging er zu Matts und Hawks Büro und stürmte hinein, ohne anzuklopfen. Die beiden Leiter der TURTs blickten erstaunt auf und drehten sich dann zu ihm um. Offenbar konnten sie an seinem Gesichtsausdruck ablesen, dass er etwas Wichtiges erfahren hatte.

»Was hast du herausgefunden?« In Matts Stimme schwang die Befürchtung mit, dass es sich um etwas Schlimmes handelte.

»Das Ergebnis der Stimmenanalyse ist da. Ihr glaubt nicht, wer mit Bashir Khan gesprochen hat.«

»Nun rück schon damit heraus!« Die Ungeduld war Hawk deutlich anzuhören.

»Mansoor Rahid.« Es war der Name eines der meistgesuchten Terroristenanführer, der schon seit Beginn des Konflikts in Afghanistan fieberhaft gesucht wurde. Bisher hatte er es immer geschafft, den ausländischen Soldaten, aber auch der afghanischen Regierung zu entgehen.

Matt beugte sich vor. »Eigentlich wird er in Pakistan oder irgendwo in den Bergen vermutet. Und der spaziert da fröhlich durch die Stadt und plant neue Anschläge? Grandios!«

»Sieht so aus. Ich habe die Stimmen verglichen, sie klingen gleich. Außerdem würde es auch zu ihm passen, einen großen

Anschlag zu planen, ohne jede Rücksicht auf die Bevölkerung.« Allein der Gedanke verursachte ihm Übelkeit.

Hawk richtete sich auf. »Okay, gehen wir davon aus, dass er es ist. Wir müssen unbedingt alle darüber informieren, mit wem sie es zu tun haben. Auch Amy, sie ist dort in höchster Gefahr, wenn er herausfinden sollte, dass sie eine Agentin ist.«

»Ich schicke die Infos gebündelt an Gimmick, dann hat das Team sie parat und kann sich schon mal auf den Einsatz vorbereiten.« Es war keine Frage, dass der Befehl innerhalb kürzester Zeit kommen würde. So dicht waren sie dem Terroristen noch nie auf den Fersen gewesen. Hoffentlich fühlte er sich so sicher, dass die Mission ihn überraschen und damit ohne Probleme ablaufen würde.

Fluchend bog Chris in die Straße ein. Dass I-Mac nichts mehr von Henning gehört hatte, seitdem die Schule in die Luft geflogen war, machte ihn verdammt nervös. Er konnte nur hoffen, dass sein Freund bisher nur noch nicht die Gelegenheit gefunden hatte, den Computerexperten zu benachrichtigen. Als Chris näher kam und den riesigen Schuttberg sah, wo vorher ein mehrstöckiges Gebäude gestanden haben musste, lief es ihm kalt über den Rücken. Wenn Henning noch darin gewesen war, hatte er so gut wie keine Überlebenschance. Verdammter Idiot! Immer wenn er das Gefühl hatte, helfen zu müssen, rannte er allein los. Normalerweise schätzte Chris gerade diese Eigenschaft an Henning, aber nicht, wenn der sich dadurch umbrachte.

Der Gedanke, dass sein Freund tot sein könnte, presste ihm die Kehle zu. *Nein, das durfte nicht sein!* Chris parkte am Straßenrand und sprang aus dem Auto. Je näher er der Schule kam, desto deutlicher wurde, welche Wucht die Bombe besessen haben musste. Trümmerteile waren in einem großen Radius verstreut, überall lagen Verletzte und auch Tote. Menschen standen wie betäubt da oder liefen kopflos herum, während Polizei und Militär versuchten, die Lage unter Kontrolle zu bekommen. Grauenvolle Schreie mischten sich in die anderen Geräusche, dazu kam immer wieder rumpelndes Poltern, wenn die Trümmer verrutschten.

Zum wiederholten Male zog Chris sein Handy hervor und wählte Hennings Nummer. Auch diesmal sprang nach einiger Zeit die Voicemail an. Laut I-Mac hatte Henning sein Handy bei sich gehabt, bevor er in das Gebäude gelaufen war, also war es jetzt vermutlich immer noch in seiner Nähe. Sicher würde sein Freund das Gespräch annehmen, wenn es ihm gut ginge. Da es in der Umgebung zu laut war, konnte Chris auch nicht das charakteristische Klingeln hören, das er sofort erkannt hätte. Frustriert und mehr als besorgt steckte er das Handy zurück. Schließlich gab er sich einen Ruck und trat in das Katastrophengebiet ein.

Zuerst suchte er Henning auf eigene Faust, musste aber schnell einsehen, dass er so nicht weiterkommen würde. Oder zumindest nicht schnell genug, um Henning vielleicht noch zu helfen. Deshalb sprach er einen der zahlreichen Helfer an, der ihn an einen Soldaten verwies, dessen Uniform aussah, als hätte er bei der Explosion zu nah am Gebäude gestanden. Über sein Gesicht zogen sich einige Schrammen, und an einem Arm trug er einen Verband. Trotzdem stand er weiterhin mitten im Geschehen und gab Befehle. Eindeutig der richtige Mann.

Auf Dari sprach Chris ihn an. »Entschuldigen Sie, ich suche einen Freund. Können Sie mir helfen?«

Der Soldat blickte ihn an, das Misstrauen in seinen Augen deutlich sichtbar. »Wen suchen Sie? Es werden Listen von Toten und Verletzten erstellt, und Sie können auch in den Krankenhäusern der Umgebung nachfragen.«

»Henning Mahler. Er ist ein deutscher Soldat, war aber privat hier. Ich weiß, dass er kurz vor der Explosion noch einmal ins Haus gelaufen ist, weil er ein Kind am Fenster entdeckt hatte. Vielleicht haben Sie ihn gesehen?«

Der Gesichtsausdruck des Soldaten veränderte sich unmerklich. »Ja, ich habe den Verrückten gesehen.« Ein Muskel zuckte in seiner Wange. »Er hat tatsächlich ein Mädchen rausgebracht. Sie sind im ersten Stock aus dem Fenster geklettert. Vom Vordach aus hat er das Mädchen zu meinen Soldaten heruntergeworfen, die es aufgefangen und weggebracht haben. Dann …« Chris unterdrückte den Impuls, den Mann so lange zu schütteln, bis der ihm sagte, wo Henning war. »… explodierte das Gebäude. Es tut mir leid, ich denke nicht, dass Ihr Freund noch lebt.«

Der Druck auf Chris' Kehle wurde stärker, und er räusperte sich, um überhaupt einen Ton herauszubringen. »Das glaube ich erst, wenn ich es mit eigenen Augen sehe.«

Der Soldat nickte. »Das steht Ihnen frei. Aber behindern Sie nicht die Rettungsarbeiten.«

»Das werde ich nicht. Können Sie mir sagen, wo er ungefähr war, als Sie ihn zuletzt gesehen haben?«

»Das Vordach befand sich auf Höhe des ersten Stockwerks, etwa drei Meter über der Treppe.« Er deutete auf einen Punkt. »Sehen Sie dieses Stück mit dem Schriftzug? Das war ein Teil des Vordachs.«

Und es war etliche Meter weit geflogen. Chris konnte sich vorstellen, welchen Schaden eine solche Explosion an einem menschlichen Körper anrichtete. Aber immerhin hatte er jetzt einen Anhaltspunkt. »Danke.«

»Ich hoffe, Sie finden Ihren Freund. Er war ein Held. Ohne ihn wäre das Mädchen gestorben.«

Chris' Augen brannten, als er dem Soldaten zunickte und

sich dann umdrehte. Sollte Henning gestorben sein, dann wenigstens nicht umsonst. Trotzdem konnte er sich eine Welt ohne seinen Freund nicht vorstellen. Langsam arbeitete er sich zu der Stelle vor, an der das Stück des Vordachs gelandet war. Genau genommen war ein guter Teil der Fassade dort heruntergekommen, wenn er die Höhe des Trümmerbergs als Indiz nahm. Es war unwahrscheinlich, dass jemand inmitten der Trümmer überlebt hatte, aber Chris würde nicht aufgeben, bis er Henning gefunden hatte. Das war er seinem Freund schuldig.

»Henning?« Wie erwartet erhielt er keine Antwort. Er zog das Handy heraus und wählte I-Macs Nummer.

»Ja?«

»Hier ist Chris. Ich bin jetzt bei der Schule. Es sieht übel aus.«

»Ich weiß, ich sehe es gerade über Internetvideo. Hast du was von Henning gehört?« In I-Macs Stimme klang Sorge mit.

»Nein.« Er berichtete dem SEAL von seinem Gespräch mit dem Soldaten. »Ich stehe jetzt also vor einem Trümmerberg und weiß nicht, ob Henning irgendwo darunter ist.«

»Shit.«

»Ja. Kann man seinen Standort irgendwie über das Handysignal ausmachen?« Es war nur eine vage Hoffnung, aber alles war besser als nichts.

»Das kommt darauf an, wie die Verbindung dort ist. Je näher die Funktürme, desto genauer kann der Standort ermittelt werden. Warte einen Moment, ich versuche es.« Im Hintergrund konnte Chris wildes Tippen hören, nur unterbrochen von mehreren Flüchen. Schließlich ein tiefes Einatmen. »Auf den Meter genau kann ich es dir nicht sagen, aber zumindest die ungefähren Koordinaten.«

Chris gab die Koordinaten, die I-Mac ihm nannte, in sein

Handy ein. »Hab sie. Danke. Ich melde mich, wenn ich Henning gefunden habe.«

»Okay. Viel Glück. Ich hoffe wirklich, dass er es geschafft hat.«

Das hoffte Chris auch, aber er sagte es nicht laut. »Danke. Bis später.«

Von seinem Navigationsprogramm im Handy ließ Chris sich zu den Koordinaten führen. Sie waren ein Stück von den großen Trümmern entfernt, was die leise Hoffnung in ihm weckte, dass Henning vielleicht doch überlebt haben könnte. Am Ziel angekommen sah er sich um, konnte seinen Freund aber nicht entdecken. Leichtere Trümmer aus Holz waren auf den Steinen gelandet und verdeckten die Sicht auf den Boden. Vorsichtig tastete Chris sich vor.

»Henning?« Wieder erhielt er keine Antwort, doch davon ließ er sich nicht abschrecken.

Er wählte Hennings Nummer und glaubte, die Melodie leise wahrzunehmen. Vielleicht bildete er es sich aber auch nur ein, weil er es so sehr wollte. Noch einmal ließ er es klingeln, und diesmal war er sich sicher: Henning war irgendwo in der Nähe! Eilig arbeitete Chris sich durch die Trümmer vor, immer in Richtung der Melodie. Wenn sie stoppte, wählte er erneut, bis er schließlich ganz nah dran sein musste. Mit zitternden Fingern steckte er das Handy weg und atmete tief durch. Die Vorstellung, dass er nur die Leiche seines Freundes finden könnte, ließ ihn zögern.

Dann beugte er sich vor und zog eine beinahe unzerstörte Tür von den Trümmern. Eine Hand kam zum Vorschein. Chris arbeitete noch fieberhafter, bis er schließlich Hennings Gesicht freigelegt hatte. Es war blutig und schmutzbedeckt, die Augen geschlossen. Chris' Herz zog sich zusammen, und er musste sich zwingen, nach einem Puls zu suchen. Als seine Finger

Hennings Kehle berührten, öffneten sich plötzlich dessen Augen. Strahlend grün wie immer starrten sie ihn an. Vor Schreck verlor Chris beinahe das Gleichgewicht.

»Verdammt noch mal, Henning! Musst du immer alles auf die harte Tour machen?« Die Worte waren heraus, bevor er sie stoppen konnte.

Der Hauch eines Lächelns hob Hennings Mundwinkel. »Was für … eine nette … Begrüßung!« Er hustete, und Blut erschien auf seiner Lippe. »Freue mich auch … dich zu sehen.« Mit dem letzten Wort schloss er die Augen.

Furcht, dass Henning doch noch sterben könnte, jagte durch Chris' Körper. Er kniete sich neben seinen Freund. »Bleib bei mir, okay? Ich hole dich hier raus.«

Ein fast unmerkliches Nicken antwortete ihm. Fieberhaft arbeitete er weiter, bis er Hennings Körper schließlich so weit freigelegt hatte, dass er das Ausmaß seiner Verletzungen erkennen konnte. Übelkeit stieg in ihm auf, aber er drängte sie zurück. Jetzt war es nur wichtig, dass Henning so schnell wie möglich ärztliche Hilfe bekam. Chris sah sich um und winkte einen Mann heran, der in der Nähe stand. Der versprach, einen Arzt oder Sanitäter zu holen, und lief los.

Chris legte seine Hand auf Hennings Schulter, die einzige unverletzte Stelle, die er erkennen konnte. »Es wird alles wieder gut, ich werde mich um dich kümmern.«

Mit letzter Kraft öffnete Henning die Augen. »Das … Mädchen?«

»Es geht ihr gut, du hast sie gerettet.« Chris hatte die Kleine zwar nicht mit eigenen Augen gesehen, aber das musste Henning ja nicht wissen.

»Gut.« Damit schlossen sich Hennings Augen wieder, und sein Körper wurde schlaff.

Chris kontrollierte seinen Puls, bis die Sanitäter und ein Arzt eintrafen, Henning stabilisierten und ihn schließlich auf einer Trage wegbrachten. Sofort folgte Chris ihnen. Er würde nicht von der Seite seines Freundes weichen, bis er sicher war, dass Henning überleben würde.

11

So sehr Amy sich auch davon zu überzeugen versuchte, dass ihr Gefühl nur auf einer Einbildung beruhte: Sie kannte die Wahrheit. Chase war hier, sie konnte ihn spüren. Bisher war es nur ein Kitzeln am Rande ihres Geistes, doch je näher er kam, desto stärker würde es werden. Das funktionierte nur in einer bestimmten Reichweite, deshalb wusste sie, dass er jetzt in Afghanistan sein musste. Bei dem Gedanken an seine Nähe klopfte ihr Herz schneller, auch wenn sie gleichzeitig wünschte, er wäre noch in den USA. Das Team war also in den Einsatz geschickt worden. Da Amy die Informationen dazu geliefert hatte, fühlte sie sich zum Teil dafür verantwortlich, auch wenn es noch so idiotisch war. Sie machten alle ihren Job, dafür waren sie hier. Für Bedenken oder Zweifel gab es keinen Platz.

Außerdem musste sie sich auf ihre Arbeit konzentrieren, denn durch die neue Nähe zu Bashir waren die Sicherheitsvorkehrungen wesentlich höher. Sie konnte kaum ein paar Schritte gehen, ohne einem der Wachmänner zu begegnen. Nur in den Gemächern, die sie mit Sahar teilte, konnte sie allein sein. Dummerweise hatte sie den Kopfhörer aus dem Ohr nehmen müssen, weil es zu gefährlich geworden war. In Sahars Gegenwart musste sie keinen Schleier tragen, aber sie genoss es, ihre Haare nicht mehr unter Stoff verstecken zu müssen.

Heute Nacht würde sie allerdings kontrollieren müssen, ob das Aufnahmegerät weitere Gespräche aufgezeichnet hatte. Glücklicherweise hatte sie zwischendurch die Zeit gefunden, es wieder an das Gitter zu hängen. Noch wusste sie zwar nicht, wie sie ungesehen zu dem Abstellraum gelangen sollte, doch irgendeine Möglichkeit würde ihr schon einfallen. Vielleicht konnte sie einfach sagen, dass sie etwas in ihrem alten Badezimmer vergessen hatte. Das entsprach sogar der Wahrheit, nur dass sie es absichtlich dort gelassen hatte, um eben diese Ausrede irgendwann benutzen zu können. Trotzdem würde es sehr gefährlich werden, das war ihr nur allzu deutlich bewusst.

Bevor sie die Räume verlassen konnte, musste sie warten, bis Sahar schlief. Und das schien heute länger zu dauern als gewöhnlich. Das Mädchen wirkte aufgewühlt, als könnte es ebenfalls spüren, dass etwas geschehen würde. Vielleicht kam Amy das aber auch nur so vor, weil sie ein schlechtes Gewissen hatte.

Sie beugte sich über Sahar, die endlich im Bett lag, und schob ihr sanft eine Haarsträhne aus dem Gesicht. »Gute Nacht, *Herrin vom frühen Abend bis Mitternacht*.«

Sahar kicherte, wie immer, wenn Amy die Bedeutung ihres Namens erwähnte. »Ich wäre lieber die *Herrin von morgens bis abends*. Was bringt es mir, bis Mitternacht die Herrin zu sein, wenn ich dann schon schlafen muss?«

Lächelnd zog Amy ihr die Decke bis zum Kinn hoch. »Da hast du recht. Aber ich glaube, für deine Eltern bist du immer das Wichtigste, egal, wie spät es ist.«

Seltsam ernst blickte die Kleine sie an. »Ich habe vorhin gehört, wie Vater sich mit jemandem gestritten hat.« Sie zitterte leicht. »Das hat mir gar nicht gefallen.«

Es schmerzte Amy, die Angst des Mädchens zu spüren. »Das kann ich verstehen. Ich bin sicher, die Sache hat sich schon wieder erledigt.« Noch dringender als vorher wollte sie jetzt wissen, ob etwas Brauchbares aufgenommen worden war.

Sahar gähnte, und ihre Augenlider schlossen sich langsam. Als Amy sich von der Bettkante erheben wollte, griff Sahar nach ihrer Hand. »Kannst du noch bleiben, bis ich eingeschlafen bin?«

»Natürlich.« Amy beugte sich vor und hauchte einen Kuss auf die Stirn des Mädchens. Als sie sich wieder aufrichtete, sah sie, dass Sahars Augen erneut geöffnet waren.

»Warum habe ich eigentlich keine so schönen blauen Augen wie du?«

»Deine Augen sind wunderschön, Sahar.« Und das war die Wahrheit. Von einem tiefen Braun, das fast wie geschmolzene Schokolade aussah.

Sahar verzog das Gesicht. »Die sehen aus wie die von allen anderen. Wenn ich später die Burka trage, wird mich niemand erkennen. Dich schon.«

Was manchmal ein echter Fluch war. »Ich habe sie von meiner Mutter geerbt, so wie du deine.« Jedenfalls hatten die Augen ihrer Mutter auf einem Foto ähnlich ausgesehen. Amy konnte sich inzwischen kaum noch daran erinnern, wie sie in Natur ausgesehen hatte.

»Dann möchte ich deine Mutter haben!«

Amy war klar, dass Sahar das nicht ernst meinte, sie liebte ihre Mutter. »Meine Mutter ist tot.« Verdammt, jetzt war es ihr doch herausgerutscht. Es war nie gut, zu viele persönliche Informationen preiszugeben. Auch wenn sie wusste, dass Sahar ihr nichts Böses wollte, es reichte schon, wenn sie vor ihrem Vater oder den Wachleuten etwas ausplauderte, das besser niemand wusste.

Sahars Augen wurden feucht, ihre Lippe zitterte. Kummer breitete sich in ihr aus. »Oh. Das tut mir leid, Malalai.«

Amy strich ihr über die Haare. »Du konntest es ja nicht wissen. Und ich denke, du kannst sehr froh sein, Laila als Mutter zu haben.«

Das Mädchen nickte ernsthaft. »Das bin ich.«

Dieses Bekenntnis entlockte Amy ein Lächeln. »Gut. Und jetzt schlaf.« Sahar schloss gehorsam die Augen. »Gute Nacht.« Erleichtert ging Amy zur Tür.

»Kannst du mir noch eine Geschichte erzählen?«

Amy unterdrückte mühsam ein Stöhnen. Normalerweise verbrachte sie wirklich gern Zeit mit Sahar, aber gerade heute schien ihr jede Minute, die sie hier festgehalten wurde, zu viel. Doch sie konnte auch nicht ablehnen. Einerseits, weil sie das Mädchen nicht enttäuschen wollte, und andererseits, weil es zu ihren Aufgaben gehörte. Wenn Bashir erfuhr, dass sie diesen nicht nachkam, würde sie ihre Privilegien ganz schnell wieder verlieren. Und das konnte sie nicht riskieren.

Deshalb kehrte sie zum Bett zurück und setzte sich wieder auf die Kante. »Natürlich. Welche möchtest du denn hören?«

Aufgeregt hüpfte Sahar im Bett auf und ab. »Erzähl mir noch mal die mit dem kleinen Mädchen, das an einen bösen Ort kommt und sich mit einem Jungen anfreundet, der es vor allem beschützt.«

Sofort tauchte wieder das Kribbeln auf, das sie den ganzen Abend schon versucht hatte zu ignorieren. Warum wollte Sahar gerade diese Geschichte hören? Amy wusste nicht, ob sie in der Lage sein würde, über Chase zu reden, nicht während der gerade in den Einsatz ging. Vor allem das Ende der Geschichte machte ihr immer zu schaffen, denn natürlich hatte sie dem Mädchen nicht die Wahrheit gesagt: dass er einfach abgehauen war und sie im Stich gelassen hatte. Stattdessen hatte sie ein Happy End erfunden, bei dem die beiden für immer zusammenblieben.

Als sie Sahars leuchtende Augen sah, wusste sie, dass sie die Geschichte erzählen würde, auch wenn es ihr das Herz brechen würde. Eigentlich hatte Amy sie nur aus einem Notfall heraus erzählt: Weil sie nicht so viele afghanische Geschichten kannte, hatte sie sich selbst welche ausgedacht und, als ihr nichts mehr eingefallen war, auf ihr eigenes Leben zurückgegriffen. Ein Fehler, wie sie jetzt erkannte. Aber sie wollte Sahar auch nicht enttäuschen.

»Leg dich ordentlich hin, dann fange ich an.«

Sofort lag Sahar still und blickte sie erwartungsvoll an.

Amy holte tief Atem und versuchte, den Schmerz in einen fernen Winkel ihres Herzens zu verbannen. »Es war einmal ein Mädchen namens Aisha, dessen Eltern viel zu früh starben und es alleine zurückließen. Es hatte auch keine Verwandten, die es hätten aufnehmen können, und so kam es in ein Heim. Dort ging es ihr sehr schlecht, bis sie Chinar traf. Er war einige Jahre älter als sie, doch er kümmerte sich um sie, und so wurden sie Freunde. Eines Tages …« Während Amy redete, versuchte sie, die Geschichte als etwas zu sehen, das nichts mit ihr zu tun hatte. Doch es gelang ihr nicht. Wie immer konnte sie sich noch an jeden einzelnen Moment erinnern, jedes Wort, jedes Lächeln. Und es schmerzte mehr, als sie sich eingestehen wollte.

Daher war sie froh, als Sahar endlich eingeschlafen war und sie das Zimmer verlassen konnte. Obwohl das Mädchen in einem Land wie Afghanistan lebte, wuchs es sehr behütet auf, es konnte sich nicht vorstellen, wie es war, erst seine Eltern und dann auch noch seinen einzigen Freund zu verlieren. Denjenigen, dem man all seine Gedanken und Träume anvertraut hatte, der einen durch die dunkelsten Stunden begleitet hatte. Den Jungen, den man von ganzem Herzen liebte, obwohl man wusste, wie gefährlich es war, so etwas für jemanden zu empfinden, der einem jederzeit genommen werden konnte. Aber sie hatte es trotzdem getan, dumm wie sie war. Und er hatte ihr das Herz gebrochen.

Angestrengt schüttelte Amy alle Gedanken ab, die nichts mit ihrem Job zu tun hatten. Sie musste sich jetzt auf ihre Aufgabe fokussieren, nur dafür war sie hier. Leise zog sie die Tür zu ihrem Zimmer hinter sich zu und atmete erleichtert auf, als sie endlich allein war. Es war lange her, seit sie sich das letzte Mal allein in einem Raum sicher gefühlt hatte. Doch hier würde niemand ohne ihre Erlaubnis hereinkommen – außer Sahar vielleicht, aber die schlief tief und fest. Für einen Moment konnte Amy ihre Maske fallen lassen und endlich sie selbst sein.

Erschöpft ließ sie sich auf den Stuhl sinken, der vor der Spiegelkommode stand. Ihre Hände zitterten, als sie die Spangen in ihrem Haar löste und die Strähnen langsam auskämmte. Es war gut, dass sie sonst die Burka trug, denn allmählich sah man ihr die ständige Anspannung an. Falten standen auf ihrer Stirn, dunkle Ringe lagen unter ihren Augen. Dadurch fiel die klare blaue Farbe ihrer Iris noch mehr auf. Kein Wunder, dass Sahar so fasziniert davon gewesen war.

Amy betrachtete ihr Gesicht und schnitt eine Grimasse. Ihre normalerweise natürlich gebräunte Haut wirkte fahl, da sie seit Monaten nicht mehr ohne Schleier an der Sonne gewesen war. Glücklicherweise hatte sie dunkle Augenbrauen und Wimpern, sodass sie ohne Probleme als Einheimische durchging. Sogar die lange, schmale Nase mit dem kleinen Höcker passte perfekt zu ihrer Tarnung.

Nachdem sie sich gekämmt hatte, steckte sie ihre Haare wieder hoch, um sie nicht im Gesicht zu haben, und zog die Burka über. Selbst für den kurzen Gang ins Badezimmer, das auf dem Gang gegenüber lag, musste sie sich vollständig kleiden, was auf Dauer extrem mühselig war. Da sie heute aber noch ein anderes Ziel hatte, störte es sie nicht weiter. Nachdem Amy kontrolliert hatte, dass alles richtig saß, öffnete sie ihre Tür und trat auf den Gang. Froh, dass niemand zu sehen war, machte sie sich auf den Weg zur Treppe, die sie ins Obergeschoss führen würde.

Gerade, als sie die erste Stufe betrat, spürte sie jemanden hinter sich. Sofort erklang eine Stimme. »Halt! Wo willst du hin?«

Langsam drehte Amy sich zu dem Wachmann um, der sie misstrauisch ansah. »Ich habe etwas oben in meinem alten Badezimmer vergessen und wollte es schnell holen.«

»Komm runter.«

Unruhig folgte Amy dem Befehl und blieb ein Stück von dem Mann entfernt stehen, die Augen auf den Boden gerichtet.

»Wer bist du?«

»Malalai. Ich bin seit heute Sahar als Kindermädchen zugeteilt. Davor war ich Hausmädchen und habe oben ein Zimmer mit zwei anderen Bediensteten geteilt.«

»Und was hast du vergessen?«

»Einen Hygieneartikel, den ich dringend benötige.« Sie ließ die Antwort verschämt klingen.

Automatisch wich der Mann ein Stück zurück. »Dann hol ihn dir, aber beeil dich. Um diese Uhrzeit soll niemand mehr im Haus unterwegs sein.«

»Ja, natürlich. Danke.« Mit einem leichten Senken ihres Kopfes eilte Amy davon.

Sowie sie außer Sichtweite war, rannte sie, immer zwei Stufen auf einmal nehmend, die Treppe hinauf. Ihre Zeit war nun noch knapper geworden, denn der Wachmann würde sicher darauf achten, wann sie zurückkam. Der Gedanke bewirkte, dass sie noch schneller lief. Glücklicherweise war der obere Gang leer, sodass sie nicht stoppen musste. Sie riss die Tür zum Badezimmer auf, schnappte sich die Packung mit den Damenbinden, die sie dort deponiert hatte, und rannte weiter. Schwer atmend kam sie schließlich bei der Abstellkammer an. Nachdem sie die Tür hinter sich geschlossen hatte, streifte sie die

Burka ab und verstaute sie. So schnell wie noch nie zuvor kroch sie durch den engen Gang und entfernte das Aufnahmegerät.

Die Zeit reichte allerdings nicht, um es abzuhören, deshalb steckte sie es ein. Kurz entschlossen nahm sie auch das Funkgerät mit, denn sie glaubte nicht, dass sie es noch einmal schaffen würde, hierherzukommen. Sie würde sich in der Nähe ihres neuen Quartiers ein anderes Versteck suchen müssen. Auch die Taschenlampe nahm sie mit und steckte alles zusammen unten in die Packung, die sie aus dem Bad mitgebracht hatte. Sollte sie noch einmal kontrolliert werden, würde man dort sicher nicht suchen.

Amy warf sich die Burka über und verließ ungesehen die Abstellkammer. So schnell wie möglich kehrte sie ins Erdgeschoss zurück und verlangsamte erst ihren Schritt, als der Wachmann in Sicht kam. Der blickte sie durchdringend an, sagte aber nichts, als sie ihm verschämt die Packung präsentierte. Ungeduldig winkte er sie durch, sodass sie ungehindert in ihren Raum zurückkehren konnte. Dort lehnte sie sich gegen die Tür und atmete keuchend durch. Gott sei Dank war es ihr gelungen, dem Wachmann weiszumachen, dass sie langsam und gemächlich gegangen war.

Als Amy wieder etwas zu Atem gekommen war, sah sie sich im Zimmer nach einem Versteck um. Morgen konnte sie sich einen anderen Platz dafür suchen, aber heute wollte sie nicht noch einmal einem Wächter auffallen. Ein Schauder lief durch ihren Körper, als sie sich vorstellte, was passieren würde, wenn jemand die Geräte bei ihr entdeckte. Vermutlich würde sie sofort exekutiert werden, ohne die Chance zu erhalten, sich zu rechtfertigen. Andererseits gab es da auch nicht viel zu sagen, die Sache war ziemlich eindeutig. Ihr Blick fiel auf die hölzerne Fensterbank, deren Verkleidung bis auf den Boden reichte.

Amy durchquerte das Zimmer und kniete sich davor. Durch

die rautenförmigen Löcher konnte sie sehen, dass sich dahinter die Heizungsanlage befand. Mit den Händen fuhr sie über das Holz und überprüfte, ob es sich abnehmen ließ. Das gestaltete sich etwas schwierig, da sie keinen Lärm verursachen durfte, doch schließlich fand sie das Scharnier, an dem sich die Verkleidung hochklappen ließ. Erleichtert beugte sie sich vor und leuchtete mit der Taschenlampe in die dunkle Ecke. Es gab keine einzelnen Heizkörper, sondern Rohre, die in regelmäßigen Abständen Gitter aufwiesen, durch die im Winter die warme Luft strömen konnte. Dort das Funkgerät und die Taschenlampe zu verstecken, sollte kein Problem sein. Die Staubschicht bewies, dass sich eher selten jemand an der Heizung zu schaffen machte.

Bevor Amy das Gerät verschwinden ließ, musste sie sich die Aufnahme anhören, doch das konnte sie schlecht mitten im Zimmer machen. Wenn man eine Männerstimme bei ihr hörte, würde man sofort Alarm schlagen. Deshalb zog sie ihr Nachtzeug an und kletterte ins Bett. Dort steckte sie sich den Kopfhörer ins Ohr und spielte die Aufnahme ab. Sie war froh, dass das Gerät nur dann etwas aufnahm, wenn jemand sprach, sodass sie nicht stundenlange Stille abhören musste.

Amy zuckte zusammen, als laut und deutlich Bashirs Stimme erklang, hatte sich jedoch schnell wieder unter Kontrolle. Konzentriert hörte sie zu, doch es schien sich nur um geschäftliche Gespräche zu handeln, hauptsächlich um Telefonate, bei denen sie nur Bashirs Seite mitbekam. Gerade als Amy dachte, der ganze Aufwand wäre umsonst gewesen, belauschte sie ein Gespräch zwischen Bashir und einem seiner Diener. Offenbar hatte der den Auftrag bekommen, Bashirs ungewollten Besucher unauffällig zu verfolgen und ihm zu melden, wo dessen Unterschlupf lag, was er nun tat. Amy prägte sich die Adresse ein, damit sie sie an Hawk weitergeben konnte. Endlich hatten sie einen Anhaltspunkt, wo der Terrorist zu finden war! Die Aufnahme endete, und Amy schaltete aufgeregt das Gerät aus.

Bevor sie sich überlegen würde, wo sie das Aufnahmegerät platzieren könnte, um es besser erreichen zu können, musste sie zuerst Hawk Meldung erstatten. Ihre Hand zitterte leicht, als sie sich die Bettdecke über den Kopf zog, das Funkgerät anschaltete und sich identifizierte. Beinahe sofort kam Hawks Antwort, durch die sie sich gleich besser fühlte.

Schnell berichtete sie ihm, was sie durch die Aufnahme erfahren hatte, und nannte ihm die Adresse. »Könnt ihr etwas unternehmen?«

Hawk zögerte. »Es wird gerade vorbereitet. Mehr kann ich dazu nicht sagen.«

Amy verstand seine Gründe, aber es störte sie trotzdem, wenn sie nicht wusste, was vor sich ging. Da sie jedoch nicht mehr erfahren würde, wechselte sie das Thema. »Ich bin heute aufgestiegen und kümmere mich jetzt um die Tochter.«

»Gratuliere. Was bedeutet das für deine anderen Aktivitäten?«

Amy rieb sich über die Nase, die unter der Bettdecke zu jucken begann. »Schwierig, es sind überall Wachen, dafür habe ich ein eigenes Schlafzimmer. Ich muss noch einen neuen Platz für den Rekorder suchen.«

»Sei bitte vorsichtig. Wir wissen jetzt, wer der Mann ist, mit dem Bravo gesprochen hat. Er ist sehr gefährlich.« Er berichtete ihr von Mansoor Rahid. »Wenn du erwischt wirst …«

Um kein Unglück heraufzubeschwören, unterbrach Amy ihn schnell. »Das werde ich nicht. Ich glaube, Bravo hat mich als Kindermädchen eingesetzt, weil er Angst um seine Tochter hat. Vermutlich spürt er, dass ich die Kleine wirklich mag und nicht zulassen würde, dass ihr etwas geschieht.«

Ein tiefer Seufzer drang durch den Lautsprecher. »Du weißt,

dass es nicht gut ist, wenn du ihnen zu nahe kommst. Es kann deine Urteilskraft beeinflussen.«

»Das ist mir völlig bewusst. Aber ich ziehe es vor, in ihnen Menschen zu sehen und nicht Objekte. Sollten wir etwas unternehmen, wird das ihr Leben unwiderruflich beeinflussen.«

»Okay, aber denk daran, dass dein richtiges Leben hier ist, nicht dort.«

Amy wollte ihn fragen, was für ein Leben er meinte, aber sie konnte sich gerade noch beherrschen. Dass sie schon lange das Gefühl hatte, nur so vor sich hinzuleben, ohne wirklich am Leben teilzunehmen, brauchte Hawk nicht zu erfahren, erst recht nicht über Funk, während sie sich unter der Bettdecke versteckte. »Das weiß ich, keine Angst.«

»Gut.« Trotzdem klang er immer noch besorgt.

»Ich hoffe, dass ich dir morgen neue Infos geben kann.«

»Geh kein zu großes Risiko ein, wir haben genug. Vielleicht hat sich die Sache ja morgen schon erledigt.«

Das hieß wohl, dass das Team heute noch angreifen würde. Der Gedanke, dass die SEALs sich vielleicht jetzt, in diesem Moment, in eine gefährliche Situation begaben, ließ Amys Unruhe noch weiter ansteigen. Chase könnte verletzt oder getötet werden … Zum ersten Mal fragte sie sich, ob sie in Coronado nicht doch mit ihm hätte sprechen und ihn um eine Erklärung bitten sollen, wieso er damals ohne ein Wort gegangen war. Natürlich hätte das wehgetan, besonders wenn er sie nicht erkannt hätte, aber wäre das nicht besser gewesen als diese ständige Ungewissheit?

Sie arbeitete jetzt für die TURT/LEs, wie lange würde sie ihm noch auf dem Stützpunkt aus dem Weg gehen können? Es war beinahe lächerlich, was für Mühen sie auf sich genommen hatte, um nicht von ihm bemerkt zu werden. Zwar nahm er durch seinen Job als CO des Teams nicht so oft an Übungen mit den TURT/LEs teil, aber die Basis war nicht so groß, dass man sich nicht irgendwann einmal begegnen würde. Am Ende hatte das Versteckspiel Amy so belastet, dass sie froh gewesen war, einen Auftrag zu bekommen. Weit weg von Chase und der Versuchung.

»Alpha Charlie, bist du noch da?«

Amy tauchte aus ihren Gedanken auf und blinzelte. »Ja. Sag ihnen bitte, dass sie vorsichtig sein sollen.«

»Das werde ich.« Sie wusste, dass das gelogen war. Kurz vor einem Einsatz konnten die Männer keine Ablenkung gebrauchen.

»Danke. Bis morgen. Ende.«

»Schlaf gut.«

Hawks Worte hallten in ihr nach, noch lange, nachdem sie die Verbindung beendet hatte. Nein, sie würde ganz sicher nicht schlafen können, während sie spürte, dass Chase immer näher kam.

12

Devils schlechtes Gefühl verstärkte sich mit jeder Minute. Seltsamerweise hatte er immer noch keine Ahnung, worauf es sich bezog. Sonst wusste er wenigstens, was genau ihn störte, aber diesmal … Es war unglaublich, wie viel seit ihrem Aufbruch in Coronado geschehen war. Aber immerhin wussten sie jetzt, wer hinter den Anschlägen steckte. Rahid aus dem Verkehr zu ziehen wäre ein großer Schlag. Die Frage war allerdings, wieso er ausgerechnet jetzt aus seinem Loch gekrochen kam und so auffällig agierte. Er musste doch damit rechnen, dass seine Gespräche mit Khan abgehört wurden, wenn er sie in dessen Haus führte. Wollte er, dass sie von seinen Plänen erfuhren? Was auch immer da vorging, es verhieß nichts Gutes.

Devil schüttelte den Kopf und konzentrierte sich auf seine Aufgabe. Nach der Einsatzbesprechung hatten sie ihre Ausrüstung geordnet und waren dann mit einem Hubschrauber in die Nähe des Ortes geflogen, an dem die Mission stattfinden sollte. Um niemanden vorzuwarnen, hatten sie die letzten Kilometer zu Fuß zurücklegen müssen, was in der Dunkelheit und mit ausreichend Deckung durch die anderen Gebäude der Stadt jedoch kein großes Problem gewesen war. Das Team war heil vor dem Gebäudekomplex angekommen, in dem sich ihr Ziel befinden sollte.

Sie hatten davon ausgehen müssen, dass sich auch eine ungewisse Anzahl bewaffneter Männer darin befinden würde, deshalb hatte Devil extra Joe Spade von der National Geospatial-Intelligence Agency kontaktiert, dessen Satellitenbilder ihnen schon oft die entscheidenden Informationen geliefert hatten. Leider war Joe gerade auf Reisen und deshalb nicht zu sprechen gewesen, doch ein Kollege hatte alles nachgeprüft und nichts Verdächtiges entdeckt. Dahingehend war Devil also beruhigt, aber das Prickeln in seinem Nacken ließ nicht zu, dass er die Bedrohung komplett vergaß.

Andererseits war das auch gut so: Nichts konnte eine Mission schneller zum Desaster werden lassen als zu große Sicherheit. So würde er zumindest nicht in Versuchung geraten, die Sache auf die leichte Schulter zu nehmen und deshalb unvorsichtig zu werden. Die gesammelten Informationen – inklusive der Hinweise der TURT/LE-Agentin – legten nahe, dass sich Mansoor Rahid hier aufhielt, deshalb war entschieden worden, dass sie sich die Sache ansehen und den Terroristenführer gefangen nehmen sollten. Ob er tatsächlich hier war, hatte nicht abschließend geklärt werden können, diese Aufgabe würden nun sie erledigen.

Devil verlagerte das Gewicht und blickte erneut durch das Fernglas. Das Team befand sich auf der Rückseite des Gebäudes, nachdem sie zu dem Schluss gekommen waren, dass ein Angriff von vorne nicht möglich war. Es gab zu viele andere Gebäude, aus denen heraus sie beobachtet werden könnten. Die hintere Seite dagegen war deutlich offener, da sich daran ein großer Platz anschloss, auf dem anscheinend tagsüber Marktstände aufgebaut wurden. Im Moment lag er jedoch verlassen da, nichts rührte sich. Cat saß auf dem Dach eines Gebäudes gegenüber der Vorderseite und behielt die Gegend im Auge. Devil selbst, Q, Doc und Jackie würden hineingehen, während ihnen Snake als Scharfschütze aus einem Versteck Deckung gab.

Cole saß in ihrer Nähe und versuchte, Wärmebildanzeigen zu erhalten, damit sie wussten, wo genau sich Personen im Gebäude befanden. »Bericht, Gimmick.«

»Nichts zu machen. Entweder sind die Wände zu dick oder mit Metall verkleidet. Ich kriege kein vernünftiges Ergebnis.«

Devil schnitt eine Grimasse. Also mussten sie blind hineingehen, etwas, das er in dieser Situation besonders ungern tat. Aber sie hatten keine Wahl. Wenn sich der Terroristenanführer hier aufhielt, war es eine seltene Gelegenheit, ihn endlich zu schnappen. Viel zu lange trieb er schon sein Unwesen und war allen bisherigen Versuchen entgangen, gefasst zu werden. Kurz bevor sie losgefahren waren, hatten sie von dem Anschlag auf die Schule und Hennings schweren Verletzungen gehört. Es zeigte, zu welchen Gräueltaten die Terroristen bereit waren, wenn sie sogar in Kauf nahmen, etliche Kinder zu töten. Die Frage war, ob auch dort Mansoor Rahid seine Hände im Spiel hatte oder ob die beiden Ereignisse unabhängig voneinander geplant worden waren.

»Okay, los geht's. Q, mach die Tür auf.«

Ein bestätigendes Klicken ertönte, und der SEAL bewegte sich langsam durch die Dunkelheit auf das Gebäude zu. Durch sein geschwärztes Gesicht und die dunkle Kleidung war er so gut wie unsichtbar. Der Mond hatte sich hinter Wolken versteckt, was ihnen die Arbeit deutlich erleichterte. Q war etwa auf halbem Weg zur Tür, als diese plötzlich aufging und eine verhüllte Gestalt heraustrat. Sofort ging Devil in höchste Alarmbereitschaft. Q verschmolz noch mehr mit der Dunkelheit, aber es gab keine Deckung in seiner Nähe.

Die Person näherte sich ihnen, als wüsste sie genau, wo sie versteckt waren.

»Snake, auf meinen Befehl.« Wer auch immer diese Person war, sie konnten nicht zulassen, dass sie die Anwesenheit der SEALs verriet.

»Ich glaube, es ist eine Frau.« Das Visier an Snakes Gewehr war extrem lichtempfindlich, deshalb konnte er besser sehen als die anderen. Sie hatten auf ihre Nachtsichtgeräte verzichtet, um nicht geblendet zu werden, wenn sie das Gebäude betraten und irgendwo Licht brannte.

Verdammt! Devil hasste es, Frauen zu verletzen oder gar zu töten, aber sie konnten sich jetzt keinen Fehler erlauben. »Was will eine Frau nachts hier draußen? Noch dazu alleine?« Sein sechster Sinn meldete sich mit Macht, und er wusste, dass gleich etwas passieren würde.

»Keine Ahnung. Es ist aber eine Frau. Was soll ich tun?«

Wenn er Snake den Befehl gab, würde der, ohne zu zögern, schießen, das wusste Devil. Allerdings war auch klar, dass es einen unglaublichen Aufschrei in den Medien geben würde, wenn herauskam, dass sie eine wehrlose Frau getötet hatten. Und so etwas kam immer heraus.

»Warte.« Angespannt beobachtete Devil die Frau. Sah sie wirklich in ihre Richtung, oder bildete er sich das nur ein?

Sein Finger krümmte sich um den Abzug seines halbautomatischen Gewehrs, als hinter ihr erneut die Tür aufging. Diesmal gab es keinen Zweifel, wer aus dem Gebäude gekommen war: ein Kind! Ein Kleinkind, um genau zu sein, es konnte nicht älter als vier Jahre sein. *Shit!*

Ein gedämpfter Fluch drang an sein Ohr. »Und was machen wir jetzt?« Jackies Frage echote seine Gedanken.

»Nicht feuern.« Er hatte keine Wahl, sie konnten keine Frau vor einem kleinen Kind töten. Außerdem bestand die Möglichkeit, dass die Kugel den Körper der Frau durchschlug und das Kind traf.

Bevor sie etwas tun konnten, drehte die Frau sich um und erblickte das Kind. Ihr Aufschrei ging Devil durch Mark und Bein. Flehend streckte die Unbekannte ihre Hände nach vorne. »Nein! Nicht!« Selbst mit mangelnden Sprachkenntnissen konnte Devil sie verstehen und vor allem ihre Verzweiflung heraushören. Sie stolperte rückwärts, als das Kind auf sie zulief.

Ihr Verhalten löste sämtliche Alarmglocken bei Devil aus, und normalerweise hätte er jetzt den Rückzug befohlen. Aber da war das Kind …

Dann war es auch schon zu spät. Er sah einen Schatten, der sich schnell auf das Kind zubewegte. »Abbruch, Q!«

Entweder hörte der ihn tatsächlich nicht, oder er wollte ihn nicht hören. Devil vermutete Letzteres, denn Q lief weiter auf das Kind zu. »Rückendeckung für Q!« Nicht, dass er das extra hätte sagen müssen, die SEALs waren immer zur Stelle, wenn einer von ihnen sich in Gefahr begab. Genauso, wie vermutlich jeder von ihnen versucht hätte, das Kind zu retten. Q war nur näher dran als die anderen. Das Kribbeln in Devils Nacken verstärkte sich, und er wusste, dass sie einen schweren Fehler begingen. Vor allem setzten sie die ganze Mission aufs Spiel. Doch es war zu spät.

Q hob das schreiende und sich wild wehrende Kind hoch und sprintete zurück in Richtung Deckung. Er hatte es beinahe geschafft, als eine gewaltige Explosion den kleinen Platz erschütterte und ihn von den Füßen holte. Auch Devil landete im Dreck und blieb einen Moment lang liegen. Die Schreie der Frau waren verstummt, dafür konnte Devil gedämpft Flüche und Stöhnen über das Headset hören. Er hob den Kopf und stellte fest, dass ihn die Druckwelle einige Meter weiter geschleudert hatte. Was auch immer das für eine Bombe gewesen war, sie musste sehr viel Explosionskraft besessen haben.

Im Dunkeln konnte er nicht viel erkennen, von der Frau war jedenfalls nichts mehr zu sehen. Wahrscheinlich hatte sie die Bombe am Körper getragen und war von der Wucht zerfetzt worden. Ein bitterer Geschmack füllte Devils Mund. Die Frau hatte gewusst, dass sie sterben würde, und war trotzdem weiter auf sie zugegangen. Wer tat so etwas, vor allem in Gegenwart eines Kindes? Ihre Verzweiflung deutete darauf hin, dass es ihr Kind gewesen war und sie nicht gewollt hatte, dass es starb.

Von seinen Männern konnte Devil nichts sehen, und noch immer klangen alle Geräusche seltsam gedämpft. Wahrscheinlich war sein Trommelfell in Mitleidenschaft gezogen worden. Ungeduldig schüttelte er den Kopf, doch das half auch nicht, sondern sorgte nur dafür, dass ihm schwindlig wurde. Mühsam stemmte er sich hoch und blickte sich um. »Q, Bericht.«

»Kind weitgehend … unverletzt.«

Das war schön, aber nicht wirklich das, was er wissen wollte. Selbst über dem Rauschen in seinen Ohren hatte er den Schmerz in Qs Stimme gehört. »Wie sieht es bei dir aus?«

»Heute … wohl … kein Einsatz mehr.«

Als stünde das überhaupt noch zur Diskussion. Das Auftauchen der Frau zeigte ganz deutlich, dass sie bereits erwartet worden waren. »Kein Problem. Doc, kommst du zu Q durch?«

»Das könnte ich, wenn mich nicht irgendein … Schrappnell-Teil erwischt hätte. Ich fürchte, ich kann gerade nicht so gut laufen. Aber wenn ihn jemand zu mir bringt, kümmere ich mich darum.«

Verdammt! Mindestens zwei schwerer Verletzte. Damit war nicht nur die Mission gelaufen, auch ihr Rückzug würde problematisch werden. Sie konnten nur hoffen, dass es keine weitere Bombe gab oder sich noch andere Terroristen hier draußen aufhielten, sonst hatten sie ein großes Problem. Zudem würde es hier innerhalb kürzester Zeit nur so von Leuten wimmeln, und vermutlich würden nicht alle freundliche Anwohner sein, die von dem lauten Knall aus dem Schlaf gerissen worden waren. Im schlimmsten Fall konnte die ganze Sache in einem Blutbad enden.

»Cat, wie sieht es auf der anderen Seite aus?«

Die Antwort kam sofort. »Noch relativ ruhig, aber ich gehe davon aus, dass es nicht so bleiben wird.«

»Komm hier rüber, wir brauchen jeden Mann.« Devil stand auf und überprüfte, ob seine Ausrüstung noch intakt war.

»Snake, gib uns Rückendeckung.« Ein bestätigendes Klicken drang durch den Kopfhörer. »Gimmick, wie sieht es bei dir aus?«

»Der Laptop ist Schrott. Bin jetzt auf dem Weg zu Q.«

»Ich komme gleich nach. Jackie, bist du verletzt?«

Keine Antwort. Devils schlechtes Gefühl verstärkte sich. »Jackie, kommen.« Wieder reagierte der SEAL nicht. Was mehrere Dinge bedeuten konnte, aber so, wie die Sache derzeit lief, ging Devil vom Schlimmsten aus. Seine Kehle zog sich zusammen, aber er hatte jetzt keine Zeit, darüber nachzugrübeln. Rasch ging er in die Richtung, in der Jackie sich zuletzt versteckt hatte, und versuchte gleichzeitig, in Deckung zu bleiben. Während er sich bewegte, überprüfte er, ob seine Gliedmaßen noch funktionierten, und atmete erleichtert auf, als er feststellte, dass er mehr oder weniger unverletzt war. Wenn es zwei oder drei der SEALs schwer erwischt hatte, würden sie jeden Mann brauchen, um das gesamte Team hier herauszubringen.

Endlich kam er dort an, wo er Jackie vermutete. Anscheinend hatte sein Teamkollege sich hinter einem Zaun versteckt, der durch den Druck der Explosion umgestürzt war. Von Jackie war nichts zu sehen. Devil drehte sein Mikrofon zu, um die anderen nicht abzulenken. »Jackie, kannst du mich hören?«

Zuerst passierte nichts, dann bewegten sich die Latten. »Devil?«

»Ja. Warte, ich hole dich da raus.«

Devil begann damit, die zerstörten Holzstücke vorsichtig herunterzuheben, und legte den SEAL so nach und nach frei. Da Jackies Gesicht und Hände geschwärzt waren, konnte Devil nicht erkennen, ob er dort etwas abbekommen hatte. Schnell kniete er sich neben seinen Teamkollegen und entfernte letzte Bretter. Jackie wollte sich aufsetzen, doch Devil drückte ihn sanft mit einer Hand auf der Schulter zurück.

»Bleib erst mal liegen. Tut dir irgendwas weh?«

Jackie verdrehte die Augen, deutlich sichtbar im geschwärzten Gesicht. »Ich bin gerade von einem stabilen Zaun begraben worden, was denkst du?«

Erleichtert atmete Devil auf. Glücklicherweise schien Jackie nicht so schwer verletzt zu sein, wie er zuerst befürchtet hatte. Was aber nicht bedeuten musste, dass er in der Lage war, selbst zu laufen. Rasch tastete Devil Jackies Körper ab. Die schusssichere Weste hatte seinen Oberkörper zumindest ein wenig geschützt, seine Arme waren allerdings in Mitleidenschaft gezogen worden. An einer Stelle ragte ein langer Holzsplitter aus seinem linken Unterarm. Als Devils Finger leicht dagegen stießen, keuchte Jackie auf.

»Au, das tat weh.«

»Tut mir leid, ich kann hier nichts tun. Und Doc ist selbst verletzt. Solange du laufen kannst, sollten wir uns jetzt zurückziehen und die Verarztung auf später verschieben.«

»Kein Problem.«

Diesmal half Devil ihm, sich aufzusetzen. Als Jackie auf die Füße kam, schwankte er leicht, fand dann aber einen festen Stand. Testweise bewegte er sich ein wenig und nickte dann. »Alles klar, ich kann laufen.«

»Gut.« Devils Mund verzog sich zu einem schiefen Lächeln. »Irgendwie ist es mal wieder typisch, dass du dich genau dort versteckst, wo du von einem Zaun getroffen wirst. Und dann kommst du mit einem Kratzer davon.«

Jackie grinste ihn an. »Ich habe eben gewisse Talente. Und immerhin ist es ein großer Kratzer.«

Ein Blick auf das Holzstück in seinem Arm bestätigte das, und Devil wurde wieder ernst. »Das stimmt. Geht es?«

»Ich habe jedenfalls nicht vor, deshalb hierzubleiben. Das war's mit der Mission, oder?«

»Ja. Kommst du allein zurecht? Ich muss nach Q sehen.« Es machte ihn nervös, dass er nichts mehr von ihm gehört hatte. Hoffentlich hatte er nur sein Mikrofon ausgeschaltet und war nicht bereits bewusstlos oder tot. Aber dann hätte sich vermutlich Gimmick gemeldet.

»Logisch.«

»Gut, dann zieh dich zurück. Snake gibt dir Deckung.«

»Alles klar. Sei vorsichtig.«

Devil nickte und blickte Jackie hinterher, als der noch leicht schwankend losging. Wahrscheinlich hatte er noch weitere Verletzungen, die er nicht für wichtig genug befand, um sie zu erwähnen. Doch solange er laufen und schießen konnte, stellte das noch kein allzu großes Problem dar.

Als Devil seinen Teamkollegen nicht mehr sehen konnte, drehte er sein Mikrofon wieder auf. »Gimmick, bist du bei Q? Wie sieht es aus?«

Es dauerte einen Moment, bis eine Antwort kam. »Nicht so gut. Wir werden ihn wohl raustragen müssen. Und dann ist da noch das Kind.«

Stimmt, das hatte er beinahe vergessen. Sie konnten es schlecht hierlassen, allein, im Dunkeln, mit den Überresten seiner Mutter. Devil ballte die Hände zu Fäusten. Wie konnte eine Frau so etwas tun? Natürlich war es auch möglich, dass sie gezwungen worden war, die Bombe am Körper zu tragen. Dafür sprach auch, dass sie anscheinend keinen Einfluss darauf gehabt hatte, wann der Sprengstoff gezündet wurde, sonst hätte sie es nicht getan, solange ihr Kind noch in der Nähe war. Devil schüttelte die Gedanken ab. All diese Fragen konnten später geklärt werden, jetzt ging es nur darum, das Team aus der Gefahrenzone zu bringen.

»Ich bin auf dem Weg zu euch.« Devil lief geduckt los. Ihnen blieb nicht mehr viel Zeit, das konnte er deutlich fühlen.

»Snake, Jackie kommt zu dir.«

»Ich habe ihn schon im Blick.«

»Besser als im Visier.« Jackies Einwurf zeigte, dass der SEAL schnell wieder zu alter Form zurückgefunden hatte.

»Deine Stirn sieht gut aus mit einem Fadenkreuz.«

Devil schüttelte den Kopf. »Funkstille, alle beide.«

»Aye.« Die Antwort kam prompt und doppelt.

Auch wenn er wusste, dass seine Männer ein wenig Leichtigkeit brauchten, um den Stress abzubauen, konnte er das jetzt nicht zulassen. Wenn sie in Sicherheit waren und feststand, dass alle durchkommen würden und die Verletzungen nicht allzu schlimm waren, konnten sie herumscherzen, so viel sie wollten. Bis dahin mussten sie sich ausschließlich auf die Mission konzentrieren.

Endlich erreichte Devil die Stelle, an der Q lag. Gimmick hatte sich über seinen Teamkameraden gebeugt und blickte auf, als Devil sich neben ihn hockte. Der Computerspezialist presste die Lippen zusammen, eine Sorgenfalte stand zwischen seinen Augenbrauen. Ein Blick auf Q zeigte, weshalb. Die schusssichere Weste hatte dessen Oberkörper geschützt, aber an allen anderen Stellen war ihm von der Explosion die Kleidung zerfetzt worden. An Armen und Beinen hatte er zahlreiche blutende Wunden, verursacht von herumfliegenden Trümmern. Sein Kopf schien unversehrt zu sein, vermutlich hatte er ihn mit den Armen geschützt.

Q lag auf dem Bauch, die Augen geschlossen. Am schlimmsten hatte es die Rückseiten seiner Arme und Beine getroffen, hinten in einem seiner Oberschenkel klaffte ein Loch, das wirkte, als wäre ihm ein Stück Fleisch herausgerissen worden. Devils Magen zog sich zusammen. Das sah nicht gut aus. Interessanterweise hatte Q eine Hand um das Fußgelenk des kleinen Jungen geschlungen, der verstört neben ihm kauerte und still weinte. Er hatte eine Schramme im Gesicht, schien aber sonst völlig unverletzt zu sein. Irgendwie beruhigte Devil das, denn es zeigte, dass Q noch klar genug denken konnte, um das Kind zu schützen und danach am Weglaufen zu hindern.

»Wie geht es dir, Q?« Die Frage war nur als Test gedacht, ob der SEAL noch reagierte.

»Ging … schon mal … besser.« Er hielt die Augen weiterhin geschlossen. »Wie schlimm … ist es?«

»Deine Rückseite sieht nicht so gut aus.« Und das war noch ziemlich untertrieben.

»Musste das … Kind schützen.«

Also hatte Devil mit seiner Vermutung richtig gelegen. Das zeigte einmal mehr, dass seine Entscheidung, Q ins Team zu holen, goldrichtig gewesen war. Doch jetzt mussten sie ihn erst einmal so schnell wie möglich von hier wegbekommen. Das war er seinem Freund schuldig. Mit den Verletzungen würde das nicht leicht werden. Laufen konnte er sicher nicht mehr, aber Devil wusste auch nicht, wo sie ihn überhaupt anfassen konnten. Die Schmerzen mussten fast unerträglich sein.

Gimmick schaltete sich ein. »Kannst du das Bein halten, während ich es verbinde?«

Wortlos packte Devil Qs Bein und stützte den Oberschenkel ab, während Gimmick einen Verband um die Wunde band. Dafür, sie zu säubern oder auch die Reste der Hose zu entfernen, blieb ihnen nicht genug Zeit. Das musste warten, bis sie irgendwo in Sicherheit waren. Jetzt ging es nur darum, Q vor dem Verbluten zu bewahren und dafür zu sorgen, dass nicht noch mehr Dreck in die Wunde geriet, während sie sich zurückzogen.

Qs Muskeln waren steinhart, immer wieder zuckte er zusammen. Ein raues Stöhnen drang über seine Lippen, als Gimmick den Verband befestigte. Als Devil vorsichtig das Bein zurücklegte, sackte Q in sich zusammen. Zuerst dachte Devil schon, sein Teamkollege hätte das Bewusstsein verloren, doch dessen Gesicht war immer noch qualvoll verzogen. Er atmete schwer, seine freie Hand hatte er zur Faust geballt. Wie er es schaffte, mit der anderen Hand weiterhin den Jungen festzuhalten, war Devil ein Rätsel. Offenbar hatte Q eine ungeheure Selbstbeherrschung, und die würde er auch brauchen, wenn sie ihn trugen. Vielleicht konnte Doc ihm eine Morphium-Spritze geben, um die Schmerzen ein wenig zu lindern.

»Ich trage Q, du nimmst das Kind.« Devil war deutlich kräftiger gebaut als Gimmick und hatte in seinem Gepäck auch keine technischen Geräte.

Der IT-Experte schien das genauso zu sehen, denn er stemmte, ohne zu protestieren, Q hoch und reichte ihn an Devil weiter, der ihn sich über die Schulter legte. Das zusätzliche Gewicht ließ ihn kurz schwanken, dann hatte er sich wieder in der Gewalt.

»Halt dich fest, Q.« Normalerweise hätte er einen Arm um die Beine des SEALs gelegt, aber er wollte die Schmerzen nicht noch verschlimmern. Er spürte, wie Q am unteren Rand seiner Schutzweste zog, und atmete erleichtert auf. Wäre Q bewusstlos gewesen, hätten sie ein Problem gehabt, aber so konnte Devil sich relativ zügig bewegen, ohne befürchten zu müssen, dass der Verletzte herunterrutschte. »Okay, los geht's.«

Gimmick hatte seinen Rucksack wieder geschultert und trug das Kind auf einem Arm. In der anderen Hand hielt er eine Pistole. Auch Devil hatte sein Gewehr weiter im Griff, um sie notfalls verteidigen zu können. Er spürte eine Berührung und merkte, dass Q nach seiner Waffe tastete. Die war ihm allerdings mit allem anderen weggerissen worden. Wortlos reichte ihm Devil seine eigene Pistole.

»Danke.«

Ohne ein weiteres Wort machten sie sich auf den Weg, Gimmick mit dem Kind vorneweg, Devil dicht dahinter. Noch immer prickelte sein Nacken, sie waren also noch nicht in Sicherheit. Bisher war es beinahe verdächtig still gewesen, was ihn noch nervöser machte. Plötzlich tauchte eine Gestalt aus der Dunkelheit auf, und Devil riss das Gewehr hoch.

»Ich bin's, Cat. Braucht ihr Hilfe?«

Sofort ließ Devil die Waffe sinken. »Geh zu Doc und bring ihn zu Snake. Wir treffen uns dort.«

»Alles klar.« Cat verschmolz förmlich mit der Dunkelheit.

Damit hatten sie jetzt alle Verletzten abgedeckt und konnten den Rückzug planen. »Snake, hast du gerade eine Hand frei?«

»Ja.«

»Melde an das Hauptquartier, dass wir eine dringende Evakuierung benötigen. Der Hubschrauber ist zu weit weg für die verletzten Teammitglieder.«

»Wird erledigt.«

Gerade, als Devil dachte, dass sie es vielleicht doch schaffen würden, meldete sich jeder Instinkt in seinem Körper, und er fuhr herum. Q stöhnte auf, aber darum konnte er sich jetzt nicht kümmern. Schatten bewegten sich auf sie zu, leise und tödlich. Verdammt! Wie so oft zuvor wusste er genau, was er zu tun hatte.

»Gimmick, übernimm du Q, und nimm auch das Kind mit.«

»Was ist los?«

»Tu es einfach!« So sanft wie möglich ließ Devil Q zu Boden sinken und eröffnete das Feuer. »Bring sie in Sicherheit. Ich halte die Tangos auf, solange es geht.«

Gimmicks Antwort ging im Gegenfeuer unter. Aber aus den Augenwinkeln sah Devil, dass der SEAL seinen Befehl befolgte. Gut, so hatten seine Männer wenigstens noch eine kleine Chance zu entkommen.

13

Als die Terroristen das Feuer eröffneten, tauchte Devil ab. Während er sich schnell von der Stelle wegbewegte, an der er vorher gestanden hatte, prägte er sich anhand des Mündungsfeuers ein, wo genau seine Gegner standen. Gleichzeitig zählte er sie durch und erkannte, dass es zu viele waren. Er würde sie nicht besiegen können, aber vielleicht konnte er sie lange genug aufhalten, dass sein Team sich in Sicherheit bringen konnte.

»Was geht da vor, Devil?« Cats Stimme drang über dem Lärm der Gewehrsalven an sein Ohr.

»Anscheinend sind wir doch nicht allein. Bringt die Verletzten von hier weg, ich versuche, die Tangos in Schach zu halten.«

Einen Moment lang herrschte Stille. »Das schaffst du nicht alleine. Ich komme und …«

»Nein!« Devil konnte förmlich vor sich sehen, was passieren würde, wenn Cat ihm half. Das konnte er nicht zulassen. »Die anderen brauchen deine Hilfe, um hier wegzukommen. Sorg dafür, dass sie in Sicherheit sind.«

»Aye. Lass dich nicht umbringen.«

»Ich bemühe mich.«

Dann konzentrierte Devil sich ganz auf die Gegner. Offensichtlich waren sie nicht völlig unbedarft, denn sie hatten sich so verteilt, dass Devils Aufgabe deutlich erschwert wurde. Er musste auf jeden Fall ihren Weg blockieren, zumindest bis er das Zeichen bekam, dass seine Männer in Sicherheit waren.

Dann würde er sich ebenfalls zurückziehen – sofern es noch möglich war. Er machte sich keine Illusionen darüber, wie lange er einer solchen Übermacht standhalten konnte. Auch ein SEAL war nicht unverwundbar, wie sie gerade wieder gesehen hatten. Vor allem würde ihm irgendwann die Munition ausgehen. Noch hatte er ein paar Reservemagazine, aber er versuchte trotzdem, so gezielt wie möglich zu schießen.

Die Terroristen hatten da anscheinend keine Bedenken, ihre Gewehre standen auf Automatik und durchsiebten alles mit Kugeln, das nicht rechtzeitig in Deckung ging. Hoffentlich waren Gimmick und Q mit dem Kind weggekommen. »Gimmick, seid ihr schon in Sicherheit?«

»Bin dabei.« Die Anstrengung war ihm deutlich anzuhören.

»Sagt Bescheid, wenn es so weit ist.«

Zur Bestätigung ertönte ein Klicken.

Die Gegner waren inzwischen so nah, dass Devil handeln musste. Er zielte auf ein Mündungsfeuer und schoss. Ein unterdrückter Schrei erklang. Zwar tötete er nicht gerne, aber er hatte auch kein Problem damit, wenn es darum ging, sein Team zu schützen.

Nachdem er noch einige weitere Gegner ausgeschaltet hatte, rollte er sich schnell zur Seite und hockte sich hinter einen kleinen Mauerrest. Gerade rechtzeitig, um einer wahren Flut von Kugeln zu entgehen. Als eine kurze Gefechtspause eintrat, schnellte Devil hoch und schoss erneut. Beinahe sofort erhielt er die Antwort in Form von Kugeln, die viel zu nah einschlugen. Es wurde eindeutig Zeit, den Standort zu wechseln. Er kroch weiter hinter dem Mauerrest entlang und wagte erneut einen Blick.

Beinahe direkt vor sich, sah er eine Bewegung. Verdammt, das würde eng werden. Da Devil noch nichts von seinen Männern gehört hatte, musste er davon ausgehen, dass sie immer noch nicht in Sicherheit waren. Irgendwie musste er die Gegner von ihnen weglocken. In diesem Moment bemerkte der Terrorist ihn und riss seine Waffe herum, aber Devil war schneller. Lautlos sackte der Mann in sich zusammen.

»Cat, wie sieht es bei dir aus?«

»Dauert noch etwas. Gimmick hat eine Kugel abbekommen. Nichts Lebensgefährliches, aber deshalb brauchen wir etwas länger, um alle von hier wegzubekommen.«

Devil schloss kurz die Augen und atmete tief durch. Sah aus, als müsste er das tun, was er lieber vermieden hätte. »Ich schaffe eine Ablenkung, damit ihr mehr Zeit habt.«

»Vielleicht solltest du besser …«

Gewehrfeuer übertönte Cats Stimme. Devil wusste auch so, was er sagen wollte, aber ihm war klar, dass sie verloren waren, wenn er sich jetzt ebenfalls zurückzog. »Ich melde mich, wenn ich zum Treffpunkt kommen kann.« Damit drehte er sein Mikrofon zu.

An seiner Weste tastete Devil nach der Handgranate. Vielleicht konnte er damit ein Vorrücken ihrer Gegner zumindest verlangsamen. Er zog den Sicherungsstift heraus, stand auf und warf sie mit aller Kraft in die Richtung, in der er die meisten Terroristen vermutete. Nach einigen Sekunden ertönte ein lauter Knall, gefolgt von Schreien. Die Gewehre verstummten für einen Moment, dann setzten sie erneut ein, noch vehementer als vorher. Devil meinte, die Wut seiner Gegner beinahe körperlich zu spüren. Er konnte sich schon vorstellen, was sie mit ihm machen würden, wenn sie ihn erwischten. Aber er hatte nicht vor, ihnen die Aufgabe so leicht zu machen. Noch hatte er genug Munition, um sie auf Abstand zu halten.

Geduckt lief er weiter, diesmal auf die Terroristen zu. Allerdings hielt er sich auf der Seite, wo bisher am wenigsten geschossen worden war. Nachdem er wieder einen halbwegs sicheren Standort gefunden hatte, begann er zu feuern, und diesmal stoppte er nicht nach ein paar Schüssen. Gleichzeitig blieb er ständig in Bewegung, sodass die Männer hoffentlich den Eindruck gewannen, es mit mehreren Gegnern zu tun zu haben. Das war seine einzige Chance. Wenn sie nicht darauf ansprangen, sondern weiter in die Richtung stürmten, in die seine Kameraden geflohen waren, konnte er sie nicht stoppen. Sie mussten denken, dass das Team noch hier war und nun seitlich zwischen den Häusern hindurch fliehen wollte.

Devils Taktik schien aufzugehen, das Feuer orientierte sich in seine Richtung, mehrere Kugeln schlugen dicht neben ihm ein. Eindeutig Zeit, von hier zu verschwinden, solange er es noch konnte. Vorher schaltete er jedoch noch sein Gewehr auf Automatik und ließ einige Salven über den Platz regnen. Flüche und Schreie erklangen. Devil nutzte die Gelegenheit, in einen schmalen Spalt zwischen zwei Häusern zu schlüpfen. Mit einer Hand tastete er an der Wand entlang, bis er zu einer Tür kam. Sein Nacken kribbelte, und er folgte seinem Instinkt. Er drückte so lange gegen die Tür, bis sie sich nach innen öffnete, und stieg dann vorsichtig ins Gebäude. Drinnen war es beinahe noch dunkler als draußen, deshalb holte er eine kleine Taschenlampe heraus und leuchtete in den Raum.

Es schien eine Vorratskammer zu sein, die allerdings für ein Haus dieser Größe sehr leer wirkte. Ein Zeichen für ihn, dass der gesuchte Terrorist nicht hier lebte. Entweder war er nur kurzzeitig hier gewesen und wohnte eigentlich woanders, oder es war von Anfang an eine Falle gewesen. Die vielen Kämpfer konnten auch nicht hier stationiert sein, das wäre sicher schon früher aufgefallen. Wahrscheinlich war dies nur ein Unterschlupf in der Stadt, während die Terroristen sonst in einem Dorf oder im Hindukusch unterkamen.

Vorsichtig ging Devil weiter und schob eine Tür auf, die leise knarrte. Er verharrte einen Moment lang und lauschte, doch es war nichts zu hören. Trotzdem hielt er sein Gewehr griffbereit. Jetzt wünschte er, er hätte seine Pistole noch, die im Gebäude wesentlich leichter zu handhaben wäre, aber er hatte Q nicht unbewaffnet lassen wollen.

Draußen kam er auf einen ebenfalls dunklen Gang, der ins Innere des Gebäudes führte. Zwar wusste er immer noch nicht, was ihn hierhergeführt hatte, aber sein Gefühl sagte ihm, dass er genau hier sein sollte, um irgendetwas Schlimmes zu verhindern. Was das genau war, konnte er ebenfalls nicht bestimmen, und das machte ihn nervös.

Trotzdem ließ es sich nicht ignorieren, wenn jede Faser seines Körpers ihn in eine Richtung zog. Früher hatte es einige Gelegenheiten gegeben, bei denen er sich gegen seine Vorahnungen gewehrt und absichtlich das Gegenteil getan hatte, doch er hatte es jedes Mal bitter bereut. Seitdem bemühte er sich darum, seine Gabe mit seinem Leben als SEAL in Einklang zu bringen und bei den Missionen als Hilfe einzusetzen. Das musste er allerdings so unauffällig wie möglich machen und es hinterher bei den Nachbesprechungen auch für andere Menschen logisch erklären. Bisher war ihm das halbwegs gut gelungen, auch wenn er natürlich die Gerüchte kannte, die über ihn die Runde machten. Aber dazu äußerte er sich nie. Er wusste, dass das den Tratsch erst recht anheizen würde.

Devil schüttelte die Gedanken ab und schlich weiter vorwärts. Der Gang machte eine Biegung und führte zu weiteren Türen. Er würde sich beeilen müssen, die Terroristen konnten jeden Moment ins Gebäude kommen und hier nach ihm suchen. Wahllos öffnete Devil einige der Türen, doch die Räume waren mehr oder weniger leer. In einem Zimmer mit beeindruckender Deckenhöhe baumelten Ketten mit ledernen Manschetten von der Decke. Es war offensichtlich, wofür sie gedacht waren, und Devils Magen krampfte sich zusammen, als er auf dem steinernen Boden Blutspuren bemerkte.

Jemand war vor nicht allzu langer Zeit hier gefoltert und dann aus dem Raum geschleift worden. Die Frau? Nein, sie hatte sich normal bewegt, es musste jemand anders gewesen sein. Schnell ging er weiter, diesmal auf der Suche nach der Person, die hier gefangen gehalten wurde. Vielleicht war er oder sie auch schon tot, aber Devil musste es wenigstens versuchen. Schließlich entdeckte er eine kleinere Tür, die er öffnete. Eine Treppe führte nach unten in einen schwach beleuchteten Keller. Das Licht deutete darauf hin, dass jemand hier war – oder sich zumindest vor Kurzem noch hier aufgehalten hatte.

Vorsichtig stieg Devil die Treppe hinab. Unregelmäßig behauene Wände warfen Schatten im Lichtschein, kleine Nischen führten zu Gittertüren, hinter denen sich unmöblierte Zellen befanden. Die ersten davon waren leer, doch Devil wusste, dass er hier nicht allein war. Dann hörte er leise Stimmen, die sich auf Persisch unterhielten. Sie sprachen zu schnell und zu undeutlich, als dass Devil viel hätte verstehen können, doch darum kümmerte er sich nicht. Er hatte eine Zelle entdeckt, in der jemand auf dem Boden lag: ein nackter Mann mit grausamen Wunden am ganzen Körper. Es war zu dunkel, um viel mehr zu erkennen. Devil konnte nicht einmal sehen, ob der Mann noch atmete, doch es bestand kein Zweifel daran, dass er dem armen Kerl helfen musste. Seine Vorahnung hatte sich wieder einmal als richtig erwiesen.

Devil trat zum Gitter, erkannte aber schnell, dass die Tür abgeschlossen war. Den Schlüssel hatten vermutlich die Männer, die sich immer noch unterhielten. Devil zog sein Messer aus der Scheide an seinem Oberschenkel und wog das vertraute Gewicht in der Hand ab. Jeder SEAL lernte, mit einem

Kampfmesser umzugehen, denn dies war im Nahkampf oft die leiseste und schnellste Methode, den Gegner auszuschalten.

Lautlos ging Devil weiter und kam schließlich zu einer Nische, in der zwei Männer an einem kleinen Tisch saßen. Waffen lagen darauf, daneben standen Becher mit einem undefinierbaren Getränk. Der eine der Männer redete aufgeregt auf den anderen ein. Anscheinend war er nicht glücklich darüber, dass sie hier saßen, während draußen Ungläubige gejagt wurden. Der andere war zurückhaltender, er schien verstanden zu haben, dass er hier wenigstens nicht getötet wurde. Allerdings würde er bald merken, dass das ein Trugschluss war. Wie immer vor einem Angriff atmete Devil tief aus und versuchte, seine innere Ruhe zu finden. Nur wenn er in dieser Zone war, konnte er in Sekundenschnelle Entscheidungen treffen, und sein Körper funktionierte fast wie auf Autopilot.

Als er sicher war, dass die Männer so mit sich selbst beschäftigt waren, dass sie ihn erst bemerken würden, wenn es zu spät war, sprang er vor. Der Wächter, der mit dem Rücken zu ihm saß, hatte keine Chance. Er starb, bevor er überhaupt bemerkt hatte, dass sie nicht mehr allein waren. Sein Kumpan starrte ihn entsetzt an und konnte erst reagieren, als Devil beinahe auf ihm war. Der Terrorist riss seine Pistole hoch, doch Devil schlug sie ihm aus der Hand. Ein Schuss löste sich, der Knall hallte durch die unterirdischen Gemäuer. Verdammt! Genau das hatte er verhindern wollen.

Unvermutet sprang Devil vor und stieß das Messer tief in den Brustkorb des Wächters. Dessen Augen weiteten sich, und er öffnete den Mund. Doch Devil presste seine Hand darauf, um jeden Laut zu unterdrücken, und ließ ihn beinahe sanft zu Boden sinken. Es dauerte nicht lange, bis der Terrorist seinen letzten Atemzug tat, dann lag er still. Devil wischte sein Messer ab und steckte es wieder ein. Anschließend tastete er den

Mann nach dem Schlüssel für die Zellentür ab. Als er ihn nicht fand, erhob er sich und ging zu dem anderen Toten, bei dem er schließlich fündig wurde. Erleichtert kehrte Devil zur Zelle zurück und steckte den Schlüssel ins Schloss.

Doch gerade als er es aufschließen wollte, hörte er aufgeregte Stimmen und Schritte auf der Treppe. Sein schlechtes Gefühl intensivierte sich, bis es ihm fast den Atem nahm. Schnell zog er den Schlüssel wieder heraus und lief den Gang entlang. Er musste sich irgendwo verstecken und hoffen, dass ihn niemand entdeckte. Da er nicht wusste, ob es hier eine zweite Tür nach draußen gab, würde er sich verschanzen und verteidigen müssen. Das Problem war nur, dass seine Munition nicht ewig reichen würde. War es nur ein kleiner Trupp Terroristen, konnte er vielleicht entkommen. Wenn nicht …

Devil presste sich in eine Nische und schob ein neues Magazin in das Gewehr. Mit der Waffe im Anschlag wartete er darauf, dass die Männer um die Ecke kamen. Das passierte schneller als erwartet, und er erkannte, dass es deutlich mehr waren, als er gehofft hatte. Einige von ihnen konnte er sicher erledigen, aber irgendwann würden sie ihn überwältigen, wenn nicht noch ein Wunder geschah. Er drehte sein Mikrofon auf und sprach beinahe tonlos hinein. »Cat, hier Devil. Bin im Gebäude im Keller. Hier ist ein Gefangener, schwer verletzt. Gegner ist in der Überzahl. Melde mich ab.«

»Devil …«

Er hörte nicht mehr, was Cat sagen wollte, da er sich den Kopfhörer vom Kopf zog und auf den Boden warf. Dann trat er so lange mit dem Hacken darauf, bis er sicher war, dass die Terroristen damit nicht mehr die Gespräche seines Teams verfolgen konnten. Das war alles, was Devil jetzt noch für seine Leute tun konnte, doch er war sicher, dass sie auch allein zurechtkamen.

Die Stimmen wurden lauter und wütender, wahrscheinlich hatte man die Leichen der beiden Wachmänner entdeckt. Devil schloss kurz die Augen und bereitete sich darauf vor, um sein Leben zu kämpfen. Es war nicht das erste Mal, aber heute standen seine Chancen nicht besonders gut. Als sich ihm Schritte näherten, schob er den Lauf des Gewehrs um die Ecke, visierte den vordersten Terroristen an und drückte dann ab. Der Schuss hallte laut durch den Gang, Schreie ertönten, Lärm entstand, als jeder versuchte, Deckung zu finden.

Die antwortenden Schüsse steigerten sich in dem hallenden Gang zu einem ungeheuren Lärm, der sicher noch mehr Gegner anlocken würde. Devil schoss eine weitere Salve ab und traf mehrere Männer. Um seine Chancen zu erhalten, nutzte er den Umstand, dass seine Gegner ihn nicht sehen konnten, und wich weiter nach hinten zurück. So hatte er einen besseren Überblick, wer in seine Nähe kam, und konnte sich besser verteidigen. Mit der Schulter lehnte er sich an die raue Wand und legte das Gewehr an.

Es dauerte einige Sekunden, bevor sich der Erste um die Ecke traute. Gleich darauf tauchte ein Zweiter auf. Beide fielen zu Boden, bevor sie ihn entdeckt hatten, wurden aber gleich von weiteren Männern ersetzt. Immer mehr kamen auf Devil zu, egal wie viele er traf. Aus den Augenwinkeln sah er plötzlich eine Bewegung hinter sich. Er wirbelte herum und streckte den Mann nieder, der bis auf wenige Meter an ihn herangekommen war. Hatte der sich schon vorher im Keller befunden, oder gab es doch einen anderen Ausgang? Wenn ja, musste Devil versuchen, dorthin zu kommen, bevor ihm der Rückzug abgeschnitten wurde.

Vorsichtig bewegte er sich rückwärts, während er weiter schoss. Offenbar war der Selbsterhaltungstrieb der Terroristen völlig unterentwickelt, ein Umstand, den die Anführer schamlos ausnutzten. Für Selbstmordanschläge mit Bomben oder Aktionen wie auf dem ISAF-Stützpunkt. Wie sollte man gegen solche Leute ankommen? SEALs gingen oft extreme Gefahren ein, um einen Auftrag zu erledigen, aber sie waren nicht lebensmüde. Vor allem ging die Sicherheit der Teamkollegen über alles, eine Neigung, die diese Kerle offenbar überhaupt nicht teilten. Achtlos stiegen sie über ihre gefallenen Kameraden hinweg und machten einfach weiter, als wäre nichts geschehen.

Das Prickeln in Devils Nacken verstärkte sich, und er wusste, dass er jetzt handeln musste. Nach einem weiteren Schuss drehte er sich um und rannte los. Flüche ertönten hinter ihm, dann weitere Schüsse. Eine Kugel streifte Devil am Arm, aber er ignorierte das Brennen. Im Zickzack bewegte er sich vorwärts, leicht geduckt, um ein kleineres Ziel abzugeben. Zuerst schien es zu funktionieren, die Kugeln flogen an ihm vorbei und bohrten sich in die Wände.

Doch dann tauchte völlig unerwartet ein Mann vor ihm auf. Er kniete auf dem Boden und hatte ein Gewehr auf ihn gerichtet. Devil warf sich zur Seite, um der Kugel zu entgehen, aber es war zu spät. Ein harter Schlag traf ihn an der Brust und nahm ihm für einen Moment den Atem. Er wurde zur Seite geschleudert und knallte mit dem Kopf gegen die Wand. Schmerz explodierte in seinem Schädel, und er versuchte, die Bewusstlosigkeit zurückzudrängen. Wenn er nicht aufstand und weiterkämpfte, war er verloren! Doch er schaffte es einfach nicht, die Arme zu bewegen. Wie Bleigewichte lagen sie an seiner Seite, und auch der Rest seines Körpers war wie betäubt.

Das Gewehr lag neben ihm, aber er konnte es nicht greifen. Dann kam ein Beinpaar in sein Blickfeld. Devil blinzelte, und es gelang ihm, den Kopf so weit zu drehen, dass er nach oben blicken konnte. Der Lauf eines Gewehrs war direkt auf sein

Gesicht gerichtet, die Miene des Mannes dahinter verschwommen. Devil war klar, dass er jetzt sterben würde. Seine Finger zuckten hilflos in dem Versuch, nach einer Waffe zu greifen und weiterzukämpfen. Wenn er schon sterben musste, wollte er es wenigstens im Kampf tun und nicht, während er hilflos in einem Gang lag.

Mit größter Mühe berührte er endlich das Gewehr. Bevor er es jedoch benutzen konnte, schoss ein gleißender Schmerz durch seinen Kopf, der ihn aufkeuchen ließ. Schwach glaubte er zu hören, wie jemand seinen Namen rief, aber das musste eine Illusion sein. Devils Augen schlossen sich, und er versank im Nichts.

14

»Chase!« Amy schoss im Bett hoch, eine Hand gegen ihr wild klopfendes Herz gepresst. Auf ihrer Brust lastete ein solcher Druck, dass sie kaum Luft bekam.

Mit zitternden Fingern schaltete sie die Nachttischlampe an und blickte sich in dem schwach erhellten Raum um. Glücklicherweise war sie allein, sodass niemand gehört haben konnte, wie sie im Schlaf einen amerikanischen Namen gerufen hatte. Amy schob sich die feuchten Haare aus dem Gesicht und versuchte, sich wieder in den Griff zu kriegen. Obwohl sie es nicht für möglich gehalten hatte, war sie anscheinend doch eingeschlafen – zumindest bis sie von dem Gefühl aufgewacht war, dass Chase sich in akuter Lebensgefahr befand.

Noch immer konnte sie es spüren, auch wenn es inzwischen wie durch eine Watteschicht gedämpft wirkte. War die Mission schief gegangen? Amy hatte das SEAL-Team beim Training gesehen und wusste, dass sie auch mit schwierigen Situationen umgehen konnten. Aber auch sie waren nicht unverwundbar.

Amy schwang die Beine aus dem Bett und stand auf. Aufgeregt lief sie durch das Zimmer, doch sie konnte ihr Unbehagen nicht abschütteln. Genauso wenig wie das dringende Gefühl, dass Chase ihre Hilfe brauchte, auch wenn der Gedanke lächerlich klang. Wie sollte ausgerechnet sie einem SEAL helfen? Wenn er in Schwierigkeiten war, musste ein Rettungsteam geschickt werden. Gut ausgebildete Soldaten, die ihn notfalls gewaltsam herausholen konnten. Nicht eine TURT/LE-Agentin, die eigentlich eher Analystin war.

Schließlich hielt sie es nicht mehr aus. Sie musste wissen, was passiert war. Schnell lief sie zum Fenster und öffnete die Verkleidung der Heizung. Mit dem Funkgerät kehrte sie zum Bett zurück und vergrub sich wieder unter der Bettdecke. Sie schaffte es kaum, die Taste zu drücken, die das Funkgerät aktivierte, so sehr zitterten ihre Hände.

»Hier ist Alpha Charlie, bitte kommen.«

Wie immer meldete Hawk sich sofort. »Was ist passiert?«

Seine Antwort überraschte sie. »Wie kommst du darauf, dass etwas passiert ist?«

»Bei dir ist es drei Uhr nachts. Ich gehe davon aus, dass du dich nicht melden würdest, wenn es nicht wichtig wäre.«

Der Gedanke, dass er anscheinend eine Uhr neben sich hatte, die ihre Zeit anzeigte, wärmte Amy ein wenig. Sie atmete tief durch. »Hier ist alles in Ordnung. Ich wollte nur wissen, ob du etwas vom Team gehört hast.«

Einen Moment lang schwieg er. »Woher weißt du, dass sie dort sind?«

Die Bestätigung versetzte Amy einen Stich. »Das ist jetzt nicht wichtig. Antworte mir bitte.«

»Noch nicht. Ich bin aber auch nicht direkt mit ihnen verbunden. Warum willst du das wissen?« Hawk klang noch alarmierter als vorher.

Amy biss sich auf die Lippe. »Ich glaube, dass das Team in Schwierigkeiten ist. Nein, ich weiß es sogar. Ich kann es spüren.«

»Am… Alpha Charlie, bist du sicher?« Daran, dass er beinahe ihren richtigen Namen genannt hatte, konnte sie erkennen, wie verwirrt Hawk war. Zwar wusste er, dass sie bei Project Stargate gewesen war und besondere Fähigkeiten hatte. Aber sie hatte ihm nie erzählt, dass sie zu einem Menschen eine besondere Verbindung hatte, die es ihr ermöglichte, ihn auch über etliche Kilometer hinweg zu spüren.

»Todsicher. Und ich weiß, dass nicht viel Zeit bleibt.«

»Okay, ich werde mich erkundigen.«

Erleichtert atmete Amy auf. »Sagst du mir dann Bescheid?«

»Natürlich. Ende.«

Amy beendete die Verbindung und versteckte das Funkgerät unter ihrem Kopfkissen. Das war zwar extrem unsicher, aber sie konnte sich nicht dazu bringen, sich davon zu trennen. Trotz all der Jahre und der Tatsache, dass Chase sie im Stich gelassen hatte, gab es immer noch diese Verbindung, die früher zwischen ihnen bestanden hatte – oder vielmehr, die *sie* zu *ihm* gehabt hatte, seine Fähigkeiten funktionierten anders –, und sie schien stärker zu sein als je zuvor. Damals hatte Amy ihn noch berühren müssen, um ihre Gabe anzuwenden, doch jetzt schien sie ihn sogar zu spüren, wenn er etliche Kilometer entfernt war, und das machte ihr wirklich Angst.

Was, wenn sie nach Coronado zurückkehrten und das Gefühl immer noch so stark war? Sie glaubte nicht, dass sie das auf Dauer ertragen konnte. Zu lange hatte sie gebraucht, ihn zwar nicht zu vergessen, aber doch in den hintersten Winkel ihres Gedächtnisses zu schieben. Wenn sie von nun an jede seiner Regungen spürte, konnte sie nicht bei den TURT/LEs bleiben. Allein die Vorstellung, ihn mit einer Freundin erleben zu müssen, verursachte ihr Übelkeit. Nein, sie würde ihr neues Zuhause wieder verlassen müssen.

Doch egal, was Chase ihr angetan hatte, Amy wollte auf keinen Fall, dass ihm etwas passierte. Hoffentlich konnte Hawk bald Entwarnung geben, und dieses Gefühl der Gefahr würde wieder verschwinden.

Cat blickte die anderen Teammitglieder an, die sich ein kleines Stück von dem Gebäude entfernt in einem heruntergekommenen Schuppen versammelt hatten. Am schlimmsten hatte es Q getroffen, der dringend ausgeflogen werden musste. Auch Doc mit dem Schrapnell im Bein und Jackie mit dem Holzsplitter im Arm waren mehr oder weniger außer Gefecht gesetzt. Gimmick konnte mit der Kugel in seinem Hinterteil zwar noch laufen, aber ihm waren die Schmerzen dabei anzusehen, und es war klar, dass er nicht mehr einsatztauglich war. Blieben nur Cat selbst und Snake.

Der reinigte wie immer sein Gewehr, wenn er aufgewühlt war. »Wir müssen da rein und Devil rausholen! Er hat uns den Rücken freigehalten, damit wir entkommen können, wir dürfen ihn jetzt nicht im Stich lassen. Das würde er auch nicht tun.«

Die anderen murmelten zustimmend.

Cat gab ihnen hundertprozentig recht, aber er wusste auch, dass sie zu zweit bei der Übermacht an Gegnern nicht viel würden ausrichten können. Mit einem kompletten Team hätte er es gewagt, aber so war es einfach zu gefährlich und würde nur dazu führen, dass Devils Opfer umsonst gewesen wäre. »Wir werden ihn nicht im Stich lassen, Snake. Aber wir können auch nicht einfach da reinstürmen und riskieren, dass man uns entweder gefangen nimmt oder gleich tötet.«

Gott, hoffentlich war Devil noch nicht tot! Seinen letzten Worten über das Mikrofon nach zu urteilen, hatte er damit gerechnet, überwältigt zu werden, und Cat ging davon aus, dass Devil seinen Kopfhörer vernichtet hatte, damit niemand den Gesprächen des Teams lauschen konnte. Trotzdem saßen sie jetzt dicht zusammen und hatten die Mikrofone ausgeschaltet, für den unwahrscheinlichen Fall, dass der Feind doch mithörte.

»Auf jeden Fall müssen wir Q hier so schnell wie möglich wegbringen.« Doc verlagerte sein Bein und zuckte zusammen.

Gimmick nickte zustimmend. »Devil hätte sich in Sicherheit

bringen können, aber er hat sich dafür entschieden, zu kämpfen, damit ich Q rausbringe. Genau das sollten wir auch tun.« Offenbar nahm er seine eigene Verletzung nicht so ernst. Das war zwar ehrenhaft, aber auch dumm.

Cat richtete sich auf und legte seine ganze Autorität als XO des Teams in seine Stimme. »Wir werden alle Verletzten zum Treffpunkt bringen. Danach kommen Snake und ich wieder und beobachten das Gebäude. Wenn wir eine Möglichkeit sehen, reinzugehen und Devil zu holen, werden wir das tun. Ansonsten müssen wir warten, bis ein Ersatzteam kommt.«

»Aber …«

»Das kannst du …«

»Ruhe!« Cats Stimme war immer noch leise, drang aber wie ein Peitschenhieb durch den Raum. »Solange Devil verhindert ist, treffe ich die Entscheidungen. Wenn euch das nicht passt, könnt ihr hinterher einen Protest einlegen.« Es herrschte völlige Stille. »Verstanden?«

»Aye, Sir.« Jackies Kommentar löste ein wenig die Spannung.

Dennoch ließ Cat die Schultern sinken. »Am liebsten würde ich auch sofort losstürmen, aber das wäre kontraproduktiv. Wir wissen nicht, wie viel Zeit Devil hat, aber wir sollten sie gut nutzen.«

Doc, der sich um Qs Verletzungen gekümmert hatte, sah auf. »Hoffentlich kommt der Hubschrauber bald, Q muss so schnell wie möglich ins Krankenhaus. Er verliert zu viel Blut durch die vielen Wunden.«

»Hallo, ich liege hier direkt vor dir!« Qs Stimme klang gedämpft, weil er das Gesicht in seine Armbeuge gepresst hatte.

»Ja, und du hast verdammt viel Glück gehabt, dass du überhaupt noch lebst. Nur ein wenig näher an der Bombe, und sie hätte dich voll erwischt.« Ein Vorwurf schwang in Docs Worten mit.

Q hob den Kopf und blickte zu dem kleinen Jungen, der sich neben Snake zusammengerollt hatte und schlief. »Das habe ich der Frau zu verdanken, sie ist in die entgegengesetzte Richtung gelaufen, um ihr Kind zu schützen. Ich habe ihre Augen gesehen, sie war völlig verängstigt und in panischer Sorge um ihren Sohn. Ich glaube nicht, dass sie sich die Bombe aus freiem Willen umgeschnallt hat.« Die lange Rede hatte Q erschöpft, und sein Kopf sackte wieder nach unten.

»Okay, ich frage nach, wo unsere Evakuierung bleibt. Macht euch schon mal zum Aufbruch bereit. Hier können wir nicht bleiben. Wahrscheinlich werden die Terroristen bald ausschwärmen, um uns zu suchen.«

»Wenn sie überhaupt wissen, dass wir da waren.« Jackie neigte dazu, immer alles positiv zu sehen.

»Sie können uns kaum übersehen haben. Zumindest Q und Gimmick. Außerdem …« Cats Funkgerät piepste leise, und er hielt es sich vor den Mund. »Sierra Tango Echo.«

»Hier HQ. Ein Helikopter mit Sanitätsausstattung ist unterwegs. Hier sind die Koordinaten, wo er landen wird.« Der Einsatzleiter diktierte die Ziffern. »Kommen Sie da hin?«

Snake, der die Koordinaten in sein GPS-Gerät eingegeben hatte, hielt Cat das Gerät hin und nickte. »Ja. Wann sind Sie da?«

»ETA zehn Minuten.«

»Alles klar.«

»Noch etwas: Jemand namens Daniel Hawk hat nach Ihrem Team gefragt.«

Cat runzelte die Stirn. Warum sollte Hawk das tun? Er wusste doch, dass sie im Einsatz waren. »Sagen Sie ihm, dass wir einige Verletzte haben und ein Mitglied vermisst wird. Aber keine Details. Ich spreche selbst mit ihm, wenn wir beim Hubschrauber sind und nicht mehr in unmittelbarer Gefahr.«

»Mache ich.«

Nachdenklich steckte Cat das Funkgerät zurück in seine Oberschenkeltasche. Die Sache wurde immer seltsamer. Noch nie hatte Hawk sich in eine der SEAL-Missionen eingemischt. Oder war seine Agentin in Gefahr, und er wollte das Team bitten, sie dort herauszuholen? Devil hatte versprochen, sich darum zu kümmern, wenn es nötig sein sollte, aber das Versprechen konnten sie im Moment nicht einlösen. Der Gedanke, dass die Agentin in Gefahr sein könnte, drückte Cat auf den Magen. Er hatte Amy während des Trainings kennengelernt und mochte sie. Sie war wesentlich ruhiger und hielt sich mehr im Hintergrund als viele der anderen Agentinnen, außerdem war sie intelligent und wusste, worum es ging.

Wenn sie entdeckt worden war, hatte sie keine Chance. So gut sie auch im Sammeln von Informationen sein mochte und so perfekt ihre Sprachkenntnisse auch waren, ihr fehlte eindeutig der Instinkt, wenn es darum ging, sich körperlich zu verteidigen. Wunderbar, jetzt musste er sich nicht nur um Devil Sorgen machen, sondern auch noch um die Agentin. Aber zuallererst kam das Team dran.

Cat schickte Snake aus dem Schuppen, um die Umgebung zu sichern, dann bereitete er alle auf den Transport vor. Jackie würde Doc stützen, Gimmick konnte das Kind nehmen. Cat würde sich mit Snake abwechseln und Q zum Hubschrauber tragen. Es waren zwar nur etwa fünfhundert Meter bis zum provisorischen Landeplatz, aber sie wussten nicht, auf wie viel Widerstand sie stoßen würden.

Cat wartete, bis alle anderen aus der Hütte heraus waren, dann lud er sich Q auf die Schulter. Das Stöhnen des SEALs konnte er beinahe körperlich fühlen. »Gleich hast du es geschafft.«

Q murmelte etwas Unverständliches, nur mit Mühe hielt er sich noch bei Bewusstsein. Hoffentlich schaffte er es bis zum

Hubschrauber. Cat trat aus der Tür und blickte in Richtung der Gebäude, in denen sich Devil befinden musste. Mit jeder Faser seines Körpers wollte er dorthin, doch als SEAL lernte man, sich die Aufgaben einzuteilen. Die Verletzten in Sicherheit zu bringen hatte oberste Priorität und war vor allem machbar. Devil zu retten würde wesentlich mehr Aufwand und vor allem Männer erfordern, als sie derzeit zur Verfügung hatten. Trotzdem steigerte sich Cats Schuldgefühl immer mehr, je weiter er sich von Devil entfernte. *Halt durch, wir holen dich!*

Sanft legte Hawk den Telefonhörer auf den Tisch, obwohl er ihn am liebsten an die Wand geschleudert hätte. Sein Magen zog sich zusammen, und seine Muskeln zuckten in dem Wunsch, sich zu bewegen, doch er blieb still sitzen.

Matt reichte ein Blick in sein Gesicht. »Was haben sie gesagt?«

»Ich konnte nicht direkt mit ihnen sprechen. Aber das Hauptquartier hat mitteilen lassen, dass einige Teammitglieder verletzt sind, teilweise schwer, und dass eines vermisst wird. Wer, haben sie nicht gesagt.«

»Verdammt!« Matt sprang auf und durchquerte das Zimmer mit langen Schritten. Am Fenster machte er kehrt. »Was sollen wir denn damit anfangen? Ich werde dafür sorgen, dass wir die Informationen bekommen!« Die Entschlossenheit in seinen Augen ließ keinen Zweifel daran.

»Mach das. Ich werde inzwischen Amy informieren.« Und das war nichts, worauf er sich freute.

Matt rieb sich über das Kinn. »Ich verstehe immer noch nicht, woher sie das überhaupt wusste. Hat sie irgendwas aufgeschnappt?«

»So ähnlich.« Hawk hatte nicht vor, irgendjemandem ihr Geheimnis zu verraten. Nachdem sie ihn bei der NSA mit ihren

Analysen so beeindruckt hatte, hatte er sich genau über sie informiert und auch mit ihr über die Zeit bei Project Stargate gesprochen, bevor er entschieden hatte, dass sie eine Bereicherung für die TURTs sein würde. Er hatte keine Ahnung, wie ihre Gabe funktionierte und wie sie etwas über ein Team wissen konnte, das etwa sieben Kilometer von ihr entfernt im Einsatz war, aber er würde ihre Eingebungen sicher nicht auf die leichte Schulter nehmen.

Hawk wartete, bis Matt aus dem Raum gestürmt war, um beim Oberkommando nähere Informationen zu erzwingen, bevor er das Funkgerät in die Hand nahm und das Signal aussandte. Einfach loszusprechen war zu gefährlich, falls sich jemand in Amys Nähe befand. Deshalb gab ihr Gerät nur ein kaum hörbares Fiepen von sich.

»Hier Alpha Charlie.«

Erleichtert atmete Hawk auf, als er ihre Antwort hörte. Jedes Mal befürchtete er, dass sie sich nicht mehr melden und er wieder eine Agentin vermissen würde. »Ich habe noch keine konkreten Hinweise bekommen, aber anscheinend sind einige Mitglieder des Teams verletzt und einer wird vermisst.«

Ein scharfes Einatmen ertönte. »Wer?« In ihrer Stimme klang ein seltsamer Ton mit, als wüsste sie bereits, wer es sein würde.

»Das wurde nicht gesagt. Matt versucht gerade, weitere Informationen zu bekommen.«

»Ihr müsst ihn da rausholen, Hawk. Er ist in akuter Lebensgefahr.«

Hawks Nackenhaare sträubten sich, als er die Sicherheit in Amys Stimme hörte. »Es wird alles unternommen, um sie dort herauszubringen.« Das konnte er zwar nicht wissen, aber er war sich ziemlich sicher, dass die SEALs nie jemanden zurücklassen würden. Allerdings musste irgendetwas Unvorhergesehenes geschehen sein, und das konnte eine Befreiung erschweren. »Was glaubst du, wer es ist?«

Einen Moment lang konnte Hawk nur ihr hektisches Atmen hören. »Chase.« Sie flüsterte den Namen beinahe.

Devil? Er hätte nicht gedacht, dass der CO des Teams jemals in solch eine Situation geraten würde. Zu oft hatte Hawk bereits erlebt, dass Devil Sachen wusste, bevor sie überhaupt geschehen waren. Allerdings neigte er auch dazu, Dinge in die eigene Hand zu nehmen, ohne sich vorher abzusprechen, und brachte sich dadurch in Gefahr. »Warum bist du so sicher?«

»Ich kann ihn fühlen. Er ist verletzt, aber er lebt. Noch.« Ihre Angst um Devil war deutlich zu hören. »Wird ein Rettungsteam losgeschickt?«

»Ich hoffe, das kann Matt mir gleich sagen. Wenn ich mehr darüber weiß, sage ich dir sofort Bescheid.«

»Danke.«

Erst dachte er, sie würde noch etwas sagen, doch dann unterbrach sie die Verbindung. Hawk legte das Funkgerät auf den Tisch und stand auf. Er brauchte dringend frische Luft, sonst würde er ersticken. Es ging ihm unter die Haut, wenn Dinge passierten, über die er keinerlei Kontrolle hatte. Und wenn dann auch noch eine seiner Agentinnen betroffen war, kamen sofort wieder die Erinnerungen an die grauenvollen Ereignisse zurück, als Jade und Kyla in Afghanistan vermisst worden waren und er hatte befürchten müssen, dass die beiden verschleppt wurden oder schon tot waren. Allein der Gedanke daran ließ sein Herz rasen.

Mühsam brachte Hawk sich wieder unter Kontrolle. Amy ging es gut, sie war derzeit nicht in Gefahr. Allerdings konnte sich das, was mit den SEALs passiert war, indirekt auch auf Amy auswirken. Es hörte sich nicht so an, als hätte das Team Mansoor Rahid festsetzen können. Stattdessen war Devil verletzt und in den Händen der Terroristen, wenn Hawk Amys »Gefühl« trauen konnte. Dadurch wusste der Anführer sicher, dass sein Aufenthaltsort kein Geheimnis mehr war. Möglicherweise würde er deswegen jetzt seinen Zeitplan verändern, und sie mussten verstärkt mit neuen Anschlägen rechnen.

Am liebsten hätte Hawk Amy sofort dort herausgeholt, doch solange sie Rahid nicht hatten und durch Amys Arbeit an weitere Informationen gelangen konnten, musste sie dortbleiben. So sehr es ihn auch schmerzte.

15

Devil konnte sich nicht erinnern, jemals schlimmere Kopfschmerzen erlebt zu haben. Selbst als er in Mogadirs Festung einen Stein auf den Kopf bekommen hatte, war er zwar benommen gewesen, aber er hatte sich relativ schnell wieder davon erholt. Diesmal hatte er gleich zwei blutende Wunden davongetragen, und es würde ihn nicht wundern, wenn sein Schädelknochen angeknackst wäre. Hätte er irgendwo ruhig gelegen, hätte das vielleicht schmerzlindernd gewirkt, doch die Terroristen hatten ihm keine Pause gegönnt. Ein Eimer kalten Wassers hatte ihn schnell aus der Bewusstlosigkeit zurückgeholt, nur um festzustellen, dass man ihm in der Zwischenzeit die Hände auf den Rücken gefesselt hatte. Seine Beine waren frei – weil die Terroristen wollten, dass er selbst lief, wie ihm gleich darauf klar wurde.

Entgegen seiner Erwartung sperrten sie ihn nicht etwa in eine der Zellen, sondern führten ihn weiter den Gang entlang. Nachdem sie eine schwere Eisentür passiert hatten, wurde der Boden deutlich unebener. Abgestandene Luft zeugte davon, dass sie sich immer noch unter der Erde befanden, was Devils Fluchtchancen deutlich verringerte. Vor ihm waren Männer und hinter ihm auch. Als er sich umdrehte, sah er, dass der andere Gefangene auch verlegt wurde, allerdings auf einer Trage, da er offensichtlich nicht mehr selbst laufen konnte. Der Gedanke, dass er bald selbst in solch einem erbärmlichen Zustand sein könnte, stärkte Devils Entschlossenheit, bei erstbester Gelegenheit zu fliehen. Solange er es noch konnte.

Zwar wusste er, dass sein Team ihn nicht im Stich lassen und Verstärkung anfordern würde, aber er befürchtete, dass es einige Zeit dauern würde, bis diese Verstärkung vor Ort war – und dann war er vermutlich nicht mehr im Gebäude. Devil war sich ziemlich sicher, dass sie sich inzwischen ein ganzes Stück weiterbewegt hatten, und der Weg schien kein Ende zu nehmen. Der Gang war jetzt so niedrig, dass Devil aufpassen musste, sich keine weitere Kopfverletzung zuzuziehen. Er konnte nicht riskieren, auch noch getragen werden zu müssen.

So schwankte er wie ein Betrunkener hinter den Terroristen her, immer wieder von harten Stößen in den Rücken vorwärtsgetrieben. Devil biss die Zähne zusammen, um sich nicht umzudrehen und den erstbesten Tango umzuhauen. Das hätte er auch ohne seine Hände gekonnt, aber im Moment würde es ihm keinen Vorteil bringen, im Gegenteil. Deshalb bewegte er nur die Finger, um die Durchblutung aufrechtzuerhalten, und wartete darauf, dass sich eine gute Gelegenheit zur Flucht ergab.

Allerdings würde er dann den anderen Gefangenen hierlassen müssen, was er nur ungern täte. Er war sich ziemlich sicher, dass der Mann nicht mehr lange leben würde. Der Körper ertrug nur ein gewisses Maß an Folter, bevor er sich abschaltete, und Devil hatte den Eindruck, dass es bei dem Fremden bald so weit war. Dennoch sagte ihm sein verdammter sechster Sinn, dass es wichtig war, den armen Schlucker mitzunehmen. Warum auch immer.

Ein weiterer Stoß, und Devil touchierte die niedrige Decke mit dem Kopf. Vor seinen Augen flimmerten Punkte, und er sackte in die Knie. Übelkeit stieg in ihm auf, es kostete ihn alle Kraft, sich nicht zu übergeben. Eine wenig sanfte Hand packte ihn an der Schulter und zog ihn wieder hoch. In Devils Ohren rauschte das Blut und ließ ihn alles andere nur verschwommen wahrnehmen, doch er zwang seine Beine, zu kooperieren, und ging steif weiter. Die Terroristen sagten irgendetwas, das er nicht verstehen konnte. Der verächtliche Gesichtsausdruck des Mannes vor ihm sprach allerdings Bände. Gut so, sollte er doch denken, dass Devil schwach war und sich nicht wehren konnte. Umso größer würde dann die Überraschung sein, wenn er angriff.

Scheinbar endlos zogen sich die Gänge durch die Erde, und Devil konnte nicht mehr sagen, wo er sich jetzt befand. Es musste allerdings noch in der Stadt sein, er konnte sich nicht vorstellen, dass diese Tunnel hinaus aufs offene Land führten. Wahrscheinlich waren sie so angelegt worden, dass sie einige Häuser unterirdisch miteinander verbanden, um Waffen und andere Schmuggelware ungesehen transportieren zu können. Oder auch Terroristen. Oder Gefangene. Damit hatten die Verbrecher einen eindeutigen Vorteil.

Selbst wenn das Oberkommando ein zweites Team schickte, um Devil zu befreien – man würde an der falschen Stelle nach ihm suchen. Er würde einfach verschwinden, und niemand würde ihn finden, jedenfalls nicht schnell genug, um ihn noch lebend anzutreffen. Wahrscheinlich würden die Terroristen irgendwann seine Leiche möglichst dramatisch postieren, um der westlichen Welt klarzumachen, wer hier das Sagen hatte. Ein Schauder lief durch Devils Körper, der nichts mit den niedrigen Außentemperaturen zu tun hatte.

Nach einiger Zeit ging der Weg leicht aufwärts, bis sie wieder vor einer Metalltür standen. Der vorderste Terrorist hieb mit seinem Gewehrkolben dagegen und brüllte etwas, das wohl »Aufmachen« bedeutete. Ein paar Sekunden später schwang die Tür lautlos auf, und ein Mann steckte seinen Kopf hindurch. Er betrachtete die beiden Gefangenen und trat dann zur Seite. Während sich die Prozession wieder in Bewegung setzte, sah Devil sich unauffällig um. Wieder waren sie in einem kalten und feuchten Keller, der aber offenbar nicht für Folterungen genutzt wurde. Dafür gab es mehrere Räume, in denen Vorräte oder auch alter Hausrat aufbewahrt wurden. Ein Wohnhaus?

Das weckte ein wenig Hoffnung in ihm, tatsächlich eine Möglichkeit zur Flucht zu finden. Noch hatte er einige Waffen am Körper versteckt, solange die niemand fand, hatte er eine Chance, sich selbst zu befreien. Seine Hoffnung darauf schwand jedoch, als er in einen Raum geführt wurde, der wie eine Mischung aus Büro und Folterraum wirkte. Dennoch bemühte Devil sich um einen neutralen Gesichtsausdruck, der nichts von dem verriet, was er dachte.

»Willkommen in meinem bescheidenen Heim.« Die Stimme klang leicht rau und gehörte zu einem groß gewachsenen, schlanken Mann, dessen Gesicht noch im Dunkeln lag.

Als Devil nicht antwortete, trat er näher. Ein Lichtschein fiel auf sein Gesicht, und jetzt erkannte Devil ihn: Mansoor Rahid, der Terroristenführer, den sie während ihrer Mission hatten gefangen nehmen sollen. Stattdessen waren Devils Männer nun verletzt, und er selbst befand sich in Gefangenschaft. Wut stieg in ihm auf, die sich nur mühsam zügeln ließ.

»Ah, ich sehe, du erkennst mich. Ich hatte mich schon gefragt, ob euer Angriff ein bestimmtes Ziel hatte oder ihr wie so häufig blind im Dunkeln gestochert habt. Tja, tut mir leid wegen deiner Freunde, aber ich habe nicht vor, mich einfach so von euch abschlachten zu lassen.« Hass stand jetzt deutlich erkennbar in seinen Augen. »Und du wirst dafür büßen, dass ihr beinahe meine Pläne durcheinandergebracht hättet.«

So etwas hatte Devil schon vermutet, aber es zu hören, machte die Sache noch viel unangenehmer. »Welche Pläne?«

Der Mann lachte nur. »Denkst du wirklich, ich wäre so dumm, sie dir zu verraten? Lass dich einfach überraschen.« Mit den Fingerspitzen tippte er sich an die Lippen. »Ach nein, ich fürchte, du wirst es gar nicht mehr mitbekommen. Zu schade, es wird ein großes Feuerwerk.«

Also eine Explosion. Unauffällig sah Devil sich um, doch er konnte nirgends etwas entdecken, das ihm bei der Flucht helfen würde. Außerdem standen immer noch die schwer bewaffneten Männer hinter ihm. Selbst wenn er es schaffte, Rahid zu überwältigen, an ihnen würde er nicht vorbeikommen.

Der Terrorist blickte ihn scharf an. »Bist du verkabelt? Hört jemand mit?« Devil sagte nichts, sondern erwiderte nur den Blick. Rahid wandte sich an seine Männer. »Habt ihr ihn durchsucht?«

Die Antwort kam zu undeutlich, um sie zu verstehen, aber offensichtlich stellte sie den Anführer nicht zufrieden. Er gab seinen Männern ein Zeichen. Zwei von ihnen hielten Devils Arme fest, die anderen begannen damit, ihn zu durchsuchen. Devil blieb steif stehen und starrte den Terroristen an. Auf keinen Fall durfte der bemerken, dass er noch versteckte Waffen in seiner Kleidung trug. Wenn er versuchte, sich zu wehren, würde das sofort auffallen.

Nachdenklich betrachtete Rahid ihn und sagte schließlich etwas. Mit einem Ruck wurden die Fesseln an seinen Handgelenken durchtrennt und seine Hände waren frei. Sofort ließen die Männer ihn los und zogen sich ein Stück zurück. »Zieh dich aus.«

Devil erstarrte. »Nein.«

»Entweder du machst es selbst, oder ich befehle es meinen Männern, und die werden sicher nicht zimperlich sein.«

Devil hob nur das Kinn. Auf keinen Fall würde er diesen Terroristen ihre Aufgabe erleichtern. Vielleicht konnte er den Tumult zur Flucht nutzen.

»Wie du willst.« Rahid gab ein Zeichen.

Einer der Männer trat vor Devil und begann damit, die

Schnallen der schusssicheren Weste zu lösen. Devil spannte die Muskeln an, kam aber nicht zum Zug, weil in diesem Moment eine Gewehrmündung in seinen Nacken geschoben wurde. Frustriert ließ er es zu, dass ihm die Weste ausgezogen wurde. Darunter trug er einen schwarzen Kampfanzug mit unzähligen Taschen. In einigen davon befanden sich Waffen und wichtige Utensilien, auch in seinem Gürtel war ein Kampfmesser versteckt.

Er konnte nicht zulassen, dass sie ihm seine Kleidung und damit die einzige Möglichkeit nahmen, sich zu befreien. Das Oberteil des Kampfanzugs folgte. Als sie ihm das T-Shirt über den Kopf zogen, verschwand die Waffe aus seinem Nacken. Das war seine Chance! Er packte den vor ihm stehenden Gegner und brach ihm das Genick. Lautlos sackte der Mann zu Boden. Zwei weitere griffen Devil an, doch er war darauf vorbereitet. Er wich zur Seite aus und packte beide gleichzeitig am Kragen. Mit einem kräftigen Schubs ließ er die beiden vor sich zusammenstoßen. Es dauerte einen Moment, bis sie ihre Gliedmaßen und Waffen wieder sortiert hatten. Den nutzte Devil und wirbelte zur Tür herum. Dort standen weitere Terroristen, die ihn mit geweiteten Augen anblickten. Wahrscheinlich hatten sie nicht erwartet, dass er sich wehren würde. Zwar hatten sie die Waffen erhoben, doch sie schossen nicht. Also ließ Devil sich nicht von ihnen irritieren und stürmte auf sie zu. Er war nur wenige Schritte weit gekommen, als hinter ihm die Stimme erklang.

»Sehr beeindruckend. Ich tippe auf eines der Spezialkommandos. Aber du glaubst nicht wirklich, dass ich dich einfach entkommen lasse, oder? Solange du mir noch nützlich sein kannst, wirst du mein Gast bleiben. Danach …« Er sprach nicht weiter, aber Devil wusste sowieso, dass er dann sterben würde.

Ohne eine Vorwarnung warf er sich nach vorn und riss die

Männer mit sich zu Boden. Zum Glück ging keine Waffe los, allerdings schien zumindest einer von ihnen eine gewisse Nahkampfausbildung zu besitzen. Er hakte sein Bein um das von Devil und versuchte, ihn auf den Rücken zu drehen. Mit aller Kraft wehrte Devil sich dagegen. Gleichzeitig musste er sich noch mit dem anderen Mann auseinandersetzen, der zwar nicht besonders geschickt, dafür aber kräftig war. Ein Schlag mit dem Ellbogen in dessen Gesicht verschaffte ihm für einen Moment Ruhe, doch der zweite Gegner nutzte das sofort aus und drehte ihn auf die Seite. Das Bild verschwamm vor Devils Augen, und er fluchte lautlos. Unverletzt hätte er eine Chance gehabt, aber in diesem Zustand brauchte der Terrorist nur einen glücklichen Treffer zu landen, und Devil würde sich nicht mehr wehren können.

Der Gedanke gab ihm einen neuen Energieschub, und er kämpfte mit allem, was er noch in sich hatte. Sein Gegner schien das zu merken, seine Umklammerung wurde immer brutaler. Wenn Devil sich nicht befreien konnte, würde er bald das Bewusstsein verlieren. Verzweifelt versuchte er, mit einer Hand das Messer in seinem Stiefel zu erreichen. Dadurch hatte der Verbrecher einen weiteren Vorteil, den dieser sofort ausnutzte. Devils Gesichtsfeld engte sich ein, und er schnappte keuchend nach Luft. Seine Lunge brannte, und er spürte, wie seine Kraft nachließ.

Dann schlossen sich seine glitschigen Finger endlich um das Messer, und er zog es rasch aus dem Stiefel. Bevor sein Gegner merkte, dass er bewaffnet war, hieb Devil ihm das Messer ins Bein. Mit einem lauten Aufschrei ließ der Mann ihn los und umklammerte stattdessen seinen verletzten Oberschenkel. Devil nutzte die Gelegenheit und rollte sich aus der Reichweite seines Angreifers. Mit dem Messer in der Hand ging er geduckt rückwärts. Erleichtert fühlte er eine Wand in seinem

Rücken, so konnte sich zumindest niemand von hinten an ihn heranschleichen.

Sein Blick traf den des Anführers. Der hatte eine Pistole direkt auf Devil gerichtet, sah aber nicht so aus, als würde er sofort abdrücken. Wenn Devil ihn noch ein wenig hinhalten konnte …

Kopfschüttelnd blickte Rahid auf seine Männer am Boden. »Sehr beeindruckend, aber völlig nutzlos. Selbst wenn du hier aus diesem Zimmer kämst – was ich verhindern werde –, könntest du das Gebäude nicht verlassen. Ich habe überall Wachen.«

»Warum probieren wir es nicht aus?«

Die Mundwinkel des Terroristen hoben sich. »Ich denke, darauf werde ich verzichten.« Seine Miene wurde hart. »Runter mit dem Messer, sofort.«

Devil hatte nicht vor, seine Waffe abzulegen. Wenn er aufgab, hatte er sein Schicksal nicht mehr in der Hand. Gut, das war vermutlich sowieso eine Illusion, aber er war nicht bereit, es diesem Mörder leicht zu machen.

»Ich nehme an, du weißt, wie sehr eine Kugel im Körper schmerzen kann, oder?« Rahid erwartete offensichtlich keine Antwort, sondern sprach gleich weiter. »Deshalb halte ich mich damit gar nicht erst auf, sondern teste, wie du reagierst, wenn dein Freund für dich leiden muss.«

Bei der Vorstellung lief es Devil kalt den Rücken hinunter, aber er bemühte sich, es nicht zu zeigen. »Ich habe keinen Freund hier.« War noch jemand vom Team gefangen worden? Bisher war er davon ausgegangen, dass er als Einziger nicht hatte fliehen können. Wenn einer der anderen hier war …

»Bist du sicher?« Wie auf Befehl öffnete sich in diesem Moment die Tür, und zwei Männer schleppten den anderen Gefangenen herein. Dessen Kopf hing herunter, seine Beine schleiften über den Boden. An seiner fehlenden Reaktion erkannte Devil, dass der Mann bewusstlos sein musste. Vielleicht war er aber auch schon tot. Unsanft wurde er fallen gelassen, bevor sich die Terroristen innen vor die Tür stellten. »Soll ich wirklich glauben, dass du nur aus Spaß das Gebäude angegriffen hast, in dem ich mich ein wenig mit deinem kleinen Freund vergnügt habe? Und dass es nur Zufall war, dass du in den Keller gestiegen bist?«

Da Devil nicht vorhatte, ihm den wahren Grund des Angriffs zu verraten, schwieg er.

»Wie du willst. Tritt näher, sieh ihn dir genau an, und dann überleg dir, ob du nicht doch lieber mit mir sprechen willst.«

Um zu überprüfen, ob der arme Kerl überhaupt noch lebte, folgte Devil dem Vorschlag und hockte sich neben ihn. Das Messer behielt er weiter in der Hand, falls Rahid eine Überraschung plante, während er abgelenkt war. Innerlich schnitt Devil eine Grimasse, als er das grotesk geschwollene und verfärbte Knie des Gefangenen sah. Es musste höllisch schmerzen. Zögernd ließ Devil seinen Blick an dem nackten Mann hinaufgleiten. Sein Körper war mit Blutergüssen und Schnitten übersät. Getrocknetes Blut haftete an seiner Haut, die beinahe grau wirkte. Am Oberkörper und an den Innenseiten der Oberschenkel fand Devil mehrere Stellen, die aussahen, als wäre der Mann mit einem glühenden Objekt gefoltert worden.

Schließlich kam Devil zum Gesicht, das ebenfalls verfärbt und geschwollen war. Kurze braune Haare rahmten es ein. Die Lippen waren aufgequollen, genauso wie die Augenlider. Selbst wenn er den Mann gekannt hätte, in dem Zustand war es schwierig, ihn zu identifizieren. Bisher konnte Devil nur sagen, dass der Gefangene – abgesehen von den Verletzungen – gut in Form zu sein schien, sein Körper war schlank, die Muskeln gestählt. Devil legte ihm die Finger an den Hals, um den Puls zu prüfen, und atmete erleichtert auf, als er ihn fand. Anschließend hob er eines der Augenlider an und starrte in eine dunkelblaue Iris. Verdammt!

Mühsam drängte Devil alle Gefühle zurück, bevor er zu Rahid aufblickte. »Ich kenne den Mann nicht.«

Dessen Augenbrauen hoben sich. »Tatsächlich?« Langsam schlenderte er zu ihnen hinüber, blieb aber außer Reichweite des Messers stehen. »Dann macht es dir sicher nichts aus, wenn ich ihn von seinem Leid erlöse. Ich brauche ihn nicht mehr, schließlich habe ich ja jetzt dich.« Er entsicherte die Pistole und richtete sie auf den Brustkorb des Verletzten.

Devil wusste nicht, was er tun sollte. Wenn er verhinderte, dass Rahid auf den anderen Gefangenen schoss, hatte der Terrorist ein Druckmittel gegen ihn. Aber Joe Spade würde sterben, wenn er noch mehr Blut verlor. Jetzt war Devil auch klar, warum der NGA-Agent nicht erreichbar gewesen war, er musste sich bereits in der Gegend befunden haben. Damals war er auch mit in Afghanistan gewesen und hatte geholfen, Kyla zu suchen. Doch selbst wenn Devil ihn nicht gekannt hätte, hätte er nicht einfach dabei zusehen können, wie ein Unschuldiger getötet wurde.

Eine so heiße Wut stieg in ihm auf, dass er glaubte, von innen heraus zu verbrennen. Seine Finger zuckten in dem Verlangen, sie um die Kehle des Terroristen zu schließen und so lange zuzudrücken, bis der sich nicht mehr rührte. Anscheinend waren diese Gedanken seiner Miene anzusehen, denn Rahids Finger spannte sich um den Abzug. Schnell schob Devil sich vor Joe, sodass die Waffe jetzt auf ihn selbst zeigte.

Befriedigung und etwas anderes, Dunkleres blitzte in den Augen des Anführers auf. »Ah, du hast dich entschieden, sehr schön. Jetzt wirf das Messer da rüber und heb die Hände. Und diesmal wirst du dich nicht wehren, sonst ist dein Freund tot.«

Als Devil nichts sagte, presste sein Gegner die Lippen zusammen. »Habe ich mich klar ausgedrückt?«

»Ja.« Es ging Devil völlig gegen den Strich, aber er warf das Messer in Richtung der Wachen und gönnte sich ein inneres befriedigtes Grinsen, als einer der Männer aufschrie. Das Messer war punktgenau in dessen Bein gelandet.

»Du solltest mich nicht zu sehr reizen, Soldat, sonst überlege ich mir noch mal, ob ich dich wirklich brauche.«

Devil hielt seine Miene völlig ausdruckslos. »Ich habe nur das gemacht, was Sie gesagt haben.«

Rahid wedelte mit der Pistole. »Aufstehen, sofort.«

Für einen Moment dachte Devil schon, er sei zu weit gegangen, aber der Terrorist erschoss ihn nicht, sondern winkte nur seine Männer heran. Die umfassten Devils Arme und bogen sie brutal zurück.

Rahid trat dicht vor ihn, die Pistole weiterhin auf seine Brust gerichtet. »Genau deshalb werdet ihr diesen Krieg nicht gewinnen. Ihr habt zu viele Skrupel, wenn es darum geht, jemanden zu opfern, um die Sache voranzutreiben.«

Das mochte kurzfristig stimmen, aber langfristig war es besser, seine Menschlichkeit zu behalten. Schweigend ließ Devil zu, dass sie ihn auszogen und damit auch der letzten Waffen beraubten. Er hasste es, sich so hilflos zu fühlen. Seine Arme wurden ihm wieder hinter den Rücken gebogen, während Rahid sich erneut dicht vor ihn stellte.

Langsam ließ der Terrorist seinen Blick über Devils Körper gleiten. »Ich hatte recht: eindeutig Special Forces.« Er wandte sich an seine Lakaien. »Bringt sie in ein Zimmer, ich kümmere mich später um sie.«

Erleichtert atmete Devil auf. Anscheinend würden sie doch noch ein wenig Aufschub bekommen …

Wieder führte man sie einen langen Gang entlang, dann öffnete einer der Terroristen eine Tür, und Devil wurde hindurchgestoßen. Gerade noch rechtzeitig fing er sich ab und wirbelte herum. Vielleicht konnte er sie angreifen und … Der Gedanke verflüchtigte sich, als Joe wie ein Stück Abfall in den Raum geworfen wurde und hart auf dem steinernen Boden landete. Ein Stöhnen drang über seine Lippen.

Bevor Devil etwas unternehmen konnte, wurde die Tür zugeschlagen und abgeschlossen. Da sie aus massivem Holz bestand, versuchte Devil gar nicht erst, sich dagegenzuwerfen. Stattdessen kniete er sich neben Joe und legte eine Hand auf dessen Schulter.

Der NGA-Agent murmelte etwas und erzitterte unter der Berührung.

Devil beugte sich vor. »Joe, ich bin es, Devil.«

Die Muskeln unter seiner Hand versteiften sich. Langsam öffnete Joe ein Auge. Unverständnis stand darin, und Schmerz.

Devil beugte sich noch tiefer hinunter, damit ihn außer Joe niemand hören konnte. »Erinnerst du dich? SEAL Team 11. Wir haben uns vor zwei Jahren getroffen.« Das Lid senkte sich wieder. Vorsichtig rüttelte Devil an Joes Schulter. »Bleib wach. Wir müssen versuchen, hier herauszukommen.«

Erneut traf ihn der Blick aus den blauen Augen, diesmal etwas wacher. »De…vil?« Joes Stimme klang rau.

»Ja, genau.«

Joe versuchte, den Kopf zu heben, doch der fiel sofort wieder zurück. »Ist das ganze … Team hier?« Schon allein die wenigen Worte schienen ihn restlos zu erschöpfen.

Bedauernd schüttelte Devil den Kopf und schnitt eine Grimasse, als dadurch seine Kopfschmerzen pochend wieder zum Leben erwachten. »Nein, wir sind auf uns gestellt.«

»Wo … sind wir?«

Das hätte Devil selbst gern gewusst. So konnte er nur den

Namen der Stadt nennen und zusehen, wie Joe versuchte, das Gesagte zu verarbeiten.

»Hast du … versucht … mich … zu retten?«

Devil schnitt eine Grimasse. »Wir wussten nicht mal, dass du hier bist. Unsere Mission ist schiefgegangen, und als ich an deiner Zelle vorbeikam, habe ich dich gar nicht erkannt.«

»Ist es so … schlimm?«

Wenn er ehrlich war, ja, doch das mochte er Joe nicht sagen. »Du hast schon mal besser ausgesehen. Aber das wird wieder, wenn wir erst mal hier raus sind.« Zumindest hoffte er das.

Joe bewegte sich und zuckte zusammen. »Ich … will mich … aufsetzen.«

Devil wusste nicht, ob das so eine gute Idee war, aber er half dem Agenten trotzdem dabei. Schwer lehnte der sich gegen ihn. Obwohl das kaum noch möglich schien, war seine Gesichtsfarbe noch fahler geworden.

Während Joe sich ausruhte, ließ Devil seinen Blick durch ihr Gefängnis gleiten. Sie befanden sich in einem völlig leeren Raum, dessen einziges Fenster vergittert war. Wenn er keine Möglichkeit fand, die Tür zu öffnen, waren sie hier gefangen, bis jemand sie herausholte. Keine guten Aussichten, besonders mit einem Schwerverletzten, der auf keinen Fall laufen konnte. Aus der Nähe sah Joes Knie noch viel schlimmer aus. Devil wartete, bis Joe erneut das Bewusstsein verloren hatte, bevor er ihn sanft wieder auf den Boden legte und sich daran machte, einen Ausweg zu finden.

16

»Wir haben jetzt mehr Informationen, aber ich fürchte, sie sind nicht gut.« Hawks Stimme drang aus dem Funkgerät, das Amy beinahe in ihrem Griff zerquetschte.

Ihr Herz klopfte bis zum Hals, ihr Magen revoltierte. Kalter Schweiß bedeckte ihren Körper. »Was ist passiert?«

»Das Team ist angegriffen worden, einige wurden durch eine Explosion verletzt, einer hat eine Schusswunde. Chase hat ihren Rückzug gesichert und ist dann verschwunden. Die Verstärkung hat nach ihm gesucht, aber er ist wie vom Erdboden verschluckt. Das Gebäude ist leer. In einem Keller haben sie Blutspuren gefunden und Zeichen, dass es vor Kurzem einen Kampf gegeben hat, überall lagen leere Patronen und es waren Löcher in den Wänden.« Hawk räusperte sich. »Es kann sein, dass er bereits tot ist.«

Amy wurde kalt, doch dann atmete sie tief durch. »Er lebt.« Daran gab es für sie keinen Zweifel, sie spürte ihn noch. »Was habt ihr jetzt vor?«

Ein Seufzer drang an ihr Ohr. »Die Verstärkung musste sich zurückziehen, sie sind für solch einen Einsatz nicht geeignet. Es gab einen neuen Einsatzbefehl, aber dafür brauchen wir ein neues Team, es dauert allerdings, bis das dort sein kann.«

»Wie lange?«

»Vermutlich werden sie im Laufe des Tages eintreffen, können dann aber erst nachts loslegen.«

Schmerzhaft zog sich Amys Herz zusammen. »Das ist viel zu spät! So viel Zeit hat er nicht.«

Eine Pause entstand. »Weißt du etwas, das wir erfahren sollten?«

Amy zögerte. Noch immer fiel es ihr schwer, mit jemanden über ihre Fähigkeiten zu sprechen. Für normale Menschen war es kaum zu verstehen und mündete immer in Skepsis und Ablehnung. Außerdem war sie nicht sicher, ob Chase' Kollegen und Vorgesetzte von seiner Zeit bei Stargate wussten, und wollte ihn nicht verraten. Aber hier ging es um Chase' Leben, sie durfte nicht schweigen. »Es ist schwer zu erklären, und ich möchte dich bitten, dass das, was ich jetzt sage, unter uns bleibt.« Sie wartete, bis Hawk zustimmte und fuhr dann fort: »Chase war auch bei Stargate und hat mir damals den Aufenthalt erträglicher gemacht. Ich hatte sofort eine besondere Beziehung zu ihm und konnte seine Gefühle deutlicher spüren und auf größere Entfernung als die aller anderen. Das ist auch heute noch so.« Amy schluckte. »Ich spüre Chase deutlich. Er lebt, ist aber leicht verletzt. Der Rest ist schwieriger zu deuten, es ist eine Mischung aus großer Wut, Entschlossenheit, aber auch Furcht. Und da ist noch etwas anderes, das ich mir überhaupt nicht erklären kann.«

»Verdammt.« Amy konnte sich bildlich vorstellen, wie Hawk sich mit der Hand durch die Haare fuhr, wie immer, wenn er aufgewühlt war. »Ich möchte auch, dass er da wieder rauskommt, das kannst du mir glauben. Aber momentan sind uns die Hände gebunden. Das Oberkommando besteht darauf, dass diesmal alles nach Vorschrift läuft und erst die Lage sondiert wird, damit so etwas nicht noch mal passiert. Und solange das Team nicht da ist …« Er brach ab.

Amy presste sich die Hand vor den Mund, um die Worte zurückzuhalten, die ihr entkommen wollten. Schließlich gab sie auf. »Ich gehe.«

»Wie bitte?«

»Du hast mich verstanden.« *Oh Gott, oh Gott!* Was hatte sie sich nur dabei gedacht? Allein der Gedanke, in die Nähe der Terroristen zu kommen, um Chase zu suchen, brachte ihr Herz zum Rasen. Aber sie konnte Chase auch nicht im Stich lassen. Obwohl sie nie verwunden hatte, dass er sie ohne ein Wort zurückgelassen hatte, waren da doch die vier Jahre, in denen seine Freundschaft alles für sie gewesen war. In denen sein Lächeln gereicht hatte, um sie all das Schlechte vergessen zu lassen. Besonders weil sie wusste, wie schwer ihm dieses Lächeln gefallen war, nach dem, was er in seinem Leben schon hatte erleben müssen. Aber er hatte es getan – für sie. Diesmal würde sie etwas für ihn tun, auch wenn sie furchtbare Angst davor hatte. Das war sie ihm schuldig.

»Das ist keine gute Idee. Du weißt nicht mal, wo er ist, und außerdem kommst du gar nicht unauffällig weg. Deine Aufgabe ist eine andere.«

Das war ihr bewusst, trotzdem würde sie es tun. »Willst du, dass er stirbt? Denn das wird er, wenn wir nicht ganz schnell herausfinden, wo er genau ist.«

Hawk seufzte. »Nein, natürlich will ich das nicht. Aber genauso wenig möchte ich, dass dir etwas zustößt.«

»Das weiß ich zu schätzen. Und du kannst mir glauben, dass ich auch lieber im Haus bleiben würde, aber das kann ich nicht, wenn ich weiß, dass nur wenige Kilometer entfernt jemand stirbt, wenn ich nichts tue.« Amys Finger krampften sich um das Funkgerät. »Ich werde meinem Arbeitgeber sagen, dass ich einen familiären Notfall habe, dann lässt er mich sicher den Tag freinehmen. Wo habt ihr Chase zuletzt gesehen?«

Einen Moment lang herrschte Stille. »Ich kann dir die Sache nicht ausreden, oder?«

»Nein. Du würdest auch keinen Freund im Stich lassen.«

»Nein, das würde ich nicht. Pass aber bitte auf dich auf, ich möchte dich nicht verlieren.« Besorgnis war deutlich in seiner Stimme zu hören.

»Ich melde mich, wenn ich ihn gefunden habe. Den Einsatz überlasse ich gerne anderen. Ich tauge nicht wirklich zum Rambo.«

Hawk lachte leise. »Das stimmt allerdings.« Sofort wurde er wieder ernst. »Wenn du dich nicht in angemessener Zeit meldest, schicke ich ein Team los.«

»Ich dachte, das wäre noch nicht angekommen?«

»Ist mir egal, irgendwen werde ich schon auftreiben.«

Das brachte Amy fast zum Lachen, während ihr gleichzeitig Tränen in die Augen schossen. »Ich bin froh, dass wir Freunde sind.«

»Ich auch. Wehe, du lässt dich umbringen!«

»Das hatte ich nicht vor. Ich melde mich. Ende.«

Amy beendete die Verbindung und legte das Funkgerät zur Seite. Ihre Hände waren feucht, das Herz hämmerte in ihrer Brust. Jemanden auszuspionieren war eine Sache, aber da rauszugehen und das Versteck eines Terroristen zu suchen eine ganz andere. Sie wusste, was ihr drohte, wenn sie dabei erwischt wurde. Schließlich hatte sie selbst genug Berichte zu den Grausamkeiten verfasst, die die Terroristen hier im Land verübten. Und wenn es sich wirklich um den Mann handelte, der hier im Haus gewesen war, hatte sie ihr Todesurteil schon unterschrieben. Aber dann musste sie eben dafür sorgen, dass niemand sie bemerkte.

Entschlossen schob Amy die Beine aus dem Bett und stand auf. Nachdem sie das Funkgerät wieder versteckt hatte, zog sie sich rasch an und bereitete sich auf ihren Ausflug vor. Allzu viel konnte sie nicht mitnehmen, das würde selbst unter der weiten Burka auffallen. Ungeduldig wartete sie darauf, dass der Haushalt aufwachte und sie Bashir um den freien Tag bitten konnte. Während der ganzen Zeit konnte sie Chase am Rande ihres Bewusstseins fühlen, und er schien mit jeder Minute wütender und verzweifelter zu werden. Wenigstens hielt sich sein Schmerz jetzt in Grenzen, offensichtlich ließ man ihn in Ruhe. Doch das würde sicher nicht ewig so bleiben und gab ihr noch einen Grund mehr, sich zu beeilen. Was auch passierte, sie würde Chase finden und ihm helfen, das schwor sie sich.

Schließlich war es so weit, ihre Tür flog auf und Sahar kam hereingelaufen. Amy fing sie auf und presste sie fest an sich. »Guten Morgen, Prinzessin.«

Sahar drückte ihr einen schmatzenden Kuss auf die Wange. »Was machen wir heute?«

Amys Magen zog sich zusammen. »Ich würde gerne den Tag mit dir verbringen, aber ich habe erfahren, dass ein Verwandter schwer krank ist. Ich werde deinen Vater bitten, dass er mir den Tag freigibt, damit ich mich darum kümmern kann.«

Ernsthaft blickte das Mädchen sie an. »Das tut mir leid. Ich hoffe, es geht ihm schnell wieder besser.«

Amy bemühte sich um ein Lächeln. »Danke.«

Sahar nahm ihre Hand. »Komm, gehen wir zu meinem Vater. Ich bin sicher, er hat nichts dagegen, wenn du dir freinimmst.«

Genau darauf hatte Amy gehofft. Bashir konnte seiner Tochter nie etwas abschlagen. Trotzdem hielt sie die Kleine zurück, als sie zur Tür stürmen wollte, auch wenn jede Zelle ihres Körpers darauf drängte, zu Chase zu kommen. »Warte. Zuerst ziehen wir dich an. Du weißt doch, dass du nicht so durch die Gänge laufen sollst.«

Sahar blickte an sich hinab. »Oh, das hatte ich ganz vergessen.«

Nachdem Amy ihrem Schützling geholfen hatte, ein langes Sommerkleid anzuziehen und die Haare zu einem Zopf zu flechten, war sie froh, als sie endlich den Gang zu Bashirs privaten Räumen entlanggingen. So gerne sie sich auch um Sahar kümmerte, die Dringlichkeit, zu Chase zu kommen, verschärfte sich mit jeder Minute. Amy zog sich den Schleier so vors Gesicht, dass nur noch ihre Augen zu sehen waren, dann betrat sie hinter Sahar den Raum und blieb an der Tür stehen. Es war schmerzhaft, mit anzusehen, wie Bashirs Gesicht aufleuchtete, als er seine Tochter erblickte.

Nach einer langen Umarmung trat er zurück. »Was führt dich so früh schon hierher?«

»Malalai hat einen kranken Verwandten, um den sie sich kümmern muss. Sie kann doch den Tag freihaben, oder?«

So vorgetragen blieb Bashir kaum etwas anderes übrig, als zuzustimmen. »Ich hoffe, es geht ihm bald wieder besser. Wir werden dich hier vermissen, Malalai.«

Amy spürte, wie ihr die Tränen kamen. »Vielen Dank. Ich hoffe, heute Abend wieder hier zu sein, um Sahar ins Bett zu bringen.«

»Oh ja, ich möchte wissen, wie die Geschichte weitergeht!« Sahar hüpfte vor Begeisterung.

Ihre Mutter mischte sich ein, die sich bisher im Hintergrund gehalten hatte. »Geh ruhig, Malalai, ich werde mich heute selbst um Sahar kümmern. Mach dir keine Sorgen.«

»Danke. Ich komme so schnell wie möglich wieder.« Amy senkte den Kopf und verließ den Raum. Es fühlte sich nicht gut an, ihre Arbeitgeber zu belügen, die so freundlich zu ihr waren. Auch wenn Bashir in Geschäfte mit Terroristen verwickelt war, machte ihr das zu schaffen. Aber es gehörte zum Job, und sie musste lernen, damit klarzukommen.

Sie eilte den Gang entlang, holte einen Leinenbeutel aus ihrem Zimmer und füllte ihn mit dem Notwendigsten. Von der Köchin bekam sie ein paar Früchte und andere Lebensmittel mit, nachdem diese erfahren hatte, dass Amy zu einem kranken

Verwandten wollte. Auch hier belastete sie die Lüge, aber sie war dankbar für das Essen. Chase würde sicher großen Hunger haben, wenn er wieder in Freiheit war. Wenn …

Kurz vor der Haustür trat plötzlich einer der Wächter vor. Erschrocken zuckte Amy zurück, bevor sie sich zwang, weiterzugehen. Sie trat ins Freie und wollte gerade losgehen, als sich eine Hand um ihren Arm schloss.

»Ich habe den Auftrag, dich zu deinem Ziel zu bringen.«

Zögernd drehte Amy sich zu ihm um. »Das ist wirklich nicht nötig, ich kann …«

»Befehl von Bashir Khan, er möchte nicht, dass du belästigt wirst, wenn du alleine unterwegs bist.«

»Das ist sehr freundlich von ihm. Aber ich muss auf die andere Seite der Stadt. Sicher möchte er dich nicht so lange entbehren.«

»Er sagte, ich soll dich hinbringen, egal, wie lange es dauert. Wir nehmen den Wagen, dann geht es schneller.«

Das würde sie eher zu Chase bringen, daher nickte sie schließlich. »Danke.«

Ohne ein weiteres Wort ließ der Wächter sie los und drehte sich um. Ebenso stumm folgte Amy ihm zu der Garage, in der mehrere Wagen standen. Wenig später waren sie unterwegs, die Straßen der Stadt zogen an ihrem Fenster vorbei. Als Adresse hatte sie ein Wohnhaus in der Nähe des Gebäudekomplexes gewählt, in dem Chase gefangen genommen worden war.

Dort angekommen beugte Amy sich zum Fahrer vor. »Vielen Dank. Fahr ruhig zurück, es wird länger dauern. Ich werde anrufen, wenn ich hier fertig bin.«

Er nickte knapp, und Amy stieg aus. Da der Wagen nicht losfuhr, ging sie schnell zur Haustür, öffnete sie und betrat das Haus. Nachdem die Tür sich hinter ihr geschlossen hatte, lehnte Amy sich einen Moment lang dagegen. Erst als sie hörte, wie Bashirs Wagen wegfuhr, atmete sie auf. Aus Sicherheitsgründen lief sie zur Hintertür und trat dort in eine Gasse. Es war niemand zu sehen, trotzdem hatte sie das Gefühl, beobachtet zu werden. Aber das waren sicher nur ihre Nerven. Auf der Fahrt hatte sie schon gemerkt, dass sie Chase immer näher gekommen war, doch jetzt fühlte sie seine Anwesenheit ganz deutlich. Es war, als bestünde ein unsichtbares Band zwischen ihnen, das sie unaufhaltsam zu ihm zog.

Deshalb wusste sie auch, in welche Richtung sie gehen musste, um zu ihm zu gelangen. Immer »lauter« wurden seine Gefühle in ihrem Kopf, bis sie kaum noch etwas anderes wahrnahm. Seine Wut nahm sie gefangen, am liebsten wäre sie losgestürmt und hätte die Terroristen eigenhändig erledigt. Glücklicherweise konnte sie noch klar genug denken, um zu wissen, dass das eine ganz schlechte Idee war. Ihr Kopf schmerzte, aber sie wusste nicht, ob sie nur Chase' Schmerzen fühlte oder ihre Synapsen durch den Input überlastet waren und deshalb den Kopfschmerz verursachten.

Eine Hand gegen ihre Schläfe gepresst kämpfte Amy sich weiter vorwärts, bis sie schließlich vor einem Gebäude stand und sicher war, dass Chase sich darin aufhielt. Es wirkte völlig unauffällig, war gepflegt und groß genug, um eine ganze Familiensippe zu beherbergen. Oder eine Terrorgruppe. Im Schatten einer kleinen Gasse presste Amy sich gegen die Wand und blickte zu dem Haus hinüber. Mitten am Tag würde tatsächlich kein SEAL-Team angreifen können, es gab nur wenig Deckung, und es waren zu viele andere Häuser und Menschen in der Nähe. Sie würden niemals ungesehen in das Haus gelangen, besonders nicht, wenn Mansoor Rahid sich darin befand. Ganz sicher hatte er Wachen, die die Umgebung die ganze Zeit beobachteten.

Schließlich zog Amy das Funkgerät heraus und schaltete es an. »Hier ist Alpha Charlie.«

»Ja?« Wie immer war Hawk sofort zur Stelle, obwohl es bei ihm schon abends war.

»Ich weiß jetzt, wo er ist.« Sie nannte ihm die Adresse und beschrieb die Umgebung. »Es wird schwierig, ihn dort herauszuholen.«

»Das überlass dem Team, sie kennen sich damit aus. Fahr wieder nach Hause, bevor dich jemand vermisst.«

»Sie glauben, dass ich einen kranken Verwandten pflege, niemand vermisst mich. Es ist besser, wenn ich hierbleibe und die Sache beobachte.«

»Das ist zu gefährlich.«

Amy gab einen genervten Laut von sich. »Das weiß ich selbst! Aber was ist, wenn sie ihn wieder verlegen, bevor das Team ankommt? Dann wüsstet ihr wieder nicht, wo er ist, und ich glaube nicht, dass er noch so viel Zeit hat.«

Hawk schwieg eine ganze Weile. »Das gefällt mir nicht.«

»Denkst du, mir? Aber ich kann ihn jetzt nicht im Stich lassen, ich spüre ihn ganz deutlich. Ich bleibe.«

»Hast du dort einen sicheren Ort, an dem du warten und beobachten kannst?«

Zwar war die Gasse nicht sonderlich gemütlich, aber es würde gehen. »Ja. Sag dem Team nur, dass sie mich nicht erschießen sollen, wenn sie kommen.«

»Wird gemacht. Und Am… Alpha Charlie?«

»Ja?«

»Mach nichts Dummes.«

Seine Besorgnis wärmte sie. »Ich werde mich bemühen. Ende.«

Amy steckte das Funkgerät wieder unter ihre Burka und versuchte, eine etwas bequemere Stellung zu finden. Was nicht einfach war, da sie halb hinter einer verrotteten Kiste hocken musste, um von außen nicht gesehen zu werden. Sie konnte sich vorstellen, was mit ihr passieren würde, wenn jemand sie hier entdeckte. Aber immerhin führte ihr gleichbleibend hoher Adrenalinpegel dazu, dass sie nicht Gefahr lief, einzuschlafen. Müde genug war sie jedenfalls, da sie in der Nacht kaum geschlafen hatte.

Um ihre Kraftreserven zu schonen, lehnte Amy sich an die Wand, während sie weiter das Gebäude beobachtete. Am liebsten hätte sie Chase eine Nachricht zukommen lassen, aber leider funktionierte ihre »Gabe« nicht so. Eigentlich war sie völlig nutzlos, denn was brachte es schon, zu wissen, wie jemand sich fühlte, wenn man nichts dagegen tun konnte?

17

Sanft berührte Devil Joe an der Schulter. Es wurde Zeit, dass der Agent endlich aufwachte, damit sie ihre Flucht planen konnten. Außerdem hatte Devil Angst, dass Joe gar nicht mehr aufwachen würde, wenn er ihn zu lange schlafen ließ. Gleichzeitig tat es ihm leid, dass Joe dann sicher wieder den mörderischen Schmerzen ausgeliefert sein würde. Licht strömte durch kleine Fenster in den Raum und ermöglichte es ihm, das gesamte Ausmaß der Verletzungen zu sehen.

»Bist du wach?« Er spürte, dass Joe sämtliche Muskeln anspannte.

Langsam hob der Agent die Lider und blinzelte. Seine Augen weiteten sich, als er Devil ansah, es war offensichtlich, dass er ihn nicht erkannte.

Behutsam verstärkte Devil den Druck auf Joes Schulter. »Kannst du mich hören?«

Joe versuchte, sich aufzurichten, schaffte es aber nicht. »Wer … wer bist du?«

Devil beugte sich zu ihm hinunter und brachte sein Gesicht dicht an das seines Mitgefangenen heran. »Erkennst du mich?«

Erneut blinzelte der Agent und verengte die Augen, um besser sehen zu können. Sein Blick fiel auf die graue Strähne an Devils Schläfe. »Oh. Shit, Dev…?« Devil presste Joe die Hand auf den Mund, bevor der den Namen ganz aussprechen konnte. Joe nickte, um zu zeigen, dass er verstanden hatte. »Was machst du hier?«

»Wir hatten die Aufgabe, den Terroristenanführer zu schnappen.«

Joe runzelte die Stirn. »Was ist schiefgegangen?«

Devil schnitt eine Grimasse. »So ziemlich alles. Das würde jetzt auch zu weit führen. Einige meiner Männer wurden schwer verletzt, ich habe den Rückzug gesichert.«

Joe hob eine Augenbraue. »Und dann bist du hier gelandet?«

»Sagen wir es so: Ich hatte das dringende Gefühl, dass ich in das Gebäude muss. Ich bin bis zum Keller gekommen, wo ich dich gesehen habe, aber bevor ich dich befreien konnte, kamen die Terroristen in Scharen an.«

Schuldgefühl spiegelte sich in Joes Miene. »Tut mir leid.«

»Nicht deine Schuld.«

»Doch, ich hätte …« Joe bewegte sich unruhig und stöhnte auf, als die neue Stellung ihm offensichtlich Schmerzen bereitete.

»Bleib ruhig liegen. Ich wünschte, ich könnte etwas für deine Verletzungen tun, aber ich habe kein Verbandsmaterial hier.« Devil breitete die Arme aus, um zu zeigen, dass er keinen Faden am Leib trug.

»Okay. Aber dein Team weiß, wo du bist?« Hoffnung schwang in Joes Stimme mit.

»Nicht genau, fürchte ich. Wir wurden unterirdisch verlegt.«

Joe ließ den Kopf zurück auf den Boden sinken und schloss die Augen.

Da Devil nicht wollte, dass er wieder einschlief, redete er weiter. »Wie bist du hierhergekommen? Bei der NGA sagte man uns nur, dass du unterwegs bist.«

Joes Lider hoben sich wieder. Als er sich diesmal aufsetzen wollte, half Devil ihm. Schwer atmend saß er schließlich da. Nach einem Blick auf sein geschwollenes und schwarzblau verfärbtes Knie wurde er noch blasser und schwankte. »Ich war im

Land unterwegs, um einige unserer Informationen zu ergänzen. Das mache ich häufiger, auch um ein Gefühl für das Land zu bekommen. Diesmal war ich hier unterwegs und dachte, ich sehe mir mal einige Gebäude an, die mir verdächtig vorkamen.« Er schnitt eine Grimasse. »Offensichtlich eine blöde Idee, denn ich wurde dabei erwischt. Was machst du hier?«

»Wir sollten Mansoor Rahid gefangen nehmen oder ausschalten. Als wir ankamen, hat er allerdings schon auf uns gewartet. Er hat eine Frau rausgeschickt, die er mit einer Bombe präpariert hatte. Als sie nah genug dran war, hat er sie explodieren lassen. Es war eine einmalige Gelegenheit, ihn endlich zu schnappen.«

»Verdammt!« Tief atmete Joe durch und begann zu husten. Als er sich wieder beruhigt hatte, sprach er weiter. »Wieso hält er sich gerade in der Stadt auf? Wir suchen doch schon so lange nach ihm, und nie gab es einen konkreten Hinweis auf seinen Aufenthaltsort.«

»Wir nehmen an, dass er einen großen Anschlag plant und deshalb aus seinem Loch gekrochen ist.«

Joe verzog den Mund. »Ich hätte darauf verzichten können, ihn persönlich zu treffen. Zumindest nackt und ohne Waffe. Wie können wir ihn stoppen?«

Devil rieb sich über das Gesicht und verschmierte dabei die Tarnfarbe. Angewidert betrachtete er seine Hand und ließ sie sinken. »Unsere Möglichkeiten sind offensichtlich sehr begrenzt. Ich bin mir sicher, dass man nach mir suchen wird – die Frage ist nur, ob wir genug Zeit dafür haben. Wenn es also irgendeine Möglichkeit zur Flucht gibt, werde ich sie ergreifen.«

Joe nickte. »Wenn dir das gelingt, kannst du dann jemanden hierherschicken, der mich holt?«

Devil sah ihn irritiert an. »Du glaubst doch nicht, dass ich dich hierlasse, oder?«

»Es hilft uns nicht, wenn wir beide gefangen sind. Wenn du die Möglichkeit hast, dann flieh und hol Hilfe. Ich kann nicht laufen und würde dich nur behindern, wenn du versuchst, mich mitzuschleppen.«

Dieser Gedanke gefiel Devil überhaupt nicht. »Sie werden dich nicht lange genug am Leben lassen, wenn sie meine Flucht bemerken.«

Joe versuchte, mit den Schultern zu zucken. »Dann ist es nicht zu ändern.«

»Ne…« Devil brach mitten im Wort ab, als ein Geräusch vor der Tür ertönte.

Im Bruchteil einer Sekunde war er auf den Füßen und stellte sich vor Joe. Mit seinem gesunden Bein stieß der gegen Devils Knöchel. Devil blickte zu ihm hinunter. Joe machte eine Handbewegung, dass er zur Seite treten solle. Nach einem kaum merklichen Zögern tat Devil, was der Agent von ihm verlangte. Sämtliche Muskeln waren angespannt, während sie darauf warteten, dass etwas passierte. Die Wahrscheinlichkeit, dass die Terroristen ihnen Nahrung oder Wasser geben würden, war verschwindend gering.

Schließlich schwang die Tür auf und stieß mit einem Knall gegen die Wand. Wahrscheinlich hatten die Wachen verhindern wollen, dass sich jemand dahinter versteckte. Devil machte sich zum Angriff bereit, als einer der Terroristen in den Raum trat. Der andere blieb bei der Tür stehen und hielt seine Waffe direkt auf Devil gerichtet. Trotzdem machte der Mann einen großen Bogen um ihn und blieb schließlich vor Joe stehen.

Grob packte der Wächter den Agenten am Arm und begann, ihn hochzuzerren. Joe stöhnte auf. Devil konnte nicht zulassen, dass sie Joe mitnahmen, er würde eine weitere Folterung nicht überstehen. Deshalb warf sich Devil auf den Terroristen und schickte ihn mit einem gezielten Schlag zu Boden. Ein lauter Knall ertönte und ließ Devil erstarren. Besorgt blickte er zu Joe, doch zu seiner Erleichterung lebte der Agent noch.

»Wenn du ihn noch mal anfasst, bist du tot, Ungläubiger.« In dem englischen Satz schwang ein starker Akzent mit, der ihn fast unverständlich machte.

Die Waffe zielte genau auf Devils Brust. Doch das beeindruckte ihn nicht sonderlich, er war bereit, für sein Leben zu kämpfen. Und für Joes. Das bemerkte wohl auch der Terrorist, denn er sagte etwas zu seinem Kumpan, das Devil nicht verstand. Langsam rappelte der andere sich auf, Blut lief ihm aus einem Mundwinkel. Doch er schien sich so weit erholt zu haben, dass er seine Pistole herausholen und sie auf Joe richten konnte. War es das jetzt? Würden sie beide hier erschossen werden?

Gemächlich trat der Terrorist zu Devil, der ihm mit eisiger Miene entgegenblickte. Auf keinen Fall würde er dem Verbrecher etwas anderes als seine Verachtung zeigen. Der schwenkte jetzt grinsend die Waffe von Joe zu ihm. Darauf hatte er gewartet. In einer blitzschnellen Bewegung griff Devil an. Er schlug dem Terroristen die Waffe aus der Hand und setzte mit einem Kinnhaken nach, der den Mann nach hinten schleuderte. Mit einem dumpfen Laut ging er zu Boden. Sein Kopf schlug dabei auf die Steine, ein Knacken war deutlich zu hören. Doch der Terrorist blieb nicht liegen, sondern setzte sich benommen wieder auf. Sein Kumpan schrie etwas und fuchtelte mit der Pistole herum, aber davon ließ Devil sich nicht beeindrucken. Mit einem Satz war er bei der heruntergefallenen Waffe und wollte gerade seine Finger darum schließen, als der nächste Schuss fiel.

Weitere Rufe ertönten, dann stürmten mehrere Männer in den Raum. Anstatt die Pistole zu verwenden, gab Devil ihr einen Stoß, sodass sie in Joes Richtung schlitterte. Schnell robbte der sich vor und begrub sie unter seinem Körper. Einen Moment lang trafen sich ihre Blicke, dann waren die Terroristen über Devil und der Kontakt riss ab. Devil versuchte, sich so gut wie möglich zu schützen, als die Männer auf ihn eintraten und -schlugen. Er wehrte sich nach Kräften, davon zeugten auch die Schmerzensschreie der Männer, doch am Ende hatte er gegen die Übermacht keine Chance.

Grob zerrten sie ihn aus dem Raum, die Tür schlug laut hinter ihnen ins Schloss. Während sie ihn den Gang entlangschleppten, war Devil sich völlig bewusst, dass er jetzt gefoltert und vielleicht sogar getötet werden würde. Sein einziger Trost war, dass die Männer ihre Aufmerksamkeit nun nicht mehr auf Joe richteten.

Amy krümmte sich zusammen, als ein scharfer Schmerz durch ihren Oberkörper schoss. Es dauerte einen Moment, bis sie erkannte, dass es gar nicht ihre eigenen Empfindungen waren, sondern sie wieder Chase spürte. Dem vorausgegangen war eine intensive Phase, in der sie seine Anspannung und Entschlossenheit gefühlt hatte. Dann leichtere Schmerzen, die in all den anderen Gefühlen fast untergegangen waren, doch jetzt raubten sie ihr beinahe den Atem. Ruckartig richtete Amy sich auf. *Sie folterten ihn!* Nur wenige Meter von ihr entfernt hatten sie ihren Jugendfreund in ihrer Gewalt und taten ihm weh. Und sie konnte nur hier sitzen und es miterleben, während sie darauf wartete, dass das verdammte Rettungsteam endlich eintraf.

Unruhig stand sie auf und warf einen Blick aus der Gasse. Alles war still, nur selten ging jemand die Straße entlang. Es schien ihr, als wäre sie ganz allein auf der Welt – oder zumindest fast, schließlich war Chase immer bei ihr. Es musste doch etwas geben, das sie tun konnte, um ihm zu helfen! Doch so sehr sie auch überlegte, ihr fiel nichts ein. Verspätet bemerkte Amy, dass ihr Tränen über die Wangen liefen, und sie wischte sie wütend weg. Sie war Agentin, verdammt noch mal! Ihr würde doch wohl etwas einfallen, wie sie Chase befreien konnte. Wieder glitt ihr Blick zu dem Gebäude hinüber. Wenn es so aufgebaut war wie das von Bashir Khan, würde es auch einen rückwärtigen Dienstboteneingang geben. Sicher war der auch bewacht, aber vielleicht konnte sie als einzelne Frau sich dort hindurchschleichen, ohne dass jemand in ihr eine Gefahr sah.

Schnell holte sie das Funkgerät heraus. »Hier Alpha Charlie, kommen.«

»Ich höre.«

»Er wird gerade gefoltert.«

»Verdammt!« Im Hintergrund ertönte ein Krachen, als wäre etwas umgefallen. »Warte kurz, ich rede mit …« Hawk brach ab, bevor er den Namen sagte, aber Amy nahm an, dass er Matt meinte. Ungeduldig wartete sie, bis Hawk wieder in der Leitung war. »Das Team ist noch nicht vor Ort. Das wird auch noch ein paar Stunden dauern.«

»Wir müssen etwas tun! Er könnte in diesem Augenblick sterben.« Amy atmete hart aus und rieb über den Stoff, der an ihrer Stirn klebte. Schließlich richtete sie sich entschlossen auf. »Ich werde ihn da rausholen.«

»Das ist Irrsinn, Amy!« Zum ersten Mal vergaß Hawk, sie nicht mit ihrem Namen anzureden. Ein sicheres Zeichen, wie besorgt er um sie war. »Weißt du, was diese Typen mit westlichen Frauen machen, wenn sie sie in die Hände bekommen?«

Amy zuckte zusammen. »Ja, das weiß ich, ich habe die Berichte gelesen.«

Hawk senkte die Stimme. »Dann lass mich dir sagen, dass die nur einen Bruchteil von dem erzählen, was wirklich passiert. Jade …« Seine Stimme brach, und er räusperte sich. »Obwohl schon so viel Zeit vergangen ist, hat Jade sich immer noch nicht vollständig davon erholt. Und das wird sie wohl auch nie. Ihre Albträume …« Wieder brach er ab, und diesmal redete er nicht weiter.

Mühsam schluckte Amy durch ihre zusammengepresste Kehle. »Ich weiß das alles, aber ich kann ihn nicht im Stich lassen. Sie tun ihm weh. Und ich weiß nicht, wie lange er das durchhält. Es könnte sein, dass es bereits zu spät ist, wenn das Team eintrifft.«

»Ich möchte nicht, dass du dein Leben riskierst. Was bringt es uns, wenn wir einen Menschen gegen einen anderen austauschen? Oder noch schlimmer, ihr hinterher beide in den Händen dieser Verbrecher seid?«

»Das kann passieren. Vertrau darauf, dass ich den Job erledigen kann.«

Hawk schwieg einen Moment. »Er bedeutet dir so viel, dass du dafür dein Leben aufs Spiel setzen willst?«

Der Kloß in Amys Hals wurde noch größer, und sie brachte kaum einen Ton heraus. »Ja.« So sehr sie sich auch das Gegenteil wünschte, sie konnte nicht anders. Egal was in der Zwischenzeit passiert war, sie liebte ihn immer noch. Zumindest den Jungen, der er damals gewesen war, den Mann kannte sie gar nicht. Vielleicht war er inzwischen der größte Idiot, aber das spielte für sie keine Rolle. Chase, der schlaksige Junge, der, wie sie, viel zu früh seine Eltern verloren und sich ihrer angenommen hatte, als sie in die Einrichtung gekommen war, durfte nicht sterben. Sie würde es nicht zulassen.

Ein tiefer Seufzer drang durch das Funkgerät. »Ich kann dir das nicht ausreden, oder?«

»Nein.«

»Dann pass bitte gut auf dich auf. Und wenn du nicht in seine Nähe kommst, zieh dich zurück, okay? Bleib per Funk mit mir in Verbindung, ich will wissen, wie es dir geht.«

Amy lächelte schmerzlich. Warum hatte sie nicht einen Bruder wie Hawk? So musste es sich anfühlen, eine Familie zu haben. »Mache ich. Und sollte etwas schiefgehen, ist es nicht deine Schuld. Es ist meine Entscheidung.«

Ein hohles Lachen klang an ihr Ohr. »Da ich dich dort hingeschickt habe, bin ich anderer Meinung. Aber darüber können wir reden, wenn du sicher wieder zu Hause bist.«

»Bis später. Ende.« Amy kappte die Verbindung und steckte das Funkgerät weg.

Ein Zittern lief durch ihren Körper, ein Zeichen ihrer Anspannung und Furcht. Aber davon würde sie sich nicht aufhalten lassen. Chase brauchte ihre Hilfe, das wurde mit jeder Sekunde deutlicher, in der sie seine Gefühle miterlebte. Und sie würde ihm helfen, auch wenn das ihren Tod bedeuten konnte.

»Verdammt, wir müssen etwas tun!« Hawk riss an seinen Haaren, als wären sie schuld an der ganzen Misere.

Matt, der das Gespräch mitgehört hatte, klopfte nervös mit einem Stift auf die Tischplatte. »Können wir sie irgendwie daran hindern?«

Hawk blickte ihn ungläubig an. »Da sie dort ist und wir nicht, nein. Glaubst du, sie hört auf mich, wenn ich Tausende Kilometer entfernt bin?«

»Immerhin sind wir ihre Vorgesetzten.«

»Du hast sie gehört, Devil ist ihr so wichtig, dass sie sogar bereit ist, ihr Leben dafür zu opfern.« Er konnte sie sogar verstehen. Wäre es um Jade gegangen, hätte er das Gleiche getan.

Matt warf den Stift zur Seite. »Aber wieso hat Devil zu uns gesagt, dass er sich nicht mal vom Training an sie erinnern kann? Ergibt das für dich einen Sinn?«

»Nein, aber das muss es auch nicht. Solange Amy davon überzeugt ist, wird sie sich nicht umstimmen lassen.«

Matt erhob sich. »Und jetzt gehe ich rüber und mache dem Oberkommando Feuer unterm Hintern. Wie kann es sein, dass wir so lange brauchen, um einen unserer Männer aus den Händen eines Topterroristen zu befreien? Worauf wollen die warten, dass er wieder verschwindet?«

Das fragte Hawk sich allerdings auch. Sie hatten jetzt eine einmalige Gelegenheit, und die sollten sie auch nutzen. Er sah zu, wie Matt den Raum verließ und rief dann Chris an, um ihn zu bitten, Amy zu unterstützen. Wie erwartet, stimmte der Deutsche sofort zu, obwohl er sich gerade noch im Krankenhaus bei Henning aufhielt. Da der jedoch bereits operiert worden war und sich nun erholte, konnte Chris sofort aufbrechen.

Einen Moment lang fragte Hawk sich, ob er bei jedem Rettungsversuch alles nur noch schlimmer machte. Erst Amy und jetzt auch noch Chris. Zwar war der Deutsche es gewohnt, sich unerkannt unter Terroristen zu bewegen, und konnte sich wenn nötig auch verteidigen, doch Hawk hatte trotzdem ein ganz schlechtes Gefühl bei der Sache. Als würde bald alles in sein Gesicht explodieren, und er konnte nur hier herumsitzen und rein gar nichts machen, um seinen Freunden zu helfen.

Ein kurzes Klopfen ertönte, dann trat Jade ein und schloss die Tür leise hinter sich. Ihr Blick lag auf Hawks Gesicht, und er wusste, dass sie darin lesen konnte wie in einem Buch. Schließlich kam sie langsam auf ihn zu und blieb dicht vor ihm stehen. Sanft legte sie ihm die Hände um das Gesicht und hob es an. Als ihre Lippen seine berührten, gab er einen hungrigen Laut von sich. Egal wie lange er mit Jade zusammen war, er würde sich nie daran gewöhnen, wie gut es sich anfühlte, von ihr berührt zu werden. Nach ihrer Gefangenschaft hatte sie ihn viele Monate auf Abstand gehalten, deshalb war es für ihn jedes Mal ein Geschenk, wenn sie von selbst auf ihn zukam.

Nach einigen Sekunden trennten sich ihre Lippen, und Jade trat etwas zurück.

Hawk hielt ihre Hüfte locker umfasst. »Wofür war das?«

»Ich habe Matt getroffen, er meinte, du könntest ein wenig Ablenkung gebrauchen.« Forschend blickte sie Hawk in die Augen. »So schlimm?«

»Schlimmer.« Er konnte ihr nichts von dem Einsatz der SEALs erzählen, aber sie schien auch so zu erraten, worum es ging.

»Ist jemand verletzt?« Als Hawk wortlos nickte, wurde Jade noch blasser, sodass ihre helle Haut beinahe durchscheinend wirkte. »Ist jemand gestorben?«

»Nein. Allerdings ist wohl einer in Gefangenschaft geraten.« Eigentlich hätte er auch das verschweigen sollen, aber Jade musste wissen, womit sie es zu tun hatten. Erfuhr sie es erst hinterher, würde das den Graben zwischen ihnen wieder aufreißen, der sich gerade erst geschlossen hatte.

Ihre Hände spannten sich an seinem Gesicht an, in ihre Augen trat ein Ausdruck, den er schon viel zu oft gesehen hatte. Die Erinnerung an ihre Zeit als Gefangene des Warlords und die tagelange Folter. Devils Team hatte sie damals gerettet, und Hawk wusste, dass die Vorstellung, dass einer von ihnen jetzt etwas Ähnliches durchmachen musste, für Jade dadurch noch schlimmer war.

Ein Schauder lief durch ihren Körper, dann lockerte sich ihr Griff. »Entschuldige.«

Hawk zog sie wieder näher an sich. »Es gibt nichts, wofür du dich entschuldigen müsstest. Wenn du mich brauchst, stehe ich gerne zur Verfügung.«

Ein schwaches Lächeln trat auf ihr Gesicht. »Ja.« Sofort wurde sie wieder ernst. »Er wird doch gerettet?«

»Es sind bereits Bemühungen im Gange.« Das war eine ausweichende Antwort, und Jade war nicht umsonst ehemalige FBI-Agentin, um diese nicht als solche zu erkennen. Ihre Augenbrauen schoben sich zusammen. Schnell legte Hawk ihr einen Finger auf die Lippen. »Frag nicht.«

»Es gefällt mir nicht, im Dunkeln gelassen zu werden. Ich weiß zwar, dass das Militär solche Operationen geheim hält und deshalb auch wir nichts davon erfahren sollen, aber es nervt. Besonders, wenn es um Menschen geht, die wir hier jeden Tag sehen und mit denen wir vielleicht sogar befreundet sind.«

Beruhigend strich Hawk ihr über den Rücken. »Ich weiß.«

»Stell dir vor, du bist mit einem SEAL verheiratet und erfährst nur, dass er im Einsatz ist, aber nicht, wo er ist, wie gefährlich es wird und wann er wiederkommt. Oder *ob* er überhaupt zurückkehrt. Ich könnte das nicht.«

Hawk rückte von ihr ab und blickte ihr ins Gesicht. »Was meinst du, wie es mir ging, als du in Afghanistan warst? Obwohl ich wusste, wo du bist und was du dort machst, war es die Hölle. Das Schwerste, was ich jemals gemacht habe, war, dich auf die Mission gehen zu lassen. Als dein Vorgesetzter war es die richtige Entscheidung, aber als dein Liebhaber wollte ich dich zwingen, hierzubleiben.«

Jades Augen verdunkelten sich. »Das wusste ich nicht.«

»Du solltest es auch nicht erfahren. Es ist dein Job, und es stand mir nicht zu, ihn dir wegzunehmen, nur weil ich nicht damit klarkomme, dich in Gefahr zu wissen.« Als Jade ihn einen Moment lang nur ansah, fragte Hawk sich schon, ob er nicht zu viel gesagt hatte.

Doch dann beugte Jade sich zu ihm hinunter und küsste ihn sanft. »Danke, dass du so ein toller Mann bist, Daniel Hawk.«

Er lächelte sie an, während er gleichzeitig spürte, wie seine Ohren warm wurden. »Ich habe zu danken.«

Noch einmal berührten sich ihre Lippen, dann trat sie zurück. »Ich will dich nicht von der Arbeit abhalten.«

»Oh bitte, halte mich ab!«

Jade lachte auf, und Hawks Herz klopfte schneller. Schon vor ihrer Gefangenschaft war sie selten fröhlich gewesen, doch seit dem verhängnisvollen Zwischenfall war ihr Lachen fast völlig verstummt. Deshalb genoss er es umso mehr, es zu hören.

Mit dem Finger berührte sie seine Nasenspitze. »Du bist schlimm.«

Ihr liebevoller Ton traf ihn mitten ins Herz. »Aber du kannst mir trotzdem nicht widerstehen.«

»Offensichtlich nicht, sonst wäre ich nicht hier.« Ihr Lächeln verschwand und wurde durch einen intensiven Blick ersetzt. »Du bist mein Leben, Daniel.« Rasch drehte sie sich um und verließ den Raum, bevor Hawk noch eine Erwiderung finden konnte.

18

Es war überraschend leicht, in das Gebäude zu kommen, stellte Amy fest, als sie die Küche durchquert hatte und erleichtert die Tür hinter sich schloss. Wie es für die Dienstboten üblich war, hatte sie den Hintereingang benutzt, ein paar Worte mit einem der Küchengehilfen gewechselt und dann ohne weitere Probleme weitergehen können. Anscheinend hatte er gedacht, sie sei eine neue Aushilfe, der Ersatz für eine gerade gestorbene Angestellte. Wie die ums Leben gekommen war, fragte Amy sich lieber nicht. Stattdessen konzentrierte sie sich darauf, Chase zu finden.

Der Gang führte von der Küche aus in zwei Richtungen, und Amy blieb einen Moment stehen, um sich zu orientieren. Ganz deutlich konnte sie spüren, dass Chase sich irgendwo rechts von ihr befand, deshalb eilte sie in diese Richtung. In der Hand trug sie eine Karaffe mit Wasser, die sie sich in der Küche genommen hatte, als keiner hingesehen hatte. Sie ging davon aus, dass niemand sie aufhalten würde, wenn sie so wirkte, als wäre sie ein Mitglied des Haushalts. Ausnahmsweise hatte die Burka einen Vorteil, der es ihr ermöglichen würde, zu Chase zu gelangen. Jedenfalls hoffte sie das.

Amy folgte ihrem Gefühl bis zu einer Treppe, die sowohl nach oben als auch nach unten führte. Doch bevor sie entscheiden konnte, welche Richtung sie nehmen würde, brach die Verbindung zu Chase ab. Als wäre er plötzlich nicht mehr da. Die Schmerzen waren weg, aber auch alle anderen Gefühle. Da war nur noch … Leere. *Oh Gott, nein, er durfte nicht tot sein!* Sie konnte nicht wieder zu spät gekommen sein und ihn verloren haben. Das Herz hämmerte in ihrer Brust, ihre Kehle war wie zugeschnürt. Wie sollte sie ihn finden, wenn sie ihn nicht mehr spürte? Das Gebäude war viel zu groß, um es durchsuchen zu können, und ihr lief die Zeit davon. Irgendwann würde jemand hinterfragen, was sie hier tat.

Komm schon, Chase, sag mir wo du bist! Doch so sehr Amy auch in sich hineinhorchte, da war nichts mehr. Nicht die kleinste Regung, die ihr hätte helfen können, Chase ausfindig zu machen. Sie fühlte sich leer, nicht vollständig. Er war eine ständige Präsenz gewesen, an die sie sich offenbar zu sehr gewöhnt hatte. Verloren stand sie für einen Moment da, bevor sie schließlich die Schultern straffte. Was auch passiert war, um ihre Verbindung zu kappen, sie würde ihn nicht im Stich lassen. Andere Leute kamen auch ohne internen Navigator zurecht. Sie musste es schaffen, ohne Chase würde sie dieses Gebäude nicht verlassen.

Kurz entschlossen wählte sie die Treppe nach oben und stieg langsam die Stufen hinauf. Da sie jetzt nicht mehr ständig von Schmerzen, Wut und Verzweiflung attackiert wurde, war sie wenigstens auch nicht mehr so abgelenkt. Trotzdem wünschte sie sich die Verbindung zurück. Dadurch hatte sie wenigstens gewusst, dass er noch lebte.

Auf halber Höhe der Treppe hörte Amy plötzlich Schritte, die von oben herunterkamen. Einen Moment lang dachte sie daran, zu fliehen, aber das wäre viel zu auffällig gewesen. Also ging sie gemessenen Schrittes weiter, während sie den Krug immer fester hielt. Zur Not konnte sie ihn als Waffe benutzen, aber sie hoffte, dass es nicht nötig sein würde. Ein Mann kam ihr entgegen, in dessen Hosenbund eine Pistole steckte. Außerdem befand sich ein Messer in einer Scheide an seinem Oberschenkel. Er wirkte, als könnte er mit beidem umgehen.

Eindeutig einer der Terroristen. Als er sie sah, wurde er langsamer, seine Augen verengten sich.

Amys Puls schoss in die Höhe, und sie hatte Mühe, ihre Hände ruhig zu halten. Wenn sie sich verriet, war alles gelaufen. Wie üblich senkte sie die Augen und wollte an dem Mann vorbeigehen, doch er stellte sich ihr in den Weg.

»Wo willst du hin, Frau?« Er sprach sie auf Persisch an.

»Ich bin der Ersatz für Fariba und neu hier. Mir wurde gesagt, ich soll Wasser zu den Wachposten bringen.« Es war ein Risiko, falls es gar keine Wächter gab, aber die Terroristen waren sicher nicht so dumm, ihren Gefangenen nicht zu bewachen.

Als Amy den Namen ihrer »Vorgängerin« erwähnte, huschte ein Ausdruck über das Gesicht des Mannes, den sie nicht deuten konnte. Es war gut, dass ihr der Gehilfe so viel erzählt hatte, so erhielt ihre Tarnung mehr Gewicht.

»Wer hat dir den Befehl gegeben?«

Hilflos zuckte sie mit den Schultern. »Jemand in der Küche. Habe ich etwas falsch gemacht?«

»Weißt du überhaupt, wo du hinmusst?« Ungeduld klang in seiner Stimme mit.

»Nach oben?« Das war natürlich nur geraten, aber sie hoffte, dass er sie einfach nur für unbedarft hielt.

»Du gehst die Treppe hinauf, dann nach links, dort findest du die Wachposten.«

»Danke.«

»Und halt dich dort nicht lange auf, die Männer sollen nicht abgelenkt werden.« Während er das sagte, ging er bereits weiter.

»Natürlich.« Erst als der Terrorist sie nicht mehr sehen konnte, raffte Amy die Burka und lief los.

Oben angekommen verlangsamte sie ihr Tempo wieder, obwohl jede Faser ihres Körpers sie zur Eile drängte. Aber sie durfte kein Aufsehen erregen, die Wächter mussten sie für harmlos halten, wenn sie nah genug herankommen wollte. Deshalb atmete sie so tief durch, wie die Burka es zuließ, und ging langsam den Gang entlang auf die beiden Männer zu, die vor einer geschlossenen Tür standen. Anders als Amy es erwartet hatte, waren hier keine Zellen zu finden, sondern Räume mit stabilen Holztüren. Hoffentlich hatte einer der Wächter einen Schlüssel zur Tür, sonst hatte sie ein Problem.

Erst einmal musste sie jedoch überhaupt an den Wächtern vorbeikommen, und sie hatte noch keine Ahnung, wie sie das anstellen sollte. Leider war sie kein SEAL, der seine Gegner mal eben so aus dem Handgelenk und vor allem ohne Waffen erledigen konnte.

Während Amy auf die beiden Terroristen zuging, steigerte sich ihre Anspannung noch. Was tat sie hier eigentlich? Hawk hatte völlig recht gehabt, sie war für so eine Aufgabe nicht geschaffen. Doch der Gedanke an Chase ließ sie weitergehen.

Ein Stück von den Wächtern entfernt blieb Amy stehen. »Ich habe euch Wasser gebracht.«

Irritiert sahen sie Amy an. Einer schüttelte den Kopf. »Sonst ist es dem Chef doch auch egal, wenn wir hier verdursten. Warum denkt er plötzlich an uns?«

Natürlich mussten sie es ihr schwer machen, warum sollte es auch anders sein? »Er will nicht, dass ihr unaufmerksam werdet oder euch hier wegbewegt. Ich kann das Wasser aber auch wieder zurückbringen, wenn ihr keinen Durst habt.«

»Gib her!« Der andere Wächter riss ihr den Krug aus der Hand.

Amy stolperte vorwärts, wurde aber von dem zweiten Mann festgehalten, bevor sie mit dem Kopf in der Wand landen konnte. Er schob sie zurück und ließ sie schnell wieder los. Wie sollte sie zwei Terroristen besiegen, die deutlich stärker waren als sie selbst? Verzweiflung überkam sie. Noch immer konnte sie Chase nicht spüren, aber er musste einfach hinter dieser Tür sein.

Während der Wächter den Krug an seinen Kumpan weitergab, sah Amy sich unauffällig um. Es gab noch andere Türen, die von dem Gang abgingen, aber nur diese eine war bewacht. Auf der anderen Seite waren kleine Fenster, die zu einem Innenhof hinausgingen. Wenn sie Chase befreien konnte, war die Treppe ihre einzige Fluchtmöglichkeit. Aber daran mochte sie noch gar nicht denken.

Der erste Wächter kam jetzt langsam auf sie zu. »Ich habe dich hier noch nicht gesehen, an die Augenfarbe hätte ich mich erinnert.«

Rasch wandte Amy ihm ihre gesamte Aufmerksamkeit zu. »Ich bin neu, der Ersatz für Fariba.« Unauffällig trat sie zurück, doch der Mann folgte ihr einfach. Viel zu dicht stand er vor ihr, und sie spürte, wie Furcht in ihr aufkam. Wenn er erkannte, dass sie log, würde er Alarm schlagen und …

Seine Hand schoss vor und umfasste ihr Handgelenk. »Tatsächlich? Das ist ja interessant. Haben sie dir auch erzählt, was Fariba hier gemacht hat?«

Erleichtert, dass er ihre Worte anscheinend nicht anzweifelte, spann sie ihre Geschichte weiter. »Sie war Hausmädchen?«

Die Männer begannen zu lachen. »Ja, ein Mädchen für das ganze Haus.«

Meinten die Kerle etwa …? Bevor sie den Gedanken zu Ende bringen konnte, drängte der Terrorist sie nach hinten, bis sie mit dem Rücken gegen die Wand stieß. Amy versuchte, sich aus seinem Griff herauszuwinden, doch er ließ es nicht zu.

»Zier dich nicht so, in ein paar Tagen wirst du sowieso uns gehören, wenn unser Anführer mit dir fertig ist.«

Amy versetzte ihm einen Stoß gegen die Brust. »Ich bin nur ein Hausmädchen, ich arbeite in der Küche und mache sauber, sonst nichts.«

Doch der Mann grinste sie nur an. »Na, dann mach mich sauber, ich will sehen, wie gut du das kannst.«

Sein Kumpan hielt sich noch zurück, feuerte ihn aber mit eindeutigen Vorschlägen an, woraufhin der Mistkerl seine Bemühungen verdoppelte. So sehr Amy sich auch wehrte, sie konnte nicht entkommen. Wenn sie nicht langsam etwas Drastischeres tat, würde er versuchen, sie zu vergewaltigen, das war eindeutig an der Beule in seiner Hose zu erkennen, die sich gegen ihre Hüfte presste. Allerdings wusste sie auch, dass sie ihn durch einen Angriff nur noch mehr reizen würde, und wenn sein Kumpan eingriff, war sie sowieso verloren. Sie erinnerte sich an die Griffe und Tritte, die die SEALs ihnen im Training beigebracht hatten, aber wenn sie die anwandte, würden die Terroristen sofort erkennen, dass sie keine normale afghanische Frau war. Es war eine Zwickmühle, und Amy wusste nicht, wie sie ihr entkommen sollte.

Als der Bastard versuchte, ihr den Schleier über den Kopf zu ziehen, tat sie schließlich das Einzige, was ihr einfiel: Sie riss ihr Knie hoch und rammte es dorthin, wo es ihm wirklich wehtat. Mit einem Aufheulen löste er sich von ihr und stolperte rückwärts, die Hände über seinen Unterleib gepresst. Der zweite Wachmann starrte ihn einen Moment lang erstaunt an, dann verstand er offensichtlich, was passiert war, und stürzte sich auf Amy. Sie stieß einen verzweifelten Laut aus und bereitete sich darauf vor, um ihr Leben zu kämpfen.

Gerade, als der Verbrecher sie erreichte, spürte sie Chase. Er war ganz in der Nähe und schien starke Schmerzen zu haben. Mehr konnte Amy nicht von ihm wahrnehmen, bevor der Wachmann ihr einen Schlag versetzte, der sie in Richtung

Fenster taumeln ließ. Schmerzhaft bohrte sich der metallene Griff in ihren Rücken. Als sie das Messer sah, das der Terrorist in der Hand hielt, versuchte sie, noch weiter nach hinten zu entkommen, doch die Glasscheibe hinderte sie daran. Immer näher kam die Spitze des Messers ihrem Gesicht.

»Was ist hier los?« Die Stimme donnerte durch den Gang.

Erleichtert atmete Amy auf, als sich der Wachmann von ihr abwandte, auch wenn sie damit noch nicht außer Gefahr war. Sie blickte in die Richtung, aus der die Stimme gekommen war, und erstarrte. Zwei weitere Terroristen kamen auf sie zu, und zwischen ihnen hing ein nackter Mann, dessen Körper mit Wunden übersät war. Sie brauchte nicht die etwas zu langen dunklen Haare und die graue Strähne darin zu sehen, um zu wissen, dass es sich um Chase handelte. Seine Gefühle waren jetzt so stark, dass Amy sich kaum noch konzentrieren konnte.

»Wir probieren nur gerade Faribas Ersatz aus.« Der Wachmann mit dem Messer sagte das, als wäre es die normalste Sache der Welt.

Vielleicht war das auch so in einem Land, wo viele Männer Frauen immer noch eher als Dinge ansahen und nicht als gleichberechtigte Menschen. Gerade die Terroristen kämpften dafür, dass das auch so blieb, und interpretierten den Koran so, wie es ihnen gefiel. Ein Grund mehr, diesen Monstern das Handwerk zu legen.

Noch immer hing Chase zwischen den beiden Wächtern, als wäre er kaum bei Bewusstsein, aber Amy konnte spüren, wie er langsam wieder mitbekam, was um ihn herum vorging. Im gleichen Maße stiegen seine Wut und Abscheu.

»Ist sie gut?« Diese Frage kam von einem der Neuankömmlinge.

»Kann ich noch nicht sagen, ihr habt uns gestört.«

»Bringen wir den Ungläubigen rein, dann können wir sehen,

ob sie ein guter Ersatz ist. Zu dumm, dass der Chef an Fariba ein Exempel statuieren wollte.«

Amy wurde übel. Nicht nur ihretwegen, sondern auch weil sie sich vorstellte, was mit der anderen Frau passiert sein mochte. Unauffällig bewegte sie sich in die andere Richtung. Vermutlich würde sie den Kerlen nicht entkommen, aber sie musste es zumindest versuchen. Die Anspannung in Chase wuchs, während die Terroristen ihn weiter zur Tür schleppten. Einer der Wachposten trat vor und schloss die Tür auf. Amy konnte nicht zulassen, dass Chase wieder eingesperrt wurde. Das hier war ihre einzige Möglichkeit, ihn zu befreien. Wenn er erst eingeschlossen war, würde er sterben. Ihm schien das ebenfalls klar zu sein, denn Amy spürte, wie er seine letzten Kräfte sammelte.

Bevor sie weiter darüber nachdenken konnte, griff Amy an.

19

Devil versuchte, die Betäubung abzuschütteln, die seinen Körper nach dem letzten Schlag auf den Kopf erfasst hatte. Noch immer schien alles vor seinen Augen zu verschwimmen, aber darauf konnte er jetzt keine Rücksicht nehmen. Unauffällig blickte er sich um. Anscheinend hatten ihn zwei der Terroristen einen Gang entlanggeschleppt, den gleichen, aus dem sie ihn Stunden zuvor abgeholt hatten. Nun hielten sie vor einer Tür, die aussah wie diejenige, hinter der sich Joes und seine Gefängniszelle befunden hatte. Doch anstatt ihn wieder einzusperren, standen sie nur da und palaverten mit den Wachposten, die wiederum ein Problem mit einer Frau zu haben schienen.

Devils Körper spannte sich an, als er sich an die andere in eine Burka gekleidete Frau erinnerte, die vor ihren Augen explodiert war und die Mission damit beendet hatte, bevor diese überhaupt hatte beginnen können. Wenn die Terroristen jetzt wieder eine Frau einsetzten, um Joe und ihn zu beseitigen … Der Gedanke ließ Wut in ihm aufkommen, und er beschloss, die Sache zu beenden, solange er noch die Gelegenheit dazu hatte. Vier gegen einen war sonst kein Problem für ihn, selbst wenn er unbewaffnet war, aber durch die Folter war er geschwächt und musste daran denken, dass seine Handlung sich auch auf Joe auswirken würde.

Unerwartet wirbelte die Frau herum und trat gegen den Arm eines der Wächter. Etwas blitzte auf und fiel mit einem Klirren nur wenige Meter neben Devil zu Boden. Ein Messer! Allein der Anblick der Waffe gab ihm einen Schub. Damit wäre es sogar noch einfacher, die Terroristen zu besiegen und hier zu verschwinden. Allerdings erklärte das noch nicht die Rolle der Frau. Warum kämpfte sie gegen den Wächter? Wenn Devil sich nicht täuschte, hatte der Tritt ziemlich professionell ausgesehen, aber darauf konnte er sich bei seiner schlechten Sicht nicht verlassen.

Der Vorteil war, dass die anderen Männer jetzt abgelenkt waren, ihre Aufmerksamkeit war bei der Frau, die sich mit einem heiseren Schrei auf den Mann stürzte, dem sie gerade das Messer abgenommen hatte. Das war ein dummer Schachzug, bei ihrem ersten Angriff hatte sie den Terroristen noch überrascht, aber jetzt war er darauf vorbereitet und konnte sie mit Leichtigkeit abwehren. Hatte Devil es sich eingebildet, oder hatte sie ihn direkt angesehen, bevor sie losgestürmt war? Verdammt, er wünschte, er könnte besser sehen, aber seine Augenlider waren fast zugeschwollen und der Schlag auf den Kopf ließ ihn zudem noch alles doppelt sehen.

Die Frau ging zu Boden, und der Wächter warf sich auf sie. Ihr schmerzerfüllter Laut drang deutlich an Devils Ohr, genauso wie ihre rauen Atemzüge. Sie konnte gar nicht gewinnen, die Burka behinderte ihre Bewegungen und ließ sie beinahe blind zurück, wenn sie verrutschte. Ihr Kopf war ihm zugewandt, und da Devil immer noch zwischen den Terroristen hing, die ihn anscheinend vergessen hatten und es interessanter fanden, das Drama zu beobachten, konnte er ihr direkt in die Augen blicken. Oder vielmehr in eines, das andere war vom Stoff verdeckt. Entschlossenheit lag in ihrem Blick, aber auch Furcht. Devil konnte es nicht genau erkennen, aber ihre Iris schien heller zu sein, nicht braun wie bei den meisten Afghanen.

Der Terrorist grub jetzt seine Hand in ihren Schleier und riss ihren Kopf hoch. Da sie auf dem Bauch lag, war diese Haltung extrem schmerzhaft, und wenn der Mann nur ein wenig stärker zog, konnte er ihr sogar das Genick brechen. Für Devil gab das den Ausschlag, seinen eigenen Angriff zu starten. Eine bessere Gelegenheit würde er nicht bekommen, und trotz der Erfahrung mit der explodierenden Attentäterin konnte er nicht dabei zusehen, wie dieser Frau dort wehgetan wurde. Außerdem schien sie auch ein Problem mit den Männern zu haben, sonst hätte sie sie nicht angegriffen. Feind vom Feind gleich Freund, oder so ähnlich. Mehr konnte Devils Gehirn im Moment nicht erfassen.

Er prüfte, wie fest ihn seine Wächter hielten, und war froh, als er erkannte, dass sie anscheinend immer noch annahmen, er sei bewusstlos. Ihr Fehler. Devil bäumte sich in ihrem Griff auf und brachte sie damit aus dem Gleichgewicht. Da er nicht wusste, ob seine Beine ihn schon tragen würden, warf er sich zu Boden und rollte sich herum. Er ignorierte seine schmerzenden Wunden und griff nach dem Messer. Mit einem Tritt gegen die Beine brachte er einen der Terroristen zu Fall, bevor der überhaupt mitbekam, dass er angegriffen wurde. Der andere starrte ihn einen Moment lang nur erstaunt an, bevor er mit langer Verzögerung nach seiner Pistole griff. Doch Devil war darauf vorbereitet und brachte sich hinter dem dritten Mann in Deckung.

Der hatte bisher weiterhin seinen Kumpan und die Frau beobachtet und bekam erst jetzt mit, dass sein Gefangener ihn angriff. Aber es war zu spät. Devil schlang ihm von hinten den Arm um den Hals und brach ihm das Genick. Normalerweise versuchte er, seine Gegner nicht zu töten, aber in diesem Fall ging es ums Überleben. Er musste sicherstellen, dass die Terroristen ihm nicht mehr in die Quere kamen.

Fluchend ließ der andere Wächter die Frau los. Mit einem unangenehmen Geräusch schlug ihr Kopf auf den Fliesen auf, doch Devil hatte keine Zeit, sich um sie zu kümmern, denn jetzt stürzte der Terrorist sich auf ihn. Allerdings hatte der dabei übersehen, dass Devil immer noch das Messer in der Hand hatte, und rannte genau in die Klinge. Seine Augen weiteten sich vor Überraschung, dann keuchte er auf. Er stolperte zurück, beide Hände auf seinen Bauch gepresst. Devil wollte nachsetzen, doch er wurde von einem der beiden Terroristen, die ihn hierhergebracht hatten, daran gehindert. Offenbar hatte der sich wieder aufgerappelt und nur darauf gewartet, seine Hände an Devil zu bekommen.

Ein Fausthieb traf Devil in die Nieren, und seine Beine sackten zusammen. Schmerz durchschoss ihn und vermischte sich mit der bereits vorhandenen Qual. Tief atmete er durch und drängte die Gefühle zurück. Um seine Verletzungen konnte er sich später kümmern, jetzt war es nur wichtig, hier lebend rauszukommen. Er warf sich zur Seite, bevor sein Gegner ihn noch einmal berühren konnte, und kam nach einer Rolle auf die Füße. Ein kurzer Blick zeigte ihm, dass die Frau immer noch auf dem Boden lag. Er blinzelte, um seine Sicht zu klären, konnte aber nicht erkennen, ob sie bei Bewusstsein war.

Dann forderten die beiden verbliebenen Terroristen wieder seine gesamte Aufmerksamkeit. Anscheinend waren sie jetzt auf die Idee gekommen, dass sie mehr Erfolg haben würden, wenn sie ihn gemeinsam angriffen. Die Pistole war verschwunden, dafür hatten jetzt beide ebenfalls Messer in der Hand. Das machte die Sache eindeutig leichter. Ein Schuss hätte weitere Terroristen angelockt, und das wollte Devil auf keinen Fall riskieren. Sein Zustand war nicht so gut, dass er schnell genug verschwinden konnte, vor allem nicht mit Joe im Schlepptau. Es würde so schon schwer genug werden.

Mit Mühe wich Devil einem Messerhieb aus und nutzte die Vorwärtsbewegung seines Gegners, um diesen mit einem Stoß aus dem Gleichgewicht zu bringen. Das brachte ihm die nötige Zeit, um einen Schlag des zweiten Mannes zu parieren. Sofort setzte Devil nach und brachte nun seinerseits den Terroristen in Bedrängnis. Immer verzweifelter wurden dessen Abwehrversuche, während er rückwärts den Gang hinuntergetrieben wurde. Für den Moment verdrängte das Adrenalin Devils Schmerzen, doch er wusste, dass er nicht mehr viel Zeit hatte, bis sein Körper versagen würde.

Deshalb ließ er seinem Gegner keine Chance, sich wieder zu sammeln. Ein harter Schlag gegen den Kopf ließ den Mann taumeln, er sackte in die Knie. Das Messer fiel klirrend zu Boden. Ohne zu zögern, drehte Devil das Messer um und schlug den Schaft hart gegen die Schläfe des Terroristen. Wie ein gefällter Baum kippte dieser um und rührte sich nicht mehr. Entweder war er tot oder für längere Zeit bewusstlos.

Gerade, als Devil sich umdrehen wollte, traf ihn etwas mit der Gewalt eines Rammbocks. Schmerzhaft landete er auf dem Boden und der Gegner mit seinem vollen Gewicht auf ihm. Normalerweise war das kein Problem, aber mit seinen Verletzungen fühlte es sich an, als würde man ihm die Luft aus der Lunge pressen. Immerhin hatte er noch das Messer in der Hand, doch sein Arm war unter dem Körper des Terroristen gefangen. Der hob nun sein eigenes Messer und ließ es nach unten schnellen. Im letzten Moment konnte Devil seinen freien Arm nach oben bringen, um den Stoß abzublocken.

Hass stand deutlich sichtbar im Gesicht des Mannes. Erbarmungslos drückte er das Messer nach unten, während Devil Mühe hatte, es von seinem Gesicht fernzuhalten. Schweiß und Blut brannten in seinen Augen, seine Lunge fing Feuer. Lange würde er das nicht durchhalten, er war zu geschwächt. Aber auf keinen Fall würde er diesen Mistkerl gewinnen lassen.

Mit letzter Kraft bäumte Devil sich auf und brachte seinen Gegner aus dem Gleichgewicht. Dadurch verringerte sich dessen Gewicht etwas, und Devil konnte den Arm mit dem Messer bewegen. Als der Körper des Terroristen sich wieder senkte, drang die Klinge in dessen Seite. Mit einem lauten Wutschrei warf er sich auf Devil und senkte den Arm mit dem Messer. Im letzten Moment konnte Devil der Spitze entgehen, indem er den Kopf zur Seite drehte. So streifte sie nur seinen Wangenknochen und ging nicht ins Auge.

Der Schnitt brannte höllisch, aber das war jetzt nebensächlich, denn der Terrorist griff gleich wieder an. Unerwartet versetzte er Devil einen Faustschlag gegen das Kinn, der seinen ohnehin schon lädierten Hinterkopf auf die Fliesen knallen ließ. Das Dröhnen in Devils Kopf verstärkte sich. Er sah, wie die Lippen seines Gegners sich bewegten, konnte aber nichts hören. Schwarze Punkte flimmerten vor seinen Augen. *Verdammt, er musste bei Bewusstsein bleiben!*

Ohne Vorwarnung kippte sein Gegner plötzlich nach vorne, und Devil konnte gerade noch dessen Arm zur Seite drücken, damit das Messer nicht doch noch sein Ziel traf. Dann landete der Mann direkt auf ihm und blieb bewegungslos liegen. Mühsam versuchte Devil, sich unter dem Gewicht herauszuwinden. Er wusste zwar nicht, was gerade passiert war, aber er musste die Gelegenheit nutzen, solange noch niemand auf ihn aufmerksam geworden war. Noch einmal bäumte er sich auf, und diesmal rutschte der Terrorist langsam von ihm herunter. Schwer atmend lag Devil einen Moment da und starrte an die hohe Decke.

Eine Berührung an seinem Arm ließ ihn instinktiv herumwirbeln, das Messer kampfbereit erhoben. Er stoppte gerade noch rechtzeitig, bevor die Klinge in den Körper der Frau drang, die neben ihm kniete. Sie beugte sich zu ihm hinunter, bis sie direkt in sein Ohr sprechen konnte. »Kannst du aufstehen? Wir müssen hier weg.«

Das sah Devil genauso, allerdings reichte sein Wille allein nicht aus, um ihn auf die Füße zu bringen. Die Frau schien das auch zu erkennen, denn sie schob ihren Arm um seine Taille und half ihm dabei. Es widerstrebte Devil, Hilfe anzunehmen – erst recht von einer völlig Fremden, bei der er noch nicht wusste, ob sie Freund oder Feind war –, aber er hatte keine andere Wahl, wenn er hier rauskommen wollte. Schwankend stand er einen Moment da und versuchte, seinen Gleichgewichtssinn wiederzufinden.

»Komm.« Die Frau versuchte, ihn in eine Richtung zu ziehen, doch Devil bewegte sich nicht. »Sie werden gleich da sein!« Angst schwang in ihrer Stimme mit.

Das konnte Devil nachvollziehen, aber er würde Joe nicht im Stich lassen. »Es gibt noch einen zweiten Gefangenen. Ich gehe nicht ohne ihn.«

»Wo ist er?«

Devil deutete auf die offene Tür. »Da drin.«

Langsam bewegten sie sich auf die Tür zu und blieben davor stehen. Als die Frau in den Raum sah, zuckte sie spürbar zusammen. »Sicher, dass er noch lebt?«

»Vorhin jedenfalls schon.« Devil ging vorwärts, und die Unbekannte folgte ihm notgedrungen. Mühsam ging Devil neben Joe in die Knie und legte ihm die Finger an die Hauptschlagader. Als er den schwachen Puls spürte, atmete er erleichtert auf. »Er lebt.« Devil hob den Kopf und sah die Frau an, die sich auf Joes andere Seite gehockt hatte. Seine Augen trafen ihre hinter dem Schleier, und er stockte. Erst jetzt fiel ihm auf, dass sie die ganze Zeit Englisch mit ihm geredet hatte. Und er hatte plötzlich das seltsame Gefühl, sie zu kennen. »Wer bist du?«

Ihre Augen verengten sich, dann senkte sie den Kopf. »Das ist jetzt unwichtig. Sag mir lieber, wie du einen bewusstlosen

Mann hier rausbringen willst, wenn du selbst kaum gehen kannst.«

Das war eine berechtigte Frage, aber irgendwie ärgerte es ihn trotzdem, dass sie an ihm zweifelte. Ohne ihr zu antworten, beugte er sich über Joe und schlug ihm leicht gegen die Wange. »Aufwachen!«

Glücklicherweise reagierte der Agent sofort. Er öffnete die Augen und rollte sich zusammen, als erwartete er Schläge. Devil sprach ihn beruhigend an. »Alles in Ordnung. Wir hauen jetzt hier ab.«

Einen Moment lang flackerte ein Gefühl der Hoffnung in Joes Augen auf, das jedoch gleich darauf durch Resignation ersetzt wurde. »Geh ohne mich, dann ist deine Chance höher.«

»Nein.« Das war etwas, über das er nicht diskutieren würde. Ihnen beiden war klar, dass man Joe töten würde, nachdem Devil geflohen war.

Die Frau stand auf und verließ den Raum. Sofort war Devil auf den Füßen und stolperte zum Ausgang. Wenn sie die Tür verschloss oder sie verriet … Im Gang blieb Devil abrupt stehen. Die Unbekannte hatte sich über einen der Wächter gebeugt und riss an dessen Kleidung. Als spürte sie Devils Blick, sah sie auf. »Hattest du vor, nackt zu fliehen? Das wäre ein wenig auffällig.«

Damit hatte sie vollkommen recht, er hatte gar nicht mehr daran gedacht, dass er keine Kleidung trug. Ihre Bemerkung bewies, dass sie keine afghanische Frau war: Die hätte ihn weder angesehen noch darauf angesprochen, und schon gar keine Kleidung besorgt. Unsanft zog sie dem Toten die Jacke aus und warf sie Devil hin. Der fing sie auf und zog sie an. Sie war ein wenig eng an den Schultern, aber damit würde er leben können. Schnell ging er zu der Frau und half ihr dabei, dem Terroristen die Hose auszuziehen. Die war nicht wirklich sauber, aber Devil ignorierte es und schlüpfte hinein. Während er sie zuknöpfte, lief die Frau schon zum nächsten Mann und begann das Spiel von vorne.

Diesmal half er ihr, und in kürzester Zeit hatten sie die Kleidung für Joe zusammen. Das Anziehen gestaltete sich etwas schwieriger, besonders das geschwollene Knie passte nicht in die Hose. Devil blieb nichts anderes übrig, als das Hosenbein am Oberschenkel mit dem Messer abzuschneiden. Die Frau sah ihm dabei zu.

»Sammle alle Waffen ein, die du finden kannst.«

Wortlos drehte sie sich um und verließ den Raum.

Joes blasses Gesicht schimmerte feucht. Es musste ihn furchtbar schmerzen, wenn der Stoff seine Wunden berührte, aber er hatte keinen Ton von sich gegeben. »Können wir ihr vertrauen?«

Damit sprach Joe das aus, was Devil schon die ganze Zeit durch den Kopf ging. »Ich weiß es nicht, aber sie ist im Moment unsere einzige Möglichkeit, von hier zu entkommen. Und sie hat mir geholfen, die Wächter auszuschalten.« Vorsichtig zog Devil das Hosenbein über Joes unförmiges Knie. »Du kannst nicht alleine laufen, und ich kann dich momentan nicht tragen. Zu dritt könnte es funktionieren.«

»Okay.« Joes Hände zitterten, während er sich die Hose selbst zuknöpfte. »Ich bin bereit.«

Er sah nicht so aus, aber Devil sagte nichts dazu. Irgendwie musste es gehen. Devil unterdrückte ein Stöhnen, als er sich erhob, und hielt Joe die Hand hin. Der ergriff sie und ließ sich langsam hochziehen. Es war deutlich zu sehen, dass jede Bewegung ihm Schmerzen bereitete, aber er presste die Lippen zusammen. Einen Moment lang standen sie schwankend da, dann schlang Devil seinen Arm um Joes Taille und stützte ihn auf der Seite des verletzten Beins. Das Messer hielt er weiterhin in der Hand, um sie im Notfall verteidigen zu können.

An der Tür erwartete sie die Frau, die ihnen einen ganzen Haufen Waffen hinhielt. Devil nahm sich zwei Pistolen, die er sich in den Hosenbund steckte. Joe hatte noch die Waffe von ihrem letzten Zusammentreffen mit den Wärtern. Die letzte der Pistolen ließ Devil für die Fremde übrig, die diese wortlos unter ihrer Burka verschwinden ließ. Nachdem er auch die Messer verteilt hatte, machten sie sich auf den Weg. Ohne Aufforderung ging die Frau zu Joes anderer Seite und schlang ihm ebenfalls den Arm um die Taille. Dabei berührten ihre Finger Devils Hand. Es fühlte sich beinahe an wie ein kleiner elektrischer Schlag, ein Prickeln lief ihm durch den Arm.

Wieder trafen sich ihre Blicke, und er hatte das Gefühl, ihr schon einmal begegnet zu sein. Auch in ihren Augen glaubte Devil so etwas wie Erkennen zu sehen. Aber das war doch absurd. Er ignorierte das Gefühl und wünschte, sein sechster Sinn würde endlich zurückkehren. Wie er schon öfter bemerkt hatte, verschwand seine Gabe, wenn sein Körper geschwächt war, und kehrte erst zurück, wenn die Verletzungen heilten. In Situationen wie dieser war das äußerst lästig. Wann, wenn nicht jetzt, hätte er eine seiner Vorahnungen gebrauchen können? Da Devil jedoch nichts dagegen machen konnte, konzentrierte er sich auf seine normalen Fähigkeiten als SEAL.

Gemeinsam betraten sie den Gang und folgten dann der Treppe nach unten. Wären sie unverletzt gewesen, hätten sie vom ersten Stock aus an der Außenfassade hinunterklettern oder sich über das Dach einen Weg suchen können. Aber das war unmöglich, solange Joe bei jeder Bewegung unheimliche Schmerzen hatte. Mehr als einmal stand er am Rande der Bewusstlosigkeit, während sie langsam die Stufen hinabstiegen. Devil rechnete jederzeit damit, jemandem zu begegnen, doch es blieb überraschend still. Beinahe zu still für seinen Geschmack. Sollte ein von Terroristen genutztes Gebäude nicht besser gesichert sein?

»Gehen wir durch die Küche, dort gibt es eine Hintertür.« Zum ersten Mal sagte die Frau wieder etwas.

»Ist die nicht bewacht?«

Sie hob die Schultern. »Ich bin jedenfalls durchgekommen. Allerdings gibt es dort mehrere Köche und Küchenhilfen.«

»Dann versuchen wir es lieber woanders. Ich möchte ungern jemanden töten müssen, der nur Essen zubereitet.« Außerdem traute er ihr immer noch nicht, aber das behielt er für sich.

»Wo wollen wir sonst lang?« In ihrer Frage war leichte Ungeduld zu hören.

»Wir nehmen einen leeren Raum und sehen, ob wir dort aus dem Fenster kommen.« Für Joe würde das sehr ungemütlich werden, aber immer noch besser, als auf mehrere Gegner zu treffen und sich den Weg freikämpfen zu müssen. »Wo ist die Küche?«

Die Frau deutete zu einer Tür weiter hinten im Gang. »Dort.«

»Probier die Tür daneben und schau nach, ob jemand im Zimmer ist. Und wenn nicht, sag uns, ob das Fenster vergittert ist oder sich öffnen lässt.« Auf der Rückseite des Gebäudes rechnete Devil sich bessere Chancen aus, ungesehen zu entkommen. Allerdings wusste er auch nicht, wie es dort aussah. Als die Frau gehen wollte, hielt er sie am Arm zurück. Diesmal ignorierte er das Prickeln an seiner Handfläche. »Wie ist es hinten? Gibt es in der Nähe andere Gebäude und eine Möglichkeit, sich zu verstecken?«

»Ja. Ich habe mich dort einige Zeit verborgen, bevor ich ins Haus gekommen bin.«

Bevor Devil fragen konnte, warum sie das getan hatte, war

sie bereits unterwegs. Lautlos ging sie den Gang entlang, durch die lange Burka wirkte es fast so, als würde sie schweben. Devil rieb sich über die Stirn und fragte sich, ob sein Kopf schlimmer in Mitleidenschaft gezogen war, als er bisher gedacht hatte. Joe stützte sich schwer auf ihn, während sie langsam in die gleiche Richtung gingen wie die Frau. Wenn der Raum leer war, mussten sie so schnell wie möglich dort hineinkommen. Wenn nicht, würden sie rasch reagieren müssen.

Einige Meter von der Tür entfernt blieben sie stehen. Die Fremde hatte sie schon geöffnet und trat jetzt in den Raum. Devil konnte nicht sehen, was darin war, zog aber zur Vorsicht seine Pistole heraus.

Zuerst geschah nichts, dann kam die Frau wieder heraus und schüttelte den Kopf. »Vorratsraum, kein Fenster.« Ohne Anweisung ging sie zur nächsten Tür und öffnete sie. Wieder verschwand sie, es herrschte Stille. Dann erklangen plötzlich Stimmen, ein Mann sagte etwas in lautem Tonfall, die Frau antwortete leiser.

Devil spannte die Muskeln an. Wurden sie gerade verraten? Nachdem die Unbekannte ihn vor dem Wächter gerettet hatte, hätte er nicht damit gerechnet, aber er konnte es auch nicht ausschließen. Joe löste sich von ihm und lehnte sich an die Wand. Auch er hatte seine Pistole in der Hand. Die Stimmen näherten sich der Tür. Der Erste, der hindurchtrat, war so gut wie tot.

20

Amy schätzte es überhaupt nicht, von Chase herumkommandiert zu werden, aber sie erkannte, dass es am sichersten für sie war, das zu tun, was er ihr sagte. Auch wenn sie dafür in fremde Räume hineinschauen und befürchten musste, dass jemand sie entdeckte. So wie jetzt. In dem Raum gab es zwar ein unvergittertes Fenster, aber dummerweise hielt sich auch einer der Terroristen darin auf. Zumindest deuteten die Waffen an seinem Gürtel darauf hin, dass er nicht zum Küchenpersonal gehörte.

Ihr Versuch, ihm klarzumachen, dass es sich um ein Versehen handelte und sie nur den Vorratsraum gesucht hatte, schlug eindeutig fehl. Wütend herrschte er sie an und kam auf sie zu. Vorsichtig zog Amy sich zurück, immer noch darum bemüht, die Situation zu entschärfen. Aus den Augenwinkeln sah sie den Türrahmen, dann war sie auf dem Flur.

Als sie neben sich eine Bewegung wahrnahm, riss Amy die Augen auf und erkannte Chase, der die Pistole auf sie richtete. Verzweifelt schüttelte sie den Kopf. Konnte er denn nicht sehen, dass sie versuchte, ihm zu helfen? Wenn es nur um sie gegangen wäre, hätte sie ihm längst gesagt, wer sie wirklich war, aber sie konnte ihre Mission in Bashirs Haus nicht gefährden. Sollte der Fluchtversuch scheitern, wollte sie Mansoor Rahid nicht noch mehr Munition liefern.

Zu ihrer Erleichterung drückte Chase nicht ab, wahrscheinlich weil er selbst wusste, dass seine Flucht dann aussichtslos wäre. Doch bevor Amy irgendetwas tun konnte, griff der Terrorist nach ihr. Er bekam die Burka zu fassen und riss sie daran zurück. Amy versuchte, sich zu wehren, aber der Gegner war zu stark für sie. Ihr Schleier verrutschte, und sie konnte nichts mehr sehen. Blind kämpfte sie gegen den Mann an, der ihre Schläge überhaupt nicht zu spüren schien. Auf einmal gab er jedoch einen dumpfen Laut von sich und bewegte sich rückwärts. Durch seinen Griff an ihrer Burka riss er sie damit von den Füßen.

Schmerzhaft landete Amy auf dem Boden und versuchte, die Burka über ihrem Gesicht loszuwerden, weil sie zu ersticken drohte. Ihr keuchender Atem drang laut an ihre Ohren und wurde nur von ihrem hämmernden Herzschlag übertönt. Ein harter Griff schloss sich um ihre Handgelenke und zog die Hände von ihrem Kopf weg. *Nein!* Erneut bemühte sich Amy, freizukommen, aber es gab kein Entrinnen. Ihre Panik verstärkte sich und führte dazu, dass sie noch weniger Luft bekam. *Sie wollte nicht sterben!*

Unvermittelt hob sich der Schleier ihrer Burka, und Sauerstoff drang an ihr Gesicht. Gierig saugte Amy die Luft in ihre Lungen, was zwar dazu führte, dass ihr schwindlig wurde, aber das war ihr egal. Hauptsache, sie konnte endlich wieder tief durchatmen. Es dauerte einen Moment, bis sie daran dachte, die Augen zu öffnen. Sie blinzelte und starrte in das Gesicht von Chase, der sich über sie gebeugt hatte. Jetzt ließ er ihre Handgelenke los und half ihr dabei, sich aufzusetzen. Dabei sah er ihr weiterhin in die Augen. Amy konnte so etwas wie Erkennen in ihm spüren, aber es war nicht das tiefe Gefühl, das sie erwartet hatte. War sie für ihn nur noch eine Person aus seiner Vergangenheit, an die er sich nicht einmal mehr richtig erinnerte? Ein Band legte sich eng um Amys Brustkorb, als sich Enttäuschung in ihr ausbreitete.

»Wir müssen weiter. Kannst du aufstehen?«

Bevor sie antworten konnte, zog Chase sie bereits hoch. Wie kräftig er wirklich war, erkannte sie erst, als er sie trotz seiner Verletzungen anscheinend mühelos auf die Füße stellte. Da jetzt nicht die Zeit dafür war, protestierte Amy nicht. Stattdessen zog sie ihren Schleier wieder herunter, für den Fall, dass sie auf weitere Terroristen trafen. Da Chase damit beschäftigt war, den bewusstlosen Mann an den Handgelenken in den Raum zu ziehen, ging Amy zu dem Mitgefangenen und half ihm, langsam zu dem Raum zu humpeln. Seine angespannten Muskeln zeigten, wie sehr ihn jeder Schritt schmerzte und wie viel Willenskraft er aufwenden musste, um sich überhaupt aufrecht zu halten.

Leise schloss Amy die Tür hinter sich und blickte erwartungsvoll zu Chase. Der nickte ihr nur kurz zu, dann wandte er sich zum Fenster um. Es war nicht besonders groß, aber wenigstens nicht vergittert. Und es ließ sich öffnen, wie Amy gleich darauf feststellte, als Chase die beiden Flügel aufschob. Einen Moment lang schien er die Umgebung zu beobachten, dann winkte er sie zu sich.

»Ich gehe zuerst, dann hilfst du ihm, und ich sorge dafür, dass ihr beide sicher unten ankommt. Alles klar?«

»Ja.« Amy fragte sich nur, was passieren würde, wenn jemand in den Raum kam, während sie hinauskletterten. Ein Blick zur Tür zeigte, dass es innen einen Riegel gab. Schnell half sie dem Verletzten, sich an die Wand zu lehnen, lief zurück und schob den Riegel vor. Jetzt fühlte sie sich zumindest ein wenig sicherer.

Als sie zurückkam, warf Chase ihr einen undeutbaren Blick zu. »Gut gedacht.« Damit schwang er sich auf den schmalen Fenstersims und sprang hinaus. Es war nichts zu hören. Unsicher schob Amy ihren Kopf durch die Öffnung und blickte nach unten. Chase stand mit dem Rücken gegen die Wand gelehnt und beobachtete die Umgebung. Schließlich sah er nach oben und gab ihr ein Zeichen.

Schnell half sie dem Mann, auf den Sims zu klettern, was mit dem geschwollenen und steifen Knie nicht einfach war. Als er es endlich geschafft hatte, war sein Gesicht kalkweiß und glänzte unnatürlich in der grellen Sonne. Seine Pupillen waren nur noch kleine Punkte, das Weiße mit roten Adern durchzogen. Eines war sicher: Lange würde er nicht mehr durchhalten. Er brauchte ganz dringend ärztliche Versorgung, sie konnten nicht warten, bis das SEAL-Team nachts eintraf.

Chase drehte sich zu dem Verletzten um. »Stütz dich auf meiner Schulter ab, ich hebe dich runter.«

Amy wusste zwar nicht, wie das funktionieren sollte, hatte aber auch keine andere Lösung, wie sie den Mann möglichst sanft nach draußen befördern könnte. Sie packte ihn unter den Armen und versuchte, seinen Sturz ein wenig aufzuhalten. Trotzdem entfuhr ihm ein Schmerzenslaut, als er schließlich mit den Füßen auf dem Boden landete, nachdem er von Chase dort abgesetzt worden war.

Von der Tür her ertönte ein Geräusch, und Amy fiel vor Schreck beinahe aus dem Fenster. »Da ist jemand an der Tür!« Ihr geflüsterter Ruf brachte ihr die Aufmerksamkeit von Chase ein.

Er breitete seine Arme aus. »Spring.«

Eilig kletterte sie auf den Fenstersims und blickte nach unten. Irgendwie wirkte es von hier aus wesentlich tiefer als vorher. Kurz zögerte sie, dann sprang sie. Chase fing sie auf und hielt sie fest, obwohl ihm ihr Gewicht furchtbar wehtun musste. Einen winzigen Moment lang genoss sie es, in seinen starken Armen zu liegen und von Kopf bis Fuß an seinen Körper gepresst zu sein, doch dann drang die Realität wieder in ihr Bewusstsein.

Chase stellte sie unzeremoniell auf die Füße. »Alles in Ordnung?«

Stumm nickte sie. Anscheinend reichte ihm das als Antwort, denn er wandte sich zu dem zweiten Gefangenen um, der immer noch erschreckend blass an der Hauswand lehnte. »Wir müssen weiter, schnell.«

Anstatt ihn wie vorher zu stützen, hob Chase den Verletzten auf seine Schulter. Dessen Stöhnen ging Amy durch Mark und Bein. Chase taumelte, fing sich dann aber und lief schnell los. Wie er das mit dem zusätzlichen Gewicht und seinen eigenen Verletzungen machte, konnte Amy nicht sagen, aber hätte sie ihn nicht vorher schon bewundert, wäre es spätestens jetzt so weit gewesen. Sie konnte seinen starken Willen spüren. Solange noch ein Funken Leben in ihm war, würde er nicht aufgeben. Deshalb verlor auch Amy keine wertvolle Zeit, sondern eilte Chase hinterher.

Als hätten ihre Gedanken es heraufbeschworen, ertönte ein Schuss, allerdings so gedämpft, als wäre er im Gebäude abgefeuert worden. Doch das reichte, um Amy zu noch mehr Eile anzutreiben. Mit beiden Händen hielt sie ihre Burka so, dass sie sich nicht zwischen ihren Beinen verfing und sie zum Stolpern brachte.

»Führ uns hier raus.«

Das Herz hämmerte in ihren Ohren, ihr keuchender Atem klang durch den Schleier furchtbar laut, sodass sie Chase kaum verstand. Aber der Befehl war logisch, schließlich wusste er gar nicht, wo sie hier genau waren, während Amy immerhin einen Teil der Umgebung gesehen hatte. Schnell schlug sie den Weg ein, den sie vor einiger Zeit genommen hatte, um ins Gebäude zu kommen. Sie hatte keine Ahnung, was der Schuss zu bedeuten hatte, aber es konnte nichts Gutes sein.

Als sie endlich bei der Gasse ankamen in der sie sich versteckt hatte, atmete Amy erleichtert auf und schlüpfte hinein. Chase folgte ihr, ohne zu zögern, doch sie konnte seinen Argwohn spüren. Wahrscheinlich dachte er immer noch, dass sie ihm eine Falle stellen würde. Das schmerzte, auch wenn der logische Teil in ihr wusste, dass seine Vorsicht nur allzu berechtigt war. Er kannte sie nicht, wusste nicht, ob sie zu seinen Feinden gehörte.

Amy schob alle Gedanken und Gefühle beiseite, die sie nur in ihrer Arbeit behindern würden, und konzentrierte sich ganz darauf, ein geeignetes Versteck zu finden. Zu Fuß zu entkommen war völlig unmöglich: Chase war durch seine Verletzungen so geschwächt, dass er sich kaum auf den Füßen halten, geschweige denn einen ausgewachsenen Mann über eine längere Strecke tragen konnte. Schließlich entdeckte Amy einen Unterschlupf in einem verlassenen Gebäude. Schnell kroch sie durch eine niedrige Öffnung in etwas, das wie ein fensterloser Anbau wirkte. An der Stelle, wo eigentlich eine Tür gewesen wäre, waren die Mauern in sich zusammengefallen, wodurch das Loch der einzige Zugang war und sich gut verteidigen lassen würde. Sofern sie überhaupt jemand hier aufspürte.

Schnell half Amy Chase dabei, den Verletzten durch den kleinen Eingang zu ziehen, bevor sie selbst hindurchkroch. In dem Verschlag war es so dunkel, dass sie kaum etwas erkennen konnte. Sie tastete ihre Burka ab und war froh, als sie den Beutel fand, in dem sie ihre wichtigsten Utensilien verstaut hatte, unter anderem auch ihr Feuerzeug. Wenig später loderte eine kleine Flamme auf und erhellte das Dunkel. Amy betrachtete ihre Umgebung und verzog den Mund, als sie den Dreck sah. Aber solange es keine anderen bösen Überraschungen gab und sie hier sicher waren, bis Hilfe eintraf, konnte sie damit leben.

Ihr Blick glitt über Chase, der sich um den anderen Mann kümmerte. Anscheinend hatte der das Bewusstsein verloren, kein Wunder bei seinen Verletzungen. Amy betrachtete ihn genauer. Oder war er schon tot? Ihr Magen zog sich zusammen. Sie kannte den Mann zwar nicht, aber irgendjemand würde sicher darauf warten, dass er nach Hause kam. Die Erinnerung an damals, als auch sie vergebens darauf gewartet hatte, dass ihre Eltern endlich zurückkommen würden, ließ ihr die Tränen in die Augen steigen. Hastig blinzelte sie und konzentrierte sich darauf, ein Lebenszeichen bei dem Verletzten zu entdecken. Schließlich sah sie, dass seine Lippen sich bewegten, und atmete erleichtert auf.

»Hast du darin auch Verbandsmaterial und etwas gegen die Schmerzen?«

Der Klang von Chase' Stimme ließ Amy aufschrecken, und sie hob den Blick. »Nicht viel. Ich hatte nicht erwartet, selbst eingreifen zu müssen.« Schnell holte sie alles heraus, was sie dabeihatte, und hielt es ihm hin.

Er nahm es, blickte sie aber weiterhin an. »Kannst du den Schleier ausziehen? Ich werde nervös, wenn ich meinen Gesprächspartner nicht sehen kann.«

Erst jetzt erinnerte Amy sich daran, dass sie immer noch die Burka trug. Wortlos schlug sie den Schleier zurück und löste ihn aus ihren Haaren. Danach stopfte sie ihn in den Beutel, um ihn nicht zu verlieren. Es kostete sie einigen Mut, den Kopf zu heben und Chase' forschendem Blick zu begegnen.

»Du bist Amy, oder?« Es tat gut, wieder jemanden ihren richtigen Namen aussprechen zu hören. Für einen Moment dachte sie, er hätte sie endlich erkannt, und ihr Herz begann schneller zu klopfen. Doch dann sprach er weiter. »Was machst du hier?«

Amy setzte sich gerader auf und hob das Kinn. »Ich arbeite.«

Chase seufzte. »Ich meinte hier, nicht in Afghanistan allgemein. Hawk hat nichts davon gesagt, dass du direkt eingreifen würdest. Das ist nicht dein Job.«

Ärger strömte durch ihren Körper. »Das ist mir bewusst. Hätte ich dich dort sterben lassen sollen?«

Einen Moment lang sagte Devil nichts. »Wo ist mein Team?«

Die Frage besänftigte Amy etwas. Sie konnte sich vorstellen, wie schwer es für ihn sein musste, nicht zu wissen, was mit seinem Team passiert war. »Die Verletzten wurden ausgeflogen. Als die anderen mit Verstärkung zurückkamen, warst du verschwunden. Es wurde ein Ersatzteam angefordert, um dich zu suchen und zu befreien, aber es trifft erst heute Abend hier ein. Deshalb bin ich gekommen.«

Die Skepsis war Chase deutlich anzusehen, aber Amy konnte gleichzeitig fühlen, dass er sich Sorgen um seine Männer machte, deshalb sagte sie nichts dazu.

Schließlich nickte er knapp. »Kannst du dich um Joe kümmern, während ich dafür sorge, dass uns hier niemand überrascht?«

»Was ist mit deinen Verletzungen?« Die Frage kam ihr über die Lippen, bevor sie sich daran hindern konnte.

»Die sind nicht so schlimm. Das hat Zeit, bis wir in Sicherheit sind.« Er positionierte sich direkt neben dem Eingang und blickte hinaus. »Joe war länger in ihren Händen, und sie haben ihn nicht geschont.«

Das war offensichtlich. Zögernd blickte Amy auf Joe hinunter und schnitt eine Grimasse, als ihr das volle Ausmaß seiner Verletzungen bewusst wurde. Sie wusste gar nicht, wo sie überhaupt anfangen sollte, er schien nur aus Wunden zu bestehen. Nach einigem Überlegen entschied sie sich dafür, ihm erst einmal die Schmerzmittel einzuflößen, bevor sie ihn überhaupt berührte. Sie holte die kleine Wasserflasche heraus und öffnete sie. Dann beugte sie sich über Joe und fühlte dessen Wange. Sie war viel zu warm, offenbar hatten sich seine Wunden entzündet.

»Er hat Fieber.«

Grimmig blickte Chase zu ihnen hinüber. »Ich weiß. Er muss dringend hier ausgeflogen werden.«

In diesem Moment erinnerte Amy sich an ihr Funkgerät. Sie zog es heraus und warf es Chase zu. »Es verbindet dich direkt mit Hawk. Vielleicht kann er dafür sorgen, dass die Rettungsaktion schneller anläuft.«

Er fing es auf und starrte sie dann an. »Du hast es die ganze Zeit bei dir gehabt?«

Amy spürte, wie das Blut in ihre Wangen schoss, und hob die Schultern. »Ich konnte es ja schlecht unter der Burka herausholen, während wir noch um unser Leben gekämpft haben.«

Chase schüttelte nur den Kopf und schaltete es an. »Hier Devil. Kommen.«

Einen Moment lang herrschte unheimliche Stille, dann ertönte ein leises Lachen. »Das ist eine nette Überraschung.« Hawks Stimme wurde ernst. »Ist Alpha Charlie bei dir?«

»Ja, es geht ihr gut.«

Ein wenig erstaunt war Amy über diese Aussage schon. Er hatte sie nicht einmal gefragt, ob sie verletzt war. Aber sie schwieg und hörte lieber weiter dem Gespräch zu.

»Gott sei Dank!« Die Erleichterung in Hawks Stimme besänftigte Amy. Wenigstens einer, dem etwas an ihr lag. »Seid ihr in Sicherheit?«

»Momentan schon, aber wir müssen dringend hier raus. Wir haben einen medizinischen Notfall, der nicht warten kann.«

»Aber ich dachte …« Hawk brach ab. »Bist du verletzt?«

»Ich kann noch laufen. Es geht um Joe Spade.«

Wieder eine Pause. »Wo hast du den denn gefunden? Ich wusste gar nicht, dass er in der Nähe ist.«

Langsam verstand Amy gar nichts mehr. Hawk kannte Joe also? Woher?

Chase schnitt eine Grimasse. »So kann man es nennen. Wir

hatten den gleichen Gastgeber. Es geht ihm wirklich schlecht, ich weiß nicht, ob er durchkommt, wenn wir bis heute Nacht warten.«

Ein Fluch dröhnte durch das Funkgerät. »Okay, ich werde sehen, was ich machen kann. Chris ist bereits auf dem Weg zu euch.«

Was hatte der Deutsche damit zu tun? Die Sache wurde immer merkwürdiger, und es nervte Amy, dass niemand es für nötig hielt, sie aufzuklären.

»Ich glaube nicht, dass Chris hier viel ausrichten kann. Die Terroristen sind gut bewaffnet und garantiert schon unterwegs, um uns zu suchen. Wenn ein Team kommt, sollen sie vorsichtig sein, wie wir ja gemerkt haben, schreckt man hier auch nicht vor Selbstmordanschlägen zurück.«

Da Chase gerade nach draußen schaute, konnte Amy seinen Gesichtsausdruck nicht sehen, aber sie spürte seine Wut. Und Schuldgefühle. Der Grund dafür war ihr nicht klar, aber es tat ihr trotzdem weh.

Hawk räusperte sich. »Ich werde versuchen, ihn zu erreichen. Sollte es nicht klappen, hat Chris, denke ich, genug Erfahrung mit Terroristen, um sich euch vorsichtig zu nähern oder wegzubleiben, wenn es nicht funktioniert. Ich melde mich wieder, wenn ich was Neues weiß.«

»Alles klar. Ende.« Chase warf Amy das Funkgerät wieder zu. »Kommst du da zurecht?«

»Ich tue, was ich kann.« Sie steckte das Funkgerät ein und wandte sich dann wieder dem Verletzten zu. »Wer ist der Mann, und woher kennst du ihn?«

Erst sah es so aus, als wollte Chase ihr nicht antworten, doch dann tat er es zu ihrer Überraschung doch. »Joe ist bei der NGA und hat uns schon öfter Karten und Informationen beschafft.«

Also war er ein Agent. »Aber was macht er hier?«

Chase verzog den Mund. »Anscheinend hat er versucht, Detailinformationen über verschiedene Gebäude zu besorgen und ist dabei dem Terroristen zu nahe gekommen. Wenn er nicht überlebt, bin ich extrem sauer auf ihn.« Seiner Stimme war anzuhören, dass er den Agenten wirklich mochte und sich Sorgen um ihn machte.

»Hey, das habe ich gehört!« Joes Einwurf klang schwach, aber wenigstens war er wieder wach.

Mit hochgezogenen Brauen blickte Chase ihn an. »Das kannst du auch ruhig. Du weißt selbst, dass es nicht sinnvoll ist, sich Zutritt zu unbekannten Gebäuden zu verschaffen, und das auch noch in einer Krisenregion.«

»Der Gedanke ist mir gekommen.« Schmerz klang deutlich in seiner Stimme mit.

Amy legte ihm eine Hand auf die Schulter. »Bleib still liegen und ruh dich aus.«

Er blinzelte zu ihr hinauf. »Kennen wir uns?«

»Nein. Ich arbeite mit Devil zusammen.«

Es dauerte einen Moment, bis er die Verbindung zog. »Ah, verstehe.« Seine Hand schloss sich überraschend fest um ihre. »Schön, dich … kennenzulernen. Bist du … verheiratet?«

Gegen ihren Willen huschte ihr Blick hinüber zu Chase, der sie durchdringend anstarrte. Amy schluckte und beschloss, die Frage zu ignorieren. »Du hast Fieber und weißt nicht, was du redest.«

Sie half ihm dabei, sich ein wenig aufzusetzen, damit er die Schmerztabletten einnehmen konnte. Dankbar schluckte Joe sie und trank etwas Wasser hinterher. Mit einem Stöhnen sank er wieder zurück. Schließlich blickte er Amy direkt an. »Doch, das weiß … ich. Du bist eine … schöne Frau und kannst … kämpfen.«

Chase stieß ein kaum zu überhörendes Schnauben aus. »Halt lieber den Mund, Joe, bevor du etwas sagst, das du hinterher bereust.«

Das tat weh, auch wenn Amy ihm zustimmen musste. »Keine Angst, ich nehme das schon nicht ernst.« Sie lächelte Joe an. »Aber danke für das Kompliment.«

Seine Mundwinkel hoben sich. »Völlig ernst gemeint.« Langsam schloss er die Augen und sackte wieder in sich zusammen.

Es brach Amy fast das Herz, als sie ihn vorsichtig wieder auf den Boden legte. Wenn er jetzt starb, würde es ihr viel persönlicher vorkommen als vorher. Mit zitternden Fingern fühlte sie ihm den Puls. Als sie ein stetes Pochen wahrnahm, atmete sie erleichtert auf.

»Lebt er noch?« Chase' Stimme war rau.

»Ja. Ich werde jetzt seine Wunden versorgen, so gut es geht.« Mit einer Ecke ihrer Burka wischte sie Joe über das feuchte Gesicht.

»Gut. Und mach ihm keine Hoffnungen.«

Amy erstarrte. »Was meinst du damit?«

»Joe ist ein guter Mann, er braucht jetzt keine Ablenkung in Form einer Frau.«

21

Selbst in der relativen Dunkelheit konnte Devil erkennen, wie Amy schockiert den Mund öffnete. Röte stieg ihr in die Wangen, und ihre Hände ballten sich zu Fäusten. »Du bist ein solcher Idiot, Chase. Kümmere dich lieber darum, dass wir hier nicht sterben, wenn du schon nichts Sinnvolles beizutragen hast.«

Warum klang das viel persönlicher, als es eigentlich hätte sein dürfen? Und vor allem, warum traf ihn ihr geringschätziger Ton? Irgendetwas ging hier vor sich, das er nicht verstand. Auch seine eigene Reaktion konnte er sich nicht erklären. Es ergab überhaupt keinen Sinn, dass er so auf Joes kleine Flirterei reagierte. Und wenn er ehrlich war, hatte ihn auch eher der Gedanke daran gestört, dass Amy den Agenten beim Wort nehmen könnte. Devil runzelte die Stirn und wandte sich wieder dem kleinen Loch zu, das als Türöffnung fungierte. Normalerweise ließ er sich auf einer Mission von nichts ablenken, schon gar nicht von einer Frau. Auch wenn sie zugegebenermaßen wunderschön war mit ihren langen schwarzen Haaren, der natürlich gebräunten Haut und den im Gegensatz dazu unglaublich blauen Augen.

Devil schüttelte innerlich den Kopf und starrte auf die Umgebung. Es machte ihn nervös, dass noch immer keine Terroristen aufgetaucht waren. Auf keinen Fall konnte ihre Flucht so lange unbemerkt geblieben sein. Auch der einzelne Schuss im Gebäude deutete darauf hin. Worauf wartete Rahid? Er musste doch wissen, dass sie mit Verstärkung zurückkommen würden. Devils Magen zog sich zusammen, als ihm klar wurde, dass der Terrorist keine Konfrontation plante. Er würde wieder untertauchen und alles wäre umsonst gewesen. Als SEAL lernte man, so etwas nicht persönlich zu nehmen, aber diesmal hatte Devil ein sehr eigenes Interesse daran, dass der Bastard seine Strafe bekam.

Ein leises Geräusch ertönte hinter ihm, und er blickte sich um. Amy hatte Joes Kleidung vorsichtig hochgeschoben und beugte sich über dessen malträtierten Brustkorb. Eine Träne lief ihr über die Wange. Als spürte sie seinen Blick auf sich, hob sie den Kopf. Er hatte erwartet, dass sie ihre Gefühle verstecken würde, doch das tat sie nicht.

»Wie kann jemand nur so etwas Barbarisches tun?«

Das fragte Devil sich auch immer wieder, aber er hatte noch keine Antwort darauf gefunden. Es war eine Sache, jemanden in einem Gefecht zu töten – oder auch einen Terroristen auf Befehl zu beseitigen –, aber das geschah schnell und war nicht darauf ausgelegt, jemanden absichtlich über Stunden und Tage leiden zu lassen. Und nachdem er selbst eine Kostprobe von Rahids Folterkünsten bekommen hatte, wünschte er sich eindeutig keine Wiederholung. Der Terrorist musste gestoppt werden, um jeden Preis.

Devil räusperte sich. »Ja, das ist es. Und genau deshalb machen diese Terroristen es. Aus Spaß, Rache, Abschreckung. Oder einfach nur, weil sie es können.«

»Ich kann das nicht verstehen.«

Überrascht spürte Devil, wie ein leichtes Lächeln aus ihm hervorbrach. »Das ist auch gut so.«

Er wollte nicht, dass sie sich mit solchen Dingen auseinandersetzen musste. Dass sie sah, was die Folter aus einem Mann machte. Auch wenn sie als Agentin noch so fähig sein mochte, sah Devil es genauso wie die anderen SEALs: Frauen gehörten nicht in ein Kampfgebiet. Das sagte er aber lieber nicht laut, denn er hatte schon bei den anderen TURT/LEs gemerkt, dass diese Sichtweise nicht besonders gut ankam.

Verwirrt blickte Amy ihn an, aber da er nichts weiter sagte, wandte sie sich wieder Joes Verletzungen zu.

Einige Minuten später richtete sie sich auf. »Mehr kann ich nicht tun. Soll ich mir deine Wunden auch ansehen?«

Devil blickte weiterhin nach draußen. »Das ist nicht nötig.« Es würde ihn nur ablenken, wenn sie ihn berührte, und es gefiel ihm überhaupt nicht, dass noch immer kein Terrorist zu sehen war. Verspätet fügte er noch ein Danke an.

Auch das war normalerweise bei einem Einsatz nicht nötig, die SEALs verstanden sich auch ohne Worte und waren nicht gekränkt, wenn es in der Eile mal ein wenig ruppig zuging. *Gott, er vermisste sein Team!* Hoffentlich waren die Verletzungen seiner Männer nicht so schlimm, wie sie auf den ersten Blick ausgesehen hatten, aber zumindest Q würde einige Zeit ausfallen. Vermutlich würde man das Team nach dieser Katastrophe sowieso erst einmal pausieren lassen. Und er selbst … Obwohl er keine bleibenden Schäden erlitten hatte, würde er erst einmal lernen müssen, mit der Tatsache zurechtzukommen, dass er Gefangener des Terroristenanführers gewesen war. Im Moment konnte er das noch verdrängen, doch irgendwann würde es ihn einholen.

Ein kurzer Blick aus den Augenwinkeln zeigte ihm, dass Amy keine weitere Antwort von ihm erwartete. Sie hatte sich etwas bequemer hingesetzt und die Burka hochgeschoben, sodass eines ihrer Beine bis zum Oberschenkel freilag. Devil wollte nicht hinschauen, konnte sich aber nicht davon abhalten. Ihre Größe war ihm schon vorher aufgefallen, doch die Burka hatte bisher ihre unglaubliche Figur verhüllt. Zumindest ihr Bein war spektakulär: meilenlang und perfekt geformt, weder zu knochig noch zu muskulös. Er konnte sich immer weniger erklären, warum sie ihm beim Training nie aufgefallen war. Sein Instinkt sagte ihm, dass es dazu eine Geschichte gab, aber jetzt war nicht die Zeit, die Sache zu klären.

Es dauerte einen Moment, bis er begriff, was Amy da gerade tat. Sie betrachtete eine Stelle außen an ihrem Oberschenkel. »Bist du verletzt?«

Amy zuckte zusammen, als er sie unvermittelt ansprach. Rasch zog sie den Stoff wieder über ihr Bein. »Nur eine Prellung, nicht tragisch.«

Seltsamerweise verspürte Devil trotzdem den Wunsch, sich selbst davon zu überzeugen, dass sie unverletzt war. Doch in der derzeitigen Situation wäre das nicht gerade passend. Deshalb nickte er nur knapp und wandte sich wieder um. Seine Konzentration war offenbar nicht so gut wie sonst, aber es wäre unfair, das nur Amy anzulasten. Den meisten Anteil daran hatten sicher die Schmerzen, die ihm bei jeder Bewegung durch den Körper schossen. Allerdings konnte er auch nicht völlig still sitzen, weil sich dann seine Muskeln versteiften.

Mit Mühe schaffte Devil es schließlich, sich geistig in die Zone zu versetzen, die er auch während einer Mission anwandte, um sich besser konzentrieren zu können. Eine sanfte Berührung an seinem Rücken ließ ihn erschreckt zusammenzucken. Ohne sich umzudrehen, wusste er, dass es Amy war. Allerdings war es ihm rätselhaft, wie sie sich ihm hatte nähern können, ohne dass er sie bemerkt hatte.

»Bist du sicher, dass es dir gut geht? Ich sehe doch, wie steif du dich bewegst.« Ihre Stimme war nur ein Hauch in seinem Ohr.

Ein Schauer lief ihm über den Rücken, und die Stelle, an der sie ihn berührte, prickelte. Automatisch beugte er sich vor, bis ihre Hand wegfiel. »Nein, es geht mir nicht gut. Aber da nichts, was du tun könntest, mir helfen würde, muss ich wohl damit leben.« Er hörte selbst, wie harsch seine Antwort klang, aber er konnte nichts daran ändern. In ihrer derzeitigen Lage konnte er sich keine Schwäche leisten.

Einen Moment lang hörte er nur Amys Atemzüge. »Das tut mir leid.«

Devil schloss kurz die Augen. Obwohl sie ihn nicht mehr berührte, spürte er immer noch ein Kribbeln an der Stelle. Schließlich wandte er sich zu ihr um und hielt den Atem an, als er sah, wie nah sie ihm war. Nur wenige Zentimeter trennten ihre Gesichter. Sein Blick traf ihren, und für einen Moment stand die Zeit still. Ohne Vorwarnung wurde Devil in die Vergangenheit katapultiert, als ein anderes Augenpaar ihn voller Vertrauen und Zuneigung angesehen hatte. Seine Kehle zog sich zusammen, und er bekam keine Luft mehr. *Nein, das konnte gar nicht sein!* Es lag sicher nur an dem schwachen Licht und dem Schuldgefühl, das er seit Jahren mit sich herumschleppte.

Aber er spürte immer noch ihre Berührung, so wie früher, wenn sie das Gefühl gebraucht hatte, jemandem nahe zu sein. Manchmal hatte er sie noch Tage später fühlen können, wie einen mentalen Fingerabdruck, der längere Zeit nachwirkte. Devil schüttelte innerlich den Kopf. Nein, Amy konnte nicht dasselbe Mädchen sein, sie hieß ja auch anders. Dass sie ähnliche Augen hatte, war nur ein Zufall, und wahrscheinlich hatte sie an eine Stelle gefasst, die durch die Folter empfindlich war, deshalb spürte er sie noch. Das war die einzig logische Erklärung. Verspätet holte Devil Luft und keuchte.

»Chase?«

Verdammt, selbst die Art, wie sie seinen Namen sagte, klang für ihn vertraut. Jeder, er selbst eingeschlossen, nannte ihn seit seinem SEAL-Training Devil. Selbst die Freundinnen, die er hin und wieder gehabt hatte, waren gar nicht auf die Idee gekommen, ihn mit seinem wahren Namen anzusprechen. Doch diese Fremde, die er heute zum ersten Mal bewusst gesehen hatte, nannte ihn Chase, als wäre es das Natürlichste der Welt. Als hätte sie es schon immer getan.

»Was …?«

Ein Geräusch ließ ihn herumwirbeln und alles andere vergessen. Aufmerksam beobachtete er die Umgebung, konnte aber keine Bewegung erkennen. Sein gesamter Körper war angespannt, während er systematisch nach Feinden suchte. Doch so sehr er auch schaute, niemand schien in der Nähe zu sein. Nur langsam löste sich seine Anspannung, doch er riskierte nicht, sich noch einmal abzuwenden.

»Ist dort jemand?« Amys Stimme war nur ein Hauch.

»Ich sehe jedenfalls niemanden. Kümmere dich um Joe, falls wir schnell hier verschwinden müssen.« Devils Nacken kribbelte warnend, und er richtete alle Aufmerksamkeit auf den Eingang. Irgendjemand näherte sich, er konnte es fühlen, auch wenn er immer noch keine Bewegung sah. Ohne den Blick abzuwenden, überprüfte er mit einer Hand, ob die Waffen in seiner Reichweite lagen.

»Amy, hock dich auf die andere Seite des Eingangs, damit du nicht in der Schusslinie bist. Sollte ich getroffen werden, nimmst du die Waffe und schießt auf alles, was sich bewegt. Alles klar?«

»Ja.« Ein kurzer Blick zeigte ihm, dass sie tat, was er ihr befohlen hatte. Sie sah aus, als wollte sie noch etwas sagen, aber glücklicherweise hielt sie den Mund. Froh, dass sie ihn nicht weiter ablenkte, konzentrierte Devil sich ganz auf seine Aufgabe.

Zuerst passierte nichts, und er dachte schon, er hätte sich geirrt, aber sein inneres Radar schlug weiterhin Alarm. Irgendetwas würde passieren, auch wenn er es noch nicht sehen konnte. Seine Muskeln versteiften sich immer mehr, bis der Schmerz fast unerträglich war. Trotzdem harrte er aus und starrte nach draußen, bis ihm die Augen brannten. Schließlich sah er eine schnelle Bewegung, die gleich darauf wieder verschwunden war. Er beugte sich vor und hob die Pistole. Wie gerne hätte er jetzt sein Gewehr dabei gehabt oder zumindest deutlich mehr Munition als die, die sie bei den Terroristen gefunden hatten.

Doch so sehr Devil auch die Umgebung beobachtete, es war nichts mehr zu sehen. Natürlich konnte es auch etwas anderes gewesen sein, ein Windstoß oder vielleicht ein streunender Hund. Aber sein Gefühl sagte ihm etwas anderes. Jemand näherte sich ihnen, langsam und unaufhaltsam. Schweiß lief ihm über den Rücken und ließ die fremde Kleidung unangenehm an seiner Haut kleben.

»Devil.« Die leise Stimme direkt außerhalb ihres Verstecks ließ ihn zusammenzucken. »Nicht schießen, ich bin es, Chris.«

Devil senkte die Waffe und beugte sich vor. Tatsächlich, der Deutsche hatte sich neben den Eingang gekauert. »Verdammt, wie kommst du hierher?«

»Kann ich reinkommen, bevor wir weiterreden?«

Zweifelnd blickte Devil sich in dem Versteck um. »Es ist etwas eng hier drin.« Amy rutschte bereits nach hinten, um Platz zu machen. Dankend nickte Devil ihr zu. »Okay, komm rein.«

Chris erschien in der Öffnung und kletterte herein. Nur kurz nickte er Amy zu, dann streifte sein Blick Joe, und er verzog das Gesicht. »Matt hat einen Hubschrauber organisiert, der uns ein Stück von hier entfernt abholen wird. Das Einsatzteam ist leider immer noch nicht da, und andere lässt das Oberkommando nicht herkommen, weil die Situation unüberschaubar ist. Sie wollen zuerst die Lage auskundschaften lassen, was erst heute Nacht passieren wird.«

»Na toll.« Devil verstand zwar die Logik dahinter, schließlich sollten nicht noch weitere Soldaten verletzt oder getötet werden, aber es gefiel ihm trotzdem nicht, dass sie einfach im Stich gelassen wurden.

Chris nickte ihm zu. »Das habe ich auch gesagt. Wir müssen also die Strecke bis zum Hubschrauber irgendwie selbst bewältigen, wenn wir hier nicht bis heute Nacht ausharren wollen.«

Devil strich sich über die Haare. »Das wollte ich eigentlich nicht riskieren.«

»Ich habe mich einige Zeit umgesehen, es ist niemand da. Vermutlich sind die Terroristen davon ausgegangen, dass ihr Hilfe von außen habt, und sind lieber abgehauen.«

Devil war davon nicht ganz überzeugt, aber er nickte schließlich. »Okay, versuchen wir es. Kannst du mit Amy zusammen Joe helfen? Dann sichere ich uns ab.« Dass er sich fast zu schwach fühlte, um sich selbst fortzubewegen, sagte er nicht dazu, aber Chris schien ihn auch so zu verstehen.

»Natürlich.«

»Ich gehe zuerst raus und überprüfe, ob wirklich niemand in der Nähe ist, ihr kommt dann nach, wenn ich euch hole.« So sehr Devil Chris auch schätzte, er würde trotzdem nicht ihr aller Leben aufs Spiel setzen, ohne sich selbst davon zu überzeugen, dass die Luft rein war.

»Alles klar, dann sage ich jetzt Bescheid, dass sie den Hubschrauber bereithalten sollen. Er landet erst, wenn wir am Landeplatz sind.«

Devil gefielen solche unsicheren Extraktionen nicht, aber sie hatten keine Wahl. Sie konnten nur hoffen, dass alles klappte und sie nicht plötzlich mitten in Feindesland gestrandet waren.

Schnell richtete er sich auf und blickte Chris noch einmal an. »Bist du ausreichend bewaffnet?«

Chris hob eine Augenbraue. »Was denkst du?«

Okay, dumme Frage, aber es machte Devil nervös, die anderen hier allein zurückzulassen. Schließlich gab er sich einen Ruck und überprüfte, ob er die Munition und auch das Messer eingesteckt hatte. »Bis gleich.«

Amy beugte sich unerwartet vor und legte ihm die Hand auf den Unterarm. Wie schon zuvor löste die Berührung ein Prickeln in ihm aus, und er zog den Arm schnell zurück. »Sei vorsichtig.« Besorgnis stand deutlich in ihren Augen.

Devil nickte nur und schlüpfte dann aus dem Versteck. Draußen war es still, so wie Chris gesagt hatte, trotzdem würde er noch einmal alles überprüfen, bevor er Amy erlaubte, nach draußen zu treten. Als Devil merkte, was er da dachte, verdrehte er innerlich die Augen. Sie war eine ausgebildete Agentin, verdammt noch mal, wieso schaffte er es nicht, darauf zu vertrauen, dass sie sich zur Not selbst verteidigen konnte? Oder lag es gar nicht daran, und er hatte vielmehr Angst, was es für ihn bedeuten würde, wenn sie verletzt oder gar getötet wurde, weil er seinen Job nicht gründlich erledigt hatte? Wie auch immer: Besser, er war zu vorsichtig, als dass er hinterher mit den Konsequenzen leben musste.

Eine Viertelstunde später hatte er sich endlich davon überzeugt, dass tatsächlich niemand in der Nähe war und ihnen auflauern würde. Vorsichtig kehrte er zum Unterschlupf zurück und gab Chris ein Zeichen, dass sie herauskommen konnten. Hinter eine halbhohe Mauer geduckt gab Devil ihnen Feuerschutz, während sie Joe auf die Füße halfen und mit ihm die ersten Schritte machten. Zwar kamen sie so nur langsam voran, aber sie konnten Joe nicht zum Hubschrauber tragen.

Chris reichte Devil ein GPS-Gerät, auf dessen Karte eine Stelle markiert war. »Dort ist der Landeplatz. Wenn wir in der Nähe sind, werde ich noch mal Meldung machen, dass sie landen können.«

Devil nickte, und sie machten sich auf den Weg. Sowohl Chris als auch Amy waren bewaffnet und sicherten sie nach vorne und zu den Seiten ab, während Devil dafür sorgte, dass kein Terrorist sich ihnen von hinten nähern konnte. Trotz Joes Verletzungen kamen sie überraschend schnell voran, und es schien sich auch niemand für sie zu interessieren. Eigentlich hätte Devil sich darüber freuen sollen, aber er hatte das Gefühl, dass dies noch lange nicht das Ende war.

Selbst als er wenig später im Hubschrauber saß, der ihn und die anderen zum Stützpunkt flog, konnte er seine Vorahnung nicht abschütteln.

22

»Das ist nicht dein Ernst!« Unangenehm laut drang Hawks Stimme durch den Hörer, und Amy hielt ihn ein Stück vom Ohr weg.

Sie waren zum Stützpunkt geflogen und dann in die Krankenstation gebracht worden. Da ihre Verletzungen wesentlich geringer waren als die der beiden Männer, war sie schneller fertig gewesen und hatte gefragt, ob sie eines der Telefone in der Krankenstation benutzen durfte. Sie wollte endlich wieder normal mit Hawk reden und nicht über das Funkgerät. Im Nachhinein betrachtet hätte sie das vielleicht doch nicht tun sollen. Es war klar gewesen, was Hawk von ihrem Entschluss, in Khans Haushalt zurückzukehren, halten würde.

Amy holte tief Luft. »Doch, es ist mein Ernst. Bashir Khan hat Kontakt zu Mansoor Rahid, und solange wir nicht wissen, wo er geblieben ist, und keine genaueren Angaben darüber haben, wann und wo der Anschlag stattfinden soll, muss ich weiter Informationen sammeln. Oder hast du eine bessere Idee?«

Einen Moment lang herrschte Stille, dann drang ein Fluch an ihr Ohr. »Nein. Aber trotzdem gefällt mir das nicht. Was, wenn sie merken, dass du eine Agentin bist?«

»Das ist mein Job, Hawk. Mir war von Anfang an bewusst, dass die Mission gefährlich ist und was passieren kann, wenn meine wahre Identität aufgedeckt wird. Aber Khan denkt, ich wäre bei einem kranken Angehörigen, den ich pflegen muss. Solange ich bis heute Abend zurückgebracht werde, wird er keinen Verdacht schöpfen.«

Jedenfalls hoffte sie das. Natürlich wäre sie lieber nach Hause zurückgekehrt, aber sie hatte nun mit eigenen Augen gesehen, wozu der Anführer der Terrorgruppe fähig war. Ein Anschlag würde noch wesentlich schlimmere Auswirkungen haben, und es würden nicht nur einzelne Personen davon betroffen sein, sondern wahrscheinlich die ganze Region. Wenn es ihr irgendwie möglich war, das zu verhindern, musste sie es tun.

Hawk seufzte. »Ich kann dich nicht davon abbringen, oder?«

»Nein. Außerdem musst du wie der Leiter der TURTs denken und nicht wie mein Freund.« Sie sprach sanfter, damit Hawk merkte, wie sehr sie es schätzte, dass er sie beschützen wollte. »Lass mich meinen Job beenden, und dann komme ich gerne zurück.«

»Und du bist sicher, dass du dich nach dem, was passiert ist, noch dazu in der Lage fühlst? Ich weiß, wie viel Devil dir …«

Rasch unterbrach Amy ihn. »Das hat damit gar nichts zu tun. Er ist jetzt in Sicherheit und wird wieder gesund, damit ist die Sache für mich erledigt.« Zumindest wollte sie sich das gern einreden. In ihrem Versteck hatte es einen Moment gegeben, in dem sie gedacht hatte, Chase würde sie erkennen, doch der Augenblick war unterbrochen worden. Vielleicht hatte sie sich die Sache auch nur eingebildet, weil es zu sehr schmerzte, zu wissen, dass sie für ihn eine Fremde war. Aber wenn er im Flugzeug saß und sich von ihr entfernte, würde sie ihn nicht mehr spüren und endlich ihre Ruhe wiederfinden.

»Wenn du meinst …« Skepsis war deutlich in Hawks Stimme zu hören.

Amy versuchte, möglichst bestimmt zu klingen, als sie ihm antwortete. »Ja, das meine ich.«

»Okay, ich werde veranlassen, dass du zu Khans Haus zurückgebracht wirst. Aber sobald du das Gefühl hast, dass etwas nicht stimmt, meldest du dich, und wir holen dich sofort da raus. Verstanden?«

»Ich verspreche es. Glaub mir, ich habe nicht vor, zur Märtyrerin zu werden. Jetzt, wo ich mich um die Tochter kümmere, bin ich näher an Khan dran und kann vielleicht schneller zu Ergebnissen kommen als vorher.«

»Geh aber keine unnötigen Risiken ein.« Hawk räusperte sich. »Wie geht es Joe und Devil?«

»Joe wird noch operiert, das Knie hat es wohl ganz schön erwischt. Auch seine anderen Verletzungen sind ernst, er bekommt eine Bluttransfusion und auch jede Menge Flüssigkeit. Sie glauben, dass er überlebt, aber ob er sich wieder vollständig erholen wird, ist noch nicht abzusehen.« Sie schluckte schwer. »Chase … Devil hat einige schwere Prellungen, angeknackste Rippen, Schnitt- und Brandverletzungen, aber davon sollte er sich relativ schnell erholen. Wie beide das psychisch verkraften, ist natürlich eine andere Frage.«

Es tat ihr weh, sich vorzustellen, dass die beiden Männer vielleicht ihren erwählten Beruf nicht mehr ausüben konnten. Und an alldem war nur dieser Sadist Rahid schuld! Obwohl Amy normalerweise sehr friedliebend war, wünschte sie sich fast, sie könnte ihn etwas von seiner eigenen Medizin schmecken lassen. Ob er die Folter dann immer noch als spaßigen Zeitvertreib betrachten würde? Wohl eher nicht.

»Mist. Aber wenigstens ist Team 11 jetzt wieder vollzählig. Heute Abend kann Devil dann mit den anderen zusammentreffen und nach Hause zurückkehren. Team 8 von der Ostküste wird ihre Arbeit übernehmen.«

»Ich hoffe, sie haben mehr Glück.«

»Ich allerdings auch.«

Amy blickte auf die Uhr. Wenn sie noch vor Sonnenuntergang bei Bashirs Haus ankommen wollte, musste sie bald aufbrechen. »Ich muss jetzt los. Grüß Jade und die anderen von mir.«

»Mache ich. Und Amy, pass bitte auf dich auf. Ich habe kein gutes Gefühl bei der Sache.«

Da war er nicht der Einzige, aber sie würde sich nicht davon abhalten lassen. »Ich melde mich dann wieder, wenn ich in Khans Haus bin und das Funkgerät gefahrlos benutzen kann.«

»Ich werde darauf warten.«

Amy wusste, dass sie sich darauf verlassen konnte, egal, wie spät es war oder was vielleicht gerade sonst noch passierte. »Ich weiß. Bis dann.« Sie legte schnell auf, bevor er an ihrer belegten Stimme hörte, wie nah sie den Tränen war.

Nach einem kurzen Moment hatte sie sich wieder unter Kontrolle und richtete sich auf. Glücklicherweise war niemand in der Nähe, der ihren schwachen Augenblick mitbekommen hatte. Entschlossen ging sie durch den Gang und war froh, dass sie niemanden traf, den sie kannte. Dabei unterdrückte sie den Drang, Chase noch einmal zu sehen und sich davon zu überzeugen, dass es ihm wirklich gut ging. Das hätte die Sache nur verkompliziert und ihre Gefühle noch mehr in Aufruhr gebracht.

Draußen holte Amy tief Luft und hob ihr Gesicht zur Sonne. Es war unglaublich befreiend, keine Burka tragen zu müssen. Ein Windhauch brachte ihren Pferdeschwanz zum Tanzen und strich ihr über die nackten Arme. Das T-Shirt war genauso geliehen wie die Tarnhose. Zu den traditionellen Sandalen, die sie immer noch trug, sah das zwar etwas merkwürdig aus, aber das war ihr völlig egal.

Wenn die Mission beendet war, musste sie dringend einige Wochen Urlaub machen, vielleicht auf einer tropischen Insel, wo sie die ganze Zeit am Strand sitzen, die Sonne genießen und den Wellen zusehen konnte. Bewusst unterdrückte sie jeden

Gedanken daran, dass es noch schöner wäre, wenn sie nicht allein dort wäre. Sie brauchte nichts mehr als Ruhe und die Gelegenheit, ihre Gedanken und Gefühle wieder zu sortieren, die durch die Ereignisse durcheinandergeraten waren.

Kopfschüttelnd machte Amy sich auf den Weg zur Kommandozentrale, wo Hawk inzwischen hoffentlich ihre Rückfahrmöglichkeit organisiert hatte. Wenn sie früh genug zurückkam, würde sie vielleicht noch Zeit finden, das Aufnahmegerät im Büro zu platzieren. Zwar glaubte sie nicht, dass Rahid sich nach dem Vorfall in seinem Haus noch einmal persönlich blicken lassen würde, aber vielleicht konnte sie ein Telefonat aufnehmen. Wenn das alles nichts brachte, musste sie versuchen, irgendwelche schriftlichen Informationen zu finden. Bisher hatte sie davon abgesehen, weil bis vor Kurzem noch nicht klar gewesen war, ob Bashir überhaupt in Kontakt zu Terroristen stand, und die ganze Sache auch nicht ungefährlich war. Aber die Zeit lief ihr davon, und wenn sie etwas erreichen wollte, musste sie höhere Risiken eingehen. Doch das würde sie erst entscheiden, wenn sie dort war, es brachte nichts, sich jetzt schon damit verrückt zu machen.

Amy straffte die Schultern und betrat das Gebäude. Da die TURT/LEs nicht allgemein bekannt waren und sie ihre Tarnung nicht aufgeben wollte, war sie offiziell als Mitarbeiterin des Verteidigungsministeriums hier. Dementsprechend erntete sie einige schräge Blicke, die sie aber ignorierte. In einem Empfangszimmer musste sie eine Weile warten, bis ein Lieutenant sie schließlich darüber informierte, dass ihr Wagen am Tor bereitstand. Amy bedankte sich und zog sich in einem Waschraum eilig die Burka über. Mit Bedauern ließ sie die Tarnhose zurück, das T-Shirt allerdings behielt sie. Es war schlicht weiß und hatte keinerlei Kennzeichen, an denen man hätte erkennen können, woher es kam. Sie brauchte einfach dieses bisschen Heimat und Normalität, wenn sie in die Höhle des Löwen zurückkehrte.

Die Fahrt zu Bashirs Haus kam Amy unendlich lang vor – und gleichzeitig war sie viel zu schnell vorbei. Um ihre Tarnung nicht auffliegen zu lassen, hatte man ihr ein ziviles Fahrzeug mit einem afghanischen Fahrer zur Verfügung gestellt. Der parkte einige Straßen weiter, dann brachte er sie zu Fuß bis zur Haustür. Amy bedankte sich bei ihm und trat in das Haus. Der Wachmann nickte ihr zu, hielt sie aber nicht auf. Anscheinend war in der Zwischenzeit nichts geschehen, sonst wäre sie ganz anders empfangen worden. Schnell ging Amy zu ihrem Zimmer und atmete erleichtert auf, als sie die Tür hinter sich schloss. Das war reibungsloser abgelaufen, als sie befürchtet hatte, und in ihr breitete sich die Hoffnung aus, dass sie ihren Auftrag tatsächlich noch zu Ende führen konnte.

Schnell versteckte sie das Funkgerät und auch das Messer, das sie behalten hatte, wieder hinter der Heizung und schloss die Abdeckung. Gerade, als sie sich umdrehte, öffnete sich die Verbindungstür zu Sahars Zimmer, und das Mädchen rannte auf sie zu. Amy spürte einen Stich in ihrem Herzen, während sie gleichzeitig die Arme öffnete und Sahar auffing. Die zog ihr als Erstes den Schleier herunter und berührte ihre Haare. Froh, dass sie auf dem Stützpunkt geduscht hatte, ließ Amy es geschehen.

»Was hast du heute gemacht, Prinzessin Sahar?«

Bei der Bezeichnung kicherte die Kleine. »Wir haben Stoffe gefärbt für das neue Kleid, das ich zu meinem Geburtstag tragen will. *Moor* und ich waren auch in der Stadt. Wir haben dir etwas mitgebracht, damit du wegen deines kranken Verwandten nicht mehr so traurig bist.«

Dass Sahar und ihre Mutter tatsächlich an sie gedacht hatten, ließ Amys schlechtes Gewissen ins Unendliche wachsen, während sich gleichzeitig Wärme in ihr ausbreitete. Es war schön zu wissen, dass es jemanden gab, dem sie nicht egal war. Das war mehr, als sie nach dem Tod ihrer Eltern in der Institution erlebt hatte. Damals war nicht einmal an ihren Geburtstag gedacht worden. Nur Chase hatte sich immer daran erinnert und ihr eine Kleinigkeit geschenkt. Diese Erinnerung löste einen bittersüßen Schmerz in ihr aus. Wie hatte sie das all die Jahre vergessen können? Er war immer dann aufgetaucht, wenn die Melancholie sie zu überwältigen drohte, und hatte sie mit seiner Aufmerksamkeit wieder herausgeholt.

Amy räusperte sich. »Das ist unheimlich nett von euch. Aber es wäre nicht nötig gewesen.«

Die Kleine ergriff Amys Hand und zog sie aufgeregt in ihr eigenes Zimmer. Lächelnd folgte sie ihr und hatte das seltsame Gefühl, wieder zu Hause zu sein. Zwar war das nur eine Täuschung, schließlich war sie hier, um Sahars Vater auszuspionieren, aber sie konnte es trotzdem nicht abschütteln. Warum musste sie hier die Art von Zuneigung finden, die sie in den USA so lange vergebens gesucht hatte?

»Sie hat *was*?« Devil wurde bewusst, dass er viel zu laut redete, und er senkte die Stimme, während er weiter ins Handy sprach. »Sag mir, dass das ein Scherz ist, Matt.« Er rieb sich über die schmerzende Stirn und versuchte, Ruhe zu bewahren, was ihm allerdings völlig misslang.

»Amy ist in Bashir Khans Haushalt zurückgekehrt. Sie will ihre Mission zu Ende bringen. Hawk hat versucht, es ihr auszureden, aber die Wahrheit ist, dass wir sie möglicherweise brauchen werden, wenn es dem Team nicht gelingt, eine Spur von Mansoor Rahid zu finden. Das ist vielleicht unsere einzige Chance, ihn endlich zu stoppen.« Matts Stimme klang gleichzeitig entschuldigend und ruhig.

»Glaubst du, das weiß ich nicht? Trotzdem ist es viel zu gefährlich! Sie ist auf keinen Fall fähig, jemandem wie Rahid standzuhalten, sollte er sie erwischen.«

Matt räusperte sich. »Amy ist TURT/LE-Agentin, sie hat das gesamte Training erfolgreich absolviert. Was natürlich nicht heißt, dass wir es so weit kommen lassen. Sobald sie dort nicht mehr sicher ist, brechen wir die Aktion ab.«

»Und wenn das nicht klappt?« Frustriert strich Devil sich durch die Haare und zuckte zusammen, als er dabei an der gerade genähten Kopfwunde zerrte. »Wenn sie keine Zeit hat, rechtzeitig zu verschwinden oder Hilfe zu rufen?«

Zum ersten Mal klang Matt genervt. »Du weißt genauso gut wie ich, dass es keine Garantien gibt. Glaubst du, wir lassen Amy leichtfertig dort? Oder sind uns der Gefahren nicht bewusst? Du kennst uns besser.«

Damit hatte er völlig recht. »Ja, das tue ich. Entschuldige, es ist nur …« Devil brach ab, weil er nicht wusste, wie er erklären sollte, was ihn so nervös machte.

»Was? Weißt du etwas, das wir nicht wissen?«

»Nein, ich habe nichts Wichtiges erfahren.« Wieder stockte er und versuchte herauszufinden, ob seine Gefühle wegen Amy so in Aufruhr waren oder er eine Vorahnung hatte. Normalerweise hatte er kein Problem damit, den Unterschied zu erkennen, doch momentan schien in seinem Innern nur eine einzige Masse an Gedanken und Gefühlen zu herrschen, die sicher auch durch die Gefangenschaft und Folter verstärkt worden waren. Vermutlich wäre es das Beste, nach Hause zurückzukehren und erst einmal alles zu sortieren.

Ein Schnauben drang durch den Hörer. »Devil, sprich mit mir. Ich kenne dich lange genug, um zu wissen, dass du nur dann etwas sagst, wenn du ein bestimmtes Gefühl hast. Sollen wir Amy dort sofort rausholen?«

Alles in ihm drängte danach, Ja zu sagen, aber das konnte er nicht guten Gewissens machen. Vielleicht war Amy die einzige Möglichkeit, den Terroristen zu fassen und den Anschlag zu verhindern. Konnte er wirklich Hunderte, wenn nicht noch mehr Leben opfern, nur weil er eines retten wollte? Besonders, wenn er nicht einmal wusste, ob Amy wirklich in unmittelbarer Gefahr schwebte? Trotzdem schien ihm dieses eine Wort die Kehle zuzuschnüren.

»Ich kann es wirklich nicht sagen. Ich habe ein schlechtes Gefühl, aber ich weiß nicht, worauf es sich genau bezieht.« Nur, dass es sich jedes Mal intensivierte, wenn er an Amy dachte.

»Wenn du es weißt, sag sofort Bescheid.« Matt senkte die Stimme. »Hawk ist mit Amy befreundet, er macht sich große Sorgen um sie. Wenn ihr etwas passiert …«

Matt brauchte nicht weiterzusprechen, Devil verstand ihn auch so. Hawk nahm es sehr persönlich, wenn seinen Agenten etwas zustieß. An Jades Entführung und Folterung durch den Warlord Mogadir war er fast zerbrochen, seitdem war er noch vorsichtiger mit der Platzierung von Agenten. Allerdings wurden sie dadurch auch vor das Problem gestellt, dass irgendwann der Sinn einer Undercovertruppe nicht mehr gegeben war, wenn die Missionen nach ihrer Ungefährlichkeit ausgesucht wurden. Gerade dort, wo es wichtig war, einen Agenten vor Ort zu haben, war es auch am gefährlichsten. Das wussten die TURTs und akzeptierten es als Teil ihrer Jobbeschreibung.

Devil stieß einen stummen Seufzer aus. Als SEAL lernte man, mit Verletzungen und sogar Tod umzugehen, aber man gewöhnte sich trotzdem nie daran. Eigentlich war es sogar leichter, wenn man selbst verletzt wurde, als wenn es die Teammitglieder traf. Gerade als CO des Teams war es seine Verantwortung, dafür zu sorgen, dass seine Männer heil wieder zurückkamen. Das war ihm diesmal überhaupt nicht gelungen, und er wusste, dass er daran noch einige Zeit knabbern würde.

Verspätet antwortete er auf Matts Bitte. »Ja, mache ich.«

»Wann geht euer Flugzeug?«

Das Team war zurück nach Coronado beordert worden, wo es eine Nachbesprechung geben würde, um zu klären, was schiefgegangen war. Kein Termin, auf den er sich freute. »Heute Abend noch. Q ist schon mit einem Sanitätsflugzeug nach Ramstein ausgeflogen worden, Doc begleitet ihn. Die anderen wurden hier behandelt und können normal zurückfliegen.«

»Okay, dann wünsche ich euch eine gute Reise.«

»Danke. Chris bleibt bei Henning, bis er so weit genesen ist, dass die beiden auch nach Deutschland fliegen können.« Es hatte ihn gefreut zu erfahren, dass der deutsche Soldat den Anschlag auf die Schule überlebt und die Operationen gut überstanden hatte. Vielleicht konnten sie sogar Oberst Koller mitnehmen, der sich langsam von seinen schweren Verletzungen erholte. In Deutschland würde er noch weitere Operationen und auch Reha-Maßnahmen über sich ergehen lassen müssen, aber immerhin lebte er. Laut den Ärzten war es mehr als knapp gewesen.

Matt räusperte sich. »Ja, das hat er erzählt. Hoffentlich ist Henning bald wieder fit. Was ist mit Joe Spade?«

»Joe wird wohl noch einige Zeit hier bleiben müssen, bevor er nach Washington transportiert werden kann. Aber immerhin scheint sich sein Zustand stabilisiert zu haben.«

»Gott sei Dank. Er ist ein guter Agent.«

Dem konnte Devil nur zustimmen. »Wird Team 8 sich darum kümmern, dass Amy sicher rauskommt, sollte es nötig werden?«

Einen Moment lang herrschte Schweigen. »Solange sie noch dort sind und nicht gerade eine andere Mission haben, ja. Aber ich fürchte, nach diesem ganzen Mist ist das Oberkommando nicht gerade erfreut und wird das Team sicher schnell wieder abziehen. Wir können nur hoffen, dass sie bis dahin den Terroristen gefunden und unschädlich gemacht haben. Wenn irgend möglich soll der Anschlag verhindert werden, schon allein um die Lage im Land nicht noch instabiler zu machen, aber im Grunde ist die Politik jetzt nur noch auf Rückzug ausgerichtet. Sie wollen keine neuen Baustellen aufmachen, die zu weiteren Kosten und Verlusten führen werden.«

Das hatte Devil fast befürchtet. Trotzdem ärgerte es ihn, dass Amy einfach schutzlos hier zurückgelassen werden sollte. Er fühlte ganz deutlich, dass noch etwas passieren würde. Mansoor Rahid würde bestimmt nicht einfach vergessen, dass ihm zwei Gefangene entkommen waren, und zusehen, wie das amerikanische Militär immer näher rückte. Entweder würde er zurückschlagen oder die Pläne für den Anschlag beschleunigen. Die Frage war nur, was sie dagegen unternehmen konnten. Sie alle hatten ihre Befehle und durften nicht einfach tun, was sie wollten oder für richtig hielten.

Devil stieß sich von der Wand ab, an die er sich während des Telefonats gelehnt hatte. Sofort protestierten seine Rippen und die schmerzenden Muskeln. »Entschuldige, Matt, ich muss jetzt los. Ich glaube, ich bin heute noch nicht transportfähig.«

»Was hast du vor?« Matt klang alarmiert.

»Weiß ich noch nicht. Ich melde mich.« Damit beendete er das Gespräch.

Einen Moment lang stand er unschlüssig da, dann strebte er zur Krankenstation, wo man ihn an den psychiatrischen Dienst verwies. Wenig später verließ er die Abteilung mit einer Bescheinigung, dass er bis auf Weiteres nicht flugfähig war – wegen seiner durch die Gefangenschaft verursachten Angst vor engen Räumen. Um keinen Aufstand bei seinem Team auszulösen, würde er ihnen das erst kurz vor dem Abflug mitteilen. Er wusste, dass zumindest Snake und Cat darauf bestehen würden, bei ihm zu bleiben, und das konnte er nicht zulassen. So gern er sie auch bei sich hätte, sie mussten dem Befehl folgen und nach Coronado zurückkehren, alles andere würde als unerlaubtes Entfernen von der Truppe gewertet werden.

Als Nächstes suchte Devil die Unterkunft auf, in der noch immer seine Sachen gelagert wurden, die er aus den USA mitgebracht hatte. Da er in Uniform oder Jeans zu sehr auffallen würde, besorgte er sich anschließend noch typisch afghanische Kleidung. Eine Kufiya bedeckte seine Haare und vor allem die auffällige graue Stelle an seiner Schläfe. Trotzdem würde er sich bemühen, das zu tun, was SEALs am besten konnten: im Schatten bleiben, beobachten und dann blitzschnell zuschlagen, ohne gesehen zu werden.

Er würde die Lage einige Tage beobachten. Wenn er dann sicher war, dass Rahid sich nicht mehr in der Gegend aufhielt, würde er nach Hause zurückkehren. Jedenfalls war das sein Plan.

23

I-Mac beobachtete, wie Matt den Hörer auf den Tisch legte, als wäre der zerbrechlich. »Shit.«

Seine Miene hatte schon angedeutet, dass nichts Gutes folgen würde. Eigentlich hatten sie sich gerade zusammengefunden, um zu besprechen, wie sie die Suche nach Mansoor Rahid von hier aus unterstützen könnten. Das war die einzige Möglichkeit, Amy so schnell wie möglich dort herauszubekommen. Mal ganz abgesehen davon, dass sie alle den Terroristen am liebsten persönlich in die Finger bekommen wollten, nach dem, was er Team 11 angetan hatte. Wäre I-Mac noch diensttauglich gewesen, hätte er sich unter den Männern befunden, die dort in den Hinterhalt geraten waren, und wäre jetzt ebenfalls verletzt oder vielleicht sogar tot.

»Ich nehme an, das Team ist nicht begeistert von Devils Alleingang?«

Matt schnitt eine Grimasse. »Milde ausgedrückt. Ich hoffe sehr, dass sie keine Dummheiten machen. Das könnte niemand decken.« In seinen Augen stand die Erinnerung daran, dass Team 11 und 8 sofort zu Hilfe geeilt waren, als seine Lebensgefährtin Shannon Hunter von einer Terrorgruppe entführt worden war. Auch damals hätte das Konsequenzen für die SEALs haben können, doch sie hatten es trotzdem getan. Glücklicherweise hatte die Sache vertuscht werden können, offiziell waren beide Teams zu Übungen unterwegs gewesen, und das FBI hatte die Verantwortung für die Aktion übernommen.

»Okay, was können wir tun, um die Sache möglichst schnell

zu beenden?« Wahrscheinlich klang I-Mac ungeduldig, aber in Momenten wie diesen war ihm besonders bewusst, dass er sich nicht mehr so bewegen konnte, wie er wollte. Es machte ihn nervös, wenn sein Team – oder ein Mitglied des Teams – in Gefahr war, und er nicht losstürmen konnte, um zu helfen. Stattdessen saß er hier mehr oder weniger herum und konnte nur zusehen, wie die Mission zum Teufel ging.

In Hawks Blick lag Verständnis. »Es wäre gut, wenn du nach Berichten über verräterische Bewegungen im Internet Ausschau halten könntest. Alles im Umkreis von hundert Kilometern vom letzten bekannten Aufenthaltsort des Terroristen. Die GPS-Daten von dem Haus, in dem Devil und Joe gefangen gehalten wurden, hast du ja.« I-Mac nickte.

»Vielleicht kannst du auch noch schauen, was um Bashir Khans Haus herum passiert. Und überprüf noch mal die E-Mails und Dokumente des Attentäters.«

»Kein Problem.« Allerdings glaubte er nicht, dass er dort noch etwas finden würde. Er war die Informationen immer wieder durchgegangen, hatte aber nichts weiter entdeckt.

Matt tippte mit den Fingern gegen das Telefon. »Ich werde Clint anrufen und darum bitten, dass Team 8 Devil im Notfall Rückendeckung gibt.«

»Hoffen wir, dass er bis dahin keinen Unsinn macht.« In Hawks Stimme schwang Skepsis mit.

I-Mac verteidigte Devil. »So, wie ich ihn kenne, wird er irgendwo untertauchen und beobachten. Er wird nur eingreifen, wenn er dringenden Handlungsbedarf sieht. Wenn irgend möglich, wird er jemanden kontaktieren, damit eine richtige Aktion gegen Rahid gestartet werden kann. Selbst Devil ist klar, dass er alleine keine Chance gegen eine so starke Terrorgruppe hat.«

Hawk hob beide Hände. »Ich wollte Devil auf keinen Fall beleidigen, ich mag ihn. Aber Tatsache ist einfach, dass er manchmal seinen Instinkten folgt, ohne darüber nachzudenken, ob er auch lebend wieder aus der Sache herauskommt. Und ich möchte nicht, dass Amy deshalb auf der Strecke bleibt.«

Es war Hawk anzusehen, dass mehr an der Sache dran war, als er gesagt hatte, aber sie würden wohl nicht erfahren, worum es ging. »Dann mache ich mich mal auf die Suche, je schneller ich etwas finde, desto besser.«

Hawk lächelte ihn an. »Danke. Wenn ich etwas Neues erfahre, sage ich Bescheid.«

Matt hatte bereits das Telefon am Ohr, deshalb winkte I-Mac nur kurz und ging dann in sein Büro zurück. Am Computer ließ er erneut die Suche nach den neuesten Informationen aus dem Zielgebiet laufen. Da Nurja bei den Kindern bleiben musste, hatte er es so eingerichtet, dass er ihr Texte nach Hause schickte, die sie ihm dann übersetzte. Sie hatte sofort in seinen Vorschlag eingewilligt, und I-Mac genoss die Zusammenarbeit mehr, als er gedacht hätte. Vor allem übersetzte Nurja nicht nur, sondern lieferte durch ihr Hintergrundwissen auch Zusammenhänge, die I-Mac sonst übersehen hätte. Hätte er gewusst, wie viel Freude es Nurja machte, ihm zu helfen, hätte er es ihr schon viel früher angeboten.

I-Mac zuckte zusammen, als ein Geräusch ertönte, und er blickte auf den Monitor. Das Skype-Fenster war aufgepoppt, der Telefonhörer blinkte. Erstaunt nahm I-Mac den Anruf entgegen, und das Gesicht von Nurja erschien auf dem Bildschirm. Bisher hatte sie ihn noch nie auf diese Weise kontaktiert.

Scheu lächelte sie ihn an. »Hallo John.«

»Hallo Nurja. Das ist eine schöne Überraschung.« Besonders, da sie ihre Haare unbedeckt trug.

»Baschir hat mir erklärt, wie die Sache funktioniert, ich hoffe, ich mache alles richtig.« Ihr ältester Sohn war inzwischen zwölf und an allem interessiert, was mit Technik zu tun hatte. Mehr als einmal hatte er I-Mac bereits Löcher in den Bauch gefragt – und offensichtlich konnte er schon sehr gut mit den Sachen umgehen, wenn man bedachte, dass er nie einen Computer zu Gesicht bekommen hatte, bevor er in die USA gekommen war.

»Du machst das toll.« Die Röte in ihren Wangen stand Nurja ausgesprochen gut, aber das behielt I-Mac lieber für sich. Stattdessen genoss er es, in ihre warmen braunen Augen blicken zu können. Schließlich gab er sich einen Ruck. »Was wolltest du von mir?«

Nurja zögerte, ihr Blick wanderte zur Seite, kehrte dann aber zu ihm zurück. »Ich wollte wissen, ob du etwas Neues von deinem Team gehört hast. Sind sie schon auf dem Rückweg?« Die Röte in ihren Wangen vertiefte sich. »Und ich wollte dich sehen. Du bist momentan so viel auf dem Stützpunkt, es fehlt mir, mit dir reden zu können.«

Das Blut begann in I-Macs Adern zu pulsieren, und er hatte Mühe, ruhig auf seinem Stuhl sitzen zu bleiben. Am liebsten wäre er aufgesprungen und jubelnd im Kreis gehüpft, aber das hätte Nurja vermutlich abgeschreckt. Stattdessen bohrte I-Mac unter der Tischplatte die Finger in seine Oberschenkel. »Ich vermisse dich auch.«

Anstatt wie sonst verlegen die Augen zu senken und das Thema zu wechseln, blickte Nurja ihn direkt an und lächelte. »Weißt du schon, wann du heute nach Hause kommen wirst?«

Wie sehr er sich wünschte, einfach alles hinwerfen und nach Hause rennen zu können! Aber das ging nicht, Amys Leben hing möglicherweise davon ab, dass er seine Arbeit machte. »Vermutlich wird es wieder spät, tut mir leid.«

Ihr Lächeln wich einem besorgten Gesichtsausdruck. »Ist noch etwas geschehen?«

»Nein, alles in Ordnung. Das Team ist auf dem Rückweg.« Von Devil erzählte er ihr lieber nichts. »Allerdings versuchen wir immer noch, den Terroristenanführer ausfindig zu machen.«

»Kann ich irgendwie helfen?« Ein Ausdruck der Entschlossenheit lag in ihren Augen und der feste Wille, sich nicht weiter von ihrer Vergangenheit bestimmen zu lassen.

I-Mac war so stolz auf sie, dass er beinahe platzte. »Vielleicht schicke ich dir bald wieder ein paar Texte zum Übersetzen, wenn du Zeit hast.«

»Natürlich. Ich würde die Kinder auch zu Rose bringen, aber sie fühlt sich nicht so gut, ich glaube, sie bekommt bald ihr Baby.« Etwas wie Sehnsucht leuchtete in Nurjas Augen auf. Wie sie nach fünf Kindern noch so empfinden konnte, war I-Mac ein Rätsel, aber er liebte sie beinahe noch mehr dafür.

»Dann wird Rock sicher völlig neben sich stehen. Ist er zu Hause bei ihr?«

Nurja lachte leise. »Nein, sie hat ihn zur Arbeit geschickt, weil er sie ganz verrückt gemacht hat.« Ein Schatten legte sich über ihr Gesicht. »Ich finde es faszinierend, wie ihr amerikanischen Männer reagiert, wenn es um Kinder geht.«

»Ich glaube, wir fühlen uns einfach hilflos, weil die Frau, die wir lieben, im Prinzip alles allein durchstehen muss und wir ihr und dem Baby nicht helfen können. Und vielleicht kommen wir uns auch ein wenig nutzlos vor, denn eigentlich werden wir ja gar nicht gebraucht. Rock hat vermutlich noch mehr Angst, weil das Baby sehr groß und Rose ziemlich klein ist. Ich schätze, er macht sich Vorwürfe.«

Nurja schüttelte den Kopf. »Sie haben sich zusammen entschieden, ein Kind zu bekommen. Rose hat sich schon lange ein Baby gewünscht, und Rock erfüllt ihr damit einen großen Traum.«

»Ich bin sicher, das weiß er. Aber bei solchen Dingen können wir wahrscheinlich einfach nicht aus unserer Haut.«

Entsetzt blickte Nurja ihn an. »Ihr wollt euch häuten?«

Heldenhaft unterdrückte I-Mac ein Lachen. Manchmal vergaß er, dass Englisch nicht Nurjas Muttersprache war und sie manche Ausdrücke wörtlich nahm, ohne den Sinn dahinter zu verstehen. »Ich meinte damit, dass wir Männer einfach so sind und nicht anders können. Es ist vermutlich genetisch so programmiert.«

Nurja entspannte sich wieder. »Ah, ich verstehe.« Dann wurde ihre Miene ernster. »Allerdings sind nicht alle Männer so.« Sie schüttelte den Kopf. »Entschuldige, ich halte dich von der Arbeit ab, das war nicht meine Absicht.«

»Von dir lasse ich mich gerne ablenken, Nurja. Melde dich, so oft du möchtest. Sollte ich keine Zeit haben, werde ich es dir sagen.«

»In Ordnung.« Im Hintergrund war ein lautes Krachen und anschließendes Geschrei zu hören. Nurja seufzte. »Ich muss zurück zu den Kindern, bevor sie das Haus auseinandernehmen.«

»Da mache ich mir keine Sorgen.« Generell gingen die Kinder sehr vorsichtig mit allem um, zum einen weil selbst Alltagsgegenstände für sie von hohem Wert waren, zum anderen weil sie vermutlich immer noch befürchteten, dass I-Mac sie vor die Tür setzen würde, wenn sie etwas kaputt machten. »Ich schicke dir dann die Texte, wenn ich etwas gefunden habe. Danke für deine Hilfe.«

Ernsthaft blickte sie ihn an. »Ich danke dir, John. Die Arbeit gibt mir das Gefühl, etwas wert zu sein, meinen Teil dazu beizutragen, dass meine Heimat irgendwann frei von diesen Terroristen ist.«

I-Mac brachte es nicht über sich, ihr zu sagen, dass das vermutlich nie geschehen würde, dazu waren sie einfach zu zahlreich und wurden im Land zu sehr unterstützt. Man konnte nur versuchen, die Gefahr so weit einzudämmen, dass ein Großteil der Bevölkerung wieder relativ sicher dort leben konnte. »Du bist eine bewundernswerte Frau, Nurja, ich hoffe, das weißt du.«

Ihr Lächeln war schüchtern und stolz zugleich. »Danke.« Sie beugte sich vor, ihre Hand bewegte sich, als würde sie ihm übers Gesicht streichen, dann verschwand ihr Bild.

I-Mac spürte die virtuelle Berührung beinahe körperlich. Seine Haut prickelte dort, wo ihre Finger ihn gestreift hätten. Jetzt brauchte er ganz dringend eine Ablenkung. Rasch stand er auf und machte sich auf die Suche nach Rock. Seinen Freund ein wenig zu necken würde ihn sicher auf andere Gedanken bringen. Alles war besser, als weiter darüber nachzugrübeln, ob Nurja ihn vielleicht doch irgendwann als Mann wahrnehmen würde.

24

Es dauerte lange, bis Amy endlich die Gelegenheit fand, sich um die Platzierung des Aufnahmegerätes zu kümmern. Sahar war durch den Tag mit ihrer Mutter regelrecht aufgedreht gewesen, und Amy hatte es genossen, ihren begeisterten Erzählungen zuzuhören. Es war wie Balsam auf ihre gereizten Nerven gewesen und hatte maßgeblich dazu beigetragen, dass sie sich jetzt wesentlich ruhiger und ausgeglichener fühlte. Davor hatte sie das Gefühl gehabt, bei dem kleinsten Geräusch aus der Haut fahren zu müssen. Vor allem irritierte es sie, dass sie Chase immer noch spüren konnte, obwohl der auf dem Stützpunkt oder inzwischen sogar schon auf dem Heimweg sein musste. Wahrscheinlich war es nur ein Echo der gemeinsam durchlebten Gefahr.

Absichtlich schob sie Chase in den hintersten Winkel ihres Bewusstseins und konzentrierte sich auf ihre Aufgabe. Das Aufnahmegerät hatte sie unter ihrer Burka versteckt. Solange niemand sie durchsuchte, sollte es nicht zu erkennen sein. Am liebsten hätte sie noch länger gewartet, aber sie hatte Angst, dass Bashir dann bereits mit dem Terroristen gesprochen hätte – sofern der sich überhaupt noch einmal meldete.

Deshalb musste sie das Risiko eingehen, zu einer Zeit in das Büro einzudringen, zu der noch viele Menschen im Haus unterwegs waren. Amy atmete auf, als sie sah, dass der Gang leer war, die Wachleute ausnahmsweise woanders beschäftigt. Leise schlich sie zum Büro und horchte an der Tür. Es war kein Laut zu hören. Trotzdem klopfte sie an, um ganz sicherzugehen. Erschrocken zuckte sie zusammen, als Bashirs »Herein« erklang. Sie holte tief Atem und öffnete die Tür.

»Entschuldigen Sie, dass ich Sie so spät am Abend noch störe.« Die Augen hielt Amy auf den Teppich gerichtet.

»Das ist kein Problem, Malalai. Komm näher.« Bashirs Stimme klang sanft und freundlich wie immer. »Was möchtest du?«

Langsam trat Amy näher. »Ich wollte mich dafür bedanken, dass ich meinen kranken Verwandten besuchen durfte. Das war sehr freundlich.«

»Geht es ihm denn jetzt besser?«

Amy wagte einen kurzen Blick, konnte bei Bashir jedoch nur Mitgefühl spüren. »Ja, viel besser. Er wird noch einige Zeit brauchen, aber das Schlimmste ist überstanden.« Und das war mit keinem Wort gelogen, nur dass Chase kein Verwandter war.

»Das ist gut. Meine Frau sagte, dass sie den Tag mit Sahar sehr genossen hat. Meine Tochter redet anscheinend unaufhörlich von dir.«

»Das tut mir leid, *Khan*.«

Er lachte. »Das war keine Kritik, Malalai. Ich bin froh, dass Sahar ein gutes Vorbild gefunden hat.«

Amy fühlte einen Kloß im Hals. »Ich bin auch sehr gerne mit ihr zusammen. Aber sie hätte mir wirklich nicht so ein kostbares Geschenk machen sollen.« Ihr schlechtes Gewissen hatte beinahe dazu geführt, dass sie die wunderschöne Silberkette mit einem geschliffenen Lapislazuli, der genau zu ihren Augen passte, nicht angenommen hätte. Aber Sahar war so aufgeregt gewesen und hatte sich solche Mühe gemacht, dass Amy es nicht über sich gebracht hatte. Jetzt schien der Anhänger ihr ein Loch in die Brust zu brennen.

Bashir zuckte nur mit den Schultern. »Wenn meine Tochter dir etwas schenken möchte, habe ich nichts dagegen.« Neugierig blickte er sie an. »Oder hat es dir nicht gefallen?«

Automatisch ging ihre Hand zu der Kette. »Doch, es ist wunderschön.«

»Dann genieße es.« Er blickte auf seinen Schreibtisch, ein deutliches Zeichen dafür, dass ihre Unterhaltung langsam enden sollte.

»Danke.« Amy suchte nach einer Möglichkeit, das Aufnahmegerät zu platzieren, doch solange Bashir im Zimmer war, würde ihr das nicht gelingen. »Einen schönen Abend noch.«

Bashir blickte noch einmal auf. »Dir auch.«

Amy war schon auf halbem Weg zur Tür, als diese plötzlich aufgestoßen wurde. Vor Schreck zuckte sie zusammen und tastete nach dem Messer, das sie an der Hüfte unter der Burka trug. Als sie den Mann erkannte, der jetzt ins Büro trat und die Tür hinter sich schloss, erstarrte Amy. Es war Mansoor Rahid. Er musterte sie kurz und wandte sich dann Bashir zu, der hinter seinem Schreibtisch aufgestanden war.

»Was tust du hier? Ich hatte dir gesagt, dass du dich von meinem Haus fernhalten sollst.«

Der Terrorist lachte nur, aber es klang nicht freundlich. »Damit wirst du wohl leben müssen.«

»Geh jetzt, Malalai.« Bashirs Stimme hatte ihr gegenüber noch nie so hart geklungen.

So gern Amy dem Gespräch auch gelauscht hätte, sie wusste instinktiv, dass sie so schnell wie möglich verschwinden musste. In ihrem Zimmer würde sie dann Hawk kontaktieren, damit der den Standort des Terroristen weitergeben konnte. Wenn sie Glück hatten, war das SEAL-Team schon angekommen und konnte Rahid abfangen, wenn er das Haus verließ. Amy senkte den Kopf und zog sich in Richtung Tür zurück. Dazu musste sie an dem Terroristen vorbei, worauf sie gern verzichtet hätte. Sie konnte förmlich die Gewaltbereitschaft spüren, die von ihm ausging.

Amy wollte einen Bogen um ihn machen, doch er trat im selben Moment vor und ergriff ihren Arm. Erschrocken blickte sie auf, direkt in seine Augen.

Er starrte sie an, dann verzog sich sein Mund zu einem grausamen Lächeln. »Sieh an, wen haben wir denn da?«

»Das ist eines meiner Hausmädchen, lass sie sofort los.« Bashir war um den Schreibtisch herumgekommen und sah aus, als würde er Amy zur Not eigenhändig aus den Klauen des Terroristen befreien.

»Hast du noch andere mit solch beeindruckend blauen Augen?«

Ein Schauder lief durch Amys Körper, als Rahid den Griff noch verstärkte.

Bashir zog die Augenbrauen zusammen. »Nein. Und jetzt lass sie endlich los.«

»Ich frage mich, ob du irgendetwas darüber weißt, dass mir gerade zwei Gefangene abhandengekommen sind. Sie waren für mich sehr wichtig, und vor allem musste ich einen neuen Standort finden, weil der alte kompromittiert ist. Das macht mich ein wenig ärgerlich.« Seine Stimme klang dabei so kalt, dass es Amy fröstelte. Warum erzählte er das Bashir? Glaubte er, dass der Kaufmann etwas damit zu tun hatte? Oder war es ihm irgendwie gelungen, Amy hierher zu verfolgen?

»Woher sollte ich das wissen? Ich habe keine Ahnung, was du tust, und ich will es auch gar nicht wissen.« Schweißperlen bildeten sich auf Bashirs Stirn.

»Es sollte dich aber interessieren, wenn eine deiner Hausangestellten bei mir eindringt und zwei Ungläubigen zur Flucht verhilft.«

»Das ist völliger Unsinn! Malalai kümmert sich um meine Tochter, warum sollte sie jemandem zur Flucht verhelfen?«

Rahid rieb sich übers Kinn. »Das ist eine gute Frage. Und

ich denke, dass sie mir die Antwort darauf verraten wird, wenn ich ihr den richtigen Anreiz biete.« Seine Finger bohrten sich in Amys Fleisch. »Stimmt's?«

Amy schwieg weiterhin. Irgendwie musste sie aus dieser Situation entkommen, doch sie wusste nicht, wie. Natürlich konnte sie es mit Gewalt versuchen, aber die Erfolgsaussichten waren gering, und vor allem würde sie damit ihre Tarnung aufgeben.

»Wann soll denn diese Befreiungsaktion gewesen sein?« Bashir stand inzwischen fast neben ihr, und seltsamerweise fühlte sie sich dadurch etwas besser.

»Vor ein paar Stunden. Willst du mir sagen, dass dein *Hausmädchen* …« Verachtung lag in dem Wort. »… die ganze Zeit hier war?«

Bashir wurde ein wenig blasser. »Nein, aber sie war bei einem kranken Verwandten und hat ihn gepflegt.« Dabei sah er Amy an, und in seinen Augen lag die Bitte, zu bestätigen, dass es wirklich so gewesen war.

Der Terrorist lachte geringschätzig. »Und so etwas hast du geglaubt? Du bist ja noch unfähiger, als ich vermutet hatte.« Mit einer Bewegung, die Amy nicht vorhersehen konnte, riss er ihr den Schleier vom Kopf. Dabei erwischte er auch einige Haarsträhnen.

Vor Schmerz traten Amy Tränen in die Augen, aber sie hob nur das Kinn und sagte nichts.

Der Terrorist musterte sie, als wäre sie ein Insekt. »Wo wohnt dein angeblich kranker Verwandter?«

Als sie schwieg, sprang Bashir ein und nannte die Straße, in die sein Angestellter sie gefahren hatte. Sein Blick zeigte deutlich, dass er ihr immer noch glauben wollte, langsam aber selbst zweifelte. Und das tat mehr weh, als Amy erwartet hatte.

»Nur ein paar Straßen von meinem Hauptquartier entfernt,

wie praktisch. Ich denke, damit ist bewiesen, dass sie die Verräterin ist. Du hast sicher nichts dagegen, wenn ich sie mitnehme und ihr zeige, was wir mit Leuten machen, die sich gegen uns stellen.« Mordlust leuchtete in seinen Augen auf.

»Nein, das lasse ich nicht zu. Ich bin sicher, es war jemand anders, der deine Gefangenen befreit hat. Solange du mir keinen richtigen Beweis lieferst, lasse ich Malalai nicht mit dir gehen.«

»Meine Wächter sprachen übereinstimmend von einer großen Frau mit blauen Augen. Wie viele von denen kennst du hier in der Gegend?«

Verdammt, sie hätte daran denken müssen, dass ihre Augen zu sehr hervorstachen. Allerdings hatte sie auch nicht vorgehabt, Chase eigenhändig aus der Gefangenschaft zu befreien. Es war einfach Pech, dass sie jetzt persönlich auf Rahid getroffen war und er die richtigen Schlüsse gezogen hatte.

»Keine, aber trotzdem heißt das ja nicht, dass es Malalai war.« Dass Bashir es immer noch versuchte, rechnete Amy ihm hoch an.

Der Terrorist dagegen wurde noch ungeduldiger. »Nun stell dich nicht blöder an, als du bist! Diese Schlampe hat dich an der Nase herumgeführt, und du bist nicht Manns genug, die Konsequenzen daraus zu ziehen. Woran liegt das? Hat sie dir auch den Kopf verdreht, so wie meinen Männern?«

Steif richtete Bashir sich auf. »Ich schätze meine Angestellten wegen der Arbeit, die sie leisten.«

Der Verbrecher grinste verächtlich. »Dann wirst du diese hier sicher schnell ersetzen können. Und du solltest besser überprüfen, ob du noch andere Verräter beschäftigst. Noch so eine Aktion wie den Angriff der amerikanischen Spezialeinheit werde ich nicht dulden. Wie du sicher gehört hast, habe ich den erfolgreich zurückgeschlagen. Sollte ich herausfinden, dass du etwas damit zu tun hattest, wirst du es bereuen.«

Bashir war noch blasser geworden, seine Hände zitterten sichtbar. Offenbar hielt Rahid die Unterredung für beendet, denn er ging zur Tür und zog Amy mit sich. Sie versuchte, ihn daran zu hindern, aber er war zu kräftig.

»Stopp!« Der Ruf kam von Bashir und brachte den Terroristen tatsächlich zum Stehen. Er drehte sich um und blickte ungläubig den Kaufmann an, der eine Pistole auf ihn richtete. »Malalai bleibt hier.«

Rahid schnaubte nur. »Du solltest dir das noch mal überlegen. Entweder du gibst mir dein Dienstmädchen, oder ich nehme beim nächsten Mal deine Tochter. Wie du sicher gemerkt hast, komme ich jederzeit ungesehen in deinen kleinen Palast, und ich weiß genau, wo sich die Zimmer deiner Frau und Tochter befinden.« Er grinste höhnisch. »Und falls du darüber nachdenkst, mich einfach zu erschießen – meine Leute sind für diesen Fall instruiert, euch alle zu töten.«

Einen Moment lang hielt Bashir dem Blick stand, dann senkte er langsam die Waffe. Sein Blick traf den von Amy. »Es tut mir leid.«

Unmerklich nickte sie ihm zu. Sie verstand seine Entscheidung, auch wenn er damit ihr Schicksal besiegelte. Für ihn war sie nur eine Hausangestellte, und er hatte sich schon mehr um sie gekümmert, als es hier üblich war. Seine Tochter bedeutete ihm alles, es war keine Frage, dass er sich für ihre Sicherheit entschied. Trotzdem rechnete Amy ihm seinen Versuch, sie vor Rahid zu schützen, hoch an. Allerdings hatte sie jetzt das Problem, dass sie irgendwie entkommen musste, wenn sie nicht das gleiche Schicksal erleiden wollte wie Joe und Chase.

Eine Welle der Angst durchlief sie, als sie durch den leeren Gang gezerrt wurde. Wo waren die Wachmänner, die sonst hier Dienst taten? Wie oft hatte sie die Tatsache verflucht, dass es kaum möglich war, ungesehen durch das Haus zu laufen, und doch schaffte es dieser Terrorist scheinbar spielend. Entweder hatte er sehr viel Glück, oder er hatte einen oder mehrere eigene Leute hier eingeschleust. Bei der Vorstellung, dass sie vielleicht die ganze Zeit unter Beobachtung gestanden hatte, lief es Amy kalt den Rücken herunter. Und sie hätte nicht einmal sagen können, welcher der zahlreichen Angestellten ein Maulwurf war.

Sie wusste nur eins: Wenn sie zuließ, dass der Terrorist sie aus dem Haus brachte, war ihr Schicksal besiegelt. Selbst wenn das andere SEAL-Team nach ihm suchte, war es mehr als unwahrscheinlich, dass sie ihn fanden. Dafür hatte er zu viele Verstecke, zu viele Helfer. Und er war schlau genug, keine Spuren zu hinterlassen, sonst hätte ihn schon vor Jahren jemand gefunden. Sie würde verschwinden, so wie unzählige andere Frauen, die jahrelang nicht gefunden wurden, bis man dann irgendwann ihre Leichen entdeckte. Manche tauchten auch nie wieder auf.

Der Gedanke bewirkte, dass Amy zu kämpfen begann. Mit einer oft geübten Drehung wand sie sich aus dem Griff des Terroristen und lief los. Doch die Burka behinderte sie beim Laufen, und so hatte Rahid sie in nur wenigen Schritten wieder eingeholt. Diesmal griff er in ihre Haare und zog daran, bis Amy die Tränen in die Augen schossen. Sie tastete gerade nach dem Messer, als sie plötzlich aus den Augenwinkeln eine Bewegung sah. Sahar war aus ihrem Zimmer gekommen und starrte sie mit großen Augen an.

»Nein, Malalai!« Sie machte einige Schritte auf Amy zu, als wollte sie eingreifen.

»Zurück, sofort, oder sie stirbt!« Eine Klinge presste sich an Amys Kehle und ritzte in ihre Haut.

Sahar blieb stehen, wirkte aber immer noch so, als wollte sie den Terroristen angreifen. Amy blickte ihr direkt in die Augen. »Geh zurück in dein Zimmer, Sahar.«

Die schüttelte nur den Kopf. »Ich will nicht, dass er dir wehtut!«

Hinter Amy ertönte Rahids ungeduldiges Schnauben. Wenn sie nicht wollte, dass Sahar etwas passierte, musste sie sich etwas einfallen lassen. »Hör zu, Prinzessin …«

In diesem Moment kam Bashir aus seinem Büro und gab einen entsetzten Laut von sich, als er seine Tochter in der Nähe des Terroristen sah. »Sahar, komm sofort hierher.«

Erleichtert atmete Amy auf, als die Kleine zu ihrem Vater rannte und sich in seine Arme warf.

»Bitte, *plaar*, tu etwas. Er darf Malalai nicht wehtun!«

Bashir schlang die Arme noch enger um seine Tochter. Seine Qual war ihm deutlich anzusehen. »Ich kann leider nichts machen.«

Das nahm der Verbrecher als Stichwort und begann, Amy weiter den Gang entlangzuziehen.

»Nein!« Sahars Schrei ließ sie zurückblicken. Die Kleine hing in den Armen ihres Vaters, dicke Tränen liefen ihr über die Wangen. Hilflos streckte sie die Arme nach Amy aus. »Malalai!«

Amy wusste, dass sie den Anblick für den Rest ihres Lebens nicht mehr vergessen würde, egal, ob dieses nur noch wenige Stunden oder viele Jahre dauern würde. Ihre Brust schmerzte, als hätte ihr jemand das Herz herausgerissen. Dann zog Rahid sie um eine Ecke, Vater und Tochter verschwanden aus ihrem Blickfeld. Sahars Schreie aber gellten weiter in Amys Ohren, auch wenn diese inzwischen verstummt waren.

Der Terrorist stieß Amy grob in einen Raum, der sonst den höheren Hausangestellten vorbehalten blieb. Es war niemand darin, der ihr hätte helfen können, aber selbst wenn sie jemanden angetroffen hätten, wäre der vermutlich nur höflich zur Seite getreten. Verzweiflung kam in Amy auf, während sie vergebens nach einem Ausweg suchte. Wieder tastete sie nach dem Messer an ihrem Oberschenkel, konnte es jedoch nicht erreichen, solange sie sich bewegten und Rahid sie an den Haaren festhielt.

Bevor sie sich etwas überlegen konnte, schleuderte der Verbrecher sie mit Wucht von sich. Amy konnte sich nicht rechtzeitig abfangen und schlug mit dem Kopf gegen die Wand. Ihre Beine gaben nach, und sie schaffte es gerade noch, sich an einer alten Anrichte festzuhalten, die in Reichweite stand. Das Blut dröhnte in ihren Ohren, dunkle Punkte flimmerten vor ihren Augen. Nein, sie konnte jetzt nicht das Bewusstsein verlieren, sie musste wach bleiben und bei der ersten Gelegenheit kämpfen oder fliehen! Dieser Gedanke half Amy, sich aufzurichten und die Ohnmacht zu verdrängen.

»Los, da durch!« Grob packte der Terrorist sie wieder am Arm und stieß sie in Richtung einer unscheinbaren Tür, die durch ein raffiniertes Fliesenmuster optisch in der Wand verschwand. Hätte Rahid sie nicht darauf aufmerksam gemacht, hätte Amy sie nie gesehen.

Als sie nicht reagierte, griff Rahid an ihr vorbei und schob die Tür auf, die in einen schmalen Gang aus grob behauenen Steinen führte. Er schien alt zu sein, und Amy fragte sich, ob Bashir überhaupt von seiner Existenz wusste. Vermutlich nicht, sonst hätte er ihn sicher verschließen oder zumindest so bewachen lassen, dass niemand einfach ins Haus eindringen konnte. Der Terrorist gab Amy einen Stoß, und sie stolperte in den Gang. Als sich die Tür hinter ihnen schloss und es plötzlich so dunkel war, dass sie nichts mehr sehen konnte, blieb sie stehen.

»Geh los.« Das Messer lag wieder an ihrer Kehle, und sie bewegte sich vorsichtig vorwärts.

Wenn sie jetzt stolperte, konnte das ihren Tod bedeuten. Mit den Händen tastete sie sich an den Wänden entlang, dem einzigen Anhaltspunkt, der ihr in der Dunkelheit blieb.

»Schneller!«

Amy platzte der Kragen. »Ich sehe nichts und habe ein Messer am Hals! Da ich nicht weiß, wo der Gang langführt, werde ich sicher nicht blindlings losrennen. Wer sagt, dass nicht irgendwo Stufen sind oder es um die Ecke geht?«

Zu ihrer Überraschung lachte Rahid nur. »Ich glaube, wir beide werden zusammen viel Spaß haben.« Er drückte ihr einen Gegenstand in die Hand. »Mach sie an und dann geh endlich schneller.«

Amy ertastete eine Taschenlampe und knipste sie an. Ein Licht flammte auf und beleuchtete schwach den düsteren Gang. Als sie die Stufen nicht weit vor sich sah, wurde ihr bewusst, dass sie gerade noch einem Desaster entgangen war. Hätte der Terrorist sie gewarnt oder sie sogar absichtlich hinuntergestoßen? Andererseits hätte er sich dann sicher nicht so viel Mühe gegeben und sie einfach in Bashirs Büro umgebracht. Nein, aus irgendeinem Grund wollte er sie lebend.

Vorsichtig bewegte Amy sich vorwärts, während Rahid weiterhin dicht hinter ihr blieb. Wieder hielt er ihr das Messer an die Kehle, und sie wagte es nicht, zu schlucken. Schneller als erwartet war der Gang zu Ende, und Amy stand vor einer Wand. Die Enge und das alte Gemäuer drückten auf sie nieder, bis sie glaubte, ersticken zu müssen. Staub drang ihr in die Nase und brachte sie zum Niesen.

Sofort riss Rahid an ihren Haaren. »Still!«

Ihr Genick knackte protestierend, und Amy hielt sich die Hand vor die Nase, um ein weiteres Niesen zu verhindern, während sie gleichzeitig versuchte, den Druck zu verringern. Immerhin war das Messer nun nicht mehr an ihrer Kehle, und sie konnte leichter atmen. Panik schoss durch Amys Körper, als der Terrorist sie mit dem Gesicht an die Wand drückte. Rauer Stein schabte über ihre Wange, und sie schloss die Augen. War das der Moment, in dem sie sterben würde? Sie hatte akzeptiert, dass der Zeitpunkt irgendwann kommen würde, aber sie hatte sich nie vorgestellt, dass es in einem dunklen, stickigen Gang passieren würde. Niemand würde je erfahren, was mit ihr geschehen war. Sie würde einfach verschwinden.

Für einen Augenblick glaubte sie erneut, Chase spüren zu können, aber das war sicher nur Einbildung. Inzwischen musste er mit seinem Team schon auf dem Weg in die USA sein und würde vermutlich nicht einmal einen Gedanken an sie verschwenden. Das hatte sich schon in der Art angekündigt, wie er sich auf dem Stützpunkt von ihr verabschiedet hatte. Ein kurzer Händedruck begleitet von einem Dank für ihre Hilfe, dann hatte er sich abgewandt und war davongehumpelt. Auch wenn er zu dem Zeitpunkt starke Schmerzen gehabt hatte und sie von etlichen Ärzten und zwei seiner Teammitglieder umgeben gewesen waren, hatte Amy trotzdem mehr erwartet. Zum Beispiel, dass er ihr dabei in die Augen blicken und endlich erkennen würde, wer sie war. Es schmerzte fast so sehr wie damals, als er sie das erste Mal verlassen hatte.

Ein Luftzug strich über Amys Gesicht, und sie riss die Augen auf. Dicht neben ihr hatte der Terrorist eine weitere versteckte Tür geöffnet, die offensichtlich ins Freie führte. Gierig sog sie die frische Luft ein.

»Setz den Schleier wieder auf.«

Ein Stück Stoff erschien vor ihrem Gesicht. Sie hatte gar nicht mitbekommen, dass er ihn mitgenommen hatte. Zögernd griff sie danach. Die Vorstellung, sich wieder dahinter verstecken zu müssen, war furchtbar.

»Schnell. Ich will, dass du einen Schritt vor mir gehst. Ich werde die ganze Zeit die Pistole auf dich gerichtet haben. Wenn du irgendwas versuchst, bist du tot.« Als sie nicht antwortete, riss er wieder an ihren Haaren. »Hast du mich verstanden?«

»J…ja.«

»Gut. Ich würde es sehr bedauern, wenn du den schnellen Tod wählst.« Er wartete, bis sie den Schleier aufgesetzt hatte, dann griff er wieder nach ihrem Arm und stieß sie nach draußen.

Amy stolperte über die Schwelle und konnte sich gerade noch auf den Beinen halten. Rasch blickte sie sich um, doch es war niemand zu sehen, der ihr hätte helfen können. Sie waren in einer kleinen Gasse herausgekommen, die sie nun verließen, nachdem der Terrorist sichergestellt hatte, dass ihnen niemand folgte. Amys Herzschlag dröhnte in ihren Ohren, als ihr klar wurde, dass sich keiner einmischen würde, selbst wenn sie jemandem begegnen sollten. Sie war völlig auf sich allein gestellt. Nie hatte sie sich verlassener gefühlt als in diesem Moment. *Chase, wo bist du?*

25

Immer wieder machte Devil Lockerungsübungen, soweit das in den beengten Verhältnissen überhaupt ging. Trotzdem wurden seine missbrauchten Muskeln langsam steif. Wenn er die ganze Nacht eingepfercht in dieser schmalen Spalte direkt gegenüber von Khans Palast verbringen musste, würde er sich am Morgen gar nicht mehr bewegen können. Dennoch hatte er nicht vor, seinen Platz zu verlassen. Ganz deutlich waren jetzt die Warnzeichen seines Körpers, dass etwas Schlimmes passieren würde. Das Kribbeln in seinem Nacken wurde mit jeder Minute stärker, bis er kurz davor war, in das Gebäude zu stürmen und Amy dort herauszuholen.

Mehr als einmal hatte er schon daran gedacht, Hawk anzurufen und ihn zu bitten, die Mission sofort abzubrechen, doch solange er keine handfesten Beweise hatte, konnte er das nicht tun. Dafür hing zu viel davon ab. Bisher hatten auch nur einige Dienstboten das Haus betreten und wieder verlassen, von dem Terroristenanführer keine Spur. Vielleicht hatte der sich tatsächlich wieder in seinem Loch verkrochen und würde den Anschlag verschieben oder von jemand anderem durchführen lassen. Ganz sicher würde Rahid sich nicht selbst dabei opfern, das war nicht sein Stil.

Noch immer kochte die Wut in Devil hoch, wenn er an die Frau dachte, die vor ihren Augen explodiert war. Sie war nur ein weiteres Bauernopfer in dem nie endenden Krieg der Terroristen gewesen. Dass dabei auch noch seine Männer verletzt worden waren, machte die Sache nur noch schlimmer. Wenigstens war es ihnen gelungen, den kleinen Jungen zu retten, der anschließend einer Hilfsorganisation übergeben worden war, die sich darum kümmern würde, mögliche Angehörige zu finden oder das Kind in einem Waisenhaus unterzubringen. Viel zu viele Kinder hatten schon unter dem Krieg gelitten, waren getötet, verletzt oder zu Waisen geworden. Wann hörte das jemals auf?

Müde rieb sich Devil über das Gesicht. Solche Gedanken frustrierten ihn nur, deshalb schob er sie schnell beiseite. Im Moment hatte er nur eine einzige Aufgabe: das Haus zu beobachten und dafür zu sorgen, dass Amy nichts passierte. Wenn er dabei Mansoor Rahid unschädlich machen konnte – umso besser. Er hatte noch eine Rechnung mit ihm offen.

Als Devil erneut versuchte, seine verkrampften Muskeln zu lockern, sah er aus den Augenwinkeln eine Bewegung. Sofort erstarrte er und suchte die Umgebung mit den Augen ab. Inzwischen war es deutlich dunkler geworden, allerdings noch nicht dunkel genug, um das Nachtsichtgerät zu benutzen, das er mitgenommen hatte. Deshalb brauchte er einen Moment, um die Frau zu entdecken, die gerade aus einer Gasse trat. Sie war in eine typische Burka gehüllt, die der Wind ihr gegen die Beine presste. Dicht hinter ihr ging ein Mann, der eine Hand in der Jackentasche hatte, während er mit der anderen die Frau stieß, sodass sie vorwärtsstolperte.

Wütend presste Devil die Zähne zusammen, auch wenn er wusste, dass ein solches Verhalten in Afghanistan nicht untypisch war. Allerdings erschien es ihm seltsam, dass das Paar aus dieser Gasse kam, denn er hatte sie nicht hineingehen sehen, und einen anderen Zugang gab es nicht. Devil kniff die Augen zusammen, um besser sehen zu können, und erstarrte, als er den Mann erkannte. Es war Rahid. Zwar hatte er sich die Kufiya so um den Kopf geschlungen, dass der untere Teil seines Gesichts nicht zu sehen war, aber Devil war sich absolut sicher. Während er gefoltert worden war, hatte er genug Zeit gehabt, sich das Aussehen dieses Bastards einzuprägen, genauso wie dessen Verhaltensweisen. Wenn er ging, zog er sein linkes Bein ein klein wenig nach, als hätte er dort einmal eine Verletzung erlitten.

Am liebsten hätte Devil einfach auf ihn angelegt und ihn erschossen, aber das konnte er nicht tun. Wenn er sich nicht täuschte, zeichnete sich in Rahids Jackentasche der Lauf einer Pistole ab, die direkt auf die Frau gerichtet war, und irgendetwas sagte Devil, dass es sich dabei um Amy handelte. Sein Herz begann schneller zu klopfen, Adrenalin strömte durch seinen Körper. Und Angst um Amy. Wie hatte der Terrorist es geschafft, an sie heranzukommen? Woher hatte er überhaupt gewusst, dass sie dort arbeitete? Doch diese Fragen musste Devil erst einmal unbeantwortet lassen, jetzt zählte nur, dass er sie nicht aus den Augen verlor.

So langsam wie möglich erhob er sich und streckte seine steifen Glieder. Erst als Rahid und Amy weit genug entfernt waren, wagte er es, aus dem Spalt herauszutreten. Zwar war er wie ein Einheimischer gekleidet, aber der Terrorist durfte auf keinen Fall merken, dass er verfolgt wurde. Gemächlich ging Devil los, obwohl er am liebsten gerannt wäre. Wenigstens half ihm die immer tiefer werdende Dunkelheit dabei, sich im Schatten der Hauswände zu verbergen.

Mehr als einmal drehte der Verbrecher sich um, und es gelang Devil gerade noch, sich unsichtbar zu machen. Dadurch, dass kaum andere Menschen auf der Straße waren, wurde seine Aufgabe noch erschwert. Langsam arbeitete er sich näher heran, in der Hoffnung, dass sich die Gelegenheit ergab, einzugreifen. Am liebsten hätte er Amy geschüttelt, weil sie so unvorsichtig gewesen war, andererseits konnte er verstehen, dass sie ihren Job zu Ende bringen wollte und das Verhindern des Anschlags für sie Priorität hatte. Wenn er ehrlich war, bewunderte er sie sogar dafür. Dass sie zuerst an andere und nicht an sich selbst gedacht hatte, gefiel ihm. Allerdings wäre es ihm bedeutend lieber gewesen, sie wäre jetzt auf dem Stützpunkt in Sicherheit.

Erleichtert atmete Devil auf, als der Terrorist endlich langsamer wurde und dann die Straße überquerte. Anscheinend war er jetzt in der Nähe seines Ziels. Er hatte Amy am Arm gepackt, offensichtlich befürchtete er, dass sie die Gelegenheit zur Flucht nutzen würde. Hoffentlich machte sie nichts Dummes und ließ sich töten, noch dazu direkt vor Devils Augen.

Amy sah sich um, als suchte sie nach jemandem, der ihr helfen könnte, doch niemand beachtete sie. Ein Auto fuhr vorbei, ohne langsamer zu werden. Devil konnte richtig sehen, wie Amy in sich zusammensackte, als sie erkannte, dass sie keine Chance hatte. Es tat ihm weh, sie so zu sehen, doch er konnte sich ihr nicht zeigen und riskieren, dann auch von Rahid entdeckt zu werden. Besser, Amy lebte noch ein wenig in Furcht und Devil rettete sie, als dass sie beide in Gefahr gerieten.

Sein Adrenalinpegel stieg sprunghaft an, als er sah, dass der Terrorist die Tür eines Autos öffnete, das am Straßenrand geparkt war, und Amy grob hineinstieß. Er schlug die Tür zu und lief um den Wagen herum. Mit einem Fluch rannte Devil geduckt los. Er musste das Auto erreichen, bevor sie wegfuhren. Doch er war viel zu weit weg und konnte nur hilflos zusehen, wie Rahid auf der Fahrerseite einstieg und seine Tür zuzog. Der Motor startete, eine graue Rauchwolke kam aus dem Auspuff.

Devil schöpfte ein wenig Hoffnung, als der Wagen nicht sofort losfuhr. Mit gegen den Schmerz zusammengebissenen Zähnen holte er das Letzte aus sich heraus und sprintete über die Straße. Durch die Heckscheibe sah er, dass Amy sich gegen den Mann wehrte und versuchte, ihre Tür zu öffnen. Jeden Moment erwartete Devil, einen Schuss zu hören, aber es blieb alles still. Er war fast am Auto angelangt, als der Verbrecher Amys Kopf gegen die Seitenscheibe stieß und dann sofort losfuhr. An Amys Haltung konnte Devil erkennen, dass sie entweder benommen oder sogar bewusstlos war.

Heiße Wut sprudelte durch seine Adern und mischte sich mit Hilflosigkeit. Er würde den Wagen nicht rechtzeitig erreichen. Verzweifelt blickte er sich um und rannte dann zu einem rostigen Jeep, der einige Meter entfernt parkte. Die Tür war nicht abgeschlossen, was Devil als gutes Zeichen nahm. Er warf sich hinein und riss die Abdeckung für die Kabel herunter. Innerhalb von Sekunden hatte er den Wagen kurzgeschlossen – ein Hoch auf alte Autos –, und den Motor gestartet. Er ließ ein anderes Auto vorbeifahren und reihte sich dann dahinter ein. Im Jeep saß er etwas erhöht und konnte so das Auto des Terroristen im Blick behalten.

Devil griff in seinen Rucksack, den er auf den Beifahrersitz geworfen hatte, und suchte mit einer Hand nach seinem Handy. Dabei gleichzeitig den Verkehr im Auge zu behalten, der auch aus Fußgängern und sogar Eselkarren bestand, war gar nicht so einfach, aber schließlich schlossen sich seine Finger um das Telefon. Vorsichtig zog er es heraus und blickte auf das Display, um Hawks Nummer zu finden. Gerade, als er auf den Kontakt tippen wollte, scherte direkt vor ihm ein Wagen aus, und er musste eine Vollbremsung einlegen, um nicht aufzufahren. Dabei rutschte ihm das Handy aus den Fingern und fiel zwischen die Sitze.

»Verdammt!« Wütend hieb Devil auf das Lenkrad ein und wünschte sich, er könnte all die anderen störenden Verkehrsteilnehmer einfach aus dem Weg schieben. Als es endlich weiterging, hielt er nach dem Wagen des Terroristen Ausschau und atmete erleichtert auf, als er diesen weiterhin vor sich erkennen konnte.

Die Augen auf die Straße gerichtet, lehnte Devil sich zur Seite und schob seine Hand zwischen die Sitze, um das Handy zu suchen. Er verzog das Gesicht, als seine Finger sich durch jahrelang angesammelten Dreck wühlten, doch er konnte das Telefon nicht finden. Er würde warten müssen, bis Rahid endlich irgendwo anhielt, was hoffentlich bald passierte, schon wegen Amy. Die Vorstellung, dass dieser Bastard ihr das Gleiche antat wie Joe und ihm, ließ Devils Blut kochen.

Er konnte sich selbst nicht erklären, warum er so sicher war, dass unter der Burka Amy steckte. Aber er spürte es in jeder Faser seines Körpers, und er wusste, dass er alles tun würde, um ihr die Tortur zu ersparen. Zwar hätte er genauso gehandelt, wenn es eine der anderen TURT/LE-Agentinnen betroffen hätte, aber er war sich ziemlich sicher, dass er dann nicht die gleiche Mischung aus Wut, Furcht und Entschlossenheit verspürt hätte. Woher das kam, konnte er nicht sagen. Vielleicht weil Amy ihn für einen Moment an seine Vergangenheit erinnert hatte und an sein schlechtes Gewissen, weil er damals ein Mädchen, das ihm viel bedeutete, im Stich gelassen hatte. Offensichtlich hatte er die Sache doch nicht hinter sich gelassen.

Wenn er wieder zu Hause war, würde er erneut eine Suche starten, vielleicht hatte er diesmal mehr Erfolg. Eventuell könnte er sogar Hawk um Hilfe bitten, als ehemaliger NSA-Agent mit vielen Kontakten zur Regierung würde der sicher mehr Glück haben als er selbst. Devil schwor sich, sich sofort darum zu kümmern, wenn er wieder in Coronado war. Im Moment musste er sich jedoch auf den Terroristen und Amy konzentrieren und die Tatsache, dass sie inzwischen am Rande der Stadt angekommen waren. Wohin wollte dieser Mistkerl?

Devils Unruhe wurde mit jedem Kilometer größer, den sie sich vom Stadtzentrum entfernten. Er fluchte laut, als sie auch die letzten Häuser hinter sich ließen und hinaus in die dunkle Landschaft fuhren. Es war die Straße, die zur nächsten größeren Stadt führte, allerdings gab es auch einige Abzweigungen zu kleineren Ortschaften. Wenn sie dort hinfuhren, würde Devil auffallen wie ein bunter Hund. In einer Stadt konnte er sich noch irgendwie verbergen, es gab genug Deckung. Auf dem Land würde das bedeutend schwieriger werden, vor allem weil er sich dort nicht auskannte und auch nicht ausreichend vorbereitet war. In diesem Moment fehlte ihm sein Team mehr, als er sagen konnte. Genau aus diesem Grund war ein SEAL nie als Einzelkämpfer unterwegs. Schon im BUD/S-Training wurden sie darauf vorbereitet, immer einen Partner an der Seite zu haben, und obwohl Devil normalerweise ein Einzelgänger war, hatte er nie daran gezweifelt, dass das Team nur so seine volle Leistung bringen konnte. Jetzt war er nicht nur allein, sondern auch verletzt und damit absolut nicht in der Verfassung, Amy allein zu retten. Aber er hatte keine Wahl, derzeit war er ihre einzige Chance, lebend aus der Sache wieder herauszukommen.

Devil vergrößerte den Abstand zwischen seinem und Rahids Wagen noch weiter und ließ die Scheinwerfer aus. Allerdings wurde die Verfolgung so immer schwieriger. Inzwischen war es fast völlig dunkel, der Mond nur eine schmale Sichel, die kaum Licht spendete. Das Auto vor sich sah Devil nur noch schemenhaft. Die Landschaft wirkte wie ausgestorben, Sand, einige magere Sträucher und in der Ferne die Berge, die in der Dunkelheit bedrohlich wirkten.

Mit einem Fluch trat Devil auf die Bremse, als er bemerkte, dass er beinahe die Ausfahrt verpasst hätte, die der Wagen vor ihm genommen hatte. Hätten nicht dessen Bremslichter aufgeleuchtet, hätte Devil die Spur verloren und wäre weiter auf der großen Straße geblieben. Sein Herz klopfte schneller, seine Hände krampften sich um das Lenkrad. Langsam bog er ab und fuhr in deutlich geringerem Tempo weiter. Es konnte sein, dass der Terrorist ihn bemerkt hatte und ihm jetzt eine Falle stellte.

Die Gegend wurde deutlich hügeliger, und es dauerte einen Moment, bis Devil endlich das andere Fahrzeug wieder vor sich sah. Es schien nicht wesentlich langsamer zu fahren, deshalb atmete er ein wenig auf. Anscheinend erwartete der Terrorist nicht, dass ihm jemand folgte. Oder er hatte an seinem Ziel genügend Männer, die jeden aufhalten würden, der es versuchte. Automatisch fuhr Devil noch langsamer und beobachtete aufmerksam die Gegend, soweit er sie in der Dunkelheit erkennen konnte. Jetzt hätte er ein Nachtsichtgerät gebrauchen können, aber er wollte nicht riskieren, geblendet zu werden.

Es kam ihm unendlich lange vor, bis die schwachen Lichter eines kleinen Dorfes in der Nacht auftauchten. Jetzt verringerte Rahid doch seine Geschwindigkeit, aber Devil konnte nicht sagen, ob er das tat, weil er sein Ziel erreicht hatte oder weil es zu gefährlich wäre, in hohem Tempo durch das Dorf zu jagen. Dorthin konnte Devil ihm nicht folgen. Die Bewohner würden ihn verraten, wenn sie sahen, dass er nicht zum Dorf gehörte.

Devil ließ den Wagen auf einer Anhöhe ausrollen und legte die Hände über das Lenkrad, während er angespannt den Weg des Terroristen durch das Dorf beobachtete. Wenn er auf der anderen Seite wieder hinausfuhr, würde Devil einen Weg um die Ansiedlung herum suchen müssen. Sollte Rahid allerdings dort stoppen … Automatisch hielt Devil den Atem an, als genau das passierte. Vor einem kleinen Gebäude kam der Wagen zum Stehen, und die Fahrertür öffnete sich.

Beinahe gleichzeitig wurde die Beifahrertür von innen aufgestoßen, und Amy stürzte sich hinaus. Instinktiv griff Devil nach seiner Waffe, aber er war viel zu weit entfernt, um etwas ausrichten zu können. Bevor Amy flüchten konnte, war der Terrorist schon bei ihr und riss sie an ihrer Kleidung zurück. Heftig wehrte sie sich, doch es war unschwer zu erkennen, dass sie gegen den Mann keine Chance hatte. Innerhalb weniger Sekunden hatte er sie gepackt und zerrte sie in das Gebäude.

Die Hände zu Fäusten geballt sah Devil hilflos zu. Er hasste es, nicht eingreifen zu können, wenn Amy vielleicht gerade um ihr Leben kämpfte. Während er weiter das Haus beobachtete, suchte er erneut nach dem Handy. Es dauerte viel zu lange, bis er es endlich mit den Fingerspitzen berührte und zwischen den Sitzen herausziehen konnte. Blind schaltete er es an und gab sein Kennwort ein. Das Display leuchtete auf, und Devil rief Hawks Kontaktdaten auf. Ungeduldig tippte er auf das Telefonsymbol und wartete darauf, dass die Verbindung hergestellt wurde.

Doch es geschah nichts, und Devil brauchte einen Moment, um zu erkennen, dass es kein Funknetz gab. *Das konnte doch nicht wahr sein!* Gerade jetzt, wenn er es so dringend benötigte. Allerdings war ihm das in Afghanistan schon so häufig passiert, dass es ihn eigentlich nicht mehr hätte wundern dürfen. In dem Dorf gab es vermutlich gar kein Telefon oder nur eine Landleitung. In der Hoffnung, vielleicht doch irgendwann Empfang zu haben, tippte Devil schnell eine SMS an Hawk ein, in der er auch die GPS-Daten des Dorfes angab.

Nachdem er auf »Senden« gedrückt hatte, steckte er das Handy ein und konzentrierte sich wieder auf die Hütte, in der Amy immer noch mit ihrem Entführer war. Die Vorstellung, was sie jetzt gerade durchmachen mochte, fraß sich wie Säure in seinen Magen. Schließlich hielt Devil es nicht mehr aus und startete erneut den Motor. Er würde noch ein Stück näher heranfahren, den Jeep abseits der Straße verstecken und zu Fuß weiterlaufen. Wenn er Glück hatte, würde ihn niemand bemerken und er konnte sich zu Amy durchschlagen.

Hinter einem flachen Hügel, der ihn sowohl von der Straße als auch vom Dorf her verbergen würde, hielt Devil an und stieg aus. Er nahm seinen Rucksack vom Beifahrersitz und suchte das Nachtsichtgerät heraus. Solange er in der dunklen Landschaft unterwegs war, würde er es benutzen können. Nachdem er seine Ausrüstung kontrolliert und verstaut hatte, schlüpfte er in die Riemen seines Rucksacks, verschob sie so, dass sie nicht auf seine Verletzungen drückten, und lief los.

26

So schnell es die um ihre Beine gewickelte Burka zuließ, krabbelte Amy rückwärts. Trotz ihrer Gegenwehr hatte der Terrorist keine Mühe gehabt, sie zu überwältigen und in die kleine Steinhütte zu drängen. Dort hatte er sie so heftig in eine Ecke gestoßen, dass sie hingefallen und mit dem Kopf gegen die Steinwand geprallt war. Ihre Zunge schmerzte, wo sie sich gebissen hatte. Aber davon ließ sie sich nicht aufhalten, genauso wenig wie von dem scharfen Schmerz in ihrem Schädel.

Sie wusste genau, was auf sie wartete, wenn es ihr nicht irgendwie gelang, dem Verbrecher zu entkommen. Sie konnte nur hoffen, dass er irgendwann etwas anderes zu tun hatte und sie allein ließ. Zur Not würde sie sich dann mit ihrem Messer einen Weg aus der Hütte graben, vorausgesetzt, Rahid ließ sie so lange am Leben und fesselte sie nicht oder setzte sie auf andere Weise außer Gefecht.

Der Terrorist baute sich jetzt vor ihr auf, und aus ihrer liegenden Position am Boden kam er ihr viel größer vor, als er eigentlich war. Eine schwache Glühbirne an der Decke war die einzige Lichtquelle im Raum, deshalb lag sein Gesicht im Dunkeln, aber Amy konnte die Grausamkeit spüren, die von ihm ausging. Vergebens versuchte sie, die Panik zu unterdrücken, die bei seinem Anblick in ihr aufkam. Was würde passieren, wenn sie sich nicht wie verabredet meldete? Würde Hawk ihr Verschwinden sofort bemerken und dafür sorgen, dass sich jemand auf die Suche nach ihr machte?

Doch selbst wenn es so war, wie sollte sie je gefunden werden? Sie war nicht mehr in der Stadt, und es gab sicher keine Spur, die jemanden rechtzeitig hierherführen würde. Verzweiflung und Bedauern pressten Amy die Kehle zu. Jetzt, wo ihr ein grausamer Tod bevorstand, fragte sie sich, warum sie ihr Leben so von ihrer Kindheit hatte bestimmen lassen. Stattdessen hätte sie lieber richtig leben sollen, jeden Tag genießen und sich darüber freuen sollen, dass sie frei war und tun konnte, was sie wollte. Doch sie hatte sich verkrochen und die Vergangenheit übermächtig werden lassen. Sie war so dumm!

Anstatt sich vor Chase zu verstecken, hätte sie in Coronado zu ihm gehen und mit ihm sprechen sollen. Vielleicht hätte er sich sogar gefreut, sie zu sehen und jemanden zu haben, mit dem er über die Zeit bei Stargate sprechen konnte. Und er hätte ihr erklären können, warum er so plötzlich verschwunden war, ohne sich wenigstens von ihr zu verabschieden. Was hatte ihn dazu bewogen? Es passte gar nicht zu dem ernsthaften Jungen, der sich immer um sie gekümmert hatte.

Jetzt würde sie es nie erfahren. Amy schluckte und blinzelte die Tränen weg, die ihr in die Augen stiegen. Auf keinen Fall würde sie dem Verbrecher zeigen, wie sehr sie sich fürchtete. Es kostete sie unendlich viel Kraft, aber sie schaffte es, das Kinn zu heben und Rahid direkt in die Augen zu blicken.

»Das war eine dumme Idee. Wohin wolltest du hier flüchten?« Er machte eine ausschweifende Handbewegung, die wohl das ganze Dorf umfassen sollte. »Das hier ist mein Reich, niemand würde es wagen, mich zu hintergehen und dir zu helfen. Und alleine wärst du innerhalb weniger Stunden tot.«

Einerseits war es gut, dass er sie immer noch unterschätzte, andererseits befürchtete sie aber, dass er mit seiner Einschätzung recht hatte. Trotzdem würde er sie damit nicht von einem Fluchtversuch abhalten, ganz im Gegenteil. Und wenn sie dabei starb, war es eben so. Hauptsache, sie gab nicht auf.

Mit dem Fuß stieß er sie an. »Hast du dazu nichts zu sagen?«

»Warum haben Sie mich entführt? Ich bin eine einfache Hausangestellte.« Amys Paschtu war gut genug, um sich damit nicht zu verraten, deshalb wagte sie den Versuch, ihn vielleicht doch noch davon zu überzeugen, dass er die Falsche erwischt hatte.

»Vielleicht ist Bashir so dumm und glaubt dir das, aber mich kannst du mit der Nummer nicht täuschen. Nicht, nachdem meine Männer mir erzählt haben, wie du seelenruhig in mein Haus spaziert bist. Und wie du gekämpft hast.«

»Das war ich nicht.«

Rahid bückte sich so schnell, dass Amy nicht rechtzeitig reagieren konnte. Seine Hand schloss sich um ihre Kehle. »Bist du sicher, dass du bei der Version bleiben willst? Es könnte sehr schmerzhaft für dich werden.«

Das glaubte sie ihm, aber sie würde trotzdem an ihrer Geschichte festhalten. Sie hatte nichts zu verlieren. »Ich habe einen kranken Verwandten besucht, fragen Sie dort nach!«

Der Griff wurde enger, und sie bekam keine Luft mehr. Verzweifelt schnappte sie nach Atem und klammerte sich an Rahids Arme, um seine Hände von ihrem Hals zu lösen. Doch er war zu stark für sie. Als letzten Versuch zog Amy die Beine an und trat dann mit voller Wucht zu. Ihre Sandalen richteten keinen großen Schaden an, aber immerhin stolperte der Terrorist rückwärts, und dadurch lockerte sich sein Griff. Gierig sog Amy die Luft ein und begann zu husten. Ihre Augen tränten, ihre Lunge brannte. Dabei verlor sie für einen kurzen Moment den Terroristen aus dem Blick.

Der Schlag kam völlig unerwartet. Er traf sie am Kinn und schleuderte ihren Kopf nach hinten, der erneut gegen die Wand schlug. Schmerz hüllte Amy ein, und für einen Moment befürchtete sie, ohnmächtig zu werden. Mühsam richtete sie sich wieder auf und bohrte die Fingernägel in ihre Handflächen, um sich bei Bewusstsein zu halten. Ihr Kiefer pochte. Wieder beugte Rahid sich vor, und Amy zuckte automatisch zurück. Aber anstatt sie zu schlagen, wischte der Terrorist ihr mit einem Finger über die Lippe. Als er ihn zurückzog, sah Amy das Blut an der Spitze.

Zufrieden lächelte Rahid sie an. »Blut steht dir sehr gut. Ich denke, ich werde meinen Spaß dabei haben, dich so lange zu bearbeiten, bis du mir sagst, was ich wissen will. Und das Gute daran ist, dass ich heute Nacht nichts anderes zu tun habe.«

Übelkeit wühlte in Amys Magen und drohte, sie zu überwältigen. Wie er es wohl finden würde, wenn sie sich auf seine Schuhe übergab? Vermutlich würde er dann eine Methode finden, sie dafür zu bestrafen. Ein Zittern lief durch ihren Körper. Die Hilflosigkeit schmeckte bitter auf ihrer Zunge. Nein, sie würde nicht zulassen, dass dieser Sadist sie besiegte. Er konnte sie töten, aber sie würde ihm nicht die Genugtuung geben, dass er sie gebrochen hatte. Obwohl es Amy schwerfiel, hob sie erneut das Kinn und blickte den Terroristen ruhig an. Oder zumindest so ruhig, wie es ihr in dieser Situation möglich war.

Nur zu gerne hätte sie nach ihrem Messer gegriffen und sich auf Rahid gestürzt, aber der war deutlich kräftiger als sie. Ein direkter Angriff war völlig aussichtslos und würde nur dazu führen, dass Rahid sie schneller tötete – oder die Waffe fand und sie ihr wegnahm.

Die Augenbrauen des Terroristen schoben sich zusammen. Wahrscheinlich hatte er mit einer anderen Reaktion auf seine Drohung gerechnet. »Wenn du denkst, dass ich dich gehen lasse, irrst du dich. Ich werde dich unter meiner Sohle zertreten wie ein Insekt, wenn ich Lust dazu habe. Glaub nicht, dass mich deine blauen Augen davon abhalten.«

Amy blickte ihn einfach nur schweigend an.

Rahids Augen verengten sich. »Du bist keine Afghanin. Wo kommst du her?« Amy schwieg. Egal, was sie sagte, er würde ihr sowieso nicht glauben. »Okay, versuchen wir es anders.«

Er war so schnell über ihr, dass sie nicht mehr reagieren konnte. Seine Finger schlossen sich um ihren Oberarm, und er schleifte sie über den rauen Boden der Hütte zu einer anderen Ecke. Amy versuchte, ihn daran zu hindern, doch sie schaffte es nicht, auf die Füße zu kommen. Dann war es zu spät, der Verbrecher riss ihren Arm so weit nach oben, dass sie halb in der Luft hing. Etwas schloss sich um ihr Handgelenk, Steine schrappten über ihren Handrücken. Amy blickte nach oben und sah, dass ihr Arm mit einer fest installierten Handschelle an die Wand gefesselt war. *Nein!* Wenn er sie hier festband, würde sie nicht flüchten können.

Fieberhaft versuchte sie, ihr Handgelenk zu befreien, doch sie schabte sich dabei nur die Haut an dem scharfkantigen Metall auf. Wild sah sie sich um, aber sie konnte nichts entdecken, das ihr irgendwie helfen würde.

Rahid lachte zufrieden. »Ich sehe, das gefällt dir. Bist du jetzt bereit, mit mir zu reden? Es kann noch deutlich unbequemer werden.«

Amy presste die Lippen aufeinander und ballte ihre Hand zur Faust. Die andere versteckte sie in den Falten ihrer Burka, damit Rahid sie nicht auch noch festband.

»Wie du willst.«

Erneut griff er an, doch diesmal war Amy vorbereitet. Ihr Fuß traf ihn mitten ins Gesicht. Blut lief ihm aus der Nase, und er presste eine Hand darauf, bevor er zurücktaumelte. Wieder riss Amy an der Fessel, doch sie schaffte es nicht, sich zu befreien. Schmerz schoss durch ihr Handgelenk. Die Verzweiflung trieb sie dazu, doch nach ihrem Messer zu greifen. Jetzt, nachdem sie den Terroristen verletzt hatte, konnte es durchaus passieren, dass er sie sofort tötete. Lieber wollte sie alles getan haben, was sie konnte, um ihn davon abzuhalten. Mit der freien Hand griff Amy unter ihre Burka und tastete nach dem Messer. Gerade, als sie den Schaft berührte, hatte Rahid sich von seiner Überraschung erholt und stürzte sich wieder auf sie.

Amy zog das Messer heraus und stieß es in Richtung von Rahids Oberkörper. Die Klinge traf ihr Ziel. Da Amy jedoch nur ihre linke Hand zur Verfügung hatte, war nicht so viel Wucht dahinter, wie sie es sich gewünscht hätte. Als der Terrorist zurücksprang, riss er das Messer mit sich. Ungläubig blickte er an sich hinunter auf den Schaft, der aus seiner Brust ragte. Dann griff er danach und zog ihn heraus. Er wog das Messer in seiner Hand, als überlegte er, ob er es Amy in den Körper rammen sollte. Schließlich drehte er sich nur um und warf es in Richtung Tür, wo es zitternd im Holz stecken blieb.

Als Rahid sich wieder Amy zuwandte, hatte sich auf seinem Oberteil ein feuchter, dunkler Fleck ausgebreitet. Es roch nach Blut. Leider schien Amy keine Stelle erwischt zu haben, die ihn töten oder wenigstens so schwächen würde, dass er zusammenbrach. Als Rahids Blick sie durchbohrte, presste Amy sich dichter an die Wand.

»Das hättest du nicht tun sollen, Frau.«

Durch die Verletzungen wirkte er noch furchterregender, aber wenigstens kam er ihr jetzt nicht mehr so nah. Offenbar hatte er erkannt, dass sein Opfer doch nicht so hilflos war, wie er gedacht hatte. Gut so. Amy wollte es ihm so schwer wie möglich machen.

Eine Hand presste er auf die Wunde in seiner Brust, das Blut quoll zwischen seinen Fingern hervor. »Ich komme gleich wieder, und glaub mir, es wird dir noch leidtun, dass du dich in meine Angelegenheiten eingemischt hast.«

Das glaubte Amy zwar nicht, aber sie war sich ziemlich sicher, dass sie sehr leiden würde. Das Herz hämmerte in ihrer Brust, ihr Atem kam immer schneller, bis sie beinahe hyperventilierte. Nur die Tatsache, dass sie dem Verbrecher ihre Angst nicht zeigen wollte, ließ sie durchhalten. Immerhin hatte sie erreicht, dass er die Hütte wenigstens für kurze Zeit verlassen würde. Wenn es ihr in der Zeit gelang, sich zu befreien … dann war sie immer noch in einem Dorf, in dem ihr niemand helfen würde und aus dem sie nicht entkommen konnte. Aber lieber starb sie in der feindlichen Landschaft als hier von Rahids Hand.

Amy hielt den Atem an, als der Terrorist sich endlich umdrehte und die Hütte verließ. Hinter ihm schlug die Tür zu, und Amy hörte, wie er sie abschloss. Nur wenige Sekunden wartete sie, bevor sie unter ihren Schleier griff. Glücklicherweise war Rahid nicht dazu gekommen, sie zu durchsuchen oder ihr gar die Kleidung wegzunehmen, sonst hätte er sowohl das Messer als auch ihre Geheimwaffe entdeckt. Endlich fand Amy, was sie suchte, und zog vorsichtig die Haarklammer heraus. Eigentlich war sie dafür da, den Schleier in ihren Haaren zu befestigen, aber sie hatte ihr schon mehrfach gute Dienste geleistet.

Schnell bog Amy die Klammer auf, sodass sie in das Schloss der Handschelle passte. Dann kniete sie sich hin, um ihr Handgelenk auf Augenhöhe zu haben. Ihre Finger zitterten so stark, dass sie die Klammer kaum in das Schloss der Handschelle bekam. Jetzt war sie dankbar für die ausführliche Ausbildung, die sie bei den TURTs genossen hatte. Hoffentlich klappte es hier auch so einfach wie in einer Übungssituation. Einige Male rutschte ihr das Metallstück durch die feuchten Finger, und sie musste diese am Stoff ihrer Burka abwischen.

Schließlich schaffte sie es, die Klammer einzuführen und das Ende so umzubiegen, dass es die Sperrklinkenfeder erreichte. Amy bewegte die Klammer ein paarmal hin und her, dann drückte das Metall die Feder so weit nach unten, dass sich die Ratschenzähne von ihr lösten und die Schelle sich öffnete. Erleichtert atmete Amy auf und kam rasch auf die Füße. Einen Moment lang schwankte sie, ein scharfer Stich fuhr durch ihren Kopf. Mit einer Hand stützte sie sich an der Wand ab und schloss die Augen. Da das den Schwindel jedoch nur verstärkte, riss Amy sie schnell wieder auf.

Nach ein paar beruhigenden Atemzügen stieß sie sich von der Wand ab und ging durch den Raum zur Tür. Leider gab es keine andere Möglichkeit zu entkommen, da die Hütte keine Fenster hatte. Davon abgesehen hatte Amy noch keine Ahnung, wie sie es schaffen sollte, die Tür zu öffnen.

Mit einem Ruck zog sie schließlich ihr Messer aus dem Holz, das der Terrorist dort zurückgelassen hatte. Damit konnte sie vielleicht das Schloss so manipulieren, dass es auch ohne Schlüssel aufsprang. Amy legte das Ohr ans Holz und lauschte. Es waren verschiedene Geräusche zu hören: ein Automotor, Stimmen, das Bellen eines Hundes. Nichts davon deutete darauf hin, dass ein Wächter vor ihrer Tür stationiert war. Unten war ein Spalt, deshalb bückte Amy sich und blickte hindurch. Sand und Steine, ein wenig Unkraut. Ein undefinierbarer Haufen. Wenigstens sah sie keine Menschen, was sie ein wenig erleichterte. Natürlich konnte auch jemand neben der Tür stehen, aber sie musste es riskieren. Rahid konnte jederzeit zurückkommen, die Zeit lief ihr davon.

Ein Blick durch das Schlüsselloch zeigte, dass der Schlüssel noch darin steckte. Vorsichtig führte Amy die Spitze des Messers in das Loch, um den Schlüssel hinauszustoßen und dann durch den Türspalt nach innen zu holen. Schon nach wenigen Zentimetern stieß sie auf das Metall und drückte mit angehaltenem Atem ein wenig dagegen. Doch es bewegte sich nichts.

Enttäuscht stieß Amy die Luft aus. Wahrscheinlich war der Schlüssel falsch herum, sie musste ihn irgendwie drehen, damit er herausfallen konnte. Sofort begann sie damit, den Schlüssel mit dem Messer zu manipulieren, aber die Klinge rutschte immer wieder ab, ohne etwas zu bewirken.

Je mehr Zeit verrann, desto nervöser und ungeduldiger wurde Amy. Die Vorstellung, was der Terrorist ihr alles antun könnte, wenn er zurückkam, ließ die Burka an ihrem Körper kleben. Tonlos flehte sie den Schlüssel an, sich endlich zu drehen, doch er rührte sich nicht. Mit jeder Sekunde zitterten ihre Hände mehr, und sie schmeckte Blut von ihrer aufgeschlagenen Lippe.

Als sich der Schlüssel plötzlich im Schloss drehte, starrte Amy ihn einen Moment lang nur irritiert an. Dann verstand sie, dass jemand ihn von außen bediente, ihre Zeit war gerade abgelaufen. Schwankend kam Amy auf die Füße und stolperte zur Seite. An die Wand neben der Tür gepresst wartete sie darauf, dass diese sich öffnete. Das Messer hielt sie stoßbereit in der Hand. Sie würde versuchen, denjenigen zu überwältigen, der hereinkam, und dann fliehen. Rahid glaubte, dass sie noch an die Wand gefesselt war. Sie würde ihm die Überraschung seines Lebens bereiten.

Atemlos beobachtete Amy, wie die Tür einige Zentimeter aufgeschoben wurde. Ihr Herz klopfte so laut, dass sie schon befürchtete, ihr Besucher könnte es hören. Es passte gar nicht zu dem Terroristen, dass er so zögerlich hereinkam. Trotz der kalten Nachtluft lief Schweiß an Amys Schläfe hinunter. Nur noch wenige Zentimeter standen zwischen ihr und der Freiheit, sie konnte sie beinahe schon spüren. Stumm feuerte sie den Terroristen an, sich zu beeilen und endlich hereinzukommen. Ihre Hand mit dem Messer zitterte, aber sie würde nicht zögern, zuzustoßen.

Ein Arm erschien in ihrem Blickfeld. Amy hob das Messer. Im selben Moment wurde sie von einer Welle von Gefühlen überrollt, die sie beinahe in die Knie zwangen. So sehr sie es auch wollte, sie war nicht mehr in der Lage, den Mann zu verletzen, der jetzt in die Hütte trat. Bevor sie irgendetwas tun konnte, war er zu ihr herumgewirbelt und hatte sie an die Wand gepresst. Sein Arm legte sich über ihre Kehle und schnürte ihr die Luft ab. Ihre Hand mit dem Messer wurde mit hartem Griff festgehalten. Ein erstickter Laut entfuhr ihr.

»Amy.« Erleichterung begleitete ihren Namen. Genauso schnell, wie er sie überwältigt hatte, entfernte er sich wieder von ihr.

Amy blinzelte ein paarmal, überzeugt, dass es eine Sinnestäuschung sein musste. »Chase?« Tausend Fragen rasten ihr durch den Kopf. Sie wollte erfahren, was er hier tat, wie er hierherkam und woher er wusste, dass sie hier war, aber jetzt war nicht der richtige Zeitpunkt dafür. Und auch nicht dafür, sich an seine Brust zu werfen, um sich endlich wieder sicher zu fühlen.

Stattdessen packte sie seine Hand und zog ihn zur Tür zurück. »Wir müssen sofort hier weg, Rahid kann jeden Moment wiederkommen.«

Chase nickte knapp und schob sich vor sie. »Bleib immer hinter mir und tu genau, was ich dir sage.«

Damit hatte sie kein Problem. Sie war unheimlich froh, einen Profi an ihrer Seite zu haben, und bereit, ihm das Kommando zu überlassen. Sicher hatte er einen Plan, wie sie hier am besten herauskamen, ohne getötet zu werden. Eine Hand an seinem Rücken folgte sie ihm aus der Hütte und daran vorbei.

Amy unterdrückte einen erschreckten Laut, als sie einen offensichtlich toten Mann hinter dem Gebäude liegen sah. Anscheinend hatte tatsächlich ein Wachtposten vor der Hütte gestanden, dem sie geradewegs in die Arme gelaufen wäre, wenn sie die Tür hätte öffnen können. Ein Schauer lief durch ihren Körper.

Chase schien das gespürt zu haben, denn er blickte sie kurz an. »Sieh nicht hin.«

Dass er sie schützen wollte, löste trotz der immer noch bestehenden Gefahr Wärme in ihr aus. Ohne zu zögern, folgte sie ihm in die Dunkelheit.

27

Devil hatte einiges erwartet, als er die Tür der Hütte geöffnet hatte, aber sicher nicht, dass Amy ihn mit einem Messer angreifen würde. Zuerst hatte er sie für einen der Terroristen gehalten, dann aber glücklicherweise noch rechtzeitig ihren weichen Körper wahrgenommen. Trotz der Prellungen und des Blutes im Gesicht wirkte sie unerwartet unversehrt. Während er sich im Laufschritt dem Dorf genähert hatte, waren ihm die schlimmsten Szenarien durch den Kopf gegangen, was Rahid ihr alles angetan haben könnte. Die Vorstellung war so furchtbar gewesen, dass er sämtliche Vorsichtsmaßnahmen außer Acht gelassen und den Wachtposten vor der Hütte beseitigt hatte, um schneller zu ihr zu gelangen.

Dass sie nicht in einer Ecke gekauert, sondern versucht hatte zu entkommen, rang ihm Bewunderung ab. Auch wenn sie als TURT/LE-Agentin gut ausgebildet worden war, nicht jeder kam mit solch einer Situation zurecht. Besonders wenn es Mansoor Rahid betraf. Dennoch würde Devil erst wieder frei atmen können, wenn er Amy in Sicherheit gebracht hatte. Noch immer konnte er ihre Berührung an seinem Rücken spüren. Wärme und ein leichtes Prickeln gingen davon aus. Er wusste nicht, warum er so auf sie reagierte, aber er durfte sich nicht davon ablenken lassen. Ein einziger Moment der Unaufmerksamkeit konnte schon zu ihrem Tod führen.

Wenn sie die letzten Häuser des Dorfes hinter sich gelassen hatten, würde nur noch die raue, beinahe vegetationslose Landschaft zwischen ihnen und dem Jeep liegen. Es gab nichts, wo sie sich verstecken konnten, und auch kein Team, das ihnen Rückendeckung gab. Wäre es nur um ihn gegangen, wäre das okay, aber Devil fühlte die Verantwortung für Amys Sicherheit auf seinen Schultern lasten. Er hatte ohne einen offiziellen Auftrag gehandelt und würde dafür zur Rechenschaft gezogen werden, wenn ihr etwas passierte. Viel schlimmer wäre jedoch das Wissen, dass sie seinetwegen gestorben war.

Devil biss die Zähne zusammen und schob die Zweifel beiseite. Sie hatten während eines Einsatzes nichts zu suchen und würden nur dazu führen, dass er Fehler machte, die er sich nicht leisten konnte. Endlich hatten sie das Ende des Dorfes erreicht und konnten in die Dunkelheit dahinter eintauchen. Deutlich konnte er Amys lautes Atmen hinter sich hören, was zum Teil wohl auch ihrer Angst geschuldet war. Oder hatte sie eine Verletzung, von der er nichts wusste?

Abrupt hielt er an und drehte sich zu ihr um. »Geht es dir gut?«

»Deutlich besser als vorher.«

Die Antwort beruhigte ihn etwas, aber er musste trotzdem fragen. »Hast du eine Verletzung, von der ich wissen sollte?«

»Nichts Schwerwiegendes.« Sie blickte sich um. »Was machen wir jetzt? Wo ist das Team?«

Innerlich schnitt Devil eine Grimasse. »Wir sind allein. Ich habe weiter hinten ein Auto versteckt, dorthin müssen wir kommen, ohne dass uns jemand bemerkt.«

Voller Vertrauen sah Amy ihn an. »Okay.«

Überrascht, dass sie es einfach so hinnahm und nicht wie andere Frauen unzählige Fragen stellte, nickte er nur knapp. Er zog eine Pistole aus seinem Rucksack und reichte sie ihr. »Wenn sich irgendwo was bewegt, schieß.«

Ihre Lippe kräuselte sich, aber sie nahm die Waffe entgegen, checkte das Magazin und die Sicherung. »Alles klar.«

Devils Bewunderung für sie wuchs. »Bleib ab jetzt vor mir.«

»Ich weiß doch nicht, wo der Wagen ist.«

Devil deutete in eine Richtung. »Da lang.« Ein tiefer Seufzer entfuhr ihm, als sie ihn immer noch verwirrt anstarrte. »Ich trage eine schusssichere Weste, du nicht. Wenn sie also anfangen zu schießen …«

Verständnis trat in ihre Augen, zusammen mit unübersehbarer Wärme. »Danke.« Sie legte ihre Hand an seine Wange. »Lass dich nicht töten, Chase.«

Die Berührung löste ein erneutes Kribbeln bei ihm aus. Sogar seine Lippen prickelten, als hätte sie ihn gerade geküsst. Schnell packte Devil ihre Hand und zog sie von seinem Gesicht weg. Doch er schaffte es nicht, sie einfach fallen zu lassen, sondern drückte sie stattdessen. »Ich bin nicht so leicht umzubringen. Und jetzt sollten wir weiter, damit wir hier weg sind, bevor sie dein Verschwinden bemerken.«

Da sich ihre Hände immer noch berührten, fühlte er Amys Zusammenzucken. »Du hast völlig recht. Entschuldige.«

Zögernd ließ er sie los und beobachtete, wie sie die Burka raffte und die Enden an der Taille zusammenknotete. Damit war der Stoff deutlich kürzer und würde sie nicht mehr beim Laufen behindern. Devil bemühte sich, nicht auf ihre nackten Beine zu starren. Noch zu gut erinnerte er sich daran, wie sie in dem Versteck ausgesehen hatten, in das sie mit Joe geflüchtet waren. War das wirklich erst vor wenigen Stunden gewesen? Es war so viel passiert, dass er Schwierigkeiten hatte, das alles zu verarbeiten.

Als Amy sich erneut in Bewegung setzte, lief Devil dicht hinter ihr her, immer darum bemüht, sie vor allen möglichen Gefahren zu beschützen. Die konnten nicht nur von hinten kommen, sondern auch von vorne oder den Seiten. Sicher hatte Rahid Wachen aufgestellt, die dafür sorgten, dass niemand sich dem Dorf näherte. Es machte Devil nervös, wenn er sich an einem Ort aufhielt, den er vorher nicht genau ausgekundschaftet hatte. Aber durch Amys Entführung war das nicht möglich gewesen, er hatte sofort handeln müssen.

Sie waren erst wenige Meter weit gekommen, als laute Rufe die Nacht zerrissen. *Verdammt!* Wenn sie nur ein wenig mehr Zeit gehabt hätten, wären sie schon viel näher beim Auto gewesen und hätten es schaffen können. Jetzt war es nur noch eine Frage von wenigen Augenblicken, bis man sie in der offenen Landschaft entdecken würde. Das schien auch Amy so zu sehen, denn sie lief schneller als vorher. Ihre keuchenden Atemzüge waren deutlich zu hören, ihre Furcht beinahe spürbar. In Devils Nacken kribbelte es, und er wusste, dass gleich etwas passieren würde.

Einzelne Lichter gingen an und leuchteten die steinigen Weiten ab. Anscheinend hatten die Terroristen für solche Fälle große Suchscheinwerfer. Mit einem stummen Fluch warf Devil sich nach vorn und riss Amy mit sich. Ihr erschrockener Laut brach abrupt ab. Devil schlang seinen Arm um ihre Mitte und rollte sich mit ihr herum, bis sie beide am Boden einer kleinen Senke lagen. Hierher konnte kein Scheinwerfer dringen, aber natürlich waren sie nur so lange sicher, bis Rahid seine Leute hinausschickte. Devils Fußabdrücke würden in der Umgebung der Hütte deutlich zu sehen sein. Wenn sie Pech hatten, waren sie bis zu ihrem jetzigen Standort zu verfolgen. Devil robbte sich nach oben, bis er über den Rand der Senke blicken konnte. Sofort duckte er sich, da ein Scheinwerfer in seine Richtung leuchtete.

Amy schob sich neben ihn, die Waffe in der Hand. »Was machen wir jetzt?«

»Wir müssen immer noch versuchen, den Wagen zu erreichen, das ist unsere einzige Möglichkeit, hier wegzukommen.«

»Wie weit ist es noch?«

Devil presste die Lippen zusammen. »Zu weit.«

Da sie stumm blieb, warf er ihr einen kurzen Blick zu. Voller Vertrauen sah sie ihn an, als könnte sie sich nicht vorstellen, dass er jemals scheitern würde. Sehr erstaunlich für jemanden, der ihn nackt und verletzt in den Händen der Terrorgruppe gesehen hatte. Es tat ihm leid, doch er würde ihr gestehen müssen, dass er keinen Backup-Plan hatte und vermutlich auch niemand zu ihrer Rettung kommen würde. Die Wahrscheinlichkeit, dass sie hier sterben würden, war hoch.

Als hätte er das laut gesagt, nickte Amy. »Ich bin froh, dass du hier bist.«

Ungläubig blickte er sie an. Das Einzige, was er getan hatte, war, sie von einer potenziell tödlichen Situation in die nächste zu bringen.

Als er nicht antwortete, redete sie weiter. »Dass ich nicht allein bin, gibt mir ein Gefühl der Sicherheit, selbst wenn es nicht gut aussieht.« Ein Zittern lief durch ihren Körper. »Ich hatte befürchtet, in den Händen dieses Bastards zu sterben, ohne vorher noch einmal mit jemandem sprechen zu können, der mir etwas bedeutet.« Ein schwaches Lächeln hob ihre Mundwinkel. »Und dann bist gerade du gekommen.«

Devil hatte Mühe, ihre Worte zu deuten. »Tut mir leid, dass gerade ich es bin. Ich weiß, dass ich dich vorhin nicht richtig behandelt habe.«

Ernst sah sie ihn an. »Mir tut es nicht leid. Natürlich möchte ich nicht, dass du stirbst. Aber wenn ich mir einen Retter hätte wünschen können, dann wärst du es gewesen.«

Irgendetwas hatte er hier eindeutig nicht mitbekommen. Je länger er mit Amy zusammen war, desto stärker hörte es sich an, als würde sie ihn kennen. Aber das konnte nicht sein, er würde sich doch an sie erinnern, wenn es so wäre. »Warum?«

Einen Moment lang schwieg sie, dann atmete sie tief durch. »Das erzähle ich dir, wenn wir in Sicherheit sind. Es tut mir leid, ich hätte dich nicht ablenken sollen.«

Devil bekämpfte den Drang, seine Hände um ihre Schultern zu legen und sie so lange zu schütteln, bis sie ihm sagte, was er wissen wollte. Es machte ihn verrückt, wenn jemand etwas vor ihm verbarg. Auf jeden Fall hatte Amy ihm damit noch eine zusätzliche Motivation gegeben, sie beide lebend hier herauszubringen. Misstrauisch sah er sie an. Hatte sie das absichtlich gemacht? Nein, er war sich sicher, dass es tatsächlich etwas gab, das sie ihm bisher verschwiegen hatte.

Wieder blickte Devil zum Dorf zurück und versuchte, einen Weg zu finden, wie sie unbeschadet hier herauskamen. Sie konnten nur bis zum Jeep rennen und hoffen, dass niemand sie sah. Das gefiel ihm überhaupt nicht, aber je länger sie sich hier aufhielten, desto größer war die Gefahr, entdeckt zu werden. Devil wartete, bis die Lichter in die andere Richtung zeigten, bevor er nach Amys Hand griff und sie mit sich hochzog.

»Okay, los!« Er achtete darauf, dass er immer hinter ihr blieb und sie zur Not mit dem Körper vor Kugeln schützen konnte.

Ohne dass er es ihr hatte sagen müssen, rannte Amy, so schnell sie konnte, in die Richtung, in der das Auto versteckt war. Der Sand und die knöchelhohen Pflanzen machten die Sache nicht gerade einfacher. Immer wenn Amy strauchelte, stützte Devil sie und sorgte dafür, dass sie weiterlief. Trotzdem kamen sie zu langsam vorwärts, der Jeep war noch immer nicht in Sicht. Die Stimmen schienen dagegen näher zu kommen, auf der Straße war Motorengeräusch zu hören. Verdammt! Zwar hatte Devil den Jeep so versteckt, dass er vom Dorf aus nicht zu sehen war, aber von der Straße aus konnte man ihn eventuell entdecken. Oder zumindest die Reifenspuren, die zum Versteck führten.

Devil griff Amy am Arm und stoppte sie. Sie konnten erst dann zum Jeep, wenn Devil sicher war, dass sie dort nicht von den Terroristen erwartet wurden. Mit einer Hand auf der Schulter drückte er Amy nach unten und hockte sich hinter sie, damit sie ein kleineres Ziel abgaben. Das Motorengeräusch wurde lauter, dann erstarb es. Stille herrschte, in der nur ihre Atemzüge zu hören waren. Welchen Grund hätte jemand, mitten auf der Straße zu halten, wenn nicht den, dass er den Wagen gesehen hatte? Oder hatte man sie entdeckt und sie sollten jetzt von zwei Seiten in die Zange genommen werden?

Erneut begann Devils Nacken zu prickeln, und er wusste, dass etwas geschehen würde. Er warf sich über Amy und presste sie in den Sand. Eine laute Explosion erschütterte den Boden, gefolgt von mehreren weiteren. Ein kurzer Blick zeigte Devil eine Stichflamme, dort, wo er den Jeep geparkt hatte. Brennende Teile flogen wie Geschosse durch die Luft und regneten auf die Umgebung nieder. Glücklicherweise waren Devil und Amy weit genug entfernt, um nicht davon getroffen zu werden. Die Terroristen mussten den Wagen entdeckt und in die Luft gejagt haben. Damit hatten sie ihre einzige Fluchtmöglichkeit verloren.

Devil zog Amy hoch. »Komm, wir müssen hier weg.«

Sie wirkte ein wenig benommen, und Devils Sorge verdoppelte sich. Er legte beide Hände um ihr Gesicht und zwang sie damit, ihm direkt in die Augen zu blicken. »Bist du verletzt?«

Ihre Pupillen schienen etwas geweitet, aber das konnte auch an der Dunkelheit liegen. Schließlich schüttelte sie den Kopf. »Nein. Es ist nur …« Sie brach ab und wischte sich mit einer Hand über das Gesicht. »Ich habe mich erschrocken, das ist alles.« Suchend sah sie sich um. »Wo wollen wir jetzt hin?«

»Erst mal weg von hier.« Devil deutete in eine Richtung. »Vielleicht können wir uns in den Bergen verstecken, bis Hilfe kommt.« Wenn welche kam. Bisher sah es nicht sonderlich gut aus.

Amy straffte die Schultern. »Gehen wir.«

Froh, dass sie offenbar ihre Stärke wiedergefunden hatte, ließ Devil sie zögernd los. Ihre Haut hatte sich viel zu gut unter seinen Fingern angefühlt, und darüber durfte er im Moment nicht nachdenken.

Geduckt, um möglichst wenig Angriffsfläche zu bieten, liefen sie los. Die Lichter tanzten über die Landschaft, deutlich näher als vorher. Vermutlich konnte Rahid sich inzwischen denken, wo sie sich ungefähr befanden: irgendwo zwischen der Hütte und dem brennenden Jeep. Sie würden viel Glück brauchen, um nicht entdeckt zu werden.

Erneut leuchtete ein Licht auf, und diesmal war es Amy, die sich auf Devil warf und ihn mit sich zu Boden riss. Gemeinsam rollten sie über den Boden, weg aus der Gefahrenzone, bis Devil unter ihr zum Liegen kam. Er konnte ihre schnellen Atemzüge spüren und auch das harte Klopfen ihres Herzens. Seine Hände lagen schützend auf ihrem Rücken, und er presste sie an sich. Ihre Gesichter befanden sich nur wenige Zentimeter voneinander entfernt. Ohne bewussten Befehl glitt sein Blick zu ihrem Mund. Warum fiel ihm gerade jetzt auf, wie weich ihre Lippen wirkten? Instinktiv hob er den Kopf, bis nur noch ein Hauch zwischen ihnen lag.

Amys Augen weiteten sich, ihr Atem stockte. Das brachte Devil wieder zur Besinnung. Was zum Teufel tat er hier? Jederzeit konnten sie von den Terroristen entdeckt werden, und er dachte darüber nach, wie es wäre, Amy zu küssen. Ihm war eindeutig nicht mehr zu helfen. So unprofessionell hatte er sich in all den Jahren als SEAL nicht verhalten, und er konnte es nicht einmal auf die Extremsituation schieben. Die erlebte er in seinem Beruf häufiger.

Devil ließ Amy los und rollte sich herum. Auf dem Rücken liegend blickte er in den dunklen Himmel und versuchte, seine Konzentration wiederzufinden. Ein Schuss riss ihn aus seinen Gedanken. Sofort war er wieder auf den Füßen, und die Mission rückte an vorderste Stelle.

Unruhig lief Hawk durch das Büro. Bei jeder Kehrtwende blickte er auf die Uhr, die ihm die afghanische Zeit anzeigte, und fluchte stumm. Es war bereits nach einundzwanzig Uhr, Amy hätte sich längst melden müssen. Sie wusste, dass er auf ein Lebenszeichen von ihr wartete und würde sich deshalb besonders bemühen, es zu liefern. Irgendetwas musste passiert sein, er spürte es bis in seine Knochen. Besonders, da auch Devil wie vom Erdboden verschluckt zu sein schien. Hawk schlug mit der Faust gegen die Wand. Putz rieselte herunter, aber das befriedigte ihn überhaupt nicht. Genauso wenig, wie der Schmerz in seinen Knöcheln.

»Lass die Wand stehen, du weißt, dass wir kein Geld für Reparaturarbeiten bekommen werden.«

Matts Kommentar ließ ihn herumwirbeln. »Das ist mir so was von …« Als Hawk erkannte, dass sein Freund nur versucht hatte, ihn aufzuheitern, stieß er heftig die Luft aus. Mit beiden Händen fuhr er sich durch die Haare. »Ich mache mir Sorgen um Amy.«

Ernst blickte Matt ihn an. »Ich weiß, das tue ich auch. Aber es hilft ihr nicht, wenn wir uns hier verrückt machen.«

»Was können wir sonst tun? Das Funkgerät ist abgeschaltet, und es gibt keine andere Möglichkeit, sie zu erreichen.«

»Können wir einen Kontaktmann aktivieren, damit er zum Haus fährt?«

Bei einem genaueren Blick stellte Hawk fest, dass die Sache auch an Matt nicht spurlos vorbeigegangen war. Das machte es irgendwie besser, auch wenn es gleichzeitig seine Besorgnis noch weiter steigerte. »Und was soll der da tun? Es ist schon Abend, er hätte keinen Grund, jetzt dort zu klingeln und nach Amy zu fragen. Und er kann nicht einfach reingehen und nach ihr suchen.«

»Team 8 ist inzwischen auf dem Stützpunkt angekommen. Vielleicht können sie etwas machen.«

Hawk verzog den Mund. »Nur, dass Amy offiziell nicht ihre Mission ist, sondern die Ergreifung des Terroristenanführers. Dessen Aufenthaltsort wir ebenfalls nicht kennen.« Er drehte eine erneute Runde durch den Raum. »Das reicht, ich muss jetzt was tun.«

»Und was?«

Hawk rieb sich über die Stirn. »Wenn es nicht anders geht, rufe ich eben im Haus an.«

»Damit würdest du nur den Verdacht auf Amy lenken. Wie willst du erklären, dass ein Amerikaner, der nicht mal vernünftig Persisch, Paschtu oder sonst was spricht, mit einem Dienstmädchen reden will?«

Womit Matt völlig recht hatte, aber dann musste man das Problem eben umgehen. »Ich suche mir wen, der die Sprache beherrscht.« Rose kam ihm in den Sinn, aber so kurz vor der Geburt stand sie nicht zur Verfügung. Vielleicht … Bevor er den Gedanken zu Ende gebracht hatte, setzte er sich bereits in Bewegung.

Provisorisch klopfte er an die Tür zu I-Macs Büro, öffnete sie aber schon, bevor der ihn hereingebeten hatte. Überrascht blickte der SEAL hoch. Als er Hawks Gesichtsausdruck sah, verfinsterte sich seine Miene. »Ist etwas passiert?«

»Amy hat sich immer noch nicht gemeldet. Ist Nurja zu Hause?«

»Ja, warum?«

»Wir brauchen jemanden, der bei Khan anrufen und nach Amy fragen kann. Keiner von uns spricht eine der dort üblichen Sprachen gut genug.«

I-Mac schüttelte bereits den Kopf. »Texte zu übersetzen ist eine Sache, aber ich möchte nicht, dass Nurja noch weiter in die Sache reingezogen wird.«

»Es geht um Amys Leben …«

Mit einer Grimasse wandte I-Mac sich den Bildschirmen zu. »Glaubst du, das weiß ich nicht?« Er deutete auf den Monitor. »Ich habe in den letzten Tagen so viel hasserfüllten Mist gelesen, dass ich das Gefühl habe, schmutzig zu sein. Am liebsten würde ich dort hinfliegen und …« Er brach ab und atmete hart aus. »Ich kann Nurja nicht noch mehr Schmerz aussetzen.«

»Warum lässt du Nurja nicht selbst entscheiden, ob sie uns helfen möchte?« Hawk wusste, dass das unfair war. Unter anderen Umständen hätte er I-Mac auch nicht bedrängt, aber wenn eine seiner Agentinnen in Gefahr war, musste alles andere dahinter zurückstehen.

I-Macs Augen sprühten Feuer. »Du elender …« Er presste die Lippen zusammen. »Du weißt genauso gut wie ich, wofür Nurja sich entscheiden wird. Sie hat so lange gebraucht, sich ein wenig zu öffnen, das möchte ich nicht kaputtmachen, indem ich sie um so etwas bitte.«

Hawk nickte. »Ich kann dich absolut verstehen, mir würde es bei Jade genauso gehen. Aber ich würde sie trotzdem darum bitten, weil ich genau weiß, dass sie mir den Kopf abreißen würde, wenn ich sie geschont hätte, obwohl sie jemandem hätte helfen können.« Eindringlich blickte er I-Mac an. »Frag sie bitte. Wenn sie ablehnt, werde ich es akzeptieren.«

Mit einem tiefen Seufzer gab I-Mac schließlich auf und griff nach dem Telefon. Er wählte eine Nummer und drehte Hawk dann den Rücken zu. »Hier ist John. Hawk hat mich gebeten, dich um einen Gefallen zu bitten, aber ich möchte, dass du weißt, dass du jederzeit ablehnen kannst. Okay?«

Was auch immer die Antwort war, sie führte dazu, dass I-Macs Schultern sich verspannten. »Du schuldest uns gar nichts, Nurja, das sage ich dir immer wieder.« Wieder hörte er zu und seufzte beinahe lautlos. »Unsere Agentin hat sich bisher noch nicht gemeldet, und wir machen uns Sorgen um sie. Wir bräuchten jemanden, der bei ihrem Arbeitgeber anruft und nach ihr fragt.« Seine Hand krampfte sich so fest um den Telefonhörer, dass die Knöchel weiß hervorstanden. »Kannst du hierherkommen? Dann baue ich eine sichere Telefonverbindung auf, die ihm vorgaukelt, dass das Gespräch aus Afghanistan kommt.« Wieder lauschte er. »Ja, natürlich. Bis gleich.« Er legte auf und atmete ein paarmal tief durch, bevor er sich zu Hawk umdrehte. In seinen Augen war deutlich zu sehen, wie viel ihn die Unterhaltung gekostet hatte.

»Sie macht es?«

»Ja. Sie denkt, es wäre ihre Pflicht, uns zu helfen, nachdem wir sie und vor allem ihre Kinder dort herausgeholt haben. Egal, wie oft ich ihr sage, dass es nicht so ist und sie uns gar nichts schuldet.«

Wenn I-Mac es darauf angelegt hatte, Hawk ein schlechtes Gewissen zu machen, hatte er damit Erfolg. »Es tut mir leid, aber ich sehe keine andere Möglichkeit, zu erfahren, ob es Amy gut geht oder ob ihr etwas passiert ist.«

»Hoffen wir, dass es was bringt. Wer weiß, ob man Nurja überhaupt mit Amy sprechen lässt oder sie nicht gleich abwimmelt.«

Hawk schob die Hände in seine Hosentaschen. »Wir müssen es zumindest versuchen. Bereitest du alles vor?«

»Ja. Nurja sagte, sie kann etwa in einer Viertelstunde hier sein. Glücklicherweise sind die Kinder im Kindergarten und in der Schule, deshalb braucht sie nur den Kleinsten mitzubringen.«

»Das ist gut. Dann komme ich gleich wieder.« Hawk flüchtete beinahe aus dem Raum.

28

Es dauerte nicht lange, bis I-Mac die Telefonverbindung so eingerichtet hatte, dass sie über ein Telefon lief, das von seinem Kontakt in Afghanistan bereitgestellt wurde. Der würde es danach vernichten, damit das Gespräch nicht zu ihm zurückverfolgt werden konnte. I-Macs Meinung nach war es gefährlich, bei Khan anzurufen, weil sie Amy damit erst recht verdächtig machten, aber er konnte auch verstehen, dass Hawk wissen wollte, was mit seiner Agentin geschehen war.

Ein kurzes Klopfen ertönte an der Tür, dann wurde sie geöffnet, und Nurja trat in den Raum. Wie immer fühlte I-Mac einen seltsamen Stich im Herzen, wenn er sie erblickte. Es half auch nicht gerade, dass er die Sorge in ihren Augen erkennen konnte. Ihre Haut war blass, und ihre Hände zitterten. Als I-Mac aufsprang, sah er, wie Nurja einen Schritt zurückwich. Sofort setzte er sich wieder hin. Sein Magen revoltierte bei der Vorstellung, dass sie immer noch Angst vor ihm haben könnte.

Langsam streckte er seine Hand in ihre Richtung. »Komm her, Nurja.«

Sie zögerte nur einen Sekundenbruchteil, bevor sie seiner Bitte folgte. Innerlich atmete I-Mac erleichtert auf. Zu seinem Erstaunen legte sie sogar ihre Hand in seine, und er konnte fühlen, wie kalt sie war. Es tat ihm weh, zu sehen, wie sehr der Gedanke an das Telefonat Nurja belastete, deshalb zog er sie näher an sich, bis sie direkt vor ihm stand und ihre Beine beinahe seine Knie berührten.

»Es tut mir leid.« Am liebsten hätte I-Mac seine Wange an

Nurjas Bauch gerieben, aber er wusste, dass sie sich dann sofort zurückgezogen hätte. Stattdessen ergriff er auch ihre andere Hand und drückte sie sanft.

Etwas Farbe stieg in ihre Wangen. »Was?«

»Dass wir so etwas von dir verlangen. Du weißt, dass du jederzeit Nein sagen kannst. Niemand hier würde dir das übel nehmen.« Und wenn es jemand täte, sollte er sich besser vor I-Mac in Acht nehmen. »Ich kann dir ansehen, dass du es lieber nicht machen würdest.«

Nurja biss sich auf die Lippe, dann nickte sie langsam. »Das stimmt.« Als I-Mac etwas sagen wollte, legte sie ihm die Finger auf den Mund. Bevor er auf die unerwartete Berührung reagieren konnte, war diese schon wieder vorbei. »Ich weiß, wie viel davon abhängt, und würde es mir nie verzeihen, wenn der Agentin etwas zustößt, weil ich zu ängstlich für ein Telefonat war. Dabei kann mir überhaupt nichts passieren, niemand weiß dort, wer ich bin und wo ich jetzt lebe. Richtig?«

»Ja, natürlich. Aber …«

Wieder unterbrach sie ihn. »Ich muss das tun, John. Auch wenn es mein Heimweh verstärken wird, wenn ich meine Muttersprache höre. Ich weiß, dass es für mich keinen Weg zurück gibt, ich bin jetzt hier zu Hause und muss lernen, die Vergangenheit loszulassen.«

I-Mac hasste die Hilflosigkeit, ihr nicht das geben zu können, was sie glücklich machte. »Niemand verlangt von dir, deine Vergangenheit zu vergessen, Nurja. Sie gehört zu dir und hat dich zu der Frau gemacht, die du heute bist.«

Unsicherheit stand in ihren Augen. »Ich weiß nicht mal, wer ich bin.«

Zu gerne hätte I-Mac ihr gesagt, wer sie für *ihn* war, aber er war sich ziemlich sicher, dass sie das in diesem Moment nicht hören wollte. Vielleicht auch nie. »Doch, das weißt du, tief in dir. Und du hast alle Zeit der Welt, es herauszufinden und genau das zu werden, was du sein möchtest.«

Ihr Lächeln war zaghaft, aber besser als die traurige Miene zuvor. »Danke.«

Bevor er mehr sagen oder sie doch in seine Arme ziehen konnte, standen Hawk und Matt in der Tür. Auch sie sahen unbehaglich aus. Matt besann sich schließlich auf seine sozialen Fähigkeiten, die schon immer einzigartig gewesen waren, und lächelte sie an. »Danke, dass du gekommen bist, Nurja.«

Selbst jemand wie Nurja war offensichtlich nicht völlig immun gegen Matts Charme. Sie errötete und ließ schnell I-Macs Hand los, die sie immer noch festgehalten hatte. »Ich mache es gerne, wenn ich damit helfen kann.«

I-Mac spürte den Verlust ihrer Nähe beinahe körperlich, aber es wurde Zeit, sich auf seine Aufgabe zu konzentrieren. Je eher sie mit dem Telefonat fertig waren, desto schneller konnte Nurja wieder zu ihrem normalen Leben zurückkehren. Er räusperte sich. »Ich habe alles vorbereitet.« Mit dem Fuß angelte er einen zweiten Stuhl heran. »Hier, setz dich.«

Vorsichtig nahm Nurja Platz und blickte die beiden Leiter des TURT-Programms ernst an. »Ich bin bereit.« Ihre Hände hatte sie in die Falten ihres Rocks geschoben. »Was soll ich tun?«

»Wir rufen in Bashir Khans Haus an, und dann bittest du darum, mit Malalai zu sprechen. Das ist unsere Agentin. Wenn sie fragen, warum, sagst du, dass es um den kranken Verwandten geht, den sie heute versorgt hat. Stell dich auch als Verwandte vor. Sollten sie sich weigern, sag, dass es ganz dringend ist.« Nurja nickte. Hawk schob ihr einen Zettel zu. »Hier sind noch mal alle Informationen, unter anderem auch die Adresse, zu der Amy sich hat fahren lassen.«

Nurja nahm das Blatt entgegen und blickte darauf. »Das ist nicht viel.«

»Wir haben es extra einfach gehalten, damit Amy keine Mühe hat, in der Rolle zu bleiben. Meinst du, du schaffst das?«

»Ja.« Sie hob ihr Kinn, und I-Mac war in diesem Moment so stolz auf sie, dass er sie hätte küssen können.

»Gut. Wir bleiben im Raum, aber wir können nicht eingreifen, weil unsere Sprachkenntnisse dafür nicht ausreichen. Wenn also etwas Unvorhergesehenes passiert, musst du selbst reagieren.«

Etwas wie Furcht lag in ihren Augen, aber sie nickte trotzdem.

I-Mac ballte die Hand zur Faust, um sie nicht auf Nurjas zu legen. »Das Gespräch wird auf Lautsprecher übertragen und auch aufgezeichnet, damit wir es hinterher noch analysieren können.« Er stellte ihr ein Mikrofon hin. »Sprich einfach hier rein, für deinen Gesprächspartner wird es sich anhören wie ein normales Telefonat.«

»Okay.«

Der typisch amerikanische Ausdruck ließ I-Mac lächeln. »Du schaffst das, Nurja.«

Scheu sah sie ihn an. »Bleibst du bei mir?«

»Natürlich, ich sitze hier von Anfang bis Ende neben dir.«

»Gut.« Mit dem Blick auf dem Zettel vor ihr beugte Nurja sich zum Mikrofon. »Ich bin bereit.« Der feuchte Schimmer auf ihrem Gesicht sagte etwas anderes, aber I-Mac ließ es gelten.

Er drehte sich zu Hawk und Matt um und erhielt von ihnen das Startsignal. Die Anspannung war ihnen anzusehen, es war klar, dass sie alle das Schlimmste befürchteten. Um die Sache endlich hinter sich zu bringen, öffnete I-Mac die Verbindung nach Afghanistan. Der Kontaktmann wählte daraufhin Khans Nummer. Das Freizeichen klang beinahe ominös, und I-Mac hielt automatisch den Atem an. Als er sah, dass Nurja das Gleiche tat, legte er seine Hand doch auf ihre. Aus den Augenwinkeln blickte sie ihn an, dann verschränkte sie ihre Finger mit seinen. I-Macs Herz schwoll an, bis es nicht mehr in seine Brust zu passen schien.

Dann meldete sich endlich jemand, und I-Mac vergaß alles andere um sich herum, während Nurja nach Amy fragte. Obwohl er ihr die Angst ansehen konnte, klang ihre Stimme ganz normal. Niemand, der sie nicht kannte, hätte vermutet, dass sie nicht genau die war, die sie behauptete zu sein. Stolz breitete sich in I-Mac aus. Seine Nurja war eine einzigartige, mutige Frau. Wenn er nicht schon vorher in sie verliebt gewesen wäre, hätte es ihn spätestens jetzt erwischt.

Mit einem Ohr lauschte er der Unterhaltung und studierte dabei Nurjas Miene. Einige Brocken konnte er verstehen, aber es war nicht genug, um dem schnellen Gespräch wirklich folgen zu können. Jetzt wünschte er, er hätte ein größeres Talent für Sprachen. Nurjas Stimme wurde drängender, ihr Griff um seine Hand fester. Noch immer war es eine Männerstimme, die ihr antwortete, doch nun war offenbar Bashir Khan selbst am Apparat. I-Mac erkannte seine Stimme von der Aufnahme, die Amy gemacht hatte. Was auch immer er sagte, es reichte, um Nurjas ganzen Körper erstarren zu lassen, beinahe verzweifelt blickte sie ihn an.

Auch Hawk und Matt schienen zu spüren, dass etwas passierte. Unruhig bewegten sie sich hinter ihnen. I-Mac hatte jedoch nur Augen für Nurja, die schweigend zuhörte, bevor sie eine weitere Frage stellte. Die Antwort war nur kurz, dann brach die Verbindung ab.

Nurja saß eine Weile still da, bevor sie sich umdrehte. Sorge stand unverkennbar in ihren Augen. »Erst war ein Hausdiener am Apparat, er wollte mich nicht mit Amy reden lassen. Ich habe versucht, ihm zu erklären, dass ich dringend mit ihr sprechen muss, aber er hat mich dann nur zu Bashir Khan selbst durchgestellt. Er war misstrauisch, wollte wissen, wer ich bin. Am Ende schien er mir zu glauben.« Sie blickte I-Mac an. »Er hat gesagt, es tue ihm leid, aber er könne mir nicht helfen. Malalai sei nicht mehr in seinem Haus.«

Sekundenlang war es totenstill. Dann redeten alle zur gleichen Zeit los. Schließlich setzte Hawk sich durch. »Was soll das heißen? Was meint er damit?«

Entschuldigend zuckte Nurja mit den Schultern. »Das hat er nicht gesagt, tut mir leid. Als ich nachfragen wollte, hat er aufgelegt.«

Die Furcht, dass Amy bereits tot sein könnte, war deutlich in allen Gesichtern zu erkennen. Es gab nur zwei Möglichkeiten: Entweder hatte Khan gemerkt, was sie trieb und sie umgebracht, oder Amy war vor irgendetwas geflüchtet. Aber hätte sie sich dann nicht bei ihnen gemeldet?

»Es tut mir leid, dass ich euch nicht helfen konnte.« Nurjas Stimme durchbrach I-Macs Gedanken.

Er drückte ihre Hand. »Das hast du.«

Zweifelnd blickte sie ihn an. »Ja? Wie?«

»Jetzt wissen wir wenigstens, dass wir etwas unternehmen müssen. Davor konnten wir nur abwarten und hoffen, dass Amy sich noch meldet.«

Gott, hoffentlich ging es ihr gut! I-Mac hatte zwar nicht so viel mit ihr zu tun gehabt, aber er hatte ihre ruhige, ernsthafte Art gemocht. Sollte wieder eine Agentin bei einer Mission verletzt werden oder gar sterben, würde sicher irgendwann ein Politiker auf die Idee kommen, das Programm wegen der Risiken wieder einzustellen. Das durfte nicht geschehen. Ja, es war gefährlich, gar keine Frage. Aber es brachte auch dringend benötigte Informationen, die sich auf anderem Weg kaum beschaffen ließen. Auch die Verbindung des Trainings von TURTs und SEALs war nach anfänglichen kleineren Schwierigkeiten inzwischen sehr effektiv und für beide Seiten nützlich.

»Beim Kontaktmann hat sie sich auch nicht gemeldet, sonst hätte er es gesagt.« Matt blickte Nurja an. »Wie hat Khan für dich geklungen? Als wüsste er nicht, was mit Amy passiert ist? War er vielleicht wütend, weil sie einfach verschwunden ist?«

Nurja überlegte einen Moment, bevor sie antwortete. »Das ist schwer zu sagen, weil ich ihn nicht kenne. Aber wütend schien er mir nicht, er klang eher … schuldig. Er schien überrascht zu sein, dass sich jemand wegen des kranken Verwandten meldet.« Ihr Daumen rieb nervös über I-Macs Finger, aber er bezweifelte, dass sie es überhaupt bemerkte. »Am auffälligsten war für mich aber, dass Khan selbst ans Telefon gekommen ist. Es ist absolut unüblich, dass sich ein reicher Mann in Afghanistan so mit den Problemen seiner Hausangestellten auseinandersetzt. Normalerweise hätte mich der Hausdiener abgewimmelt. Und es hatte niemand Zeit, überhaupt nachzuschauen, wo Amy ist. Es war also bereits bekannt, dass sie verschwunden ist, bevor ich angerufen habe.«

Wieder zog sich das Schweigen in die Länge.

»Verdammt!« Hawk fuhr sich aufgebracht mit den Fingern durch die Haare. »Ich hätte sie dort rausholen müssen – notfalls mit Gewalt.«

Matt wirkte auch aufgewühlt. »Das Thema hatten wir schon. Wir haben es nicht getan, und damit müssen wir jetzt leben. Lass uns lieber überlegen, was wir jetzt machen können. Am besten informieren wir Team 8, damit sie schon mal Bescheid wissen, dass eventuell noch eine Rettungsmission ansteht. Ich rede auch mit dem Oberkommando und versuche Druck zu machen, dass Amy offiziell zur Mission wird.«

So zögerlich, wie die Politik in letzter Zeit war, Missionen zu genehmigen, hatte das allerdings wohl eher wenig Erfolg, besonders da sie noch nicht einmal wussten, was genau mit Amy passiert war. Aber es war immer gut, etwas frühzeitig in Gang zu setzen. Meist dauerte es unendlich lange, bis überhaupt eine Entscheidung getroffen wurde. Und I-Mac hatte das Gefühl, dass für Amy jede Sekunde zählte.

»Vielleicht …« Hawk wurde von einem Piepton unterbrochen. Einen Moment lang wirkte er verwirrt, dann griff er in seine Hosentasche und zog das Funkgerät heraus. Die Hoffnung in seinen Gesichtszügen war beinahe schmerzhaft mitanzusehen.

»Das war dein Handy, Hawk.« Matts Stimme klang sanft.

Mit einem Fluch griff Hawk in seine andere Hosentasche und zog das Handy heraus. Er fummelte daran herum und erstarrte dann.

»Amy?«

Matts Frage ließ ihn kurz aufblicken. »Nein, eine SMS von Devil.« Hawk öffnete die Nachricht und las sie laut vor. »›Rahid hat Amy entführt. Dorf. Hole sie raus.‹ Dann nennt er noch die Koordinaten.« Hawk fluchte unterdrückt. »Wie ist dieser Mistkerl bloß auf ihre Spur gekommen? Wir müssen sofort dafür sorgen, dass das Team zu den angegebenen Koordinaten fliegt und Amy und Devil da rausholt.«

Matt bewegte sich bereits zur Tür. »Ich kümmere mich darum. Versuch du, Devil zu erreichen und ihn davon abzuhalten, irgendwelche Dummheiten zu machen.«

Hawk nickte knapp, wählte Devils Nummer und fluchte erneut. »Mailbox. Ich schicke ihm eine SMS, dass er sich zurückhalten und auf das Team warten soll.«

Es überraschte I-Mac nicht, dass Devil genau da war, wo er sein musste, und vorhatte, Amy eigenmächtig zu befreien. Die kurze Zeit, die sie zusammen in einem Team gewesen waren, hatte ihm gezeigt, dass der CO gute Instinkte besaß und zu Alleingängen neigte. Sehr zum Ärger seines Teams. Damit brachte er nicht nur sich selbst, sondern auch Amy in Gefahr. Und I-Mac glaubte nicht, dass Devil auf Hawks Anweisung hören würde.

Scheinbar endlos liefen sie über die staubige Ebene, duckten sich, warfen sich zu Boden und rappelten sich wieder auf, bis Amy so erschöpft war, dass sie nicht glaubte, noch einen Schritt gehen zu können. Sie wusste nicht, wie Chase das trotz des Gepäcks und seiner Verletzungen schaffte, er wirkte, als könnte er stundenlang so weitermachen. Was sie von seinem Gesicht erkennen konnte, wirkte wie in Stein gemeißelt, beinahe unmenschlich. Auf jeden Fall wusste sie jetzt, was die SEALs damit meinten, wenn sie sagten, dass sie in die »Zone« kamen. Chase befand sich offensichtlich gerade darin, während ihr selbst das nicht einmal ansatzweise gelang. Es war beinahe wie beim Joggen, sie kam nie in die Phase, in der sie die Schmerzen nicht mehr bemerkte und fast wie von selbst lief. Nur, dass es hier um ihr Leben ging und sie überaus motiviert war, den Terroristen zu entkommen.

Entgegen ihrer Erwartung hatte Chase sie nicht in einem Bogen um den Jeep herum geführt, um dann in Richtung Stadt zu fliehen, sondern einen Weg in die Berge eingeschlagen, der mit jedem Meter beschwerlicher wurde. Schroffe Felsen ragten vor Amy empor, Geröll brachte sie mehr als einmal beinahe zu Fall. Der Weg, wenn man ihn denn so nennen konnte, war in der Dunkelheit kaum zu sehen und so schmal, dass sie hintereinandergehen mussten. Immer wieder rutschte sie mit ihren völlig ungeeigneten Sandalen auf den Steinen aus und drohte, von den Felsen zu stürzen. Dabei schoss ihr Adrenalinpegel in ungeahnte Höhen und setzte neue Energien frei. Das war allerdings auch der einzige Vorteil.

Als Amy wieder stolperte, stürzte sie auf ein Knie und konnte gerade noch einen erschrockenen Aufschrei verhindern. Sie senkte den Kopf und versuchte, tief durchzuatmen. Inzwischen zitterte sie am ganzen Körper, eine Mischung aus Furcht und der kalten Luft, die durch die dünne Burka drang und ihre feuchte Haut auskühlte. Eine Hand schloss sich um ihren Arm, und sie zuckte automatisch zurück.

»Ganz ruhig, ich bin es nur.« Ein Hauch von Wärme streifte Amys Nacken. »Komm, wir müssen weiter.«

Sie wollte ja, wirklich, aber sie wusste nicht, ob sie genug Kraft dafür hatte. Deshalb blieb sie sitzen und versuchte, den letzten Rest Energie zu aktivieren.

»Du zitterst.«

Chase' raue Stimme erklang dicht an Amys Ohr, und sie bezwang den Drang, sich nach hinten zu lehnen und sich von ihm auffangen zu lassen. Sein Oberkörper berührte ihren Rücken und sandte einen Stoß durch ihren Körper. Er war so unglaublich *warm*! Offenbar schaffte er es deutlich besser als sie, seinen Wärmehaushalt zu regulieren. Als SEAL war er vermutlich wesentlich extremere Konditionen gewohnt.

Amys Sicht verschwamm, und sie merkte, dass sie nach hinten gesackt war und jetzt tatsächlich an Chase' starker Brust lehnte. *Mmh, das fühlte sich so gut an.* Sie drehte den Kopf und rieb ihre Wange an ihm. Die harte Kante seiner schusssicheren Weste kratzte über ihre Haut und brachte sie wieder zur Besinnung. Guter Gott, was tat sie hier? Sie hatten keinerlei Zeit zu verschwenden, wenn sie den Terroristen entkommen wollten. Mit neuer Energie stieß Amy sich von Chase ab und kam taumelnd auf die Füße.

Wieder schlang seine Hand sich um ihren Arm und stabilisierte sie. »Langsam. Es bringt uns nichts, wenn du dich verletzt.«

»Es geht schon. Kannst du ein Team kontaktieren, das uns hilft?«

Chase schnitt eine Grimasse. »Ich fürchte nicht. Mein Handy hat hier keinen Empfang, ich habe es vorhin versucht. Hast du noch das Funkgerät?«

»Nein, das ist in meinem Zimmer in Bashirs Haus versteckt. Ich hatte nicht damit gerechnet, dort dem Terroristen über den Weg zu laufen.«

Tief atmete Chase durch, dann nickte er. »Lass uns weitergehen. Je höher wir kommen, desto besser sind unsere Chancen.«

Immerhin schien er sie nicht in absehbarer Zeit verlassen zu wollen, vielleicht hatte er eingesehen, dass es besser war, auf Hilfe zu warten. Wenn die allerdings nicht kam, würden sie sich etwas überlegen müssen. Sie wollte nicht, dass der Terroristenanführer wieder entkam und der Anschlag verübt wurde. Wobei das natürlich auch noch geschehen konnte, wenn er gefasst worden war. Amy bezweifelte, dass Rahid das Attentat selbst ausführen würde. Dafür hatten Anführer meist irgendwelche fehlgeleiteten Menschen, die dachten, es wäre eine große Ehre, für die Sache zu sterben.

Mit einem schlechten Gefühl im Magen setzte Amy sich wieder in Bewegung. Der Weg schien noch schlechter zu werden, je höher sie kamen. Immer wieder lösten sie kleine Geröllawinen aus, es war ein Wunder, dass sie nicht schon längst entdeckt worden waren. Offenbar hatte Chase recht damit gehabt, dass die Terroristen sie eher in der Ebene erwarteten und nicht in den Bergen. Allerdings würde es sicher nicht lange dauern, bis jemand auf die Idee kam, auch hier nach ihnen zu suchen. Spätestens bei Tagesanbruch würden ihre Spuren deutlich zu sehen sein. Aber darüber konnte sie jetzt noch nicht nachdenken, dafür war genug Zeit, wenn sie einen halbwegs sicheren Ort gefunden hatten.

29

»Verdammter Mist!« Nathan »Red« Redfield, CO von SEAL Team 8, starrte auf die Karte der Region. »Wie sollen wir uns dort unbemerkt nähern? Im Umkreis von etlichen Kilometern nichts als Sand und Steine.« Als Matt sein Team angefordert hatte, war ihm zwar klar gewesen, dass die Rettung der TURT/LE-Agentin nicht einfach werden würde, aber so aussichtslos hatte er es sich nicht vorgestellt.

Tex nickte grimmig. »Genau deshalb sitzt der Tango wahrscheinlich dort.«

Bull, der Sprengstoffexperte des Teams, kam dazu. »Wie wäre es mit einem Luftangriff?«

Red wünschte, es wäre so einfach, aber das würde die US-Regierung niemals erlauben. »Geht nicht, zu viele Dorfbewohner, zu wenig Informationen, um es wirklich gezielt hinzukriegen. Das gäbe einen riesigen Aufschrei in den Medien.«

Natürlich war er immer dafür, unschuldige Zivilpersonen zu schützen, aber manchmal machte das die Jagd auf Terroristen auch unglaublich mühsam. Die wussten natürlich genau, dass sie nicht abgeschossen wurden, solange sie sich mit Menschen umgaben. Da diese Möglichkeit also ausschied, musste sich das Team etwas anderes überlegen. Und zwar schnell, denn Red hatte nicht vor, den Mistkerl noch einmal entkommen zu lassen. Schlimm genug, dass einige Mitglieder von Team 11 während des Angriffs verletzt worden waren, aber dass Devil gefoltert und dann auch noch die TURT/LE-Agentin entführt worden war, machte sie alle ziemlich wütend.

Vor allem aber erinnerte es Red an die Mission zur Rettung der Agentinnen Kyla und Jade, bei der vier Männer seines Teams, fünf Night Stalker und auch etliche Marines getötet worden waren. Bisher war wenigstens noch niemand gestorben – jedenfalls hoffte er, dass Devil und Amy okay waren –, aber das konnte jederzeit wieder passieren. Und er hatte keine Möglichkeit, es zu verhindern, auch wenn er sich noch so sehr bemühte. Das war für ihn am schwersten zu akzeptieren in diesem Job. Als CO des Teams fühlte er sich für seine Männer verantwortlich, sie befolgten seine Befehle.

»Okay, was machen wir jetzt?« Eye, einer der Neuen im Team und ein exzellenter Scharfschütze, mischte sich ein.

Red richtete sich auf und blickte die Mitglieder seines Teams der Reihe nach an. »Wir fliegen hin, solange es noch dunkel ist, und lassen uns in einiger Entfernung zum Dorf absetzen. Dann sondieren wir die Lage. Eine Drohne wird uns hoffentlich weitere Daten liefern.«

»Und wenn wir keine genauen Informationen bekommen und deswegen keinen Einsatzbefehl erhalten?« Tex' Frage traf genau Reds Befürchtungen. Nach dem Desaster vom Vortag war das Oberkommando sehr vorsichtig geworden. Einen weiteren Ausfall konnten sie sich nicht leisten.

»Dann gehen wir danach, ob wir der Meinung sind, dass Devil und Amy dort zu finden sind oder nicht. Ich werde sie nicht im Stich lassen.«

Wie Red erwartet hatte, nickten Bull und Tex sofort, die anderen sahen sich nervös an. Offenbar wussten sie noch nicht genau, was sie davon halten sollten.

Red blickte sie hart an. »Wir sind SEALs, wir lassen niemals einen unserer Kameraden zurück.«

»Hooyah!« Diesmal kam die Antwort sofort, und Red atmete erleichtert auf.

»Mojo, versuch weiter, Verbindung zu Devil aufzunehmen. Und schließ dich mit I-Mac kurz, vielleicht hat er eine Idee, wie man ihn ausfindig machen kann, wenn das nicht klappt. Wir wissen ja nicht, womit die Westküstler genau arbeiten.« Der Computer- und Kommunikationsexperte nickte. »Und frag bei der Gelegenheit die NGA nach aktuellen Satellitenbildern. Wer weiß, wie alt diese Karte hier ist.«

Bulls Augenbrauen hoben sich. »Du glaubst, das Militär versorgt uns nicht mit aktuellen Karten?«

Red blickte ihn stumm an. Sie alle wussten, wie schnell sich hier etwas ändern konnte und wie hoffnungslos überaltert das Kartenmaterial von manchen Gegenden war. Bevor man eine Mission begann, war es immer besser, sich zu vergewissern, dass man auf dem neuesten Stand war. Genau deshalb machte es ihn auch so wütend, dass Joe Spade, dessen Hilfe sie bei jeder Mission in Anspruch nahmen, in Rahids Fänge geraten war. Er hatte gehört, in welch schlechtem Zustand Joe sich befand, und es würde ihm ein Vergnügen sein, Rahid dafür zu bestrafen. Aber zuerst mussten sie den Terroristen finden.

»Okay, ich möchte so schnell wie möglich los. Wir wissen nicht, wie viel Zeit Devil und die Agentin noch haben, und ich möchte auch nicht riskieren, dass der Terrorist wieder in den Untergrund geht. Sobald wir alle nötigen Informationen haben, fliegen wir los.« Er konnte nur hoffen, dass sie nicht zu spät kamen.

Devil hatte schon fast befürchtet, dass sie gar keinen Unterschlupf mehr finden würden, als er endlich in den Felsen einen schmalen Spalt entdeckte, der eine kleine Höhle barg. Vorsichtig untersuchte er diese, bevor er Amy ein Zeichen gab, ebenfalls hereinzukommen. Die Hand um den Kopf der Taschenlampe gelegt, um zu verhindern, dass jemand das Licht bemerkte, sah er sich um. Es war nicht sonderlich gemütlich, die Wände bestanden aus schroffem Gestein und der Boden war mit Sand und Geröll bedeckt, aber sie war groß genug, dass sie beide hineinpassten und Amy sich sogar ausstrecken konnte.

Auch hier war es kalt, aber wenigstens entkamen sie so dem scharfen Wind. Und den Kugeln, sollte jemand auf sie schießen. Nachdem Devil alles abgesucht hatte, um irgendwelche Überraschungen zu vermeiden, räumte er für Amy hinter der schützenden Wand eine Stelle frei und gab ihr die hauchdünne Isolierdecke, die genau für Notfälle wie diesen gedacht war.

Amy nahm sie entgegen und faltete sie auseinander. »Danke.« Dann legte sie sich die Decke um die Schultern und setzte sich auf den Boden.

Devil schlüpfte aus den Riemen des Rucksacks, stellte ihn ab und schob auf der anderen Seite des Spalts ein paar Steine zur Seite. »Leg dich ruhig hin, ich halte Wache.«

»Du hast nicht zufällig etwas zu trinken dabei, oder?« Amys Miene wirkte schuldbewusst, als befürchtete sie, die Frage würde ihn stören.

»Noch besser: Ich habe auch was zu essen dabei.« Devil hockte sich hin und öffnete seinen Rucksack. Nachdem er sich Ersatzmunition herausgenommen hatte, reichte er ihn an Amy weiter. »Nimm dir, was du möchtest.«

Dankbar nahm Amy den Rucksack entgegen. »Ich bin so froh, dass du gekommen bist!«

Devil hob die Augenbrauen. »Weil ich Essen dabei habe?«

Selbst in der relativen Dunkelheit war zu erkennen, dass Amys Wangen sich rot färbten. »Das auch. Ich meinte aber eigentlich wegen Rahid. Er wäre bald zurückgekommen, und dann hätte er sich dafür gerächt, dass ich ihn verletzt habe. Es war nur noch eine Frage von Minuten, da bin ich sicher.« Sie zitterte. »Also danke, dass du genau im richtigen Moment gekommen bist.«

»Kein Problem.«

Amy blickte ihn an. Ihren Durst schien sie ganz vergessen zu haben. »Woher wusstest du überhaupt, wo ich bin?«

Unbehaglich wandte Devil sich ab und blickte nach draußen. Es wirkte alles ruhig. »Ich bin euch gefolgt.«

»Von Khans Haus aus?«

»Ja.«

Aus den Augenwinkeln sah er, wie Amy sich vorbeugte. »Und was hast du dort gemacht? Du solltest doch mit deinem Team nach Hause fliegen.«

»Ich hatte das Gefühl, dass dich jemand im Auge behalten sollte. Zum Glück habe ich gesehen, dass Rahid mit dir herauskam.« Er presste die Kiefer zusammen. Hätte er den Terroristen schon beim Hineingehen bemerkt, hätte er ihn gleich ausgeschaltet, noch bevor er überhaupt in Amys Nähe gekommen wäre.

Als Amy schwieg, blickte Chase sie doch an. Etwas lag in ihren Augen, das er nicht deuten konnte. »Ein *Gefühl*?«

Innerlich zuckte er zusammen. Natürlich musste sie sich genau darauf stürzen, anstatt seine Geschichte einfach so anzunehmen. Und hatte nicht ein seltsamer Unterton in ihrer Stimme gelegen? Er konnte es nicht lassen, er musste sie ansehen. Sofort versank er in ihren Augen. Seltsamerweise hatte sie nicht so einen teils ungläubigen, teils unsicheren Gesichtsausdruck wie seine Kollegen, wenn er über seine Eingebungen sprach. Stattdessen wirkte sie, als wäre es völlig normal und keine Überraschung für sie. Chase' Herz begann, schneller zu klopfen, und er bezwang den Drang, aufzuspringen und zu fliehen.

Anscheinend war ihm das anzusehen, denn Amy legte ihre Hand auf seinen Arm. Wie schon zuvor fing die Stelle sofort an zu kribbeln. Er wollte sich losreißen, doch sie hielt ihn mit erstaunlicher Kraft fest, während sie ihm weiter in die Augen blickte. Seine Kehle zog sich zusammen, und er brachte keinen Ton heraus, während er in die Vergangenheit geschleudert wurde.

Chase war gerade einem weiteren Versuchsmarathon entkommen und versteckte sich im Gebüsch, als ein Wagen die Auffahrt hinauffuhr. Einen Moment lang dachte er darüber nach, einfach aus dem Tor hinauszulaufen und zu verschwinden. Aber er wusste, dass sie ihn irgendwann wiederfinden würden, und er hatte auch kein Geld, um sich selbst über die Runden zu bringen. Mit seinen dreizehn Jahren würde ihm niemand einen Job geben. Der Gedanke, zu seinen Eltern zu gehen, schoss ihm durch den Kopf, doch er verwarf ihn sofort wieder. Sie würden ihn nur ins Auto setzen und zurückbringen. Er rieb über seinen Brustkorb, um den Schmerz darin zu vertreiben, doch er wusste, dass es nichts bringen würde.

Das Auto hielt vor dem hässlichen zweistöckigen Klotz, der das Institut beherbergte. Hier wurde versucht, die Fähigkeiten der Teilnehmer zu testen und so weiterzuentwickeln, dass sie für den militärischen und zivilen Sektor genutzt werden konnten. Bisher war dieses Ziel allerdings noch nicht erreicht worden, obwohl es hier genügend Testpersonen mit besonderen psychischen Fähigkeiten gab. Er selbst war ein Beispiel dafür, auch wenn er sich lange geweigert hatte, es zuzugeben.

Tatsache war, dass er immer spüren konnte, wenn etwas passieren würde. Das ging sogar so weit, dass er innerhalb von Sekundenbruchteilen auf bestmögliche Weise darauf reagierte. Aber was sollte das anderen bringen? Es geschah meist so schnell, dass er nicht einmal mehr etwas sagen konnte, sondern einfach nur handelte. Trotzdem war er hier eingesperrt und musste ständig an irgendwelchen Versuchen teilnehmen. Seine Hände ballten sich zu Fäusten. Mehr als einmal hatte er die Tests absichtlich torpediert, aber die Forscher merkten es immer, und die Strafe folgte auf dem Fuße.

Am Ende einer Sitzung war er so erschöpft – mental und körperlich –, dass er keine Menschen um sich herum ertrug. Deshalb floh er immer in die Tiefen des parkähnlichen Grundstücks, das die Einrichtung umgab. Weit hinten stand ein vergessener Pavillon, der häufig sein Ziel war, weil er dort stundenlang in Ruhe sitzen und grübeln konnte. Heute war er allerdings abgelenkt, und ein ungewohnter Anflug von Neugier ließ ihn hinter den Büschen ausharren, um das Auto zu beobachten. Für einen winzigen Moment hatte er gehofft, es wären seine Eltern, die ihn abholen würden, doch ihm war sofort klar, dass dieser Wunsch nie wahr werden würde.

Trotzdem hielt ihn irgendetwas hier, und sein Nacken prickelte, wie immer, wenn etwas Ungewöhnliches passieren würde. Diesmal war klar, dass es etwas mit dem Wagen zu tun hatte, der jetzt vor dem Gebäude zum Stehen kam. Die hintere Tür wurde aufgestoßen, und ein Mädchen sprang heraus. Ohne sich umzusehen, rannte es los, direkt auf die Büsche zu, hinter denen er sich versteckte. Es dauerte einen Moment, bis sich die Fahrertür öffnete und ein untersetzter Mann ausstieg. Der blickte dem Mädchen hinterher und schüttelte den Kopf, bevor er in dieselbe Richtung ging.

Je näher das Mädchen kam, desto besser konnte Chase es sehen. Sie war bestimmt vier Jahre jünger als er und deutlich kleiner. Ihre langen schwarzen Haare wurden durch einen Zopf gebändigt, aus dem sich bereits einige Strähnen lösten. Trotz ihres natürlich braunen Hauttons war ihr Gesicht blass, beinahe grau, und unter ihren unglaublich blauen Augen lagen dunkle Ringe. Sie sah krank aus und wirkte nicht so, als sollte sie hier sein. Chase dachte daran, sie einfach laufen zu lassen, aber er wusste, dass es kein Entkommen gab. Das ganze Grundstück war von einem hohen Zaun umgeben, den sie nicht überwinden konnte.

Seine Eingebung sagte ihm, dass er ihr helfen musste, deshalb stand er auf und stellte sich so hin, dass sie ihn nicht übersehen konnte. Ohne zu zögern, lief sie direkt auf ihn zu und warf sich ihm entgegen. Automatisch fing er sie auf und schloss die Arme um sie. Sein Körper prickelte dort, wo sie ihn berührte, und er wollte sich wieder von ihr lösen, doch sie hielt ihn fest.

Flehend blickte sie zu ihm auf. »Bitte, hilf mir.«

Sein Herz klopfte schmerzhaft, weil sie ihn um etwas bat, das er nicht tun konnte. »Besuchst du hier jemanden?«

Sie schüttelte so heftig den Kopf, dass ihr weitere Haarsträhnen in die Augen fielen. »Nein! Ich will hier nicht sein! Ich will zu meinen Eltern!«

Die Erinnerung an seine eigenen Eltern presste ihm die Kehle zu. »Wo sind sie?«

In ihren großen Augen bildeten sich Tränen, und sie bohrte die Zähne in die Unterlippe. Er spürte, wie sie zitterte.

»Ihre Eltern sind tot.« Die raue Stimme erklang hinter ihm. »Sie kann nicht dorthin zurück, es gibt keine Verwandten, die sie aufnehmen könnten.« Der Mann legte seine Hand auf Chase' Schulter. »Ich nehme sie jetzt mit.«

Chase trat einen Schritt zur Seite und zog die Kleine mit sich. Er hasste es, wenn Leute ihn anfassten, besonders solche, die er nicht mochte, und dazu gehörte dieser Fremde eindeutig. Wie konnte er so gefühllos über ihre toten Eltern sprechen? Sie war eindeutig traumatisiert und brauchte jemanden, der sich liebevoll um sie kümmerte. Doch hier würde sie so jemanden niemals finden. Die Forscher waren so in ihre eigene Welt vertieft, dass sie gar nicht merkten, was um sie herum vorging. Auf die Be-

dürfnisse ihrer Versuchskaninchen gingen sie nicht ein – schon gar nicht auf die der Kinder und Jugendlichen in ihrer Obhut.

Chase wusste, dass das Mädchen hier eingehen würde. »Sie können die Kleine nicht hier lassen. Das ist kein Ort, an dem ein Kind aufwachsen sollte.« Niemand wusste das besser als er.

Der Mann zuckte mit den Schultern. »Nicht mein Problem. Sie steht unter der Obhut des Staates, und es wurde entschieden, dass sie hierherkommt.«

Chase probierte es noch einmal. »Warum wird sie nicht adoptiert?«

Es war deutlich zu sehen, dass der Fremde am Ende seiner Geduld war. »Weil niemand so ein seltsames Kind haben will. Sie macht den Leuten Angst.«

Das konnte er sich zwar nicht vorstellen, aber er wusste ganz genau, wie skrupellos Menschen – sogar die eigenen Eltern – sein konnten, wenn ein Kind besondere Fähigkeiten hatte und sie sich insgeheim davor fürchteten. Wieder ging ein Zittern durch den Körper des Mädchens, und er zog es automatisch noch enger an sich. »Das glaube ich nicht. Sicher gibt es irgendjemanden, der sich um sie kümmern würde.« Zur Not auch ein Waisenhaus, alles war besser als das hier.

»Ich habe keine Zeit, mich mit dir zu streiten. Halte dich da raus, es geht dich nichts an. Es wurde von oberster Stelle entschieden, dass sie hierherkommt, und damit ist die Sache erledigt.« Er griff nach dem Arm des Mädchens.

Wieder wich Chase aus. »Gehen Sie vor, wir kommen gleich nach.«

Der Mann sah aus, als wollte er protestieren, doch nach einem Blick auf die graue Haarsträhne an Chase' Schläfe entschied er sich offenbar dafür, die Sache fallen zu lassen. Er nickte nur knapp und marschierte dann über die Rasenfläche zurück.

Chase wartete, bis der Mann außer Hörweite war, bevor er sich sanft von der Kleinen löste. Sie versuchte, ihr Gesicht weiter an seiner Brust zu verstecken, doch er ließ das nicht zu. Ihre Augen und Nase waren gerötet, immer wieder kullerten ihr neue Tränen über die Wangen.

Er hockte sich hin, sodass ihre Gesichter auf einer Höhe waren. »Hör zu, Kleine …«

»Ich heiße nicht Kleine.« Ihr Kinn hob sich, und er war froh, einen Funken von Widerstand in ihren Augen zu sehen.

»Entschuldige. Sagst du mir deinen Namen?«

Wieder biss sie sich auf die Lippe und sah ihn forschend an. »Lebst du hier?«

Chase schnitt eine Grimasse. »Nicht freiwillig, aber ja, das tue ich.«

»Gefällt es dir?«

Was sollte er darauf sagen? Schließlich entschied er sich für die Wahrheit. »Nein, aber ich habe keine andere Wahl. Genauso wenig wie du, anscheinend.«

Ihre Lippen zitterten. »Aber ich will nicht hierbleiben! Ich will nach Hause.«

»Das kann ich verstehen, wirklich. Aber da geht es mir wie dir: Wir können nicht zurück. Es tut mir leid, dass deine Eltern tot sind.«

Abgrundtiefe Traurigkeit stand in ihren Augen. »Mir auch.« Ihre Stimme war nur noch ein Hauch. »Wie konnten sie mich alleinlassen?«

Die verzweifelte Frage ließ auch in ihm die Tränen aufsteigen, aber er drängte sie zurück. Ein Junge in seinem Alter weinte nicht. Stattdessen strich er der Kleinen ungeschickt übers Haar. »Das wollten sie ganz sicher nicht, aber sie hatten keine andere Wahl. Bestimmt sind sie irgendwo und passen auf dich auf.«

»Ja?« Doch die Hoffnung in ihren Augen erlosch sofort wieder. »Warum bin ich dann hier?«

Das war allerdings eine gute Frage, auf die Chase keine Antwort hatte. »Vielleicht, damit wir uns treffen konnten?« Er wusste selbst nicht, wie er darauf kam, aber irgendwie fühlte es sich richtig an.

Sie legte ihm die Hand auf den Arm und sah ihn lange Zeit an. Wieder spürte er das Prickeln. »Das könnte sein.« Sie holte tief Luft. »Ich heiße Mandy.«

Erleichtert schüttelte er die Hand, die sie ihm entgegenstreckte. »Ich bin Chase. Komm, ich bringe dich rein. Wenn du jemals Hilfe brauchst oder einfach nur mit jemandem reden willst, bin ich für dich da.« Er wusste, was er da versprach, aber Mandy berührte etwas in ihm, das er lange nicht mehr gefühlt hatte.

30

Amy stockte der Atem, als Chase die Augen öffnete und sie darin eine Mischung aus Wehmut und Schock entdeckte. Rasch zog sie ihre Hand zurück, doch sie konnte seine Gefühle immer noch spüren. Verwirrung, Wut, aber auch ein wärmeres Gefühl, das sie nicht deuten konnte.

»Mandy?«

Automatisch zuckte sie zusammen, als er ihren alten Namen verwendete. Sie hatte ihn nicht mehr benutzt, seit sie Stargate verlassen hatte. Er weckte zu viele Emotionen in ihr, die meisten davon schlechte. »Ich höre jetzt nur noch auf Amy. Es hat ziemlich lange gedauert, bis du mich erkannt hast.« Der Vorwurf in ihrer Stimme war nicht zu überhören.

Chase hatte ihn anscheinend wahrgenommen, zumindest nahm seine Verwirrung zu. »Als ich dich zuletzt gesehen habe, warst du dreizehn, und seitdem hast du dich ein wenig verändert.« Er blickte ihr weiterhin in die Augen, aber es war klar, dass er ihren Körper meinte, der früher klein und dürr gewesen war und jetzt eher fraulich.

»Wenn du nicht einfach verschwunden wärst, hättest du miterleben können, wie ich mich verändert habe.« Innerlich biss Amy sich auf die Zunge. Sie hatte das gar nicht sagen wollen, aber das kleine Mädchen in ihr schien nicht mehr schweigen zu wollen.

Bedauern überschattete Chase' Gesicht. »Das hätte ich sehr gerne getan.«

Amy konnte die Frage nicht verhindern, sie musste es endlich wissen. »Warum bist du einfach abgehauen, Chase?« *Ohne mich?*

Er stieß einen tiefen Seufzer aus und blickte in die Nacht hinaus. Gerade, als sie schon dachte, er würde ihr nicht mehr antworten, drehte er sich wieder zu ihr um. »Ich konnte nicht anders.« Er rieb sich über die Stirn. »Zu der Zeit ging es bei mir darum, Ereignisse vorauszusagen und Informationen zu liefern, die für das Militär von Nutzen sein könnten. Dr. Ingram war der Leiter dieses Projekts.«

Amy verzog den Mund. Ingram war einer der Schlimmsten gewesen, ein völlig kalter und gefühlloser Wissenschaftler, dem es egal gewesen war, dass er es mit Jugendlichen oder sogar Kindern zu tun gehabt hatte. Für ihn hatte nur das Ergebnis gezählt, alles andere war nebensächlich. Amy hatte ihn gehasst.

»An dem Tag war er besonders ungeduldig, weil einige hochrangige Militärs zu Besuch waren, die Ergebnisse sehen wollten. Er war nervös – und ich war noch störrischer als sonst.« Ein Lächeln huschte über Chase' Gesicht.

Ja, Amy konnte sich daran erinnern, dass er die Forscher regelmäßig zur Verzweiflung getrieben hatte. Und mit zunehmendem Alter war es immer schlimmer geworden. Mit siebzehn war er bereits so groß gewesen wie jetzt und hatte damit die meisten Leute dort überragt. Er war kräftig gewesen, wenn auch nicht ganz so muskulös und durchtrainiert wie heute. Vermutlich hatte Ingram sich vor ihm gefürchtet und war deshalb immer so wütend auf ihn gewesen.

»Was hast du getan?«

»Mich dumm gestellt und damit den Versuch geschmissen. Ingram hat es natürlich gemerkt, weil ich sonst deutlich besser war, und mir vorgeworfen, das absichtlich zu machen. Als ich ihm sagte, dass ich es satt hätte, für ihn das Versuchskaninchen zu spielen, ist er völlig ausgerastet und auf mich losgegangen.« Chase presste die Lippen zusammen, ein Muskel in seiner Wange zuckte. »Ich habe mich nicht gewehrt, obwohl ich ihn jederzeit hätte zu Boden schicken können. Das hat ihn nur noch mehr geärgert. Schließlich hat ihm einer der Militärs einen Kinnhaken verpasst und ihm ganz klar gesagt, dass er es nicht zulassen würde, dass er so mit einem Jugendlichen umgehe. Und dass so ein Projekt sowieso nur funktioniere, wenn der Proband freiwillig mitmache. Lieutenant Commander Hatton – das war der Name meines Retters – hat Ingram dann deutlich zu verstehen gegeben, dass das gesamte Stargate-Projekt beendet würde, wenn die Vorfälle an die Öffentlichkeit kämen. Zu der Zeit stand es sowieso schon auf der Kippe, und das wusste Ingram wohl genau.«

Amy wünschte, sie hätte damals schon davon gewusst. So hatte sie sich dort noch ein Jahr lang herumgequält, bevor sie plötzlich ohne eine Erklärung in ein Waisenhaus gebracht worden war. »Was hat er gemacht?«

Amy spürte die Zuneigung in Chase, als er ihr antwortete. »Hatton hat vorgeschlagen, mich in ein militärisches Programm aufzunehmen, wo man sich eingehender mit meinem ›Talent‹ befassen könne. Ingram hat sofort zugestimmt, ich denke, er war froh, mich loszuwerden.«

»Wie konnte er das tun? Du warst minderjährig und in der Obhut des Staates!« Heiße Wut durchflutete Amys Körper.

Chase legte seine Hand auf ihre. »Nein, das war ich nicht. Meine Eltern hatten zugestimmt, bevor ich zum Project Stargate kam, und sie haben genauso Ja gesagt, als das Militär mich haben wollte.«

Sein tiefer Schmerz war ihm nicht anzusehen, aber Amy konnte ihn spüren. »Ich dachte, deine Eltern wären tot, so wie meine.«

»Nein, sie wollten mich einfach nicht mehr haben, nachdem sie bemerkt hatten, dass ich ›anders‹ war.« In seiner Stimme schwang Bitterkeit mit.

»Oh Gott, das tut mir so leid.« Amy konnte sich nicht vorstellen, wie das für Chase gewesen sein musste. Ihr war wenigstens bewusst gewesen, dass ihre Eltern sie geliebt hatten, ihr früher Tod war ein tragisches Unglück gewesen. Aber sich vorzustellen, dass es Eltern gab, denen es egal war, was mit ihrem Sohn passierte … Tränen bildeten sich in Amys Augen.

Chase zuckte mit den Schultern. »Ich habe mich daran gewöhnt. Und am Ende ist ja auch was Gutes dabei herausgekommen. Das Militär ist genau der Ort, wo ich hingehöre. Ich bin gut in dem, was ich tue.«

»Das weiß ich, aber ich wünschte, du hättest mehr Möglichkeiten gehabt.«

»Als Hatton mich mitnahm, hatte ich befürchtet, es würde noch schlimmer werden als bei Stargate, aber er hat mich nicht in ein Programm zur Erforschung meiner Fähigkeiten gesteckt, wie er es Ingram erzählt hatte, sondern ich bin zur Navy gekommen, wo er auch gedient hat. Dort habe ich mich dann langsam hochgearbeitet und bin zu den SEALs gegangen.« Seine Augen verdunkelten sich. »Jack Hatton war ein wesentlich besseres Vorbild für mich, als meine Eltern es je waren. Ich bin froh, dass er eingeschritten ist. Ich weiß nicht, ob ich im Institut nicht irgendwann ausgeflippt wäre und jemandem wehgetan hätte.« Den letzten Satz flüsterte er beinahe.

Amy konnte fühlen, wie tief der Schmerz bei Chase immer noch saß, auch wenn er gelernt hatte, ihn nicht zu zeigen und in sich zu verschließen. »Das hättest du ganz sicher nicht, aber ich bin auch froh, dass du entkommen konntest. Die Zeit von deinem Verschwinden bis zum Ende des Projekts war nicht schön.«

Voller Schuldgefühl blickte er sie an. »Ich wollte dich mitnehmen.«

Seine Worte rissen die alten Wunden in Amy wieder auf. »Warum hast du es nicht getan? Ich wäre mit dir gegangen.«

»Ich habe es versucht, aber Hatton konnte nur einen mitnehmen, und das auch nur, weil ich fast volljährig war und meine Fähigkeiten zumindest auf dem Papier nützlich für das Militär sein konnten. Das Argument hätte bei dir nicht funktioniert, du warst noch so jung und noch dazu ein Mädchen.« Er strich ihr über die Wange, so, wie er es früher immer getan hatte. »Es tut mir so leid, Mandy. Ich hätte alles dafür gegeben, dich mitnehmen zu können, aber es ging nicht, und ich konnte auch nicht dableiben.«

Amy verstand seine Motivation, doch das kleine Mädchen in ihr, das von seinem einzigen Freund im Stich gelassen worden war, gab keine Ruhe. »Und du konntest es mir nicht mal erklären und dich von mir verabschieden?« Die Erinnerung schnürte ihr die Kehle zu. »Ich habe damals im Pavillon auf dich gewartet und dachte, dir wäre etwas passiert, als du nicht aufgetaucht bist.«

Chase schloss kurz die Augen, Kummer legte sich über sein Gesicht. »Du warst gerade in einer Sitzung. Ich hatte nur Zeit, meine Sachen zu packen, und dann hat Hatton mich mitgenommen. Ich habe einen Zettel geschrieben, in dem ich dir alles erklärt habe, und Ingram gebeten, ihn dir zu geben.« Fragend blickte er sie an und seufzte, als sie den Kopf schüttelte. »Dieser Mistkerl! Wahrscheinlich hat er gedacht, er könnte sich damit an mir rächen. Es tut mir wirklich leid.«

Amy räusperte sich mehrmals, um ihre Stimme zurückzubekommen. »Nicht deine Schuld. Ich habe damals nach dir gesucht und bin schließlich zu deinem Zimmer gegangen. Dort habe ich Ingram getroffen, und er hat lediglich gesagt, dass du nicht mehr Teil des Programms bist. Und ich dich vergessen soll.«

Ein Fluch entfuhr Chase. »Ist dir das gelungen?«

»Nein.«

»Mir auch nicht. Ich habe mehrmals versucht, dich zu kontaktieren, aber ich wurde nie zu dir durchgestellt. Ich nehme an, dass du auch meine Briefe nicht bekommen hast?« Wieder schüttelte Amy den Kopf. »Wenn der Laden nicht schon dicht wäre, würde ich zu gerne dorthin fahren und Ingram in Stücke reißen.«

»Das ist er nicht wert.«

Hart blies Chase den Atem aus. »Nein, wohl nicht. Trotzdem wünschte ich, du hättest meine Nachrichten erhalten. Zu der Zeit war ich in der Grundausbildung, deshalb konnte ich nicht zu dir fahren. Als ich dann endlich frei war, hatte man das Institut geschlossen, und du warst verschwunden. Ich habe versucht, dich zu finden, hatte aber kein Glück.« Neugierig blickte er sie an. »Amy Castillo. Hast du geheiratet?«

»Gott, nein!« Hitze schoss ihr in die Wangen, als die Erwiderung ihr herausrutschte. Schnell versuchte sie, Chase vom Thema abzulenken. »Ich bin damals ins System gekommen. Glücklicherweise war ich nicht lange im Waisenhaus, sondern wurde von einem unglaublich netten Ehepaar aufgenommen und später adoptiert. Deshalb heiße ich jetzt Castillo. Meinen Vornamen habe ich geändert, weil ich nicht immer an die Vergangenheit erinnert werden wollte.«

»Ich freue mich sehr für dich.« Sie konnte spüren, dass er das absolut ernst meinte. »Aber das erklärt natürlich, warum ich dich nicht mehr finden konnte. Deine Akte ist geheim, ich hatte keinen Zugriff darauf. Nach einigen Jahren habe ich dann gedacht, dass es vermutlich besser ist, wenn ich die Suche aufgebe und du dein Leben in Ruhe verbringen kannst, ohne durch mich an die Vergangenheit erinnert zu werden.« Er blickte nach draußen. »Aber ich habe dich nie vergessen.«

Amys Herz klopfte schneller. Chase hatte sie nicht einfach so im Stich gelassen, und er hatte versucht, sie zu finden. Diese Erkenntnis konnte zwar den jahrelang aufgestauten Schmerz nicht vertreiben, aber sie half ihr dabei, die Sache ein für alle Mal abzuschließen. Ihre Stimme klang belegt, als sie ihm antwortete. »Ich dich auch nicht.«

Bei diesen Worten sah er sie wieder an. »Warum hast du mich nicht angesprochen, als du zu den TURT/LEs gekommen bist? Oder hast du mich nicht erkannt?«

Bei der letzten Frage musste Amy beinahe lachen. Wie hätte sie ihn nicht erkennen können: Nicht nur, dass er optisch die erwachsene Version des Jungen war, der ihr die Zeit bei Stargate erträglich gemacht hatte, sie hatte auch vom ersten Moment an seine Anwesenheit gespürt. Nur ein einziger Mensch war ihr jemals so nahegekommen, dass sie dessen Gefühle in diesem Ausmaß spüren konnte. Manchmal glaubte sie, dass sie ihre Fähigkeit nur erhalten hatte, um Chase besser verstehen zu können. Selbst als Jugendlicher war er nicht leicht zu lesen gewesen, obwohl er sich bei ihr nur selten die Mühe gemacht hatte, etwas zu verbergen. Hätte sie ihn erst als SEAL kennengelernt, wäre es ihr sicher nie gelungen, ihn zu durchschauen.

Amy fragte sich, ob Chase überhaupt jemals einen Menschen so nah an sich heranließ, dass der hinter seine Maske blicken und sehen durfte, was er wirklich fühlte. In ihm brodelte so vieles, das es nie an die Oberfläche schaffte. Der Wunsch, diejenige zu sein, der er alles anvertraute, kam in Amy auf, doch sie drängte ihn sofort zurück. Chase sah in ihr nur das kleine Mädchen, mit dem er sich angefreundet hatte. Besser, sie gewöhnte sich an den Gedanken. Dennoch glaubte sie nicht, dass sie damit leben könnte. Schon damals hatte sie mehr für ihn gefühlt, auch wenn sie es nicht genau hatte benennen können.

»Amy?«

Seine Stimme holte sie aus ihren Gedanken. Verwirrt sah sie ihn an, bis ihr wieder einfiel, was er sie gefragt hatte. »Natürlich habe ich dich sofort erkannt. Ich habe darüber nachgedacht, dich anzusprechen, es dann aber gelassen. Du hattest mich verlassen, und ich war mir nicht sicher, ob du mich überhaupt wiedersehen wolltest.« Als er etwas dazu sagen wollte, hob sie die Hand. »Bis eben wusste ich ja nicht, dass es anders war. Also habe ich mich bemüht, dir nicht über den Weg zu laufen, oder zumindest nicht aufzufallen.« Amy verzog den Mund. »Das war nicht schwer, ich falle selten auf.«

Ernst blickte er sie an. »Glaub mir, es ist nahezu unmöglich, dich nicht zu bemerken.« Sein Blick glitt an ihrem Körper hinunter und dann wieder hinauf. »Ich korrigiere mich: völlig unmöglich.«

Wärme durchströmte Amy, als sie erkannte, dass er es wirklich so meinte. Seine Gefühle konnten nicht lügen. »Danke. Wobei du bisher nur mein Gesicht gesehen hast, der Rest wird von der Burka verdeckt.«

Etwas leuchtete in seinen Augen auf, und ein schiefes Lächeln hob seinen Mundwinkel. »Ich habe deine Beine gesehen, und für den Rest habe ich eine sehr gute Vorstellungskraft.« Als er ihren ungläubigen Blick sah, beugte er sich vor und senkte die Stimme. »Wenn wir woanders wären, würde ich sagen, dass du die Burka ausziehen sollst, damit ich dir beweisen kann, wie sehr mich dein Körper beeindruckt. Aber da das hier nicht geht, wird es warten müssen, bis wir in Sicherheit sind.«

Ein erregter Schauer lief Amy über den Rücken. Gott, diese Seite von Chase hatte sie noch nie kennengelernt, und sie musste sagen, dass sie ihr außerordentlich gut gefiel. Vor allem, weil er all die Leidenschaft, die er sonst für seinen Job aufbrachte, gerade auf sie konzentrierte. Ihre Hände krampften sich in den Stoff der Burka. »Du willst, dass ich mich für dich ausziehe?« Ihre Stimme klang rau.

Die Haut über seinen Wangenknochen spannte sich, und er verengte die Augen zu Schlitzen. »Ja. Noch mehr will ich aber, dass du in Sicherheit bist.«

Obwohl Amy deutlich Chase' Erregung spürte, konnte sie nicht glauben, dass er sie wirklich begehrenswert fand. Zwar kannte sie seinen sonstigen Frauentyp nicht, aber dass er wirklich auf große, kurvige Frauen stehen sollte, erschien ihr seltsam. Er konnte jede haben, die er wollte. Und allein der Gedanke daran machte sie verrückt.

Mutig lehnte sie sich ebenfalls vor, sodass ihr Gesicht dicht vor seinem war. »Bist du sicher, dass du in mir nicht das kleine Mädchen von damals siehst?«

Seine Augen wurden beinahe schwarz. »Mandy habe ich sehr gerne gemocht, aber sie war ein Kind, dünn, klein, mit Zahnspange und vor allem viel zu jung, um überhaupt über so etwas nachzudenken. Du dagegen bist eine Frau, mutig und wunderschön. Also nein, ich sehe Amy Castillo, niemand anderen.« Bevor sie antworten konnte, hatte er den kleinen Spalt zwischen ihnen überbrückt und strich mit seinen Lippen über ihren Mund.

Die Berührung war nur ein Hauch, aber sie durchfuhr Amy wie ein elektrischer Schlag. Endlich geschah das, was sie sich schon seit so langer Zeit wünschte! Auch wenn sie damals noch gar nichts darüber gewusst hatte und sicher auch nie die Initiative ergriffen hätte, fühlte es sich himmlisch an, Chase endlich so nah zu sein. Sein Atem strich über ihre feuchten Lippen, als er sich wieder zurückzog. *Nein, sie wollte mehr!* Ohne darüber nachzudenken, legte sie die Hand um Chase' Nacken und zog ihn wieder zurück. Sie wartete nicht ab, wie er darauf reagieren würde, sondern küsste ihn mit all der Liebe und Leidenschaft, die sich in ihr aufgestaut hatte.

Sein Mund öffnete sich, und Amy nutzte die Gelegenheit, ihn ausgiebig mit der Zunge zu erkunden. Chase antwortete mit gleicher Heftigkeit, seine Hände legten sich um ihren Rücken, und er zog sie näher an sich. Das Gefühl seiner großen Hände auf ihrem Körper ließ sie aufstöhnen. Sie fühlte sich wie betrunken vor Erregung, nicht nur ihrer eigenen, sondern auch der von Chase. Es gab keinen Zweifel daran, was er wollte, seine Gefühle waren so überwältigend, dass sie kaum mitbekam, wie er den Kuss beendete und seine Stirn an ihre presste.

»Amy.«

In dem einen Wort klang eine solche Sehnsucht mit, dass Amy sich fast wieder auf ihn stürzte. Doch seine Finger hatten sich um ihre Oberarme geschlossen und hielten sie an Ort und Stelle fest. Seine Nase streifte ihre, als er die Stirn von ihr löste. Noch immer war in seinen Augen deutlich die Leidenschaft zu erkennen.

»Du glaubst nicht, wie gerne ich mich jetzt in dir verlieren und alles andere vergessen würde.«

Amy befeuchtete ihre Lippen. »Doch, das tue ich. Mir geht es genauso.«

Er stöhnte auf, sein Griff wurde fester. »Du machst mich wahnsinnig! Ich hatte noch nie ein Problem damit, mich auf eine Mission zu konzentrieren, aber seit ich dich in Rahids Haus gesehen habe …« Er schüttelte den Kopf. »Hier könnte jederzeit jemand auftauchen, der uns töten will. Ich kann es mir nicht leisten, jetzt den Kopf zu verlieren. Nicht, wenn du dadurch sterben könntest.«

Das brachte Amy unsanft wieder auf die Erde zurück. Zögernd nickte sie. »Du hast recht.« Ihre Brust schmerzte, als sie erkannte, dass Chase nicht sicher war, ob sie beide heil hier herauskommen würden. Amy legte ihm die Hand aufs Knie. »Wir schaffen es, Chase. Gemeinsam.«

Zögernd bedeckte er ihre Hand mit seiner. »Ich werde jedenfalls alles dafür tun, dass du lebend hier rauskommst. Noch einmal lasse ich dich nicht im Stich.«

31

I-Mac war froh, als Hawk und Matt endlich sein Büro verließen, und er sich um Nurja kümmern konnte. Für seinen Geschmack war sie viel zu blass und still, seit sie erfahren hatte, dass Amy sich in der Hand der Terroristen befand. Kein Wunder, es musste sie an ihre Zeit bei Mogadir erinnern.

Er legte ihr die Hand auf die Schulter, zog sie jedoch rasch wieder zurück, als Nurja heftig zusammenzuckte. »Entschuldige. Warum gehst du nicht nach Hause und ruhst dich ein wenig aus?«

Schmerz stand in ihren dunklen Augen. »Ihr braucht mich hier nicht mehr?«

»Nein, im Moment nicht. Es ist Sache der SEALs, sie dort herauszuholen.«

Nurja nickte langsam. »Ich hoffe, es gelingt ihnen.« Beinahe verloren blickte sie sich im Raum um.

»Das wird es.« I-Mac antwortete mit mehr Zuversicht, als er selbst fühlte, aber wenn jemand Amy retten konnte, dann war es Devil. Allerdings machte es I-Mac immer noch Sorgen, dass der SEAL angeschlagen war. So eine Rettungsaktion war schon im Team und gesund schwierig, allein und verletzt … Er begrub die Gedanken schnell, damit Nurja sie nicht an seinem Gesicht ablesen konnte. »Wo ist …?« Ein Klingeln unterbrach ihn.

Röte breitete sich in Nurjas Gesicht aus, während sie ihr Handy herauszog. »Entschuldige. Ich habe es bei mir, falls etwas mit den Kindern ist.« Sie blickte auf das Display und erstarrte. Bevor I-Mac fragen konnte, wer es war, nahm sie das Gespräch an. »Ja? Nurja hier.« Während sie einen Moment lauschte, spiegelten sich in ihrem Gesicht die unterschiedlichsten Emotionen wider. »Ja, natürlich. Ich werde gleich da sein.«

Als sie ihn anblickte, konnte er sehen, dass ihre Augen feucht glänzten. Automatisch trat er einen Schritt auf sie zu. »Ist etwas mit den Kindern?«

»Nein, nein. Das war Rock, Rose ist im Krankenhaus, das Baby kommt, und sie möchte, dass ich bei ihr bin.« Verwunderung war deutlich in Nurjas Stimme zu hören.

Erleichtert atmete I-Mac auf. »Das ist schön.« Dann fiel ihm etwas ein, und er blickte Nurja stirnrunzelnd an. »Es sei denn, du möchtest es nicht. Ich bin sicher, Rose würde es verstehen …«

Nurja unterbrach ihn. »Nein, ich möchte dabei sein. Es ist so ein Wunder, wenn ein Kind auf die Welt kommt. Ich fühle mich geehrt, dass sie mich dabeihaben will.« Dennoch schwangen Zweifel in ihren Worten mit.

I-Mac konnte sich nicht beherrschen, er musste sie einfach berühren. Leicht strich er mit den Fingern über ihre Hand. »Aber?«

»Ich weiß auch nicht.« Sie lächelte schwach. »Wahrscheinlich bin ich ein wenig neidisch.«

»Das ist ganz normal. Mir geht es auch oft so, wenn ich zusehe, wie meine Freunde sich nach und nach verlieben und eine Familie gründen.«

Mit großen Augen blickte sie ihn an. »Und unsere Anwesenheit hält dich davon ab. Das …«

I-Mac legte ihr die Finger auf die Lippen. »Nein, ganz und gar nicht. Ich bin sehr froh, euch in meinem Leben zu haben.«

»Aber wie willst du so die Frau finden, die du liebst?« Tränen schimmerten in Nurjas Augen. Ihren Körper hielt sie noch steifer als sonst, als versuchte sie mit aller Macht, ihre Gefühle zurückzuhalten.

»Vielleicht habe ich das schon.« Erst als die Worte schon draußen waren, erkannte I-Mac, was er gerade gesagt hatte. Hitze schoss ihm in die Wangen, und er musste alle Willenskraft aufbringen, Nurja weiterhin in die Augen zu sehen.

Im Gegensatz zu seinem sicher knallroten Gesicht war sie erschreckend blass. »Oh.« Ihre Lippen bewegten sich, aber kein Ton kam heraus. Schließlich schien sie sich halbwegs gefasst zu haben. »Wir ziehen so schnell wie möglich aus, damit du für deine Frau Platz im Haus hast.«

Diesmal konnte I-Mac einen Seufzer nicht zurückhalten. Wieso konnte sie seine Gefühle nicht einmal dann erkennen, wenn er sie ihr förmlich ins Gesicht sagte? »Sie wohnt bereits in meinem Haus.«

Es dauerte einen Moment, bevor die Verwirrung aus Nurjas Augen verschwand und sich stattdessen Verständnis darin ausbreitete. Sie presste die Hand auf den Mund und starrte I-Mac schweigend an.

Okay, das war nicht die Reaktion, die er sich erhofft hatte. Enttäuschung durchflutete ihn, ihm war, als hätte ihm jemand ein Messer ins Herz gerammt. Er hatte immer mit der Möglichkeit gerechnet, dass Nurja einfach nicht mehr für ihn empfinden konnte oder so von ihrer Vergangenheit beeinflusst wurde, dass sie nicht mehr in der Lage war, eine Beziehung einzugehen. Trotzdem tat es weh, und I-Mac fragte sich, ob sein Geständnis jetzt dazu führen würde, dass sie ihn mit den Kindern verließ.

»John …«

Schnell unterbrach er sie. »Rose wartet auf dich, du solltest dich beeilen, damit du nicht zu spät kommst.« Er zwang sich zu einem Lächeln. »Ein Kind von Rock wird es sicher eilig haben, auf die Welt zu kommen.«

Unsicher sah sie ihn an. »Wir reden später, ja?«

Nicht, wenn er es verhindern konnte. »Natürlich. Soll ich dir ein Taxi rufen?«

»Ja, bitte.« Nach einem letzten langen Blick ging sie zur Tür und öffnete sie. »Ich gehe zu Jade, sie passt gerade auf Raschid auf.«

»Soll ich ihn nehmen, während du im Krankenhaus bist?« Als Nurja in die USA gekommen war, war Raschid noch so klein gewesen, dass er I-Mac nun fast wie sein eigener Sohn vorkam. Die Vorstellung, ihn bald vielleicht nicht mehr jeden Tag zu sehen, ließ ihm das Herz stocken.

Nurja zögerte, dann nickte sie schließlich. »Danke. Es ist sicher besser für ihn, wenn er hier an einem ruhigen Ort ist. Ich hole ihn ab, wenn ich vor deinem Feierabend aus dem Krankenhaus zurück bin.«

»Mach dir darüber keine Sorgen, Raschid und ich verstehen uns gut. Ich bringe ihn mit nach Hause und kümmere mich um ihn und die anderen, wenn du noch nicht da sein solltest.« Er räusperte sich. »Grüß Rose und Rock von mir. Ich wünsche ihnen alles Gute.«

Das entlockte Nurja ein zaghaftes Lächeln. »Das werde ich machen. Bis nachher.«

Sie verschwand durch die Tür, und I-Mac blieb allein zurück. Plötzlich kraftlos ließ er sich in seinen Stuhl sinken und rieb über seine Brust, als könnte er so den Schmerz daraus vertreiben. Doch das war unmöglich. Er kam sich vor, als hätte er sich gerade das Herz aus dem Leib gerissen und wüsste nun nicht, wie er es wieder hineinstopfen sollte. So sehr er sich auch wünschte, Nurja würde seine Liebe erwidern, er konnte sie nicht dazu zwingen. Die Gefühle mussten von selbst kommen.

Allerdings wusste er nicht, was er mit sich anfangen sollte, wenn Nurja und die Kinder wirklich auszogen. Er hatte sich so daran gewöhnt, sie um sich zu haben, dass ihm das Haus ohne sie leer und tot vorkommen würde. Früher war er durch seinen Job als SEAL ausgefüllt gewesen, er hatte gar keine Zeit gehabt, überhaupt an eine Familie zu denken. Nach seinem »Unfall«, den vielen Operationen und der Reha war jedoch immer Nurja für ihn da gewesen, hatte ihm jeden Wunsch von den Lippen abgelesen und dafür gesorgt, dass er sich nicht in seinem Elend vergrub.

Zuerst hatte er nur reine Dankbarkeit für sie empfunden, aber mit der Zeit war es immer mehr geworden, bis er sich ein Leben ohne sie nicht mehr vorstellen konnte. Und nicht etwa, weil sie sich um den Haushalt kümmerte – das konnte er auch selbst. Nein, es waren ihre Aufrichtigkeit und Wärme, die ihn anzogen und ihn wünschen ließen, dass sie für immer bei ihm bliebe. Sie füllte etwas in ihm aus, von dem er zuvor gar nicht gemerkt hatte, dass es ihm fehlte. I-Mac stöhnte auf und stützte seine Stirn in die Handfläche. Wie konnte er …?

»Ist alles in Ordnung?« Die Frage kam von der Tür her, und I-Mac wirbelte herum. Jade stand in der Türöffnung, den kleinen Raschid auf dem Arm.

Schnell stand I-Mac auf. »Ja, natürlich. Ist Nurja schon weg?« Wieder stieg ihm Hitze in die Wangen, als er hörte, wie sehnsüchtig er klang.

Falls Jade dies bemerkte, kommentierte sie es glücklicherweise nicht. »Ja, gerade eben.« Prüfend blickte sie ihn an. »Ich kann den Kleinen auch noch länger betreuen, das macht mir nichts aus.«

»Nein, nein, ich nehme ihn schon. Du kannst sicher besser arbeiten, wenn nicht ständig jemand auf dir herumkrabbelt. Außerdem ist es hier ruhiger als im Großraumbüro.«

Jade schnitt eine Grimasse. »Das stimmt allerdings.« Sie trat auf ihn zu und reichte ihm den strampelnden Raschid. Als der ihn erkannte, strahlte er über das ganze Gesicht und ruderte mit den Armen.

Mit einem Lächeln nahm I-Mac den Kleinen auf seinen Arm. »Na, wollen wir uns einen schönen Tag machen, während deine Mutter Tante Rose hilft?«

»Roro …« Raschid klatschte in die Hände, während er den Spitznamen rief, den er Rose und Rock gegeben hatte.

I-Mac musste lachen. »Genau, Roro. Ich hoffe, sie nennen ihr Kind dann nicht auch noch Ron oder so.«

Jade grinste ihn an. »Das werde ich Rock sagen.«

»Lieber nicht, ich möchte noch ein wenig weiterleben.« Mit seiner freien Hand nahm I-Mac die Tasche entgegen, die Nurja für Raschid dagelassen hatte. »Danke.«

Jade nickte und ging zur Tür zurück. »I-Mac …«

Als sie nicht weitersprach, blickte er auf. »Ja?«

»Es geht mich nichts an, aber ich möchte dir sagen, dass ich es bewundere, wie du dich um Nurja und die Kinder kümmerst. Sie haben eine schwere Zeit hinter sich und brauchen jemanden, der einfach für sie da ist und ihnen ein Gefühl von Sicherheit gibt. Und das tust du, ohne jemals etwas dafür zu verlangen.«

I-Mac runzelte die Stirn. »Warum sollte ich das auch? Ich genieße es, sie um mich zu haben. Manchmal denke ich, sie geben mir viel mehr als ich ihnen.«

Jade lächelte. »Siehst du, genau das meine ich.«

»Ich weiß nicht, ob ich verstehe, was du sagen willst.« Er ließ Raschid auf seinem Arm hüpfen, was der mit einem lauten Kreischen kommentierte.

Jade trat näher an ihn heran, damit er sie verstehen konnte. Ernst blickte sie ihn an. »Du weißt, dass ich zumindest zum Teil nachvollziehen kann, was Nurja erlebt hat.« Sie sprach weiter, ohne ihm Gelegenheit zu einer Antwort zu geben. »Es braucht eine gewisse Zeit, bis man sich so weit davon erholt hat, dass man das Gefühl hat, wieder man selbst zu sein. Bis man akzeptieren kann, dass es nie wieder so wird, wie es vorher war. Bis man so weit ist, weiterleben zu wollen.«

Ihre blauen Augen waren feucht, aber sie sah ihn fest an. I-Mac wusste, dass sie nicht nur äußerliche Narben hatte, wie die in ihrem Gesicht, sondern vor allem auch innere. Genauso wie Nurja. »Das ist mir bewusst. Ich gebe Nurja so viel Freiraum, wie sie benötigt, und stehe zur Verfügung, wenn sie Halt braucht. Ich versuche, sie nicht zu bedrängen oder ihr etwas aufzuzwängen, das sie nicht will.«

Jade nickte. »Nurja ist so viel stärker als ich, obwohl sie weitaus Schlimmeres erlebt hat. Trotzdem hat sie es geschafft, für ihre Kinder zu funktionieren und sich dazu noch an eine ihr fremde Lebensart anzupassen.« Sie hob die Hand, als I-Mac etwas sagen wollte. »Lass mich bitte ausreden. Es geht mir darum, dass Nurja zwar funktioniert, es sich aber nicht erlaubt, wieder zu fühlen. Das ging mir damals genauso, und wahrscheinlich würde ich heute noch in meinem Haus sitzen, wenn Hawk nicht gewesen wäre. Zuerst hat er alles getan, um mich nicht aufzuregen, und ich habe das ausgenutzt und ihn so von mir ferngehalten. Als Black aus dem Gefängnis geflohen ist, hat mich das aufgerüttelt, und ich habe zum ersten Mal wieder etwas außer meinem eigenen Leid gesehen. Ich hatte eine Aufgabe.«

I-Mac runzelte die Stirn. »Nurja hat auch Aufgaben.«

»Ja, ich weiß, und sie ist auch weiter, als ich es damals war. Worum es mir geht, ist die Frage, ob sie etwas anderes braucht als das, was du ihr bisher gegeben hast.«

Ärger sprudelte in ihm hoch. »Ich würde Nurja alles geben, was sie haben will, das weißt du genau.«

»Eben, davon rede ich.« Jades Stimme klang sanft. »Für sie bist du sicher, weil du nichts forderst und sie nicht zwingst, sich mit ihren Gefühlen zu befassen. Wie lange wollt ihr noch nebeneinander her leben? Ich sehe, dass du etwas für sie fühlst, I-Mac, und dass es dich langsam zerstört, es vor ihr zu verstecken.«

Es gefiel ihm nicht, dass andere ihm offenbar seine Gefühle ansehen konnten. Was war mit seinem SEAL-Pokerface passiert? Trotzdem war er verzweifelt genug, um Hilfe anzunehmen, wenn sie ihm schon einmal angeboten wurde. »Was kann ich tun? Auf keinen Fall möchte ich mich ihr aufdrängen oder sie irgendwie verletzen.«

»Das weiß ich, und das sollst du auch nicht. Aber ich denke, du könntest mit etwas mehr … Stärke drangehen. Lass sie sich nicht immer zurückziehen, sondern gib ihr etwas, das sie dazu zwingt, sich mit dir und vor allem deinen Gefühlen auseinanderzusetzen. Vermutlich wird sie davor zurückscheuen, aber da sie dir vertraut, wird sie irgendwann erkennen, dass es in ihrem Leben noch etwas anderes als die Kinder geben kann.«

»Und wenn sie mir nicht vertraut?«

Jade deutete mit dem Kopf auf Raschid, der auf I-Macs Arm eingeschlafen war. »Das tut sie, sonst würde sie die Kinder nicht mit dir allein lassen.« Flüchtig berührte sie seinen Arm. »Ich glaube, dass Nurja nur darauf wartet, endlich den schützenden Kokon verlassen zu können, in den sie sich gehüllt hat. Aber dafür braucht sie einen Grund.«

»Und der bin ich?« I-Mac wünschte sich das so sehr, dass er Schmerzen in der Brust hatte.

»Ich denke, ja, aber ich kann es natürlich nicht beschwören. Es hängt auch von dir ab, John. Wenn du es nicht wenigstens versuchst, wirst du nie erfahren, ob es für euch eine Chance gibt.«

Damit hatte sie allerdings recht. »Ich werde darüber nachdenken. Danke für deinen Rat, Jade.«

Wieder lächelte sie. »Ich hoffe, er hilft dir. Ihr habt es verdient, glücklich zu werden, und ich finde, ihr wäret ein tolles Paar.« Damit wandte sie sich endgültig um und verließ den Raum.

I-Mac blickte auf den schlafenden Jungen hinunter und strich sanft über dessen schwarze Locken. »Meinst du, ich sollte deiner Mutter zeigen, was ich für sie fühle?«

Raschid antwortete nicht, aber seine kleine Hand ballte sich zur Faust und reckte sich nach oben. I-Mac nahm das als gutes Zeichen.

Amy war seine Mandy, das Mädchen, das er nie wirklich vergessen hatte. Am liebsten hätte Devil seinen Kopf gegen die Felswand geschlagen, aber er konnte sich gerade noch zurückhalten. Vor allem hätte der Schmerz nicht das Schuldgefühl ausgelöscht, das nun stärker war als je zuvor. Wenigstens hatte Amy Glück gehabt und war bei einer guten Familie gelandet, aber das war keineswegs sein Verdienst gewesen.

Aus den Augenwinkeln blickte er zu ihr hinüber. Jetzt, wo er es wusste, konnte er Mandy deutlich in der erwachsenen Frau erkennen. Vor allem ihre großen blauen Augen waren unverkennbar. Vermutlich hatte genau das ihn vorher so irritiert. Während ihrer Zeit bei Stargate war Amy noch ein Kind gewesen, und er hatte sie wie eine kleine Schwester behandelt, doch jetzt sah er alles andere als das in ihr. Wie der Kuss und seine Reaktion darauf deutlich gezeigt hatten.

Wie hatte er in solch einer Situation überhaupt an Leidenschaft denken können? Solange sie hier waren, musste er sich ganz darauf konzentrieren, sie beide am Leben zu erhalten. Erst danach würde er sich mit dem auseinandersetzen können, was ihre Nähe in ihm auslöste. Vielleicht war es auch besser, die ganze Sache zu ignorieren. Als SEAL war er ständig unterwegs, eine Beziehung wurde dadurch ziemlich kompliziert. Erst recht, wenn der Partner als TURT/LE-Agentin einen ähnlich anspruchsvollen Job hatte.

Devil widerstand der Versuchung, sich mit der Hand vor die Stirn zu schlagen. Worüber dachte er hier eigentlich nach? Nur weil sie sich in einem schwachen Moment geküsst hatten? Das hieß noch lange nicht, dass Amy mehr von ihm wollte, vor allem nach ihrer gemeinsamen Vergangenheit. Am besten kamen sie erst einmal sicher nach Hause, dann konnten sie weitersehen. Er richtete sich gerader auf und packte das Gewehr fester. Tief atmete er durch – und nahm ihren Geruch wahr. Zwar nur einen Hauch, aber es reichte, um ihn alles vergessen zu lassen, was er gerade noch gedacht hatte.

Es gab keinen Zweifel daran, dass er sie wollte. Und es war mehr als ein vages Gefühl der Erregung, sondern vielmehr ein beinahe stechender Schmerz, der in seinen Eingeweiden wühlte. Noch immer kribbelte sein Körper dort, wo sie ihn berührt hatte. Mit aufeinandergebissenen Zähnen starrte er in die Nacht und kämpfte gegen seine Gefühle an. Er musste sich dringend ablenken, wenn er nicht doch noch hier und jetzt über sie herfallen wollte. Und das machte ihm Angst. Seine Selbstbeherrschung war legendär, es gab so gut wie nichts, das ihn aus der Ruhe brachte. Doch Amy hatte es vom ersten Augenblick an getan. Schon als sie bei ihrer ersten Begegnung geweint hatte, war seine Beherrschung ins Wanken geraten. Und er bezweifelte, dass sich das inzwischen geändert hatte.

Ein Prickeln in seinem Nacken ließ ihn aufschrecken. Sofort beugte er sich zu Amy. »Ich habe das Gefühl, dass gleich etwas passiert. Hast du die Pistole noch?«

Amy hielt die Waffe hoch. »Ja.«

»Gut, bleib hinter mir. Falls sie angreifen, wäre es gut, wenn du meine Waffe nachladen könntest.«

»Kein Problem.« Sie schwieg einen Moment. »Glaubst du wirklich, dass sie uns finden werden?«

»Ja.« Daran gab es für ihn überhaupt keinen Zweifel.

»Okay. Hast du irgendwas gesehen?« Amys Stimme zitterte.

»Nein. Aber ich habe ein Geräusch gehört, vermutlich einen Stein, der den Abhang hinuntergerollt ist.« Ihre Hand auf seinem Rücken ließ seine Haut erneut kribbeln. »Viel Zeit haben wir nicht mehr.«

32

Red starrte aus dem Fenster des Hubschraubers in die Dunkelheit. Seit dem fatalen Abschuss des Black Hawk vor zwei Jahren hatte er einen höllischen Respekt vor den Geräten und war immer froh, wenn er wieder festen Boden unter den Füßen hatte. Ein Blick zu Tex und Bull zeigte, dass auch sie an ihre toten Kameraden dachten. Obwohl sie das Team wieder aufgebaut hatten, war es trotzdem nicht mehr das Gleiche. Noch immer erwischte Red sich dabei, dass er sich umdrehte, um einem seiner Freunde etwas zu sagen, nur um festzustellen, dass der nicht mehr da war.

Wahrscheinlich würde das mit der Zeit nachlassen, aber im Moment merkte er noch nichts davon. Das Schlimmste war, dass sie es beinahe sogar geschafft hätten. Der Hubschrauber war auf einem kleinen Felsvorsprung notgelandet, und sie hatten ihn gerade verlassen wollen, als der Vorsprung abgebrochen war und den Black Hawk in die Tiefe gerissen hatte. Red war herausgeschleudert worden und hatte sich dabei den Oberschenkel gebrochen. Bull war ein ganzes Stück tiefer herausgefallen, aber immerhin bis auf Prellungen und Abschürfungen unverletzt davongekommen. Tex dagegen war mit dem Hubschrauber den gesamten Hang hinuntergerollt, und ein Metallstück hatte seine Schulter durchbohrt.

Noch jetzt sah Red fast jede Nacht das Wrack des Hubschraubers und seine toten Kameraden vor sich. Mit langem Training war es ihm gelungen, sein Bein wieder so fit zu kriegen, dass er bei den SEALs bleiben konnte, aber psychisch merkte er die Auswirkungen noch immer. Die Beurteilungen der Psychiater hatte er überstanden, indem er das tat, was er als SEAL gelernt hatte: durchhalten und keine Schwäche zeigen. Mehr als alles andere hatte er in den aktiven Dienst zurückkehren wollen. Dennoch würde er sofort seinen Rücktritt einreichen, sobald er bemerkte, dass er nicht mehr fähig war, eine Mission durchzustehen.

Abgesehen von den Hubschrauberflügen ging es ihm während einer Mission sogar besser als in seinem normalen Leben. Hier konzentrierte er sich völlig auf seine Aufgabe und ließ nichts anderes an sich heran. Das kam erst, wenn er wieder zu Hause war und schlaflos durch sein Haus tigerte oder furchtbare Albträume durchlebte. Dazu kam das Schuldgefühl, obwohl er mit dem Verstand wusste, dass er nichts daran hätte ändern können. Aber es war sein Team, seine Männer, die dort gestorben waren, wo er sie hingeführt hatte. Es lag in der Verantwortung des kommandierenden Offiziers, dafür zu sorgen, dass alle lebendig und unverletzt nach Hause kamen.

Eine Berührung an seiner Schulter riss ihn aus seinen Erinnerungen. In Bulls Augen konnte er deutlich sehen, dass dieser gedanklich am selben Ort gewesen war.

Bull beugte sich dicht zu ihm und brüllte in sein Ohr, um sich über dem Lärm verständlich zu machen. »Absprung in zwei Minuten. Mission auf ›Go‹.«

Also wollte das Oberkommando weiterhin, dass sie die Terrorgruppe unschädlich machten und die TURT/LE-Agentin dort herausholten. Immerhin. Es konnte auch passieren, dass eine Aktion im letzten Moment abgebrochen wurde, obwohl sie ihr Ziel schon vor Augen hatten. In diesem Fall hätte Red jedoch trotzdem weitergemacht. Unter keinen Umständen würde er eine Frau in den Händen dieser Sadisten lassen. In einem Bericht waren Devils und Joe Spades Verletzungen detailliert aufgeführt gewesen. Eine Frau würden sie garantiert nicht besser behandeln.

Red blickte zum restlichen Team, das in voller Montur auf den Ausstieg wartete. Außer den sieben SEALs war auch Henning Mahlers vierköpfiges KSK-Team bei der Mission dabei. Die deutschen Soldaten hatten es nicht besonders gut aufgenommen, dass ihr Anführer bei dem Anschlag auf die Schule verletzt worden war. Nun wollten sie dazu beitragen, die Terroristen ein für alle Mal auszuschalten und weitere Anschläge zu verhindern. Da niemand wusste, welcher Anzahl an Terroristen sie gegenüberstehen würden, war Red jeder zusätzliche Elitesoldat nur allzu willkommen. »Alle bereit?« Nachdem er die Bestätigung der Männer erhalten hatte, nickte er. »Okay, dann los.«

Er überprüfte noch einmal, ob seine Handschuhe fest saßen, und wandte sich dann der offenen Tür zu. Als der Hubschrauber in den Sinkflug ging, griff Red nach dem dicken Seil, das an einem ausschwenkbaren Galgen befestigt war. Sie hatten sich gegen den Absprung mit Fallschirmen und für das Fast-Roping entschieden. Damit entgingen sie der Gefahr, bei dem scharfen Wind abgetrieben und von den Terroristen entdeckt zu werden. Außerdem würde der Hubschrauber sich so schneller wieder entfernen können, als wenn er hätte landen müssen. Sobald der Helikopter an seiner Endposition angekommen war, sprang Red hinaus und rutschte an dem Seil nach unten. Bevor er mit den Füßen den Boden berührte, war bereits der nächste Mann am Seil. So kam das ganze Team in weniger als dreißig Sekunden sicher unten an. Sofort wurde das Seil gekappt, und der Hubschrauber flog leise davon.

Erleichtert, dass niemand sich verletzt hatte, wartete Red mit dem Gewehr im Anschlag, bis das Seil notdürftig vergraben war, und gab dann das Zeichen zum Aufbruch. Damit ihre

Ankunft nicht bemerkt wurde, hatten sie sich extra einige Kilometer entfernt vom Dorf absetzen lassen, die sie jetzt zu Fuß überwinden mussten. Doch das war bedeutend besser, als abgeschossen zu werden, wie Red aus eigener Erfahrung gelernt hatte. Er schnitt eine Grimasse. Jetzt zählte nur, so schnell wie möglich zum Dorf zu kommen, die Terroristen festzusetzen und Amy zu befreien.

Wenn sie Glück hatten, trafen sie unterwegs auf Devil und konnten ihn davon abhalten, etwas Dummes zu machen. Ein Mann mehr konnte auch nie schaden. Die Hubschrauberbesatzung würde melden, dass sie gelandet waren, deshalb brauchte Red nicht die Einsatzleitung zu verständigen. Ab jetzt galt Funkstille, außer es handelte sich um einen Notfall. Red gab das Zeichen zum Aufbruch, und das Team setzte sich in Bewegung. Trotz ihrer schweren Ausrüstung bewegten sie sich schnell und vor allem nahezu lautlos. Wie immer war Red stolz, CO einer solchen Elitetruppe zu sein. Das KSK-Team fügte sich nahtlos ein, obwohl sie noch nie zusammengearbeitet hatten.

Auf dem Weg hielt Red nach Gefahren Ausschau, konnte aber nichts entdecken. Es machte ihn nervös, wenn sein Feind unsichtbar war, deshalb wurde er langsamer, je näher sie dem Dorf kamen. Irgendwo mussten Wachen sein, sie konnten sie nur nicht sehen. Es bestand auch die Möglichkeit, dass irgendwo IEDs vergraben waren, die explodierten, wenn sie darauftraten. Keine besonders angenehme Vorstellung. Aber immerhin konnten sie mit ihren Nachtsichtgeräten alles Wichtige erkennen. Red gab dem Späher Run ein Zeichen, dass er sich an die Spitze setzen sollte. Die Erfahrung hatte gezeigt, dass er der Beste war, wenn es darum ging, einen sicheren Weg zum Ziel zu finden. Run zögerte nicht, sondern schlug zielsicher eine bestimmte Richtung ein.

Noch etwa einen Kilometer vom Dorf entfernt fanden sie

die ausgebrannten Reste eines Fahrzeugs, das offensichtlich vor nicht allzu langer Zeit explodiert war. Einzelteile waren über einen größeren Radius verstreut, was die Wucht der Explosion bezeugte. Die von den Wrackteilen ausgehende Hitze zeigte, dass sie erst wenige Stunden her sein konnte. Red konnte nur hoffen, dass nicht Devil in dem Wagen gesessen hatte. Hatte er vielleicht versucht, querfeldein zum Dorf zu fahren? Bei der Vorstellung zog sich Reds Magen zusammen. Nein, es ging dem SEAL sicher gut. Soweit Red wusste, war Devil bisher aus jeder noch so kritischen Situation herausgekommen.

Ein ganzes Stück entfernt gab Run, der nach dem Fund des Wracks wieder vorausgelaufen war, ihm ein Zeichen. Schnell überwand Red die Distanz und trat zu dem Späher, der auf dem Boden hockte und etwas untersuchte. »Hast du was gefunden?« Er hielt seine Stimme so leise, dass nur Run ihn hören konnte.

»Fußabdrücke.« Er deutete auf die Spuren. »Sie kommen aus der Richtung des Dorfes, nicht vom Auto her.«

Red runzelte die Stirn. Auf dem steinigen Boden waren die Fußabdrücke kaum zu sehen. »Sie kommen vom Dorf und machen dann hier einen scharfen Knick, sehe ich das richtig?«

»Ja. Wenn du mich fragst, waren sie hier, als das Auto explodierte und sind dann in die andere Richtung gegangen.«

»Sie?«

Run sah zu ihm auf, sein Gesicht schimmerte grünlich durch das Nachtsichtgerät. »Es sind zwei unterschiedliche Spuren. Einmal große Stiefel, sieht nach Standardmilitärausrüstung aus.«

»Devil.«

»Wahrscheinlich. Die zweite Spur ist kleiner und weniger deutlich. Ich tippe auf einen kleinen Mann, einen Jugendlichen oder eine Frau in Sandalen.«

»Die Agentin?«

»Durchaus möglich.« Run verzog das Gesicht. »Wenn sie allerdings zur Zeit der Explosion hier waren, dann ist das schon einige Stunden her. Und ich gehe davon aus, dass die Terroristen hinter ihnen her waren, sonst wäre der Wagen nicht explodiert. Die Frage ist, wo sie jetzt sind.«

Red rieb sich über die kurzen Haare. »Können wir ihnen folgen?«

»Versuchen wir es, aber ich garantiere für nichts.«

Das hatte er auch nicht erwartet. »Okay.« Als Red sich umdrehte, sah er, dass das Team sich um sie herum verteilt hatte und dafür sorgte, dass sie nicht in die Schusslinie gerieten. Mit wenigen Worten erklärte er kurz die Situation und folgte dann Run, der sich bereits in Bewegung gesetzt hatte. Schon nach kurzer Zeit wurde klar, dass sich die Spur sehr weit vom Dorf entfernte. Und das bedeutete, dass sie bald eine Entscheidung treffen mussten. Was zählte mehr: die Rettungsmission oder die Gefangennahme des Terroristen? Red konnte sich vorstellen, wie der Befehl des Oberkommandos aussehen würde. Und genau deshalb meldete er sich nicht dort.

Die Spur bewegte sich in einem Bogen auf die in der Ferne liegenden Ausläufer des Hindukusch zu, offenbar hatten die beiden versucht, sich in die Berge zu flüchten. Wahrscheinlich hatten sie auch keine andere Wahl gehabt, denn jetzt kam noch eine andere Spur aus etlichen Schuhabdrücken dazu. Da diese die ursprüngliche Spur überlagerten, musste Red davon ausgehen, dass die Männer aus dem Dorf Amy und Devil folgten.

Damit war Reds Entscheidung gefallen, er konnte die beiden nicht einfach ihrem Schicksal überlassen. Sollten seine Vorgesetzten sich hinterher ruhig beschweren, hier und jetzt hatte er das Kommando.

Er blickte sich zu seinem Team um und sah, dass seine Männer der gleichen Meinung waren, genau wie die KSK-Soldaten. Ohne zu zögern, folgten sie nun einer unbekannten Anzahl von Terroristen in die Berge. Ihnen allen war bewusst, dass sie auch in eine Falle laufen konnten. Mit ihrer Kenntnis der Gegend und der höheren Position hatten die Terroristen ihnen gegenüber einen deutlichen Vorteil. Aber das Risiko mussten sie eingehen. Und wenn sie ganz viel Glück hatten, konnten sie bei dieser Gelegenheit auch gleich den Anführer der Terrorgruppe unschädlich machen.

Waren das hier die letzten Minuten ihres Lebens? Nein, Amy mochte sich nicht vorstellen, dass sie Chase gerade erst wiedergefunden hatte und jetzt schon alles zu Ende sein sollte. Außerdem hätte dann dieser Verbrecher gewonnen, und das wollte sie nicht zulassen. Amy richtete sich auf und straffte den Rücken. Auf keinen Fall sollte Mansoor Rahid die Genugtuung bekommen, sie wieder einzufangen und doch noch zu töten.

Allerdings war ihre Munition begrenzt, und es war nur eine Frage der Zeit, bis sie ihnen ausgehen würde. Was sollten sie dann noch tun? Die Terroristen mit Steinen bekämpfen? Sicher waren die ihnen zahlenmäßig weit überlegen, und auch deren Bewaffnung würde ihre übertreffen. Außerdem kannten die Verbrecher sich hier in den Bergen viel besser aus. Die beste Überlebenschance hatten sie vermutlich, wenn sie hier in der kleinen Höhle blieben, die ihnen immerhin einen gewissen Schutz gab und gut zu verteidigen war. Doch auch das würde ihnen auf Dauer nicht weiterhelfen.

Hart klopfte Amys Herz gegen ihre Rippen, ihre Hände wurden feucht. Sie würde es nicht ertragen, wenn Devil ihretwegen doch noch starb.

»Vielleicht solltest du …« Weiter kam sie nicht, denn Chase

drückte warnend ihr Bein. Sofort schwieg sie und beugte sich angespannt vor.

Jetzt hörte sie es auch, leises Klicken und Knirschen, als würde jemand den letzten steilen Anstieg vor der Höhle bewältigen. Unter ihrer Hand konnte sie das gleichmäßige Pochen von Chase' Herz fühlen. Wie konnte er so gelassen sein, während sie das Gefühl hatte, aufspringen und laut schreien zu müssen? Ihr Herz würde sicher jeden Moment aus ihrer Brust hüpfen. Nun machte sich ihre mangelnde Erfahrung bei solchen Einsätzen bemerkbar.

Chase dagegen hatte schon unzählige Missionen hinter sich und trainierte jeden Tag genau für solch eine Situation. Dementsprechend froh war Amy, dass er jetzt bei ihr war. Hinter ihm an die Wand gepresst konnte sie nicht sehen, was draußen vor sich ging, das machte die Sache noch schlimmer. Wenn schon eine Gefahr auf sie zukam, wollte Amy sie auch sehen, um jederzeit darauf reagieren zu können.

Chase streckte einen Arm nach hinten und zog sie mit sich, als er sich noch dichter an die Felswand presste. Ein schwaches Licht schien in die Öffnung der Höhle, ein deutliches Zeichen, dass die Terroristen angekommen waren. Anscheinend hatten sie keine Angst, dass ihre Gegner sich wehren könnten. Oder es war ihnen schlicht egal, weil sie so viele waren, dass ein paar Verluste kaum etwas ausmachen würden. Ein Zittern lief durch Amys Körper, und sie fühlte, wie Chase sie beruhigend drückte, bevor er seinen Arm zurückzog. Sofort nahm sie den Verlust seiner Nähe wahr, aber sie gab nicht dem Impuls nach, sich an ihn zu klammern. Das hätte ihn nur behindert und abgelenkt.

Noch immer war es unheimlich still draußen, aber Amy konnte spüren, dass sich dort Menschen sammelten. Es war fast wie ein konstantes Summen in ihrem Körper, das immer lauter wurde. Beinahe verdeckte es die Gefühle, die von Chase ausgingen, und Amy kämpfte darum, die Verbindung zu ihm zu halten. Sanft legte sie ihm die Hand auf die Hüfte und atmete erleichtert auf, als sie seine Emotionen wieder deutlich spüren konnte. Seine Wut auf die Terroristen und ein leichtes Gefühl von Schuld wurden überlagert von seiner Entschlossenheit, sie hier heil rauszubringen. Das beruhigte Amy ein wenig.

Dennoch zuckte sie erschrocken zusammen, als der erste Schuss ertönte. Laut hallte er in der Höhle wider, ein Beweis dafür, dass Chase geschossen hatte. Schreie waren zu hören, und Amy sah, dass ein Mann dicht vor dem Eingang zusammengebrochen war. Er stöhnte, seine Arme bewegten sich schwach, als er versuchte wegzukriechen. Wie erwartet half ihm keiner seiner Kumpane, die hatten sich klugerweise in Sicherheit gebracht, nachdem sie gemerkt hatten, dass mit Gegenwehr zu rechnen war.

Nur wenige Sekunden später brach ein wahrer Sturm an Kugeln los. Einige drangen bis in die Höhle und bohrten sich in den Boden oder trafen die hintere Wand. Amy presste sich so weit wie möglich an die Seite und spürte, wie Chase das Gleiche tat. Als scheinbar Stunden später eine kurze Feuerpause eintrat, beugte Chase sich wieder vor und schoss zurück. Dabei ging er nicht wahllos vor, sondern zielte genau. Ein weiterer Schrei ertönte, gefolgt von erneutem Feuer, das zum Teil aus Automatikgewehren kam. Die Vorstellung, dass die Terroristen auch eine Panzerfaust, Reizgas oder sogar etwas Explosives dabei haben könnten, machte Amy nervös. Dagegen wirkten das Gewehr und die Pistole, die Chase und ihr zur Verfügung standen, geradezu lächerlich.

»Magazin!« Chase' Flüstern drang in ihre Gedanken und setzte sie in Bewegung.

Schnell reichte sie ihm das gewünschte Magazin und nahm das leere entgegen. Dieses legte sie hinter sich, um es später nicht mit den vollen zu vertauschen. Nichts wäre schlimmer, als wenn Chase abdrückte und nichts passierte. Jetzt hörte er auf zu schießen, und einen Moment lang herrschte Stille.

»Kommt raus, ihr habt keine Chance. Wenn eure Munition verbraucht ist, haben wir euch.« Die Stimme gehörte zu Rahid, aber der hielt sich wohlweislich außer Schussweite. Da er Paschtu sprach, übersetzte Amy für Chase.

»Soll ich ihm etwas antworten?« Sie sprach so leise, dass es nur bis an Chase' Ohr drang.

»Nein, lass ihn zappeln. Er will nur verhindern, dass wir seine Männer noch weiter dezimieren. Aber es ist gut, dass er offenbar nicht weiß, dass ich mit dir zusammen bin.«

»Wie kommst du darauf?«

»Sonst hätte er Englisch gesprochen, so wie in seinem Haus. Das bedeutet auch, dass er deine wahre Identität nicht kennt.«

»Die Zeit ist abgelaufen. Ich werde mein Angebot nicht wiederholen. Entweder ihr kommt da raus, oder ich werde dafür sorgen, dass ihr es bereut, mir je in die Quere gekommen zu sein.«

Wieder übersetzte Amy und fügte hinzu: »Das tue ich sowieso.«

Ein Gefühl, das Amy nicht deuten konnte, durchströmte Chase. »Ich persönlich bin froh, dass du ihm in die Quere gekommen bist. Ohne dich hätte ich mich nicht befreien können.«

»Das geht mir auch so. Aber ich hätte gut darauf verzichten können, ihn persönlich kennenzulernen.«

Jetzt war Chase' Gefühl ganz deutlich: Heiße Wut brodelte in ihm. »Er hätte dich nie anfassen sollen.« Ohne Amys Antwort abzuwarten, beugte er sich vor und schoss.

Der Schuss hallte so laut durch die kleine Höhle, dass Amy wünschte, sie hätte einen Ohrenschutz dabei. Besonders, als direkt darauf die Antwort der Terroristen in Form eines wahren Kugelhagels auf sie eindrang. Sie spürte, wie Chase zusammenzuckte und Schmerzen durch seinen Körper jagten. *Er war getroffen!* Panisch berührte Amy seinen Rücken.

»Bist du verletzt?« Ihre Stimme ging im Lärm unter, aber Chase schien sie trotzdem verstanden zu haben.

Er drehte den Kopf in ihre Richtung. »Alles in Ordnung, nur ein Querschläger, der in die schusssichere Weste gegangen ist.«

Erleichtert sackte Amy in sich zusammen. Die Vorstellung, dass Chase jederzeit sterben könnte, erfüllte sie mit solcher Angst, dass sie Mühe hatte, sich zusammenzureißen. *Sie wollte ihn nicht wieder verlieren!* Vermutlich war jetzt nicht der richtige Moment, aber sie wusste nicht, ob sie jemals wieder die Gelegenheit bekommen würde. Deshalb beugte sie sich vor und berührte seine Schulter dort, wo die Weste aufhörte und sie die Hitze seiner Haut unter seiner Kleidung spüren konnte.

»Ich liebe dich, Chase.« Sowie die Worte aus ihrem Mund waren, wünschte Amy sie wieder zurück. Auch wenn sie der Wahrheit entsprachen, lenkte sie ihn damit nur ab und …

Etwas flog an ihrem Kopf vorbei und landete mit einem metallischen Klang hinter ihr auf dem felsigen Boden. Mit einem Fluch wirbelte Chase herum und warf sich über sie, bevor sie überhaupt verstand, was geschehen war. Furcht und Entschlossenheit gingen von ihm aus. Er machte eine scharfe Bewegung in Richtung des Eingangs und bedeckte dann ihr Gesicht mit seinem. Seine Arme bildeten einen Ring um ihren Kopf.

»Handgranate. Schließ die Augen.«

»Oh Gott, Chase …« Ihre weiteren Worte gingen in einer heftigen Explosion unter.

Der Boden bebte, ein tiefes Grollen ertönte. Sand rieselte auf sie herunter, gefolgt von kleineren Steinen. Es schien gar nicht mehr enden zu wollen, oder vielleicht war das auch nur ein Echo in ihren Ohren. Amy wollte sich bewegen, doch Chase hielt sie unter sich gefangen. Den Grund dafür erkannte sie, als ein scharfes Knacken ertönte, gefolgt von lauterem Gepolter. Diesmal schienen die Wände um sie herum zu beben. Die Höhle stürzte ein! Sie mussten raus und … würden dort nur auf andere Weise sterben. Amy stiegen die Tränen in die Augen, und sie wollte Chase sagen, dass es ihr leidtat, doch die Luft war so von Staub erfüllt, dass sie keinen Ton herausbrachte.

Dann fielen die ersten größeren Brocken herunter, und sie wusste, dass es zu spät war. Sie vergrub das Gesicht an Chase' Hals, ihre Hände krampften sich in seine Kleidung. Das Letzte, was sie spürte, war sein harter Herzschlag.

33

Red blieb stehen, als er die laute Explosion hörte. Dicht gefolgt von einem tiefen Grollen und immer lauter werdendem Gepolter. Verdammt! Er drehte sich zu seinen Leuten um. »In Deckung, schnell!«

Beruhigt, dass sie schon lossprinteten, bevor er den Satz beendet hatte, brachte er sich hinter einem großen Felsblock in Sicherheit. Sein Atem kam in harten Stößen, während er darauf wartete, was passieren würde. Zuerst prasselten Kies und Schutt gegen den Felsen, hinter dem er sich versteckte, dann prallten größere Steine dagegen. Irgendwo über sich hörte er ein lautes Grollen, der Boden zitterte, doch es kam nichts mehr von oben nach. Zuerst die Schüsse und jetzt eine Explosion. Amy und Devil konnten wirklich von Glück sagen, wenn sie noch lebten.

Wut durchströmte Red, wie so oft seit seiner Verletzung. Eigentlich sollte er als SEAL nur seinen Job machen und nichts persönlich nehmen, aber das tat er. Jedes Mal, wenn er hörte, was Terroristen im Namen ihres Glaubens anrichteten, wie viele Menschen sie getötet oder für immer gezeichnet hatten.

»Red, bist du okay?« Bulls besorgte Stimme erklang neben ihm.

Red stand auf, bevor er seinem Freund antwortete. »Ja.« Mühsam schob er alle anderen Gedanken beiseite und konzentrierte sich auf die Mission. »Sind alle unverletzt?«

»Ein paar Prellungen, und Eye hat eine Platzwunde. Nichts

Schlimmes.« Bull blickte nach oben. »Ich fürchte, Devil und der Agentin wird es nicht so gut ergangen sein. Es hörte sich an, als wäre durch die Explosion ein Teil des Hangs abgerutscht. Ich tippe auf eine Handgranate.«

Da Bull der Sprengstoffexperte war, glaubte Red ihm das unbesehen. »Vielleicht haben wir Glück, und die Tangos haben sich selbst in die Luft gesprengt.«

Der Hauch eines grimmigen Lächelns umspielte Bulls Mundwinkel. »Das wäre zu schön, um wahr zu sein. Aber ich würde nicht drauf wetten.«

Nein, er auch nicht. Red nickte zu den anderen hin, die sich einige Meter entfernt versammelt hatten. »Können wir weiter?«

»Doc kümmert sich um die Platzwunde, dann können wir los.«

»Run.«

Sofort trat der Späher zu ihnen. »Ja?«

»Geh ein Stück voraus und sieh nach, wo die Ts genau sind. Melde dich per Funk. Und sei vorsichtig.«

Run grinste. »Das bin ich immer.« Schon nach wenigen Metern verschmolz er mit der Dunkelheit und war nicht mehr zu sehen.

Red rieb sich über den Ellbogen, den er sich am Fels gestoßen hatte. »Mir gefällt die Sache nicht. Aber ich bin auch nicht willens, unsere Leute im Stich zu lassen.«

»Das werden wir auch nicht. Das Team ist bereit, Red. Vertraue uns.«

Dass sein XO so genau wusste, was er dachte, beruhigte ihn, machte ihn jedoch gleichzeitig auch nervös. Er schnitt eine Grimasse. »Das tue ich, nur denen da oben vertraue ich nicht.« Red deutete in Richtung des Gipfels. »Ich will nicht noch mehr Männer verlieren.« *Gott, was war nur mit ihm los?*

Sonst redete er nie über solche Dinge, schon gar nicht während einer Mission.

Bull packte ihn an der Schulter. »Das kann ich nicht versprechen, aber wir sind gut vorbereitet. Du weißt doch, SEALs sind die Besten der Besten und so.«

Das brachte Red zum Lachen. »Reine Propaganda.« Sofort wurde er wieder ernst. »Aber wir haben ein gutes Team, damit hast du recht.«

Mit einem Nicken drehte Bull sich zu den anderen um und gab ihnen das Zeichen zum Aufbruch.

Red atmete tief durch und schüttelte alles von sich ab, das hier keinen Platz hatte. Nachdem er seine Ausrüstung überprüft hatte, war er bereit. Das Gewehr in der Hand drehte er sich dem Hang zu.

»Red, hier Run.« Die Stimme des Spähers drang durch den Kopfhörer.

Red drehte das Mikrofon am Headset an. »Was siehst du?«

»Eine Menge Terroristen ein Stück über mir. Beeilt euch, irgendwas geht da vor.«

»Wir sind unterwegs.« Red wandte sich den anderen zu. »Abmarsch. Es macht mich nervös, dass niemand mehr schießt.«

Und das war eine Untertreibung. Seine leise Hoffnung, dass Devil mit der Explosion die Terroristen außer Gefecht gesetzt hatte, war durch Runs Beobachtungen zerstört worden. Verdammt!

Red rückte seinen Rucksack zurecht und gab das Zeichen zum Aufbruch.

Devil hustete, als der Steinstaub in seine Lunge drang. Die Luft war voll davon und erschwerte das Atmen. Einen Moment lang bekämpfte er die Panik zu ersticken, dann bekam er sich wieder in den Griff. Langsam hob er den Kopf und blickte sich um, doch es war noch genauso dunkel wie vorher, wenn nicht sogar düsterer. Unter sich konnte er Amys stillen Körper spüren. Sofort stemmte er sich hoch und unterdrückte ein Stöhnen, als sich die Schmerzen in seinem Rücken bemerkbar machten. Er hatte einige größere Gesteinsbrocken abbekommen, die von der Decke der Höhle gebrochen waren, aber glücklicherweise schien er sich noch bewegen zu können.

Vorsichtig tastete Devil nach Amys Kopf und berührte ihre Wange. Etwas Feuchtes drang an seine Fingerspitzen. »Amy, kannst du mich hören?« Seine Stimme klang so rau, dass er sich selbst kaum verstand. Er räusperte sich und versuchte es noch mal. »Amy?«

Als sie weder auf seine Berührung noch auf seine Stimme reagierte, begann sein Herz zu rasen. *Ihr durfte nichts passiert sein!* Fieberhaft berührte er sie überall, wo er sie erreichen konnte, an ihrem Gesicht, ihrem Kopf, ihren Schultern. »Komm schon, Amy!«

Voller Angst hockte er sich neben sie und tastete auch den Rest ihres Körpers ab. An ihrer Kehle spürte er einen schwachen Puls, und auch ihr Herz klopfte noch, wenn auch viel zu schnell. »Amy, wach auf!«

Dieser Befehl schien ein wenig zu ihr durchzudringen, sie bewegte sich unruhig, und ein Murmeln kam über ihre Lippen. Erleichtert, dass sie offenbar kurz vor dem Aufwachen war, beugte Devil sich dichter über sie. Seine Lippen streiften ihr Ohr. »Komm zu mir zurück, Mandy. Ich brauche dich hier.«

Ein weiteres Stöhnen. »Ch…Chase?«

Beruhigend streichelte er ihre Wange. »Ja, ich bin hier. Schlaf nicht wieder ein. Ich suche nur kurz nach der Taschenlampe.« Devil ließ Amy los und tastete auf dem Boden nach dem Rucksack. Zu seinem Glück entdeckte er ihn nur wenige

Meter von ihnen entfernt. Hastig kramte er die Taschenlampe daraus hervor und kroch zu Amy zurück. »Lass die Augen zu, damit du nicht geblendet wirst.«

Devil knipste die Lampe an und hielt sie so, dass er mit seinem Körper den Lichtschein blockierte, damit dieser nicht von außen gesehen werde konnte. Dann sah er sich Amy genauer an. Ein Blick in ihr Gesicht ließ ihn erstarren. Es war grau vor Schmutz und blutüberströmt. Er beugte sich über sie und tastete mit der freien Hand ihren Kopf ab.

»Was tust du da?«

»Ich suche eine Verletzung, dein Gesicht ist voller Blut.«

Ihre Augen flogen auf, und sie starrte ihn entsetzt an. »Aber …« Sie stockte. »Es ist dein Blut, Chase.« Vorsichtig strich sie ihm mit der Hand über die Haare, und Devil zuckte zusammen, als ein scharfer Stich durch seinen Kopf fuhr. Sofort ließ Amy ihn los und versuchte, sich aufzusetzen, doch Devil drückte sie sanft zurück.

»Bleib liegen, ich will erst sicherstellen, dass du wirklich nicht verletzt bist.« Die Burka verhinderte, dass er etwas sehen konnte, deshalb konnte er Amy nur abtasten. »Sag Bescheid, wenn ich eine empfindliche Stelle berühre.«

Erst als er bei ihrem Knöchel ankam, stöhnte sie auf. »Au, das tat weh.« Mühsam stützte sie sich auf die Ellbogen und blickte nach unten. Als sie ihren geschwollenen und verfärbten Knöchel sah, wurde sie blass und ließ sich wieder zurückfallen. Deutlich konnte er ihr hartes Schlucken hören.

»Denk an etwas anderes, ich kümmere mich darum.« Mit sanften Fingern berührte Devil ihren Knöchel und versuchte, ihren Fuß zu bewegen. Sofort erstarrte sie, und ein erneutes Stöhnen entfuhr ihr. »Ich denke, er ist verstaucht, wenn nicht sogar gebrochen.« In unmittelbarer Nähe lag ein Felsbrocken, der ihr anscheinend auf den Knöchel gefallen war. Devils Beine hatten nicht direkt auf ihren gelegen, sonst wäre er an ihrer Stelle getroffen worden. Er unterdrückte einen stummen Fluch und holte den Verbandskasten heraus. »Das könnte jetzt schmerzhaft sein.«

Vorsichtig hob er ihr Bein an und spürte, wie ihre Muskeln sich anspannten. Ihre Zähne hatte sie in die Unterlippe gegraben, aber sie gab keinen Laut von sich, obwohl die Bewegung höllisch wehtun musste. Es war fast, als könnte er ihren Schmerz spüren, doch das bildete er sich sicher nur ein. Trotzdem fasste er sie noch sanfter an, während er ihr den Verband fest um den Knöchel wickelte, um diesen zu stützen. Nachdem Devil überprüft hatte, dass genug Platz war, um Amys Blutzirkulation nicht zu behindern, legte er ihren Fuß vorsichtig wieder auf den Boden.

Zitternd berührte sie seinen Arm. »Danke.«

»Kein Problem.« Devil setzte sich auf. »Kommst du für einen Moment alleine zurecht? Ich muss sehen, was mit den Terroristen ist.«

»J…ja.« Amys Zähne klapperten so laut, dass sogar er sie hören konnte.

Noch einmal berührte er sie an der Schulter, dann griff er seine Waffe und knipste die Taschenlampe aus. Vorsichtig bewegte er sich in der Dunkelheit zum Ausgang der Höhle. Überall lag Geröll herum, das vorher nicht dort gewesen war. Sie konnten nur froh sein, dass die Decke der Höhle nicht ganz auf sie heruntergefallen war, sondern sich nur einzelne Steine gelöst hatten. Die Vorstellung, dass sie jetzt tot oder zumindest schwer verletzt sein könnten, wenn er die Handgranate nicht erwischt hätte, ließ Devil schaudern.

Es waren nur noch wenige Zentimeter bis zum Ausgang, aber noch immer konnte er keinen Wind spüren und auch keine Sterne sehen. Stattdessen hatte er den Eindruck, dass sich vor ihm eine massive Wand befand. Er streckte die Hände aus und stieß tatsächlich gegen scharfkantige Felsbrocken.

Mehr Deckung war nicht schlecht, doch nachdem Devil festgestellt hatte, dass der gesamte Ausgang der Höhle verschüttet war, wandelte sich sein vages Unbehagen in ein verdammt schlechtes Gefühl. Zwar konnten die Terroristen so nicht mehr zu ihnen hereinkommen, brauchten aber stattdessen auch einfach nur draußen zu warten, bis Amy und er verdurstet waren oder die Höhle ganz zusammenstürzte. Noch einmal untersuchte Devil die neue Wand und fand schließlich einen schmalen Spalt, durch den frische Luft einströmte. Zumindest mussten sie sich keine Sorgen machen, bald zu ersticken.

Versuchshalber drückte er mit der Schulter gegen die Steine, doch sie bewegten sich nicht. Entweder waren die Brocken zu schwer oder so verkantet, dass sie sich per Hand nicht verrücken ließen. Ohne Hilfe würden sie hier auf keinen Fall rauskommen.

Devil unterdrückte das aufkommende Gefühl von Panik und kroch langsam zu Amy zurück. »Alles okay?«

»Ja. Ich bin froh, dass du wieder da bist. Ich konnte dich nicht mehr hören und sehen sowieso nicht.«

»Tut mir leid. Ich durfte keinen Krach machen, falls die Terroristen uns hören.«

Amy berührte seinen Arm. »Ich weiß. Ich habe mich nur so allein gefühlt, und das hat mich an die Zeit in der Hütte erinnert.«

»Das kann ich nachvollziehen. Denk einfach daran, dass ich bei dir bin und nicht vorhabe, dich hier allein zu lassen. Okay?«

»Okay.« Ein zaghaftes Lächeln erschien auf ihren Lippen, doch dann stutzte sie plötzlich und zog die Augenbrauen zusammen.

»Vielleicht liegt es ja an meinen geschädigten Ohren, aber klingt deine Stimme irgendwie hohl?«

Mist, er hatte gehofft, sie noch ein wenig länger im Dunkeln lassen zu können. Manche Leute hatten Platzangst und gerieten in Panik, wenn sie in einer Höhle unter Fels begraben waren. »Es liegt nicht an deinen Ohren. Der Schall hallt von den Wänden wider.«

Amy drehte den Kopf, um die Wände zu betrachten, die im schwachen Lichtschein nur dunkle Flächen waren. »Seltsam. Das haben sie doch vorher nicht gemacht.« Als Devil nichts dazu sagte, stützte sie sich mühsam auf die Ellbogen und starrte ihn an. »Was erzählst du mir nicht?«

Devil unterdrückte einen Seufzer. Warum hatte er geglaubt, ihr etwas verheimlichen zu können? Sie war die einzige Frau, die seine Gefühle beinahe so gut kannte wie er selbst. Zumindest war es früher so gewesen, und er war sich sicher, dass sie in der Zwischenzeit noch viel besser darin geworden war. Schließlich hatte sie sogar über eine größere Entfernung seinen Aufenthaltsort herausgefunden. Absichtlich berührte er sie, damit sie auch seine Entschlossenheit spürte, sie hier wieder herauszubringen.

»Durch die Explosion haben Felsen den Eingang zur Höhle verschüttet. Deshalb hören sich unsere Stimmen so an. Aber für den Moment sind wir zumindest sicher vor den Terroristen.«

Amy hatte etwas Schlimmes erwartet, aber die Vorstellung, hier in dieser kleinen Höhle unter Tonnen von Fels gefangen zu sein, war ein Albtraum. Und auch wenn Chase versuchte, die Sache herunterzuspielen, konnte sie seine Sorge deutlich erkennen.

Ein paarmal musste sie schlucken, bevor sie wieder sprechen

konnte. »Wann wird uns die Luft ausgehen?« Schon allein der Gedanke brachte sie zum Hyperventilieren.

Chase' Griff an ihrem Arm wurde fester. »Gar nicht. Es gibt einen Schlitz, durch den genug Sauerstoff einströmt.«

»Wirklich? Oder sagst du das nur, um mich zu beruhigen?«

»Du kannst mir glauben, dass ich garantiert nicht seelenruhig bei dir sitzen würde, wenn uns in absehbarer Zeit der Sauerstoff ausgehen würde.« Seine Stimme klang ruhig, aber Amy konnte spüren, dass er ein wenig verletzt war.

»Ich weiß, tut mir leid.«

»Du brauchst dich nicht bei mir zu entschuldigen, Amy. Schließlich ist es meine Schuld, dass du überhaupt hier bist. Ich wünschte wirklich, du wärst nicht mit hineingezogen worden.«

Ärger kam in Amy auf. »Chase Devlin, ich sage es nur noch ein einziges Mal: Dich trifft keinerlei Schuld. Es war meine freie Entscheidung, dir zu folgen und dich aus der Gefangenschaft zu befreien. Und ich bin froh, dass ich es getan habe, auch wenn ich jetzt lieber woanders wäre als hier. Außerdem: Wenn du nicht gewesen wärst, wäre ich vielleicht schon tot.«

Schweigend blickte Chase sie lange an, dann nickte er. »Okay.«

Seine Gefühle sagten Amy zwar, dass er sich immer noch schuldig fühlte, aber solange er das nicht noch einmal äußerte, würde sie es ignorieren. Sie für ihren Teil war jedenfalls sehr froh, dass er bei ihr war, und sie vertraute ihm, dass er sie hier irgendwie herausbringen würde. Falls nicht, gab es niemanden, mit dem sie ihre letzten Stunden lieber verbringen würde.

Sie betrachtete Chase und sah, dass er immer noch blutete. Es war typisch, dass er sich zuerst um ihren Knöchel kümmerte, der nun wirklich kein Notfall gewesen war, anstatt erst seine eigene blutende Wunde zu versorgen.

Mühsam kämpfte Amy sich in eine sitzende Position. Chase versuchte, sie aufzuhalten, doch sie wehrte ihn ab. »Lass mich deinen Kopf sehen.«

Er blickte sie an, als hätte er seine Verletzung bereits wieder vergessen, doch bevor sie ihn noch einmal fragen musste, senkte er den Kopf und hielt die Taschenlampe so, dass die Stelle gut ausgeleuchtet war. Vorsichtig schob Amy mit den Fingern einige Haarsträhnen beiseite und fand eine etwa fünf Zentimeter lange Platzwunde. Kein Wunder, dass er so stark blutete. Eine genauere Untersuchung brachte auch noch eine Prellung zutage. Wahrscheinlich war einer der herabfallenden Steine gegen seinen Kopf geschlagen und hatte die Wunde verursacht. Das Problem war, dass Amy unter den gegebenen Bedingungen nicht viel machen konnte. Sie konnte die Wunde weder nähen noch klammern, und ein Verband würde auch nicht halten.

»Hast du Kompressen?«

»Die möchte ich lieber aufheben, falls wir sie für etwas anderes benötigen.«

Also erwartete er, dass sie noch weitere Verletzungen davontragen könnten. Wie beruhigend. »Chase, du blutest wie ein abgestochenes Schwein. Ich muss irgendetwas tun, um die Blutung zu stoppen.«

»Hast du an der Burka vielleicht noch ein wenig Stoff übrig?« Er zog ein Kampfmesser aus der Hose und hielt es ihr hin.

Kopfschüttelnd nahm sie es entgegen. »Für meinen Knöchel verschwendest du den Verband, aber wenn es um deinen Kopf geht, wirst du plötzlich geizig. Sehr sinnvoll.«

Sein Mundwinkel hob sich ein winziges Stück. »Auf meinem Kopf muss ich nicht laufen.«

»Nein, aber denken. Und außerdem siehst du auch nichts, wenn dir ständig das Blut in die Augen läuft.«

Er nickte knapp. »Wie sieht es jetzt mit dem Stoff aus?«

Da sie wusste, dass er nicht nachgeben würde, griff Amy nach dem Saum der Burka und schnitt ein großzügiges Stück ab. Das teilte sie noch einmal und nutzte dann eine der Hälften, um Chase das Blut aus dem Gesicht zu entfernen. Amy versuchte ihr Möglichstes, aber sie wusste, dass sie das Blut mit dem Stoff nur verwischte und nicht wirklich entfernte.

»Ich nehme an, das Wasser darf ich dafür auch nicht verwenden, oder?«

»Es ist besser, wenn wir es aufheben, wir wissen nicht, wie lange wir hierbleiben müssen.«

Ja, das hatte sie sich gedacht. »Gib mir eine Kompresse. Du willst sicher nicht, dass sich die Wunde entzündet, weil ich den schmutzigen Stoff darauf presse.«

Ohne eine Erwiderung griff Chase in den Verbandskasten und zog ein eingeschweißtes Paket heraus. Er öffnete es vorsichtig, zog eine Kompresse heraus und reichte sie ihr. Amy verdrehte die Augen, enthielt sich aber eines Kommentars. Vorsichtig legte sie die Kompresse auf die Wunde, faltete den Stoff so zusammen, dass er möglichst viel Blut aufnehmen konnte, und presste ihn auf den Riss. Dabei konnte sie spüren, wie Chase ein scharfer Schmerz durch den Kopf schoss. Dennoch bewegte der keinen Muskel. Seine Selbstbeherrschung war wirklich bewundernswert, und Amy wünschte, sie könnte das Pochen in ihrem Knöchel ebenso ignorieren. Aber da half auch ihre Ausbildung zur TURT/LE-Agentin nicht.

»Kannst du das hier festhalten, um die Blutung zu stillen?«

Immer noch schweigend übernahm Chase die Aufgabe von ihr. Da sie ihn nicht mehr berührte, nahm sie seine Gefühle etwas gedämpfter wahr, aber sie konnte dennoch seine Ungeduld spüren. Er wollte etwas tun, das war ganz offensichtlich, trotzdem saß er still neben ihr.

»Was machen wir jetzt? Sollen wir versuchen, den Ausgang wieder zu öffnen?« Furcht breitete sich in Amy aus, als sie daran dachte, was sie dort draußen erwartete.

»Ich fürchte, dafür bräuchten wir schweres Gerät. Außerdem würden wir damit den Terroristen nur die Gelegenheit geben, uns wieder anzugreifen. Momentan ist es wohl am besten, wenn wir uns hier still verhalten. Vielleicht denken sie dann, dass wir durch die Explosion getötet wurden.« Er verzog das Gesicht. »Das wäre ihnen ja auch beinahe gelungen.«

Mit Schaudern erinnerte Amy sich an das Geräusch, als die Handgranate in der Höhle gelandet war. Es war ihr immer noch ein Rätsel, wie Chase schnell genug hatte reagieren können. »Dank dir leben wir noch.« Ein Gedanke ließ sie erstarren. »Was passiert, wenn sie es noch mal probieren?«

»Dann haben wir ein Problem. Ich weiß nicht, wie lange der Fels noch standhalten wird. Aber ich hoffe, dass sie schlau genug sind zu erkennen, dass sie sich damit auch selbst abschießen könnten. Und wer weiß, vielleicht hat die erste Explosion sie schon vom Berg gefegt.«

Gott, wie sehr Amy sich das wünschte! Aber die Wahrscheinlichkeit, dass die Terroristen immer noch vor dem verschütteten Ausgang Wache hielten und versuchten, zu ihnen vorzudringen, war ziemlich hoch.

Plötzlich kam ihr ein Gedanke, und sie setzte sich aufrechter hin. »Hast du hier mit deinem Handy Empfang? Wir könnten Hilfe rufen.«

»Ich bezweifle es, aber wir können ja nachsehen.« Chase zog sein Telefon heraus und schaltete es an. Angespannt starrten sie beide auf das Display. »Nein, kein Empfang.« Er rief seine Nachrichten auf. »Aber anscheinend ist meine SMS an Hawk vorhin irgendwann durchgegangen.«

»Hat er geantwortet?«

»Nein, oder zumindest ist keine Antwort hier angekommen. Aber ich werde noch einmal eine Nachricht schicken, vielleicht haben wir ja Glück und sie geht irgendwie durch.« In seiner Stimme schwang nicht gerade viel Hoffnung mit, aber er tippte den Text trotzdem ein.

»Glaubst du, dass jemand kommen wird?«

Chase sah sie fest an. »Ich *weiß*, dass jemand kommen wird. Team 8 ist sowieso in der Nähe, Hawk wird meine Nachricht an sie weitergeleitet haben. Vermutlich sind sie auf dem Weg hierher oder sogar schon da.«

»Also hoffen wir jetzt, dass sie irgendwie bemerken, wo wir sind, und uns hier rausholen? Vorzugsweise, nachdem sie die Terroristen beseitigt haben?«

Diesmal lächelte Chase sie grimmig an. »Ganz genau.«

»Irgendein Gefühl in diese Richtung?« Es war gemein, zu fragen, aber sie brauchte dringend eine beruhigende Antwort.

»Nur, dass etwas passieren wird. Was genau, weiß ich noch nicht. Aber ich vertraue den SEALs, sie werden kommen.«

»Okay.« Amy blickte sich in der schwach beleuchteten Höhle um. »Und was machen wir jetzt solange?«

Chase klang deutlich amüsiert. »Du bist ja noch ungeduldiger als ich.« Als Amy ihn daraufhin nur anblickte, zuckte er mit einer Schulter. »Warten. Uns ausruhen. Etwas trinken.«

Amy verzog den Mund. Als hätte sie es geahnt. Andererseits war sie tatsächlich müde, sie wusste nur nicht, wie sie unter diesen Bedingungen schlafen sollte. Wenn sie allerdings Chase als Kopfkissen benutzen dürfte … Seine Nähe reichte ihr, um zu wissen, dass sie in Sicherheit war.

»Leg dich ruhig hin, Amy.« Seine Stimme klang rau.

»Und was machst du?«

Chase zog die Wasserflasche aus dem Rucksack und reichte sie Amy. »Ich werde Wache halten.«

Gierig trank Amy ein paar Schlucke, dann reichte sie die Flasche zurück. »Du bist derjenige mit der Kopfwunde, nicht ich.«
Ein Blick reichte, um ihr zu zeigen, was Chase davon hielt. »Ja, ich weiß, SEALs müssen nicht schlafen oder sich erholen, wenn sie verletzt sind. Du bist das lebende Beispiel dafür.«

Er schnitt eine Grimasse. »Ich wünschte, es wäre so. Aber solange wir hier sind und noch Gefahr von den Terroristen droht, werde ich kein Auge zumachen.«

»Und du glaubst, ich kann das?«

Sein Grinsen war breiter als alles, was sie bisher von ihm gesehen hatte. Ihr Herzschlag erhöhte sich, und sie konnte ihn nur mit offenem Mund anstarren. »Ich weiß, dass du es kannst.« Chase rutschte nach hinten, bis er sich mit dem Rücken an die hintere Wand der Höhle lehnen konnte. Dann streckte er die Hand nach ihr aus. »Komm her.«

Das ließ sie sich nicht zweimal sagen. Sie ignorierte ihren schmerzenden Knöchel und rutschte ein Stück hoch, sodass sie sich an Chase lehnen konnte. Ihre Wange bettete sie an seine Brust, einen Arm legte sie ihm um die Taille. Tief atmete sie seinen seltsam vertrauten Geruch ein und schloss mit einem zufriedenen Seufzer die Augen.

»Gut so?« Seine Stimme drang rumpelnd an ihr Ohr.

Amy rieb die Wange an seiner Brust und schnurrte behaglich. »Ja. Danke.« Fast glaubte sie, ein Lachen zu hören, doch sie konnte sich nicht dazu bringen, die Augen noch einmal zu öffnen. Alles um sie herum verschwamm, und es existierten nur noch die Wärme und Geborgenheit, die Chase ihr bot.

34

Die Spuren unten am Berg hatten angedeutet, dass sie mit einer größeren Übermacht zu rechnen hatten, deshalb war Red froh, mit den KSK-Soldaten noch einige Männer mehr zur Verfügung zu haben. Besonders, wenn sie so hoch qualifiziert waren wie Hennings Leute. Zusammen mit dem Vorteil, den die Terroristen durch ihre Ortskenntnis und den höheren Standort hatten, würde es eine knifflige Angelegenheit werden. Run hatte noch mehrfach gemeldet, dass momentan keine Bewegung herrschte, die Terroristen schienen auf irgendetwas zu warten.

Es waren auch keine Schüsse oder weitere Explosionen zu hören, was Red noch nervöser machte. Vielleicht waren Devil und die Agentin schon tot, aber dann ergab es erst recht keinen Sinn, dass die Terroristen nur herumsaßen. Eigentlich hätte er erwartet, dass sie entweder den Berg wieder herunterkämen oder dort oben ein Fest veranstalteten, doch laut Run waren sie zwar wachsam, aber ruhig. Hatten sie gemerkt, dass sie verfolgt wurden, und bauten jetzt eine Falle auf?

Unruhig sah Red sich um, konnte aber nichts erkennen. Er drehte sein Mikrofon auf. »Bull, achte darauf, ob uns jemand folgt.«

»Bin schon dran.«

Dass sein Freund das gleiche Gefühl hatte, beruhigte Red auch nicht gerade, aber immerhin konnte er sicher sein, dass sich niemand unbemerkt an sie heranschleichen würde. Bull würde sicher einige seiner Spielzeuge platzieren, die ihn und alle anderen auf dieser Frequenz sofort warnen würden, sobald sich jemand näherte. Mehr konnten sie im Moment nicht tun.

»Hier kommt Bewegung in die Sache.« Runs Stimme war fast tonlos.

»Bericht.« Angespannt wartete Red auf die Antwort seines Spähers.

»Ich weiß nicht genau, was sie dort tun, aber es scheint, als würden sie versuchen, einen Steinhaufen abzuräumen, der sich wahrscheinlich durch die Explosion am Felsen gebildet hat.«

Das war allerdings seltsam – es sei denn, Devil und Amy waren darunter zu finden. »Beobachte weiter, wir sind in ein paar Minuten da.« Red hoffte sehr, dass es für die beiden nicht schon zu spät war.

Der Berg wurde immer steiler, das Geröll rutschte unter jedem Schritt weg und kullerte den Abhang hinunter. Deshalb mussten sie viel langsamer gehen, als sie es sonst getan hätten. Selbst mit der Kampfausrüstung auf dem Rücken wäre das normalerweise kein Problem gewesen, doch sie durften die Terroristen auf keinen Fall auf sich aufmerksam machen, wenn sie sich die Chance nicht verderben wollten, Rahid zu fassen. Sofern der überhaupt hier war. Red ging allerdings davon aus, schließlich hatte der Terroristenanführer es auch persönlich auf sich genommen, Devil zu foltern und Amy zu entführen. Das zeigte, dass er seinen MO geändert hatte. Er erledigte die Sachen jetzt selbst und gab nicht nur seinen Lakaien einen Auftrag wie früher.

Immer wieder musste das Team größere, scharfkantige Felsbrocken umgehen, die sich anscheinend bei der Explosion gelöst hatten. Es war wirklich ein Wunder, dass die Terroristen noch lebten, so dicht, wie sie am Explosionsort gewesen waren. Aber vielleicht waren sie so etwas gewohnt und machten einfach weiter, selbst wenn einige ihrer Leute tot oder verletzt waren. Red konnte diese Art von Respektlosigkeit vor dem Leben nicht verstehen. Das gehörte wohl zur Mentalität der Terroristen, die glaubten, sie würden nach ihrem Tod ins Paradies kommen und dort mit siebzig Jungfrauen belohnt werden. Oder waren es hundert? Egal, die ganze Idee war jedenfalls absolut wahnwitzig. Wenn überhaupt, kamen diese Leute in die Hölle, und da würden sie hoffentlich bis in alle Ewigkeit schmoren.

Red umrundete gerade einen weiteren abgesprengten Brocken, als ein Warnton durch den Kopfhörer drang. »Wir haben Besuch, alles runter!«

Schnell warf er sich hinter den Felsbrocken und richtete sein Gewehr dorthin, wo ihr Verfolger auftauchen musste. Da die Funkgeräte der KSKler auf die gleiche Frequenz eingestellt waren, konnten diese genauso schnell reagieren. Aller Wahrscheinlichkeit nach hatten sie es mit weiteren Terroristen zu tun, die ihre Kumpane unterstützen wollten. Das konnte Red nicht zulassen. Wenn er und seine Männer zwischen den einzelnen Gruppen von Terroristen eingekeilt wurden, hatten sie keine Chance. Das Problem war nur, dass die Terroristen über ihnen ihre Anwesenheit bemerken würden, wenn sie jetzt anfingen, auf die unter ihnen zu schießen. Also mussten sie die Männer lautlos erledigen und hoffen, dass die nicht in Funkverbindung zu den anderen standen.

»Nur im Notfall schießen.« Der Befehl war im Grunde nicht notwendig, seine Männer wussten selbst, was auf dem Spiel stand. Je nachdem, wie viele Gegner es waren, mussten sie versuchen, sie möglichst alle gleichzeitig zu erledigen.

Automatisch hielt Red den Atem an, als einige Gestalten auftauchten, die er mithilfe des Nachtsichtgeräts gut erkennen konnte. Es war eine kleinere und ihnen zahlenmäßig unterlegene Gruppe. Trotzdem durften sie die Männer nicht unterschätzen, sie würden nicht fair kämpfen, aber bis zum Tod, wenn es sein musste. Sie hatten lange Stangen bei sich und etwas, das wie Schaufeln aussah, anscheinend sollten sie dabei helfen, das Geröll zu entfernen.

Wie eine gut geölte Maschine griff sein Team die Terroristen an und überwältigte sie, ohne einen Schuss abgegeben zu haben. Red beugte sich über einen der Männer, der noch bei Bewusstsein war. Der fing an zu reden, doch Red verstand nicht mehr als ein paar Worte. Fragend blickte er seinen Sprachenspezialisten Mojo an.

»Er sagt, sie kämen aus dem Dorf – für Aufräumarbeiten.«

Red zog eine Augenbraue hoch. »Mitten in der Nacht? Das kann er seiner Oma erzählen.«

Mojo stellte eine Frage und übersetzte dann. »Sie sind keine Terroristen, sagt er. Sie werden nur manchmal für Arbeiten angefordert.«

Tex deutete nach unten. »Sie haben keine Waffen dabei. Oder zumindest keine Angriffswaffen, wenn man von den Messern absieht. Und sie haben sich sofort ergeben, als sie merkten, dass sie nicht gegen uns ankommen.«

Mit einer Grimasse traf Red die einzige Entscheidung, die er fällen konnte. »Schnürt sie gut zusammen, wir wollen nicht, dass sie sich befreien können, bis wir hier wieder vorbeikommen.«

Mit ein wenig Glück würde niemand sie bemerken und befreien, bis er und sein Team sich um die anderen Terroristen gekümmert hatten. Wie alle SEALs mochte Red keine losen Enden, aber er hatte keine Wahl. Als seine Männer die Neuankömmlinge verschnürt und außer Sicht abgelegt hatten, gab er den Befehl zum Aufbruch.

»Run, wie sieht es aus?«

»Genauso wie eben. Saubere Arbeit übrigens.«

Red verdrehte die Augen. »Danke. Wir kommen jetzt hoch.«

»Das wäre nett. Ich möchte hier ungern alleine festsitzen, wenn was passiert.«

»Sind unterwegs.« *Wir kommen, Devil. Falls ihr noch lebt, haltet durch.*

Vorsichtig strich Devil über Amys Haare, die sich auf seinem Schoß ausbreiteten. Beim Einschlafen war sie so weit heruntergerutscht, dass ihr Kopf auf seinem Oberschenkel lag. Wie eine wärmende Decke bedeckten ihre Haare seinen Unterleib und erschwerten es ihm, still sitzen zu bleiben. Durch die Dunkelheit spürte er jeden ihrer Atemzüge umso deutlicher, ihr Gewicht und ihre Nähe erweckten seinen Schaft zum Leben. Devil schnitt eine Grimasse. Es nervte ihn, dass sein Körper ausgerechnet in einer Situation erwachte, in der er überhaupt keine Kontrolle über sein Schicksal hatte.

Bisher hatte er noch keine Frau kennengelernt, die ihn seine Pflichten vergessen ließ und solche Gefühle in ihm weckte wie Amy. Zum Teil lag das sicher an ihrer gemeinsamen Vergangenheit, aber den größeren Anteil hatte die Tatsache, dass ihn die Frau, die sie geworden war, faszinierte. Ihre Stärke, gleichzeitig aber auch ihre Verletzlichkeit. Und wenn sie ihn berührte … Ein erregter Schauer lief durch seinen Körper.

Amy murmelte etwas und rückte näher. Damit lag ihr Kopf nun direkt auf seiner schmerzenden Erektion. Ihr Arm legte sich um seine Hüfte, ihre Hand schlüpfte in sein Sweatshirt, das er unter der schusssicheren Weste trug. Warme Finger strichen ihm über die Haut und ließen ihn die Zähne zusammenbeißen, um nicht die Beherrschung zu verlieren. Devil verlor niemals die Kontrolle. Chase Devlin dagegen schon. Genau deshalb hatte er ihn tief in sich vergraben und war wunderbar als Devil durchs Leben gegangen.

Bis Amy aufgetaucht war und ihn daran erinnert hatte, dass er ein Mann war. Nicht, dass er nicht auch hin und wieder seine Triebe auslebte, aber er hatte sich nie emotional an andere Menschen gebunden, so wie damals, als ihm ein kleines Mädchen mit großen blauen Augen unter die Haut geschlüpft war. *Mist.* Wozu hatte er seine Vorahnungen, wenn er sie nicht auch für sein Privatleben nutzen konnte? Doch so hatte seine Gabe leider nie funktioniert.

Devil schüttelte den Kopf. Es brachte nichts, jetzt darüber nachzugrübeln. Damit konnte er sich auseinandersetzen, wenn sie wieder in Coronado waren. *Falls* sie jemals zurückkamen.

Mit einem leisen Seufzer spannte Amy ihren Arm an und schmiegte sich enger an ihn. Ihre Wange rieb über seinen Schaft, und Devil sog scharf den Atem ein. Jeder Muskel in seinem Körper spannte sich an, um die Erregung zu unterdrücken, die von ihm Besitz ergreifen wollte. Trotzdem hielt er ihre Haare weiter fest. Er mochte, wie sich die weichen Strähnen um seine Finger wickelten. Die Vorstellung, wie sie sich an seinem nackten Penis anfühlen würden, ließ seine Erektion noch weiter anschwellen. Devil unterdrückte ein Stöhnen.

Es half auch nicht wirklich, dass Amys Hand unter seinem Sweatshirt weiter gekrochen war und jetzt auf seiner Seite lag. Wieder kribbelte seine Haut dort, wo sie ihn berührte, und er fragte sich, ob es sich überall so anfühlen würde. Vermutlich an einigen Stellen noch intensiver. Diese Vorstellung sandte einen neuerlichen Hitzeschwall durch seinen Körper. Nur mit sehr großer Selbstbeherrschung schaffte er es, sich nicht unruhig zu bewegen oder Amy die Hüfte entgegenzuheben.

Nicht einmal die Tatsache, dass er die Terroristen draußen hören konnte, kühlte ihn wesentlich ab. Im Gegenteil, dadurch schienen seine Gefühle sogar noch drängender zu werden. Vermutlich lag das am Adrenalin oder auch daran, dass einem bei

Lebensgefahr bewusst wurde, was im Leben wirklich wichtig war. Was hatte er denn außer seiner Arbeit noch vorzuweisen? Ein Apartment, das reichlich leer wirkte. Keine engeren Freunde, keine Verwandten, die er noch als solche betrachtete. Nur seine SEAL-Kollegen, die er auch die meiste Zeit auf Abstand gehalten hatte.

Und das Schlimmste war, dass er bisher mit seinem Leben grundsätzlich zufrieden gewesen war. Er hatte es sich so ausgesucht und nie darüber nachgedacht, was ihm fehlte. Oder ob ihm etwas fehlte. Ein Psychiater würde wahrscheinlich sagen, dass er Bindungsprobleme hatte und anderen Menschen nicht vertraute. Das war ihm durchaus bewusst und hatte ihn nie sonderlich gestört. Wenn man gar nicht erst zuließ, dass man verletzt wurde, war das Leben einfacher. Das hatte er bereits als Zehnjähriger gelernt, und er hatte nicht vor, es jemals zu vergessen. Aber er kannte Amy, sie würde sein Vertrauen nie enttäuschen.

Wieder ertönte ein Kratzen an den Steinen, die den Ausgang blockierten, und Devil fragte sich, wie lange es noch dauern würde, bis die Terroristen durchbrachen. Zehn Minuten, zwanzig? Vielleicht reichte auch nur ein gezielter Schlag mit dem richtigen Werkzeug, um die Sache zu erledigen. Und es gab nichts, was er dagegen tun konnte. Diese Hilflosigkeit machte ihn wütend. Kein Wunder, dass sein Körper irgendwie versuchte sich abzulenken.

Langsam wanderte Amys Hand weiter über Devils Rücken nach oben. Gänsehaut überzog seinen ganzen Körper, ein Beben durchlief ihn. Er musste Amy dringend stoppen, bevor er die Beherrschung verlor und über sie herfiel.

Sanft strich er ihr über die Haare. »Bist du wach?« Seine Stimme klang rau und bedürftig. Hitze stieg ihm in den Nacken.

»Ja.« Aber sie bewegte sich nicht, sondern ließ ihren Kopf weiterhin auf seinem sicher nicht zu ignorierenden Schaft.

Wahrscheinlich bildete er es sich nur ein, aber er glaubte beinahe, ihren Atem fühlen zu können. Unwillkürlich zuckte sein Penis. Als Reaktion darauf bewegte Amy ihren Kopf, sodass ihre Wange über seine Länge strich. Devil schloss die Augen und fluchte stumm. Es fühlte sich so gut an, dass er beinahe vergaß, dass es eigentlich keine gute Idee war. Sein Mund war staubtrocken, und er hatte Mühe, einen klaren Gedanken zu fassen. Dann glitt unerwartet Amys andere Hand über seinen Oberschenkel, und Devil riss die Augen wieder auf. Sein Gehirn signalisierte ihm ganz deutlich Gefahr.

Wie von selbst legte sich seine Hand auf ihre. »Das sollten wir besser nicht tun.«

Sie hob den Kopf, und Devil biss sich auf die Lippe, um nicht laut aufzustöhnen, als der Druck auf seinen Schaft nachließ. Dafür strichen ihre Haare in einer federleichten Berührung darüber, die er selbst durch seine Hose fühlte. »Aber du willst es doch auch.«

»Natürlich, aber das heißt ja nicht, dass es sinnvoll ist, während gerade Terroristen versuchen, uns hier auszugraben.« Er fand sein Argument unheimlich logisch, aber Amy schien das nicht so zu sehen.

»Was ist, wenn sie es schaffen und uns töten oder wieder gefangen nehmen?« Ihre Stimme zitterte leicht. »Ich möchte, dass meine letzte Erinnerung eine schöne ist.«

Ihre Antwort schnitt ihm ins Herz, trotzdem konnte er ihr nicht nachgeben. Das ging gegen alles, was er in seinem Job gelernt hatte. »Wir werden nicht sterben.«

Ihr Griff an seinem Bein wurde fester. »Du brauchst mir nichts vorzumachen, Chase. Ich kann fühlen, dass du nicht sicher bist, ob wir überleben werden.«

Verdammt, schon wieder hatte er vergessen, dass Amy in ihn hineinsehen konnte. Es war einfach unmöglich für ihn, sie zu täuschen, selbst wenn er sie damit nur schützen wollte. »Okay, du hast recht. Aber ich bin bereit, alles dafür zu tun, dass du überlebst.«

Sie zog ihre Hand unter seiner heraus und legte sie ihm an die Wange. »Das weiß ich. Aber ich würde trotzdem gerne für kurze Zeit vergessen, wo ich bin und was auf uns wartet.«

Devil zwang sich, sie nicht mehr zu berühren. »Dann schlaf noch ein wenig.«

Ein Schnauben ertönte. »Glaubst du wirklich, das kann ich, wenn ich spüre, wie sehr du dir meine Berührung wünschst?«

»Es tut mir leid, ich …«

Amy ließ ihn nicht ausreden. »Wage es nicht, dich für das zu entschuldigen, was du fühlst, Chase Devlin!« Sie senkte die Stimme. »Ich genieße es, wie sehr du mich begehrst.«

Sie würde ihn umbringen!

Noch nie hatte er eine Frau kennengelernt, die immer das sagte, was sie dachte. Egal, ob sie sich damit vielleicht selbst schadete oder emotional verwundbar machte. Und er war sich ziemlich sicher, dass sie es nur bei ihm tat und sonst eher zurückhaltend und vorsichtig war. Erneut unterdrückte Devil ein Stöhnen. »Wie könnte ich dich nicht begehren? Du bist alles, was ich mir je in einer Frau gewünscht habe, Amy.«

Ein Zittern lief durch ihren Körper, und sie presste sich enger an ihn. »Du glaubst nicht, wie lange ich darauf gewartet habe, dass du so etwas zu mir sagst, Chase.« Tränen waren in ihrer Stimme zu hören.

Unwillkürlich schlang er seinen Arm um ihren Rücken und hielt sie so fest, wie er konnte. »Wenn wir hier raus sind, werde ich es dir so oft sagen, bis du es nicht mehr hören kannst, versprochen!«

Ein heiseres Lachen drang zu ihm herauf. »Das kann sehr, sehr lange dauern.«

»Kein Problem, ich habe Zeit.« Oder zumindest würde er sie sich für Amy nehmen. Sie hatte es verdient, an erster Stelle zu stehen.

Erneut ertönte ein Knirschen vom Ausgang her, und Devil richtete sich gerader auf. Vermutlich waren die Terroristen jetzt fast durch. Mit den Fingern strich er Amy über die Wange. »Ich möchte, dass du dich an die Seitenwand setzt. Da bist du am meisten geschützt, wenn sie zu schießen anfangen.«

Amy nickte. »Und was machst du?«

Seine Hand schloss sich fester um die Waffe. »Ich werde dafür sorgen, dass sie es bereuen.«

»Dann reiche ich dir die Munition an.«

Wärme durchströmte ihn. »Das ist nicht nötig, Amy. Sonst erledige ich das während einer Mission auch allein.«

»Da hast du aber auch dein Team bei dir, das dir den Rücken deckt.«

Devil löste sich von ihr und drückte ihr wieder eine Pistole in die Hand. »Das ist auch dein Job. Wenn mir etwas passieren sollte …« Er spürte, wie sie zusammenzuckte. »… musst du die Schweine so lange fernhalten, bis SEAL Team 8 eintrifft.«

Ein Zittern lief durch ihren Körper. »Ich werde es versuchen.«

Im Dunkeln tastete Devil nach Amys Schultern und hielt sie fest. »Du bist ganz alleine in ein Gebäude voller Terroristen eingedrungen, um mich zu retten. Du bist mutig und stark, Amy. Ich habe keinen Zweifel, dass du sie aufhalten wirst.«

Er spürte, wie Amy sich gerader hinsetzte. »Mir wäre es lieber, wenn du bei mir bleibst, und es gar nicht erst dazu kommt.«

»Das habe ich vor. Kannst du dich mit deinem Knöchel bewegen, oder soll ich dir dabei helfen?«

»Es geht schon.« Ein Schaben war zu hören. Ihr Atem wurde heftiger, ein deutliches Zeichen, dass sie Schmerzen hatte. »Aber den Berg werde ich wohl nicht hinunterlaufen können.«

»Keine Angst, ich trage dich, wenn es so weit ist.«

»Chase …«

Er ließ sie nicht ausreden. »Das steht nicht zur Diskussion.«

Sie gab einen undeutbaren Laut von sich. »Kann es sein, dass du ein wenig herrisch bist?«

Devil hob eine Augenbraue. »Was glaubst du, warum ich CO des Teams bin?«

Ihr leises Lachen tat ihm gut. Es zeigte, dass sie trotz ihrer Angst noch in der Lage sein würde, vernünftig zu handeln, wenn es zu einem erneuten Angriff kam. »Ich gehöre aber nicht zu deinem Team, Chase.«

Es war erstaunlich, wie heftig er auf ihre Worte reagierte. Mit einer schnellen Bewegung schob er das Gesicht dicht an ihres heran. Ihr Atem strich ihm über die Lippen. »Im Moment bist du mein Team. Hast du das verstanden?«

Als Antwort presste sie ihre Lippen auf seinen Mund. Mit einem rauen Laut nahm er sich das, was sie ihm anbot. Der Kuss war hart und tief, viel heftiger, als er sonst mit einer Frau umging, aber sie hatte Gefühle in ihm geweckt, die er nicht kannte, und das machte ihn nervös.

Amy erwiderte den Kuss mit gleicher Leidenschaft, sie schlang die Arme um seinen Körper und presste sich dicht an ihn. Ihre Zunge kämpfte mit seiner um die Vorherrschaft, und Devil spürte, wie seine Erregung bedenkliche Züge annahm. Doch er war machtlos dagegen.

Das Herz hämmerte in seiner Brust, sein Blut rauschte laut in seinen Ohren. Die Hand hatte er in Amys Haaren gegraben und hielt ihren Kopf still, damit er ihren Mund hemmungslos plündern konnte. Ihr erregtes Stöhnen feuerte ihn weiter an, und für einen langen Moment verlor er sich völlig in ihr. Erst ein Poltern riss ihn aus seiner gefühlsregierten Welt. Im Bruchteil einer Sekunde schob er Amy von sich und hob seine Waffe.

»Schnell, an die Wand!« Zu mehr als einem rauen Flüstern war er nicht fähig.

Amy sagte nichts, aber er spürte, wie sie sich von ihm fortbewegte. Stille erfüllte seinen Körper, wie immer, wenn er kurz vor einem Gefecht stand. Es half ihm dabei, rationale Entscheidungen zu treffen und sich nicht von seinen Emotionen lenken zu lassen. Glücklicherweise hatte er sich rechtzeitig wieder unter Kontrolle bekommen.

Devil überprüfte die Munition in den Taschen seiner schusssicheren Weste und die Funktionsfähigkeit seiner Waffen, bevor er sich vor den schmalen Spalt im Geröll hockte, um nach draußen zu sehen. Es dauerte einen Moment, bis er in der Dunkelheit etwas erkennen konnte. Nur etwa einen halben Meter von ihm entfernt waren einige Männer damit beschäftigt, mit Händen und Messern die Steine zu lösen. Wieder knirschte es, dann löste sich ein Brocken und fiel zu Boden. Eine kleine Bresche bildete sich in dem Wall, und Devil konnte den Luftzug spüren.

Stumm verfluchte er die Dunkelheit, die es ihm nicht ermöglichte, den Standort der anderen Terroristen auszumachen. Wie sollte er sie treffen, wenn er sie nicht einmal sah? Obwohl das natürlich auch in die andere Richtung galt. Devil positionierte sich so, dass er sich zwischen dem neuen Spalt und Amy befand. Lautlos beugte er sich zu ihr und berührte ihren Arm.

»Achtung.« Mehr sagte er nicht, denn er wollte nicht, dass ihn die Terroristen hörten.

Solange sie noch nicht genau wussten, ob Devil und Amy überhaupt überlebt hatten, hatte er vielleicht eine Chance, die

Terroristen zu überraschen. Aber dafür blieb ihm nur ein kurzer Moment, den er voll ausnutzen musste. Dicht neben ihm bröckelte Sand herunter, ein Schaben ertönte. Die Lippen fest zusammengepresst beobachtete Devil, wie das Loch langsam so groß wurde, dass ein Gewehr oder auch ein Arm hindurchpasste. Sicher würden die Terroristen bald angreifen. Zuerst passierte nichts, dann hörte Devil eine Stimme, die etwas auf Persisch sagte. Jemand antwortete, und es schien sich eine Diskussion zu entwickeln.

Eine Berührung an seinem Arm ließ Devil herumwirbeln, Amy beugte sich dicht zu ihm. »Sie reden darüber, mit einer Lampe hier reinzuleuchten, um zu sehen, ob wir noch leben.«

Dadurch würden sie ihren einzigen Schutz verlieren, das konnte Devil nicht zulassen. »Leg dich auf den Boden, ganz dicht an die Wand. Zieh dir die Burka über Gesicht und Hände.« Seine Stimme hielt er so leise, dass nur Amy ihn hören konnte.

Als ein leises Rascheln erklang, wusste er, dass sie seinem Befehl gefolgt war. Mit ein wenig Glück würde sie so nicht entdeckt werden.

Ein weiteres Stück Fels brach heraus, und Devil konzentrierte sich wieder ganz auf die Terroristen. Mit einer Hand griff er hinter sich und nahm sich einen größeren Stein. Dann wartete er mit angehaltenem Atem darauf, dass die Terroristen den ersten Schritt machten. Das geschah beinahe sofort, etwas wurde durch das Loch geschoben, dann erstrahlte ein erstaunlich helles Licht. Um nicht geblendet zu werden, hatte Devil eine Hand vor die Augen gehalten.

Mit Schwung ließ er den Stein auf die Lampe krachen. Ein Schrei ertönte von außerhalb, die Lampe fiel herunter und kullerte ein Stück über den unebenen Boden. Devil griff sie sich und schaltete sie aus. Erleichtert atmete er auf, als wieder Dunkelheit in der Höhle herrschte. Die Reaktion darauf erfolgte beinahe sofort. Eine wahre Flut von Schüssen hagelte auf die Höhle ein, durch den Spalt drangen einige davon ins Innere. Devil warf sich zu Boden und rollte sich zur Seite, bis er gegen Amy stieß. Schnell schob er sich so über sie, dass sie nicht von Querschlägern getroffen werden konnte.

Er konnte ihr Zittern spüren und hielt sie noch fester. Ihre Haare fühlten sich unglaublich weich an seiner Wange an, und er atmete tief ihren Duft ein. Um sie zu beruhigen, murmelte er ihr belanglose Dinge ins Ohr. Gerade, als er sich aufrichten wollte, erklangen wieder Schüsse.

35

Red war mit seinem Team aus SEALs und KSKlern schon fast bei den Terroristen angekommen, als diese anfingen zu schießen. Zuerst dachte er, sie wären entdeckt worden, doch dann merkte er, dass auf den Berg geschossen wurde. Devil und Amy lebten also noch, sonst würden die Tangos sicher nicht ihre Munition verschwenden.

»Angriff!« Adrenalin pumpte durch Reds Körper, während er gleichzeitig ganz ruhig wurde. Das war es, wofür er hierhergekommen war, wofür er jahrelang trainiert hatte. »Sorgen wir dafür, dass Amy und Devil wieder nach Hause kommen.«

Bestätigendes Klicken ertönte durch die Kopfhörer, während das Team sich schon in Bewegung setzte. Red nahm den ersten Terroristen ins Visier und schoss. Weitere Schüsse erklangen von seinem Team, und es dauerte nicht lange, bis die Terroristen begriffen, dass sie von hinten angegriffen wurden. Normalerweise hätte Red auch Handgranaten eingesetzt, aber er wollte nicht riskieren, dass noch mehr vom Berg abrutschte. Ein kleiner Krater zeigte an, wo die erste Explosion stattgefunden hatte, nur wenige Meter von der Stelle entfernt, auf die die Terroristen geschossen hatten.

Bei näherem Hinsehen erkannte Red, dass es sich vermutlich um den Eingang einer Höhle handelte, der jetzt mit Felsbrocken verschlossen war. Wut bildete sich in ihm, als er sich vorstellte, dass Devil und die Agentin darin verschüttet sein könnten, schwer verletzt oder bereits tot. Noch intensiver warf Red sich in den Kampf, nur darauf bedacht, ihn so schnell wie möglich zu beenden, um zu den Eingeschlossenen vordringen zu können. Langsam wurde der Widerstand der Terroristen geringer, aber Red wurde trotzdem ungeduldig.

»Run, hast du Rahid gesehen?«

Sein Späher antwortete sofort. »Ich bin nicht sicher. Es war zu dunkel, und mit dem Nachtsichtgerät ist es schwierig, die Gesichtszüge zu erkennen. Auf jeden Fall gibt jemand die Befehle.«

Das war nicht das, was Red hören wollte, aber er wusste selbst, wie schwer es in solch einer Situation war, eine klare Identifikation zu erreichen. »Okay, holen wir ihn uns!«

Auch dieser Befehl war eigentlich unnötig, seine Männer und auch ihre Kollegen vom KSK wussten genau, was sie zu tun hatten. Verbissen kämpften sie sich vorwärts, den Berg hinauf, bis nur noch einige wenige Terroristen übrig waren. Die letzten Männer warfen die Waffen weg und hoben die Hände über den Kopf. Anscheinend wussten sie, dass die SEALs ihnen nichts tun durften, wenn sie unbewaffnet waren und sich ergaben.

Red hatte jedoch auch gelernt, seine Waffe nie zu senken, bevor er sich nicht davon überzeugt hatte, dass ihnen keine Gefahr mehr drohte. Zu oft hatten Fanatiker sich in die Luft gesprengt oder eine Waffe gezogen, die übersehen worden war. Solche Fehler konnten sie sich nicht leisten.

Gründlich durchsuchten sie die Terroristen und fesselten sie dann so, dass sie sich nicht mehr rühren konnten. Als Red sah, dass seine Männer die Sache im Griff hatten, ging er zu der mit Geröll versperrten Höhle. Vorsichtshalber hielt er sich seitlich, damit er nicht erschossen wurde. »Devil? Hier ist Red.«

Einen Moment lang herrschte Stille, und Red dachte schon, seine Hoffnung wäre falsch gewesen. Schließlich ertönte ein Kratzen, dann hörte er Devils Stimme, näher als erwartet. »Das wurde aber auch Zeit.«

Red bückte sich und konnte durch ein Loch Devils staub- und blutbedecktes Gesicht sehen. »Wir sind so schnell gekommen, wie wir konnten.«

Die Anspannung in Devils Gesicht löste sich etwas. »Ich bin sehr froh, dich zu sehen. Könnt ihr uns hier rausholen? Von dieser Seite aus kann ich die Steine nicht bewegen.«

»Wir machen uns gleich dran. Wie geht es euch? Ist Amy unverletzt?«

In Devils Augen leuchtete etwas auf, bevor er es schnell unterdrückte. »Nur kleinere Verletzungen, Amys Knöchel ist verstaucht oder gebrochen, aber sonst geht es uns gut.« Er machte eine kleine Pause. »Habt ihr Rahid erwischt?«

»Weiß ich noch nicht. Ich wollte erst sehen, ob ihr noch lebt.«

Ein Grinsen huschte über Devils Gesicht. »Wofür ich dankbar bin. Und jetzt geh da hin und tritt dem Bastard von mir in den Arsch, ja?«

»Von mir auch!« Die Frauenstimme drang aus dem Hintergrund an Reds Ohr und brachte ihn zum Lachen.

»Wird gemacht.«

Sobald Red sich umgedreht hatte, wurde ihm wieder der Ernst der Situation bewusst. Sie mussten die beiden so schnell wie möglich dort herausbekommen, bevor eventuell noch weitere Felsen herunterbrachen oder die Terroristen Verstärkung bekamen.

Er drehte sein Mikrofon auf. »Run, ich möchte, dass du die Umgebung im Blick behältst.«

Die Antwort kam prompt. »Schon dabei.«

»KSK-Team, könnt ihr die Terroristen bewachen?«

»Natürlich.«

»Team 8, mit Ausnahme von Tex, befreit Amy und Devil aus der Höhle. Sie sind glücklicherweise nicht zu stark verletzt, aber achtet darauf, dass nicht weiteres Geröll runterkommt.«

Wenn es sich irgendwie verhindern ließe, wollte Red auf dieser Mission niemanden verlieren.

Er schaltete das Mikrofon aus und ging dorthin, wo die Terroristen auf dem Boden lagen. Tex wartete auf ihn. »Dann wollen wir mal sehen, wen wir da haben.«

Da Red mit dem Nachtsichtgerät nicht genug Details erkennen konnte, schob er es herunter, sodass es ihm um den Hals hing. »Achtung, ich mache jetzt Licht an.«

Die Warnung galt den anderen, damit sie sich abwenden oder ihre eigenen Nachtsichtgeräte entfernen konnten, um nicht geblendet zu werden. Als sich alle für eine Variante entschieden hatten, schaltete Red seine Taschenlampe an. Er blinzelte gegen die plötzliche Helligkeit und wartete, bis seine Augen sich daran gewöhnt hatten, bevor er die Reihe der Terroristen abschritt. Die Toten hatten sie an Ort und Stelle liegen gelassen, die Verletzten hatten sie ebenfalls hierhergeschleppt und gefesselt. Die KSKler waren wirklich sehr effizient.

Red leuchtete dem ersten Gefangenen ins Gesicht, der sofort die Augen zusammenkniff. Trotzdem war zu erkennen, dass er nicht der Gesuchte war, dafür war er viel zu jung. Wie immer versetzte es Red einen Stich, zu sehen, wie sich diese Jugendlichen ihr Leben versauten. Aber die Terrorgruppen lebten davon, dass sie junge Männer anwarben, die noch leicht zu beeindrucken waren und sich Ruhm und ein besseres Leben erhofften, wenn sie sich den Verbrechern anschlossen. Meist fanden sie aber nur einen viel zu frühen Tod, oft sogar von eigener Hand.

Langsam ging Red die Reihe ab, konnte aber niemanden finden, der dem Bild ähnelte, das er von Mansoor Rahid im Kopf hatte. Er befürchtete, dass der Mistkerl nicht dabei war. Hatten sie doch die falsche Entscheidung getroffen und hätten im Dorf nach ihm suchen müssen? Nein, Red war froh, dass sie ihrem Instinkt gefolgt waren und dadurch Devil und der Agentin hatten helfen können. Er zweifelte nicht daran, dass die beiden inzwischen tot wären, wenn das Team nicht gerade noch rechtzeitig angekommen wäre.

Trotzdem ärgerte es ihn, dass ihnen Rahid durch die Lappen gegangen war. Sie waren so dicht dran gewesen! Mit wenig Hoffnung blickte er Tex an, der stumm neben ihm stand. »Was meinst du?«

»Er ist jedenfalls nicht unter denen, die hier liegen. Vielleicht ist er einer der Toten.«

Reds Puls erhöhte sich. Prinzipiell hätte es ihn nicht gestört, wenn der Verbrecher tot wäre, doch dann würde es noch schwieriger werden, den bevorstehenden Anschlag zu verhindern. Red bezweifelte, dass die Terroristen ihren Plan fallen lassen würden, nur weil ihr Anführer gestorben war. Sicher würde sofort jemand anders an die Spitze der Organisation vorrücken und damit seinen Einstand geben.

»Dann los. Wenn wir ihn hier nicht finden, müssen wir zurück zum Dorf. Vielleicht gibt es da eine Spur.« Dass sie den Anführer selbst dort antreffen würden, bezweifelte Red. Inzwischen würde Rahid wissen, dass seine Gefangenen befreit und seine Männer überwältigt waren. Vermutlich war er schon vor den ersten Schüssen geflüchtet und hatte sich verkrochen, so wie schon unzählige Male zuvor. Red schaltete die Taschenlampe aus und wandte sich an die KSK-Soldaten. »Sie gehören wieder euch.«

»Danke.«

Die Erwiderung war so trocken, dass Red wider Willen grinsen musste. »Bitte.«

Als sie sich ein paar Schritte entfernt hatten, blickte Tex ihn an. »Was wollen wir eigentlich mit den Terroristen machen? Soll ich Verstärkung anfordern für den Abtransport?«

»Das wäre wohl am besten. Hubschrauber, aber auch Bodenpersonal, das dafür sorgt, dass uns niemand dazwischenfunkt.« Er hatte keine Lust, den Berg mit den Gefangenen hinunterzustolpern, nur um dann unten von weiteren Terroristen in Empfang genommen zu werden. »Und sie sollen sich beeilen, wir können uns keine Verzögerung leisten, wenn wir Rahid noch erwischen wollen.«

Tex nickte und holte das Funkgerät heraus, das sie zur Kontaktierung der Basis dabeihatten. Um keine Zeit zu verlieren, ging Red schon weiter und hockte sich neben den ersten Toten. Der Mann war eindeutig nicht der Anführer. Grimmig betrachtete Red die schweren Verletzungen. Er genoss es absolut nicht, zu töten, auch wenn er nicht zögerte, wenn es darum ging, seine Männer zu schützen. Trotzdem bedauerte er, dass es überhaupt nötig war.

Einige Meter weiter lag noch ein Mann, dessen Gesicht allerdings so schwer verletzt war, dass Red nicht erkennen konnte, ob es sich vielleicht um den Anführer handelte. Sein Gefühl sagte ihm, dass er es nicht war, aber sie würden das später noch einmal nachprüfen müssen. Tex holte ihn ein und ging schweigend neben ihm her. Es war keine schöne Aufgabe, sich die Männer ansehen zu müssen, die sie getötet hatten, aber irgendwer musste es machen.

Um sich abzulenken, wandte Red sich an Tex. »Schicken sie jemanden?«

»Ja. Sie stellen ein Team von Marines zusammen und schicken zwei Black Hawks zum Transport der Ts sowie Devil und Amy. Geschätzte Ankunftszeit fünfundvierzig Minuten.«

»Gut.« Die Marines waren nicht mit einem SEAL-Team zu vergleichen, aber sie leisteten gute Arbeit, wenn es um die Sicherung von Einrichtungen und Transporten ging. Da war ihre schiere Masse an Einsatzkräften von Vorteil. »Dann sollten wir uns beeilen, damit wir möglichst schnell von diesem verdammten Berg herunterkommen.«

Red kletterte über einen Haufen Geröll und betrachtete den Körper, der ein Stück tiefer direkt an der Flanke des Berges lag. »Verdammt.« Als Ziege hätte er mit dem steilen Abstieg vermutlich kein Problem gehabt, aber er war nicht gerade leicht und wendig. Zweifelnd blickte er Tex an, bevor er schließlich mit den Schultern zuckte. »Da müssen wir wohl durch.«

Tex schnitt eine Grimasse. »Vielmehr runter. Vermutlich werden wir uns den Hals brechen, nur um dann festzustellen, dass es doch jemand anders ist.«

»Besser, als wenn wir jetzt nicht nachsehen und uns dann hinterher fragen, ob wir uns die ganze weitere Suche hätten sparen können.«

»Stimmt.« Tex machte eine Handbewegung in Richtung des Toten. »Nach dir.«

Red zeigte ihm den Mittelfinger, ging aber voran. Das Geröll machte es schwierig, sich den Hang hinabzubewegen, ohne ins Rutschen zu kommen. Mehr als einmal gelang es ihm gerade noch, sich auf den Füßen zu halten. Tex erging es nicht wesentlich besser, auch wenn der es mit seinem leichteren Körperbau ein wenig einfacher hatte.

Red war froh, als sie bei dem Mann ankamen. Es war keine Frage, dass er tot war, sein Genick und eines seiner Beine waren verdreht, offenbar war er den Felsen hinuntergestürzt, nachdem er von einer Kugel getroffen worden war. Armes Schwein, das konnte nicht angenehm gewesen sein. Red leuchtete ihm mit der Taschenlampe ins Gesicht. Sie hatten sich die Mühe umsonst gemacht. Auch das hier war nicht Mansoor Rahid.

»Verdammt!«

Tex hatte sich gegen einen Felsen gelehnt und sicherte die Umgebung. »Fehlanzeige?«

»Ja.« Red richtete sich wieder auf. »Komm, gehen wir wieder …«

Ein Schuss übertönte seine Worte, und Tex stürzte mit einem dumpfen Laut nach hinten. Automatisch warf Red sich zu Boden und versuchte herauszufinden, von wo der Schuss gekommen war. Alles in ihm drängte danach, zu Tex zu laufen und zu sehen, wie schwer verletzt er war, doch damit hätte er sich nur selbst in die Schusslinie begeben. Red biss die Zähne zusammen, um die Erinnerungen an den Hubschrauberabsturz und den Tod seines Teams zurückzudrängen. Jetzt zählte es nur, Tex und auch sich selbst lebend hier herauszubekommen.

Er drehte das Mikrofon auf und sprach beinahe lautlos hinein. »Tex, bleib still liegen, ich werde mich um den Schützen kümmern.« Hoffentlich konnte Tex ihn hören. »An alle: Es ist ein Schuss abgegeben worden. Tex wurde verletzt, ich weiß nicht, wie schwer. Brauche Unterstützung.« Er blickte auf sein GPS-Gerät und nannte die Koordinaten. »Run, kannst du ihn von dort aus sehen?«

»Nein, er befindet sich anscheinend in einer Senke, die ich von hier aus nicht einblicken kann. Warte auf die Unterstützung, Red.«

»Dann kann es für Tex zu spät sein. Sag mir einfach Bescheid, wenn du etwas siehst. Ich werde dem Bastard folgen.«

Nachdem er den ungefähren Standort des Schützen ermittelt hatte, schlich Red vorwärts. Wut und Furcht um Tex breiteten sich in seinem Innern aus. Wenn noch einer seiner Männer starb, wusste er nicht, wie er das verkraften sollte. Sofort begehrte alles in ihm dagegen auf. Er war ein SEAL, verdammt, und SEALs gaben niemals auf.

Mit viel Übung schob er alles beiseite, das nichts mit der unmittelbaren Verfolgung des Schützen zu tun hatte. Wer unkonzentriert war, machte Fehler, und das konnte er sich nicht leisten. Vorsichtig blickte er um einen Felsen herum, konnte jedoch nichts entdecken. Aber der Terrorist musste hier irgendwo sein, hätte er sich schnell entfernt, hätte Red ihn gehört. Bei jedem Schritt knirschten und klickten die Steine, es war nahezu unmöglich, sich lautlos zu bewegen. Was ihm das Anschleichen natürlich auch selbst erschwerte, aber er musste es zumindest versuchen. Gebückt, um ein kleineres Ziel abzugeben, bewegte er sich auf die nächste Deckung zu.

Jetzt diente ihm die Dunkelheit, denn der Angreifer würde ihn mit seiner schwarzen Kleidung und dem geschwärzten Gesicht in der tiefen Nacht nicht erkennen können. Allerdings ging es Red umgekehrt genauso, da er seine Taschenlampe nicht verwenden konnte, um nicht seinen Standort zu verraten. Auch das Nachtsichtgerät wollte er nicht aufsetzen, denn dann hätte der Verbrecher ihn nur einmal kurz anzuleuchten brauchen, und er wäre für mehrere Minuten mehr oder weniger blind gewesen. Jetzt wünschte er sich, der Terrorist wäre weiß gekleidet oder hätte zumindest irgendetwas an sich, das ihn in der Dunkelheit verraten würde. Ein Glöckchen um den Hals wäre nett oder eine Neonleuchtkette. Die Vorstellung wäre erheiternd gewesen, wenn es nicht um Tex' Leben gegangen wäre.

Mühsam arbeitete Red sich vor, bis er unterhalb einer kleinen Felsnase hockte. Noch immer war nichts von dem Terroristen zu sehen oder zu hören, und Red fragte sich, ob er die Richtung vielleicht falsch eingeschätzt hatte. Doch er hatte genau gesehen, wie Tex gefallen war. Die Kugel hatte ihn von vorne erwischt, und das bedeutete, dass der Schuss direkt vom Rand der Klippen gekommen sein musste. Die Frage war nur, ob der Terrorist immer noch dort war oder sich über einen Schleichweg in Sicherheit gebracht hatte.

Red blieb stehen und lauschte. Von weiter oben waren Stimmen zu hören und hin und wieder ein Poltern, wenn ein Stein herunterfiel. Das machte es schwieriger, die leisen Geräusche zu erkennen, die ein Mensch ganz in der Nähe verursachen würde. Schließlich ertönte ein leises Knacken, und Red bewegte sich in Richtung des Geräuschs. Es schien aus der Nähe eines in der Dunkelheit nur schemenhaft zu erkennenden Felsblocks gekommen zu sein. Vorsichtig näherte Red sich dem Brocken, jeden seiner Sinne auf die Umgebung ausgerichtet. Seine Nackenhaare richteten sich auf, und er blieb stehen.

Jemand war in der Nähe und beobachtete ihn, er konnte es deutlich fühlen. Instinktiv warf er sich zur Seite, aber es war bereits zu spät. Ein Schuss peitschte durch die Nacht, und einen Sekundenbruchteil später spürte Red den Schlag an seiner Brust. Seine Muskeln funktionierten nicht mehr so, wie sie sollten, und er fiel wie ein Stein zu Boden. Der Atem blieb ihm weg, als er auf dem harten Untergrund aufprallte. Er versuchte, Luft zu holen, aber der Druck auf seine Brust hinderte ihn daran. Seine Hüfte schmerzte an der Stelle, wo er auf einem spitzen Fels gelandet war. Langjährige Übung ließ ihn die Hand mit der Waffe heben.

Er wollte die anderen darüber informieren, dass er getroffen war, aber da seine Lunge immer noch nicht richtig arbeitete, brachte er keinen Ton heraus. Helle Punkte begannen vor seinen Augen zu tanzen, und er wusste, dass er endlich Luft holen musste, wenn er nicht das Bewusstsein verlieren wollte. Auf keinen Fall wollte er es dem Terroristen so leicht machen! Red kämpfte um einen Atemzug, und es gelang ihm schließlich, ein wenig Sauerstoff in seine Lungen zu bekommen. Sein Griff um die Waffe festigte sich, und er schaffte es, sich so zu drehen, dass er den Punkt im Blick behalten konnte, von dem aus der Schuss gekommen war. Er glaubte, eine Bewegung auf dem Fels gesehen zu haben, kurz bevor der Schmerz eingesetzt hatte.

Der Tritt gegen seinen Arm kam völlig unerwartet. Taubheitsgefühl setzte ein, die Waffe rutschte ihm aus den Fingern. *Nein!* Red bewegte die andere Hand an seinem Körper hinunter, um zu seiner Ersatzwaffe zu greifen. Etwas Hartes drückte in seine Brust und ließ ihn nach Luft ringen. Über sich konnte er den Schatten eines Mannes wahrnehmen, der sich etwas dunkler vor dem Himmel abhob. Er stützte sich auf den Griff eines Gewehres, dessen Lauf Red den Atem nahm.

Sein Puls raste, und er suchte nach einer Möglichkeit, dem sicheren Tod zu entkommen. Aus dieser Entfernung konnte ihn der Terrorist gar nicht verfehlen. Und Red glaubte nicht, dass der zum Reden hier war. Das bestätigte sich, als der Verbrecher ihm in die Rippen trat. Der Schmerz verzehnfachte sich, und Red hielt sich schützend die Arme vor den Brustkorb. Gleichzeitig versuchte er, den Angreifer mit den Beinen zu erwischen. Das barg zwar die Gefahr, dass sich eine Kugel löste, aber lieber wollte er im Kampf sterben, als einfach abgeschossen zu werden.

36

Gerade, als es den SEALs gelang, einen größeren Brocken vor dem Höhlenausgang zu entfernen, meldete sich Devils sechster Sinn mit einem Kribbeln im Nacken. Kurz zuvor hatten sie einen einzelnen Schuss gehört und erfahren, dass Tex verletzt worden war und Red den Schützen verfolgte. Einige der SEALs waren daraufhin den Berg hinabgestiegen, um Tex zu bergen, der weiter unten lag. Devil glaubte allerdings nicht, dass sein schlechtes Gefühl sich auf Tex bezog. Das bewahrheitete sich mit dem zweiten Schuss. Wie so oft zuvor reagierte Devil einfach, ohne sich die Zeit für lange Erklärungen zu nehmen.

Er drehte sich zu Amy um, die hinter ihm hockte. »Entschuldige, ich muss los.« Devil schob sich durch die Öffnung und ignorierte das erstaunte Gesicht von Bull, der den Felsen herausgebrochen hatte.

»Hey, wohin so eilig?«

»Red.« Mehr konnte er nicht dazu sagen, bevor er losrannte. Adrenalin pumpte durch seinen Körper und erhöhte die Dringlichkeit, die ihm seine Gabe suggerierte.

»Chase!« Amys Ruf traf ihn wie ein Pfeil, aber er konnte jetzt nicht stehen bleiben. Er hoffte, dass Bull sich gut um sie kümmerte, bis er wieder selbst dazu in der Lage war.

Auch wenn Devil nicht sagen konnte, was genau zurzeit passierte, sein Körper sagte ihm, dass er gebraucht wurde. Er bedauerte, dass er seinen Kopfhörer nicht dabeihatte, um zu hören, ob Red etwas an sein Team meldete. Das hätte ihm vielleicht geholfen, die Situation jetzt schon abschätzen zu können. Sein Körper protestierte, als er das Letzte aus sich herausholte, während er den steilen Abhang hinunterhetzte. Eigentlich rutschte er mehr, als dass er lief. Ein Wunder, dass er sich überhaupt noch aufrecht hielt.

Devils Gefühl leitete ihn zielsicher über das Geröll und eine Felsbarriere. Lautlos hockte er sich hin, als er erkannte, dass er am Ziel angelangt war. Es war jedoch zu dunkel, um mehr zu sehen als zwei Körper: Einer lag am Boden, der andere stand über ihm und hielt ein Gewehr auf ihn gerichtet. Da Devil ein wenig mehr von dem Gesicht des Stehenden erkennen konnte, schloss er daraus, dass es keiner der SEALs war, deren Gesichter geschwärzt waren. Devil horchte in sich hinein, doch es präsentierte sich keine gefahrlose Lösung. Wenn er eingriff, bestand die Gefahr, dass Red – und er war sich sicher, dass es sich um den SEAL handelte – sterben würde. Griff er nicht ein, war der CO ganz sicher tot.

Der Terrorist trat Red in die Rippen, der daraufhin einen erstickten Laut von sich gab. Die Arme hatte er schützend um seinen Brustkorb geschlungen, mit den Beinen versuchte er, den Angreifer aus dem Gleichgewicht zu bringen. Sehr riskant, da der Lauf des Gewehres immer noch auf seine Brust zeigte. Devil wusste, dass Reds Zeit gerade abgelaufen war. Er musste reagieren, jetzt sofort. Und das tat er. Er steckte die Pistole weg und zog stattdessen das Messer. Seine Muskeln spannten sich an, als er das Gewicht verlagerte und sich auf den Terroristen warf. Mit einer Hand schlug er den Gewehrlauf beiseite, die andere stieß das Messer in den Körper des Mannes.

Ein überraschter und gleichzeitig schmerzerfüllter Schrei entfuhr dem Verbrecher, während er unter Devils Gewicht zur Seite kippte. Das Gewehr schlitterte über die Steine. Der Aufprall ließ Devils Wunden wieder schmerzhaft pochen, doch er ignorierte sie. Der Terrorist hatte sich von der Überraschung erholt und kämpfte jetzt verbissen gegen ihn an. Anscheinend hatte Devil mit dem Messer keine lebenswichtige Stelle getroffen. Stattdessen schien er seinen Gegner nur wütend gemacht zu haben.

Mit seinem Gewicht presste Devil den Terroristen weiter zu Boden, seine Hand mit dem Messer näherte sich dessen Hals. Aus der Nähe konnte er jetzt auch die Gesichtszüge des Mannes erkennen: Es war Mansoor Rahid! Heiße Wut strömte durch Devils Körper und verlieh ihm weitere Kräfte. An der Art, wie sich die Augen seines Gegners weiteten, wusste Devil, dass der ihn ebenfalls identifiziert hatte.

»Du!«

Devil bleckte die Zähne in der Parodie eines Lächelns. »Überrascht?«

Hass brannte in den Augen des Terroristen. »Du solltest tot sein!« Er schaffte es, seine Hand um Devils Unterarm zu schließen und das Messer aufzuhalten, bevor es in seine Haut drang.

»Ich bin nicht so leicht zu töten.«

»Das werden wir gleich sehen.« Rahid bäumte sich auf und versuchte so, Devil aus dem Gleichgewicht zu bringen.

Damit hatte der jedoch gerechnet und ging die Bewegung einfach mit. »Wenn du aufgibst, lasse ich dich vielleicht am Leben.«

Der Terrorist lachte nur. »Das Paradies wartet auf mich, ich habe keine Angst vor dem Tod.«

»Und wie sieht es mit Schmerzen aus?«

Etwas blitzte in Rahids Augen auf, und Devil fragte sich, ob der Terrorist es nicht vielleicht sogar genoss, Schmerz zu empfinden. So, wie es ihm auch gefiel, andere zu foltern. Auf jeden Fall würde es nichts bringen, ihm zu drohen. Ihm schien es völlig egal zu sein, was mit ihm passierte. Erneut brachte Devil das Messer herunter, und diesmal ritzte er die Haut auf, bevor Rahid dagegenhalten konnte.

»Willst du mir vielleicht irgendwas sagen?«

Immer noch lagen Hass und Verachtung in den Augen des Terroristen. »Ich wüsste nicht, worüber ich mit dir reden sollte.«

»Zum Beispiel darüber, welche Anschläge ihr gerade so geplant habt.«

Einen Moment lang blickte er Devil nur an, dann lachte er los. »Ah, darum geht es also. Wer hat geredet, Khan?«

»Genau genommen haben wir es von dir selbst gehört.«

Wut verzerrte Rahids Züge. »Ich würde nie …« Dann glättete sich sein Gesicht plötzlich wieder. »Ah, ich verstehe. Es war taktisch unklug, persönlich zu Khan zu gehen. Aber ich habe es zu sehr genossen, seine Angst zu sehen. Er ist so ein …« Er nannte ein Wort, das Devil nicht kannte, aber er nahm an, dass es kein Kompliment war. »Man sollte nicht mitmischen wollen, wenn man etwas zu verlieren hat. Und vor allem sollte man nicht erst alles nehmen und dann hinterher einen Rückzieher machen. Aber das wird Khan auch noch lernen.« Sein Mund verzog sich zu einem unschönen Lächeln. »Wenn ich mich erst mal mit seiner Frau und seiner kleinen Tochter beschäftigt habe, wird er verstehen, dass man mich nicht hintergeht.«

Ekel durchströmte Devil. »Du wirst dich mit niemandem mehr beschäftigen, außer mit dir selbst. Oder den Wächtern in Guantanamo, oder wo auch immer sie dich hinstecken.«

»Niemand wird mich einsperren!« Unerwartet schnellte er mit dem Oberkörper hoch, dem Messer entgegen.

Devil konnte die Spitze gerade noch so drehen, dass sie nicht in den Hals eindrang, sondern nur in die Schulter. Das schien den Terroristen noch wütender zu machen, und er fluchte laut, während er mit allem, was er hatte, darum kämpfte, sich unter seinem Angreifer herauszuwinden. Aus den Augenwinkeln nahm Devil eine Bewegung wahr, konnte jedoch nicht schnell genug reagieren. Als Rahid unter ihm zusammensackte, löste Devil sich von ihm und blickte zu Red, der dem Terroristen sein Gewehr über den Schädel gezogen hatte.

Als Red Devils überraschten Gesichtsausdruck sah, zuckte er mit den Schultern und schnitt eine Grimasse. »Verdammt! Erinnere mich daran, dass ich mich in nächster Zeit möglichst nicht bewege.«

Langsam stemmte Devil sich in die Höhe. »Wo bist du verletzt?«

»Ein paar geprellte Rippen. Der Mistkerl hat mich überrascht.« Unsanft stupste Red den Bewusstlosen mit dem Fuß an. »Ich fürchte, wir werden ihn tragen müssen.«

Devil hob eine Augenbraue. »Wenn du ihn nicht ausgeknockt hättest, könnte er selbst laufen. Und vielleicht hätte er noch was über den geplanten Anschlag gesagt.«

»Das glaubst du doch selbst nicht. Er hätte weiterhin versucht, entweder dich zu töten oder sich selbst.« Mühsam setzte Red sich auf und rieb mit der Hand über seinen Brustkorb. »Ich muss zu Tex, er ist angeschossen worden. Und ich denke, es wäre sinnvoll, so schnell wie möglich von diesem verdammten Berg runterzukommen, bevor sich noch mehr Terroristen in Bewegung setzen.«

Da Devil ganz seiner Meinung war, hielt er ihm die Hand hin und zog ihn vorsichtig hoch. Es gefiel ihm gar nicht, wie blass Red dabei wurde und dass er ein wenig taumelte, bevor er sicher stand. Mit einem stillen Seufzer bückte Devil sich und durchsuchte den Terroristen nach Waffen. Die reichte er an Red weiter, bevor er die Hand- und Fußgelenke des Verbrechers mit Kabelbindern fesselte und ihn sich dann über die Schulter warf. Mit seinen eigenen Verletzungen war das nicht gerade angenehm, aber Red war dazu momentan gar nicht in der Lage.

»Fertig?« Devil blickte Red an, der sein Gewehr schussbereit hielt und die Gegend mit den Augen absuchte.

»Ja. Woher hast du eigentlich gewusst, wo ich bin?« Während er sprach, ging Red los, die ersten Schritte noch zögerlich, dann immer sicherer.

»Der Schuss war nicht zu überhören.« Das war zumindest die offizielle Version.

Red warf ihm einen Blick zu, der deutlich zeigte, was er von dieser Erklärung hielt. Doch er nickte nur. »Danke.«

»Gern geschehen.«

Mit einer Hand rückte Red sein Mikrofon zurecht. »Hier ist Red. Habt ihr Tex? Wie geht es ihm?«

Was auch immer er zu hören bekam, es führte dazu, dass er noch ein wenig schneller ging. »Alles klar. Wir sind gleich da, und wir bringen noch einen Gast mit.«

Devil schnaubte. So hätte er den Terroristenanführer sicher nicht genannt. Aber die Hauptsache war, dass sie ihn endlich in Gewahrsam hatten. Wenn es ihnen jetzt noch gelang, den Anschlag zu verhindern, war ihre Mission – wenn auch mit einigen Umwegen – doch noch ein Erfolg. Was ihm jedoch noch viel wichtiger war als das, erkannte er, als er die letzte Biegung nahm und sah, dass Amy bereits auf ihn wartete. Er konnte sich nicht erinnern, jemals während eines Einsatzes einen schöneren Anblick erlebt zu haben, und er freute sich schon darauf, sie endlich wieder in seine Arme zu schließen.

Obwohl einer der SEALs Amy bereits gesagt hatte, dass es Chase so weit gut ging, atmete sie erst wieder auf, als er ihr entgegenkam. Über seiner Schulter trug er einen Mann, und an seiner steifen Haltung konnte sie sehen, wie sehr ihn das zusätzliche Gewicht schmerzen musste. Der neben ihm gehende SEAL wirkte auch nicht wirklich gesund, seine freie Hand hatte er auf die Rippen gepresst, seine Atemzüge klangen gequält. Aber immerhin schien es ihm besser zu gehen als dem anderen Mann, den man kurz zuvor hochgeholt hatte. Der Sanitäter des Teams hatte dessen blutende Schulterwunde verbunden, aber die Kugel steckte noch im Körper und verursachte starke Schmerzen.

Als Chase seine »Last« reichlich unsanft auf den Boden beförderte, hielt Amy den Atem an. Es war Mansoor Rahid! Ihr Blick flog zu Chase, dessen Gesichtsausdruck noch grimmiger schien als sonst. Das erklärte auch die schwelende Wut, die sie in ihm spürte. Nach allem, was dieser Verbrecher ihm angetan hatte, konnte sie das absolut verstehen.

»Lebt er noch?« Einer der SEALs stieß ihn leicht mit der Schuhspitze an.

»Das sollte er, ich habe nur dafür gesorgt, dass er im Moment keinen weiteren Ärger macht.« Der Mann, der mit Chase den Berg hochgekommen war, schüttelte den Kopf. »Wahrscheinlich stellt er sich absichtlich tot, damit wir ihn schleppen müssen. Verdammtes Arschloch.« Er sah hoch und erblickte Amy. »Tut mir leid, Ma'am.«

Das brachte Amy zum Lachen. »Es ist keine Ma'am hier.« Sie streckte die Hand aus. »Ich bin Amy. Und ich habe beim Training mit den SEALs schon viel Schlimmeres gehört.«

Er nahm ihre Hand in seine. »Das beruhigt mich. Ich bin Red, der CO von Team 8. Ich freue mich, dass Sie gesund und munter vor mir stehen. Matt und Hawk waren sehr besorgt um Sie.«

»Danke, dass Sie und Ihr Team gekommen sind. Wenn ich das Abenteuer nur mit einem kaputten Knöchel überstehe, werde ich sehr dankbar sein.«

»Dafür werden wir sorgen, keine Angst.« Red lächelte sie beruhigend an. Nach einem Blick über ihre Schulter wurde er wieder ernst. »Entschuldigt mich, ich muss nach Tex sehen.«

Amy sah ihm nach, als er in die Richtung ging, in der sein verletzter Kollege behandelt wurde. Langsam drehte sie sich zu Chase um, der dicht hinter ihr stand. Automatisch hob sie die Hand und legte sie ihm auf die Brust. Unter ihrer Handfläche konnte sie das harte Klopfen seines Herzens spüren, aber auch das Zittern, das bei ihrer Berührung durch seinen Körper lief. Wie schon so oft zuvor strömten seine Gefühle auf sie ein, und sie spürte die Wut, die noch immer in ihm brodelte. Zusammen mit der überstandenen Furcht ergab das eine ziemlich explosive Mischung. Deshalb legte Amy ihm den anderen Arm um die Taille und zog ihn an sich. Zuerst hielt Chase sich steif, doch dann spürte sie, wie seine verspannten Muskeln sich ein wenig lockerten.

Sein Atem strich über ihre Haare, als er leise seufzte. »Wie geht es deinem Knöchel?«

»Er tut weh, aber ich werde es überleben.«

Chase bog den Rücken zurück, sodass er ihr ins Gesicht sehen konnte, ohne sie loszulassen. »Das will ich auch hoffen! Ich könnte nicht …« Er brach ab, und sie sah, wie ein Muskel in seiner Wange zuckte.

Beruhigend strich sie ihm über den Arm. »Es ist alles in Ordnung, Chase. Mir geht es gut, und du bist auch mehr oder weniger heil zurückgekommen.«

Einige Sekunden lang sah er sie nur an, dann nickte er langsam. »Wir hatten Glück.«

»Das denke ich auch. Ich bin froh, dass du wieder bei mir bist.«

»Nichts hätte mich von dir fernhalten können.«

Amy legte ihre Hände um Chase' Gesicht. »Es hat für mich

immer nur dich gegeben.« Als ihr klar wurde, was sie gesagt hatte, zog sie die Hände schnell weg, doch Chase hielt sie fest.

Es schien, als wären seine Gefühle noch mehr in Aufruhr geraten, so sehr, dass Amy sie kaum noch deuten konnte. Vielleicht waren ihre eigenen Emotionen aber auch zu aufgeladen, um jetzt noch etwas anderes wahrzunehmen.

»Meinst du das ernst?«

»Ja.« Unsicher biss sie sich auf die Lippe und blickte an Chase vorbei. Sie konnte ihm jetzt nicht in die Augen sehen.

»Amy, sieh mich an.« Seine Stimme klang rau, als versuchte er mit aller Macht, seine Gefühle zu unterdrücken.

Zögernd blickte sie zu ihm auf. Seine Augen hatten sich verdunkelt, sein Gesicht wirkte wie aus Stein gemeißelt. Hätte sie ihn nicht berührt, hätte sie nicht gewusst, was er gerade fühlte. Oder dass er überhaupt etwas fühlte.

Langsam, beinahe unmerklich hoben sich seine Mundwinkel. »Danke.« Er beugte sich zu ihr hinunter und strich mit dem Mund über ihre Lippen. Bevor sie jedoch darauf reagieren konnte, hatte er sich schon wieder aufgerichtet. »Wir führen das später fort, wenn wir in Sicherheit sind und irgendwo, wo uns nicht alle möglichen Leute dabei zusehen.«

Amy musste sich räuspern, bevor sie einen Ton herausbrachte. »Ich verlasse mich darauf.«

37

Als I-Mac die Krankenhausfassade betrachtete, fragte er sich, ob es wirklich eine gute Idee gewesen war, Nurja hier abholen zu wollen. Seit seiner Verletzung hatte er so viel Zeit in Krankenhäusern und Reha-Einrichtungen verbracht, dass er am liebsten nie wieder einen Fuß hineingesetzt hätte. Aber hier ging es nicht um ihn, sondern um Nurja. Er wollte für sie da sein, wenn sie seine Unterstützung brauchte. Auch wenn ihm das Notebook, das er von Henning aus Afghanistan zugeschickt bekommen hatte, fast ein Loch in die Tasche brannte. Gerade, als er hatte aufbrechen wollen, war es ihm geliefert worden, und er hatte es mitgenommen, um so schnell wie möglich daran arbeiten zu können. Aber Nurja ging vor.

Deshalb rückte er Raschid auf seinem Arm in eine bequemere Position und blickte ihm in die großen braunen Augen. »Und, wollen wir zu deiner Mama gehen?«

»Mama!«

Seine kindliche Freude war so ansteckend, dass I-Mac lachen musste. »Na gut, dann suchen wir sie mal.«

Das Kind in seinem Arm verankerte ihn in der Realität und gab ihm die Kraft, durch die automatischen Schiebetüren zu treten und zum Empfang zu gehen. Die Krankenschwester lächelte ihm entgegen und schickte ihn in die Entbindungsstation im zweiten Stock. Allein das Wort reichte, um ihm den Schweiß auf die Stirn zu treiben, dabei war es nicht einmal seine Frau, die dort unter Qualen ein Kind zur Welt brachte. Er hatte keine Ahnung, wie Rock es aushielt, Rose dabei zuzusehen. Als SEAL war I-Mac Schmerz nicht fremd, aber es war etwas völlig anderes, wenn es einen geliebten Menschen traf, dem man den Schmerz nicht abnehmen konnte.

I-Mac eilte weiter, plötzlich konnte er es gar nicht mehr erwarten, Nurja wiederzusehen. Als er an einer Glasscheibe vorbeikam, blickte er hindurch und blieb abrupt stehen. In dem Raum standen mehrere Betten, und in jedem davon lag ein frisch geborenes Baby. Die meisten schliefen, doch eines schrie wie am Spieß, und sein Gesicht war knallrot angelaufen. Die Augen hatte es zugekniffen, die Fäuste geballt. Wenn I-Mac hätte raten müssen, hätte er gesagt, dass es Rocks Kind war. Das wäre die gerechte Strafe dafür, dass Rock das Team so oft geschunden hatte, bis sie sich kaum noch auf den Beinen halten konnten.

Auf I-Macs Arm reckte Raschid sich in Richtung Scheibe. »Da, Rock!«

Zuerst dachte I-Mac, der Kleine hätte die gleiche Idee gehabt wie er, doch dann sah er, dass Rock am anderen Ende des Raumes in einem Schaukelstuhl saß und ein Baby auf der nackten Brust liegen hatte, über das eine Decke gebreitet worden war. Es schien friedlich zu schlafen, und Rock hatte nur Augen für sein Kind. Schon jetzt hatte es schwarze Haare auf dem Kopf, obwohl es gegen Rocks riesige Gestalt geradezu winzig erschien.

I-Mac fühlte einen Kloß im Hals, und er räusperte sich, um die Gefühle zu überdecken, die bei dem Anblick in ihm aufgestiegen waren. »Ja, das ist Rock. Aber ich glaube, er ist gerade beschäftigt. Wollen wir mal sehen, wo deine Mama ist?« Glücklicherweise bemerkte der Kleine noch nicht, wie belegt seine Stimme klang.

»Das ist nicht nötig.« In den Worten schwang ein leichter Akzent mit.

I-Mac wirbelte herum und stand Nurja gegenüber. In ihren Augen lag ein ganz besonderer Glanz, während sie ihn anlächelte und dann die Arme nach ihrem Sohn ausstreckte.

»Mama!« Der Kleine strampelte, und I-Mac reichte ihn schnell an seine Mutter weiter.

»Ist alles gut gegangen?«

Nurja stellte sich neben ihn und blickte in den Raum. »Ja, es war wunderschön.« Sehnsucht klang deutlich in ihrer Stimme mit.

Vorsichtig sah I-Mac sie von der Seite an und bemerkte, dass Tränen in ihren Augen glitzerten. Besser, er lenkte sie schnell ab. Wenn er eines nicht vertragen konnte, dann war das eine Frau, die weinte. »Rock scheint sich schon an seine Vaterrolle gewöhnt zu haben.« Er deutete zu seinem Freund.

»Er war großartig.« Zu seiner Überraschung lachte sie leise. »Außer in den Momenten, in denen er darum gekämpft hat, nicht in Ohnmacht zu fallen.«

Die Vorstellung, dass der muskulöse und stets grimmige SEAL bei einer Geburt umkippen könnte, war ziemlich amüsant. I-Mac grinste Nurja an. »Oh, das kann ich gut verwenden, um ihn zu ärgern.«

Sofort verschwand ihr Lächeln, und sie blickte ihn besorgt an. »Nein, John, bitte nicht. Sie waren so nett und haben mich an diesem einzigartigen Moment teilhaben lassen. Ich möchte das Vertrauen nicht missbrauchen, das sie in mich gesetzt haben.«

Beruhigend legte er ihr die Hand auf den Arm. »Keine Angst, ich werde nichts sagen. Das war nur ein Scherz.« *Obwohl es verdammt schade war …*

Erleichtert atmete Nurja auf. »Oh, gut.«

Ob sie bemerkte, wie fest sie ihren Sohn im Arm hielt? Wahrscheinlich erinnerte sie sich daran, wie sie ihn zur Welt gebracht hatte. Ihre nächsten Worte bestätigten I-Macs Vermutung.

»Es war seltsam für mich, einen Mann bei einer Entbindung zu sehen, so etwas ist in Afghanistan absolut unüblich. Mein Mann hat sich während der Zeit immer mit einer Flasche Alkohol zurückgezogen oder ist mit seinen Freunden weggegangen. Aber ich fand es schön, dass Rose nicht alleine war, sondern jemanden hatte, auf den sie sich stützen konnte und der genauso aufgeregt war wie sie.« Während sie redete, blickte sie I-Mac nicht an. »Bei mir waren nur Frauen anwesend, meine Kinder sind zu Hause zur Welt gekommen. Es wäre viel zu weit gewesen bis zum Krankenhaus – und auch zu teuer.«

Noch nie hatte sie ihm etwas so Persönliches erzählt, und er wusste nicht, wie er reagieren sollte. Auf keinen Fall wollte er, dass sie es bereute, sich ihm geöffnet zu haben. »Ich bin froh, dass es bei allen Kindern gut gegangen ist.«

Abgrundtiefe Traurigkeit lag auf ihrem Gesicht, bevor sie sich von ihm abwandte. »Das ist es nicht. Eines meiner Kinder ist bei der Geburt gestorben. Ein Mädchen.«

Alles in I-Mac sehnte sich danach, sie in seine Arme zu ziehen und zu trösten, aber er wusste, dass sie das nicht erlauben würde. »Das tut mir sehr leid, Nurja.«

»Es ist lange her. Ich habe sie hinter dem Haus begraben, damit sie immer bei uns ist.« Jetzt sah sie ihn doch an, und ihre feuchten Augen brachen ihm das Herz. Als sie blinzelte, löste sich eine Träne und lief ihr über die Wange. »Nur sind wir jetzt nicht mehr da, und sie ist ganz alleine.«

I-Mac schaffte es nicht mehr, sich zurückzuhalten. Sanft zog er Nurja mitsamt ihrem Sohn in die Arme. »Ich bin sicher, sie ist immer bei euch, in euren Herzen, egal wo ihr seid.«

Im ersten Moment versteifte Nurja sich, bevor sie schließlich mit einem rauen Laut nachgab und ihr Gesicht an I-Macs

Brust vergrub. Hilflos blickte er auf ihren von einem dünnen blauen Tuch bedeckten Kopf hinab. Er wusste nicht, was er in dieser Situation tun sollte. Jede andere Frau hätte er instinktiv noch enger an sich gezogen und versucht, sie mit sanften Worten zu beruhigen, aber Nurja war eben nicht wie andere Frauen.

Zögernd rieb er ihr mit der Hand über den Rücken, während er gleichzeitig die andere Hand um Raschid legte, um ihn zusätzlich zu stützen. Es fühlte sich gut an, sie so nah bei sich zu haben, ihre Wärme an seinem Körper zu spüren. I-Mac schnitt eine Grimasse. Er tat das für Nurja und nicht, damit er sie endlich einmal antatschen konnte! Aber er musste zugeben, dass das ein nicht unangenehmer Nebeneffekt war.

Ein Räuspern erklang hinter ihm, und I-Mac schloss kurz die Augen, bevor er Nurja freigab. An der Röte ihrer Wangen konnte er erkennen, wie verlegen sie war. Sie drehte sich weg und kümmerte sich um ihren Sohn, aber wenigstens lief sie nicht davon, wie I-Mac befürchtet hatte. Erleichtert wandte er sich um und bemerkte, dass Rock auf ihn zukam. Sein Freund sah aus, als hätte er einen mehrwöchigen Einsatz ohne Schlaf hinter sich, aber er strahlte über das ganze Gesicht, etwas, das I-Mac bei ihm noch nie gesehen hatte. Freude für seinen Freund, aber auch ein Hauch von Neid kamen in ihm auf.

Er schüttelte Rocks Hand. »Herzlichen Glückwunsch! Was ist es geworden?«

Rocks Grinsen verbreiterte sich noch. »Ein Junge.«

»Hah! Die nächste SEAL-Generation im Hause Basilone.«

Sofort schüttelte Rock den Kopf, und seine Miene wurde plötzlich ernst. »Nein, das kann ich Rose nicht antun. Unser Sohn soll sich einen weniger gefährlichen Beruf aussuchen.«

I-Mac glaubte zwar nicht, dass die Eltern da mitzureden hatten, aber er nickte nur. »Wie nennt ihr ihn?«

»Ramon.« Rock sagte nur dieses eine Wort, aber mehr war auch nicht nötig.

I-Macs Kehle zog sich zusammen, als er an ihr ehemaliges Teammitglied Ramon dachte – Roses Ehemann –, der vor neun Jahren bei einem Einsatz gestorben war. Er räusperte sich. »Ein schöner Name.«

»Das finden wir auch.« Es war Rock anzusehen, dass ihm die Sache ebenfalls naheging. »So bleibt Ghost immer ein Teil von uns.« Er rieb sich über die Haare. »Bringst du Nurja nach Hause? Ich würde es auch machen, aber …«

»Ich kümmere mich darum. Konzentrier du dich ganz auf Rose und euren Sohn, ich denke, damit wirst du in nächster Zeit voll ausgelastet sein.«

Endlich erschien das Strahlen wieder auf Rocks Gesicht. »Damit könntest du recht haben. Aber wenn ihr mich braucht …«

I-Mac ließ ihn nicht ausreden. »Wissen wir, wo wir dich finden. Aber wir werden sicher ein paar Tage ohne dich auskommen, auch wenn es uns schwerfällt.«

»Idiot.« Rock stieß ihn mit der Faust an.

»Das hat man davon, wenn man nett ist. Ich werde Matt und Hawk sagen, dass sie dich ganz besonders rannehmen sollen, wenn du wieder da bist.«

Lachend entfernte Rock sich in Richtung der Krankenzimmer. »Das klingt schon besser. Wir sehen uns!«

Kopfschüttelnd blickte I-Mac seinem Freund hinterher. Hoffentlich gelang es Rock, das Hochgefühl möglichst lange beizubehalten, bevor ihn wieder die schnöde Realität einholte. Doch wenn man seinen Lebenspartner gefunden hatte, war anscheinend selbst der langweiligste Alltag erträglicher, zumindest schloss I-Mac das aus den vielen Beispielen in seinem Freundeskreis: Hawk und Jade, Kyla und Chris, Matt und

Shannon … Natürlich hatten auch sie Probleme oder standen Ängste aus, aber sie kamen ihm deutlich zufriedener vor als früher. Und genau das wünschte er sich auch.

Automatisch wanderte sein Blick zu Nurja, die einige Schritte entfernt von ihm vor der Scheibe stand und ihm den Rücken zudrehte. Ihre sanften Bewegungen zeigten, dass sie ihren Sohn auf der Hüfte wiegte. Wahrscheinlich war der Kleine müde, kein Wunder nach dem aufreibenden Tag mit all den fremden Umgebungen.

I-Mac trat neben sie und blickte ebenfalls auf die Säuglinge. »Wollen wir gehen?«

Sie drehte ihm den Kopf zu und lächelte ihn unsicher an. »Ja, ich habe mich eben schon von Rose verabschiedet.«

»Gut. Soll ich den Kleinen nehmen?«

»Danke, es geht schon. Ich bin froh, ihn wieder bei mir zu haben.«

Seine Finger sehnten sich danach, wenigstens ihren Arm zu nehmen, als sie das Krankenhaus verließen, doch er traute sich nicht. Mit der Umarmung hatte er für diesen Tag vermutlich das Limit erreicht, das Nurja ertragen konnte.

Während der gesamten Rückfahrt schwieg sie, ihre Aufmerksamkeit zwischen dem Seitenfenster und ihrem Sohn aufgeteilt. Nur I-Mac blickte sie nicht ein einziges Mal an. Er wusste nicht, wie lange sein Herz das noch ertragen würde.

Amy schloss die Tür des Quartiers hinter sich, das ihr auf dem Stützpunkt zur Verfügung gestellt worden war, und lehnte sich mit einem tiefen Seufzer dagegen. Die Ereignisse der letzten zwei Tage hatten tiefe Spuren bei ihr hinterlassen – nicht nur auf ihrem Körper, sondern auch in ihrer Psyche. Gleichzeitig kam ihr alles so unwirklich vor, als hätte sie es nur geträumt. Im Falle ihrer Entführung und der anschließenden Flucht wäre ihr das sogar sehr recht gewesen. Doch was ihre Begegnung mit Chase anging, war sie sehr froh, dass diese kein Traum gewesen war. Auch wenn sie es immer noch nicht glauben konnte, dass sie sich tatsächlich geküsst hatten und sie seine Erregung und auch seine tiefen Gefühle für sie gespürt hatte.

Absichtlich setzte Amy ihren Fuß auf den Boden. Der Schmerz in ihrem Knöchel erinnerte sie daran, dass das alles wirklich geschehen war. Auf Krücken gestützt humpelte sie zu dem schmalen Bett und ließ sich schwer daraufsinken. Nach dem steinigen Boden der Höhle kam ihr die Matratze unglaublich weich vor.

Trotz ihres Protestes hatte Chase darauf bestanden, sie den gesamten Weg den Berg hinunter zu tragen. Selbst ihr Hinweis auf seine Verletzungen und die Tatsache, dass er unter starken Schmerzen litt, hatten ihn nicht davon abbringen können. Schließlich hatte Amy nachgegeben, weil sie einfach nicht in der Lage gewesen war, mit dem verletzten Knöchel den Berg hinabzusteigen.

Chase hatte seine Dickköpfigkeit damit begründet, dass die anderen Soldaten sich um die Terroristen kümmern müssten, von denen einige ebenfalls nicht selbst laufen konnten. Ein Argument, dem Amy sich nicht völlig hatte verschließen können. Allerdings hatte sie bei Chase vor allem dessen Eifersucht und Besitzdenken wahrgenommen. Er hatte einfach nicht gewollt, dass jemand anders sie berührte. So idiotisch es in dieser Situation auch gewesen war, Amy hatte sich dadurch doch ein wenig geschmeichelt gefühlt. Aber glaubte sie wirklich, dass seine Gefühle für sie so viel größer geworden waren?

Ein Seufzer entfuhr ihr, und sie rieb sich müde übers Gesicht. Es brachte nichts, darüber nachzugrübeln, nur die Zeit würde zeigen, was Chase wirklich für sie empfand. Selbst wenn er sie jetzt begehrte und vielleicht sogar glaubte, sie zu lieben, hieß das nicht, dass sich das zu Hause im Alltag nicht ganz schnell legen würde. Vielleicht war er einfach nur überrascht gewesen, sie wiederzusehen und die Kombination aus seinen damaligen Gefühlen und der Gefahr hatten seine Emotionen verstärkt. Die Vorstellung, Chase könnte sie erneut verlassen, brach Amy fast das Herz. Sie wusste nicht, ob sie das noch einmal ertragen könnte.

Ein leises Klopfen an der Tür riss sie aus ihrem Gefühlschaos. Sie wollte aufstehen, entschied sich aber dagegen, als ihr Knöchel sofort wieder zu pochen begann. »Herein!« Wenn sie ehrlich war, wollte sie niemanden sehen, bevor sie nicht geduscht und ein paar Stunden geschlafen hatte.

Doch die Tür öffnete sich, und Chase kam ins Zimmer. Sofort wirkte der Raum noch winziger, Chase schien ihn mit seinem Körper und seiner Präsenz bis in die letzte Ecke auszufüllen. Amy vergaß fast zu atmen, während sie ihn anstarrte, als wäre er eine Erscheinung. Im Gegensatz zu ihr hatte er offenbar die Zeit gefunden, sich zu duschen und umzuziehen, frische Verbände bedeckten seine Verletzungen.

Chase schloss die Tür hinter sich und überwand die zwei Schritte, die ihn von ihr trennten. »Wie geht es dir?« Viel zu dicht blieb er vor ihr stehen, und sie musste den Kopf in den Nacken legen, um ihm ins Gesicht sehen zu können.

»Den Umständen entsprechend.« Amy war erstaunt, dass sie überhaupt einen Ton herausbrachte, geschweige denn einen ganzen Satz. »Und dir?«

Chase schenkte ihr ein Lächeln, das eher einer Grimasse glich. »Ich werde es überleben. Keine bleibenden Schäden.«

»Das freut mich.« Gott, konnte ihre Unterhaltung noch steifer sein? Was war aus der Intimität geworden, die sie in der Höhle verbunden hatte? War jetzt schon alles vorbei?

Obwohl es kaum möglich schien, trat Chase noch näher.

Amy konnte die Wärme spüren, die von ihm ausging, ein frischer Duft stieg ihr in die Nase. Tief sog sie den Geruch ein und schloss die Augen. Beinahe konnte sie sich vorstellen …

»Du siehst aus, als würdest du gleich einschlafen. Zieh dich aus.«

Abrupt riss Amy die Augen auf, als die Bedeutung seiner Worte bei ihr ankam. »Wie bitte?« Sie musste sich verhört haben.

Sein Gesichtsausdruck wirkte noch härter als sonst. Ein Muskel zuckte in seiner Wange. »Du musst dich waschen, bevor du ins Bett gehst, und da du mit deinem Knöchel nicht duschen kannst, werden wir das hier erledigen.«

»Wir?« Ihre Stimme klang beschämend hoch.

Chase beugte sich vor, bis seine Nase beinahe ihre berührte. »Wir. Du und ich. Oder wolltest du noch jemand anderen einladen?«

Nervös befeuchtete Amy ihre trockenen Lippen. »Nein, aber …«

»Dann sind wir uns ja einig.« Mit beiden Händen griff er nach dem Saum ihrer Burka. »Heb kurz die Hüfte an.«

Automatisch wollte sie seinem Befehl folgen, doch dann besann sie sich. »Was machst du da?«

Sein Blick traf ihren. »Wonach sieht es denn aus? Ich versuche, dich auszuziehen.«

Amy biss sich auf die Lippe, um ihm nicht zu sagen, dass sie es sich etwas romantischer vorgestellt hatte, wenn er sie das erste Mal auszog. Bei ihm wirkte es eher wie … eine lästige Verpflichtung. Innerlich schlug sie sich gegen die Stirn. Kein Wunder, schließlich wollte er sie nur waschen und sich nicht mit ihr im Bett vergnügen. Ein Druck legte sich auf ihre Brust, als ihr der Gedanke kam, dass er in ihr vielleicht doch nur die kleine Schwester sah, so wie früher.

Sie legte ihre Hände auf seine und hielt sie fest. »Chase.« Erst als er sie anblickte, redete sie weiter. »Ich kann mich wirklich selbst waschen, ich bin kein Kind mehr.«

Seine Lippen pressten sich aufeinander, und seine Augen wurden noch dunkler. »Das ist mir durchaus aufgefallen.« Er senkte den Kopf und atmete tief durch, bevor er sie wieder ansah. Diesmal stand deutliche Qual in seinen Augen. »Ich weiß, dass du das selbst erledigen kannst, Amy. Aber ich möchte etwas Gutes für dich tun, und vor allem muss ich selbst sehen, dass es dir gut geht. Das mit deinem Knöchel ist schlimm genug, aber wenn dieser Bastard dir irgendetwas anderes ...« Seine Stimme brach, und er stand abrupt auf. Mit dem Rücken zu ihr starrte er auf die Tür, als würde er am liebsten flüchten.

Mühsam kämpfte Amy die Tränen zurück. »Es geht mir gut, nur ein paar blaue Flecken oder Abschürfungen.« Da sie wusste, dass er Worten allein nicht glauben würde, griff sie nun selbst nach dem Saum der Burka, hob die Hüfte an und zog den Stoff an ihrem Körper nach oben. Erleichtert atmete sie auf, als sie sich endlich von dem Kleidungsstück befreit hatte und es danach auf den Boden warf. Je länger sie es hatte tragen müssen, desto eingesperrter hatte sie sich gefühlt. »Chase.«

Langsam drehte er sich zu ihr um, seine Augen weiteten sich, als er sie nur in T-Shirt und Slip auf dem Bett sitzen sah. Sofort trat er zu ihr, während sein Blick über ihren gesamten Körper glitt. Amys Haut begann zu kribbeln, und ihre Brustspitzen zogen sich zusammen. Hitze stieg ihr in die Wangen, weil ihr Körper sie verriet. Hoffentlich bemerkte Chase ihre Erregung nicht. Ohne Vorwarnung hockte er sich vor sie, sodass seine Augen direkt auf Höhe ihrer Brüste waren.

Unauffällig verschränkte Amy die Arme vor der Brust. »Bist du jetzt zufrieden?«

38

Ob er zufrieden war? Devil versuchte krampfhaft, sich nicht auf Amy zu stürzen und sie zu küssen, bis sie beide keine Luft mehr bekamen. Er musste seine ganze Selbstbeherrschung aufwenden, um nicht auf ihre Brustspitzen zu starren, die sich unter dem schlichten weißen T-Shirt aufgestellt hatten und förmlich um seine Aufmerksamkeit bettelten. Gleichzeitig presste sein Schaft sich schmerzhaft an den Reißverschluss seiner Jeans und erinnerte ihn daran, dass er sich besser eine bequemere Hose angezogen hätte. Gut, dass er gerade hockte und Amy deshalb die Beule in seiner Hose nicht sehen konnte, sonst wäre sie vermutlich geflüchtet.

Um den Grund für seine Anwesenheit nicht aus den Augen zu verlieren, betrachtete er ihre nackten Beine. Zwar hatte er schon in dem kleinen Verschlag und während ihrer Flucht einen kurzen Blick darauf erhaschen können, aber sie nun in hellem Licht und in voller Länge zu sehen, half ihm nicht gerade dabei, sich zu beherrschen. Devil schloss seine Hand um Amys gesunden Knöchel und hob ihr Bein ein Stück an, damit er es von allen Seiten betrachten konnte.

»W…was tust du da?« Unsicherheit klang in Amys Frage mit.

»Ich vergewissere mich, dass du wirklich nicht verletzt bist.« Und er versuchte, sich daran zu hindern, sich einfach vorzubeugen und ihr Bein mit den Händen und Lippen zu erkunden.

Er sah auf, als Amy ihm die Hand auf die Schulter legte. Auf ihren Lippen lag die Spur eines Lächelns. »Ich verspreche es hoch und heilig, Chase. Ich wurde in der Sanitätsstation von einem Arzt untersucht. Außer dem Knöchel hat er nichts gefunden, und glaub mir, er hat sich wirklich alles gründlich angesehen.« Bei den Worten stieg Röte in ihre Wangen.

Devil wusste, dass er übertrieb, aber er konnte sich nicht dazu bringen, Amy loszulassen. Als würde sie verschwinden, wenn er sie nicht die ganze Zeit festhielt. Ohne darüber nachzudenken, beugte er sich vor und rieb mit der Wange über ihren Oberschenkel. Ihre Haut war weich wie Seide und verstärkte seine Erregung noch.

Mit der Hand berührte Amy ihn am Kopf. »Nicht.«

Ernüchtert hob er den Blick. »Warum nicht?« Konnte es sein, dass sie ihn doch nicht wollte? Die Aussicht, dass sie ihn wegschicken könnte, verursachte ein unangenehmes Ziehen in seiner Magengegend.

Amy strich ihm mit der Fingerspitze übers Ohr. Offenbar hatte sie immer noch die Angewohnheit, an etwas herumzufummeln, wenn sie nervös war. Dafür stellte er sich sehr gerne zur Verfügung, auch wenn er es nicht mochte, dass sie sich in seiner Gegenwart nicht sicher fühlte.

»Ich bin nicht sauber und …«

Er ließ sie nicht weiterreden. »Genau dafür bin ich ja hier.«

»Und warum liegst du nicht im Bett, wo du eigentlich hingehörst?«

Devil hob den Kopf. »Das musst du nicht wirklich fragen, oder? Ich wollte bei dir sein und mich um dich kümmern.«

Sie seufzte tief. »Du bist unglaublich.«

»Danke.«

Ein unfreiwilliges Lachen sprudelte aus ihr heraus. »Das war kein Kompliment.«

»Ich weiß.« Er genoss es, das amüsierte Funkeln in ihren blauen Augen zu sehen. »Aber je eher du nachgibst, desto schneller können wir beide ins Bett gehen.« Okay, das war ein wenig zweideutig, aber er überließ es Amy, sich zu überlegen, was er damit meinte.

Die Röte in ihren Wangen vertiefte sich, aber sie warf ihn nicht aus dem Zimmer. Ein gutes Zeichen. Stattdessen schüttelte sie den Kopf, und zog sich ohne ein weiteres Wort das T-Shirt aus. Devils Zunge klebte an seinem Gaumen fest, während er ihren fantastischen Körper betrachtete. Mit ihren Rundungen an genau den richtigen Stellen war sie für ihn das Abbild von Sinnlichkeit. Daran konnte auch der schlichte Sport-BH mit passendem Slip nichts ändern. Ganz im Gegenteil, ihm erschien das noch viel erotischer, als wenn sie Spitzendessous getragen hätte. Dazu trug auch die wunderschöne Silberkette bei, deren Stein das Blau ihrer Augen widerspiegelte. Ihre gleichmäßig gebräunte Haut verlockte ihn dazu, sie zu berühren, doch er hielt sich gerade noch zurück.

»Bist du jetzt zufrieden?«

Devil erhob sich, um nicht in Versuchung zu geraten, sein eigentliches Vorhaben aus dem Blick zu verlieren. »Nein, aber es ist ein Anfang. Ich hole die Utensilien. Handtuch und Waschlappen hast du hier?«

»Ja, aber das ist wirklich nicht …«

Weiter hörte er nicht zu, sondern verließ schnell den Raum und füllte eine Schüssel mit warmem Wasser. Als er zurückkam, saß Amy immer noch genauso da, wie er sie verlassen hatte. Befriedigung durchströmte ihn bei ihrem Anblick. Er stellte die Schüssel auf den kleinen Tisch gegenüber vom Bett.

»Wo finde ich das Handtuch?«

»Du wirst nicht aufgeben, oder?« Ihr Tonfall sagte deutlich, dass sie seine Antwort schon kannte.

»Nein.«

Mit einem tiefen Seufzer deutete sie auf den schmalen

Schrank neben der Tür. »Dort drin findest du alles. Aber ich kann das wirklich alleine, Chase. Mit meinen Händen ist alles in Ordnung.«

Er antwortete nicht, sondern holte Handtuch, Waschlappen und Duschgel aus dem Schrank. Nachdem er den Waschlappen im Wasser befeuchtet und das Duschgel hineingegeben hatte, kehrte er zum Bett zurück. Unsicher blickte Amy ihm entgegen.

»Leg dich richtig aufs Bett.« Er zog die Bettdecke zur Seite und machte Platz, damit sie sich auf die Matratze legen konnte. Ein zweites Kissen schob er unter ihren Knöchel, damit dieser entlastet wurde.

Amy stieß einen erleichterten Laut aus und schloss die Augen. »Oh, das tut gut.«

»Sage ich doch.« Devil begann damit, den Waschlappen sanft über ihren Fuß zu reiben.

Ein atemloses Lachen erklang. »Das kitzelt.«

»Tut mir leid.« Lächelnd ließ er den Waschlappen an ihrem Bein hinaufgleiten. An ihrem Oberschenkel angekommen hob er das Bein sanft an und wusch auch die Rückseite. Dabei stützte sie sich mit dem Fuß an seiner Brust ab, und er wünschte, er hätte kein T-Shirt an. Schnell schüttelte er den Gedanken ab. Er wollte Amy helfen, nicht über sie herfallen. Okay, eigentlich wollte er beides, aber jetzt zählte es nur, dafür zu sorgen, dass sie gut schlafen konnte.

Der Laut, der aus den Tiefen ihrer Kehle kam, klang beinahe wie ein Schnurren. Devil ließ den Blick über ihren Körper gleiten bis hin zu ihrem Gesicht. Ihre Augen waren geschlossen, das Gesicht gerötet. Ein leichtes Lächeln umspielte ihren Mund. Offenbar gefiel ihr, was er tat. Eine Welle von Gefühlen, die er bisher noch nie für eine Frau empfunden hatte, überrollte ihn. Sein Herz klopfte schneller, als er sich vorstellte,

Amy immer so berühren zu können, die Gewissheit zu haben, dass sie zu ihm gehörte. Noch nie hatte er sich von jemandem so abhängig gemacht. Seit seine Eltern ihn weggegeben hatten, hatte er gelernt, dass es sicherer war, niemandem zu vertrauen. Und niemanden so nah an sich heranzulassen.

Amy war die einzige Frau, die tief in sein Inneres schauen konnte und seine Gefühle wahrscheinlich besser kannte als er selbst. Normalerweise hätte ihm dieser Gedanke Angst gemacht, stattdessen hinterließ er nur ein warmes Gefühl in ihm. Als wäre er endlich nach Hause gekommen.

Devil fluchte stumm, seine Finger spannten sich um Amys Bein.

Ihre Augenlider hoben sich, und sie sah ihn einen Moment lang schweigend an. »Warum hast du aufgehört?«

Da er ihr nicht sagen konnte, was ihn wirklich bewegte, blickte er wieder auf ihr Bein. »Ich war nur in Gedanken. Ich sollte weitermachen, damit du schlafen kannst.«

Amy kannte ihn offenbar gut genug, um nicht weiter nachzuhaken. Stattdessen schloss sie die Augen und überließ sich wieder seiner Fürsorge. Devil legte ihr Bein zurück auf das Bett und widmete sich dann dem anderen. Stirnrunzelnd betrachtete er ihren Knöchel.

»Ich hebe kurz dein Bein an, halt es am besten ganz locker, damit es nicht wehtut.«

Amy blinzelte ihn kurz an. »Ich vertraue dir.« Dann schloss sie die Augen wieder.

Dadurch bekam sie nicht mit, welche Wirkung ihre Worte auf ihn hatten, sowohl auf sein Herz als auch auf seine Erektion. Sanft hob er ihr Bein an und stützte mit den Armen ihren Knöchel. Nachdem er diesen auf seinem Bein platziert hatte, konnte er auch die Rückseite ihres Unterschenkels waschen. »Geht es so?«

»Ja, du bist sogar ziemlich bequem, muss ich sagen.«

»Ich stehe jederzeit gerne zur Verfügung und sei es nur als Knöchelstütze.« Schnell beendete er die Wäsche und legte Amys Fuß zurück auf das Kissen. Anschließend stand er auf, um den Waschlappen auszuwaschen.

»Bist du schon fertig?« Devil glaubte, Enttäuschung aus Amys Frage herauszuhören.

Schnell hockte er sich wieder neben das Bett. »Mit den Beinen, ja. Jetzt kommt der Rest dran.«

Zu Devils Erleichterung versuchte Amy nicht noch einmal, ihn umzustimmen, sondern nickte nur. Er bemühte sich wirklich, ihr nicht auf die Brüste zu starren, aber die Verlockung war zu stark. Bei jedem Atemzug bewegten sie sich auf ihn zu, noch immer waren die Brustspitzen unter dem BH deutlich sichtbar. Während er den Waschlappen sanft über ihren Bauch gleiten ließ, bis hoch zu ihren Brüsten, sah er, wie die Spitzen sich noch mehr verhärteten. Also lag es nicht an der Kälte, sondern tatsächlich an seiner Berührung. Um nicht in Versuchung zu geraten, mit den Fingerspitzen über ihre Haut zu streichen, ballte er die Hand, die nicht den Waschlappen hielt, zur Faust.

Auch das Dekolleté säuberte er. Als er dabei mit dem Unterarm versehentlich über einen Nippel strich, spürte er, wie Amy heftig zusammenzuckte. Ein Keuchen drang aus ihrem Mund.

Devil erstarrte und räusperte sich. »Entschuldige, das war keine Absicht.«

Ein Laut, der wie eine Mischung aus Lachen und Stöhnen klang, entfuhr Amy. »Ich weiß.« Sie öffnete die Augen, und Devil verlor sich in den blauen Tiefen. Ihre Wangen färbten sich noch dunkler. »Könnte ich dich um etwas bitten?«

»Natürlich. Ich würde alles für dich tun.« Zumindest, solange es ihn nicht daran hinderte, weiterhin bei ihr zu sein und sich um sie zu kümmern.

Sie biss sich auf die Lippe, während sie ihn ernst betrachtete. Dann atmete sie tief ein. »Es hat mich so lange niemand mehr berührt, dass ich jetzt jede kleinste Berührung viel stärker fühle.«

Sofort nahm Devil den Waschlappen hoch und rückte ein Stück von ihr ab. »Das tut mir leid. Ich …«

Überraschend kräftig packte sie ihn am T-Shirt und hielt ihn auf. »Nein, hör nicht auf. Ich will …« Sie brach ab und blickte ihn unsicher an.

Devil legte seine Hand auf ihre Seite und beugte sich über sie. »Was willst du? Du kannst mir alles sagen, Amy.«

»Ich möchte, dass du mich berührst. Mit deinen Händen. Und deinem Mund. Überall.«

Das hatte er nicht erwartet. Aber ihre Worte fuhren direkt in seinen Schaft, und er musste dagegen ankämpfen, sofort zu kommen. Unauffällig presste er seine Hand gegen seine Erektion, doch das half auch nicht wirklich.

Als er nichts sagte, vertiefte sich die Unsicherheit in Amys Miene noch. »Du musst das natürlich nicht tun. Ich dachte nur …« Sie schluckte hart. »Ich kann deine Erregung fühlen und hatte gehofft, dass du vielleicht meinetwegen …« Wieder brach sie ab und drehte das Gesicht zur Wand. »Entschuldige, das war anmaßend von mir.«

Die Scham und Enttäuschung in ihrer Stimme zu hören war mehr, als er ertragen konnte. Er ließ die Hände über ihre Arme gleiten. »Nein, das war es nicht. Du hast völlig recht, ich bin erregt, sehr sogar, allerdings hatte ich gehofft, dass du es nicht merken würdest.«

Langsam drehte sie ihr Gesicht zu ihm zurück, und er konnte einen Funken von Hoffnung darin erkennen. »Das ist unmöglich, Chase. Ich kann all deine Gefühle spüren. Besonders, wenn wir uns berühren.«

Obwohl Devil das wusste, wurde seine Erregung noch dadurch gesteigert, dass Amy es laut aussprach. Wie zum Beweis für ihre Worte verdunkelten sich ihre Augen, und sie bewegte sich unruhig. Es dauerte einen Moment, bis Devil seine Zunge vom Gaumen gelöst hatte.

Sehr bewusst fuhr er mit den Fingerspitzen über die Wölbung ihrer Brust. Ihre Reaktion kam sofort und war mehr als eindeutig. Sie drückte den Rücken durch, um den Kontakt noch zu vertiefen. »Ich wünschte, ich könnte auch *deine* Gefühle spüren.«

Amy lachte atemlos. »Nein, das möchtest du nicht. Es ist größtenteils sehr lästig, vor allem bei anderen Leuten. Zu viele intime Informationen, auf die ich gut verzichten könnte.«

»Das kann ich mir vorstellen.« Er schob den Träger ihres BHs ein Stück zur Seite und genoss ihre unverstellte Reaktion. »Mir würde es auch reichen, wenn du mir immer so offen sagst und zeigst, was du möchtest.« Mit dem Zeigefinger fuhr er den Strich nach, der sich auf ihrer empfindlichen Haut gebildet hatte.

Wieder hob sie sich ihm entgegen, ihre Hände krampften sich in das Bettlaken. »Oh Gott! Ich denke nicht, dass ich das je vor dir verbergen könnte.« Sie bohrte die Zähne in die Unterlippe und blickte ihn flehend an. »Bitte, Chase.«

Wie hätte er so eine Bitte ablehnen können? Besonders, wenn es genau das war, was auch er wollte. Er schob seine Finger unter den BH und zog ihn langsam hoch, über ihren Kopf. Um ihm dabei zu helfen, hob Amy die Arme. Devil stockte der Atem, als er zum ersten Mal ihre nackten Brüste sah. Sie waren voll und hatten dunkle Spitzen, die ihm entgegenzustreben schienen. Perfekt. Dann nahm er den Waschlappen und wischte vorsichtig darüber. Wieder stöhnte Amy, und Devil erkannte, dass er sich besser beeilen sollte. Hastig wusch er ihr noch die Arme und Schultern, bevor er den Waschlappen, ohne hinzusehen, in Richtung Schüssel warf.

Dann ließ er seine Hände über ihre Rippen wandern, bis die Daumen die untere Kurve ihrer Brüste erreichten. Amy gab einen sehnsüchtigen Laut von sich, der Devil direkt in den Schaft fuhr. Er konnte nicht mehr länger warten. Seine Hände schlossen sich um ihre Brüste und genossen deren weiche Wärme. Die harten Spitzen pressten sich in seine Handflächen, während Amy sich unruhig bewegte. Wenn er vermeiden wollte, dass sie ihren verletzten Knöchel belastete, musste er etwas tun.

Deshalb schwang er ein Bein auf das Bett und hockte sich so über Amy, dass sie sich nicht mehr bewegen konnte. Als sie es trotzdem versuchte, presste er sich dichter an sie. Sein Schaft streifte ihren Oberschenkel und sandte heiße Erregung durch seinen Körper. Aber so weit waren sie noch lange nicht. Zuerst wollte er Amys sagenhaften Körper ausgiebig erkunden.

Devil beugte sich tiefer über sie und rieb seine Wange an ihrem Hals. Das löste einen weiteren Schauer in ihr aus. Er liebte es, wie heftig sie auf ihn reagierte. Er zog eine Spur aus neckenden Bissen und Küssen an ihrem Hals hinunter und über ihr Dekolleté. Mit der Zunge fuhr er über den Ansatz ihrer Brust, während er diese gleichzeitig massierte.

Amys Finger gruben sich in seine Haare. »Chase!«

Ein Lachen stieg in ihm auf. »Ja?«

»Hör auf, mich zu necken, und tu endlich was.«

Er hob die Hände an und pustete auf Amys Brustspitze. »Ich tue doch was.«

Strafend zog sie ihn an den Haaren, und er zuckte zusammen. »Dann tu mehr!«

»Was hättest du denn gerne?« Er ließ seinen Daumen über eine ihrer Brustspitzen gleiten. »So etwas?« Dann schloss er

Daumen und Zeigefinger fest um den Nippel. »Oder lieber das?« Bevor sie antworten konnte, leckte er über die harte Brustwarze. »Oder gefällt dir das besser?«

Unter seiner Hand konnte er fühlen, wie schnell ihr Herz klopfte. Ihr Atem klang rau. »Alles! Bitte, Chase.«

Wie hätte er da widerstehen können? Es gefiel ihm, wenn sie bettelte, besonders wenn sie ihm freie Hand ließ. Noch einmal leckte er über ihre Brustspitze, dann schloss er seinen Mund darum und begann zu saugen. Ein erstickter Laut drang aus Amys Kehle, gleichzeitig hob sie die Hüfte an. Sofort presste Devil sie wieder in die Matratze, damit sie das Bein nicht bewegte. Seine Finger schloss er um ihren anderen Nippel, der sich unter seiner Berührung noch mehr verhärtete. Amys Hände verließen seinen Kopf und strichen ihm fahrig über den Rücken. Schließlich erwischte sie den Saum seines T-Shirts und begann, es hochzuziehen.

Der Stoff zerrte an seinem Verband, und Devil richtete sich schnell auf, damit seine Wunde nicht wieder aufriss. Bevor Amy protestieren konnte, zog er sich das T-Shirt selbst über den Kopf und warf es zur Seite. Dann senkte er den Oberkörper wieder und atmete zischend aus, als ihre Haut aufeinandertraf und sofort alles in ihm zu kribbeln begann. Verdammt, das fühlte sich so gut an! Amy schien es auch zu gefallen, denn sie rieb sich an ihm, während ihre Hände weiter über seinen Rücken glitten. Zufrieden widmete er sich erneut ihren Brustspitzen, die sich ihm entgegenstreckten. Hart saugte er daran, dann knabberte er, bevor er schließlich besänftigend darüber leckte. Wenn er von den Lauten ausging, die Amy kontinuierlich ausstieß, genoss sie es sehr. Und das war alles, was für Devil zählte.

39

Wenn Chase so weitermachte, würde sie beschämend schnell den Höhepunkt erreichen. Es fühlte sich so gut an, wie er an ihren Brustspitzen saugte und knabberte. Doch selbst wenn er nur die Finger benutzte, reichte das, um sie beinahe in den Orgasmus zu stürzen. Sein Gewicht auf ihr fühlte sich ebenso wundervoll an, und seine Erektion drückte sich immer größer und härter gegen ihren Oberschenkel. Zu gern hätte sie ihn berührt, aber alles, was sie schaffte, war, sich an seinen Rücken zu klammern und die Erregung zu genießen, die er in ihr auslöste.

Hätte sie nur ihre eigenen Gefühle wahrgenommen, wäre die Erfahrung vielleicht nicht ganz so extrem gewesen, aber gleichzeitig auch noch Chase' Erregung zu spüren war mehr, als sie ertragen konnte. Es fühlte sich fast so an, als wären sie eins. Amy wusste nicht, wie sie es aushalten sollte, wenn sie noch weitergehen würden. Wieder versuchte sie, sich zu bewegen, sich ihm entgegenzubiegen, doch Chase hinderte sie mit seinem Gewicht daran. Sie konnte spüren, dass er dabei auf ihren Knöchel Rücksicht nahm und alles tun würde, um sie zu schützen. Das wusste sie durchaus zu schätzen. Dennoch wünschte sie, Chase würde so von seinen Gefühlen überwältigt werden, dass er gar nicht mehr daran denken konnte. So, wie es ihr gerade ging.

Amy wollte wilde Leidenschaft von ihm, ohne jede Zurückhaltung, aber vielleicht war das bei einem so verschlossenen Mann wie Chase auch gar nicht möglich. Ein Stich des Bedauerns durchfuhr Amy. Wieder zog sie an Chase' Haaren und wünschte sofort, sie hätte es nicht getan, als er den Kopf hob und sein Mund ihre Brustwarze verließ.

»Küss mich.«

Seine grünbraunen Augen glitzerten. »Aye, Ma'am.« Auf die Hände gestützt schob er sich hoch, bis sein Atem ihr über die Lippen strich.

Sie stöhnten gleichzeitig auf, als sein Schaft gegen ihre Scham drückte. Ohne weitere Vorwarnung presste Devil die Lippen fordernd auf ihren Mund. Amy schloss die Augen. Jeder andere Gedanke verließ ihren Kopf, während Chase sie küsste, als gäbe es kein Morgen mehr. Fast verzweifelt klammerte sie sich an ihn, während ihre Zungen sich umeinanderwanden. Ihre Zähne stießen zusammen, ein Zeichen dafür, dass Chase sich auch nicht mehr völlig unter Kontrolle hatte. *Ja!* Das war genau die Leidenschaft, die sie wollte.

Eine ihrer Hände ließ sie weiterhin in seinen Haaren, während die andere an seinem Rücken nach unten glitt. Jetzt zahlte es sich aus, dass sie nicht klein war. Amy schob einen Finger in den Bund von Chase' Jeans. Seine Haut fühlte sich dort unglaublich weich an – vor allem stellte sie fest, dass er keine Unterwäsche trug. Allein die Vorstellung, dass nur ein Reißverschluss und ein Knopf zwischen ihr und dem Paradies standen, steigerte ihre Ungeduld ins Unermessliche. Wenn sie ihn doch nur Haut an Haut spüren könnte!

Chase löste seine Lippen von ihren. »Du spielst mit dem Feuer, Amy.«

»Ja?«

Ein Lachen rumpelte in seiner Brust. »Ja. Und das weißt du auch genau. Es fällt mir unheimlich schwer, nicht über dich herzufallen. Wenn du mich berührst …« Er schluckte hörbar. »Ich bin auch nur ein Mensch.«

»Und genau das sollst du auch sein. Ich will nicht, dass du

dich beherrscht oder mich behandelst, als wäre ich zerbrechlich.« Sie schob die Hand tiefer in seine Hose. »Denn das bin ich nicht.«

»Aber du bist verletzt.« Rau strich seine Stimme über sie.

»Ich glaube nicht, dass ich meinen Knöchel für das brauche, was wir vorhaben. Aber ich verspreche, dass ich dir sofort Bescheid sage, wenn mir etwas wehtun sollte. Okay?«

Chase lehnte die Stirn gegen ihre. »Du machst mich fertig.«

»Ist das gut oder schlecht?« Amy spürte, dass sie gewonnen hatte. Die Leidenschaft in Chase brodelte immer höher, bis sie fast all seine anderen Gefühle verdeckte.

»Das wird sich dann herausstellen. Ich hoffe nur, dass du mich hinterher nicht hasst.«

Sie berührte seine Lippen mit der Zunge. »Das könnte ich nie. Liebe mich, Chase.«

Mit einem lauten Grollen nahm er ihren Mund wieder in Besitz. Seine Brusthaare rieben über ihre empfindlichen Spitzen und lösten einen weiteren Schauer in ihr aus. Am liebsten hätte sie sich von Kopf bis Fuß an ihm gerieben, aber das war unmöglich, solange er auf ihr lag. Leider war dank ihres verletzten Knöchels keine andere Position möglich, was sie unheimlich bedauerte. Wie gerne hätte sie sich mit ihm herumgerollt und seinen gesamten Körper erforscht. Unter ihren Händen konnte sie seine Muskeln spüren, der kurze Blick, den sie erhascht hatte, als er das T-Shirt ausgezogen hatte, war nicht genug gewesen.

Mühsam riss sie ihren Mund von seinem los. »Wie wäre es, wenn du jetzt deine Jeans ausziehst?« Allein der Gedanke ließ Hitze durch ihren Körper schießen.

»Ich habe nichts darunter an.« Das Grün seiner Augen schien noch intensiver als sonst.

Amy schluckte heftig. »Das ist mir aufgefallen.«

Die Haut über Chase' Wangenknochen spannte sich an, seine Erregung erreichte neue Höhen, und Amy musste sich auf die Lippe beißen, um nicht laut aufzustöhnen. Wenn er sich nicht beeilte, würde sie ohne ihn kommen.

»Bitte.« All ihre Sehnsucht lag in diesem einen Wort.

Ohne noch etwas zu sagen. rollte er von ihr herunter und stand auf. Zuerst befürchtete sie, er würde weggehen, und Enttäuschung kam in ihr auf. Doch bevor sie etwas sagen konnte, drehte er sich zu ihr um und legte die Hände auf den Verschluss seiner Jeans. »Bist du sicher?«

Amy nickte stumm.

Während er ihr weiterhin in die Augen sah, öffnete Chase den Knopf der Jeans und zog dann langsam den Reißverschluss herunter. Amy hielt es nicht mehr aus, sie musste nach unten sehen. Ein Stück Haut blitzte auf, dann schob Chase die Hose über seine Hüften, und Amy stockte der Atem. Ohne darüber nachzudenken, streckte sie die Hand aus und strich mit einem Finger über den steifen Schaft, der sich ihr entgegenbewegte. Die Haut war samtig weich, doch darunter konnte sie die Härte spüren. Bei der Vorstellung, ihn von oben bis unten zu erkunden, lief ihr das Wasser im Mund zusammen. Automatisch beugte sie sich vor.

Als ein Grollen aus Chase' Kehle kam, riss Amy den Blick hoch. Seine Augen waren nur noch Schlitze, Röte überzog seine Wangen und Ohren. »Du bringst mich um, Amy.«

»Magst du es nicht, wenn ich dich berühre?« Sie wollte ihre Hand zurückziehen, doch seine Finger schlossen sich darum und pressten sie an seinen Schaft.

»Ganz im Gegenteil, ich liebe es.« Seine heisere Stimme jagte Amy einen weiteren Schauer über den Rücken.

Erleichtert lächelte sie ihn an. »Gut, denn ich liebe es, dich zu berühren. Darf ich?« Sie schloss die Finger fester um seine Härte.

Seine Hand verschwand, und er trat näher zum Bett. Amy half ihm dabei, die Jeans ganz auszuziehen, dann widmete sie sich wieder dem Objekt ihrer Begierde. Auf einen Ellbogen gestützt brachte sie ihr Gesicht näher an seinen Penis heran. Besonders faszinierten sie die Adern, die sich darüber zogen. Mit ihrer freien Hand hob sie ihn an ihren Mund. Als sie mit der Zunge über eine der Adern strich, fluchte Chase leise. Offensichtlich gefiel ihm, was sie tat.

Amy zog Chase näher zu sich heran und nahm seinen Schaft in den Mund. Seine Härte an ihrer Zunge zu spüren war erotischer, als sie sich je hätte vorstellen können. Hungrig nahm sie ihn tiefer in sich auf und saugte an ihm. Mit den Fingern strich sie ihm über die Hoden und drückte sie sanft. Seine Hände fuhren in ihre Haare, und er begann, die Hüfte zu bewegen. Sein Schaft drang tiefer in ihren Mund, dann glitt er wieder zurück. Amys Erregung steigerte sich, und sie presste die Beine fester zusammen, um nicht jetzt schon zu kommen. Er schmeckte einfach so gut, nach Seife und Mann und dem leicht bitteren Geschmack seiner Erregung.

Sie gab einen hungrigen Laut von sich und löste damit ein Stöhnen bei Chase aus. Sein Griff in ihren Haaren wurde fester, seine Bewegungen schneller. Gierig nahm sie alles, was er ihr gab, und genoss es, ihm so nah zu sein.

»Oh Gott, Amy …« Noch einmal drang er tief in sie, dann lockerte er seinen Griff und zog sich aus ihr zurück.

»Nein!« Amy versuchte, ihn wieder zurückzuziehen, doch Chase bewegte sich nicht. Beinahe verzweifelt schloss sie die Hand um seinen harten Schaft.

Chase hob ihr Kinn an. »Wenn wir jetzt nicht aufhören, komme ich.«

»Ja, und? Ist das nicht der Sinn der Sache?«

Ein Lächeln umspielte seine Mundwinkel. »Im Prinzip

schon, aber ich möchte lieber in dir sein, wenn das passiert.« Sofort wurde er wieder ernst. »Außer, du möchtest das nicht.«

»Doch, natürlich!« Der Eifer, mit dem sie das sagte, hätte ihr eigentlich peinlich sein sollen, doch sie konnte nur daran denken, ihn endlich in sich zu fühlen, ganz mit ihm verbunden zu sein.

»Gut.« Die Befriedigung in seinem Ton und seiner Miene war nicht zu verkennen.

Er beugte sich über sie und schob die Finger in den Bund ihres Slips. Langsam zog er ihn an ihren Beinen hinunter, und allein diese kleine Berührung brachte sie beinahe zum Orgasmus. Schwer atmend lag sie da und versuchte, die Beherrschung nicht völlig zu verlieren. Immer weiter glitt der Stoff nach unten, während Chase leichte Küsse über ihre Beine verteilte. Kurz vor ihrem Knöchel stoppte er und befreite erst ihr unverletztes Bein aus dem Slip, bevor er diesen sehr vorsichtig über ihren verletzten Knöchel zog. Amy fühlte dabei nicht mehr als ein leichtes Zwicken, auf keinen Fall genug, um ihre Erregung zu mindern.

Heiße Leidenschaft stand in Chase' Gesicht, während er auf sie herunterblickte. Seine Nasenflügel blähten sich, und sein Schaft strebte ihr entgegen. Es war unglaublich, dass dieses Prachtexemplar von Mann so auf sie reagierte. Und sie würde ihm keine Zeit lassen, es sich anders zu überlegen. Sie brauchte ihn, jetzt, sofort.

Amy öffnete die Beine noch weiter und hob eine Hand. »Komm zu mir, Chase.«

Als Antwort hob sich sein Schaft, Feuchtigkeit schimmerte an seiner Spitze. *Oh ja, er wollte sie, gar keine Frage.* Chase bückte sich und holte etwas aus der Hosentasche seiner Jeans. *Ein Kondom!* Froh, dass er an die Verhütung gedacht hatte, lächelte sie ihn an.

Chase ließ sich nicht lange bitten, sondern kniete sich zwischen ihre Beine. Mit den Händen fuhr er daran hinauf, bis er bei Amys Mitte ankam. Unruhig bewegte sie sich und hob ihm die Hüfte entgegen. Doch Chase ließ sich nicht drängen, sondern küsste eine Spur über ihren Bauch bis hinauf zu ihren Brüsten. Dabei streifte sein Schaft ihren Oberschenkel, und Amy bewegte sich in dem Versuch, ihn zwischen ihren Beinen zu spüren. Als Chase an ihrer Brustspitze saugte, während er gleichzeitig mit einem Finger über ihre Klitoris strich, schlug die Woge der Erregung über ihr zusammen.

Ein atemloser Schrei entrang sich ihrer Kehle, und Amy klammerte sich an Chase. Mit seinen Berührungen und seinem Mund an ihrer Brust zog er ihren Orgasmus hinaus, bis sie atemlos auf die Matratze zurücksank. Noch einmal leckte er über ihre Brustspitze und brachte Amy damit zum Zittern. Er hob den Kopf und nahm sie mit dem Blick seiner Augen gefangen.

»Ich liebe es, dass du so empfänglich bist.«

Amy schnitt eine Grimasse. »Eigentlich wollte ich damit warten, bis du in mir bist. Aber es war einfach zu viel.«

Chase grinste. »Ich bin eben gut.«

Zur Strafe schlug sie ihm auf den Po. »Angeber.« Ihre Stimme wurde sanfter. »Es war wirklich wunderschön, besonders, deine Gefühle zu spüren und zu wissen, dass es dich genauso erregt wie mich.«

Unsicherheit stand für einen Moment in seinen Augen, dann senkte er den Kopf und strich mit den Lippen über ihre Brustspitze, die sich sofort wieder aufrichtete. »Du meinst, du fühlst es nicht nur, wenn ich dich berühre, sondern auch, wie es für mich ist, wenn ich das tue?«

Amy strich ihm über den Rücken. »Nicht im Detail, eher deine gesamte Stimmungslage.« Sie bohrte ihre Fingernägel in seine Muskeln und spürte seine Reaktion. »Jetzt zum Beispiel.«

Chase senkte den Kopf und presste seine Stirn an ihre Brust. »Du machst mich fertig.«

Anstelle einer Antwort hob sie die Hüfte und rieb sie gegen seinen Schaft.

Ein raues Stöhnen entfuhr ihm, und er schob seine Erektion zwischen ihre Beine. Als das heiße Fleisch über ihre Klitoris glitt, spürte Amy, wie ihre Leidenschaft erneut erwachte.

»Bitte, Chase.«

Mehr brauchte sie nicht zu sagen, sein letzter Widerstand brach. Schnell streifte er das Kondom über, dann strich er wieder mit einem Finger über ihre Weiblichkeit. Amy öffnete ihre Beine noch weiter für ihn und hob sich ihm entgegen. Sie konnte es nicht erwarten, endlich eins mit ihm zu werden. Ein Finger drang in sie ein und raubte ihr den Atem. *Oh ja, mehr!* Sie wusste nicht, ob sie es laut gesagt hatte, aber Chase folgte ihrer verzweifelten Bitte und schob einen zweiten Finger in sie.

Sein Atem strich über ihre Brustspitze. »Verdammt, du bist so eng!«

»Komm zu mir, Chase.« Sie griff nach seinem Schaft. »Bitte.«

Seine Beherrschung brach, seine Finger verließen sie, und die Spitze seines Schafts berührte ihren Eingang. Instinktiv bog sie sich ihm entgegen, und er drang ein kleines Stück in sie ein. Gemeinsam stöhnten sie auf. Amy schlang ihr gesundes Bein um seine Hüfte und zog ihn näher an sich. Dadurch rutschte er noch tiefer in sie. Seine Finger gruben sich in ihre Haare, sein Mund senkte sich auf ihren. Verlangend küsste er sie, während er sich langsam in sie schob. Amy versuchte, ihn zur Eile zu drängen, doch er ließ sich davon nicht beeinflussen.

Lange blickte er sie an, dann stieß sein Schaft hart in sie und füllte sie vollständig aus. Triumphierend schrie Amy auf, als die Gefühle in ihr explodierten. Die Barriere, die zwischen ihnen gestanden hatte, war verschwunden, genauso wie Chase'

Zurückhaltung. Die Leidenschaft regierte seinen Körper, er schaffte es nicht mehr, sich zu zügeln. Genauso wollte sie es. Mit ihren Händen und unartikulierten Lauten feuerte sie ihn an, während er immer wieder in sie eindrang.

Sein rauer Atem war wie Musik in ihren Ohren. Das Blut rauschte in ihren Adern, und alles um sie herum hörte auf zu existieren. Es gab nur noch Chase und die Emotionen, die er in ihr auslöste. In unglaublich kurzer Zeit stand sie bereits wieder vor einem Orgasmus, und sie wollte, dass Chase diesmal mit ihr kam.

»Härter!«

Ein Gefühl fast wie ein elektrischer Schlag ging durch Chase' Körper, und für einen Augenblick erstarrte er. »Gott, Amy!« Dann stieß er so heftig in sie, dass sie sich nur an ihn klammern konnte, während er immer schneller wurde.

Er schob die Hand zwischen ihre Körper und rieb mit dem Daumen über ihre Klitoris. Die Berührung war mehr, als Amy ertragen konnte. Erregung baute sich weiter in ihr auf, ihr Körper wölbte sich Chase entgegen. Ein hoher Ton entkam ihrer Kehle, als die ganze Welt um sie herum explodierte. Noch einmal stieß Chase tief in sie, dann erreichte auch er mit einem rauen Laut den Höhepunkt. Jedes Mal, wenn er in sie pumpte, löste er weitere Wellen in ihr aus. Schließlich verschwand die Spannung aus seinem Körper, und er sank schwer auf sie.

Glücklich schloss Amy die Augen und genoss die Befriedigung, die durch sie hindurchströmte. Sie ließ die Hand über Chase' Rücken gleiten, hatte jedoch Mühe, genug Energie aufzubringen, um sie dort zu halten. Ein Schauer lief durch seinen Körper, dann hob er den Kopf. Jetzt waren seine Augen wieder überraschend grün. Am meisten freute Amy aber, dass er zum ersten Mal völlig entspannt schien.

Zaghaft lächelte sie ihn an. »Hallo.«

Chase schüttelte den Kopf. »Selber hallo.« Langsam beugte er sich vor und küsste sie sanft auf die Nasenspitze.

Diese zärtliche Geste war so ungewöhnlich für ihn, dass Amys Herz schneller schlug. »Du fühlst dich gut in mir an.« Erneut begann sich ein Hauch Erregung in ihm zu bilden, und Amy spürte, wie sein Schaft in ihr zuckte. Als Antwort zog sie ihre inneren Muskeln zusammen.

Chase' Augen verengten sich. »Wenn du so weitermachst, bringst du uns in Schwierigkeiten.«

»Warum?«

Mit einem Finger fuhr er die Linie ihrer Augenbrauen nach. »Weil ich nur ein Kondom dabeihabe.«

»Oh.«

Vorsichtig zog er seinen Schaft aus ihr heraus und entsorgte das Kondom. Anschließend legte er sich neben sie, breitete die Bettdecke über sie und zog sie in seine Arme. Zufrieden schmiegte sie sich an ihn und bettete den Kopf auf seine Schulter. Als ihre Finger mit seinen Brusthaaren zu spielen begannen, stoppte er sie und verschränkte seine Hand mit ihrer. Sein Herzschlag unter ihrer Handfläche war beinahe hypnotisch.

»Wir sollten schlafen, es ist schon fast Morgen, und der Tag wird bestimmt anstrengend.« Seine Stimme hallte durch seine Brust.

Amy war müde, aber ihr Kopf kam nicht zur Ruhe. »Glaubst du, wir werden den Anschlag verhindern können?«

Sie spürte, dass Chase sie erst beruhigen wollte, sich dann aber umentschied. »Ich weiß es nicht. Rahid redet nicht, bisher hat er nur gesagt, dass wir es sowieso nicht aufhalten könnten, es sei alles in Gang gesetzt.« Seine Muskeln spannten sich an. »Und ich fürchte, dass er das völlig ernst meint. Auch seine Männer reden nicht, ich glaube, die meisten wissen gar nichts Genaues darüber.«

»Vielleicht gibt es Unterlagen in dem Dorf oder in seinem Gebäude in der Stadt?«

»Die afghanische Armee ist schon dort, sie werden alles auseinandernehmen. Allerdings bezweifle ich, dass sie etwas finden werden. Wenn überhaupt wird er solche Informationen wahrscheinlich nur in einem Versteck in den Bergen haben. Es kann auch gut sein, dass es dazu gar keine Unterlagen gibt. Ich als Terrorist würde jedenfalls nichts schriftlich festhalten.«

»Aber was können wir tun?« Während ihrer Zeit in Khans Haushalt hatte Amy viele Afghanen kennengelernt, denen die ständigen Anschläge und vorsichtige Politik der Regierung jede Lebensgrundlage und Perspektive nahmen. Sie wünschten sich nichts mehr, als dass sich die Verhältnisse im Land endlich verbesserten und sie ihr Leben neu aufbauen konnten.

Chase' Hand auf ihrer spannte sich an. »Im Moment gar nichts. Deshalb ist es wichtig, dass wir uns ausruhen und neue Kräfte sammeln. Red wird mich sofort informieren, wenn sich etwas Neues ergibt.«

Es frustrierte Amy, dass die ganzen Monate harter Arbeit im Prinzip nichts gebracht hatten. Aber Chase hatte recht, im Moment konnten sie nichts ausrichten. Deshalb zwang sie sich dazu, die Augen zu schließen und nur seinen stetigen Atemzügen zu lauschen. Schnell nahm ihre Müdigkeit zu, und sie schmiegte sich enger an Chase.

Sein anderer Arm legte sich um ihre Schulter. »Schlaf jetzt.«

Diesen Versuch, ihr den Schlaf zu befehlen, quittierte Amy nur mit einem Kopfschütteln. Aber sie genoss es zu sehr, um weiter darauf einzugehen. »Gute Nacht, Chase.« Als Antwort presste er ihr einen Kuss aufs Haar und zog die Decke höher. Sie kam sich so unendlich beschützt und geliebt vor, dass sie die Worte nicht zurückhalten konnte: »Ich liebe dich.« Dann sank sie in einen tiefen Schlaf.

40

Devils Herz setzte einen Schlag aus, als er ihre Worte hörte. Gleichzeitig strömte Wärme durch seinen Körper, und er zog Amy fester an sich. »Ich …«

Er schluckte hart und versuchte, die Worte über seine Lippen zu bringen, die er noch nie ausgesprochen hatte. »Amy …« Er brach ab, als er merkte, dass sie eingeschlafen war. Ein Lächeln breitete sich auf seinem Gesicht aus, und er strich mit den Fingern über ihre Wange. »Schlaf schön.« Das sagte er beinahe lautlos, um sie nicht zu stören.

Einerseits war er froh, ihr jetzt nicht antworten zu müssen, andererseits wollte er aber auch nicht, dass sie dachte, sie wäre für ihn nur ein Zeitvertreib. Das musste er ihr unbedingt klarmachen, sobald sie wieder aufwachte. Er hatte keine Ahnung, wie seine Gefühle so schnell hatten anwachsen können, aber Tatsache war, dass er sie nie wieder gehen lassen würde. Wie er es aushalten sollte, wenn sie noch einmal eine Mission annahm und sich wieder in Gefahr begab, wusste er allerdings nicht. Alles in ihm drängte danach, sie zu beschützen, dafür zu sorgen, dass ihr nie wieder jemand ein Haar krümmen konnte, doch es war klar, dass er sie damit verlieren würde. Amy war Agentin, sie würde nicht zulassen, dass irgendetwas zwischen sie und ihren Job kam.

Das konnte Devil sogar gut verstehen, ihm ging es genauso. Er könnte keine Frau lieben, die ihn dazu überreden wollte, seinen Job als SEAL an den Nagel zu hängen. Seine Arbeit war ein großer Teil von ihm, er wüsste gar nicht, was er mit sich anfangen sollte, wenn er nur zu Hause sitzen und einen Job ausüben würde, bei dem er nicht regelmäßig in Lebensgefahr geriet.

Das war Amy sicher auch bewusst, und es zeigte ihre Stärke, dass sie sich trotzdem traute, ihn zu lieben. Er sog ihren Duft ein und ließ ihn tief in sein Inneres dringen. Was auch passierte, er würde alles dafür tun, zu ihr zurückzukommen und ihr Vertrauen nicht zu enttäuschen. Aber wahrscheinlich dachte er schon zu weit voraus, erst mussten sie nach Coronado zurückkehren und sehen, wie sich ihre Gefühle im Alltag entwickelten. Die Vorstellung, dass Amy bemerken könnte, wie schwer es war, mit ihm zusammenzuleben, löste Furcht in Devil aus. Er war nicht gerade der einfachste Mann und hatte keine Ahnung von Beziehungen. Was hatte er ihr überhaupt zu bieten? Vielleicht war es besser, wenn er den Weg freimachte und sie sich einen anderen Mann suchte, der wirklich zu ihr passte und sie auf Händen trug.

Sowie ihm der Gedanke durch den Kopf schoss, verwarf er ihn sofort wieder. Nein, auch wenn es selbstsüchtig war, sie gehörte zu ihm, und er würde sie nie mehr loslassen. Anscheinend spürte Amy seine aufgewühlten Gefühle, denn sie murmelte etwas und schmiegte sich enger an ihn. Ihre Hand legte sich direkt über sein Herz, als wollte sie ihren Besitzanspruch bestärken. Devil lächelte. Als gäbe es irgendeinen Zweifel daran, dass er ihr gehörte.

Noch einmal zog er sie näher und seufzte zufrieden, als sie ihr Knie über seine Oberschenkel schob. Mit Ausnahme ihres verletzten Knöchels gab es keinen Punkt, an dem sie sich nicht berührten, sie waren eins. Devil schloss die Augen und stieß einen zufriedenen Seufzer aus. Würde es nach ihm gehen, könnten sie jede Nacht so verbringen. Mit diesem Gedanken wich die restliche Anspannung aus seinem Körper, und er überließ sich dem Schlaf.

Nur wenige Sekunden schienen vergangen zu sein, als Devil von einem leisen Geräusch aufgeschreckt wurde. Sofort war er hellwach und griff nach seiner Waffe, die er auf dem Schreibtisch neben dem Bett deponiert hatte. Im Zimmer war es stockdunkel, da es nur ein winziges Fenster gab, das von einer dichten Jalousie bedeckt wurde. War vielleicht jemand auf dem Gang entlanggegangen? Devil war fast so weit, daran zu glauben, als wieder ein leises Rascheln ertönte. Jemand war im Zimmer! So leise wie möglich löste Devil sich von Amy und stand auf. Wer auch immer im Raum war, würde erst an ihm vorbei müssen, um zu ihr zu gelangen.

Wut brodelte in ihm, dass jemand versuchen könnte, Amy wehzutun. Wäre er selbst nicht hier, wäre sie dem Angreifer hilflos ausgeliefert. Mit jeder Pore spürte er, dass die Person näher kam und neben dem Bett stehen blieb. Nur wenige Zentimeter trennten sie, und Devil hob die Waffe.

»Malalai.« Es war eine Männerstimme, und Devil handelte sofort.

Er presste den Lauf seiner Pistole gegen den Nacken des Mannes. »Keine Bewegung.« Zur Sicherheit wiederholte er es noch einmal auf Persisch. Dass der Mann Amy mit ihrem Decknamen angesprochen hatte, deutete darauf hin, dass es ein Afghane war. Mansoor Rahid konnte es jedenfalls nicht sein, der war eingesperrt. Vielleicht einer seiner Vertrauten?

Das Licht flammte auf, und Devil sah, dass Amy sich aufgesetzt hatte. Die Decke hielt sie vor ihre Brüste gepresst, während sie die Szene vor sich mit großen Augen anstarrte. »Was …?«

Devil entspannte sich ein wenig, als er erkannte, dass der Mann die Hände gehoben hatte und keine Waffe zu sehen war. Trotzdem ließ er in seiner Wachsamkeit nicht nach. »Was tun Sie hier?«

Der Mann drehte sich zu ihm um und zog die Augenbrauen zusammen, als er bemerkte, dass Devil nackt war. Sein Pech, Devil dachte nicht daran, sich zu entschuldigen, wenn er aus dem Schlaf gerissen wurde.

»Bashir Khan!« Amys Ausruf hallte durch den Raum.

Devil betrachtete den Eindringling genauer und stellte fest, dass es wirklich der Kaufmann war, auch wenn der im Moment wesentlich einfacher gekleidet war als auf den Fotos.

Khan sagte etwas auf Paschtu, das Devil nicht richtig verstand. »Auf Englisch!«

Amy nickte dazu, und der Afghane wiederholte seine Worte auf Englisch. »Ich entschuldige mich für mein unangemeldetes Eindringen, Malalai. Ich wollte mit dir sprechen, ohne dass einer dieser Soldaten dazwischenfunkt.« Sein Blick ging zu Devil. »Offenbar war das eine Fehleinschätzung.«

Mit zusammengepressten Lippen sah Amy ihren ehemaligen Arbeitgeber an. »Chase bleibt hier. Sagen Sie, was Sie sagen wollten.«

Khan wirkte, als hätte er auf eine Zitrone gebissen, aber schließlich nickte er. »Zuerst möchte ich mich entschuldigen, dass ich Mansoor Rahid erlaubt habe, dich mitzunehmen. Ich musste Sahar und meine Frau schützen. Trotzdem kann ich mich von der Schuld nicht freisprechen, ich wusste, was er mit dir vorhatte, und habe trotzdem nichts unternommen.«

Amy war erschreckend blass geworden, sie schwankte leicht. Sofort legte Devil ihr eine Hand auf die Schulter, um ihr zu zeigen, dass sie nicht allein war. Nur langsam löste sich ihre Verspannung, und sie sank in seine Berührung. Ihr Blick traf den von Khan. »Ich verstehe, dass Ihnen Ihre Tochter wichtiger ist als eine Hausangestellte. Wenn es meine Wahl gewesen wäre, hätte ich auch alles getan, um Sahar zu schützen. Sie ist ein wunderbares Mädchen.«

Khans Miene wurde weicher. »Das ist sie. Und sie ist ganz begeistert von dir.« Ein tiefer Seufzer entfuhr ihm. »Ich fürchte, sie wird nicht glücklich sein, dass du nicht wiederkommst.«

Devil schätzte, dass das Kind in nächster Zeit ganz andere Probleme haben würde, zum Beispiel, dass es seinen Vater verlieren würde, wenn der wegen Unterstützung einer terroristischen Vereinigung angeklagt wurde. Devil würde schon dafür sorgen, dass Khan nicht ungeschoren davonkam. Amy wäre fast gestorben, nur weil dieser Mistkerl zu feige gewesen war! Mühsam kämpfte Devil dagegen an, Khan nicht beizubringen, was Schmerzen waren.

»Ich werde Sahar vermissen. Aber meine Aufgabe ist erledigt, und ich kehre nach Hause zurück.« Auch Amys erhobenes Kinn konnte nicht darüber hinwegtäuschen, wie gern sie das Mädchen hatte und wie schwer es ihr fiel, es zu verlassen.

»Das dachte ich mir.« Wenn Khan verärgert war, dass Amy sich unter falschen Voraussetzungen in sein Haus eingeschleust hatte, zeigte er es zumindest nicht. »Ich nehme an, du kommst aus den USA?«

Amy antwortete nicht darauf, aber das brauchte sie auch nicht. Ihre Sprechweise verriet sie sofort.

Devil mischte sich wieder ein. »Sind Sie extra in einen streng gesicherten Stützpunkt eingedrungen, um sich bei Ihrem ehemaligen Hausmädchen zu entschuldigen? Das erscheint mir etwas übertrieben. Sie müssen doch damit rechnen, dass man Sie sofort verhaftet.«

Die Augen des Kaufmanns verdunkelten sich, bis sie beinahe schwarz wirkten. »Ich bin hier, um zu verhindern, dass etwas Furchtbares passiert.«

»Eine Frau einem Terroristen zu übergeben war noch nicht furchtbar genug?« Okay, er verhielt sich wirklich nicht besonders professionell, aber es irritierte ihn, dass dieser Bastard hier einfach auftauchte und glaubte, er hätte ein Recht, mit Amy zu sprechen.

»Chase.« Amys Hand legte sich auf seine. Sofort wurde er etwas ruhiger.

»Ich verstehe, dass Sie Ihre Frau schützen wollen. So geht es mir auch mit meiner Familie.«

Die Annahme, dass sie verheiratet waren, ließ Devil so stehen. Amy gehörte zu ihm, Papiere waren völlig unwichtig. »Dann sagen Sie uns, was Sie verhindern wollen.«

Khan ballte die Hände zu Fäusten. »Einen Anschlag, der das Leben Tausender Afghanen vernichten wird.«

Devil spürte, wie sich ihm die Nackenhaare aufstellten. »Sie meinen den Anschlag, den Rahid verüben wollte?«

Khan schien nicht sonderlich erstaunt darüber zu sein, dass Devil Bescheid wusste. »Sie hat die Information schon weitergegeben, nehme ich an. Mir ist schon vor einiger Zeit zu Ohren gekommen, dass Rahid etwas Großes plant. Ich wollte damit nichts zu tun haben, aber offenbar dachte Rahid, es wäre an der Zeit, mich mit einzubeziehen.«

»So etwas passiert, wenn man sich mit Terroristen einlässt.«

Ruhig blickte Khan ihn an. »Ja, und das war mir auch bewusst. Am Anfang meiner Karriere war mir nur wichtig, mich im neuen System zu etablieren und möglichst schnell an Geld für meine Geschäfte zu kommen, und es war mir egal, wie. Mein Jugendfreund Rahid hat mir das ermöglicht und mich auch geschützt. Doch mit der Zeit habe ich gemerkt, dass es nicht gut ist, in der Schuld von Terroristen zu stehen. Ich wollte mich von ihnen lossagen, besonders, nachdem ich meine Frau kennengelernt hatte und wir Sahar bekamen, aber sie ließen es nicht zu. Für sie war es wichtig, jemanden in meiner Position in der Tasche zu haben. Ich sollte auf Regierungsleute einwirken und den Terroristen melden, wenn Aktionen gegen sie geplant waren und ähnliche Dinge. So gern ich auch aussteigen wollte, ich konnte nicht zulassen, dass sie meiner Familie etwas antun. Was mit mir passiert, ist mir ziemlich egal, aber der Gedanke, was sie Laila und Sahar antun könnten …« Seine Stimme versagte.

Devil konnte fühlen, dass Amy weich wurde. Er dagegen war nicht gewillt, sich durch so eine Geschichte ablenken zu lassen. »Das hätten Sie sich vorher überlegen müssen.«

»Ja. Es sollte auch keine Entschuldigung sein, sondern eine einfache Erklärung, wie ich überhaupt in diese Situation gekommen bin.« Khan räusperte sich. »Aber jetzt ist nur wichtig, dass wir diese Verbrecher stoppen, egal, was mit mir passiert.«

Devils gesamter Körper spannte sich an. »Was wissen Sie über den Anschlag?«

»Sie planen, den Staudamm zu sprengen.«

»Oh Gott!« Amys Ausruf ließ Devil zu ihr blicken. »Das muss unbedingt verhindert werden. Durch die Flutwelle werden unzählige Menschen sterben und danach noch viele weitere, weil der Stausee die Wasser- und Energieversorgung der ganzen Region sichert. Die Leute werden verdursten und auch verhungern, weil kein Wasser da ist, mit dem sie die Felder bewässern können. Im Winter werden sie erfrieren. Die Infrastruktur in der Gegend wird vernichtet. Das wird das gesamte Land destabilisieren und all die Arbeit der letzten Jahre zunichtemachen. Auch politisch wird das starke Auswirkungen haben. Wenn die Terroristen versuchen, dadurch an die Macht zu gelangen …« Bittend sah sie Devil an. »Du musst das Oberkommando informieren.«

Er nickte grimmig. »Das habe ich vor. Khan, Sie kommen mit mir und werden uns alle Einzelheiten sagen.«

»Dafür bin ich hier.« Offenbar hatte der Kaufmann sich damit abgefunden, dass er nicht mehr als freier Mann hier herauskommen würde.

»Kommst du hier alleine zurecht, Amy?«

»Natürlich. Geh!« Röte stieg in ihre Wangen. »Aber vielleicht ziehst du dich doch besser vorher noch an.«

Devil sah an sich hinunter. Für einen Moment hatte er tatsächlich vergessen, dass er bis auf die Verbände keinen Faden am Leib trug. »Gute Idee.« Er reichte ihr seine Waffe. Mit einem warnenden Blick auf Khan begann er, sich anzuziehen. »Versuchen Sie nichts, Sie würden es bereuen.« Da er nicht wusste, ob Amy es wirklich über sich bringen würde, auf ihren ehemaligen Arbeitgeber zu schießen, beeilte er sich lieber mit dem Anziehen.

»Wie sind Sie überhaupt auf den Stützpunkt gekommen?« Amys Frage ließ Devil kurz innehalten. Darüber hatte er sich auch schon gewundert.

Khan lächelte schwach. »Einer meiner Verwandten betreibt einen Laden hier auf dem Stützpunkt. Da wir uns ziemlich ähnlich sehen, habe ich seine Identität angenommen und bin so durch das Tor gekommen.« Sein Blick glitt zu Amy. »Bitte zieh ihn nicht mit da hinein, er weiß nicht, dass ich das getan habe. Seine Familie braucht das Geld, das er hier verdient. Aber mir fiel keine andere Möglichkeit ein, mit dir Kontakt aufzunehmen, nachdem ich Gerüchte gehört habe, dass Mansoor Rahid gefangen genommen wurde.«

»Auf jeden Fall werden die Wachsoldaten ziemlichen Ärger bekommen.« Dafür würde Devil sorgen. Was wäre passiert, wenn er nicht zufällig bei Amy gewesen wäre und Khan vorgehabt hätte, sie zu töten? Khan hätte sie im Schlaf umbringen können und wäre einfach seelenruhig wieder hinausspaziert. Kein Wunder, dass es immer wieder erfolgreiche Anschläge auf Stützpunkte gab.

Devil zog sich das T-Shirt über den Kopf und nahm seine Waffe wieder an sich. »Gehen wir.« Je schneller er die Sache hinter sich brachte, desto eher konnte er zu Amy zurückkehren.

Sie griff nach seiner Hand und legte sie an ihre Wange. »Sei bitte vorsichtig, okay?« Angst stand in ihren Augen, und Devil wünschte, er könnte sie beruhigen. Doch wenn er in den letzten Tagen eines gelernt hatte, dann, dass nichts sicher war.

»Versprochen.« Devil führte Amys Hand an seine Lippen. »Halte dich bitte möglichst in Gegenwart von anderen auf, ja? Ich möchte verhindern, dass so etwas noch mal passiert.«

Amy nickte. »Ich werde auch eine Waffe bei mir tragen, keine Angst.«

»Gut.« Am liebsten hätte er sie in seine Arme gezogen und richtig geküsst, aber da sie Gesellschaft hatten, verzichtete er darauf. Dass ihre Nacht so enden würde, hatte er wirklich nicht erwartet, und es tat ihm leid, sie jetzt allein lassen zu müssen. »Ich melde mich.« Hoffentlich konnte sie seine Gefühle spüren, denn vor Publikum wollte er nicht darüber sprechen, wie viel ihm ihre gemeinsame Nacht bedeutet hatte.

Ein Lächeln erschien auf ihrem Gesicht, während die Röte in ihren Wangen sich vertiefte. »Ich werde darauf warten.«

Um nicht doch noch in Versuchung zu geraten, ließ Devil sie los und packte stattdessen Khan am Arm. »Los jetzt. Ich nehme die Waffe runter, damit wir nicht angehalten werden, aber sie wird immer in der Nähe sein, also versuchen Sie nichts.«

»Das habe ich nicht vor. Mich interessiert im Moment nur, mein Land vor diesem Unglück zu bewahren.«

»Gut.« An der Tür warf Devil noch einmal einen kurzen Blick zu Amy zurück und sah, wie sie die Lippen bewegte. *Ich liebe dich*. In seinem Hals bildete sich ein Kloß, und Wärme strömte durch seinen Körper, doch er nickte ihr nur kurz zu, während er den Raum verließ.

Langsam schloss er die Tür hinter sich und konzentrierte sich ganz auf seine Aufgabe. Sein Gefühl sagte ihm, dass sie nicht mehr viel Zeit hatten, deshalb führte er Khan zu den Quartieren von Team 8. Nachdem die Männer noch einige Stunden den Einsatz besprochen hatten, schliefen sie jetzt wahrscheinlich. Es tat Devil leid, sie wecken zu müssen, aber er wollte sie mit an Bord haben. Außerdem konnten sie die Informationen dann direkt an ihren Vorgesetzten weitergeben. Devil ging davon aus, dass Clint Hunter schnell reagieren würde, wenn er hörte, was vor sich ging. Die Sache dem hiesigen Stützpunkt-Kommandeur zu überlassen hätte sie nur unnötig Zeit gekostet. Zeit, die sie nicht hatten.

Devil stoppte erst, als er bei Reds Zimmer angekommen war. Dort klopfte er an und wartete, bis Red »Herein« gegrummelt hatte. Erst dann öffnete er die Tür und schob Khan hindurch. Obwohl Red offensichtlich aus dem Schlaf gerissen worden war, wirkte er hellwach – und er richtete eine Waffe direkt auf Devils Brust. Als Red seinen Kollegen erkannte, senkte er die Pistole, legte sie jedoch nicht weg.

»Wenn das keine Überraschung ist. Ich hatte erwartet, dass du heute Nacht etwas Besseres zu tun hättest, als mich zu besuchen.«

Devil rollte mit den Augen. »Sehr witzig.« Mit seiner Waffe deutete er auf den Afghanen. »Das ist Bashir Khan. Er hat uns eben einen Besuch abgestattet.«

Sofort wich der Humor aus Reds Gesicht, und er stand auf. Wenigstens war er schlau genug gewesen, T-Shirt und Boxershorts im Bett anzubehalten. »Geht es Amy gut?«

»Ja.« Devil erklärte die Situation und wartete dann auf Reds Antwort.

»Team-Besprechung in fünf Minuten.« Red blickte auf die Uhr. »Ein paar Türen weiter gibt es einen Besprechungsraum, dort treffen wir uns. Ich benachrichtige die anderen.«

41

Konzentriert blickte I-Mac auf den Bildschirm seines Laptops. Nach dem Besuch im Krankenhaus hatte er das Notebook des Attentäters auseinandergebaut und die Daten der Festplatte kopiert. Diese durchsuchte er nun nach weiteren versteckten oder gelöschten Dateien. Bevor Nurja ins Bett gegangen war, hatte sie ihm noch ein paar Texte übersetzt, darunter auch einen, der die Anschläge auf den Stützpunkt und die Schule mit dem geplanten Bombenanschlag auf den Staudamm in Verbindung brachte. Offenbar hatte Rahid ein ganzes Terrornetzwerk aufgebaut, dessen einzelne Zellen die Anschläge planten und ausführten. Wenn das stimmte, mussten sie mit weiteren Attentaten rechnen. Zwar war Rahid jetzt aus dem Verkehr gezogen, aber es würden sicher andere an seine Stelle treten und das »Werk« vollenden. I-Mac würde am nächsten Tag mit Nurja noch einmal alles durchgehen, um sicherzustellen, dass sie nichts übersehen hatten. Er konnte nur hoffen, dass es den SEALs gelang, die Bomben im Staudamm zu finden und rechtzeitig zu entschärfen.

I-Mac schreckte aus seinen Gedanken, als er ein dumpfes Geräusch hörte. Einen Moment lang verharrte er still und lauschte, dann ertönte es erneut. Gleichzeitig hallte ein entsetzlicher Schrei durch das Haus. *Nurja!* Sofort sprang I-Mac vom Stuhl und durchquerte schnell das Zimmer. Nurjas Raum lag direkt neben seinem, und er hatte zu oft wachgelegen und ihren Alpträumen gelauscht, um nicht zu wissen, was vor sich ging. Seit sie ihm deutlich gemacht hatte, dass sie nicht von ihm geweckt werden wollte, hatte er sich ihren Wünschen gefügt. Nächtelang hatte er daher hilflos in seinem Bett gelegen und sich gewünscht, etwas tun zu können, um die Träume zu vertreiben.

Doch heute konnte er sie nicht leiden lassen. Auf dem Flur traf er Baschir, der gerade aus seinem Zimmer trat, die Augen noch vom Schlaf verquollen, aber trotzdem wachsam. Es musste schlimm für ihn sein, die Albträume seiner Mutter mitzuerleben.

I-Mac legte ihm eine Hand auf die Schulter. »Geh wieder ins Bett, ich kümmere mich um sie.«

Baschir sah aus, als wollte er dagegen protestieren, doch schließlich nickte er nur und verschwand wieder in seinem Zimmer.

Ein Stöhnen brachte I-Mac in zwei Schritten zu Nurjas Tür. Er atmete tief durch, dann betrat er das Zimmer. Ein kleines Nachtlicht brannte, sodass er genug erkennen konnte, um den Weg zum Bett zu finden. Die Bettdecke lag auf dem Boden, das Laken war halb herausgezogen und hatte sich um Nurjas Bein gewickelt. I-Macs Herz zog sich schmerzhaft zusammen, als er auf Nurja hinunterblickte. Feuchtigkeit schimmerte auf ihrer Haut, ihr langes Nachthemd war vollgesogen. Einzelne Haarsträhnen waren aus ihrem Zopf entkommen und klebten an ihrem Gesicht. Unruhig bewegte sie sich und versuchte offenbar, dem Traum zu entkommen.

I-Mac beugte sich über sie und berührte sie sanft an der Schulter. »Nurja, wach auf.«

Anstatt die Augen zu öffnen, schien sie sich noch heftiger zu wehren, ihre Arme fuhren durch die Luft, und I-Mac duckte sich gerade noch rechtzeitig, bevor ihre Hand ihn am Kopf traf. »Nein! Bitte, nein!«

Sein Persisch reichte aus, um ihre verzweifelten Rufe zu verstehen. Sie drehten ihm den Magen um. Er konnte keine Sekunde länger dabei zusehen, wie Nurja litt. Sanft umschloss er ihre Handgelenke und presste sie auf die Matratze. »Nurja!« Absichtlich benutzte er einen Kommandoton, der sie hoffentlich aus den Tiefen ihres Unterbewusstseins herausholen würde.

Ein Wimmern löste sich aus ihrer Kehle und sie versuchte, sich gegen den Griff zu wehren. Wenn sie so weitermachte, würde sie sich noch verletzen. Er musste irgendwie zu ihr durchdringen.

»Es ist nur ein Traum, Nurja. Du bist in Sicherheit, niemand wird dir etwas tun.« Vielleicht war es besser, wenn sie eine weibliche Stimme hörte, aber damit konnte er momentan nicht dienen. Außerdem wollte *er* sich um Nurja kümmern und niemand anderen in Anspruch nehmen. »Komm schon, mach die Augen auf. Ich weiß, dass du mich hörst.« Mit den Daumen strich er ihr über die Arme, dort, wo er sie festhielt.

Ihre Bewegungen wurden weniger, sie murmelte etwas, das er nicht verstand. Einen Moment lang wurde ihr Körper schlaff, und I-Mac atmete erleichtert auf. Es schien so, als wäre der Traum zu Ende. Vorsichtig löste er seine Hände von ihren Handgelenken und richtete sich wieder auf. Wenn er Glück hatte, schlief sie einfach weiter. So gern er ihr auch in die Augen sehen und sie in den Arm nehmen wollte, es war einfacher, wenn er sich leise wieder hinausstahl.

I-Mac hielt den Atem an, als ihr Körper sich erneut versteifte. *Bitte nicht noch ein Albtraum!* Dann sah er, wie ihre Augen sich öffneten. Langsam hoben sich ihre Lider, und sie blinzelte ein paarmal. Es dauerte einen Moment, bis sie ihn bemerkte und ihr Blick zu seinem Gesicht flog.

»Keine Angst, ich bin es nur, John. Es ist alles in Ordnung.«

»W…« Sie brach ab und schluckte schwer. »Was tust du hier?«

»Du hattest einen Albtraum, ich habe nach dir gesehen.«

Lange sah sie ihn nur an. »Danke. Du musst aber nicht …«

Sofort unterbrach er sie. »Ich kann nicht einfach weghören, wenn es dir schlecht geht, Nurja. Das entspricht nicht meiner Art. Ich respektiere deine Privatsphäre und weiß, dass du mich nicht hierhaben willst, aber ich kann einfach nicht anders. Erst recht nicht, wenn auch die Kinder davon aufwachen. Baschir war schon fast bei deiner Tür.«

Ein Schauder lief durch ihren Körper. »Ich möchte nicht, dass sie mich so sehen. Sie haben schon genug mitgemacht.«

»Das verstehe ich. Aber sie machen sich Sorgen um dich, genau wie ich.«

Sie blickte zur Seite, wie immer nicht in der Lage, ihm für längere Zeit in die Augen zu sehen. Dabei fiel ihr Blick auf ihren Körper. Mit einem rauen Laut versuchte sie, die verdrehte Decke wieder hochzuziehen, aber das ging nicht, weil I-Mac darauf stand. Panik bildete sich in ihren Augen, ihre Verzweiflung war unübersehbar.

»Warte, ich mache das schon.« Schnell trat I-Mac einen Schritt zurück und hob die Decke auf. Nachdem er sie kurz ausgeschüttelt hatte, breitete er sie über Nurjas Körper aus.

Schwer atmend lag sie da, ihre Hände krampften sich in die Decke, als würde diese verschwinden, wenn sie sie nicht festhielt. Das steigerte I-Macs Sorge noch. Eigentlich hatte er gedacht, Nurja hätte in den letzten zwanzig Monaten ein gewisses Vertrauen zu ihm aufgebaut und wüsste, dass er ihr nichts tun würde. Jetzt aber sah sie ihn an, als würde er im nächsten Moment über sie herfallen. Enttäuscht trat er noch einen Schritt zurück und wandte sich ab, damit Nurja seine Gefühle nicht sah, die ihm sicher ins Gesicht geschrieben standen. Auf halbem Weg zur Tür blieb er noch einmal stehen und atmete hart aus. »Du solltest inzwischen wissen, dass ich dir nie etwas tun würde, Nurja. Ganz im Gegenteil, ich würde jederzeit mein Leben geben, um dich und die Kinder zu beschützen.« Seine Stimme klang belegt, aber er konnte es nicht ändern.

Ein Rascheln ertönte, dann leise Schritte. I-Macs Rücken verspannte sich, während er wie erstarrt und, beinahe ohne zu atmen, mitten im Zimmer stand. Die leichte Berührung an seinem Rücken löste einen Schauer in ihm aus. Seine Hände ballten sich zu Fäusten, so sehr kämpfte er dagegen an, sich nicht umzudrehen und Nurja in die Arme zu ziehen. Stattdessen wartete er, bis sie etwas sagte.

»Das weiß ich, John. Und ich bin dir unendlich dankbar für deine Unterstützung.«

Er biss sich auf die Zunge, um ihr nicht zu sagen, dass er keine Dankbarkeit wollte, sondern nur sie.

Leicht wie ein Hauch war ihre Berührung, als sie sich näher zu ihm beugte. »Es ist schwer für mich, hier ist alles so anders. Besonders du.«

Diese Bemerkung bewirkte, dass er sich doch zu ihr umdrehte. Da Nurja damit nicht gerechnet hatte, streifte ihre Hand über seine Rippen, bevor sie sie hastig wegzog.

»Inwiefern bin ich anders? Und vor allem, anders als wer?« Als sie nichts sagte, brach es aus ihm heraus. »Und du kannst mich ruhig berühren, ich habe keine Krankheiten und beiße auch nicht.« Sofort bereute er seine Worte, als sie zurückzuckte. Mit großen Augen blickte sie ihn an. I-Mac seufzte. »Vertraust du mir?«

»Ja.« Diesmal zögerte sie nicht, was ihn ein wenig beruhigte.

Er streckte die Hand aus, mit der Fläche nach oben. Es dauerte eine halbe Ewigkeit, aber schließlich ergriff Nurja sie. Um sie zu beruhigen, drückte I-Mac sie sanft, dann legte er ihre Hand an seinen Bauch. »Ich bin ein Mann aus Fleisch und Blut.«

Nurja biss sich auf die Unterlippe, ließ ihre Hand aber, wo sie war, selbst als I-Mac die Finger zurückzog. »Ich weiß.« Ihre Antwort war fast nur noch ein Hauchen. »Das ist ein Teil des Problems.«

Er zog die Augenbrauen zusammen. Was meinte sie damit? Wollte sie lieber irgendeinen Kerl haben, dem sie völlig egal war? Sie sagte zwar, dass sie ihm vertraute, aber er glaubte es nicht. Oder anders gesagt: Mit dem Verstand wusste sie, dass er ihr nie etwas tun würde, aber ihre Gefühle sagten ihr etwas anderes. Und das schmerzte mehr, als I-Mac es je für möglich gehalten hätte.

»Vielleicht sollte ich besser …« Überrascht hielt er inne, als Nurjas Finger an seinem Bauch sich anspannten und ihn festhielten.

»Bleib hier.« Wieder war ihre Stimme kaum zu verstehen. »Bitte.«

Prüfend blickte er sie an, konnte ihr aber nicht ansehen, was sie dachte. Nur, dass sie sich vor irgendetwas fürchtete. Ihre Augen waren auf seinen Bauch gerichtet, auf ihre Hand, die sich jetzt langsam aufwärtsbewegte. I-Mac hatte Mühe, sich zu beherrschen, es fühlte sich einfach zu gut an, wie ihre Finger ihm über die nackte Haut strichen. Sein Herz klopfte so laut, dass sie es sicher hören konnte. Oder sehen, schließlich war ihr Kopf auf einer Höhe mit seiner Brust.

Als er schon dachte, sie würde nichts mehr sagen, begann sie zu sprechen. »Meine Ehe war von unseren Eltern arrangiert, ich habe meinen Mann nur wenige Male getroffen, bevor ich ihn geheiratet habe.« Ein schmerzliches Lächeln huschte über ihr Gesicht. »Niemand hat mich gefragt, ob ich überhaupt heiraten möchte. Ich war sechzehn, und unsere Eltern haben für uns entschieden.« Noch immer blickte sie auf ihre Hand, die langsam nach oben kroch.

I-Mac hielt es nicht mehr aus, er konnte nicht mehr schweigen. »Das ist sehr jung.«

»In meiner Heimat werden noch viel jüngere Mädchen verheiratet, von daher hatte ich sogar Glück. Und ich habe keinen alten Mann bekommen, sondern einen, der nur wenige Jahre älter war als ich. Wir haben uns sogar ganz gut verstanden. Baschir kam fünfzehn Monate nach der Hochzeit zur Welt. Mein Mann und auch unsere Eltern waren zufrieden, dass ich meine Aufgabe erfüllt habe.«

Zu gerne hätte I-Mac ihren Eltern und auch ihrem Mann – posthum – gesagt, was er davon hielt, eine Frau nur als Gebärmaschine zu betrachten. Besonders eine so liebevolle und intelligente Frau wie Nurja. Aber er schwieg, um sie nicht zu unterbrechen. Zum ersten Mal öffnete sie sich ihm ein kleines Stück, und er würde alles tun, damit sie ihn weiterhin berührte. Selbst wenn es für ihn die pure Qual war.

»Nach ein paar Jahren fing mein Mann an, für Mogadir zu arbeiten.« Sie schauderte, als sie den Namen des Warlords nannte, der sie gefoltert hatte. »Nur kleinere Aufträge, meist sollte er den geernteten Mohn transportieren, manchmal auch die fertigen Drogen. Zuerst waren es nur kleine Veränderungen, aber schon bald habe ich gemerkt, dass er nicht mehr der Mann war, den ich kennengelernt und respektiert habe. Ich bat ihn darum, damit aufzuhören, doch er wollte nichts davon wissen.«

In Gedanken war Nurja weit weg, doch mit ihrer Berührung hielt sie die Verbindung zwischen ihnen. Ihre Finger streiften I-Macs Brust, und er hielt den Atem an. Es gelang ihm nicht, die Reaktionen seines Körpers zu unterdrücken, doch Nurja schien davon nichts zu bemerken.

»Mein Mann hat manchmal im Schlaf geredet, und ich habe etwas von einem großen Anschlag gehört. Mir war klar, dass ich etwas tun musste, ich konnte nicht so wie sonst einfach alles verdrängen.« Nurja hob den Kopf und blickte I-Mac mit brennenden Augen an. »Es war mir egal, was mit mir passiert, aber meine Kinder sollten nicht so ein Leben führen müssen. Deshalb habe ich in der Stadt Kontakt zu einer Hilfsorganisation aufgenommen und bin auf Kyla und Jade getroffen. Ich konnte ihnen nicht viel sagen, aber sie haben trotzdem versprochen, meine Kinder und mich in die USA zu bringen.« Sie schüttelte den Kopf. »Bevor sie jedoch irgendetwas unternehmen konnten, ist mein Mann dahintergekommen. Er hat mir vorgeworfen, ›die Sache‹ zu verraten und mit unseren Feinden zu kollaborieren. Zum ersten Mal hat er mich verprügelt, und es hat ein paar Tage gedauert, bis ich wieder auf den Beinen war. Dann habe ich ein Gespräch zwischen meinem Mann und einem von Mogadirs Männern belauscht, in dem es um Kyla und Jade ging. Ich habe ihnen eine Warnung geschickt, aber es war zu spät.« Ein Zittern lief durch ihren Körper. »Kurz darauf sind Mogadirs Männer gekommen und haben uns zur Festung gebracht. Als Strafe …«

Sie brach ab, aber I-Mac wusste auch so, was sie sagen wollte. Sie hatten ihren Mann vor ihren Augen gefoltert und umgebracht. Danach hatten sie Nurja tagelang gequält und hätten sie auch getötet, wenn I-Mac und sein Team nicht gekommen wären, um Jade aus der Festung zu retten. Dabei hatte er Nurja entdeckt und sie befreit.

Beruhigend rieb er ihr über den Rücken. Er schaffte es einfach nicht mehr, sie nicht zu berühren. »Du musst nicht weiterreden.«

Ihre Lippen zitterten. »Doch, das muss ich, John. Damals hatte ich schon mit meinem Leben abgeschlossen, ich war mir sicher, dass ich sterben würde. Und dann kamst du und hast mich gerettet.«

I-Mac schnitt eine Grimasse. »Es war pures Glück, dass du bei der Explosion nicht auch verletzt wurdest.«

Nurja blickte ihm direkt in die Augen. »Ohne dich wäre ich tot.«

»Und ich ohne dich. Du hast Hilfe geholt, als ich mich nicht mehr bewegen konnte.«

Ihre Hand lag nun auf seinem Herzen, das ihr mit jedem Schlag entgegenstrebte. »Ich hatte solche Angst. Deine Teammitglieder wirkten auf mich wie schwer bewaffnete Giganten. Du nicht.«

Vermutlich, weil er flach auf dem Rücken gelegen hatte, aber das sagte er ihr besser nicht. Er war nur froh, dass Nurja ihre Furcht überwunden und sein Team alarmiert hatte. »Du warst sehr mutig, und das bist du auch heute noch.«

Vehement schüttelte sie den Kopf. »Nein, jetzt bin ich feige. Du bist so gut zu mir und den Kindern, und ich weiß, dass ich dir vertrauen kann. Trotzdem hält mich meine Angst davon ab, das zu tun, was ich möchte.«

»Und was ist das? Du weißt, dass ich dich in allem unterstützen …«

Sie legte ihm die Finger auf die Lippen. »Ich sehne mich danach, dich zu berühren und auch von dir berührt zu werden. Aber gleichzeitig fürchte ich mich davor.«

I-Mac musste sich räuspern, bevor er sprechen konnte. »Warum? Du weißt, dass ich dir nie wehtun würde.«

»Ja. Aber was ist, wenn du es nicht willst? Oder ich es nicht ertrage? Wenn ich nicht gut darin bin? Du hast sicher viel Erfahrung und …«

Diesmal brachte I-Mac sie zum Schweigen. »Wie wäre es, wenn du es einfach ausprobieren würdest? Ich verspreche dir, dass ich dich nicht drängen werde, wenn du noch nicht bereit bist. Und ich kann dir jetzt schon versichern, dass ich jede Berührung von dir genießen werde.« Er lächelte sie an. »Weißt du, wie lange ich schon darauf warte?«

Stumm schüttelte sie den Kopf.

»Seit du mich jeden Tag im Krankenhaus besucht hast. Du hattest selber so viel zu tun und auch zu verarbeiten, und trotzdem warst du für mich da.« Er nahm ihre andere Hand und legte sie ebenfalls an seine Brust. »Berühr mich, wo und so viel du willst, ich stehe dir voll und ganz zur Verfügung.«

Einen Moment lang wirkte Nurja wie erstarrt, dann huschte ein Lächeln über ihr Gesicht, das sogar ihre Augen erreichte. Eine Seltenheit, die er umso mehr genoss, vor allem, weil ihr Lächeln in diesem Augenblick nur ihm galt, nicht ihren Kindern, nicht Rose und auch nicht einer der Agentinnen. Nur ihm. Und er wusste, dass er so lange auf sie warten würde, bis sie bereit war. Egal, wie sehr es ihn danach verlangte, sie in seine Arme zu ziehen und zu küssen.

Allerdings stellten ihn Nurjas zögernde Berührungen auf eine harte Probe. Ihre Finger glitten wie ein Hauch über seine Brust, trotzdem fühlte es sich an, als hinterließen sie feurige Spuren. Seine Brustwarzen zogen sich zusammen, und er hatte Mühe, ein Stöhnen zu unterdrücken. Wenn sie so weitermachte, würde er all seine guten Vorsätze vergessen.

Ein leises Klingeln ertönte aus dem Nebenraum, eindeutig sein Handy. Verdammt! Sanft umfing er Nurjas Handgelenke. »Entschuldige, ich muss da rangehen.«

Ihr Blick traf seinen, und es schmerzte ihn, zu sehen, wie ihre Faszination wieder von Vorsicht abgelöst wurde. »Ich verstehe.«

Er glaubte zwar nicht, dass sie das tat, aber er hatte jetzt keine Zeit, mit ihr zu diskutieren. »Geh wieder ins Bett, Nurja.«

So etwas wie Enttäuschung flackerte in ihren Augen auf, bevor sie sich abwandte. »Gute Nacht, John.«

Nur noch ihren Rücken zu sehen, war für I-Mac kaum zu ertragen. Sanft umfasste er erneut ihr Handgelenk und drehte sie zu sich herum. »Wir sind noch lange nicht fertig, Nurja. Sobald wir etwas Zeit haben, werden wir unsere Gefühle gemeinsam erkunden. Verstehst du mich?«

Nurja blickte ihn mit großen Augen an. »Ich … ich denke schon.«

»Gut. Ich freue mich darauf.« I-Mac beugte sich zu ihr hinunter und strich sanft mit seinem Mund über ihren. Danach flüchtete er förmlich aus dem Raum.

Unruhig lief Amy in ihrem Zimmer auf und ab, soweit das mit ihrem verletzten Knöchel überhaupt möglich war. Chase hatte zwar gesagt, sie solle sich in Gegenwart von anderen aufhalten, aber sie brachte es nicht über sich. Sie wollte sich nicht unterhalten oder eine sorglose Fassade aufsetzen, wenn sich gleichzeitig alles in ihr vor Furcht um Chase zusammenzog. Seine Missionen waren immer gefährlich, das war ihr bewusst, aber die Vorstellung, dass er sich gerade dorthin begab, wo jederzeit eine Bombe hochgehen konnte, ließ ihr Inneres erzittern. Am liebsten wäre sie bei ihm, aber sie war nicht Teil des Teams und auch nicht für diese Aufgabe ausgebildet. So konnte sie nur hier sitzen und hoffen, dass die SEALs den Anschlag verhindern und sich dabei keine Verletzungen zuziehen würden.

Sie wusste nicht, warum Bashir Khan ausgerechnet zu ihr gekommen war, aber sie war froh darüber. Zum einen zeigte es ihr, dass sie sich in seinem Charakter doch nicht so sehr geirrt hatte, zum anderen wurde er sicherlich besser behandelt, wenn Chase sich darum kümmerte. Vor allem ging die Information so direkt zu denen, die den Anschlag auch wirklich verhindern konnten, und hing nicht zuerst in der Kommandoetage fest. Wenn jemand die Sache erledigen konnte, dann die SEAL-Teams.

Doch dieses Wissen half Amy auch nicht dabei, ihre Unruhe loszuwerden. Es konnte so viel schiefgehen, gerade wenn man es mit Explosivstoffen zu tun hatte. Schließlich hielt sie es nicht mehr aus und ging zur Tür. Vielleicht konnte sie irgendwo in Erfahrung bringen, was gerade passierte. Bis man ihr eine Nachricht zukommen lassen würde, konnte es noch Stunden dauern. Wenn sie sich die ganze Zeit vorstellte, was Chase alles Schlimmes passiert sein könnte, würde sie wahnsinnig werden.

Gerade, als sie ihre Hand auf den Griff legte, ging die Tür auf. Erschrocken stolperte Amy zurück und vergaß dabei, ihren verletzten Knöchel nicht zu belasten. Schmerz schoss durch ihr Bein, und sie schwankte. Doch bevor sie hinfallen konnte, schlangen sich zwei starke Arme um sie und hielten sie fest. Amy riss den Kopf hoch und starrte in das vertraute Gesicht. Sofort wich sämtliche Anspannung aus ihrem Körper.

»Chase! Was tust du denn hier?«

Ohne eine Antwort hob er sie hoch und trug sie die wenigen Schritte bis zum Bett. Vorsichtig ließ er sie darauf nieder und hockte sich vor sie. Sein Blick war auf ihren Knöchel gerichtet. »Tut mir leid, ich wusste nicht, dass du direkt hinter der Tür stehst.«

»Chase …«

Seine Finger strichen über ihr Bein. »Tut es sehr weh? Soll ich dich zum Arzt bringen?

»Chase.«

Endlich sah er ihr in die Augen, und sie bemerkte seine ernste Miene. Seine Gesichtszüge wirkten noch härter als sonst. »Ja?«

»Was ist passiert? Ich dachte, ihr wärt schon unterwegs zum Staudamm. Oh Gott, ist der Anschlag etwa schon verübt worden?«

Chase' Lippen wurden noch schmaler. »Team 8 ist gerade dorthin unterwegs. Ich habe den Befehl bekommen, hierzubleiben.«

Verwirrt sah Amy ihn an. »Aber wieso? Sie können doch sicher jeden Mann gebrauchen.«

»Würde man denken. Aber das Oberkommando hat entschieden, dass ich durch die Ereignisse der letzten Tage und meine Verletzungen nicht einsatzfähig bin. Dabei ist das Unsinn.«

Amy konnte spüren, wie sehr ihn das belastete. »Du wärst sicher in der Lage, deine Arbeit zu machen, Chase. Aber du bist auch etwas angeschlagen und hast kaum geschlafen. Vielleicht ist es besser, wenn ein ausgeruhtes Team die Aufgabe erledigt.«

»Team 8 war auch die ganze Nacht unterwegs, und Tex ist verletzt und kann deshalb nicht mit.«

Sanft ließ Amy die Finger über Chase' Gesicht gleiten. »Du meinst, sie waren auch in Gefangenschaft, sind gefoltert worden, haben danach eine Agentin gerettet, sind fast in einer Höhle begraben worden und haben dann am Ende auch noch einen gesuchten Terroristen gefangen genommen und einen Berg hochgeschleppt? Und dann hatten sie auch noch Sex, anstatt sich auszuruhen?« Okay, ihr letzter Kommentar war unfair.

Chase' Augen verdunkelten sich, ein Muskel zuckte in seiner Wange. »Ich hatte keinen Sex.«

Mit offenem Mund starrte sie ihn an. »Nicht?«

»Wir haben uns geliebt, verdammt noch mal!« Sein Ausbruch kam völlig überraschend genauso wie die Tatsache, dass er sich auf sie stürzte.

Bevor sie wusste, wie ihr geschah, lag sie auf dem Rücken und Chase presste ihre Hände in die Matratze. Keuchend beugte er sich hinunter und küsste sie. Zuerst war Amy wie erstarrt, doch dann wurde sie von ihren Gefühlen überwältigt und erwiderte den Kuss. Chase' Ärger verschwand und wurde durch Erregung ersetzt. Einige Minuten lang küsste er sie ausgiebig, bis Amy beinahe so weit war, alles andere um sich herum zu vergessen. Als Chase den Kopf hob, blinzelte sie ihn wie betäubt an.

»Entschuldige, ich wollte dich nicht so überfallen.« Seine Stimme strich rau über sie.

»Kein Problem.« Amy räusperte sich. »Wodurch wurde das denn ausgelöst?« Röte stieg in Chase' Wangen, und er versuchte, sich von ihr zu lösen, doch sie hielt ihn am T-Shirt fest. »Oh nein, du wirst nicht einfach abhauen, sondern mir sagen, was los ist.« Sie ließ ihre Stimme weicher klingen. »Ich verstehe, dass du wegen der Mission frustriert bist, Chase.«

Er schüttelte den Kopf. »Das bin ich, aber damit hat es nichts zu tun. Sex ist für mich etwas, das man mit jemandem tut, den man nicht gut kennt, einfach nur aus Spaß oder um ein körperliches Bedürfnis zu erfüllen. So war es nicht mit dir.«

Der Druck auf ihre Brust erschwerte es Amy, zu antworten. Unsicher lächelte sie Chase an. »Das habe ich auch nicht so empfunden.«

Forschend betrachtete er sie, bevor er schließlich nickte. »Gut.«

»Aber ich wollte auch nichts voraussetzen. Wir haben uns unter gefährlichen Umständen wiedergetroffen, da können die Gefühle schon mal außer Kontrolle geraten.«

Sein Blick schien in ihr Innerstes einzudringen. »Bei mir nicht. Ich weiß immer genau, was ich tue, und ich habe bei einer Mission noch nie das Bedürfnis gehabt, einer Frau näherzukommen. Nur bei dir, Amy. Mir ist klar, dass wir uns – zumindest als Erwachsene – noch nicht wirklich kennen und die Zeit viel zu kurz war, aber ich weiß auch, dass ich dich wieder neu kennenlernen und sehr viel Zeit mit dir verbringen will. Ich habe das Gefühl, dass wir zusammengehören.«

Amy hatte Mühe, ihre Tränen zurückzudrängen, als Chase genau das sagte, worauf sie so lange gewartet hatte. »Sagt dir das dein sechster Sinn?«

Ernst blickte Chase sie an. »Nein, mein Herz.«

Bei diesen Worten löste sich doch eine Träne und rollte Amy über die Wange.

Bedächtig wischte Chase sie weg. »Bitte nicht weinen. Das ertrage ich nicht.«

Glück breitete sich in Amy aus und vertrieb die restlichen Tränen. »Du bist doch ein SEAL, du hältst alles aus.« Lächelnd schlang sie ihm die Hände um den Nacken.

»Nur nicht, wenn es dir schlecht geht.« Er schüttelte den Kopf. »Was glaubst du, warum ich dich früher immer abgelenkt habe, wenn du Kummer hattest?«

Darüber hatte Amy nie nachgedacht, sie war nur froh gewesen, immer zu ihm gehen zu können. »Damit ich möglichst schnell aufhöre zu jammern?«

Chase überbrückte die Distanz zwischen ihnen und küsste sie sanft. »Dummkopf.«

Anstelle einer Antwort zog sie ihn zu sich herunter und verlor sich in seinem Kuss. Sie wusste zwar noch nicht, wie, aber sie würden es schaffen. Gemeinsam.

42

Vermutlich konnten sie von Glück sagen, dass der Staudamm bisher noch nicht in die Luft geflogen war – aber das war auch das einzig Positive. Nach der Planungssitzung war Red mit seinem Team per Hubschrauber in die Nähe des Staudamms gebracht worden. Allerdings hatten sie nun das Problem, in der kargen Landschaft nah genug heranzukommen, ohne gesehen zu werden. Red hätte lieber bis Einbruch der Dunkelheit gewartet, aber der Anschlag konnte jederzeit stattfinden. Wenn die Terroristen von der Verhaftung ihres Anführers erfuhren – wahrscheinlich wussten sie es schon längst –, würden sie den Zeitpunkt des Anschlags möglicherweise vorziehen.

Die SEALs waren nur die Vorhut. Sobald sie geklärt hatten, wie die Bedrohungslage aussah, standen noch weitere Einsatzkräfte auf Abruf bereit. Bisher hatten sie noch nichts Verdächtiges gesehen, aber das musste nichts heißen. Es konnte auch sein, dass bereits alles vorbereitet war und nur noch jemand ein Signal geben oder auf einen Knopf drücken musste. Noch wussten sie nur, dass der Damm zur Explosion gebracht werden sollte, aber nicht genau, wie.

Run hatte sich bereits weiter vorgearbeitet, sein Tarnanzug verschmolz förmlich mit der wüstenartigen Landschaft. Mit bloßem Auge war er nur zu erkennen, wenn man genau wusste, wo er war. Da bisher noch niemand auf ihn geschossen hatte, schienen ihn die Wächter noch nicht bemerkt zu haben. Das war ein weiteres Problem: Sie mussten möglichst durchkommen, ohne jemanden zu töten, für den Fall, dass die Wachleute gar nichts mit dem Anschlag zu tun hatten. Allerdings konnten sie auch nicht riskieren, sich vorher anzumelden und nett darum zu bitten, sich in der Anlage umsehen zu dürfen.

Auch die nahe gelegenen Stützpunkte waren nicht informiert worden, weil niemand wusste, ob es unter den dort stationierten ANA-Soldaten nicht jemanden mit Verbindung zu den Terroristen gab. Ein einziger Verräter reichte, um ihre Chance, das Unheil abzuwenden, zunichtezumachen. Deshalb hatten sie die Aktion so geheim wie möglich gehalten. Wenn es ihnen nicht gelang, die Mission in Ruhe auszuführen … Darüber wollte Red gar nicht erst nachdenken.

Um möglichst wenig Aufmerksamkeit zu erregen, hatte das Team sich verteilt und wartete auf Runs Signal. Das kam erstaunlich schnell, offenbar war das Gebäude doch nicht so stark gesichert, wie sie erwartet hatten. Im Prinzip war das gut, doch es zeigte auch, wie einfach es die Terroristen gehabt haben mussten, hier einzudringen. Zügig bewegte Red sich vorwärts, immer dicht am Boden. Sand knirschte zwischen seinen Zähnen, aber er ignorierte ihn, genauso wie die Tatsache, dass irgendwelche spitzen Dornen durch seine Kleidung drangen. Solange es keine Sprengfallen waren, würde er es überleben.

Laut der Informationen, die sie vorher bekommen hatten, war die Umgebung des Damms von IEDs gereinigt worden und wurde auch regelmäßig von der ANA kontrolliert. Bei solchen Aussagen war Red immer etwas skeptisch. Trotzdem würden sie es riskieren müssen. Sollte allerdings einer seiner Männer durch so einen Sprengsatz verletzt oder sogar getötet werden, würden Köpfe rollen. Mühsam schob Red diese Gedanken beiseite und konzentrierte sich darauf, so unauffällig wie möglich zum Eingang der Anlage zu kommen. Was unendlich lange dauerte, da er sich nur zentimeterweise bewegen konnte.

Die Mittagssonne prallte auf den Sand und ließ die Mission noch viel unangenehmer werden, als sie sowieso schon war. Hitze stieg in Wellen vom Boden auf und drang in Reds ohnehin überhitzten Körper. Er musste dringend etwas trinken, aber so dicht vor dem Ziel konnte er sich das nicht erlauben. Erleichtert sah er, dass seine Männer die Tür unentdeckt und vor allem unverletzt erreicht hatten. Nur noch wenige Meter, dann hatte auch Red es geschafft. Im Schatten einer Mauer lehnte er sich gegen die kühlen Steine und gönnte sich endlich einen Schluck Wasser.

»Wie sieht es aus, Bull?«

Der Sprengstoffexperte hockte vor der unscheinbaren Tür und untersuchte die Dicke des Metalls und das Schloss. »Nicht allzu schwierig. Soll ich sie aufmachen?«

Sie hatten sich für eine der Wartungstüren des Wasserkraftwerks entschieden, die hoffentlich nicht so gesichert war wie die offiziellen Eingänge. Allerdings wussten sie nicht, was – oder wer – sich dahinter verbarg. Da Tex wegen seiner Verletzung ausfiel, mussten sie mit einem Mann weniger auskommen, und das würde sich in einem so weitläufigen Gebäude bemerkbar machen. Die Satellitenbilder hatten keine besonderen Vorkommnisse gezeigt, nur das normale Kommen und Gehen der Wachmannschaften und Bediensteten der Wasserwerke, aber es konnte immer sein, dass etwas vor oder nach der Entstehung des Satellitenbildes geschehen war.

Red gab Bull dennoch den Befehl, die Tür zu öffnen. Der benutzte dafür eine Masse, die beinahe wie Kaugummi aussah, aber deutlich mehr Sprengkraft besaß. Bull schob sie in das Schloss und ging dann in Deckung. Ein leises Ploppen erklang, und die Tür öffnete sich einen Spaltbreit. Langsam schob Bull sie auf und drang schließlich unter dem Feuerschutz der anderen in das Gebäude ein.

Einen Moment lang herrschte Stille, dann kam Bulls Stimme über den Kopfhörer. »Alles klar.«

Red gab den anderen ein Zeichen und folgte ihnen hinein. Nur Eye würde als Scharfschütze draußen bleiben und dafür sorgen, dass sich ihnen niemand unbemerkt näherte. Fast wünschte Red, das KSK-Team wäre jetzt an ihrer Seite, doch die Deutschen hatten keine Erlaubnis bekommen, an der Aktion teilzunehmen. Was vermutlich auch daran lag, dass ihre letzte »Erkundungsmission« in einer Schießerei mit Terroristen geendet hatte. Vor allem aber war Henning Mahler als ihr CO noch lange nicht wieder einsatzfähig, und es gab keinen Ersatzmann.

Zu fünft schlichen sie durch den langen Gang, der seitlich an der Mauer des Staudamms entlangführte. Sollte jemand Sprengkörper angebracht haben, um den Damm zum Einsturz zu bringen, mussten diese irgendwo an der Mauer sein, vermutlich jedoch einige Stockwerke tiefer, denn das Wasser reichte nicht direkt bis zum Rand des Damms. Wäre Red anstelle des Terroristen gewesen, hätte er mehrere Bomben tief unten und über eine große Fläche angebracht. So wäre das Wasser nicht aufzuhalten gewesen.

Der Gang war eng und gerade. Hier entdeckt zu werden, wäre denkbar ungünstig. Es gab keinerlei Versteckmöglichkeiten, außerdem konnten sie nur hintereinander gehen, weil an den Seiten in Kopfhöhe dicke Metallrohre hingen. Dazu kam noch, dass es mit jedem Schritt lauter wurde. In der Nähe musste einer der Schächte sein, über die man das Wasser abließ, während gleichzeitig Strom erzeugt wurde. Wenigstens gab es eine halbwegs vernünftige Beleuchtung, sodass sie nicht zu ihren Taschenlampen greifen mussten.

Ein Stück weiter führte der Gang um eine Ecke und dann weit hinunter, in die Tiefe des Damms. Die Vorstellung, dass sie jetzt unter dem Wasser waren, das mit einem gewaltigen Druck auf die Betonmauern presste, machte Red nervös. Hoffentlich konnten sie die Sache schnell beenden und kamen bald wieder aus diesem Sarg heraus. Der Weg endete schließlich an einem Geländer und gab den Blick auf einen Raum frei, der die gesamte Höhe der Staumauer erfasste. Von hier aus würden sie nur noch über Metallleitern und -stege weiterkommen. Eine sehr unsichere Sache, besonders wenn man sich gegen Angreifer verteidigen musste. Dort unten waren Männer, das war deutlich zu sehen. Verdammt!

Red drehte sich zu seinem Team um. »Ideen?«

»Sehr schnell und sehr leise sein.« Bulls Bemerkung löste bei ihm ein Augenrollen aus.

»Andere Vorschläge?« Alle schüttelten den Kopf. »Wunderbar. Also gut, dann gebt mir Deckung, und ich versuche mein Glück.«

Er hängte sich sein Gewehr über den Rücken und setzte den Fuß auf die erste Sprosse. Ein metallisches Geräusch erklang. Red schnitt eine Grimasse und bemühte sich, noch leiser aufzutreten. Aber das dauerte alles viel zu lange. Nach einem weiteren Blick nach unten entschied er, den schnellen Weg zu nehmen. Mit Händen und Füßen stützte er sich außen an den runden Holmen der Leiter ab und rutschte daran hinunter. Glücklicherweise hatte er fingerlose Handschuhe an, sodass seine Handflächen vor dem stellenweise rostigen Metall geschützt waren.

In seinem Kopfhörer erklangen mehrere Flüche, doch er achtete nicht darauf. Vor dem Ende der Leiter versuchte er, ein wenig abzubremsen, aber das gelang ihm nur bedingt. Der harte Aufprall auf dem Boden zuckte wie ein Stromschlag durch seinen gesamten Körper. Seine Füße kribbelten, als wären sie eingeschlafen, und sein zusammengeflickter Oberschenkelknochen schmerzte genauso wie seine verletzten Rippen, doch das ignorierte er. Anscheinend hatte ihn niemand gesehen. Noch nicht. Schnell suchte er sich ein geeignetes Versteck, von dem aus er trotzdem einen Überblick haben würde.

»Wartet noch, ich sehe nach, ob ich die Männer unschädlich machen kann.«

»Verdammt, Red, das war höllisch gefährlich!« Sorge und Verärgerung waren deutlich in Bulls Stimme zu hören.

Red musste grinsen. »Wieso? Du hast doch gesagt, ›schnell und leise‹. Das war ich.«

»Ja, und du hättest sehr schnell tot sein können! Und dein Bein …«

Nicht mehr amüsiert unterbrach Red seinen Freund. »Es ist alles in Ordnung. Und jetzt Funkstille.« Bull sagte nichts mehr, aber in seinem Schweigen glaubte Red, deutliche Missbilligung wahrzunehmen. Darum konnte er sich jetzt allerdings nicht kümmern, er hatte einen Job zu erledigen.

Vier riesige runde Objekte mit weiteren Aufbauten, Schalttafeln, Leitern und einer grünen Signalleuchte befanden sich in der Mitte des Raumes. Wahrscheinlich waren das die Turbinen, durch die der Strom erzeugt wurde. Mehrere Arbeiter standen an den Schalttafeln und gingen ihrer Arbeit nach, ohne ihn entdeckt zu haben. Sehr gut, so würde es leichter sein, sie zu überwältigen. Red wartete, bis einer der Männer die Turbine umrundete und damit von den anderen nicht mehr zu sehen war, dann schlug er zu.

Mit wenigen Schritten war er hinter dem Arbeiter, legte ihm eine Hand über den Mund und schickte ihn mit einem Schlag gegen die Schläfe ins Reich der Träume. Schnell knebelte er ihn, fesselte ihn mit Kabelbindern an Händen und Füßen und legte ihn so ab, dass die anderen Arbeiter ihn nicht sofort sahen.

»Achtung, gleich kommt einer von rechts.« Bulls Warnung drang durch den Kopfhörer.

Red wirbelte herum und kümmerte sich auch um diesen Mann. Lautlos brach er zusammen, und Red legte ihn neben seinen Kollegen. Eine kurze Durchsuchung förderte keine Waffen zutage. Es schien so, als handelte es sich tatsächlich um Kraftwerksangestellte und nicht um Terroristen. War die ganze Sache ein Ablenkungsmanöver, und der Anschlag würde woanders stattfinden? Khan hatte sehr überzeugend geklungen, aber vielleicht war auch er getäuscht worden. Ein schlechtes Gefühl bildete sich in Reds Magen.

Nachdem er auch den zweiten Mann gefesselt hatte, schlich er weiter. Je schneller sie das Bauwerk durchsuchten, desto eher wussten sie, woran sie waren. Sollten sie nichts finden, würden sie Meldung machen und sich dann wieder zurückziehen. Die Analysten würden wieder von vorne anfangen und versuchen, den wahren Anschlagsort zu ermitteln. Ob dazu allerdings die Zeit reichen würde, wagte Red zu bezweifeln. Er glaubte sowohl Mansoor Rahid als auch Khan, dass der Anschlag unmittelbar bevorstand.

Noch zwei weitere Männer überwältigte er, dann gab er seinem Team das Zeichen, ebenfalls herunterzukommen. Schnell überwanden sie die Leiter und verteilten sich im unteren Bereich der Staumauer. Bull zog ein Gerät aus seinem Rucksack, mit dem er verschiedenste Explosionsmittel aufspüren konnte. Während die anderen Wache hielten oder auf Sicht nach möglichen Bomben suchten, ging Bull methodisch die Mauer ab.

Glücklicherweise genoss der SEAL diese Dinge, Red hätte dafür nie die Geduld gehabt. Er zog es vor, sich auf seine eigenen Sinne zu verlassen. Doch das Bauwerk war einfach zu groß, um jede Nische abzusuchen. Genervt hockte Red sich schließlich vor ein Gerät, das wie ein Schaltkasten aussah, ein grünes Licht blinkte in einer der Ecken. Er versuchte, die Tür des Kastens zu öffnen, doch sie war verschlossen. Schnell suchte er die Umgebung ab, konnte aber keinen Schlüssel entdecken. Als er sich gegen das Gehäuse lehnte, bewegte der Kasten sich ein Stück. Sofort meldete sich sein innerer Alarm. Mit einer Wange beinahe an der Wand blickte Red hinter den Kasten. Es waren nirgends Kabel zu erkennen. Ein Schaltkasten ohne Kabelverbindung, an dem ein Licht blinkte?

»Bull, komm mal hier rüber. Schnell.«

43

Sein Tonfall musste die Dringlichkeit wohl unterstrichen haben, denn der Sprengstoffexperte war in Sekunden bei ihm. Bevor Red etwas sagen konnte, begann Bulls Gerät zu blinken. *Shit.* Die grimmige Miene seines Freundes verhieß nichts Gutes.

»Was immer da auch drin ist, es ist explosiv.«

»Okay. Immerhin haben wir etwas gefunden und müssen nicht weitersuchen.«

Bull schüttelte schon den Kopf, bevor Red den Satz beendet hatte. »Ich glaube nicht, dass sich die Terroristen auf *eine* Bombe verlassen werden. Hier ist mindestens noch eine zweite, wenn nicht mehr.«

Warum hatte Red geahnt, dass er das sagen würde? »An alle: Sucht nach Schränken, die wie Schaltkästen aussehen. Grau, etwa einen Meter hoch. Stehen wahrscheinlich an der Wand. Oben blinkt ein grünes Licht. Wenn ihr sie gefunden habt, sagt Bescheid. Nicht aufmachen oder bewegen.« Red wartete die bestätigenden Klicks ab, bevor er sein Mikrofon zudrehte. »Was machen wir jetzt?«

»Zuerst mal muss ich sehen, was drin ist, bevor ich das entscheiden kann.« Bull betrachtete den Schließmechanismus genauer und zog dann ein Stück Draht aus seiner Tasche. Er bog das Ende zurecht und schob es in das Schloss. Schweiß bildete sich auf seiner Stirn. »Hoffentlich wurde die Bombe nicht so gebaut, dass sie hochgeht, sobald die Tür geöffnet wird.«

Wunderbar, als wäre Red nicht schon nervös genug. »Vielleicht sollten wir besser …«

Bull unterbrach ihn. »Es gibt keine andere Möglichkeit. Wir können ihn nicht transportieren, bevor ich mir den Mechanismus angesehen habe. Ich kann sie nicht entschärfen, ohne die Tür zu öffnen. Und wir wissen nicht, wie viel Zeit wir haben. Also muss ich diesen verdammten Schrank öffnen. Oder fällt dir eine andere Lösung ein?«

Red schnitt eine Grimasse. »Dummerweise nicht. Also los.«

Automatisch zog er den Kopf ein. Als könnte er sich damit vor einer Explosion schützen ... Sollte der Schrank in die Luft fliegen, würden sie beide sterben und jeder andere im Bauwerk vermutlich ebenfalls. Aber Bull hatte recht: Es gab keine andere Möglichkeit. Alles andere würde zu lange dauern und sie auch nicht weiterbringen. Red hielt den Atem an, als Bull den Draht ins Schloss schob und ihn langsam hin und her drehte. Sie alle hatten in ihrer Ausbildung gelernt, wie man mit einfachsten Hilfsmitteln Schlösser knackte, aber Bull war ein wahrer Meister darin.

Schon nach wenigen Sekunden öffnete sich das Schloss, und die Tür bewegte sich ein winziges Stück. Damit sie nicht aufschwang, hielt Bull sie fest. »Taschenlampe.«

Schweigend drückte Red ihm seine Lampe in die Hand und beobachtete, wie Bull durch den Spalt in den Schrank leuchtete. Heldenhaft unterdrückte Red die Nachfrage, die ihm auf der Zunge lag. Sobald Bull etwas zu sagen hatte, würde er es auch tun. Red vertraute seinem Freund blind, trotzdem fiel es ihm unendlich schwer, einfach nur abzuwarten, anstatt etwas zu unternehmen. Offenbar war Bull sich sicher, was die Tür anging, denn er zog sie langsam auf. Als nichts geschah, atmete Red erleichtert durch.

Allerdings verschwand seine Erleichterung sofort wieder, als er das Innere des Schrankes betrachtete. Die Bombe wirkte professionell gebaut, und obwohl er kein Fachmann war, wusste er, dass sie nur schwer zu entschärfen sein würde. Bulls Fluch bestätigte das.

»Hier sind noch drei weitere Schränke. Was sollen wir machen?«

Red schloss kurz die Augen. Verdammt! Eine Bombe war schlimm genug, aber vier? Er trat einen Schritt zurück und blickte dorthin, wo die anderen SEALs standen. Die Schränke schienen in relativ regelmäßigen Abständen an der Mauer platziert zu sein, hinter der sich der Stausee befand. Red drehte sein Mikrofon auf. »Fasst sie nicht an, achtet nur darauf, dass ihnen niemand zu nahe kommt.«

Nachdem er die Bestätigung erhalten hatte, hockte er sich wieder neben Bull. »Kannst du irgendwas machen?«

Bull rieb sich über die Narben, die sich über seine linke Gesichtshälfte zogen. »War ja klar, dass sie keine einfache Bombe nehmen, wo man nur ein Kabel hätte durchschneiden müssen und alles wäre erledigt.« Er deutete auf ein dünnes Glasgefäß mit einer durchsichtigen Flüssigkeit. »Das hier ist Nitroglycerin, das dort unten vermutlich TNT oder etwas Ähnliches. Ersteres ist extrem empfindlich, schon der kleinste Schlag kann eine Explosion auslösen. Die Menge ist nicht so extrem groß, ich bezweifle, dass sie die Wand durchbrechen könnte. Aber die Explosion würde das TNT in die Luft jagen, und das würde auf jeden Fall reichen, besonders wenn wir davon vier Schränke haben.«

»Sind die beiden irgendwie voneinander zu trennen, damit wir wenigstens das TNT hier rausbringen können?«

Bull wiegte den Kopf. »Schwierig. Siehst du das Metallstück hier um den Hals des Glasgefäßes? Es wurde an die Wand des Schrankes gelötet. Ohne größeres Werkzeug bekomme ich es da nicht raus, und selbst wenn, könnten die Erschütterungen immer noch die Explosion auslösen.«

»Und das TNT?«

»Ist wesentlich stabiler. Es braucht eine externe Zündung, entweder durch eine Sprengladung oder eben wie hier durch die Explosion des Nitroglycerins. Dummerweise haben die Terroristen es so in den Schrank eingebaut, dass man es nicht rausnehmen kann, ohne dabei die Glasflasche zu zerstören.«

Red fuhr sich frustriert durch die Haare. »Also können wir nichts tun?«

Bull hob die Schultern. »Wir könnten warten, Experten kommen lassen. Offenbar scheint es hier keinen Zünder zu geben, der zu einer bestimmten Zeit zündet oder von außen gezündet werden kann.«

»Also müsste jemand hierherkommen, um die Sache anzustoßen. Und wenn wir ihn daran hindern …«

»Allerdings wissen wir nicht, wie die anderen Bomben aufgebaut sind. Oder ob es nicht doch irgendwo versteckt einen anderen Zünder gibt. Und wenn *eine* explodiert, fliegt alles andere mit in die Luft.«

Das war eine dieser Situationen, in der jedes SEAL-Team an seine Grenzen kam. Sie konnten in Gebäude eindringen, Terroristen aufspüren und überwältigen, sich in einem Feuergefecht behaupten. Unter Wasser, in der Luft und auch an Land, wie der Name ihrer Einheit schon sagte. Nur waren sie eben, bis auf Bull, keine Sprengstoffexperten.

Red erhob sich. »Sehen wir uns die anderen Schränke an. Wenn es nirgends weitere Zünder gibt, fordern wir das Sprengstoffteam an.«

Bull folgte ihm zum nächsten Schaltkasten und öffnete wieder vorsichtig die Tür. Dahinter verbarg sich das gleiche Bild: Nitroglycerin und TNT. Wenn einer der Arbeiter an einen der Schränke gestoßen wäre, hätte das eine Katastrophe ausgelöst. Der Gedanke erhöhte Reds Adrenalinpegel beträchtlich.

Der nächste Schrank enthielt das, was sie befürchtet hatten: einen Zeitzünder, und der zeigte weniger als eine halbe Stunde an. Das löste bei Bull einen wahren Strom an Flüchen aus, die Red bisher noch nie von ihm gehört hatte. Der Sprengstoffexperte stemmte sich hoch und rannte beinahe zum letzten Schrank. Dort war kein weiterer Zünder zu erkennen. Aber einer reichte ja auch, um alles zur Explosion zu bringen.

Schwerfällig stand Bull auf und sah Red an. »Ruf das Sprengstoffteam. Ich werde versuchen, den Zeitzünder zu stoppen oder zu entfernen.«

Red fragte ihn nicht, ob ihm das gelingen würde, sie hatten ohnehin keine andere Wahl. Deshalb nickte er nur. »Alles klar.« Bevor er sich umdrehen konnte, hielt Bull ihn auf. »Ich möchte, dass ihr den Staudamm verlasst. Zieht euch so weit wie möglich zurück.«

Bevor Red etwas sagen konnte, kamen die Proteste des restlichen Teams. Sie hatten sich um Bull und ihn versammelt, und er konnte ihren Mienen ansehen, dass sie nicht vorhatten zu gehen.

Doc sagte schließlich seine Meinung. »Wir sind ein Team, und das hält immer zusammen, Bull. Wenn du hierbleibst, tun wir das auch.« Die anderen nickten bekräftigend.

Red konnte ihre Weigerung verstehen, er selbst dachte genauso. Allerdings hatte Bull recht: Es wäre idiotisch, das ganze Team zu opfern. Er hatte schon ein Team verloren, noch einmal würde er das nicht geschehen lassen. Ernst blickte er die anderen an. »Geht.«

»Aber Red …«

»Das ist ein Befehl. Gebt mir Meldung, wenn ihr draußen seid. Nehmt die Arbeiter mit und schickt jeden raus, den ihr vielleicht unterwegs noch trefft.« Es gab sicher ein Alarmsystem, aber das konnten sie nicht anschalten, weil sie damit eventuell vor Ort befindliche Terroristen anlocken würden. Die Aufgabe war schon schwierig genug, ohne dass jemand auf sie schoss. »Geht jetzt!«

In den Gesichtern seiner Männer konnte Red deren Unentschlossenheit sehen. Schließlich gingen sie weg, doch Mojo drehte sich noch einmal um. »Wehe, ihr lasst euch töten!«

»Wir bemühen uns.« Nur, dass ihre Chancen dafür nicht besonders gut standen.

Als die anderen außer Hörweite waren, legte Bull seine Hand auf Reds Arm. »Geh bitte auch. Du kannst hier nichts tun.«

»Kümmere du dich um die Bombe, ich halte dir den Rücken frei.«

»Red …«

»Los jetzt, wir verlieren wertvolle Zeit!«

Kopfschüttelnd hockte Bull sich vor den Schrank und begutachtete den Zeitzünder. »Kein besonders kompliziertes Modell, aber durch die Position nicht leicht zu entfernen.«

»Gib dein Bestes.«

Bull hob eine Augenbraue. »Das tue ich immer.«

Trotz der Situation musste Red grinsen. »Ich weiß.« Er wurde ernst. »Habe ich dir eigentlich schon dafür gedankt, dass du das Team damals nach Hause begleitet hast und deshalb mein Bein gerettet werden konnte?«

»Das ist nicht nötig. Es waren auch meine Freunde.«

Red nickte ihm dankend zu. »Okay, an die Arbeit. Ich passe auf, dass uns niemand zu nahe kommt.«

Es machte ihn nervös, dass bis auf die wenigen Arbeiter niemand hier zu sein schien. Wo waren die Wachleute? Oder wussten sie, was gleich hier passieren würde, und waren geflohen? Möglich war es, dennoch würde Red sich nicht darauf verlassen.

Die Minuten tickten furchtbar langsam, gleichzeitig aber auch viel zu schnell herunter, während Bull schweigend arbeitete. Nur hin und wieder war ein Brummen oder Grollen von ihm zu hören, doch Red fragte lieber nicht, was genau die Laute bedeuten sollten. Seine Rolle als Beobachter zerrte an Reds Nerven. Er musste etwas *tun*, möglichst etwas, bei dem er vergaß, dass Bull gegen die Uhr arbeitete und sie in weniger als fünfzehn Minuten tot sein würden. Im Prinzip hatte Red kein Problem damit, solange es schnell ging, aber einfach nur darauf zu warten und dabei darüber nachzudenken, dass es kaum jemanden interessieren würde, wenn er starb, gefiel ihm gar nicht. Sein Team, natürlich, und einige andere SEALs, mit denen er zusammengearbeitet hatte. Aber das war es auch schon.

Nachdem er schwer verletzt worden war und befürchten musste, nicht mehr zu seinem Leben als SEAL zurückkehren zu können, war der Kontakt zu den meisten seiner Freunde abgerissen. Was eindeutig seine eigene Schuld gewesen war, aber er war einfach nicht in der Verfassung und vor allem Stimmung gewesen, sich mit anderen Leuten abzugeben. Auch in seiner Familie gab es niemanden mehr, der um ihn trauern würde. Nachdem seine Eltern sich früh aus seinem Leben verabschiedet hatten, war er von einer Großtante aufgezogen worden, doch die war vor einigen Jahren gestorben.

Bull dagegen hatte sehr liebevolle Eltern, sie würden trauern, wenn ihr Sohn nicht aus dem Einsatz zurückkehrte. Wenn Red gekonnt hätte, hätte er sich selbst um die Bombe gekümmert und Bull in Sicherheit geschickt, aber der Sprengstoffexperte war ihre einzige Chance.

Aus den Augenwinkeln sah Red eine Bewegung und reagierte instinktiv. Er wirbelte herum und hob die Waffe. Gleichzeitig schob er sich so vor Bull, dass er ihn und die Bombe mit seinem Körper schützte. Ein Mann in Arbeitsmontur näherte sich ihnen. Er rief etwas, aber über dem Lärm, der in dem Damm herrschte, konnte Red es nicht verstehen, mal ganz davon abgesehen, dass er die Sprache nicht gerade fließend beherrschte. Schnell ging er dem Mann entgegen, um ihm den Weg abzuschneiden. Gleichzeitig hielt er sich weiterhin als lebenden Schutzschild zwischen dem Arbeiter und Bull.

»Mach weiter, Bull, ich kümmere mich darum.«

Hoffentlich war es tatsächlich ein einfacher Arbeiter und keiner der Terroristen oder jemand, der meinte, er müsste den Helden spielen, weil er die SEALs für Saboteure hielt. Mit seiner freien Hand machte Red ein Stoppzeichen, doch entweder der Arbeiter sah es nicht, oder er ignorierte es absichtlich. Inzwischen hatte er fast die erste Bombe erreicht, Red musste etwas tun. Sorgfältig zielte er und schoss. Mit einem Schrei, der sogar über dem Lärm zu hören war, sank der Mann zu Boden. Red rannte zu ihm und stellte erst sicher, dass er nicht bewaffnet war, bevor er sich über ihn beugte. Die Augen des Mannes waren weit aufgerissen, ein Stöhnen drang über seine Lippen.

An der Schulter trat Blut aus der Eintrittswunde und tränkte den Overall. Red legte dem Mann eine Hand auf die Brust. »Arbeiten Sie hier?«

Der Arbeiter nickte und deutete mit einer zitternden Hand auf die Turbinen. Dann sagte er wieder etwas, das Red nicht verstand. Vielleicht irgendein Dialekt, den er nicht kannte. Deshalb half er dem Mann in eine sitzende Position und deutete in die Richtung, aus der er gekommen war. »Gehen Sie zurück. Verlassen Sie den Damm.« Er wusste nicht, ob seine Worte ankamen, aber er konnte es nicht ändern. Die Zeit wurde langsam knapp, und er musste zu Bull zurück.

Red erhob sich und zog den Arbeiter mit sich. Der schwankte und wäre beinahe wieder auf dem Boden gelandet, wenn Red ihn nicht festgehalten hätte. Verdammt! Er nahm die

Hand des Mannes und presste sie auf die Wunde. Das entlockte dem Verletzten ein weiteres Stöhnen, sein Schwanken wurde stärker. Dann gaben ihm die Knie nach, und Red war gezwungen, fast das gesamte Gewicht des Mannes zu halten. Es gab keine andere Möglichkeit, er musste ihn rausbringen. Und vor allem dafür sorgen, dass nicht noch weitere Menschen hier hereinstolperten.

»Bull, wie weit bist du?«

»Fast fertig.« Die Anspannung war seiner Stimme deutlich anzuhören. »Pass auf dich auf.«

»Tue ich immer. Bin sofort wieder da.«

Es gefiel Red überhaupt nicht, Bull allein zu lassen, aber das Risiko, dass sich dort, wo der Arbeiter hergekommen war, noch andere befanden, war zu groß. Wenn einer von ihnen zu den Terroristen gehörte … Red biss die Zähne zusammen und führte den Mann zu dem Gang, aus dem dieser gekommen war. Einige Meter weiter machte der Korridor einen Knick, und es führten Treppenstufen nach oben. Das Gewicht des Arbeiters wurde immer größer, er schien kurz vor der Bewusstlosigkeit zu stehen. Red musste ihn so schnell wie möglich loswerden. Falls Bull es nicht schaffte, wollte er bei ihm sein, wenn sie starben.

Die Treppen kamen ihm unendlich lang vor, doch schließlich erreichten sie einen Absatz, von dem aus ein Gang weiterführte. Mit zitternden Fingern deutete der Mann dorthin, und Red schleppte ihn mehr oder weniger um die Ecke. Es schien die Schaltzentrale des Kraftwerks zu sein, mehrere Männer saßen an mit Schaltern, Knöpfen und Hebeln übersäten Pulten, vor ihnen flimmerten diverse Monitore. Einer drehte sich zu ihnen um und starrte sie mit großen Augen an. Dann stieß er einen Warnruf aus und betätigte gleichzeitig einen Knopf, woraufhin eine laute Alarmsirene erklang.

Red fluchte innerlich, ließ den Verletzten zu Boden gleiten und hob seine Waffe. »Sitzen bleiben. Hände hoch.« Da er die Sprache nicht genug beherrschte, um die Lage zu erklären, versuchte er es auf Englisch. »Spricht hier jemand Englisch?«

Einer der Männer nickte. »Ja.«

Erleichtert senkte Red die Waffe ein wenig. »Gut. In dem Bauwerk befinden sich mehrere Bomben, die jederzeit hochgehen können. Wir versuchen, sie zu entschärfen. Verlassen Sie das Gebäude und die Umgebung so schnell wie möglich. Wenn Sie noch andere Männer treffen, nehmen Sie sie mit. Und schalten Sie die verdammte Sirene ab.« Als der Mann ihn nur anstarrte, fragte Red: »Haben Sie verstanden?«

»Bomben? Hier?«

»Ja, und sie gehen in etwa fünf Minuten hoch. Sie sollten sich also beeilen!« Red hatte kaum zu Ende gesprochen, als der Mann auch schon aufsprang und seinen Kollegen etwas zurief. »Nehmen Sie den Mann hier mit.«

Anscheinend bewirkte die Anwesenheit seiner Waffe, dass zwei Männer den Verletzten sofort hochzogen und mit ihm den Raum verließen. Red trat in den Gang und blickte ihnen nach, bis sie um die nächste Ecke verschwunden waren. Dann machte er sich auf den Rückweg. Während er die Treppe hinunterlief, gab er Bull einen Bericht. »Es waren einige Männer hier, ich habe sie nach oben geschickt. Komme jetzt zurück.«

»Gut. Ich denke, ich habe den Zeitzünder isoliert. Sofern niemand die Bomben erschüttert, sollte alles gut gehen.«

Die Erleichterung ließ Reds Beine wacklig werden, und er lehnte sich einen Moment gegen die Wand. »Du bist ein Genie, Bull. Pass auf, du wirst noch zur Legende.«

»Sehr witzig.« Ein Grollen begleitete Bulls Kommentar. »Schaff deinen Arsch hierher, ich habe keine Lust, alleine auf die Bomben aufzupassen, bis das Sprengstoffteam kommt.«

»Bin unterwegs. Und Bull?«

»Was?«

»Es war kein Scherz. Du hast heute sehr viele Leben gerettet, unsere eingeschlossen.«

»Warte mit dem Lob, bis wir hier raus sind. Du weißt, was passiert, wenn man zu früh feiert.«

Red musste grinsen. Sein Freund neigte dazu, ein wenig abergläubisch zu sein. »Alles klar, wir sehen uns gleich.«

Wesentlich leichtfüßiger als vorher lief er die Treppen hinab, trotzdem ließ er in seiner Wachsamkeit nicht nach. Sie konnten es sich nicht leisten, kurz vor der Zielgeraden noch einen Fehler zu machen. Ein kaum hörbares Geräusch ließ ihn erstarren. Sein Instinkt schrie eine Warnung, und er griff seine Waffe fester. Langsam und lautlos drehte er sich um. Es war nichts zu sehen. Der Gang lag leer hinter ihm und auch vor ihm war niemand. Vielleicht hatte er sich das Geräusch auch nur eingebildet, oder es war normal in diesem Bauwerk.

Da er nichts sehen konnte und auch das Geräusch nicht noch einmal ertönte, setzte Red sich vorsichtig wieder in Bewegung. Noch immer meldete sich sein Instinkt, aber da er keinen Gegner sah, konnte er nichts dagegen tun. Vielleicht lag es auch einfach an der Anspannung.

»Wie lange dauert das denn noch?« Bulls Frage drang durch seinen Kopfhörer.

»Bin fast ...« Das letzte Wort blieb Red im Halse stecken. Ein elektrischer Stoß fuhr durch seinen Körper, der ihn paralysierte. Wie in Zeitlupe sah er den Boden auf sich zukommen, Schmerz schoss ihm in die Seite, und in seinem Schädel explodierte ein Feuerwerk. Dann versank er in der Dunkelheit.

44

Ein Klingeln weckte Devil aus einem tiefen, traumlosen Schlaf. Er lächelte, als ihm bewusst wurde, dass er bei Amy im Bett lag und sie sich eng an ihn geschmiegt hatte. Ihr Kopf lag auf seiner Schulter, ihr Atem streifte seinen Hals. Automatisch zog er sie enger an sich und presste ihr einen Kuss aufs Haar. Das andauernde Klingeln seines Handys erinnerte ihn daran, dass immer noch jemand mit ihm reden wollte. Vorsichtig machte er sich von Amy los und stand auf, um sie nicht zu stören. Ihr schläfriges Murmeln ließ ihn erneut lächeln. Kein Wunder, dass sie müde war, nachdem sie sich noch ein weiteres Mal geliebt hatten. Vermutlich hätte er sie schlafen lassen sollen, aber er hatte es einfach nicht ertragen, sie nicht zu berühren.

Diesmal allerdings hatte er sich danach wenigstens ein T-Shirt und Shorts angezogen, um nicht wieder splitternackt erwischt zu werden. Barfuß tappte Devil zur Tür und öffnete sie. Seine Waffe hatte er in den Bund seiner Shorts gesteckt, falls noch jemand auf die Idee kommen sollte, sie beide zu besuchen.

Auf dem Gang nahm er das Gespräch an. »Ja?«

»Devil? Hier ist Hawk.«

Beinahe sofort setzte das Kribbeln in seinem Nacken ein. »Was ist passiert? Sind die Bomben …?«

Hawk unterbrach ihn. »Nein, Team 8 konnte den Anschlag vereiteln, es war aber sehr knapp. Im Moment ist gerade ein Sprengstoffteam dort, das die Bomben auseinandernimmt.«

Erleichtert atmete Devil auf. »Gott sei Dank!« Allerdings erklärte das nicht, warum sein Instinkt sich meldete. »Und was ist nun das Problem? Ich gehe davon aus, dass du mich deshalb anrufst.«

Hawk druckste ein wenig herum, dann atmete er scharf aus. »Es geht um Red.«

Das ungute Gefühl verstärkte sich. »Was ist mit ihm? Ist er verletzt?«

»Wir wissen es nicht.«

Devil rieb sich über den Nacken. »Was soll das heißen? Entweder er ist es, oder er ist es nicht! Wo ist sein Team? Sie werden doch sicher Meldung gemacht haben.«

Hawk seufzte. »Niemand weiß, was genau geschehen ist. Bull hat wohl den Zünder entfernt, und währenddessen hat Red ihm den Rücken freigehalten. Dabei hat er einen Arbeiter angeschossen und ihn dann aus der unmittelbaren Gefahr gebracht. Er stand noch mit Bull über Funk in Verbindung, und auch der Rest des Teams hat mitgehört. Irgendwo auf dem Rückweg … ist er einfach verschwunden. Bull hat nur ein Stöhnen gehört. Danach hat Red nicht mehr geantwortet, und kurz darauf hat sein Mikrofon nicht mehr funktioniert. Jedenfalls wurden keine Geräusche mehr übertragen.«

Verdammt, das war noch schlimmer, als Devil erwartet hatte. »Und sie haben nirgends eine Spur von ihm gefunden?«

»Bisher nicht. Er ist wie vom Erdboden verschluckt.« Hawk räusperte sich. »Ich möchte dich und Amy bitten, dorthin zu fahren und zu sehen, ob ihr irgendetwas … wahrnehmt, das den anderen entgeht.«

Devil wusste genau, was Hawk meinte, auch wenn der es nicht direkt ausgesprochen hatte. »Ich werde Amy fragen, ob sie sich dazu in der Lage fühlt. Aber eigentlich möchte ich sie nicht in die Nähe der Bomben bringen.«

»Sie werden gerade entschärft, vielleicht sind sie schon fertig, wenn ihr dort ankommt. Ich glaube, dass Amy aufgrund ihrer Fähigkeiten für die Suche sehr wichtig sein könnte. Dich hat sie ja auch gefunden.«

Devil sagte ihm besser nicht, dass das andere Umstände gewesen waren. »Ich werde sie fragen und melde mich gleich wieder.«

»Danke.«

Einen Moment lang stand er da und versuchte, sich darauf einzustellen, dass die Mission noch nicht zu Ende war. Eigentlich hatte er sich darauf gefreut, wieder nach Hause zu kommen und die neue Beziehung mit Amy erkunden zu können. Aber Red war ein guter Mann, und er hatte sie auf dem Berg gerettet. Ohne ihn und seine Männer wären sie den Terroristen ausgeliefert gewesen. Wenn er sich jetzt dafür revanchieren konnte, würde er es tun. Trotzdem wäre es ihm lieber gewesen, Amy dort nicht mit hineinzuziehen.

Schweren Herzens kehrte Devil in das Zimmer zurück. Amy lag noch immer im Bett, ihre langen Haare waren auf dem Kissen ausgebreitet. Devil setzte sich auf die Bettkante und strich mit den Fingern über die seidigen Strähnen.

Dann gab er sich einen Ruck und schüttelte sie sanft an der Schulter. »Amy, wach auf.«

»Mhm.« Anstatt aufzuwachen, grub sie ihr Gesicht noch tiefer in das Kissen.

Devil startete einen weiteren Versuch. »Komm schon, Amy, es ist wichtig.«

Diesmal drehte sie den Kopf und öffnete die Augen. Als sie Devil über sich erblickte, schwand die Müdigkeit aus ihrem Blick und wurde von Entsetzen abgelöst. »Was ist passiert?«

Sofort versuchte er, sie zu beruhigen. »Es wurden Bomben gefunden, aber sie sind nicht explodiert.«

»Oh gut.« Ihr Blick wurde schärfer. »Und warum fühle ich bei dir keine Erleichterung, sondern nur Anspannung?« Sie wurde blasser. »Ist einer von den SEALs getötet worden?«

»Nein, das nicht. Aber Red ist verschwunden.« Schnell erzählte er ihr, was er wusste, und wartete dann auf ihre Reaktion.

Ihre Lippen pressten sich zusammen, und in ihren Augen stand Sorge. Dann setzte sie sich auf und schob die Decke beiseite. »Gehen wir.«

»Dein Knöchel …«

Weiter kam er nicht, denn Amy blitzte ihn wütend an. »Wage es nicht, Chase! Es ist nur eine lächerliche Verstauchung und wird mich sicher nicht davon abhalten, einen Freund zu unterstützen. Red braucht uns jetzt. Wenn wir irgendwie helfen können, werden wir es tun.«

Der Schatten eines Lächelns huschte über Devils Gesicht. »Irgendwie habe ich gewusst, dass du das sagen würdest. Übrigens mache ich mir mehr Sorgen darum, dass du dich in die Nähe von Bomben begeben willst. Auch wenn die gerade entschärft werden.«

Amys Gesichtszüge wurden weicher. »Glaubst du, ich mache mir keine Sorgen? Trotzdem würde ich deshalb nie jemanden im Stich lassen. Ich ziehe mich nur schnell an, dann können wir los.«

Devil erhob sich und ging zur Tür. »Ich kümmere mich um unser Transportmittel und ziehe mich um. Besorg dir am besten von einer der Soldatinnen eine Uniform, dann gibt es keine Fragen, was du dort machst.«

Amy verzog den Mund. »Ich weiß nicht, was schlimmer ist, die Burka oder eine Uniform. Aber ich werde es überleben.« Sie zog das T-Shirt aus.

Einige Sekunden lang stand Devil einfach nur da und starrte sie an, dann gab er sich einen Ruck und verließ den Raum. Jetzt war nicht die Zeit, Amy wieder auf das Bett zu werfen und ihren nackten Oberkörper mit Händen und Lippen zu erkunden.

Als der Hubschrauber in der Nähe des Staudamms landete, konnte Amy überall Soldaten sehen. Mit Maschinengewehren standen sie Wache, jeder, der das Bauwerk betreten wollte, wurde scharf kontrolliert. Sie wusste nicht, wie Chase es geschafft hatte, für sie einen Hubschrauber zu organisieren, aber sie war sehr dankbar dafür. Die Anreise war wesentlich kürzer und vor allem sanfter für ihren Knöchel. Chase hob sie aus dem Helikopter und stützte sie, bis sie die Krücken in Position hatte und sich langsam auf den Eingang des Damms zubewegen konnte. Zwar hatte er ihr auch angeboten, sie zu tragen, aber das wäre ihr peinlich gewesen.

Die Zähne gegen den Schmerz zusammengebissen blickte Amy sich um. Alle schienen angespannt und in höchster Alarmbereitschaft. Kein Wunder, nachdem hier gerade ein Anschlag mit katastrophalen Folgen vereitelt worden war. Wenn noch dazu einer der SEALs verschwunden war … An einem Checkpoint blieben sie kurz stehen, und Chase zeigte dem wachhabenden Soldaten ein Schreiben, das ihre Anwesenheit erlaubte. Der winkte sie ohne Nachfragen durch. Es war ihm deutlich anzusehen, dass er lieber woanders wäre, und Amy konnte es ihm nicht verdenken. Wer wollte schon gerne über gewaltigen Bomben stehen?

Kurz vor dem Eingang stoppte Amy erneut und nahm noch einmal ein wenig Sonne in sich auf. Nur ungern hielt sie sich in dunklen, hohen Gebäuden auf, in denen sie das Gefühl hatte, ein unglaubliches Gewicht würde auf sie niederdrücken.

Chase berührte ihren Arm. »Spürst du Red?« Seine Stimme hielt er so leise, dass nur sie ihn verstehen konnte.

»Nein. Aber das habe ich auch nicht erwartet. Auf diese Entfernung funktioniert das nur bei dir. Bei allen anderen muss ich deutlich dichter dran sein. Und selbst dann geht es meist nur bei Menschen, die ich kenne.«

Wärme lag in seinen Augen. »Ich bin jedenfalls sehr froh, dass du mich gefunden hast.«

»Ich auch. Gehen wir. Je schneller wir zur Stelle seines Verschwindens kommen, desto besser. Wenn er weggebracht wurde …« Sie wagte es nicht, ihre Befürchtung auszusprechen.

Ein Muskel zuckte in Chase' Wange. »Wir werden es probieren. Alles andere liegt nicht in unserer Macht.«

Als Chase die Tür öffnete, trat ihnen Run entgegen, den Amy schon bei ihrer Rettung aus der Höhle kennengelernt hatte. Der SEAL war blass, die Lippen hatte er fest zusammengepresst.

»Ich bringe euch nach unten.«

Chase nickte nur, nahm Amy die Krücken aus der Hand und reichte sie dem SEAL. »Was …?« Bevor Amy weiter protestieren konnte, hob Chase sie auf seine Arme. »Nein, lass mich runter, Chase.«

Doch er hörte nicht auf sie, sondern ging einfach los. »Ich kann es nicht mit ansehen, wenn du Schmerzen hast. Außerdem musst du deine Kräfte schonen. Ich lasse dich wieder runter, wenn wir am Ziel sind.«

Da sie wusste, dass Chase sich nicht umstimmen lassen würde, schwieg Amy und legte ihm den Arm um den Nacken. Er drückte sie enger an sich, und sie konnte die Zufriedenheit in ihm wahrnehmen. Irgendwann würden sie sich darüber unterhalten müssen, bis zu welchem Punkt Amy seine Einmischung akzeptieren würde, aber jetzt hatten sie Wichtigeres zu tun.

»Gibt es schon etwas Neues zu Red?«

Run drehte sich nicht zu ihnen um, als er antwortete. »Nein. Keine Spur von ihm. Aber wir haben anhand von Bulls Aussage ermittelt, wo er ungefähr gewesen sein muss, als er verschwand.«

Amy spürte, wie Chase' Muskeln sich anspannten. Ein Blick in sein Gesicht zeigte ihr, wie sehr ihm die Situation an die Nieren ging. Sie konnte das verstehen, schließlich handelte es sich um einen Kollegen, einen SEAL, den er kannte und schätzte. Instinktiv strich Amy ihm mit dem Daumen über den Nacken, um ihn ein wenig zu beruhigen. Sein Blick glitt zu ihr, und in seinen Augen stand Dankbarkeit. Chase stieg eine lange Treppe hinunter, und sie kamen an einem Raum vorbei.

»Das hier ist die Schaltzentrale, in der Red war, bevor er zurückgegangen ist.« Run hielt kurz an und drehte sich zu ihnen um. »Wir kommen jetzt von der anderen Seite und versuchen, den Weg nachzuvollziehen, den er von hier aus genommen hat.«

Auf dem Boden waren dunkle Flecken zu sehen. Chase setzte Amy ab, und Run gab ihr die Krücken. »Ist das Blut?«

»Ja, es ist von dem Arbeiter mit der Schusswunde.«

»Sicher?« In Chase' Stimme war Skepsis zu hören.

Run nickte knapp. »Falsche Blutgruppe.«

Stumm folgte Amy dem SEAL, als er weiterging. In ihrem Rücken spürte sie Chase' beruhigende Präsenz. Wie mochte es für Red gewesen sein, als er hier langgegangen war? Sicher war er froh gewesen, dass Bull es geschafft hatte, die Bombe zu entschärfen. Er hatte geglaubt, dass sie das Schlimmste überstanden hätten und ihre Aufgabe bald erledigt wäre. Dennoch konnte Amy sich nicht vorstellen, dass Red in seiner Wachsamkeit nachgelassen hatte, dafür war er zu gut ausgebildet. Es musste jemand in seiner Nähe gewesen sein, ohne dass Red ihn bemerkt hatte. Wie war das in diesem engen Gang möglich?

Noch immer konnte Amy Reds Präsenz nicht spüren, und das machte ihr Sorgen. Wäre er hier und am Leben, hätte sie ihn eigentlich spätestens jetzt fühlen müssen. Aber da war ... nichts. Was bedeutete, dass er entweder bereits weiter weg war – oder tot. Amys Herz zog sich zusammen. Zwar hatte sie nur kurze Zeit mit ihm verbracht, aber sie hatte ihn gemocht. Er war ihr wie jemand vorgekommen, der für seinen Job lebte und alles tun würde, um eine Mission zu erfüllen.

Wenig später kamen sie an der Stelle an, wo Red vermutlich verschwunden war. Nichts deutete darauf hin, dass der SEAL, oder jemand anders, hier gewesen war. Keine Blutspritzer an den Wänden, keine Zeichen eines Kampfes. Und keine Möglichkeit, wo sich jemand hätte verstecken und Red in einen Hinterhalt hätte locken können. Chase schien das ähnlich zu sehen, denn seine Frustration steigerte sich in alarmierendem Maße.

Der Rest des Teams, mit Ausnahme des verletzten Tex, hatte sich hier versammelt und blickte ihnen angespannt entgegen. Besonders Bull wirkte um Jahre gealtert, was sicher zum Teil auch daran lag, dass er gerade erst den Zünder einer Bombe entschärft hatte. Amy vergaß jeden Schmerz in ihrem Knöchel, als sie die Furcht und das Schuldgefühl in Bulls Augen sah. Er fing ihren Blick auf, und sofort glitt eine starre Maske über sein Gesicht, die seine Emotionen verbergen sollte. Das war unnötig, sie waren so intensiv, dass Amy sie sogar auf diese Entfernung wahrnahm. Der Druck auf ihre Brust nahm zu, und sie stolperte.

Sofort schoss Chase' Arm vor und stützte sie. Erst als sie ihm zunickte, trat er vor und wandte sich an Bull. »Wie sicher bist du, dass es hier war?«

»Ich bin die Strecke abgegangen, nachdem Red nicht wieder aufgetaucht war und das Team die Bomben gesichert hatte. Ich weiß, wie schnell er sich bewegt, wenn er ein Ziel hat, und dass er dabei trotzdem immer nach einer Bedrohung Ausschau hält.

Auf den Meter genau kann ich es natürlich nicht sagen, aber es wird irgendwo hier gewesen sein.«

Chase nickte. »Okay. Du hast also nur ein Stöhnen gehört, nichts anderes?«

Bull schluckte hart. »Ja, er brach mitten im Satz ab und stöhnte. Für mich klang es so, als wäre er zu Boden gestürzt. Danach herrschte Stille – jedenfalls habe ich keine menschlichen Geräusche gehört, nur das übliche Dröhnen, dem man hier nicht entgehen kann.« Er fuhr sich mit der Hand über das Gesicht. »Ganz am Ende kam noch mal ein Stöhnen oder so was Ähnliches, direkt bevor die Verbindung abgebrochen ist. Entweder hat jemand das Mikrofon abgedreht, oder es wurde in dem Moment zerstört.« Bull wurde noch ein wenig blasser.

Eye mischte sich ein. »Warum konnte er auch nicht einfach den Mann dort unten liegen lassen, sondern musste den Samariter spielen und ihn rausbringen? Es war nur eine Schulterverletzung, der Kerl hätte schon überlebt. Dann wäre das alles nicht passiert!« Wut ging in Wellen von ihm aus, und Amy trat automatisch zurück.

Mojo funkelte seinen Teamkollegen an. »Nicht hilfreich, Eye! Suchen wir lieber weiter. Irgendwo muss es Anhaltspunkte geben.«

Amy konnte spüren, dass der SEAL nicht an seine eigenen Worte glaubte, aber sie war ihm dankbar, dass er den Fokus wieder in die richtige Richtung lenkte. Es waren sowieso schon zu viele Gefühle hier versammelt, und es fiel Amy schwer, einzelne Emotionen herauszufiltern. Wie sollte sie da jemanden wahrnehmen, der weiter entfernt oder schwach war? Bittend sah sie Chase an, der sofort reagierte. Manchmal glaubte sie, er konnte ihre Gedanken lesen.

»Wurden schon alle Gänge und Räume abgesucht?«

Bull antwortete Chase. »Wir sind noch dabei. Bisher wurde nirgends etwas gefunden.«

»Wie wäre es, wenn wir damit weitermachen? Hier ist Red ja offensichtlich nicht, und es bringt nichts, hier zu stehen und die Wände anzustarren.«

Eye begann zu protestieren, doch Bull schnitt ihm das Wort ab. Durchdringend blickte er Chase an. »Du hast recht.« Dann wandte er sich an seine Kollegen. »Bleibt immer über Funk in Kontakt und geht nirgends alleine hin. Ich bleibe hier bei Amy und Devil.«

Amy wusste nicht, welche Ränge die einzelnen Teammitglieder bekleideten, doch es schien, als wäre Bull der Anführer, solange Red nicht da war. Einige murrten zwar, aber sie taten, was er ihnen sagte. Nach und nach verschwanden sie im Gang. Sofort schwächte sich das Durcheinander an Gefühlen ab, und Amy konnte wieder etwas leichter atmen. Solange Chase und Bull allerdings noch so nahe bei ihr standen, würde sie nie etwas von Red wahrnehmen.

Entschuldigend blickte sie Chase an. »Könnt ihr mir ein wenig mehr Raum geben?«

Mit gerunzelter Stirn sah Bull erst zu ihr und dann zu Chase. »Was soll das?«

Chase legte seine Hand auf den Arm des SEALs. »Frag nicht. Du musst nur wissen, dass Amy mich auch gefunden hat, als Mansoor Rahid mich gefangen genommen hatte.«

Deutlich zögernd bewegte Bull sich ein Stück zurück. »Weiter gehe ich nicht, sonst verschwindest du hinterher auch.«

Amy lächelte ihn leicht an. »Das reicht schon, danke.«

Um ihren Knöchel zu entlasten, lehnte sie sich mit dem Rücken an die Wand des Gangs und schloss die Augen. Nur sehr selten öffnete sie sich ganz für die Gefühle um sie herum, es war zu belastend. Doch jetzt ließ sie ihre Sinne wandern, während sie gleichzeitig versuchte, Bull und Chase auszublenden. Einige Minuten blieb sie so stehen und spürte jeder noch so kleinen Spur nach. Aber keine führte sie zu Red. Es war, als wäre er von der Erde verschluckt worden. Langsam hob Amy die Lider und blickte Chase an, in dessen Gesicht deutlich Besorgnis zu erkennen war.

Sofort kam er zu ihr und zog sie in seine Arme. »Und?«

»Nichts. Es tut mir leid.«

Er küsste sie auf die Stirn. »Es war den Versuch wert.«

Bull näherte sich zögernd. »Erklärt ihr mir jetzt, was hier vorgeht?«

Bedauernd teilte Amy ihm ihre Befürchtungen mit. »Ich glaube nicht, dass Red noch hier ist. Entweder wurde er weggebracht oder …« Sie brach ab und biss sich auf die Lippe.

Aufgebracht trat Bull zu ihr. »Woher willst du das wissen? Red kann nicht …«

Diesmal unterbrach Chase ihn mit ruhiger Stimme. »Glaub es einfach. Wäre er hier, würde Amy es wissen.«

»Und was sollen wir jetzt deiner Meinung nach machen? Einfach aufgeben und weggehen? Das werden wir ganz bestimmt nicht!« Röte war in Bulls Gesicht gestiegen.

»Das habe ich auch nicht erwartet. Natürlich suchen wir so lange, bis wir irgendwas finden, und wenn es nur ein Hinweis ist.« Chase strahlte absolute Überzeugung aus.

Bull starrte ihn an, dann nickte er abrupt. »Okay.«

Amy spürte, wie Chase sich innerlich auf die Aufgabe vorbereitete. Er wusste, wie schwierig es sein würde, Red zu finden, aber er war bereit, alles dafür zu tun. Und genau das liebte sie an ihm. Da sie ihn nicht ablenken wollte, trat sie ein wenig zurück und lehnte sich an die Wand. Um ihren Knöchel zu entlasten, legte sie ihr Knie über den Handgriff der Krücke. Dabei schwang ihr Bein nach hinten, und ihr Hacken schlug gegen die Wand. Schmerz durchzuckte ihren Knöchel, und sie unterdrückte den Laut, der ihr entkommen wollte. Sie wusste, dass Chase sie wegschicken würde, wenn er dachte, es ginge ihr nicht gut. Und das wollte sie unbedingt verhindern.

Ein kurzer Blick zu Chase zeigte, dass er in ihre Richtung sah. Seine Augenbrauen waren zusammengezogen, und er rieb sich mit der Hand über den Nacken. Amy spürte ein seltsames Kribbeln, das sie sich nicht erklären konnte. Chase kam auf sie zu, und sie befürchtete schon, er würde sie jetzt doch wegschicken, aber er schob sie nur sanft beiseite und hockte sich vor die Wand. Mit dem Griff seiner Pistole schlug er an verschiedenen Stellen leicht gegen die Mauer.

Verwirrt sah Amy ihm dabei zu. »Was tust du da?«

»Still.« Er war ganz auf das konzentriert, was er gerade tat, und sah noch nicht einmal zu ihr auf.

Erneut klopfte er, und diesmal hörte Amy es auch: An dieser Stelle gab die Wand einen anderen Klang von sich, irgendwie … dumpf, und es hallte ein wenig, als wäre dahinter kein zentimeterdicker Zement. Unruhe kam in Amy auf, und sie nahm ihr Bein herunter. Bull schien auch zu ahnen, was Chase entdeckt hatte, denn er sprach leise in sein Mikrofon, während er gleichzeitig seine Pistole auf die Wand richtete.

Jetzt blickte Chase zu ihr auf. »Geh noch ein Stück zur Seite, Amy.«

Schweigend tat sie, worum er sie bat. In seinen Augen konnte sie Aufregung erkennen, die sich ebenso in seinen Gefühlen widerspiegelte. Gleichzeitig spürte sie jedoch auch seine Befürchtung, in den nächsten Minuten Reds Leiche zu entdecken. *Gott, bitte nicht!* Es wäre einfach so sinnlos, wenn er den Kampf gegen die Terroristen und auch den Anschlagsversuch hier überstanden hätte, um dann getötet zu werden.

Die eiligen Schritte schwerer Stiefel hallten durch den

Gang, und Chase wirbelte herum. Amy presste sich gegen die Wand, um nicht im Weg zu sein.

»Das ist nur das Team, ich habe sie zurückgerufen.« Bulls Einwurf ließ Amy tief durchatmen.

Sie hatte zwar nicht damit gerechnet, dass die Terroristen sie überraschen würden – dafür waren zu viele Wachen unterwegs –, aber Reds Verschwinden zeigte auch, dass es hier offenbar möglich war, ungesehen hinein- und hinauszugelangen. Deshalb war Amy lieber vorsichtig.

Chase richtete sich auf, hielt die Waffe aber trotzdem in Richtung der Neuankömmlinge. Erst als diese um die Ecke kamen, und er sah, dass es wirklich die SEALs waren, senkte er die Pistole.

Einer der SEALs hatte einen kleinen Rammbock dabei und verlor keine Zeit. Während die anderen die Sicherung übernahmen, schlug er an der Stelle, die Chase ihm zeigte, mit voller Kraft gegen die Wand und sprang dann zur Seite. Ein Teil der Wand schwang nach innen und gab ein rechteckiges, etwa ein Meter hohes Loch frei. Unbehaglich blickte Amy in die Dunkelheit. Es graute ihr vor dem, was sie hier vielleicht entdecken würden.

Auch die SEALs schienen ein wenig zu zögern, bevor Bull schließlich mit einer Taschenlampe in das Loch leuchtete. Ein leerer Gang erstreckte sich vor ihnen, dessen Ende nicht zu sehen war. Die Wände standen eng zusammen, die Decke war niedrig.

»Ich gehe rein.« Bulls Stimme hallte seltsam in dem Geheimgang.

Chase legte ihm die Hand auf den Arm, um ihn aufzuhalten. »Ist der Gang auf den Plänen verzeichnet? Ich möchte wissen, wohin er führt.«

»Nein, ist er nicht. Sonst hätten wir ihn schon längst untersucht.« Er schüttelte Chase' Hand ab. »Wenn Red hier gewesen ist, muss ich das wissen.«

»Es hilft ihm aber nicht, wenn du dich auch töten oder gefangen nehmen lässt, Bull. Wir gehen gemeinsam.« Der SEAL wirkte nicht besonders glücklich, nickte aber.

Chase drehte sich zu Amy um. »Ich möchte, dass du hierbleibst. Mit dem Knöchel würdest du hier nicht durchkommen, und es ist auch zu gefährlich.«

Obwohl Amy es nicht schätzte, wenn man ihr Befehle erteilte, musste sie Chase in diesem Fall zustimmen. Besonders weil sie seine ehrliche Besorgnis um sie spürte. »Okay.« Sie streckte ihre Hand nach ihm aus. »Sei bitte vorsichtig.«

Seine Finger streiften ihre, und er nickte ihr zu, dann kletterte er in das Loch. Durch das Licht der Taschenlampen konnte Amy sehen, was in dem Gang vor sich ging. Langsam bewegten sich Chase und Bull vorwärts, während sie alles ableuchteten. Schließlich blieb der Lichtstrahl auf einem am Boden liegenden Gegenstand hängen, den Amy aus der Entfernung nicht erkennen konnte. Bulls Fluch konnte sie allerdings deutlich hören, und sie spürte, wie Chase' Aufregung anstieg.

Als die beiden zurück zum Eingang kamen, konnte Amy sehen, was Bull in der Hand hielt: Es war ein Headset von der Sorte, die die SEALs trugen. Der Bügel mit dem Mikrofon war abgebrochen und baumelte an dem Kabel. Jetzt gab es keinen Zweifel mehr, dass Red hier gewesen und ihm irgendetwas zugestoßen war. Nur was? Auf jeden Fall war es sehr wahrscheinlich, dass er den Gang nicht freiwillig betreten und dann sein Mikrofon hiergelassen hatte. Ein Schauder lief durch Amys Körper, als sie in den dunklen Gang blickte. Sie wünschte, sie könnte Red spüren und würde so wenigstens wissen, dass er noch am Leben war, aber da war immer noch nichts.

Chase' Blick traf ihren, und sie schüttelte unauffällig den

Kopf. Resignation breitete sich auf seinem Gesicht aus. Er kletterte aus dem Loch, kam zu Amy und legte seine Finger unter ihr Kinn. »Ich muss ihn suchen.«

Amy gelang ein zittriges Lächeln. »Ich weiß. Pass auf dich auf.«

»Das tue ich immer.«

Normalerweise hätte sie über diese klare Lüge gelacht, aber sie brachte es nicht über sich.

»Einer der SEALs wird dich nach draußen begleiten. Warte dort auf mich, okay?«

Amy biss sich auf die Lippe und nickte schließlich.

»Danke.« Chase küsste sie sanft. »Ich liebe dich, Amy.« Seine Worte waren so leise, dass nur sie sie verstehen konnte.

»Ich dich auch.« Widerwillig löste sie sich von ihm. Am liebsten hätte sie ihn ewig festgehalten und ihre Gefühle genossen, doch für Red zählte jede Sekunde. Falls er noch lebte. »Finde Red und bring ihn zurück.«

Ein Muskel zuckte in Chase' Wange. »Das werde ich.«

Während Amy ihm nachsah, als er zusammen mit den anderen SEALs in dem Geheimgang verschwand, wusste sie, dass das kein leeres Versprechen war. Chase würde Red so lange suchen, bis er ihn gefunden hatte. Amy schlang die Arme um ihren Körper und versuchte, nicht daran zu denken, was alles schiefgehen konnte. Wie schnell sie Chase wieder verlieren könnte, nachdem sie ihn gerade erst gefunden hatte.

Epilog

Aufgeregt wartete Amy auf die Ankunft des Flugzeugs. Sechs lange Wochen waren vergangen, seit sie Chase das letzte Mal gesehen hatte. Nachdem er vergebens mit den SEALs von Team 8 dem Geheimgang gefolgt war, war er abends zum Stützpunkt zurückgekehrt und hatte ihr eröffnet, dass er weiter nach Red suchen würde. Amy hatte auch dort bleiben wollen, doch Chase hatte darauf bestanden, dass sie in die USA zurückkehrte. Hinter ihrem Rücken hatte er bereits alles mit Hawk besprochen, und Amy war trotz ihrer Proteste zurückbeordert worden. Sie verstand zwar, dass ihre Aufgabe erledigt war, nachdem Bashir Khans Kontakt zu dem Terroristen offenbart worden war, aber sie wollte die Suche und vor allem Chase unterstützen. Sie wollte für ihn da sein, wenn er müde nach einem Einsatz zum Stützpunkt zurückkehrte.

Stattdessen war sie nach Coronado zurückgeflogen und hatte sich erst einmal wieder an den amerikanischen Alltag gewöhnen müssen. An das Leben ohne Burka und ohne die Sorge darüber, allein auf der Straße unterwegs zu sein. Daran, amerikanisches Essen zu sich zu nehmen und in ihrem eigenen bequemen Bett zu schlafen. Aber sie vermisste Sahar, Laila und, wenn sie ehrlich war, auch Bashir. Er war der afghanischen Justiz überstellt worden, und dort hatte man entschieden, dass es für die Stabilität des Landes nützlicher war, wenn er in Freiheit blieb und weiter Geschäfte machte. Ein Großteil seines Gewinns wurde allerdings eingezogen und in verschiedene Aufbaumaßnahmen gesteckt. Außerdem musste er sein Netzwerk an Informanten dem Staat zur Verfügung stellen, damit so etwas nicht noch einmal passierte.

Auch wenn es rechtlich gesehen nicht wirklich fair war, freute Amy sich dennoch über das Urteil. Sie war überzeugt, dass Bashir kein schlechter Mensch war, sondern nur falsche Entscheidungen getroffen hatte. Vor allem aber war sie froh, dass Sahar ihren geliebten Vater nicht verloren hatte. In der vorangegangenen Woche war ein Brief auf der Basis angekommen, den das Mädchen an sie geschrieben und den Bashir weitergeleitet hatte. Woher er wusste, wo er sie finden konnte, war Amy ein Rätsel, aber sie freute sich trotzdem.

Sie wischte die feuchten Hände an ihrem Rock ab und starrte auf die Anzeigetafel, die die Ankunft des Fluges in zehn Minuten ankündigte. Während der vergangenen Wochen hatte Chase sich regelmäßig bei ihr gemeldet, entweder telefonisch oder per E-Mail, aber die Zeit war ihr trotzdem unendlich lang vorgekommen. Besonders, weil sie auf diese Entfernung nicht spüren konnte, wie er sich wirklich fühlte. Zwar hatte er behauptet, dass es ihm gut ginge, aber Amy hatte das Gefühl, dass er immer frustrierter geworden war, je länger die Suche nach Red angedauert hatte.

Mehrfach hatte das Team geglaubt, endlich eine konkrete Spur zu haben, und man hatte Rettungseinsätze gestartet, aber Red war nicht gefunden worden. Entweder war er nie dort gewesen, oder man hatte ihn schon wieder fortgebracht. Mit jedem Fehlschlag war Chase einsilbiger geworden, die Telefonate seltener. Schließlich hatte man entschieden, SEAL Team 8 und damit auch Chase abzuziehen.

Immerhin waren sämtliche Verletzungen von Chase' eigenen Männern inzwischen verheilt, und er würde zu einem kompletten und einsatzbereiten Team 11 zurückkehren. Amy musste lächeln, als sie daran dachte, dass immer wieder einige Teammitglieder bei ihr vorbeigeschaut hatten, um sich mit ihr zu unterhalten und herauszufinden, wie es ihr ging. Sie vermutete, dass Chase etwas damit zu tun hatte. Bei den TURT/LEs herrschte momentan gute Stimmung, besonders weil mit Ramon das erste TURT-Baby auf die Welt gekommen war und Rose öfter mit dem Kleinen zu Besuch kam. Es war unglaublich schön, zu sehen, wie vorsichtig der gewaltige Rock mit dem winzigen Baby umging.

Die Paare unter den Agenten zu beobachten hatte Amys Sehnsucht nach Chase allerdings auch in ungeahnte Höhen steigen lassen. Sie wünschte sich auch eine solche Beziehung mit jemandem, der immer an ihrer Seite war und in dessen Arme sie sich fallen lassen konnte. Jemanden, der sie liebte und sie bei allem unterstützte, was sie tat. Und den sie ebenfalls lieben und verwöhnen konnte. Sie hoffte, diesen Mann mit Chase gefunden zu haben, aber nach der langen Trennung war sie sich dessen nicht mehr sicher. Was, wenn er inzwischen gemerkt hatte, dass seine Gefühle nur aufgrund der Gefahr und der Erinnerung an ihre gemeinsame Jugend bei Stargate entstanden waren? Wenn er sie gar nicht so liebte wie sie ihn?

Amy holte tief Luft, um sich zu beruhigen. Nur noch wenige Minuten, dann würde sie es endlich wissen. Das war der Vorteil an ihren Fähigkeiten: Sie würde sofort erkennen, was Chase für sie empfand, er brauchte es gar nicht zu sagen.

Um Amy herum herrschte eine Kakophonie von Geräuschen, Stimmen und Gefühlen, die alle auf sie einhämmerten und ihr die Kraft raubten. Normalerweise vermied sie es, an gut besuchte Orte zu gehen, weil dort zu viele Gefühle auf sie einströmten, aber sie hatte nicht zu Hause auf Chase warten können. Sie wollte ihn so schnell wie möglich in die Arme schließen und ihm in die Augen sehen. Dafür war sie auch bereit, ein wenig zu leiden.

Schließlich war es so weit, das Flugzeug landete und rollte langsam zum Terminal. Amy stand am Fenster und starrte so lange auf die Maschine, bis sie glaubte, Chase spüren zu können. Nur bruchstückhaft, aber sie war sicher, seine Gefühle aus allen anderen herausfiltern zu können. Es war wie ein bestimmter Geruch, der nur einer einzigen Person anhaftete. Je näher das Flugzeug kam, desto deutlicher wurden seine Gefühle. Es war eine Mischung aus Ungeduld, Vorfreude, aber auch negativen Emotionen wie Versagen und Schuld. Offenbar nahm er es persönlich, dass es ihm nicht gelungen war, Red zu finden. Amy konnte ihn verstehen, hoffte aber, ihn von seinen zerstörerischen Gedanken abbringen zu können.

Als die Fluggastbrücke am Flugzeug befestigt wurde, ging Amy langsam in Richtung Ankunftsbereich. Vermutlich würde es noch einige Zeit dauern, bis Chase aus dem Flugzeug kam und sein Gepäck erhielt, deshalb schlenderte sie noch durch einen Shop. Schließlich hielt sie es nicht mehr aus und stellte sich zu den anderen Menschen, die auf ihre Verwandten oder Freunde warteten. Glücklicherweise war sie groß genug, um über die meisten Köpfe hinwegblicken zu können. Ihre Aufregung wuchs, als die ersten Personen durch die Glastüren traten.

Chase konnte nicht mehr weit sein, seine Emotionen wurden schnell stärker. Dann sah sie ihn, wie er mit großen Schritten auf den Ausgang zustrebte. Offenbar erwartete er nicht, hier von jemandem abgeholt zu werden. Schnell kämpfte Amy sich durch die Menge und lief hinter ihm her.

Chase blieb abrupt stehen und drehte sich um. Sein Blick glitt über die Gesichter, bis er an ihrem hängen blieb. Amys Herz machte einen Satz, als eine Mischung aus Erleichterung, Liebe und Erregung von Chase ausging. Anscheinend hatte er sie genauso vermisst wie sie ihn. Lächelnd überwand Amy die letzten Meter und warf sich dann in Chase' Arme. Er ließ den Seesack fallen und fing sie auf. Seine Arme schlangen sich fest um sie und er hob sie hoch, bevor er sie vorsichtig wieder auf den Boden setzte. Ihre Gesichter waren dicht voreinander, und das Glitzern in seinen grünbraunen Augen nahm Amy den Atem. Seine Lippen senkten sich auf ihre, und er küsste sie erst sanft, dann immer gieriger.

Nach unendlich langer Zeit löste er sich ein Stück von ihr. »Gott, es tut so gut, dich zu sehen und dich berühren zu können.« In seiner Stimme schwang eine solche Sehnsucht mit, dass sich in Amys Hals ein Kloß bildete.

»Das geht mir genauso.« Sie ließ die Finger durch seine Haare gleiten, die noch ein wenig länger waren als sonst. Jetzt sah sie auch die neuen Falten auf seiner Stirn und in seinen Mundwinkeln. Dunkle Schatten lagen unter seinen Augen, und es wirkte, als wäre er dünner geworden. »Ich liebe dich, Chase.«

Seine Augen verdunkelten sich, bevor er seine Wange an ihre presste. An ihrem Hinterkopf spürte Amy das Zittern seiner Hand. »Ich liebe dich auch.«

Chase' Gefühle waren vollkommen in Aufruhr, aber eines konnte Amy ganz deutlich spüren: seine Liebe für sie. Tränen stiegen ihr in die Augen, und sie blinzelte sie schnell weg. Heute war der Tag, ihr Wiedersehen zu genießen. Alles andere konnte bis morgen warten.

Zögernd löste sie sich von Chase und trat einen Schritt zurück. Auch seine Augen waren feucht, ein Anblick, der Amy beinahe in die Knie zwang. Sie streckte die Hand aus. »Komm, gehen wir nach Hause.«

Chase' schwielige Finger legten sich um ihre. »Das klingt sehr gut.«

Zusammen gingen sie auf den Ausgang zu, und Amy wusste, dass alles gut werden würde.

Leseprobe

MICHELLE RAVEN
Crossroads
Ohne Gnade

Angespannt blickte Damon Thomas auf die Landschaft, die an der getönten Scheibe des Transportbusses vorbeiflog, auch wenn er sie in der Dämmerung kaum noch erkennen konnte. Schon lange war er den Wäldern der Olympic Peninsula nicht mehr so nahe gekommen. Was würde er darum geben, einfach darin eintauchen zu können! Fast meinte er einen Hauch des Fichtenduftes wahrzunehmen, während sie die gewundene Straße entlangfuhren, doch das musste Einbildung sein. Sämtliche Fenster waren mit Panzerglas versehen und fest verschweißt. Es gab kein Entkommen, so sehr er sich das auch wünschte.

Widerwillig löste er seinen Blick von der Landschaft und betrachtete den zweiten Häftling, der mit ihm nach Seattle transportiert wurde. Damon hatte sich im Clallam Bay Corrections Center darum bemüht, Russell Davis möglichst aus dem Weg zu gehen. Und das lag nicht an dessen kahlrasiertem Kopf, den durch rigoroses Training aufgepumpten Muskeln oder daran, dass er ein verurteilter Mörder war, sondern an Russells Faible für Gewalt. Seit er vor einem Dreivierteljahr im Gefängnis angekommen war, hatte er es sich zum Ziel gemacht, möglichst viele Kämpfe zu beginnen. Das war auch der Leitung nicht entgangen, und sie hatten Russell in Einzelhaft gesteckt. Nicht dass ihn das davon abhielt, die anderen Gefangenen zu schikanieren.

Mehr als einmal waren in der Dusche und anderen Gemeinschaftsräumen übel zusammengeschlagene Männer entdeckt worden, die allesamt behaupteten, nicht zu wissen, wer ihnen das angetan hatte. Aber es zweifelte niemand daran, dass sie Russell zum Opfer gefallen waren. Vorher war es in der Haftanstalt zwar auch nicht völlig gewaltfrei zugegangen, doch für die dort Einsitzenden würde es eine große Erleichterung sein, wenn Russell nicht mehr zurückkehrte. Damon hatte keine Informationen darüber, aber vielleicht war es jetzt endlich so weit. Als hätte er seinen Blick auf sich gespürt, drehte der Mörder sich nun langsam zu ihm um, was Damons Puls in die Höhe schießen ließ.

Russell hob die Augenbrauen und grinste ihn provozierend an. »Willst du was von mir, Kleiner?«

Stumm schüttelte Damon den Kopf und wandte sich wieder dem Fenster zu. Es war immer klug, Russells Bemerkungen zu ignorieren. Und »Kleiner« war geradezu lächerlich, wenn man bedachte, dass Damon einige Jahre älter war als Russell und auch bestimmt fünfzehn Zentimeter größer. Im Vergleich zu Russells Muskelbergen war er allerdings eher schlank gebaut und würde bei einem Kampf sicher den Kürzeren ziehen. Glücklicherweise musste er es nicht darauf ankommen lassen, denn sie waren beide mit Hand- und Fußschellen an die Sitze gekettet und ein Wachmann ließ sie nicht aus dem Blick. Jenseits des vergitterten Abteils saßen zwei weitere bewaffnete Wächter und ein FBI-Agent aus Seattle, die Fahrerkabine des Transporters war mit zwei Männern besetzt.

Damon lehnte die Stirn gegen die Scheibe und starrte in die zunehmende Dunkelheit, während sie die schmalen Straßen entlangfuhren. Nur selten kam ihnen ein Wagen entgegen, die meisten Touristen hatten den Olympic National Park bereits verlassen, um zu ihren Unterkünften zu fahren, oder vergnügten sich auf den Zeltplätzen. Es war lange her, seit er hier Urlaub gemacht hatte, die letzten drei Jahre hatte er eingesperrt im Hochsicherheitsgefängnis Clallam Bay verbracht. Dort hatte er von seinem Fenster aus einen Blick über die Juan-de-Fuca-Meerenge auf die häufig von Nebel eingehüllte Küste von Vancouver Island, aber den gemäßigten Regenwald im Inneren der Halbinsel oder die Olympic Mountains hatte er zuletzt bei seiner Ankunft gesehen. Auch damals war es dunkel gewesen, und die Verzweiflung hatte ihn fest im Griff gehabt.

Die Erinnerungen drohten Damon wieder zu verschlingen, doch er kämpfte dagegen an. Alles war besser als der immer gleiche Trott im Gefängnis. Hier im Wagen konnte er fast die Freiheit spüren, auch wenn es nur eine Illusion war. Früher hatte er sich in jeder freien Minute in der Natur aufgehalten und es geliebt, sich von allem Menschengemachten zu entfernen. Im Gefängnis starb er innerlich jeden Tag ein wenig mehr ab, bis er irgendwann nur noch eine leere Hülle sein würde. Wie sollte er es ertragen, noch zweiundzwanzig Jahre dort zu verbringen?

Damon presste die Handfläche an die kühle Scheibe und wünschte sich, der Transportbus wäre nicht klimatisiert. Er sehnte sich danach, ungefilterte Luft einzuatmen, eine Brise auf seinem Gesicht zu spüren. Aber das würde er wohl erst, wenn er in Seattle ausstieg. Aus dem Augenwinkel sah er etwas Helles im Scheinwerferlicht auftauchen. Ohne Vorwarnung riss der Fahrer das Lenkrad herum, der Wagen bewegte sich scharf zur Seite. Damon verlor den Halt auf der Sitzbank und rutschte in Richtung des Mittelgangs. Die Kette der Handschellen straffte sich, bis er nur noch daran hing. Schmerz schoss durch seine Handgelenke, als das Metall ins Fleisch biss.

Reifen quietschten, der Motor heulte auf. Die Wachmänner schrien durcheinander, auch sie waren von ihren Sitzen gerutscht und versuchten, sich wieder aufzurappeln, doch die Fliehkräfte hinderten sie daran. Der Wagen schleuderte in die andere Richtung, und Damon stieß mit dem Kopf schmerzhaft an die Kante der Sitzlehne vor ihm. Für einen Moment sah er nur schwarze Punkte, doch bevor er sich von dem Schlag erholen konnte, geriet die gesamte Welt um ihn herum aus den Fugen. Damon schaffte es gerade noch, sich am Sitz festzuhalten, als sich der Wagen noch weiter zur Seite neigte und dann umkippte. Ein Stück schlitterte er über den Asphalt, und Damon hing wie eine Schweinehälfte an der Stange, dann überschlug sich der Transporter erneut.

Schreie ertönten, als die Männer durcheinanderfielen, ein Sitz riss sich aus der Verankerung und stürzte auf einen Wachmann. Damon stürzte auf den Boden zurück – oder vielmehr die Decke –, seine Arme zum Zerreißen gespannt, weil sie immer noch an die Sitzlehne vor ihm gefesselt waren. Das Licht flackerte und ging dann ganz aus. Eine schwache Notbeleuchtung blinkte grünlich. Blut lief ihm in die Augen, und er wischte mit dem Gesicht über seinen Ärmel. Hoffentlich wurde er schnell aus dieser unbequemen Situation befreit, denn allzu lange würden seine Arme das nicht mehr mitmachen. Wenigstens war die Kette an seinen Beinen lang genug, sodass er nicht ganz in der Luft hing.

Aus den Augenwinkeln sah er eine Bewegung. Russell war ebenfalls von seinem Sitz geschleudert worden, doch offensichtlich war bei ihm die Stange zerbrochen, an der seine Handfesseln befestigt waren, und er konnte sich besser bewegen. Der Wachmann, der mit ihnen im Abteil gewesen war, lag benommen einige Meter entfernt. In dem schwachen Licht konnte Damon nicht sehen, wie schwer er verletzt war. Im vorderen Bereich des Wagens herrschte großes Durcheinander.

Flüche erklangen und ein furchtbares metallisches Kreischen. Dann endlich kam der Wagen mit einem Ruck zum Stehen. Damon pendelte nach vorn und stieß sich das Knie an etwas Hartem. Für einen Moment herrschte völlige Stille. Ein Stöhnen erklang, gefolgt von einem Knirschen. Erneut ein Fluch, gleich darauf krachte etwas. Auf der Suche nach etwas, das ihm behilflich sein könnte, irrte Damons Blick durch den Wagen. Der Druck auf seine Handgelenke wurde langsam unerträglich.

Russell richtete sich langsam auf, in der Hand hielt er ein Stück Metall. Ohne zu zögern, bewegte er sich auf den Wachmann zu, der immer noch am Boden lag. Seine Absicht war völlig klar. Kein Zeichen von Reue war auf Russells Gesicht zu erkennen, als er zuschlug. Ganz im Gegenteil, Hass und Rachedurst standen deutlich sichtbar in seiner Miene. Noch einmal schlug er zu, dann durchwühlte er die Taschen des bewusstlosen Wärters. Mit einem triumphierenden Grinsen zog er einen Schlüsselbund heraus und entledigte sich seiner Hand- und Fußschellen. Danach bewegte er sich weiter zum vorderen Teil des Wagens.

Keines der schuss- und bruchsicheren Fenster war zerborsten, sonst wäre Russell vermutlich schon längst verschwunden. So aber war der einzige Ausgang die Tür in dem Metallgitter, das die Gefangenen vom Wachpersonal trennte. Der Schlüssel des Wachmanns war jedoch nicht für die Tür gedacht, wie der Mörder schnell merkte. Sie ließ sich nur von außen öffnen. Auf der Suche nach einer Fluchtmöglichkeit ließ Russell seinen Blick durch den Wagen wandern. Ihre Augen trafen sich für einen Moment, dann salutierte ihm Russell spöttisch und wandte sich wieder um.

Das schlechte Gefühl in Damon verstärkte sich, als er sah, wie Russell etwas vom Boden aufhob. Doch diesmal war es kein Metallrohr, sondern eine Pistole. Einer der Wachleute musste sie verloren haben, und sie war während des Unfalls unter dem Gitter hindurchgerutscht. Russell entsicherte die Waffe und hielt sie dann durch die Metallstäbe.

»Öffnen Sie die Tür, wenn Sie nicht sterben wollen.«

Der angesprochene Wachmann starrte ihn mit weit aufgerissenen Augen an und schien unfähig, sich zu rühren. Eine seltsame Stille herrschte, die gleich darauf von einem Schuss zerrissen wurde. Der Mann sackte in sich zusammen.

Für Russell schien es völlig normal zu sein, einen Menschen zu erschießen. Jedenfalls war keinerlei Bedauern in seinem Gesicht zu erkennen, als er sich noch einmal kurz umdrehte. »Okay, versuchen wir es noch mal. Entweder es öffnet sofort jemand diese verdammte Tür, oder ich schieße euch einen nach dem anderen ab.«

Erneut zerrte Damon an seinen Fesseln, konnte sich jedoch noch immer nicht befreien. Das Herz hämmerte in seiner Brust, Adrenalin jagte durch seinen Körper. Wenn er nicht irgendetwas unternahm, würde Russell jeden töten, der ihm im Weg war – ihn selbst eingeschlossen.

»Nein, nicht …!«

Ein Klacken ertönte, und der Ruf des Agenten verstummte, als die Tür nach innen aufschwang. Sofort trat Russell hindurch, beugte sich über den toten Wachmann und nahm dessen Waffe an sich. Dann wandte er sich dem zweiten Wachmann zu, der ihm anscheinend die Tür geöffnet hatte.

»Danke, das war sehr freundlich. Wenn auch völlig dämlich.« Ohne eine Vorwarnung schoss er, und der Wächter stürzte tot zu Boden.

Damit blieb nur noch der FBI-Agent übrig, der offenbar

eingeklemmt war und sich nicht bewegen konnte. Russell hockte sich vor ihn und presste die Mündung der Pistole an die Stirn des Mannes. Agent Curtis war etwa fünfzig und eher schmächtig, er hatte keine Chance gegen Russell.

»Zu schade, dass Agent Lynch nicht hier ist, ich hatte mich so darauf gefreut, ihn wiederzusehen. Und ich hätte es viel mehr genossen, ihn zu töten. Ich würde Sie ja bitten, ihm etwas von mir auszurichten, aber leider werden Sie das nicht mehr können.«

Der Agent hustete. »Denken Sie nicht, dass Sie damit davonkommen, Davis. Gabriel wird Sie fassen, so wie letztes Mal, aber diesmal wird er dafür sorgen, dass Sie nie wieder aus dem Loch herauskommen.« Seine Stimme klang überraschend ruhig dafür, dass eine Pistole auf ihn gerichtet war und er wissen musste, dass er in den nächsten Sekunden sterben würde.

Russells Rücken versteifte sich. »Niemand wird mich jemals wieder fangen, ich töte jeden, der auch nur in meine Nähe kommt. Ihr habt keine Chance gegen mich.«

»Das …« Curtis' Stimme ging in einem lauten Knall unter. Danach herrschte einen Moment lang Stille.

Damon schloss kurz die Augen, als er sah, dass der Agent zusammengesackt war. Armes Schwein. Er hatte sicher nicht damit gerechnet, dass eine Routineüberführung von zwei Gefangenen so enden würde. Aber wer hatte das schon. Er selbst wollte einfach nur hier raus. Hauptsache der Mörder kam nicht auf die Idee, ihn auch zu töten.

Angespannt beobachtete Damon, wie Russell die Tür des Transporters öffnete und sich hinausschwang. Hoffentlich würde ihm bald jemand aus dieser unbequemen Position helfen, denn lange hielt sein Körper das nicht mehr aus. Schon jetzt brannten seine Armmuskeln wie Feuer, Blut lief ihm über die Handgelenke und tropfte auf ihn herunter, wenn er sich bewegte. Damon zuckte zusammen, als er draußen weitere Schüsse hörte.

Einige Sekunden später kletterte Russell wieder in den Wagen. Er warf Damon einen kurzen Blick zu, dann nahm er den toten Männern die Waffen ab und richtete sich wieder auf. Damon lief ein Schauer über den Rücken, als Russell auf ihn zukam. Verdammt, er wollte nicht sterben, nicht jetzt und nicht so. Und erst recht nicht durch die Hand dieses Verbrechers. Da er sich kaum bewegen konnte, hob er nur das Kinn und blickte Russell direkt in die Augen. Im Gefängnis hatte er gelernt, seine Angst nie zu zeigen.

Russell grinste ihn an. »Ziemlich unbequeme Position, was?« Damon schwieg, was den Mörder dazu veranlasste, ihm die Hand auf die Schulter zu legen. Der Druck belastete seine sowieso schon schmerzenden Schultergelenke zusätzlich, und Damon spürte, wie ihm der Schweiß ausbrach. Die Lippen fest zusammengepresst versuchte er den reißenden Schmerz zu ignorieren. »Dumm gelaufen, dass du hier hängst und ich frei bin.« Mit dem Lauf der Pistole stach Russell in Damons Brust. »Ich denke, ich werde dich erlösen. Wie würde dir das gefallen?«

Wieder sagte Damon nichts. Er würde nicht betteln, und Russell würde sowieso machen, was er wollte. Da er alle anderen getötet hatte, würde er sicher nicht ausgerechnet ihn verschonen.

Neugierig blickte Russell ihn an. »Mit dir hatte ich im Gefängnis nie das Vergnügen. Aber ich hab dich dort gesehen. Hältst dich von allen fern, als wärst du was Besseres. Dabei bist du auch nur ein Mörder.« Auf Damons erstaunten Blick hin grinste Russell. »Oh ja, ich hab es mir zur Aufgabe gemacht, über jeden was zu wissen. Das kann sehr hilfreich sein.« Er legte den Kopf schräg, als horchte er auf etwas. »Schade, ich würde mich ja gerne noch länger mit dir unterhalten, aber ich muss jetzt los. Willst du mitkommen?«

Überrascht von dem Angebot starrte Damon ihn einen Moment lang nur an. Einerseits wollte er nichts lieber als hier raus, andererseits wusste er, was passieren würde, wenn sie nach ihrem Fluchtversuch wieder gefasst wurden. Auf keinen Fall wollte er noch mehr Jahre seines Lebens hinter Gittern verschwenden. Vor allem aber würde er mit jemandem wie Russell Davis niemals gemeinsame Sache machen.

Das Grinsen erlosch, als Damon nicht schnell genug antwortete, und ein grausamer Ausdruck erschien auf Russells Gesicht. Er presste sich enger an Damon und hielt ihm die Mündung der Pistole unters Kinn. »Um das klarzustellen: Hierbleiben bedeutet, dass ich dich erschieße. Ich lasse keine Zeugen zurück. Also, willst du sterben oder mit mir kommen?«

»Was hättest du davon?«

»Das frage ich mich allerdings auch langsam.« Der Druck der Pistole wurde stärker. »Die Zeit läuft ab. Ja oder nein?«

Damon blieb keine Wahl. Er wollte nicht sterben, doch sowie er frei war, würde er sich von dem Mörder trennen. »Hast du die Schlüssel noch?« Er wackelte mit den Fingern, auch wenn der Schmerz ihn die Zähne zusammenbeißen ließ.

»Kluge Entscheidung.« Russell griff in seine Hosentasche und holte den Schlüsselbund heraus. Mit ein wenig Recken gelang es ihm, die Handschellen aufzuschließen.

Damons Arme fielen herunter, und der scharfe Schmerz trieb ihm die Tränen in die Augen. Ein Keuchen entfuhr ihm, das er sofort unterdrückte.

»Hier, mach deine Füße selbst los.« Russell drückte ihm den Schlüsselbund in die Hand, doch er rutschte ihm aus den blutigen und gefühllosen Fingern und fiel zu Boden.

Russell gab einen ungeduldigen Laut von sich und hob ihn wieder auf. Anschließend riss er brutal an der Kette, bis er an das Schloss der Fußschelle kam. Auf die gleiche Art verfuhr er mit dem zweiten Fuß, dann war Damon frei. Wenn er seine Arme hätte bewegen können, hätte Damon die Gelegenheit genutzt, um Russell zu überwältigen, aber so konnte er einfach nur dastehen und hoffen, dass ihn der Mörder nicht doch noch tötete. Der packte ihn jetzt am Arm und zog ihn mit sich zum Ausgang. Als sie an dem Wachmann vorbeigingen, der immer noch bewusstlos am Boden lag, feuerte Russell einen Schuss ab.

Damon zuckte zurück und starrte den Mann an, auf dessen Brust sich nun Blut ausbreitete. »Das war völlig unnötig, er hätte uns nicht aufhalten können!«

Russell drehte sich zu ihm um und legte die Hand um Damons Kehle. »Ich hab dir doch gesagt, dass ich keine Zeugen zurücklasse. Wenn du damit nicht leben kannst, kann ich dir die Sache erleichtern.« An seiner Brust spürte Damon das Metall der Waffe. »Ich nehme dich nur mit, solange du dich als nützlich erweist. Solltest du das irgendwann nicht mehr sein, bist du tot. Verstanden?«

Klar und deutlich. Allerdings würde ihn das nicht davon abhalten, bei der allerersten Gelegenheit zu verschwinden. »Ja.«

»Gut. Und noch etwas: Wenn du versuchst, zu fliehen, knalle ich dich ab.«

Michelle Raven

Crossroads

Ohne Gnade

Roman

Wenn falsche Wege sich kreuzen …

Warren Harpers schlimmster Albtraum wird wahr, als seine siebenjährige Tochter Emma bei einem Campingausflug nachts spurlos aus dem Zelt verschwindet. Verzweifelt wendet er sich an die Polizei, doch die fahndet gerade nach zwei Mördern, die nicht weit vom Campingplatz entfernt bei einem Gefangenentransport entkommen sind. Warrens letzte Hoffnung ist die Hundeführerin Angel, und gemeinsam mit ihrem Suchhund brechen die beiden in die Wildnis auf – nicht ahnend, dass Emma sich längst in den Händen der Verbrecher befindet …

»Ein Pageturner, der einen von Anfang bis Ende nicht mehr loslässt. Da kann der nächste Band gar nicht schnell genug kommen.« *LoveLetter*

Band 1 der Serie
480 Seiten, kartoniert mit Klappe
€ 9,99 [D]
ISBN 978-3-8025-9235-5

www.egmont-lyx.de

LYX
EGMONT

Michelle Raven

TURT/LE-Reihe

Romantic Thrill

Rose Gomez willigt ein, einem Teamgefährten ihres verstorbenen Mannes bei einem Navy-SEAL-Einsatz zu helfen. Roderic „Rock“ Basilone ist auf der Suche nach zwei in Afghanistan vermissten amerikanischen Agentinnen. Dort angekommen entwickelt sie schon bald tiefere Gefühle für den schweigsamen SEAL. Aber kann sie sich erneut in einen Mann verlieben, der einen solch gefährlichen Job hat?

Band 1: Gefährlicher Einsatz
544 Seiten, kartoniert mit Klappe
€ 9,99 [D]
ISBN 978-3-8025-8791-7

Band 2: Riskantes Manöver
480 Seiten, kartoniert mit Klappe
€ 9,99 [D]
ISBN 978-3-8025-8894-5

Band 3: Geheime Mission
544 Seiten, kartoniert mit Klappe
€ 9,99 [D]
ISBN 978-3-8025-9233-1

www.egmont-lyx.de

LYX
EGMONT